U0134354

Ogha

暴

香港六七暴動風物誌

陳永健———著

流

青森文化

序

推介《暴流——香港六七暴動風物誌》
一部敘述歷史事件的社會小說

宋詒瑞

香港兒童文學作家及香港作家聯會監事

　　一九六七年五月至十二月的香港暴動事件，對現時七八十歲的老人來說可能記憶猶新，五六十歲的壯年人對這些幼年回憶已是相當模糊，在此歲數以下的青少年更是對此一無所知了。六七暴動是香港現代史上重要的一筆，對本港的政治、經濟、民生、民情、人際關係等各方面都產生了不可磨滅的影響。曾有幾位學者出書敘述這一事件，或是文人以報告文學形式述及，但能以小說的形式、用文學手段來敘述描繪這一重大事件，這部三十萬字的《暴流——香港六七暴動風物誌》堪稱是第一位，無出其右，所以值得撰文大力推薦。

　　一，通過小說手法寫歷史事件。作者以三男三女的人物關係及各自悲歡離合的人生經歷展開故事，有血有肉人物的生活經歷、峰迴路轉的情節發展，很自然地帶出一樁樁事件的發生，把香港六七暴動的始末全過程娓娓道來——從反對天星小輪加價 - 土瓜灣人造塑膠花廠勞資糾紛 - 成立港九各界同胞反對港英迫害鬥爭委員會 - 警民衝突 - 過激派自製土炸彈，炸死無辜小姐弟 - 電臺主持人夫婦被汽油彈燒死 - 港英凌屬執法 - 罷工罷市罷課 - 矛盾激化 - 周總理指示 - 中英雙方談判達成協議 - 左派鬥委會解散 - 市面恢復平靜 - 港英政府安撫民眾 - 勞資政策改善……其中每件大事或由親眼目睹的當事人口述，或通過電臺廣播、報章報道，都有詳盡生動的描述，避免了平鋪直敘的單調枯燥，讀者如親臨其境，投入故事，關心人物的命運，急切想知道事態的發展，雖然事件是沉重的，但這樣的閱讀引人入勝。

二，書中的三組人物，背景、身份、性格各異，在歷史事件中扮演著不同角色，就能多方面反映出事件對各階層各類民眾的影響，是一個很聰明的全方位敘事方式。「三劍客」的主角傅生是國貨公司主管，自小接受愛國主義教育，不認同部分左派人士的反抗行動，只希望可用理性和非暴力手段爭取向港英政府反映意見和需求，望能和衷共濟，彼此包容，改善生活。這應該是反映了當時大部分香港民眾的心態。他老實厚道，為人善良，為被捕學生籌款保釋，向內地捐贈寒衣物質，關心情同手足的友人命運，協助照顧被捕友人孩子……書中有一處微妙的安排，是傅生雖有美滿未婚妻掬彤，但對堂弟前妻、略有姿色的京劇演員沙芬卻懷有一種難以名狀的好感，「永遠有一份特殊感覺一直埋藏心底」，當然這件事無傷大雅，也絲毫沒有影響他的人品以及與掬彤的感情，卻寫得真實，說明這不是一個不食人間煙火的模範人物。

　　三劍客之一莊淳德愛國，有強烈的正義感，不平則鳴，在中學就與左派搞社運。認為香港社會有太多不公平不公道問題存在，要鏟除不公義體制，社會才有進步。因搞工運被塑膠花廠解僱後成為鬥爭會骨幹，組織和協調整個反英抗暴的統籌工作，成為全城新聞的焦點人物。被青少年視他為工運英雄，以致被捕入獄八年。他是這次暴動中激進左派的典型代表人物，所以幾次激進行動的始末、激進派人士的心態，通過對他的描述就清楚展現。

暴流

另一位三劍客鄭匡是左派導演，新界原居民。他的人生目標只想結婚生孩子，只求溫飽，安居樂業，生活穩定，不想加入什麼組織，搞什麼對抗，是位安分守己的市民典型。

　　三位主要角色都有其「另一半」的存在，那三位女性也各有不同的背景、性格、遭遇。因此書中的人物個個形象鮮明，給讀者的印象清晰，使得情節發展合情合理。

　　三，描述人物所處的時間與環境，生動反映出六十年代的香港社會情況及民生，使作品具有現實感真實性。如鄭導演拍片受到三合會收取外景隊伍茶煙費，說明當時黑社會貪污受賄勒索敲詐成風。傅生穿西裝去禮賓司司長府邸，卻遭受女傭白眼；他陪丈人去馬場，進入專屬會員的貴賓包廂觀看打吡賽事，反映港英上層階級與普羅大眾之間的鴻溝。有港英政府把關的團體拒絕參與向中資機構贈送物資的活動；文化大革命如火如荼之際，有些市民寧在香港做牛馬也心甘，不願去大陸派發寒衣做善事；傅生雖然只是個月薪五十的小文員，卻常要向老家的父親寄包裹，給予物資援助；沙頭角中英街的民眾示威抗議，支援香港左派……這些事件都反映出香港與內地之間相互依存又存在誤解或偏見的實況。因是由當事人親身的經歷，所以寫得自然順暢。

　　四，作者為了撰寫本書，花費了多年的時間收集資料，交代事件發生的時地背景準確無誤，甚至對當年報刊的文字報道和刊登的照片都有詳細描述。他如對被稱為活菩薩女包拯的英籍女議員（編者按：葉錫恩）熱心幫助基層有難港人的事跡也敘述得很細緻動人；當年左派使用的標語口號、橫幅內容等可能都是翻查當年報章雜誌才能找到的。作者的認真寫作態度值得大讚。

五，作者的文筆流暢，對不同氛圍的描寫配合當時人物心情，情景交融。例如聚會中談到塑膠花廠糾紛，大家心情不好。傅生「看著遠處民居的屋簷掛著冷冷的半邊月，在漆黑的夜色中，細得如同一滴淚，淚珠在雲層之間半明半滅，時而閃出了一點淚光。」（淒慘）。描寫「晚上不到六時半，四周的街燈即使亮起，周遭環境還是灰灰濛濛陰陰暗暗的……曬晾的衣物……隨風飄拂於半空之中，就像招魂的靈帳飄啊飄的，看得人有點兒心寒。」這些都是成功的描寫。書中並適當運用一些方言詞匯，增加地方色彩。

　　但有一點小小意見：書中幾次說十二月的天氣「如同香港女士的嘴臉說變就變」；「反覆無常，是人生，也是女人。是香港的天氣。」如此比喻似乎不妥。

代序

An Answering Note（未亡人）
For Mr. Lin Bien

This is a poem everybody read
Written in the public with blood
As itself is brilliant enough
That the widow, as a rule,
Has to wear a mourning flower
Thanks to the committee.
這首詩街知巷聞，
滿紙用百姓的鮮血寫成。
意境也相當淒美，
如同普世的孀婦，
披掛著縞色的花。
鬥委會，感激萬分了！

原詩：蔡炎培
英譯：溫健騮
衍譯：岸　溥

又，原詩經訪尋後，於蔡詩人炎培先生身故不久，終告出土，詩曰：

未亡人

殯辭
送林彬先生

這是一首大家都讀過的詩
公開用血寫成的
但其本身已經夠燦爛了
是以在未亡人身上
照例帶朵花
謝謝鬥委

暴流

此書獻給我活著的地方

本故事純屬虛構

暴流

一

若是八年前，他是絕不會返回家鄉廣東番禺探親的。

八年前，傅生在香港「泰華國貨」的工作剛上軌道，根本沒空也沒興趣回鄉探望他的老爹，因為，他一直以為，這位歸國的父親，年逾七十，身體還很健壯，無須刻意關心。誰料六六年交春，他接到堂弟傅永的來信，說老爹突然中風，在耀輪醫院昏迷了七十二小時。主診大夫耿晴還說過，一位奔八十的老人家，開刀太危險，讓他自然離開比甚麼都有福。現在院方沒甚麼可以幫忙，只靠腦掃描儀器來探測病人的腦部狀況，看看腦血塊和神經線有否突變。飲食方面，就靠鼻胃管插入，排尿就靠導尿管排出。這樣的老人，不就等於倒數日子，活像植物人。有幸的話，就是一位命長的植物人。

堂弟傅永的來信，頭一段寫得老爹的病情有多恐怖便多恐怖。他不知道堂兄的簡體字讀寫俱佳，通篇寫滿繁體字。傅生不知對方是否在炫耀自己小學教員的身份？只可惜，錯漏百出，例如，將腦充血寫成腦「衝」血，耀輪醫院又變成耀「輛」醫院，讀得傅生搖頭歎息，暗自竊笑。

傅永的信件一共只有三小段。第二段是戲肉，問他，鄉下的祖屋是時候分家了嗎？祖傳的房屋左右兩棟，鎮日都由他們打理。右邊一間，原本就是老爹一人居住。老人家行動不便之後，三餐一宿，就由他們來照顧。衛生打掃，都歸他們，暗示傅生的父親根本就是個「廢人」，行將就木的意思。最好趕快分家，囑堂兄儘早回鄉，商討家事。傅生暗忖，傅永的為人不似這樣，此信的背後，想必是二嬸幕後策劃。趁大伯入土為安之前，便來個一刀兩斷。

傅生坐在廣州的麵包車前往家鄉。車子在高低不平的黃泥路上不斷顛簸。想起傅永的信件最後一段，彷彿叫他回來後趕快為老爹辦理後事，跟著商量分家。

上次回鄉，已經是八年之前。是堂弟的大喜日子，娶了一位從北京南下的姑娘。喜帖上寫著新娘子的名字叫「沙芬」。

他老爹八年前還很健壯，獨個兒跑到碼頭接他。聲音洪亮，劈頭就叫

「牛一，牛一，這一邊！」，令一眾接船的鄉親父老叔伯兄弟為之側目，一張張鄉巴佬的笑臉對住這位香港客，教傅生好生覷腆。傅生記得，小時候在家鄉便有這個乳名，從大陸叫到香港，叫得街知巷聞，全因為老爹的「手民之誤」，在孩子的香港出世紙上將「生」字寫得太開，變成「牛一」。待他換領成人身份證時，才把「傅牛一」改回「傅生」。

老爹孔武有力，一把將他的褐色皮革行囊扛到肩膊上，還道：「你怎麼搞的？不多住幾天？行李扁扁的？連送親朋戚友的手信也沒多一件，教我如何向鄉親父老交代呢？」

「老爹，現在的時勢，錢最實際！」傅生拍拍外套上的口袋厚厚的一疊人民幣，道：「兩百元，入境時已經報關，可以全數留下來。就是沒有紅包套。你有糧票或者肉票，就跟我兌換。」

「好！但你堂弟的結婚人情怎麼辦？鄉下人，還是按老規矩好了。今趟你死鬼老母私藏的玉如意很管用。傅永娶妻那天，你早一日給他送過去。這是傅家村的老規矩，不送錢，送家傳。記住囉！」一面說，一面領著兒子攀過一座小山崗，然後向公車站的方向走。

沒回家鄉這八年，沿途一帶的農田景致還是老樣子。左邊一大片田地種的是瓜菜和水果。田地上綠綠黃黃的葉子在風中飄蕩，很有飛舞的動態。右邊一排疏疏落落的茅舍，在夕照下，透著似褐非褐似黃非黃的古銅色，倒有點兒古山水畫的意味。

傅生一面跟隨老爹的腳步前行一面想。老爹不就是為建設新中國才第一時間歸國嗎？但新中國，到底建設了甚麼？不，他咒罵自己，「羅馬也不是一朝一夕建成的」。但今天他的內心有另一番心事，一路上，卻不敢告訴老爹，自己已經結識了一位對象，很快地，老爹將有一位兒媳婦。結婚當天，他要在香港宴客還是回鄉大排筵席呢？現在還是想不通。

這位叫江掬彤的姑娘，是他在學校唸書時認識的學妹。低他四屆，生於「山水甲天下」的桂林，跟廣東就是一省之隔。掬彤現在在「香港女服工會」辦事，主要處理工會的財政和收取會員年費等工作。工會改選後，她跟新任的主席宋羚不咬弦，時不時抱怨受閒氣。但現時香港地人浮於事，這些日子，只得吞著一肚子的氣繼續上班。

暴流

掬彤是她父親的掌上明珠，闊叔一直寵得如珠如寶，全因為女兒自幼失去母愛，闊叔獨力養大，當然視作寶貝。起初，傅生跟她交往，闊叔也百般刁難，沒意思將女兒交託給他，後來見傅生態度謙和，處處施展「外父政策」，才逐漸改觀。現在一有空，闊叔還相約傅生，兩人一起上馬場、看大戲、飲茶、逛街甚麼都有。闊叔是英國高官的私人司機，懂得簡單的英語，跟禮賓司司長麥克格爾先生勉強溝通，寄住主人的府邸，等於二十四小時候命。遇要事，便要第一時間駕車接送司長的一家大小。

傅生忙著談戀愛之餘，就跟莊淳德和鄭匡兩位舊同學老友鬼鬼，經常出雙入對，就像「三劍俠」。傅生跟他們是從小學一直唸到中學，都是在同一間左派學校就讀。這間叫「漢江中學暨小學部」的愛國教育機構，專收寄宿生。歷年來，學校出過不少響噹噹的人物。不是在科研上有成就的專才，就是在學術界有貢獻的學者。還有幾位體壇傑出的運動員，像莊則棟的師弟，就是漢江出身。但最厲害的是，學校同時出了許多社會運動的先驅者，都是叱咤一時的政界人物，為漢江帶來不少榮譽之餘，同時鬧出不少風起雲湧的事端。

掬彤原本屬意莊淳德，但他長得矮，不到五呎四，同學們便跟大陸「小字輩」的叫他「小莊」。掬彤是小莊妹妹莊淳妤的同班同學，比淳妤大兩歲，經常跟淳妤在宿舍房間一起溫書。起初，小莊跟掬彤見面只點頭說幾句客套話，日子久了，益發變得沉默，宿舍內只有兩位女生靜靜地在溫習功課，小莊則東摸西摸的打發時間。待她們初中畢業，小莊已外出謀生，在土瓜灣的「仁韻人造塑膠花廠」當科長，一做就做了幾年。

那時候傅生也在泰華工作了一段長時間。雖然唸書時曾與掬彤相好，但一度分手，直至那年十‧一國慶，「勞聯」舉辦了一場燒烤會，大夥兒到鹿頸燒烤場野宴，傅生赫然發現小莊和淳妤帶同掬彤一起出現。自此，他便重新決定，必須跟這位標致的學妹再續前緣。

「牛一，我問你，小莊真的想一輩子打光棍嗎？」近日掬彤在傅生的面前老提這個問題不下三、四趟：「你是他的沙煲兄弟，一定知道他的想法。你們都是三十開外，不能再蹉跎歲月！你看，淳妤都結婚產子，小莊還吊兒郎當，對婚姻好像愛理不理的。從前我跟淳妤在宿舍裡一起溫書，

每次遇見他，總見他呆坐一旁，不是讀《蝦球傳》，就是讀《青春之歌》。有幾趟，更離譜，坐著抄《毛詩》，是毛澤東的《清平樂·六盤山》，用狼毫筆在九宮格紙上細細抄寫。給他氣死了！」

「他哪有妳說的愛國和勤奮？」傅生笑著道：「從前我和鄭匡一起溫功課時，總見他跟貓咪玩耍。要不，就是拿著鉸剪肢解無線電，左看右看的研究。」

「唔！」掬彤從鼻腔裡哼了一聲，「你們這些男生，遇見女生便扮乖乖。但說真的，除了政治言論偏激嚇唬了女生之外，憑小莊的長相，不失為一位俊哥兒。許多女生，就是喜歡這類型。要是高上兩吋，就是搶手貨。你是他的好兄弟，有機會便勸勸他，別再挑三揀四了，趕快物色結婚對象吧。」

「聽妳的口吻，似乎對他也曾心動。是嗎？江掬彤？」傅生恥笑她，還要扮鬼臉。

「死相，狗口長不出象牙來！」

「其實，妳跟他也是多年朋友，大可以直接問他。必要時，替他做大媒，找個女朋友，反正女服工會的女生多的是。」

「姣！姣！」掬彤一向是桂林口音，有時候，將「好」字微微變成「姣」字，「牛一，你就替我打探打探他的口風，看看他的胃口可有改變。從前淳妤告訴我，他喜歡偏肥，像白燕。還說他喜歡伴侶高個子。奇怪，男人喜歡高女人，真是奇哉怪誕了。難道真的像台灣小說家姜貴的嗜好，喜歡『高矮配』？」

傅生不知道當年掬彤有否讀畢姜貴的《重陽》和《旋風》，但他肯定對方啃過這位名作家的野史，不禁陰陰笑。又點上良友香煙來抽，然後打量掬彤的身高，道：「妳五呎六，小莊五呎四，不就對了他的口胃。妳偏肥，似白燕，不就更匹配。」

「牛一，你再說，我便要……」掬彤作勢要打他，但手勢在半空中便擱了下來，略胖的臉蛋屬於少女發育期的末端。傅生看著她的顴骨漸漸泛紅，便知她有點不悅。從此，他便猜到掬彤對小莊並非全無罣念，可能有過「神女有心，襄王無夢」的階段。

提起小莊，三劍俠中，傅生最擔心的就是他。

暴流

小莊和淳妤自小便沒父沒母，由他們的姑姑帶大。姑姑是位富太太，六十年代初期因為生怕新中國成立後意圖解放香港，便跟丈夫移民花旗國，留下小莊和淳妤在寄宿學校唸書。兩年間，才回來探望他們一、兩趟。

「小莊，為何你們不跟姑姑一起赴美呢？那兒的發展機會多的是，許多港人，都喜歡移民花旗國，你們曾經考慮過嗎？」有次傅生問小莊。記得是兩人畢業後外出謀生不久之時，還道：「你姑姑和姑丈膝下猶虛，一直把你們撫養成人。申請過去，一點困難都沒有。」

「我才不要去！」小莊一貫的傲氣道：「淳妤也不會過去，她快嫁人，留港等著生孩子。老實說，我恨老美。恨老美偏袒日本佬。恨姑姑姑丈的反共不愛國。人民政府成立之後，國家不是挺好嗎？我們在自己的地方活得有尊嚴，為何要到花旗國當二等公民？牛一，你讀報章，不是讀過甘迺迪（John F. Kennedy）總統策動越戰嗎？別國的內政，老美總愛罵上幾句。等一下，連中國的國事都踢一腿，就是喜歡當國際警察，揚威世界，控制天下。但你別說我莊淳德盡是偏幫左派，美國政壇，也有值得讚賞的一面，像民權領袖馬丁路德金（Martin Luther King Jr.）爭取黑人擁有公民投票權便很棒，直追新中國實行財富均分的大同世界。」

傅生想不到閒閒一句，竟惹來老友的長篇大論，說出一大堆政見。但他深明小莊的為人，也就見慣不怪了。

有時候傅生不禁要問，好友的烈性子打從甚麼時候開始呢？印象之中，大概升中期間，傅生便感到小莊對中史有一份特殊的敏感。讀到列強瓜分中國和八國聯軍的課文時，對方是義憤填胸。一方面憎惡晚清的腐敗無能，另一方面又痛恨列強入侵的卑鄙。一讀到八年抗戰跟國共內戰，小莊便跑到宿舍纏著蒯老師借閱他的「私人珍藏」。大部份是野史，卻教小莊讀得津津有味。每晚挑燈夜讀，讀得廢寢忘餐。到如今，小莊的個性變得不平則鳴，除了痛斥日本鬼子的侵華惡行外，現在談起越戰，一講到甘迺迪和詹森（Lyndon Baines Johnson），就大發雷霆，摩拳擦掌，破罵對方的虛偽，造成戰事的死傷。不是說美台勾結助長蔣匪的氣焰，就是直數美帝國主義的對華政策，是左右中華民族和平統一的頭號大敵。

「我要看看美國的海軍艦隊有多威風。難道中國人就抵禦不過他們的

船堅砲利？牛一，你陪我去，一起去見識見識。」

　　上個月，由於美軍第七艦隊指揮艦剛巧途經香港補給物資，軍艦停泊在尖沙咀海運碼頭，小莊便約同傅生一起見識。兩人看罷軍艦，便往天星碼頭的方向而行。

　　時間不到五點半，天色已經烏雲密佈，快要下雨的樣子。從九龍望向維港，白頭浪打得不高。幾艘帆船和小艇在海面緩緩行駛，太平山下的大廈華燈初上，紅紅綠綠的連成一串串閃光的寶石一般。遠眺上環，招商局的大樓從天台懸下一幅毛主席頭像的布幔，上寫著「戰無不勝的毛澤東思想萬歲、萬歲、萬萬歲」。海風吹動大型布幔，颯颯地飄揚起來。乍看，就像一頭巨型猛獸隨風舞動。

　　兩人走近天星碼頭，見一大群市民正在圍觀湊熱鬧。原來有抗議人士正在絕食，反對天星小輪申請加價五仙。地上鋪著一張用毛筆寫成的大字報，上書著「反對渡輪加價，政府罔顧民情」。

　　天黑黑，碼頭一帶的照明很弱。一名抗議者席地而坐，身邊有一條「支持葉錫恩」五個大字的標語。只見他全身黑衣，包得嚴嚴實實的。人卻垂下頭來，處於半昏睡狀態，看不清他的長相，黑衣上纏著「絕飲食，反加價」六個用白漆寫成的中、英文字。筆劃清晰，暗黑中仍歷歷可見。

　　兩個兄弟模樣的年青人一面拿著橫額一面叫口號，並呼籲圍觀的市民簽名支持。

　　「嗨！手足，真巧，竟會在這兒遇見你！」兩兄弟異口同聲的叫住小莊，傅生起初以為兩人錯認人，但聽他們的口吻相當親切：「來，來，來，簽個名，支持一下。」

　　「魏平，魏明，原來真的是你們，是要支持的……。」小莊停下步伐，開口便說：「我就想，準會在這兒碰見你們。你們正在絕食嗎？這是我的舊同學傅生，現在在泰華國貨當主管。你們叫他牛一哥便可以。」

　　兩人分別叫了一聲，傅生也帶笑點頭。見小莊真的在簽名冊上簽了字，自己也覺得渡輪今次無理加價影響民生，隨即跟著簽了名。

　　傅生站在一旁，聽見小莊跟朋友們寒暄。都是些反加價的感言，其餘話題，便不甚了解。最後小莊又問他們，這次抗議行動會否升級，還有甚

暴流

麼示威遊行的計劃即將出台。

憑小莊的個性，傅生不奇怪他會結識這些搞社運的朋友，所謂「物以類聚，人以群分」，就是這重意思。心想，只要對方不走偏鋒，對社會的不公義和不合理提出意見，也是值得支持的。但倘若小莊繼續激進，難保他的烈性子會變本加厲，變成反對政權的生力軍。一想到淳好出嫁後遇人不淑，假如哥哥在社運中遭遇不測，做妹妹的，豈非生活更徬徨？

傅生不期然想起淳好出閣的情景。那一天，他們的姑姑和姑丈從舊金山回來。婚禮當天，傅生和鄭匡都是戥穿石，從早到晚陪同伴郎一起玩新人。小莊則陪同姑姑和姑丈四出跟親友們寒暄，興致甚高。

婚宴當晚，淳好的丈夫黃小興是豪飲之人，幾次三番的走到戥穿石們的那一檯，搶著要跟傅生和鄭匡一起痛飲。

傅生已經瘋了一天，加上多喝了幾杯，腦袋開始微微地醉，不似鄭匡是位劉伶，越喝越亢奮，簡直是隻「酒筲箕」。

傅生喝過一杯熱茶後定過神來。見一位身穿閃珠旗袍年逾五十的婦人走近他們的身邊，開口便問：

「你們是淳德的書友仔嗎？從前我在漢江見過你們。認得我嗎？紀太太，紀念的紀，小莊的姑姑。」

鄭匡連忙起身讓座。傅生其實一早認出對方，卻一直沒空跟她打招呼，這時候才跟她點頭握手。

「姑姑，辛苦妳了，老遠從舊金山趕回來喝杯喜酒，難得至極！」鄭匡和傅生齊聲叫好。

「我盼了淳好這一天很久了！終於盼到了。現在只想早點喝杯姪媳婦的茶。淳德結婚的話，就可以了卻我死去的弟弟的心願。」

「妳說小莊嗎？」鄭匡笑著道：「姑奶奶，說實話，我和牛一還有盼頭，但小莊嗎？只怕喝過我們的喜酒後，他也交不上一位女朋友。」

「是嗎？所以我今趟回來，除了盼到淳好出閣之外，還想多了解淳德的近況。你們是他的好友，總會知道得清楚。」姑姑索性坐到他們的身旁，正要壓低喉嚨繼續問，但宴會的嗩吶的聲音正嘀嗒嘀嗒的叫，傅生很辛苦地才辨出姑姑的意思。

「兩個月前，我收到漢江舍監蒯老師的一封信，告訴我說，淳德最近在香港結識了一批左派朋友，許多都在搞社運，蒯老師生怕他加入行列，早晚會出事，曾經約見過他，但結果還是老樣子，惟有寫信給我。信上叫我回來後好好勸阻他，別幹那些過份激進的事。今趟我回來，曾經親自詢問他，但他否認，還叫我寬心。想不到他已出身，待人接物還那麼幼稚。再衝動的話，只會誤了他的前程。你們是他的好友，從小在一起，有機會，便替姑姑好好開導他，我在美國甚麼事兒都幫不上。要不，趁他仍未行差踏錯時，便帶他一起去美國。」

傅生和鄭匡聽罷對方的話只保持緘默，沒多大反應。他們三劍俠，中學畢業了一段長時間，平日各忙各的，難得一起聊天，大都是言不及義的無聊話。蒯老師今次寫信給姑姑，大概覺得事態嚴重。不然，也不會給一位舊生的監護人寄出這樣的信。傅生立時這樣想，難道在別人眼中，男人要宜室宜家，才能修身養性的做個普通人？

二

回到家鄉，傅生抵達祖屋的家門前才不過兩點鐘，拿出鎖匙，正要插進匙孔，那一把生銹的鐵鎖匙便發出咭吱咯吱的響聲，是久未使用的緣故。門一開，橫栓閂好後，見前園幾株瘦瘦的槐樹疏疏地站著，葉子卻縱橫交錯的延伸開來，掩得前園昏昏沉沉，在晌午的和風吹拂之下，葉影忽明忽暗，照出地上一條條酷似爬行的蛇蠍。人走在上面，益發覺得這棟古宅的荒涼氣氛。

傅生想起八年前老爹說過的話，「要第一時間把錢交到二嬸的手中。」剛到埠，又匆匆的上了一趟耀輪醫院探望老爹。忙加累，幾乎完全失憶了。

但萬萬不能得失這位二嬸。傅生連忙從飛機恤的內袋掏出一疊人民幣，數一數，剛好一百元。記得老爹也曾說過，紅包套子放在五斗櫥的第三個抽屜。傅生封好錢來，便走到二嬸那一邊。

從大門繞過籬笆走向二嬸的祖屋，沿路種的都是夾竹桃。遠處傳來拖

拉機呼啦呼啦的耕田聲，都市人聽來，感覺異常的陌生。轉彎之處，傅生便見他們祖傳的那個不大不小的魚塘，不知現在有沒有再養殖魚苗？小時候他和傅永一起常到那邊玩，兩人曾經捉過不少蝌蚪。偶然還有水甲由，就是沒有釣過魚。

　　鄉下人一般守法，二嬸的家門例牌不閂橫栓。傅生用鐵門環敲了三下，裡面沒反應，便拔高嗓門叫了幾聲「二嬸」。未幾，便見二嬸帶同一名中年婦人從裡間走出來。

　　「好囉，好囉！回來了，牛一回來了！認得她嗎？是隔鄰的許大娘，閒時過來幫我買菜煮飯做家務。」二嬸的聲音尖而細，傅生聽得頗背耳，「這兩天，大伯的病況好一點。永仔正在上課，明天是期考，工夫多的是。下課後他到菜場看看有沒有新鮮牛肉。肉票夠三人食用。這幾天，我們淨吃魚塊。難吃死了。你們城市人，不慣天天吃這些。今晚你吃葷，我和永仔就吃素。」

　　「二嬸，我也不是外人，隨便就可以！」傅生說畢，一手將紅包交到二嬸的手上。一時間，二嬸語塞，畢竟是堂親戚而已。但傅生心想，近十年，老爹的起居飲食都由他們來照顧，過去對方有甚麼尖酸刻薄、勢利惡毒的話，聽過後，也該擱到另一邊。

　　「傻孩子，何用這一些？」二嬸慣性的一句。還作勢交還紅包給傅生。

　　「二嬸，多虧你們照顧老爹這些年，是他老人家教我這樣做，妳就收下吧。」傅生一面說，一面見在場的許大娘垂首含笑，心想，是否該封一份給她？要不，明天補送。但見這名婦人一直默默的站在一旁。

　　「大伯昨天開口說話了。我便告訴他，待牛一回來，身體便會慢慢好轉，你要撐下去，日子長的是！」二嬸一面說，一面將紅包往下身的襟衫口袋塞了一塞，露出襟衫下面淺紅內衣的衣角。

　　「二嬸，我想到村頭菜場逛一逛。」傅生道：「畢竟，八年沒回來，想看看那兒的變化有多大。」

　　「你要小心，現在到處都喊著打倒劉少奇、反資反右的民眾和學生多的是，別湊熱鬧，早去早回。吃過飯後就早睡，明天還有許多工夫等著辦。」

　　「永仔甚麼時候回來？五點鐘，你們該吃飯？」

傅生知道鄉下人的作息時間一向早。現在堂弟在鄉村學校教書只上半天課，下午就是自由身。跟二嬸約定了吃飯時間後，傅生便跨出門檻上菜場。

「牛一，」二嬸叫住他：「你回來之後，別多提沙芬，免得永仔不高興。昨晚他也睡得不穩當，清晨才小睡片刻。」

傅生答應了一句，跟著出門，向村口的方向走。想起傅永早前的書信曾經提及自己的私事，只輕描淡寫的說到跟沙芬辦妥離婚手續。還以為這位堂弟是位拿得起放得低的大丈夫，原來情債那麼深。傅生想起八年前在他的婚宴上吃過的那頓「全魚宴」，筵開八席，在番禺已經是了不起的排場。

那一晚，新娘子含羞答答的樣子，一點都不像從首都南下的都市姑娘。事後傅生才知道，沙芬是北大附屬中學的女生，被校方選拔為歌舞組別的「優等生」，可以申請加入國家隊，成為國家重點培育的優才，負責全國文藝演出，宣傳新中國的政治理念。但不知怎的，一場大病，令沙芬的藝術生涯劃上句號。在她最失意的時候剛遇到北上進修的傅永，遂結下一段「孽緣」。現在兩人分開了，幕後黑手會否就是「婆媳不和」呢？

當晚傅生按照老爹的吩咐喝了沙芬的那杯弟婦茶，交過紅包，看著一對新人還很匹配。傅永原本就有幾分像他的老爹，都是闊臉孔，前額特高，顴骨微凸。在龍鳳花燭和喜帳紅幔的映照下，益發像個異常亢奮的初中生。當晚沙芬跪著給傅生敬茶之時，傅生還不察覺。但對方一站立，那五呎七吋的身高比新郎倌足足高出半個頭。可能剛才酒席上人來人往，傅生一時間也不發現。

不知不覺，傅生信步走到村口。傅家村的村民大都養蠶，一捆捆生曬蠶絲高高的懸在門前的支架上，陽光直射，金黃色的生蠶絲就像綿毛，透出蠶絲的香氣，一陣陣的隨風飄散，感覺暖心。傅生再走遠一些，便是熱鬧的市集。一條寬闊的黃泥路一覽無遺。兩旁擺滿小攤子，賣魚、賣瓜、賣涼果、賣雜貨的都有。但一路上，盡是紙屑和垃圾，到處佈滿煙蒂、痰印和甘蔗屑，人走著，是一步一驚心。有幾處還是泥漿路，水漬夾著大小二便的臭味撲面而來，傅生要掩鼻而過。走到市集中心，熱鬧歸熱鬧，但全程只落得個髒、吵、亂、臭的景象。

傅生在香港一人生活，每日三餐都在外頭解決。有時候跟鄭匡和小莊

電話相約，便可以從旺角乘巴士直抵土瓜灣，到三劍俠最喜歡的容記冰室吃雲吞麵加油菜，飽嘗他的口福，何用上市集東挑西選的買菜買肉，忍受那不堪入目的餿菜場？

走到一處販賣牛肉的攤子，傅生突然聽見一把熟悉的聲音在叫，彷彿是傅永罵人的聲音。

「同志，你這是為人民服務的態度嗎？你記得嗎？昨日我在肉檔待了多久，你才說牛肉賣光，害我苦候了不在話下，今天就說沒牛膀，教我再白等，分明是存心欺負，拿百姓不當同志。」

「我認得你，」肉販隨即答：「你是村口鄉村小學的傅老師。我們不是存心耍你。昨天生意好，牛肉一早便售罄，今天你要的牛膀又湊巧缺貨，你就將就點買些牛腩也不錯，不用專挑牛膀耶？」

傅生離遠便看見傅永的憤怒眼神，噴火式的燒向肉販，身體還想衝過去，摩拳擦掌的像要動粗。傅生連忙加緊腳步上前勸止。

「算了罷，永仔，何必動氣？又不是甚麼大不了的事，買不到牛膀就改天吃，跟同志師傅少說兩句。」

「牛一哥，你來說句公道話，不然，我們就到派出所評理！」堂弟又對肉販道：「你老婆昨天不做我生意，說沒肉票，買賣違規。今天我帶來，你又一句沒牛膀，分明是兩公婆有意刁難。今晚我款客，沒葷，教我怎辦？」

「永仔，今晚我們吃魚塊好了。」傅生竭力勸解，道：「吃魚有益，就吃魚。明天我們才吃葷，別跟同志師傅再爭辯。」

堂弟開始有點被勸服。那名肉販又主動免費奉送兩大塊牛骨頭，傅永的怒氣才告消退，兩人便拿著牛骨頭一起離開。

傅生想起二嬸說今晚吃葷，就是專誠款待他這位香港客。現在國家正值糧荒，且跟安南在打仗，鄉下的老百姓尤其捱餓，能吃一頓溫飽的已很難得。心想，回鄉一趟，便要折騰鄉親父老多一趟，誰之過？

兩堂兄弟今天正相遇，又碰上老爹病重，話題自然落到老人的身上，根本沒別的話題。此刻傅生更不想問沙芬的消息。假如問傅永關於教書工作，又像無話找話說，故一路上，兩人便默默的走回家去。

次日清晨，傅生一早到達耀輪醫院。負責醫治老爹病患的主診大夫耿晴仍未上班，要到十點才出現。但昨日他見過這位大夫，到埗後第一時間便提著行囊探病，跟耿大夫談了將近廿分鐘。據他說，老爹是「三高人士」，即高血壓、高血脂和高膽固醇，加上年事已高，就是「四高人士」，腦充血實屬自然不過的事。

　　傅生想起這位耿大夫，說話時有點口吃，但相當年輕，眼睛還會說話，在古代文人的口中就是眉清目秀的美男兒，傅生看著對方也有點兒被迷惑。但聽他仔細解釋老爹的病情，不外乎一般老人中風的泛泛之談，卻仍然聽得入港，彷彿教傅生感到對方的醫者父母心。傅生慶幸番禺的耀輪醫院出了一位年青有為的大夫，這該是國家的福氣了！

　　耿晴說過，老爹中風的情況是左腦血管三分之一經已爆裂，腦血管栓塞導致半昏迷，要待血液慢慢凝固，才能預計可會改善。開刀的話，實在太危險，畢竟是奔八十歲的人，故現在沒甚麼可以幫忙。言下之意，就是聽天由命了，傅生早有心理準備。回想傅永的信中所說的不全是嚇人的話。說真話，永遠是最殘酷的，像一把劍，一刺便刺中人的心房，即時教人淌血倒地。

　　傅生後悔八年前沒有向老爹透露自己已經交上女朋友。雖說他從未催婚，但能夠早一點喝杯兒媳婦的茶，想必教老人家走得舒坦。

　　昨天他第一眼望見病床上全身癱瘓的老爹，不由得打了個寒顫。老人的頭蓋搭上幾枝天地線。天地線連著一台坐地的腦掃描機器。面部輪廓完全看不清，像極變種的怪物。一時間，傅生也認不出此人就是自己的父親。畢竟八年沒見了，前額的白髮完全甩掉，兩隻耳朵好像曾經受過傷，現在結了幾處瘀疤。面上疏疏落落的老人斑，在病房強烈的燈光照射下，變得份外的刺眼。雙眼半合，嘴唇微微顫動。鼻腔插著兩枝瘦瘦的鼻氧管，像兩尾貓鬚，幫助患者呼吸。一隻透明的尿袋連著老人排尿的部位，溢出的尿液黃中帶啡，像極濃濃的普洱茶。地上的痰罐承著半滿的深褐色唾液，隱隱發出刺鼻的惡臭。

　　傅生環顧四周，見病房男女不分，有老有嫩。大部份病人仍在半睡狀態。前方的牆壁掛著一幅毛主席在延安接見白求恩大夫的彩畫，下面註著

「中加友誼，長存永固」八個字。毛主席的顏料抹得鮮麗，但那名紅鬚碧眼鷹勾鼻的洋大夫則著色淺淡，近乎黑白，兩者的反差令彩畫顯得異常失真。

一抹東方的陽光曬到隔鄰病床的老婦的床尾，老婦半閉著眼的望向傅生這一邊，開口便說：

「昨夜他睡得不穩，整晚眼睜睜的望著天花板。我半夜起床正要上廁所，便聽見他在哭泣，嘴裡不住的叫『仔啊仔』的。我問他，『仔從何來？』他答『快要回來了。』問他從哪兒回來，他卻答不上，然後疏疏的流起眼淚。」

老婦終於睜開整雙眼睛，見傅生穿著深褐色飛機恤，下身一條絨西褲，腳下一雙半新不舊的皮鞋，跟國內百姓解放後的灰衣、藍衣、草綠衣、布褲、布鞋自是不同，一眼便認出是香港客，不由得自言自語地道：「唔！是從香港回來的，好了！回來便好，陪他久一點，讓他寬寬心！」

「大娘，耿大夫是否十點才出現？」傅生順口問對方，但對方不再開腔，躺下床來繼續睡。

那時候左邊病床的一位男病人剛好起床，捲起奶白泛黃的毛毯準備下床，隨口答：「說不準。昨晚主診大夫們全都跑掉，連口吃的耿晴也不見蹤影，大概開會去。你要向耿大夫詢問病情，恐怕要待久一點。」說畢，便拿起小几上的半舊塑膠漱口盅走了出去。這時候傅生才發現對方的病人睡衣的襟頭，別著一枚大大的紅毛章。

由於今次老爹病重，傅生帶來的人民幣比八年前要多許多，足夠打點老爹的醫療使費之餘，還可以好好打發一眾三姑六婆、姨媽姑姐、大伯小叔的人情債。何況解放之後，國家對老人的福利尤其照顧。像老爹這些第一時間回鄉參加建設祖國的長者，只有善待，哪會得失？即使老年人歸國談不上貢獻國家，但國家在姿態和精神上也認同他們，處處表揚港澳耆英們那份難能可貴的愛國情操。

但說到底，傅生的老爹不全是「老毛派」，屬於中間偏左。年青時老爹跟他的叔父從廣州一起來港，在銀號由低做起，跟著結婚生子，一直循規蹈矩的過生活。

傅生記得老爹最早的一次左傾事件，該是參加五十年代的雙十暴動。

那年傅生已經成年。一天晚上，母親整晚不斷嚎哭，哭完後又到灶房熬魚頭粥，說老爹一定整晚捱餓，趕著送粥往差館探監。那是老爹少有的一次參加示威遊行後被警察逮捕的往事。今天想來，傅生還有個大概。

老爹愛讀左報，通常是《X公報》、《X匯報》和《X晚報》三份。遇上精彩的罵老美罵老俄的社論便拍案叫好，還剪存下來再三咀嚼。傅生剛升讀初中，老爹便要他熟讀小紅書，但不是全讀，而是精挑簡短撮要的語句，像「千忙萬忙，階級鬥爭不能忘」、「千要緊萬要緊，革命到底最要緊」之類的順口溜。現在傅生還一一牢記，大概帶到棺材裡也牢牢記住。

記憶之中，他母親永遠是病懨懨的。老爹外出打工時，經常在銀號接連留宿，一星期才回家一兩趟，平日就獨留母親在家。傅生一早習慣了寄宿學校的生活，直至母親病歿，他已投身社會多年。未幾，老爹便告老還鄉，傅生便獨來獨往的留港生活。

三

老爹的病情時好時壞、反反覆覆，無休止的病下去。主診大夫耿晴就曾經解釋過，老爹左腦血管爆裂的情況已經穩定，血塊早已凝固，不再向外流，算是有了不俗的改善。最好的時候不用滴鹽水，可以從鼻胃管灌入營養素，還可以張口進食甚至吃稀粥。二嬸便囑咐許大娘過來幫手熬粥，然後帶往醫院餵病人。人清醒的時候更不用插導尿管，讓小便自行排出。且認出傅生，曾經叫過他幾聲「牛一，牛一」的，就像一位正常的老人。

但有幾天卻嚇唬人。醫院突然通知，要趕快過來看望病人。各人到達，見老爹氣促、乾咳、發高燒，足有四十度。耿大夫便替他注射抗生素，怕他體內的器官一旦感染細菌，病情更惡化。偶然見兩位看護小姐左右兩邊挾著老爹的腋窩替他抽痰，一個拍背脊，一個擎痰罐，傅生看在眼內，便覺得祖國的衛生員對長者的照顧還不賴，這才寬了一點心。

但傅生有時候不禁想，「何苦呢？人老了，還是快快兩腳一伸，別多受病痛折磨好嗎？」

暴流

對他這樣的不孝之念，傅生的內心有沒有加以制止？自己是否太無情？這些問號，他卻沒有深究過。

其實，傅生已經許多年沒有和老爹一起生活，對老爹的情感打從升中寄讀漢江後便劃上句號，跟著的相處回憶都是瑣瑣碎碎的，斷斷續續的串成碎片。最記得的一次是中三畢業，老爹送了一枚成人裝的樂都錶給他。價值將近兩百元，當年已經是相當昂貴的物件。他一直戴在左手手腕，到外出謀生後仍沒有更換過新的一枚。

看看腕錶，番禺輪渡開往香港的時間剩下不到半句鐘。

他想起二嬸臨別之前，千叮萬囑的叫他先行回港，別耽誤了香港的公務，這邊有她和傅永照顧老爹。有甚麼風吹草動，便會第一時間拍電報通知他。

昨晚鄭匡的一封電報像最後通牒，十萬火急的叫他返港。他自己已經在番禺待了兩星期，香港那邊的石灣陶瓷展快將揭幕。是泰華國貨跟廣東省文物局的首次合作，要在一星期內火速辦妥，開幕日期已定於下月初，數一數，還有五天，甚麼都交由他的下屬代辦，這兩星期他在番禺無所事事，展覽的所有具體細節和佈置情況都蒙在鼓裡。他是策劃人，活動最終出問題，責任全落到他一人身上，能不教他心驚膽戰呢？

今次展覽，鄭匡真的幫上不少忙。他是傅生的舊同學兼老友。機緣巧合，又是石灣陶瓷展的中介人，負責跟中國陶瓷協會聯繫，安排國內的同志們來港數天的食宿和交通。鄭匡的正職是副導演，跟多間左派背景的電影公司都很熟絡。但沒合約，自由身，可以隨時跳槽，東拍一齣西拍一齣，瀟灑自在的拍片。間或還可以兼職找外快，像今次的陶瓷展便賺回一票。

鄭匡最敬重的一位導演叫朱景春。每次朱大導開拍電影，他總會親自拜訪找門路。酬金不計，二話不說的擔任對方的副手，十足江湖兒女的本色。

這位老友長得胖，近二百磅。但他的恩師朱景春比他更胖，行內人看見他們經常出雙入對，便「大胖」、「小胖」的叫他們。

正因如此，兩人合作的片子在香港的左派電影圈有不俗的票房保證。像《玉玉》、《私戀春心》和《香江游擊戰》等，都曾打破愛國電影一周上晝的票房紀錄。鄭匡從中有沒有撈到油水，傅生和小莊都不知就裡。但

許多時，傅生都有免費戲票看電影，他和掬彤就二話不說的雙雙觀賞，而小莊則甚少捧場。

但這次《紫玉樓》的首映禮，小莊卻出奇地答應到場觀看。

「想不到小莊會一口答允。」掬彤微胖的臉頰笑得見牙不見眼。

「好了！妳這位媒人，終於可以收到一封媒人紅包了！」傅生陪著笑，道：「妳打算介紹哪一位姑娘給小莊？女服工會不缺雲英未嫁的姑娘。」

「馬柔靜如何？」

「吓！妳說的是妳的鄰居？三樓的馬老師？那位醜女嗎？」

「你相信我，經本姑娘改造之後，包管馬柔靜脫胎換骨，俊姑娘的出現。不信，等著瞧！但現在便請牛一哥哥做好做歹，屆時別現身，事情就好辦得多。」

「江小姐，這叫『打完齋唔要和尚』嗎？」傅生哈哈大笑。

「你在場的話，這齣好戲還有瞄頭嗎？說實話，鄭匡送來的戲票就這四張。除了一對男女主角，就是我和淳妤了。有女生在場，才自然一點。牛一啊！你就看在老友的終生幸福份上，犧牲這一趟。有精彩的戲肉，準會第一時間告訴你。」

傅生見掬彤胸有成竹，便沒有追問下去，讓她依計行事，但卻另有要求，道：「但江小姐，事成之後，妳再繼續做大媒，給鄭匡物色一位好姑娘，讓三劍俠都有一位好嬌妻。」

「姣（好），一言為定！但我認識的女孩子沒一位喜歡小胖子，你叫鄭匡先行減磅，本姑娘才有信心替他做大媒。」

「別小覷他，人家在漢江唸書時，是全校最棒的運動健將。籃球、羽毛球、跳高、跳遠件件皆能。學界中，更是全港足球壇上的五虎將之一。」

「這是十幾年前的事，今天要現實一點。」

「說到現實，鄭匡何嘗不是副導演。假以時日，難保會上位，隨時取代朱景春的正選地位。」

正如傅生所說的，鄭匡的出身也有瞄頭。他的祖籍原是新界原居民，又是三代單傳的子孫根。由於上學路途遙遠，鄭匡的父母親一早便安排他寄讀漢江。全家人一向好客，且愛熱鬧，經常招呼親朋戚友上門聚餐。燒

暴流

烤、打麻將、吃盆菜甚麼都有。

記得有次左派電影協會欠缺場地舉辦周年大會，竟然得到鄭父的大開中門。跟村長商議停當之後，在元朗八鄉村公所召開了周年大會兼理事選舉，熱熱鬧鬧的過了一天。自此之後，舉凡甚麼大小聚會甚至紅白二事，一旦欠缺場地，眾人便第一時間想到元朗八鄉的這間村公所。

一次小莊的慶辰，彷彿是他二十五歲那年的生日，大夥兒便頭一遭在鄭匡的家裡樂了一整天。

小莊跟淳妤是孤兒，姑姑又不在他們的身邊。兩兄妹在漢江寄宿的時候，便和舍監蒯老師是最投緣的師生了。

蒯老師對傅生這一屆的舊生，就是最疼惜小莊這位學生。有一次，大夥兒在宿舍批評蒯老師過於偏私，對方立刻解釋道：

「你們都有父母親，逢年過節都可以回家享天倫。淳德跟淳妤，過年過節就只有孤苦伶仃的留守宿舍。我身為舍監，不幫助他們，誰來幫助他們？何況我一人在香港，家眷全都在外省，長假期在校舍只有淳德和淳妤陪伴左右，做飯、炒菜、打掃、澆花、熨衣衫樣樣都由他們協助，感情自然較其他學生深厚得多。」

小莊畢業後，傅生知道他偶然還會回校探望蒯老師，兩師徒的情感一點沒變，直至去年小莊三十三歲的生辰，鄭匡再次邀請蒯老師跟大夥兒一起到元朗八鄉歡聚之時，情況才急轉直下，最後兩師徒竟不歡而散。

生日晚飯吃過後，女生們協助鄭匡的爹媽在裡間收拾碗筷，師徒數人便在村屋前的大榕樹下納涼。各人坐在板櫈上，一邊搧著大葵扇一邊聊天。

蒯老師吃飯時喝了兩杯拔蘭地，納涼時又喝了一杯啤酒，腦袋開始嗡嗡叫，劈頭便問莊淳德。

「淳德，你是否參加了左派組織，打算鬧事？雖然你已經投身社會，我也不是你的親人，但我一直疼惜你，就像疼惜子姪一般，才會對你說幾句不中聽的話。你的性格，就是太衝動。我怕你生事，闖出禍端便後悔莫及。最近有人告訴我，你跟岑均雄等人往來得異常密切。我勸你一句，別再跟對方見面，免得添麻煩。我也活到五十多歲，甚麼事情沒遇過？年輕時比你還要激進，是個不折不扣的左仔，甚麼親中人士的背景不清楚？岑

均雄是甚麼人物，圈內誰人不知道？就是個出了名的拚命三郎，仗著共產黨的頭銜撈油水。他最厲害的地方是搞刊物宣傳馬列毛思想，大事發表文宣鼓動讀者的左傾思想。且是位有力的演說家，容易鼓動聽眾的情緒。最要命的是組織力強，一下子可以策動許多群眾運動。你被他影響，肯定沒有好下場，還是趕快跟他劃清界線。不然，麻煩事會接踵而來。」

傅生見小莊一直緘默，一面喝生啤，一面剝著面前的南乳花生米的米衣，一粒粒花生米送進口腔，故意裝作鎮定的樣子。

「有沒有搞錯？蒯老師，誰告訴你的？」鄭匡睜大眼睛問老師。人胖，即使用力搧著大葵扇，仍舊大汗疊細汗的流到頸背。跟著問小莊：「你是甚麼時候跟他混熟的？我卻一點風聲都聽不到。」

「我們是有背景的愛國學校出身的，比正規學校的學生要走的路困難得多。」傅生拿出一包新買的良友濾嘴香煙來抽，一面開封一面道：「小莊，別行差踏錯！我也聽過一些傳聞，說港英政府一直盯著岑均雄等人的一言一行，便是生怕這批左派陣營的激進份子隨時有甚麼非法事件出現，影響香港的治安。」

「所以說，他們都懂事，就是淳德你最教我操心。」蒯老師歎了一口氣，續道：「淳德，你唸中史該知道，中共是打游擊戰起家的。他們趕走蔣匪之後，建國初期，除了有幾年算是風平浪靜之外，之後年年都在搞運動。說穿了，就是高層內部的權力爭奪，階級鬥爭。三反五反，大鳴大放。反右反修，鬥資鬥美，甚麼運動都不缺，往後也不知有甚麼大亂子將會發生？」

村屋前的煤油街燈照出暗淡的茶黃光線，光線映到小莊的面上。傅生看見他兩邊面頰開始發紫，不知是喝多了啤酒還是生氣的緣故。兩隻腮幫子鼓鼓的，還是一臉沉默不語的樣子。

「淳德，你姑姑一直拜託我好好看管你，就是怕你走錯路。」蒯老師的老花眼睛一向有病，加上喝了兩杯，眼水像淚水一般的不斷在眼眶內打轉，雙眼紅通通，道：「我怕你出事，今晚多勸你幾句，就是希望你珍惜前程，幹好仁韻人造塑膠花廠的科長工作，早日結婚生子，開枝散葉，這才對得起你死去的父母和遠在美國的姑姑。政治理想，不是我們追求的。冒險，更犯不著，希望你早點覺醒，別誤入歧途。」

暴流

炎夏的夜晚吹來陣陣涼風，令半空垂下來的榕樹鬚根拂拂揚揚的舞動著。在煤油街燈的映照下，倒有幾分秋意蕭索的感覺。

　　「蒯老師，我問你一句，」小莊終於開腔，「解放之後，中國人民的生活有否改善？」

　　「牛一，鄭匡，你們替我答。你們的看法又是甚麼？」蒯老師反問兩位舊生。

　　「你教我們怎樣答？」兩人齊聲說。

　　「不好答，就是沒改善。國家沒改善，百姓還有希望嗎？」小莊用力地點頭，像是肯定自己的想法。

　　「小莊，」傅生叫了他一聲，然後深深地抽了一口煙，道：「中國幅員廣闊，建國不過十幾年，你要求七億人口的生活有改善，不是癡人說夢嗎？」

　　「牛一，你說得對，就是窮！」小莊好像打了一口強心針，提振精神繼續說：

　　「正因為國家沒有改善，每位中國人都有責任去改善。拿香港這個英國殖民地來說，為何還是老樣子，就是因為社會有太多的不公平和不公道的問題存在，剝削工人的事件比比皆是，弱肉強食的僱主處處可見。要解決問題，必須剷除不公義的體制，社會才有進步。從前我們為反封建、反帝制、反軍閥、反日寇侵略而戰，今天則要反蔣匪、反老美、反蘇修、反殖民、反……」

　　「你們聽見嗎？聽見了嗎？這就是他的偉論，就是他的革命理想了……」蒯老師煞停了小莊的話，嗓門拔高了八度，怒氣衝到頭蓋，青筋暴現，一掌拍到桌面上，幾乎打翻上面的幾隻玻璃杯，但上面的花生米殼早已散落一地。屋內的掬彤、淳妤和鄭匡父母都聞風而至，急問：

　　「甚麼事？發生甚麼事？小莊呢？他……為何急急的離開？」

　　只見一個矮小的男子背影，急步的消失於村口街燈的暗角之處。

四

　　淳妤結婚大半年後便生下一個男娃，但不足月，是「七星仔」，五磅不到。由於她的丈夫黃小興是一位中級公務員，入息不高不低，加上應酬使費也多，生計顯得頗拮据，故兩年前，淳妤便經由傅生介紹到泰華國貨的文具部當售貨員，孩子則由她的婆婆來照顧。

　　石灣陶瓷展覽會開幕典禮的前一天，淳妤原本負責協助佈置場地，但一直未見她露面，傅生等人均感到奇怪。

　　陶瓷展除了開幕典禮之外，其餘幾天的展出場地，均安排在泰華國貨三樓一個面積不足九百平方呎的大房間舉行。是傢俬部額外闢出來的，用柚木板臨時圍封，人手調動則由傅生來支配，每個部門均調派兩名同事上陣，以中型展覽來處理，不似上次建國攝影展的規模，一整層展出幾位大陸當前一級攝影師的沙龍傑作。

　　傅生想起當年舉辦建國攝影展，場面比今次震撼得多。參展的代表包括蒙敏生、翁乃強、蔣少武和孫寶富等幾位知名攝影師，展品內容全是解放之後祖國的全新面貌和革命運動的實況。一些作品，更有半堵牆壁的面積，像農村改革、鄉鎮變貌和工業創奇等大型沙龍，足足佔據了展場三分之一的位置。那次展覽，亦是新中國成立以來首次在國外展出，旨在向香港同胞重點介紹國家統治下的大好形勢，宣傳目的當然來自黨中央，意欲提升香港同胞的共產思想和愛國情操，故不惜出盡人力物力，在幾間中資百貨公司輪流展出。

　　今次陶瓷展，泰華的高層特意闢出低層全廳作為開幕典禮的場地，用意是讓主禮嘉賓無須登樓，一甫進場，便可以欣賞展品。傅生為了這次展覽，事前的計劃書足足熬了兩個通宵，才能通過公司高層的關卡，順利舉行。

　　典禮舉行的前一天，鄭匡抽空到場視察。一見傅生，便第一時間問淳妤何在，「昨天我跟她聯絡，告訴她說，有四件重點陶瓷明早才能付運到港。四件展品是『老貧農學毛著』、『紅軍爬雪山』、『張思德燒炭』和『海島民兵』，都是國內首次送往外地展出的珍品。我吩咐淳妤，預留四個重點位置來擺放，明天一早準會到港，牛一，她沒告訴你嗎？」

暴流

傅生一面拿著手寫的展品名單查看一面環顧四周，看看淳妤是否在場。見她仍未出現，想著她可能又告病假，便問鄭匡：「為何展品名單上沒有這四件展品的紀錄？」

「就是中國陶瓷協會的古文物出口證出了問題。」鄭匡答：「對口單位漏報了資料，香港海關便扣押下來，明早才能辦妥手續付運到埗。」

「陶瓷協會的工作人員抵港了嗎？明天協會會長的開幕演辭你看過了沒有？」傅生一面問一面遞上一根良友香煙給老友，只聽鄭匡「OK」一聲，拿走香煙便離開，趕回老虎岩片場拍片去。

傅生心想，幸而今次有鄭匡坐鎮，不然，陶瓷展準會錯漏百出。看著幾位下屬和各部門同事忙於佈置場地，獨欠淳妤，傅生的內心不免感到歉疚，覺得虧欠了下屬。其實，許多同事都在反映淳妤的工作態度散漫，閒言也聽過不少。淳妤是他一力推薦入職的，但上班以來，不單沒有分擔文具部同事的職責，還動輒告假，因而增添了同事們的工作壓力。

淳妤是三天兩頭便告病假。不是頭痛，就是胃痛甚至腳筋抽搐甚麼的。一旦告假，她的工夫，自然由同事們分擔，尤其加重了秦茵和海佩莉兩位文具部同事的壓力。傅生是總務部主管，人家是他的下屬，難免給面子，就不好意思直接批評淳妤了。但傅生暗地裡聽過不少同事的微言，總是抱怨他處事不公。自己也曾想過勸退淳妤，但每當看見對方眉頭緊鎖扁嘴苦笑的樣子就不忍心。他知道自己是婦人之仁。一想到淳妤的家累沉重，假如被勒令辭職，生計自然更艱難，最後便難於啟齒，只埋怨對方嫁了個不中用的老公。

回到辦公室，傅生查問淳妤同組的其他同事，得知她告了一天病假，說是胃抽搐。

他知道不能過份責怪淳妤。淳妤一向體弱，打從三年前生下吉童開始，身體便出現問題。吉童是個「七星仔」，淳妤當年一度難產，是死裡逃生。即使曾經好好的坐過月子，兩母子也補償不了先天不足的缺憾。

淳妤產子時，黃小興沒有陪伴在側，老說忙，外邊的應酬眾多。其實她婆婆的年事不算太高，卻禁不住捱更抵夜的往返醫院照料兒媳婦，害得掬彤這位誼姐獨力照顧，在贊育醫院熬了兩個通宵，直等到淳妤羊水破

落，吉童呱呱落地為止。

　　吉童生下來之後，遇上淳妤缺奶水，掬彤便左託右託的替她找偏方。得知木瓜奶魚湯最宜催母乳，便搶著到街市購買。最後木瓜買到了，卻缺了奶魚。但聽魚販們對她說，奶魚在澳門有鮮活的品種，那個月，掬彤便獨個兒往返港澳不知多少遍，為的就是照顧產後的誼妹。

　　傅生經常這樣想：「掬彤對誼妹真的好得不得了！這一趟，又替小莊當大媒。娶妻若此，夫復何求？！」

　　「牛一，我們都愛小孩子，但眼看著淳妤生產時的辛苦相，哪有女人不害怕？」有次掬彤帶笑的對他說：「婚後，可不可以只過我們的二人世界？反正你的老爹已經差不多……」

　　「妳說甚麼？江小姐，妳是他的準兒媳婦，拜託！行行好？積積口德好嗎？」

　　「姣（好），是我說錯了。」掬彤裝出正經的模樣，道：「對了！未來老爺的病況如何？別等你的堂弟來信通知，明天拍一通電報問一問。」

　　次日傅生上班之前真的往大東電報局拍了一通電報，等不多時，便接獲傅永的回音，說老爹近日的病情尚算不錯，稀粥多吃了，晚上也睡得穩當。主診的耿晴大夫還說，最樂觀的預算是兩周後可以回家養病。但病人經常自言自語，埋怨傅生不在身邊。又嚷著趕快回港喝杯兒媳婦的茶。

　　「的而且確，和掬彤是結婚的時候了。」傅生心想，最理想是帶她回鄉給老爹磕個頭，讓老人家如願以償。雖說新中國的文明婚禮不吃這一套，但到底是終身大事，不想男女雙方拿到一張結婚證書後便草草了事。傳統禮儀總要做一點，留下的回憶也較圓滿。最好是筵開廿席，張燈結綵，高朋滿座的熱鬧一整天。

　　他們的愛情是馬拉松式的長跑，從校園到踏足社會，足足逾十年，也足以讓彼此了解，是時候「拉埋天窗」。何況傅生的外父政策一向奏效，跟閩叔相處融洽，準會娶得對方的心肝寶貝。

　　下班之後，他打了一通電話到女服工會找未婚妻。原想告訴掬彤有關老爹的病況，順便約她到金舖看結婚戒指，計劃一下喜宴的使費等等。

　　但原來掬彤一早下班，已經前往閩叔打工的住處。傅生打了一通電話

暴流

到禮賓司府邸，接聽的女傭叫他等一會。未幾，便聽到掬彤的聲音。

「牛一，老竇叫你有空過來找他，下月初，他有七天假期，和你一起找樂子。」掬彤在話筒裡興致勃勃的說：「你找一天空餘的時間陪他去快活谷看賽馬，晚上我們一起看一台大戲。剛巧新馬師曾在利舞台公演《風流天子》，是老竇最喜歡的戲碼。我訂了戲票，三人一起看，你說好不好？」

「沒問題，那妳有沒有告訴閔叔我們的婚事？」

「誰要嫁給你？」掬彤在那邊發起嬌嗔，「你好像還未向我求過婚，鮮花、鑽戒、洋樓、汽車甚麼都沒有，誰跟你捱窮捱苦？」

傅生不放過耍花槍的機會，道：「妳不嫁我，難道『攝灶罅』？」

「衰佬！」掬彤罵了一聲，然後道：「你跟老竇去馬場的那天，我會避席，你就可以跟他談談我們的婚事。這一回，便要考你的牙力有多壯！」掬彤嗔笑了一聲，跟著「撲通」一聲的掛斷線。

傅生以為和掬彤的婚事已經到了心照不宣的地步，不用操心，便可以水到渠成。求婚不外乎手續而已，婚後二人的生活，安穩幸福才重要。

她父親喜歡新馬師曾，掬彤總會爭取機會逗他開心，不時囑咐傅生買來新馬仔的唱片親自送上門，做足準女婿孝順準丈人的工夫。就是《一把存忠劍》、《萬惡淫為首》和《光緒皇夜祭珍妃》等不同唱片的版本，傅生便送贈過不知多少遍。閔叔原本不嗜賭，但禮賓司司長麥克格爾是位馬主，養了兩匹少年馬，從英國專誠運過來。閔叔是老闆的私人司機，專責一家大小的接送工作，閒來時便惡補一下賽馬行情，跟禮賓司司長以有限的英語交流戰績，博取對方的歡心。久而久之，沒興趣都變成略有心得了。

由於閔叔長時間坐在車廂內駕駛，難免患上職業病，鎮日腰酸背痛，經常要看跌打醫生，搽藥油、做按摩甚至刮痧等都無濟於事。有一次，傅生從泰華國貨買來兩瓶廣西玉林牌正骨水，特意送到禮賓司府邸，剛巧遇上閔叔必需前往啟德機場接載從英國述職回來的司長，順道送了傅生一程。兩人便在車廂內閒話家常的聊起來。

「牛一，我最喜歡你的細心。」閔叔一面駕車一面抽煙，「我把掬彤許配給你，也算了卻了多年心事。但牛一，別怪閔叔直言，你的為人，就是太老實，這樣很容易吃虧。做人處世，要圓滑一點，不然，在社會生存

便有困難。尤其你們是愛國學校出身的，天生吃虧。你知嗎？掬彤從小失去母愛，我要外出打工，迫於無奈，才安排她入讀漢江那間寄宿學校，不然，我會另作安排。她是女兒家，終歸要嫁人。但你是男兒漢，還要在社會打滾一段長時間，不能不認識一點《厚黑學》的生存之道，甚麼『面皮厚，心腸黑』的道理總得學一點，尤其在香港這個五花八門的大千世界。正所謂『損人不利己』的事不要幹，『損人利己』的事何妨幹，『利人利己』的事便要多幹。你說對嗎？下次我帶李宗吾的這本經典給你讀一讀。」

「好！多謝世伯。」傅生順口答一句。

「傻瓜，還叫世伯嗎？該改口，叫丈人了。」閔叔一面大笑一面將手上的煙蒂掉到車窗外。

傅生只裝作專心看窗外的風景，對這位準丈人的說法不敢苟同。甚麼愛國學校出身的學生天生吃虧，這是老生常談的觀念。他也聽過不下一百次，次次都感覺礙耳。他自己在愛國學校接受教育，讀了一點皮毛的赤化思想的書籍，但甚麼共產主義的理想觀念卻不甚了解，更遑論馬克思、恩格斯和列寧的深奧主張。但他明白老爹送他入讀漢江的心意，對父親單純的愛國情操肅然起敬。老爹熱愛祖國，是出於對民族的一份本能情性。那份情性，由始至終都沒有滲和雜質，而是出於同族體內的一股熱血。即使這股熱血或多或少帶著幼稚的愛國憧憬，覺得解放後的中國有了希望，該朝著這個希望邁步向前，支持祖國培育國家的下一代。在中國經歷了晚清腐敗、軍閥割據和國共內戰等動亂之後，新中國的成立，令國民終於可以當家作主，是中華民族正式步入掌握自己命運的好時代。但身處香港，愛國人士的生存之難，是因為在大不列顛的殖民統治下，港英政府一直銳意趕絕這群「少數民族」的生存空間，包括不時迫害親中團體，如報館、工會、工廠甚至學校。傅生即使不認同部份左派人士的反抗行動，也希望在有限的生存空間，左派亦能衝破障礙，以和平理智及對話的方式，向港英政府反映意見，冀能和衷共濟，彼此包容，共同朝向正確的道路前行。但奈何傅生的此等想法，幾乎在香港難於實踐。

暴流

五

掬彤的「大葵扇」終於有機會搧出愛火花。想不到小莊答應了相親的約會，並且一早便抵達南都戲院觀看《紫玉樓》的首映禮。

那一天，一對被撮合的男女一起看電影，當中夾著掬彤和淳妤。但一場戲下來，男女雙方都一直缺乏眼神接觸，不發一語，教掬彤和淳妤驚訝不已。

四人看畢電影後才不過九點半，兩位媒人卻沒有安排吃消夜的環節，便各自各的匆匆分手。這是傅生從淳妤的口中得悉的最新消息。

翌日淳妤回到公司，第一時間便向傅生匯報細節。

「牛一哥，幸而你不在場，否則，準會捧腹大笑了！」淳妤笑得嘴角都歪了，「一對男女，除了交換電話號碼之外，整晚下來，一句說話也沒溝通過，啞巴人兒一般，真不知兩人的心裡想些甚麼？我和掬彤姐覺得勢頭不妙，不再安排下回的節目了。」

「我早有預感，沒好結局。」傅生坐在總務部的主管室內，一面抽煙，一面批閱各部門的工作報告，不忘插上這一句：「別說身高差了一大截，其他條件，馬老師都沒一項符合小莊的要求。論長相，也不是妳哥哥想要的姑娘。」

「不但如此，」淳妤附和道：「哥哥其實對女人的容貌要求不高，馬馬虎虎就可以。他最看重的，便是能否好好溝通。我跟掬彤昨天下午到馬柔靜的家中替她妝扮時，仔細觀察，覺得對方除了厚厚的近視眼鏡之外，化起妝容，倒也蓋走面部的不少雀斑。穿上花俏的旗袍，就是一位不錯的女孩子。正所謂『十八姑娘無醜婦』。但論談吐和內涵，馬柔靜說話時的小家子氣，根本不是哥哥想要的女人。」

「這樣看來，相親的結果別抱太大的冀望！」傅生說畢，便交還她文具部當天的工作日程，然後打發對方返回崗位去。

忙完石灣陶瓷展之後，泰華國貨又趕著贊助樣板戲《山鄉風雲》的本地演出。現時的樣板戲有「北《紅燈記》，南《山鄉風雲》」之說。泰華因為在港成立不到幾年，比年資深厚的國貨公司的名聲差了一截，必須跟

國內單位建立良好關係，才能繼續生存下去，穩守在港的競爭實力。這次參與樣板戲的服裝贊助，就是經由香港的左派電影製作公司穿針引線促成的，故這一向，傅生便頻頻跟服裝部的同事們開會商討贊助方針，配合下次的香港演出。那次演出，將是廣東省紅伶羅嵐來港粉墨登場的頭一遭，泰華的贊助更不容有失。

傅生知道香港女服工會正在籌辦「募捐寒衣送祖國」的義舉，想著有可能合作。下班之前，便打了一通電話約定掬彤上工會跟她的上司洽談合作的可能性。

女服工會在一棟唐樓的四樓，沒電梯，傅生便要徒步走上去。

許久沒有造訪工會了，平日傅生約會掬彤的時候總在外頭。吃飯、飲茶、看電影、上馬場都是港九兩邊跑。所謂「無事不登三寶殿」，見筆直的一道樓梯，右邊一處的破舊牆壁還張貼著去年十‧一國慶的宣傳海報，黑色字體經過雨季和風化後變成暗紅一片，單薄殘缺的貼在牆上，但仍然辨得出「香港女服工會熱烈慶祝十‧一國慶」的一行字。海報的正中央繪上三朵重疊的向日葵，旁邊一輪紅太陽，兩側則配上對聯，上書著：

「條條江河流大海，朵朵葵花向太陽」

下款註著「公曆 1965」的年份。

傅生想起去年十‧一國慶在泰華國貨舉行的那場慶祝酒會，是他頭一次帶同掬彤一起出席，就像首次向全世界宣佈兩人的戀情，正式確認這位女子的女朋友身份，雖然他們的愛情長跑早已是半公開的秘密。

走到四樓，隔著門扉，傅生便聽見女服工會隱隱傳出的音樂聲，是張寒暉的抗日歌曲，該是《松花江上》的前奏。女聲跟著不大不小的唱起來。

門鈴按了兩次，應門的正是掬彤，對他說：「你先跟宋主席談一談，我正趕月結，等一會才過來找你。」

傅生走到會客室，見宋大姐正在翻閱當天的《X晚報》，厚片眼鏡大大的，幾乎蓋過半張臉。

「傅先生，請坐，請坐，我們聊一聊，別客氣！」宋羚招呼他，從寫字檯上的茶壺倒了一杯熱茶給他。隔著會客室的玻璃窗望見十幾位女生正在排練舞蹈，留聲機播出的樂音由剛才的抗日歌曲變成時下流行的革命歌

暴流

曲。女生們隨著李雙江的《北京頌歌》跳起舞步。當中一位在領跳,大夥兒跟著她的舞姿扭動身軀,一個個擺出樣板戲雄糾糾氣昂昂的架勢。沒誇張的化妝和戲服,一張張「女中豪傑」的表情綻放出來。即便全是青春少艾,卻予人滑稽之感。

「她們全是理事們派來的女生。」宋羚解釋道:「有幾位還是社僑中學的應屆畢業生,全都北上,在捐贈寒衣義舉上表演愛國的文藝節目,算是香港同胞向祖國人民送上祝福的意思。今早工會才開會,決定下星期前赴首都的具體行程。」

「妳們辛苦了!」傅生客氣的說了一句,但心裡最想知道的是,掬彤可在北上的名單之上,只聽宋羚主動說。

「江姑娘是工會秘書,責任重大,自然不能缺了她。」

「會去多久呢?」傅生問。

「還未清楚,要看北京的接待單位如何安排。主要視乎給工會的物資供應會否充足。要是多留幾天,也不超過兩星期。」這位老女人喝了一口茶,又遞了一根香煙給傅生。

「宋大姐,妳不抽?」傅生點上香煙,卻未見對方有抽煙的意思。

「上班時間我不抽,請慢用。」宋羚擺擺手,然後道:「香煙是準備招呼我們的理事和永遠會員的。雖說我們是女服工會,但會員中不乏男性,做男士服裝的老闆也不少。對了,傅先生,我聽江姑娘說過,泰華國貨正在贊助《山鄉風雲》的演出服裝,能為祖國作出貢獻最好不過。中港合作,眾志成城,國家才會富強。這也是愛國的中國人和共產主義者造福人民的偉大事功。你在愛國公司辦公,一定深明箇中道理。」

傅生每年在勞動節或者新春酒會等場合曾經多次遇見宋羚,只知道她和掬彤不甚咬弦,是個不婚的老處女,誰知還是個能言善辯的女人。

外邊的樂音和歌舞聲響得較前更洪亮,剛才播完《我們偉大的祖國啊!》,跟著就是《南泥灣》。宋大姐知道歌聲太吵耳,礙了跟客人交談,連忙走出房間制止女生們的彩排。傅生從房間的玻璃窗望見女生們分批離開,當中一位長相份外標致的,禁不住多看幾眼,立時想起掬彤說過,工會裡有一位女生是宋羚的姨甥女,名叫韋珊珊,是最漂亮的同事了。據

悉，這位同事原本是千金小姐，早前戀上有婦之夫，遭雙親極力反對，因而寄住到姨母的家中，日間便上工會幫手打理會務，其實是遊戲人間。此時韋珊珊也從窗外望了傅生一眼，又不忘笑了一笑，然後和其他女生一起離開。

未幾，傅生便見宋羚返回坐席。對方喝了一口茶，續道：「傅先生，不知道我們可有合作的機會？北上送寒衣是國家解放之後，女服工會首次回國所作的義舉，理事們都很緊張，生怕有意外發生，丟了香港愛國團體的面子。我們每位理事都出錢出力，盼為國家做點事。碰巧遇上祖國推行大躍進，成效如何，仍未可知。加上這幾年，各省各縣各鄉的農作物又告失收，不是天旱，就是水災，內地同胞的日子真不好過。日常的糧票、肉票和布票亦告緊張，百姓饑饉的問題日趨嚴峻。即使首都等大城市比較豐裕，也沒厚實保暖的衣服可以禦寒。我們眼見立冬一過，就是北地的大雪天，因而搶著在下星期北上送寒衣，希望能解京城的燃眉之急。傅先生，趁你到訪，我想知道，你們國貨公司可有甚麼支持方案，可以配合女服工會的今次義舉？」

一席話，傅生只有頻頻點頭默默抽煙，支支吾吾的應對對方的份兒。沒想到宋羚反客為主，竟要求泰華給予幫忙，最後傅生惟有答：

「宋大姐，合作不合作，不是我個人三言兩語可以決定，更不是我一人可以作主。雖說公司的服裝部和匹頭部一直積存一批冬季的過時次貨，日常清理的方法是捐到孤兒院或者老人院甚至殘障中心。但一些半政府的慈善團體，尤其有港英政府把關的團體，因為我們的中資背景，往往婉拒我們的好意。但現時國家有難，作為香港的愛國同胞，理應盡一分力，協助內地同胞解決問題，度過寒冬。既然如此，宋大姐，妳就待我回去向高層反映，看看事情如何安排，明天回電給妳，妳就等候我的消息。」說畢，心裡便在盤算，相信上頭批准的機會甚高，明早便派人趕到貨倉，數一數過時的次貨存量。必要時，便拿日常的布料和匹頭湊湊數。

這一晚，掬彤的月結工夫趕至七點才告完結，傅生見她實在疲累，建議兩人先到尖沙咀的九記吃飯，然後早點送她回家休息。

席間，兩人提到下星期北上送寒衣的差事，掬彤就大發脾氣，破口便罵：

暴流

「你說生氣不生氣？今早才開會，便要決定行程和團員的名單，一點考慮和回絕的機會都沒有。」掬彤鼓起兩邊玉腮，微胖的臉蛋泛起紅暈，還道：「我即時向宋羚申請病假也不獲批，劈頭就來一句『不去，休想回來了』，一點人事味也不顧念。試問，北京城的十一月，我這單薄身軀，棉衣棉褲棉襪棉手套怕也不夠！難不成要客死首都？」

「這次是救助國內同胞的機會，妳就看在助人為快樂之本，福有攸歸的念頭去一趟，心裡會好過一點。」傅生一面勸說，一面替她挾菜，還叫夥計再來兩碗紅豆沙，打算為未婚妻消消氣。

「說實話，我是千萬個不情願的！」掬彤半哭著臉用手絹醒了一醒鼻尖，然後道：「在香港，要我做牛做馬也心甘，但返大陸，誰吃這一套，前世沒有辛苦過？！」

「掬彤，我有一位舊同學長居北京，是高幹子弟。父親是位外交官，妳到埠後，可以找他幫幫忙，明天我拍一通電報給練浩，聽聽他的意見。好了，別多想，過兩天，我們一起訂婚戒，待妳從北京回來便結婚。」

傅生看著未婚妻默默吃著紅豆沙，兩行珠淚掛了下來，知道她受了委屈，惟有道：「傻妹，今天辛苦了！早點回家休息吧！」一面說，一面輕撫著她的秀髮。

傅生一向知道，掬彤縱然心腸好，喜歡幫助人，但卻是個不折不扣的小女人。每遇挫折，都需要他來呵護，加上她是閔叔的掌上明珠，一切事情都依從她，難免養成倔強好勝的脾氣。即使唸寄宿學校培養出獨立自主的個性，但有時候，仍須依靠人，需要傅生的慰解。

其實兩人都心裡有數，今次赴京，主要是跟對口單位合辦派發寒衣的活動，根本就是一樁苦差，加上國內正值無產階級文化大革命鬧得如火如荼之際，北上送暖，日子怎好過？何況這是掬彤頭一遭離開土生土長的地方，一切要立時適應，難怪未婚妻有這樣的埋怨。

他想起老爹回鄉定居時，正是五十年代的末期，國內的柴米油鹽都非常短缺，生活條件差劣。那時候傅生畢業已久，投身社會一段時間，便曾在一間貿易公司當小文員，每月薪水不到五十元，但十天八天便要替老爹往郵政局寄出包裹，不是胃片頭痛丸，就是風濕止痛散，都是老爹日常傍

身的藥品。其實他知道老爹不缺錢，就是番禺這些鄉下地方缺乏物資供應而已。

基於愛惜未婚妻，翌日傅生上班時便抽空前往大東電報局拍了一通電報往北京，期望他的舊同學練浩可以照顧掬彤。雖然他知道，實際作用不會多。

這位叫練浩的舊同學，是一位外交官的獨生子，現在在清華大學修讀電機工程的博士課程。十五年前曾經來港，讀過漢江的一個短期課程，跟身為學長的傅生談得投緣。算一算，對方的年紀也三十開外了。

練浩得知傅生的未婚妻赴京義助送寒衣，在回覆上強調會加倍照拂，一切包在他身上。信上還道：

「真替牛一哥高興，可以娶得一位愛國學校出身的好姑娘。請告訴我她的行程，讓我向大學告假，配合今次江同志的來京。但現在首都的政治氛圍相當複雜，時局不穩，隨時會發生劇變。你們外來人，許多事情都不好辦。但請叫江同志放心，有我這位識途老馬在她身邊，包管她行動自如，旅途順暢。還有，牛一哥，你該記得，我父親是位外交官，日常的小道消息總不欠缺。近日他便告訴過我，澳門那邊可能快要出亂子，尤其離島（氹仔嗎？）的形勢更不妙。港澳一水之隔，唇齒相依。你們在港的，便要份外小心了。總之，有要緊的消息，我會第一時間通知你的。」

收到練浩的來信兩星期後，香港的報紙真的刊登了澳門的「一二·三事件」。各大小報章無不大篇幅地報導了當地的這場暴亂。連香港的無線電台也紛紛派員過江直擊，跟進這一場特大的警民衝突。是次暴亂，就是當地左派組織和澳葡政府開埠以來最激烈的一次政治交鋒。

暴流

六

傅生坐在辦公室，看著牆上的桂林風光的月曆牌，數一數，剛好兩周過去了，是捫彤返港的日子。想不到國內爆發無產階級文化大革命不久，自己的未婚妻便要北上，在烈焰滔天的神州大地，要親眼目睹親耳聽聞中國百姓和紅衛兵的吶喊和咆哮之聲。

傅生一面翻看晚報上有關澳門「一二．三事件」的最新消息，一面等候捫彤父親的來電，是要得知火車抵達尖沙咀總站的時間。接到消息，他會第一時間搭的士直奔到火車總站。

閹叔六點半便致電過來，說女服工會的一眾團友八點半便會抵港。傅生想著手上的工夫做得差不多，便預早截的士由佐敦道前往尖沙咀。

年近歲晚，尖沙咀海傍一帶的途人特多，加上下班時段的人潮未散，巴士總站幾條候車的人龍還是長長的，連趕搭的士的乘客也急步上車。今個冬季，是五年來最冷的一個，傅生走著走著，不期然有點兒急景殘年的感覺。

經過星光行，見一個寫揮春的小攤檔正在做生意，旁邊一盞小油燈暗暗照著，幾位途人駐足觀看。寫揮春的老漢就像練字一般，緊緊的執著一管狼毫筆，釣起筆桿，小心翼翼地蘸滿金色墨汁，在紅條紙上一筆筆的細心書寫。

有幾幅完工的揮春在臨街的牆壁上迎風飄動，微微的盪來盪去。時近七點，街燈剛巧照著揮春，金黃的題字變成暗啡。除了傳統的賀年吉慶的題字外，有兩幅應時的寫著「七億人民愛神州，全國山河一片紅」和「革命節節勝利，八大召開成功」，全是楷書的字體。

傅生心想，寫揮春的老漢真有生意眼。不然，就是「老左派」。

今晚他特意為未婚妻接風，一早在星光行二樓的樓外樓訂了位子，想著慰勞京城歸來的捫彤，順便逗逗準丈人的歡心。對！傅生突然想起來，很久沒有見過鄭匡了，便往公眾電話亭打了一通電話到片場。對方接聽後，一口便答允在約定的時間見面。

八點鐘，傅生趕到火車總站的入境位置早早守候，見捫彤的父親比他

早到，一見他，便塞了一本書給他。傅生拿在手上一看，原來是李宗吾的《厚黑學》，連忙謝過。但心想，不知可有時間翻看了？

入境大堂的閘口一打開，搶先走出來的果然是女服工會那批文藝表演的女生們，當中少不了韋珊珊的嬌麗身影，一個個身穿毛大衣急步的走了出來。到場迎接的親友們便一窩蜂的擁上前去，跟她們攢作一團，嘰嘰喳喳的喧叫不絕，高興得像開派對。

傅生一眼望見宋大姐走了出來，跟在她身後的還有幾位中年男女。大都是女服工會的理事們，一些還穿上毛澤東式的中山裝。宋羚一見他，連忙對他說：

「啊，傅先生來了。江姑娘的行李頗多，正在認領中，所以落在我們的身後。我叫工會的後生協助她，你要等一會，我們回頭見。」說畢，便跟大隊一起離開。

想不到搢彤出現的時候直教傅生和閔叔嚇了一驚。兩人見她全身一件蘋果綠色的解放軍大棉衣披得嚴嚴的，長長的拖到腳踝。頭上一頂鹿毛大雪帽，兩邊帽耳朵低低蓋下，恰恰蓋住兩隻耳朵，將一張微胖帶方的臉蛋掩了一大截。要不是搢彤走過來叫了他們一聲，傅生和閔叔也認不出這位女子。

「乖女，妳搞甚麼？從西伯利亞回來嗎？」閔叔一面笑彎了腰，一面拍打女兒身上的厚棉衣，拍出絲絲的雪花。

傅生也失笑，道：「這幾天，香港的氣溫也幾度，但一定比不上北京的冷，但江同志，還不至於這麼誇張嗎？」說畢，便替搢彤扛起行囊和身邊的兩件大行李。

「你們有所不知？那邊是零下七、八度，連著風速，就是零下十幾度。雪下了三天，室內暖氣不足，把我凍成殭屍似的，現在抵埠後還覺得一身寒意。」搢彤一面說，一面從口腔冒出陣陣雪白輕柔的寒氣，續道：「幸而中宣部的同志見狀，連忙替我找來這件解放軍的大棉衣。那幾天，不是穿上它，怕也『客死首都』了。」

「別再說，回來便好！」江父一面拖著愛女的手心往火車站的出口走，一面說：「今次辛苦了我的心肝寶貝，牛一在樓外樓訂了位子吃晚飯，

暴流

鄭匡也過來，我們好好替妳接風。」

　　掬彤吩咐女服工會的後生將雜物放到早已備好的的士車尾廂，都是些募捐寒衣的剩餘物資，囑他隨即送返工會，明天她放一天假，後天待她上班後才好好打點。

　　想不到鄭匡一早便抵達樓外樓，且在臨窗的位置坐了下來。橢圓形的座位可以隔著玻璃窗遠眺對岸的維港夜色，景觀奇佳。

　　「位置真好！」掬彤一看便大讚起來，高挑的身材一箭步的霸佔了臨窗的最佳位置，探頭到玻璃窗前細意欣賞，道：「坐在這兒，還是覺得東方之珠最迷人，回家真好！」

　　「我敬愛的江同志，」鄭匡笑著道：「今次訪京送寒衣意義深重，一定功德圓滿了，還不快快告訴我們有何收穫？」一貫的笑口常開。又不忘替各人斟上熱茶。

　　「讓我喘口氣，等一下，準會一一給你匯報。」掬彤將解放軍的大棉衣擱到身邊的空椅子上，鹿毛雪帽則搭在上面，續道：「鄭同志，待本姑娘吃過香港的好茶好菜後，你便洗耳恭聽耶！」

　　傅生聽她的口吻，多少猜到今次的北京之行不至太糟糕，隨即問：「有否見過我的舊同學練浩？」

　　「我們通過一次電話。」掬彤答：「電話裡我叫他不用過來，郵電大學的宿舍甚麼都不缺，就是近西郊，交通不便捷。天氣冷，下了三天大雪，行程有點兒阻滯。」

　　「等一會再說，先來幾杯暖暖胃，然後點菜。」閔叔不用駕駛時便好杯中物，傅生連忙依從他的意思叫生啤。

　　「生啤不算數，法國干邑才夠勁！」鄭匡搶著說：「世伯，今晚是你的掌上明珠為港爭光凱旋而歸的日子，我們要盡興，不醉無歸了！」

　　「好，還是鄭老弟知我心意。我叫掬彤給你做大媒，討個好生養的姑娘替你傳宗接代，你就可以為八鄉原居民光宗耀祖，分到的燒豬便給我一份。」

　　「男士喝酒，我要喝綠寶橙汁。」掬彤獨愛汽水，傅生便一面看餐牌一面揚手叫部長，隨意點了兩道送酒的小食。

　　一頓飯下來直吃到將近十一點，四人才分頭回家。

傅生在星光行的門前召來一輛的士，和掬彤一起上車，先行送她回去休息。在車廂內便對她說：「明天妳不用上班，我向公司告半天假過來陪妳好不好？」掬彤當然開心不已，卻不言語，只頷首而笑。

　　誰料人算不如天算。翌日上班，傅生剛坐下來，案頭上的電話鈴聲便大作起來。是堂弟傅永，說老爹凌晨兩點經已身故。傅生接到噩耗的同時亦感奇怪，疑心對方的這通長途電話從何而來。番禺一向落伍，對外通訊困難，故這通電話，不是從醫院打來就是借用村公所的嗎？但此刻，已經不好問，要問的是老爹的死因，只聽堂弟答：

　　「是心臟衰竭。」傅永在話筒裡說：「其實，兩天前已經昏迷。院方希望家屬早點辦理後事，停屍間經已出現人患，皆因去年鄉下的農作物失收，漁獲又告大減，許多獨居老人的糧食不足，餓死的不計其數，連營養不良而死的孩子數目也多，加上春節將至，大陸的長假期總有半個月，院方希望趕緊清理停屍間的屍體，是取其早早準備過節的意思。牛一哥，可以的話，你趕快回來。」

　　聽畢，傅生第一個顧慮是公司贊助《山鄉風雲》的工作，手上還有一大堆問題尚待解決。明天的會議是決定贊助服裝的具體細節，難道要像上次石灣陶瓷展一樣，在番禺遙遠控制手下的籌備工作？今次又沒有鄭匡從旁協助，問題肯定會更多。

　　他立即搖電話到珠江客輪訂了後天下午一點的船票。今天下午放棄原訂的半天假期，臨時跟服裝部和匹頭部的同事們開了個緊急會議，交代他們需要跟進的事項。喪假立即申請，希望趕得及一周內辦妥老爹的後事，速速回港作最後衝刺。

　　老爹是土葬，生前早已安排妥當。是祖屋半里以外的祖宗山墳，就是太公傳承下來的大片墓地。大多數傅家村的先人都在那兒入土為安，包括老爹的父母和他的弟弟均長埋此地。

　　傅生的盤算算得周到，理應可以趕得及下個月《山鄉風雲》在港公演的時間。

　　「掬彤，我知妳一片孝心，但還是待我一人回鄉奔喪好了！」未婚妻原本想以兒媳婦的身份出席老爹的喪禮，卻被傅生勸止，「妳跟我回去，

也不知二嬸和堂弟怎麼個想法？鄉下地方，人多口雜，不知傳出個怎麼的口實？」傅生一面抽煙減壓，一面在話筒裡向她解釋：「何況我根本沒告訴過他們有了結婚的對象，加上妳剛回來，還是好好休息，別節外生枝，一周後我便回來，我們就結婚。訂了親事，才公告天下，包括我家鄉的一眾親友，這才名正言順的。」

「虧你想得美！」隔著話筒，便聽見未婚妻在那邊哼了一聲，「你正孝服在身，按老規矩，三年內，休想結婚了。」

聽掬彤如此一說，傅生才想起有這樣的傳統慣例，不禁眉頭皺了一皺。

坐在開往番禺的輪渡上，傅生想起上次回鄉的種種情景，尤其起居飲食，總有諸多不便。即使是自己的祖屋，除了前往醫院探望老爹之外，一個人，鎮日孤零零的待在一間逾千呎的古宅內，時間一分一秒的辛苦地過。每日三餐，都往隔壁跟二嬸和堂弟用膳，也是相對無言的時候多。一個長居香港的都市人，哪會習慣鄉下的清苦，今次回去奔喪叫沒法子，故少留一天便是一天。最理想是趕快辦妥老爹的後事速速回港。不，對了，傅生一下子想起，彷彿聽同事說過，廣州的大光明戲院正在上演《山鄉風雲》，不知是否羅嵐演出的那一齣？湊巧的話，何不轉往省城先睹為快？相信對公司贊助服裝的工作有利，亦可順便到羊城逛一逛。

「許大娘今次真的幫了你一個大忙！牛一，你老爹的白事，仵工、挑夫、道士和道姑都是她做跑腿召回來的，費用也不貴。」傅生甫進二嬸的家門，對方便第一時間稟報喪事的安排細節，「還有，你要好好打賞她。她已答允，每月的初一、十五，都會上墳前打掃一趟，你在香港，便可以省了一重心事。」

「好極了！二嬸，妳說該打賞多少？」傅生笑著問，在旁的傅永給他端來一杯熱茶。沒見堂弟不到半年，看起來消瘦許多。

「牛一哥，人家不是一定要幫忙。到底是外人，不姓傅。」傅永喝著自己的那一杯，煞有介事的坐到一張半新不舊的太師椅上，插嘴道：「我們每月給她五元人民幣，就是圖她能跑能幹活。」

「你二嬸年紀已經一大把，還能幹甚麼？一日三餐，就依靠了她。」二嬸補充說，語調有點兒拔高：「現在大伯走了，你那邊的祖屋鎮日的衛

生打掃誰來幹？你不在鄉下，當然不知道鄉下人的難處！」

傅生聽得出話裡有話，覺得也該每月分擔部份家鄉的使費，因道：「那麼，我跟你們一樣，每月給她五元人民幣。」說畢，便喝了熱茶，然後掏出一包從香港帶來的花旗國香煙來抽。又遞了一根給傅永。

「不，我抽國產的。」見堂弟從寶藍色外套的上衣口袋掏出一包紅雙囍，就替他擦上洋火，跟著問：「我們趕在春節前辦理後事，鄉親老父有怎麼個想法？會否覺得不吉利？」

「這叫沒法子！」二嬸歎了一聲，打開傅生從香港帶來的手信，是蓮香茶居的光酥餅和炒米餅。因為趕時間，是傅生回鄉前託泰華的後生從元朗替他買回來的。

「牛一，雖說現在改朝換代，人民政府當家作主了逾十年，但鄉下還是鄉下，老規矩總要守。」二嬸試著吃了一口光酥餅，表情好像頗滿意，續道：「我的意思是，白事一切按照傳統的做法，晚上我再仔細向你交代一下。就是有一樁，需要你自己作主。道士先生就曾提醒我，大伯的壽衣壽木要大紅的，配合他屬火的來處，這樣便可以五行相宜，福蔭家宅。這一些，我們都替你作主。至於陪葬品，我便拿不出主意，一切由孝子賢孫決定。你趕著飯後回去，看看有甚麼紀念品可以適用，明天帶過來。」

返回自己的祖屋，傅生便從五桶櫃的第二個抽屜取出紅包套，封了三十八元的人民幣，想著明天交給二嬸。畢竟，快過年，鄉下人要辦的事情多得很。

窗外庭園的北風呼啦呼啦的吹著，吹起了幾株槐樹的大堆落葉，婆婆娑娑的在地面旋了幾旋，跟著由近處飄到遠處。縱然窗戶的隙縫經已塞滿布屑，寒風還是悄悄的從外邊鑽了進來，冷得他打了哆嗦。南方少用火爐，寒夜的滋味可不好受。

看著老爹的日常家居，破舊的臥室和傢俬都很簡陋。外邊的大廳和左右兩側的耳房均不甚寬敞，天花簷篷橫樑和主力牆都一覽無遺。上次老爹住院時，還未感到祖屋的孤清，今次回來便覺迥異。畢竟，那時候老爹在世，人一走，甚麼都變了，所有眼前的事物都變成灰撲撲。

傅生猜想老爹的私人物件不是藏在床下底就是床邊的五桶櫃。床邊一

張三腳几，像古鼎似的立著，上面放了一盞牡丹鴛鴦和仕女圖的三角形走馬燈，按動開關，便旋出一室的流動波光。一隻企身的相架，裡面放著他們一家三口早年的生活照。傅生自己沒有收藏，看著舊照便有點兒眼生。他猜想是自己尚未小學畢業時的照片，是在土瓜灣唐樓居住的年代。那時候他的母親經已患肺癆，病了又好好了又咳。他父母都是矮個子，不像他有五呎九吋的身高。可能是隔代遺傳的。

老爹經常對他說：「牛一，你像你老母！」指的是長相。傅生拿起舊照想認清一下，橫豎都不覺得。他長年寄宿在校，幾乎把母親忘記了一大半，起碼淡化了，印象變得很模糊。現在每年都想不起到柴灣歌連臣角的墳前給她上炷香。

他跟老爹相依為命慣了，即使唸書時長年累月的在漢江寄宿，畢業後更培養出獨來獨往的個性，但情感上，還是親近老爹許多。

從床下底的幾隻蓮香月餅鐵盒內找到老爹的遺物，一本破皮的《共產黨宣言》、一本《唯物辯證論》、兩本不同版本的《毛語錄》，還有幾本殘缺的梁羽生的武俠小說，都是不完整的小冊本。另有一張老爹在銀號打工時的工作證、一張香港結婚證和一枚停擺多時的樂都錶，遺物似乎就是這一些。

傅生一看這枚樂都錶，跟他現在腕上的是同一款式。這是他初中畢業時老爹特意買給他的貴重物品，兩父子各有一枚。他立時告訴自己，就拿自己的這一枚跟老爹的一起陪葬囉！

七

國家解放之後的春節假期沒十天總有八天。傅生抵達廣州時正好是年廿九的晚上，廣州火車站趕著回鄉度歲的人潮剛靜下來，火車站顯得冷清，時而見一家幾口拖男帶女的提著大包小包的布袋行囊東跑西竄的趕過關。

除夕夜的黃昏，不到五點，太陽曬得月台和出口處黃澄澄的。大堂那邊，有幾對穿著羊皮大衣的年青男女閒閒地步出玻璃門，幾位紅衛兵模樣

的小伙子聯朋結隊的向外邊小客車的站頭走過去。陽光曬著一條馬路，一點也沒有寒冬過節的感覺。

傅生慶幸自己辦妥老爹的喪事還有三天時間可以待在省城，順道看一場《山鄉風雲》。時間容許的話，就可以閒遊這個久未踏足的羊城。

看看自己隨身的行囊，就是兩隻皮革手提包，不重不輕，無須急於往賓館，可以先行找個食店醫醫肚皮，然後前往入住的廣州賓館，打一通電話給掬彤報平安。今晚畢竟是團年夜，他最渴望的是跟掬彤一起度過。即使不可以，在話筒裡跟未婚妻閒聊幾句也覺心甜。

大時大節，即使文革當前，省城依然按照南方的傳統一律停市停工停課。只有兩間電影院的門前有長長的人龍輪候入場。一間上映《南征北戰》，另一間則是《雞毛信》。街上偶然還聽見遠處傳來的幾陣鞭炮聲。幾棟西關式的唐樓露台養著小盆桃花和桔子，氣氛有點兒回到民初。樓下一列店舖全都上鎖，大門打開的是住宅。幾個孩子隔著對面街頭對唱小曲，似是樣板戲的腔調，唱的都是廣東話。傅生走過兩條街道，硬是找不到一間開門的食店。從前「食在廣州」的那句老話，在新中國的長假期都要改寫。

好不容易才找到一處可以吃小食的。是一間北方餃子店，裡面擠滿客人，傅生等了相當時間才能坐下來，簡簡單單點了一碗羊肉餃子加青菜苗。夥計說先要付費，傅生便從厚棉襖的內袋掏出兩張糧票。

「同志，不收糧票，」夥計說：「我們只收現鈔。人民幣有沒有？」然後不耐煩的白了他一眼，轉到另一檯招呼客人。

廣東人真會做買賣，現鈔換港幣，然後賺取外匯的差價。

傅生一面吃羊肉餃子和青菜苗，一面在清湯上放上芫茜蔥花和醬油，還是覺得淡而無味。難道省城的北方料理就是這樣子？比香港的味道還差一截。他記得掬彤上次在話筒裡大談北京的「食經」，豐富之餘還很滋味。

『我們住在郵電大學的學生宿舍，大部份學生不是上山下鄉就是四出串連，校園寧靜，居住條件很不錯。每日四餐，除了消夜之外，都是有魚有肉，並非甚麼肥豬肉煲白菜之類的『憶苦餐』。中宣部同志在歡迎會上還熱情地對我們說：『你們從香港特意上京送寒衣，就是愛國同胞的一等

暴流

模範，祖國當然要以外賓級的規格接待你們，熱烈歡迎你們回來走一走。』牛一，你可知嗎？今次我們在北京，每日的食材都是從華南專程運過來，哪會不鮮活？就是首天晚上，對口單位便在北京飯店的大廳設宴款待，蒸青口、紅燒魚翅、香煎蟹鉗都有。最後連紅豆沙也端上來，直像香港吃喜宴一般。最後一天歡送宴，又在大學的飯堂請來當地一流的廣東師傅到會，照辦煮碗來一趟豐盛的粵菜。至於募捐寒衣活動，不過在校園擺了三日露天攤子，請來公安和解放軍維持秩序，向鄰近三千名居民和外省百姓派發物資，活動就此告終，餘下時間就是外遊，天安門、頤和園、故宮、天壇、長城、北海公園、明十三陵的到處玩，只差承德山莊趕不及時間走一圈。兩周行程，一眨眼便過去。」

掬彤今次北京回港，難怪心情那麼輕鬆。除了畏寒，一點倦態都不見，樣子喜孜孜，就像從海外旅行歸來一般。

傅生知道現在全國學校差不多都在停課，工農子弟更會北上，尤其大學生，一個個趕著串連搞運動，哪有心情上學唸書？郵電大學的宿舍便有足夠空間招呼這一團不到三十人的外來賓客，負責他們的起居飲食。加上由統戰意味十足的中宣部引薦，自然款待有加。但為何跟宋羚上次向他講述的情況差了一大截？假如女服工會以香港愛國同胞北上為名，即使行善，也該以半個國民的身份看待，而非外賓的規格款待。傅生左思右想都想不通。難道這就是所謂新中國無產階級的另類階級劃分嗎？

在廣州的翌日，傅生到大光明戲院看了一場《山鄉風雲》。是春節的特別場，可以買到前排最佳位置。門票一到手，傅生才發現是天津京劇團的演出，將這齣一九四七年南方人民游擊隊對抗桃花堡的故事移植到北方，變成「南腔北唱」。傅生直覺不會太吸引，但無奈經已購票，惟有入場觀看，反正是為了參考之用，方便贊助樣板戲的服裝。

大批觀眾在入口處等候進場。大年初一，大人們穿的不再是清一色或白或藍或灰或褐的外衣。許多年青女同志都換上艷麗的棉襖。不知是否因為天寒地凍的關係，一張張嬌嫩的廣東姑娘的臉頰紅得像北地胭脂，不是在嗑紅瓜子就是在咬竹蔗，喜氣洋洋的逗著身邊的孩子們說笑。

傅生見一對年青男女操著普通話指著彩牌廣告在說話，兩人的大棉襖

貼得親近，像對小戀人，一面看廣告一面指手劃腳的。傅生不期然向彩牌廣告望過去，在演出者的一欄赫然發覺「沙芬」兩字，扮演的是「春花」一角，心想，會否就是堂弟婦？抑或是同名同姓的女演員？只想起沙芬和傅永離婚之後，隨即離開了番禺。聞說重返北京了。

開場之前例牌高唱《東方紅》。今晚差不多全院滿座，全場觀眾站立起來。戲院大，樓底高，廣播的配樂和歌聲一下子從下而上的播放出來，然後又從天花板高處來回盪漾到戲院的四面八方。播畢，又唱國歌，觀眾們保持肅立，只聽得《義勇軍進行曲》在唱：

「起來！不願做奴隸的人們！把我們的血肉，築成我們新的長城。中華民族到了最危險的時候，每個人被迫著發出最後的吼聲，起來！起來！……」

歌聲的尾部依然在四周環迴盪漾，籠罩著戲院每一角落。觀眾依然站立，沒有坐下來的意思。

傅生對此情此景並不陌生。他是香港左派愛國學校出身的，算是半張紅旗之下教化出來的孩子，對新中國和人民當家作主的政府多了一份深厚的感情。每次聽到《東方紅》或者《國歌》，都會激起由衷的激越情緒。

樣板戲快要開鑼了，一大幅綉上「朵朵葵花向太陽」的大紅帷幕快要升起。舞台兩側懸起的標語分別寫上「偉大的中國共產黨萬歲，偉大的領袖毛主席萬歲」。這樣的氣氛與佈局，較香港一般的電影院自是不同。

翻開場刊，傅生才確認今晚扮演春花一角的正是他的堂弟婦。上面註明沙芬的籍貫和演出履歷等資料，心想：「要不要跟她打招呼？是在中場小休抑或散場之後到後台找她？」

這場天津京劇團的樣板戲落幕之時，博得了全院廣州觀眾三度鼓掌。全體演員三度謝幕，演出稱得上異常成功。

散場之後，傅生按捺不住自己的衝動走上後台。可能因為後台的同志們看見他一身孖襟中式大衣的模樣，十足一名香港客，沒阻礙他入內。傅生也一找便找到沙芬，對方正在替她的演出對手卸妝，還未發現他的出現。

「沙芬，妳好嗎？還記得我嗎？我是傅生，傅永的堂兄，從香港來的傅生。」傅生的普通話一向標準，全賴訓練有素。從前受教的學校和現在

暴流

上班的環境都派上用場。

「傅同志？不，牛一哥！哪會忘記？你好，你好，怎麼會在這兒遇上你？太巧了！好極了！」沙芬用半鹹不淡的廣東話說：「九年沒見面，可以在南方遇見牛一哥，想也想不到！」

「我看完妳的精彩演出後，便想過來跟妳打招呼，不打擾了，妳忙妳的好了！」傅生客氣地回答，正思量應否離開。

「不，不忙，我一面卸妝一面跟你聊，請到這兒坐一會。」沙芬讓傅生坐到隔鄰化妝台前的椅子上。又叫身旁的小演員自行用冷霜潔面，自己則對著鏡子清洗臉上的舞台化妝，不忘問傅生：

「甚麼時候到廣州？何時回香港？」

「後天黃昏回去。對不起，這兒可以抽煙嗎？」見沙芬點了點頭，潔淨化妝後的瓜子臉黑中透亮，似乎比九年前清減一點，跟著告訴她：「今次回鄉，是要處理家父的後事。」一面說，一面點煙，徐徐吹了一口上半空。

「啊！是嗎？」沙芬有點兒驚愕，「大伯爺走了？太遺憾了。牛一哥，你要節哀順變啊！」然後順手將一隻用過的煙灰盅移到傅生的手邊，裡面佈滿黑碎的煙屑。

「你們演出的檔期有多久？何時返天津？」

「還有十數天，全是春節演出。牛一哥，這兒不是談話的地方，明早可有空？」沙芬差不多潔淨了面上的化妝，眼睛從鏡子移到傅生的身上，望住傅生道：「劇團住在愛群大廈，明早你過來，我們可以有半天時間慢慢聊。」

「好的，我住廣州賓館，距離愛群不遠，明早我們一起吃早點。」兩人一言為定，傅生便步下後台，打算返回賓館去。

次日清晨，傅生步出賓館之前，差點兒忘記攜帶那部富士牌照相機。日前他在祖屋照了幾張家居相，又讓許大娘替他和二嬸兩母子合照了幾張作留念。他知道，這一走，也不知何年何月才回鄉。

今晨約了沙芬，照相機不忘隨身帶備，可以順道拍攝羊城市貌，比照從前旅遊的印象。

該搭一程公車。從賓館到愛群不過三、四個站頭。他曾問過接待處的

服務員同志，鄰近賓館站頭的公車位置。對方說就在沿街一角，傅生信步走過去，未幾，便找到站頭所在。

　　和廣州市民擠在公車內的滋味可不好受。縱然是大年初二清晨，經已站滿了一群不守規矩慣性插隊的同志們在守候公車。傅生好不容易才登上車，在髒亂嘈的車廂內又顛簸的站不穩腳，幾度滑腳向前衝，好不尷尬。但更可恨的是，一身孖襟中式大衣的港客形象，不時被四方八面的眼睛上下打量，就像動物園的一頭怪獸，能不覷䁯？

　　那時候車廂的廣播器播出早晨的宣傳講話：

　　「同志們、鄉親們，您們好。我們偉大的祖國慶祝成立後的第十八個春節，祝同志們、鄉親們新春愉快，萬事勝意。祖國富強，百姓安康……」

　　那女廣播員尖而高的聲線還未說畢，錄音講話便被打斷，隨即播出革命歌曲。歌聲響耳欲聾，幾乎蓋過公車的馬達聲。

　　未幾，傅生見愛群大廈已經在望，隨即從車廂的前頭走到中間落車位置。大概因為他的港客形象惹人注目，兩名操客家鄉音的老夫婦竟尾隨著他，嘰嘰喳喳的說了一輪話，還做出合掌唸佛的手勢，傅生好生奇怪，一時間，也不知發生甚麼事，只聽旁邊的一名男乘客對他說：

　　「同志，佢哋叫你拜菩薩、拜佛爺、拜觀音大士、拜天后娘娘。信嘅話，佛爺、觀音、天后就會保佑你！」

　　另一名穿著中山裝的同志跟著問：「你係港客？香港過嚟㗎？我去過香港，大城市，好熱鬧。不過，大陸就嚟解放香港喇。」

　　傅生沒答腔，對兩人只報以一笑，匆匆落車，心想：「國家不是早已實行『破四舊』嗎？為何廣州這個大城市竟會出現這號的百姓？」

　　走進愛群的大門，原來沙芬早已在大堂等候他。對方跟昨天的模樣有點兒不同，站著的身軀彷彿更高，看起來足有五呎七吋，比傅生稍稍矮一點。傅生記得九年前在婚宴上見過她的印象似乎沒這麼高。除了膚色黑一點，沒上妝的容貌比上妝的還要清麗，頭髮紮成兩股小辮子。一條連衣裙蓋到雙膝之下，外罩一件湖水藍的背心棉襖，露出修長的小腿。下面一雙繡花棉鞋，薄薄的穿在腳上，更顯得高挑端麗。但傅生疑心，對方的一雙棉鞋在室內走動還可以，但要踏足戶外，憑省城的寒冬，難免教人感覺難

受，不禁問對方：

「夠暖嗎？」

「廣州算不上甚麼。天津比這兒冷得多。牛一哥，我吃過早飯，是劇團的團友硬要我吃。假如你想吃，我們外出走走，邊走邊找，找個可以歇腳的食店，早點吃午飯好嗎？」傅生見她說話時霧氣從嘴角幽幽冒出，淡黑肌膚透著微亮，形容更加秀麗了。

「相機很美。」沙芬盯了一會兒傅生胸前掛著的富士相機，道：「外國貨？日本進口的？牛一哥，你看，我的小資產階級思想又回來了。」

「不，我才是從冒險家的樂園回國的香港人！」傅生自嘲道，隨即將胸前的相機讓沙芬看，一面說：「日本牌子，很輕巧，快門也準，自動對焦。香港現時挺流行。入境的時候我報了關，關員同志看完後，拿在手上再三研究，我心跳得很，不知發生甚麼事。又疑心會否被充公。」

「現在劇團中的一位攝影同志也有一部。是公產，只在宣傳活動上才照相，拷貝也要到指定的沖曬單位處理，照片就是國家產業。」沙芬細心看畢，便將相機交還傅生，兩人便步出愛群。

昨日重遇這位前度堂弟婦時，傅生很有衝動追問對方和傅永分開的原因。但一想到這是他們兩夫妻的隱私，要問的話便卡住了。左思右想，只想到當中的一個原因，可能是二嬸和兒媳婦的關係。試問，誰能耐得住這位難相處的家婆的尖酸刻薄？

沙芬是從北京南下的姑娘，在首都跟當年北上進修的傅永相遇。南北情緣，就這樣種下孽根。其實那時候沙芬的藝術生涯還有攀上高枝的機會，只可惜一場大病，奪走了她的志向，惟有嫁人。但為何她跟傅永分手之後，又重返文藝表演的這條老路？

「沙芬，妳的身體還好嗎？」走在路上，傅生便問對方：「何時開始重投國家文藝表演的行列呢？」

「離開廣東番禺後，我便折返北京老家，跟姐姐一起生活，一直為恢復戶籍手續搞了一段長時間，我趁機會便重新學習，在民辦的藝術學院進修京劇。兩年間，我考獲了優等獎狀，等到復員手續辦妥後，北京卻沒有劇團可以容身，直至朋友通知我天津京劇團招考新演員，我才成功被取

錄，現在是劇團的二級表演員。」

「妳跟傅永還有聯絡嗎？我知他仍在想念妳。」

「其實，我們斷了愛人關係後，也可以有正常的同志友誼，只可惜，事與願違……」

傅生多少猜到對方欲言又止的原因。

那時候兩人已經步行至文化公園的西門附近。再走過去，就是熱鬧的上下九路。幾聲零碎的鞭炮聲從那邊傳了過來，前面往來的自行車開始熱鬧。

「牛一哥，你看！」沙芬叫了一聲，「對面的電影院正在放映《甲午風雲》。我最喜歡李默然，在北京的時候跟姐姐看過兩遍，現在還想看一遍。」

「那麼好的戲，何妨多看幾遍。」傅生附和她，一眼看見她臉上綻發出來的笑靨，白皚皚的牙齒在微黑的瓜子臉上更見整齊。兩邊酒窩露出來，就像天真爛漫的小女孩。

「牛一哥，你幫我在《甲午風雲》的彩牌廣告前拍張照片好不好？然後我們到上下九路走一走。」沙芬突然有此要求，「聞說那邊的油紙傘不錯，既輕巧又耐用，花樣選擇也多，我想買回家當土儀。也許那邊還有食店開門營業，我們可以早點吃午飯。」

傅生便替她拍下照片。拍畢，又關心起她現時在劇團的演出，因問：「妳現在的表演生涯想必很辛苦，是嗎？」

「有興趣便不覺得，何況我也不是掛頭牌的表演員，沒有模範演員的演出壓力。起碼不用文攻武鬥的爭取登場的機會，感覺輕鬆得多。只是劇團的檢討大會很多，經常要應付文藝宣傳的政治學習。又要召開批判大會，不是批判別人，就是自我檢討。但我想，既然投身這行業，便要自我改進，盡力而為。趁哮喘病尚未復發前，能幹幾年就是幾年，能為人民服務多久便多久。對了！牛一哥，你聽過一部叫《第二次握手》的小說嗎？」沙芬突然問傅生。

「沒聽過。」

「這是一部國內的地下小說，現在在天津、北京和南京等大城市都在瘋狂傳閱中。我們劇團裡的好些團友都偷偷讀過，都是『手抄本』。作家叫張揚，書中的言情和浪漫都寫得棒，跟大陸政治宣傳的八股不一樣。可

惜就是這一點，便被國家高層視為黃色刊物，列作禁書，普通讀者不可能讀到。」

「太可惜了！但沙芬，類似的禁書在香港亦會出現。但香港總有秘密的渠道偷運這些禁書。」

「是嗎？有類似的情況嗎？能告訴我多一點嗎？」沙芬停下腳步，顯得很感興趣。

「從前我在香港左派的寄宿學校上學，升中的時候，校園傳來一位台灣作家姜貴的名字。他的反共小說寫得棒，一部叫《旋風》，另一部叫《重陽》，都是民國三、四十年代首次出版的。由於校方高度嚴禁閱讀右派書籍，尤其有國民黨背景的作家著作，一些學生，基於好奇心態，便從當值舍監的書架上偷偷取來。一個月間，厚厚的兩部長篇小說便被校內半數的學生讀遍。之後同學還組織了一個讀書會，討論小說內容的真偽，以證明共產主義的好壞，算是一種反思的學習。」

「聽來很有意思。」沙芬答。兩人正說時，見十字路口出現了四方八面而來的自行車，由東向西、又由南向北的駛過，交通擁擠得異常混亂。只見一名交通警察在十字路口的中心亭子上指揮交通，頭頂的天橋道上駛過的汽車轟隆轟隆的響著，橋下暗處的幾根破舊石柱貼滿標語，在晨光照不到的地方卻清晰可辨，寫的是「廣州人民熱烈慶祝春節，反右反資全國打倒蘇修」。

大街上的店舖在過年時節全都閂門，傅生和沙芬信步經過之處都沒一間可吃的。但不知是否個別的老百姓懂得做買賣，兩人行經下九路的一處橫巷，赫然發現一個買油條和豆漿的小攤檔。幾位同志正在熱呼呼的站著吃東西，傅生和沙芬便上前光顧。兩人各叫了一份，站在便吃得有滋有味。

傅生一面吃，一面近距離的望住沙芬的食相，見她尖著小嘴角吹起蔥油餅和豆漿的熱氣，微黑的膚色露出細嫩的質地。她才二十七歲，比掬彤還小兩歲。但他自己還是喜歡未婚妻略胖的臉型，可愛中帶點福相，是賢妻良母的典型氣質。他很高興，明天可以返港見到掬彤了。

八

想不到新十五還未過去雨季就趕著來臨。香港的天氣就是那麼反常，像極女士們的脾氣說變就變。那天周末，傅生中午下班後便趕往白加士街未婚妻的家中找她一起吃午飯，沒帶雨傘，還未到達她的家門，已經濕得像隻落湯雞。

掬彤住在這棟戰前樓宇已經幾年，一共四層。她住頂樓，三樓就是馬柔靜的居所。沒電梯，徒步上樓頗吃力。傅生一面走上去一面琢磨，和掬彤結婚後，一定要居住有電梯設施的樓宇。

掬彤平日獨居，江父每逢長假期才過來住三、兩天。傅生一進門來，便見未婚妻正在沙發上打毛衣，自己便一聲不響的往浴室，拿起乾毛巾抹擦頭上的雨漬，然後走到掬彤跟前，對她說：

「別打了，一起上茶樓吃飯！」一手便拿走對方手上的毛球，「難得周末，呆在家裡沒意思。」

「外面下雨，別外出了，我給你煮桂林米線，就在家裡吃。」掬彤從五斗櫥上拿起熱水壺，在兩隻玻璃杯內放上幾片普洱茶葉，注下熱開水，遞了一杯給傅生，然後從他的手中拿回毛球，繼續從頭編織，道：「再過些時，就是吉童的四歲生日，我答應淳妤織一件毛背心給他。」

「那麼，我的生日呢？妳打算送甚麼給未婚夫？」傅生挨近她身邊，看了一看毛背心的款式。又從小几上拿起一盒馬寶山牛油曲奇餅，坐回沙發便吃了兩片。這是他飯前最喜愛的「前菜」，一有空，他便買回來。

「牛一，我問你，小莊有沒有意思約會馬柔靜？假如敷衍，別教一位女孩子蹉跎歲月囉！」

「淳妤不是正在打探消息嗎？有空妳問她。」傅生站到窗前看街外的雨勢。天色更暗，一點兒沒有停雨的跡象。

「淳妤是你的同事，你們天天碰面，何必要我去問她。」掬彤依然專心編織，眼角卻在打量他，正在探視他的反應。

傅生知道淳妤今天下午休假，準會留在家中照顧孩子。平日她上班，就由她的婆婆照顧小孫兒。她婆婆喜歡搓麻雀，一周五天沒空耍樂，周末

周日便要補數，搓足十六圈才覺過癮。這兩天，她的家，準會像間竹戰館。

傅生試著打電話到李鄭屋徙置區，背景真的傳來一陣陣搓麻將的聲響，洪水猛獸的震人耳膜。是淳妤的婆婆接聽，劈頭便說：

「她不在，送吉童上贊育醫院。孩子昨晚還好端端的，今晨便發燒，燒到將近四十度，還抽搐，間或休克，嚇死人！醫生說可能是腦膜炎，也不知過了危險期沒有？」

傅生和掬彤聽罷立時嚇了一驚，連忙冒雨下樓截的士，直奔港島去。

兩人趕至贊育醫院經已三點半，在小兒科的收症處找到淳妤。淳妤一見掬彤，便趨前一把撲向誼姐，放聲便哭。

「別哭喇！吉童好了一點嗎？還在發高燒？」掬彤問誼妹。

「醫生說退了燒，過了危險期，但還有間歇性抽搐，幸而早發現。假如再復發，保不定是急性腦膜炎……」話未完，眼淚已奪眶而出。

傅生拖著淳妤的手叫她坐下來，問：「黃小興來了沒有？為何不見他？」

「今天是甚麼日子？賽馬日，你去快活谷準會遇上他。」掬彤一面罵，一面將濕答答的雨具擱到牆腳跟。

傅生一想到淳妤下嫁這位姓黃的傢伙便替她叫屈。黃小興是徙置事務處的中級公務員，擁有房屋津貼，卻安排妻兒和母親到公營房屋居住，明為方便照顧孩子，實則省錢，可以獨享租津那一筆，用於賭本上。除了穩定的一份公務員工作，整個人，壓根兒就不像話，好賭好酒好消遣，甚麼家事都不管。別說孩子的教養，對家庭欠缺責任感。淳妤跟了他，往後的日子不知怎麼過？

「黃小興知道吉童入院嗎？」傅生問淳妤，只見對方搖頭，一頭栽到掬彤的肩膀上，嗚嗚咽咽的續說：「假如孩子有甚麼三長兩短，我也不願做人了。」

「要是給我遇見黃小興，看我如何收拾他？」掬彤一面罵，一面撫著誼妹的長髮，連聲安慰對方。

時近四點，外邊還下著絲絲細雨。傅生跟掬彤因為仍未吃過一口飯，這時候已飢腸轆轆。三人便到醫院對面的飯館用膳，坐下來便叫了五個小炒。

傅生勸淳妤多吃一點，才有力氣照顧孩子。然後問：「妳哥哥知道吉

童生病嗎？」

「還未告訴他，近來他很忙。」淳妤答，只端著手上的一碗白飯細細咀嚼。

「上次相親的事，準會沒下文。」掬彤肯定道：「那麼，妳打聽過哥哥的意思嗎？馬柔靜那邊也不好再拖。說到底，人家是適婚年齡的大姑娘，別教她夜長夢多。」

「我哪有心情問哥哥這一些，下學期，吉童便上學。」淳妤一臉擔心的樣子，「假如身體沒好轉，幼稚園的學費豈非泡湯？」

「姣（好）了，姣（好）了，」掬彤挾上餸菜讓誼妹送飯，還道：「別再追問他，不管就不管。吃畢，我們回去看吉童。」

次日早上，淳妤致電給傅生，告訴他說孩子的高燒已經退下來，不再肌肉抽搐，情況有起色，明天可以再上班。傅生聽罷，也覺寬心。畢竟，淳妤是掬彤的金蘭姐妹，又是小莊的妹子，不就是他的妹妹嗎？

傅生見今天手上的工夫幹得差不多，可以準時下班。看看手錶，才發現手腕空空如也的，難怪這幾天總有點不習慣，看時間的時候總要望向牆壁上的掛鐘，這才醒覺，自己的那枚樂都錶，早已陪同老爹的遺體長埋黃土，是時候買一枚新的手錶。

翌日中午，他打了一通電話給鄭匡。由於對方有相熟的鐘錶店，可享優惠，誰料鄭匡正在忙於拍攝外景，無暇陪他去購買，傅生只好自己上店舖選購。原來這間鐘錶店就在小莊上班的那間人造塑膠花廠左近，傅生買完新錶後，便嘗試約會對方。難得對方一口便答應，兩人相約在工廠對面的冰室見面。傅生放下電話，慶幸自己今天找到久未聯絡的好友，心想，待會兒可以告訴他吉童的病況。至於他和馬柔靜交往的下文，就不知如何啟齒。

有時候，傅生也害怕約會對方，覺得跟小莊聊天有點兒壓力。面對他，不是談政治就是聊時弊。遇上話題觸動他的時候，他便口若懸河，大發議論。正因為阻擋不住小莊那種憤世嫉俗的個性，為免話不投機，還是少聚為佳。

外邊下起毛毛雨，像煙霧一般的瀰漫四周。傅生坐在冰室內，見小莊

暴流

撑著雨傘推開玻璃門，精神較上次抖擻許多，信步走到他跟前。

　　傅生見他一身褐色工人衫褲的裝束出現，大概是工程科科長的指定制服，但穿起來像大了一號，令他原本矮小的身形更覺矮小。他記得掬彤曾經笑說：「除了矮，小莊長得還不賴。但男人長得矮，是否小時候在斗室中撑著雨傘走路，因而長也長不高？」

　　小莊坐下來便脫去身上的外衣，外衣沾上濕答答的雨漬，工人衫上的口袋露出了一本小紅書，傅生知道是他隨身帶備的《毛語錄》。看看手腕上新買的司馬錶，正好是下午茶時間，便問對方喝甚麼。

　　「我叫了一杯黑咖啡。」傅生道：「你不忙的話，就來兩份下午茶套餐好不好？」

　　「隨你吧！」小莊掏出牡丹牌香煙來抽。他是「愛祖國用國貨」的。還機械式地用指頭捲動煙身，就像捲生熟切煙一般，跟著道：「淳妤昨晚來電告訴我，吉童的腦膜炎和高燒已經退下。這孩子，跟他母親一樣，體質單薄，老愛病，總教人擔心。」

　　「沒法子，兩人都是先天不足。但做父母的最可憐，難為了淳妤。近來你忙些甚麼？」傅生問。

　　「周三有一批塑膠玩具付運歐洲，這兩天，準要加班了。」

　　「外銷最好，老闆一定賺個盆滿鉢滿，你們年底等著收花紅。」

　　「丟那媽！正仆街！」小莊罵了一句，鼻管還哼了一聲，然後道：「那些資本家，只當我們是生產機器，當工人是狗，只管壓榨我們的勞力，賺取最高的利潤。你們等著瞧，共產黨南下如何收拾他們。」

　　傅生知道話題又到了警戒線，再談下去，對方只會大發偉論，還是轉個話題比較保險。

　　「近日有否見過蒯老師？他還好嗎？」自從上次在鄭匡的家中替小莊賀壽，小莊和老師不歡而散後，很久沒有聽見蒯老師的消息。

　　只聽對方答：「聞說青光眼復發，晚上幾乎看不清，需要施手術。」跟著問傅生：「你有沒有跟鄭匡見面？他還是跟那位叫朱景春的導演一起拍片嗎？」

　　「還有誰？聞說朱景春快將榮休，鄭匡等著正式擔任導演了。」

「只怕他先要解決問題，才能坐上正選位置。」小莊一面吃著夥計剛才端來的炸雞翼一面說。

「甚麼？鄭匡要解決甚麼問題？」傅生不明就裡，忙問。

「你沒有讀報？他們的外景隊伍在春秧街拍攝時，遭到三合會成員收取茶煙費，勒索三百元。」

傅生一聽便嚇了一驚，喝著的黑咖啡也嗆到鼻腔，連忙咳了幾聲，跟著問：「甚麼時候發生的？報了差館沒有？現在他怎樣？」

「沒用，香港地，兵即是賊，還不是蛇鼠一窩嗎！」

傅生正要追問下去，只聽小莊說要趕回工廠去，惟有打住，想著今晚打電話找鄭匡問個究竟。

正因為兩人都擔心鄭匡的無妄之災，傅生和小莊均不約而同的約會對方。是晚三人便到老地方一起吃飯，地點就是土瓜灣紅陞飯店。

雨勢一直沒停止，加上寒意襲人，這晚紅陞飯店只有三檯食客，場面顯得很冷清。天花板上一盞老舊的五星抱月電燈泡照射下來，照得全室一層層霧氣四散，只聽得外邊的雨聲淅淅瀝瀝的叫。

「這叫『風雨故人來』，我們三劍俠，難得碰面囉！」傅生坐下來便不無感喟的說。但見鄭匡滿面春風，可能三合會收取外景隊伍茶煙費的事，對他的心情和士氣沒多大打擊。

「真邪門！第一齣執導的電影便出了事，是否流年不吉利？我媽今早便說，要找位得道高僧打一堂齋，消消烏氣。」鄭匡笑著道。

「靠佛爺不如靠人力。毛主席不是說過嗎？『人定勝天，要充分發揮人的主觀能動性』。」小莊一面研究菜牌一面說。

「兩位兄弟，你們說，該怎樣？這樁勒索案，差館已經備了案，但不知他們往後如何跟進。現在還有幾天春秧街的外景要補拍，會否再出現問題？」鄭匡替兩人分別斟上啤酒，斟得滿滿的。啤酒泡沫隨即從玻璃杯口溢出來，沾濕了檯布，檯布頓時染成一大朵花卉似的圖案。

「你們這一行，廠景還可以，就是外景易闖禍，動輒遇上三教九流的人物收取茶煙費，這叫避無可避了。」傅生道：「眾所周知，香港的黑社會貪污受賄勒索敲詐的非法勾當，在街市、舞廳、地盤，甚至小販攤子尤

其猖獗。政府坐視不理；一些部門甚至狼狽為奸，包括警察局和消防局，難怪有人說，香港是『犯罪者的天堂』。」

「難道逆來順受嗎？」小莊大聲疾呼：「其實，這不單是三合會的問題，而是政府包庇縱容的問題，才會將問題更趨惡化。鄭匡，你們這一行，不是組織了左派電影協會甚麼的？這類組織，不要搞甚麼聯誼活動，而要擔起工會角色，向政府施壓，反映意見。必要時，還要策動示威遊行，爭取工友們的權益甚至對抗社會的不公道，就像去年香港市民群起反對天星渡輪加價的抗爭運動，才能解決問題的根源。」

「道理說得很漂亮。」鄭匡喝著一碗老火湯，一貫的笑盈盈地說：「但我不想加入甚麼組織，搞甚麼對抗。我還要討老婆，生半打孩子，才能對得住元朗八鄉的太公和列祖列宗。說到底，我們不過是升斗市民，只求溫飽，安居樂業，生活穩定便可以。這次面對三合會的敲詐勒索，算是飛來橫禍了！」

「話不能如此。」小莊堅持道：「假如縱容社會的不公道，香港還有希望嗎？再這樣下去，香港只會淪為窩藏罪犯的地方。但我相信，只要國家一出手，港英政府縱然繼續包庇，蛇鼠一窩，也逃不過壞收場。只有乖乖就範，洗心革面，糾正錯誤，才有重生的機會。」

「甚麼叫乖乖就範？」傅生原本不發一語的進食，這時候也開口追問。

「香港地，甚麼東西都靠內地輸入，」只聽小莊繼續說：「國家不輸出，港人的衣、食、住、行不就完蛋嗎？一旦被大陸斷水、斷糧、斷衣食，東方之珠不就黯然無光嗎？」

鄭匡聽他這樣說，一時間，也無言以對。但傅生心想，「假如這情況變成事實，不就苦了香港的平民百姓？」

九

傅生手上拿著一打《山鄉風雲》的戲票贈券，坐在辦公椅上正在思量如何分配，八張送給這次泰華國貨處理贊助活動的同事們，四張自用。

今次公司贊助湛江粵劇團的樣板戲演出，跟原本贊助服裝的構思完全變了調，這是劇團那邊的最後決定，最終還是沿用大陸的老一套，泰華贊助服裝的計劃就此拉倒，變成提供舞台道具，包括紅纓槍、紅燈籠、紅檯椅和紅旗幟等物資，全是從公司的傢俬部和玩具部搬到舞台去。

傅生記得這兩天淳好說過，吉童從醫院回家之後，身體復原得挺快，便想請兩母子看一場樣板戲，從四張贈券中抽出兩張，剩下兩張，便留給掬彤和她的父親。

「我老竇哪有工夫看？牛一，你送別人去！」未婚妻在電話那頭道。又問他：「周末可有空？老竇約你上馬場。他說很久沒見過你。自從你奔喪回來大家都在忙。你就陪他上馬場一趟。」傅生不加思索的答應對方。

周末他從泰華提早下班，趕到港島司徒拔道禮賓司司長的府邸時，已經將近十二點。

這間府邸，他來過幾趟，都是和掬彤一起到訪，今天是首次獨自上門。應門的阿媽不認識他，表情有點兒硬繃繃，態度顯得不客氣。傅生報上名來，告訴她說來找這兒的家庭司機，對方不情不願的招呼入內，領他走到大廳一角的花梨木椅上坐下，不耐煩的叫他稍候。另一位身穿中式長褲和月白上衫的阿媽剛巧經過他身邊，手裡捧著一隻雕花玻璃托盤，上面放著三隻高腳杯的飲料，掃了他一眼，帶點不屑的眼神，跟著走向大廳那邊的大沙發前，招呼三位外籍中年女賓。傅生離遠聽見洋女子們的對話，大概是女主人的皇親國戚。

傅生今天穿著整齊的褐色西裝，竟然遭到下人如此白眼，感覺有點兒難堪。他後悔不預先打一通電話給閔叔，說明何時到訪，可以由他領著進內，甚至從後門入內也可以，省卻遭受「門口高，狗隻大」的嘴臉。這樣看來，是否港英高官的大宅，尋常百姓一旦入內，都一律遭受如此「禮遇」？

未幾，一位廚子模樣的中年漢走到他跟前，笑著問：

「傅先生嗎？閔叔的女婿嗎？」

「不，還不是，……」傅生一時語塞，也不知如何自我介紹。更想不到閔叔經已將自己當作半個兒子，在同事面前如此交代。

對方一面領他入內一面說：「閔叔正在帶少主人上學。每逢周末，英

童的課外活動可多，早上學油畫、中午學梵啞鈴、傍晚學法文，晚上還有讀書會，你等一等，他快回來了。」

「謝謝你，請問貴姓？還未請教閣下尊稱。」

「你就叫我明哥。我是這兒的伙頭大將軍。」

傅生心想，大概就是閻叔經常提及的那位好同事。

經過後花園，已經到了閻叔居住的工人房，從前他和挹彤一起來過。一個私人司機可以獨享一間二百平方呎的房間，算不簡單，想必閻叔跟禮賓司司長的關係非比尋常，才會享受如此厚待。傅生記起閻叔送給他的那本《厚黑學》，對方的做人處事，大概從那本書籍活學活用的搬過來。但要傅生學懂「面皮厚、心腸黑」的工夫，難度的確不少了。

「少主人快要回來吃午餐。」明哥道：「傅老弟，你就等一下，我忙我的，回頭見。」

見明哥步出工人房，傅生便獨個兒待在裡面。站在碌架床旁邊，見兩層高的碌架床，下格是閻叔歇息的地方，上格則整齊地疊起幾包用牛皮紙袋包裹的雜物，裡面有幾件女裝衣物露出來，式樣很過時。當中兩件似淡素旗袍的衣領，領口都發毛，傅生心想，從未見過挹彤穿著旗袍，想必是她母親生前的遺物。上兩次到訪時也不覺察。想不到閻叔是個長性子的人，對亡妻念念不忘。

傅生見床邊的小書桌上放著一隻不大不小的留聲機，上面有兩張新馬師曾的唱片。一張是豉味南音《客途秋恨》，另外一張是《光緒皇夜祭珍妃》，都是閻叔鍾愛的，大概經常欣賞，故而放在當眼之處。

從冰箱取出一瓶綠寶橙汁，傅生一面用開瓶扣揭開，一面心想，閻叔只喝白開水，一定是為女兒而設。這是挹彤最愛喝的汽水。傅生一口氣喝下幾口，才明白「寒天飲冰水，點滴在心頭」的滋味。

拿著汽水瓶，走到穿衣鏡前照了一照。見自己一身筆挺西裝，今日卻遭到兩位女傭的一番白眼，不禁苦笑了起來。

他知道準丈人喜歡讀閒書，不用開車時便躲在房間讀。一片書架，滿是梁羽生的武俠小說，《散花女俠》、《萍蹤俠影錄》、《雲海玉弓緣》、《白髮魔女傳》甚麼都有。中間夾著兩本不同版本的《厚黑學》，書架的

第二格前方則放了一瓶廣西玉林牌正骨水，是傅生送給準丈人的，現在剩餘三分之一。大概對消除閎叔的腰骨痛頗有功效，這才一用再用了。

他拿起放在正骨水旁的一隻相架來看。相架一分為二，左邊一張放著閎叔和亡妻的舊照。除了高，江母跟掬彤的樣子一點也不像，薄薄的臉，細細的腰。一襲滿族長衫穿上身，跟閎叔的西服裝束相映成趣。右邊一張是閎叔和女兒的合照，是掬彤在漢江中學畢業時拍下來的。十年前，閎叔曾經留過時髦的一撇鬚，現在全刮光，形容老成得多。照片上的掬彤沒平日開朗活潑的笑靨，表情嚴肅。有次他好奇的問她，為何相中人悶悶不樂？事後他才知道，掬彤畢業之時，正值她喪母之痛，和父親合照，難免想到亡母未能前來觀禮的遺憾，因而悲從中起了。

「牛一，等了很久？」有人從他背後問他。傅生因為看照片看得入神，連閎叔走進來也不覺察。

「不，世伯。」傅生答：「會否遲到？現在趕往馬場一定開跑了。」

「不遲，從這兒開車過去不用半小時。」閎叔答。跟著從外套口袋掏出一包紅人牌香煙來抽，又遞了一根給傅生。

「牛一，坐下來，我們好好談一談。」

傅生坐下來便拿過書桌上的煙灰盅靠到閎叔的手邊，又喝起手上的綠寶橙汁。

「你爸的後事忙過了嗎？還要回鄉嗎？」閎叔問。

「託賴，短期內沒甚麼事情可辦，就等七年後『執骨』，可以將老爹的骨灰送返香港，跟家母的靈位一起安放到歌連臣角，方便春秋二祭了。」

「這樣的安排最妥當！」江父抽煙抽得勁，一根駁一根，續道：「那麼，你和掬彤的婚事打算甚麼時候舉行？今年是雙春兼閏月，但遇上你孝服在身，是否該延期？雖說我並非食古不化的人，但親朋戚友的想法也該關顧，加上掬彤的年紀不輕，再等，只會誤事。」

「世伯，你能諒解最好不過。其實，戴孝不戴孝是個人心意，我跟掬彤也經歷了不少考驗，現在是結婚時候。既然世伯是不拘小節的人，我便趕緊籌備，好趁經濟能力可以之時，分期付款供一棟樓宇，免得婚後掬彤再爬四層樓高的唐樓。」

「好，這樣挺好！」閔叔拍了一拍桌面，笑逐顏開的站起身，道：「你的決定正合我心意，掬彤嫁給你，我便放心了。沒問題，我們現在出發吧！」

汽車駛到跑馬地禮頓道，沿途開始雨紛紛，加上寒冷，路過的途人均加快腳步。傅生從車廂望出去，前往快活谷的馬迷可不少。十多部人力車載著紅男綠女，一窩蜂向馬場的正門奔過去。連電車軌道也塞著幾輛列隊的電車，蝸牛似的向前駛。

「今天的皇家打吡大賽安排在第四場舉行，馬迷肯定不少了。」閔叔一面將車子駛往停車場一面說：「聞說有皇室成員到場頒獎，港督今天是陪客，我家主人麥克格爾先生也會到場湊熱鬧。」

泊好車，兩人跟人山人海的馬迷從正中央的入口處走進馬場。馬場的正門懸起一幅大型橫額，上書著「歡迎愛丁堡公爵夫人蒞臨參觀英皇御准香港賽馬會打吡大賽」。

過了剪票處，見一眾馬迷正在一個販賣冬季大馬票的攤檔選購，閔叔見狀也趨前購買，還自言自語地道：「唔！買幾張，發財也好，碰碰運氣也好！」然後快手買了幾張，從口袋掏出銀紙交給檔販，那時候傅生聽見背後一把熟識的聲音在叫。

「給我六張，我不挑，隨便給我便可以。」

傅生連忙回首探望，從人叢中看見小莊的妹夫黃小興。他跟淳妤的老公沒甚交情，除了農曆年大夥兒偶然一聚，算是春節的聯誼節目，平日鮮有碰上面。

對此人，傅生一向沒好感。不但如此，還經常替淳妤叫屈，覺得一個好女子，為何下嫁一位不負責任的男人。尤其今次吉童病倒，做父親的對孩子麻木不仁，直教他感覺氣憤。馬場偶遇，傅生即時決定，連打招呼也要省掉，就當對方是個透明人。

雨勢正絲絲下著，賽事卻如常舉行，不至影響馬迷們投注的興致，場內大批馬迷的情緒依然高漲。由於首場賽事正在開跑，公眾席上的喧嘩聲、喝采聲、歡呼聲和謾罵聲傳了過來，夾著馬匹奔馳的鐵蹄聲響，此起彼落的交織一起。

傅生跟閔叔平日只偶然入場觀賽，純粹為了湊熱鬧，對博彩興趣缺缺。觀看打吡賽事，更是平生第一遭。

　　這天一共六場賽事。首場開跑之後，公眾席的馬迷正在等候第二場，全神貫注地研究手上的《馬經》。許多馬迷還在放聲交換首場的賭馬心得，準備下場的投注金額。傅生見閔叔一面翻開《X僑日報》一面架起老花眼鏡，專心地一頁頁的新聞、娛樂、副刊逐版看，看得有滋有味，倒不像進場碰運氣。

　　傅生知道準丈人上馬場志不在賭，而是跟洋主人保持關係，交流賽馬的談資。「牛一，跟我來。」閔叔突然放下報紙站起身，道：「我們一起進包廂，我有特許證，可以帶你進去見識見識，順便和麥克格爾先生打聲招呼。」

　　麥克格爾就是閔叔的洋主人，亦是馬主，在港英政府擔任禮賓司司長，專責安排香港總督跟外賓及高官和政客的酬酢禮儀，官位不高不低。他的三頭澳洲馬，中文名字都由閔叔這位家庭司機命名，一匹叫報捷，另一匹叫長勝小子。兩匹馬匹，今天都參與賽事。還有一匹富運來的三歲馬匹，更是第四場打吡賽事的熱門之選。

　　除了供馬會會員享用的西餐廳外，包廂範圍均是非富則貴的專屬會員進出之所，出沒的賭客不是名流便是高官。要不，就是城中富豪或商賈，非富則貴的人物。

　　那時候港督和愛丁堡公爵夫人仍未進場，包廂已見水泄不通。眾多洋人帶同家眷或親友，一個個穿上紳士淑女的華服，打扮得儼如好萊塢電影《窈窕淑女》（*My Fair Lady*）的貴族男女一般。間或見兩、三位華人夾在其中，全是洋派十足的俊男美女。當中還有上流社會的華人，清一色穿著筆挺西裝，來來回回的穿梭在包廂與包廂之間。一些賓客，更駐足於通道之上，細心觀賞牆壁上的香港皇家賽馬會的歷史圖片，尤其研究著一九一八年「火燒馬棚」的圖片說明。

　　傅生慶幸自己今天穿上整齊西服，不然便自慚形穢。見閔叔今天不過是皮大衣披上身，熟門熟戶的帶他入內，想必到訪過包廂不下三、四趟。

　　幾位穿著一色制服的僕歐為賓客送上香檳，閔叔替傅生拿過一杯，一

暴流

面淺酌，一面環顧，像在找尋洋主人。傅生站在一旁，見每個包廂不足兩百平方呎，裡面均擺放一張 U 字形的真皮乳白沙發和一張茶几，上面還擱著幾副通花望遠鏡，方便賓客觀賞賽事。一列透紗窗簾，人字形一層層的垂下來，外邊就是露台，供貴賓憑欄遠眺。

原來麥克格爾先生早已坐在特大包廂內，跟三名外籍朋友正在交談。當中一位穿著高級警司制服的，正在翻閱《泰晤士報》（*The Times*）的頭版新聞。麥克格爾一見閔叔，連忙叫他，招手嚷他快進來。

「哈囉！我的老朋友，來，來，來，這邊坐。」

三名外籍人士見他有客，便讓坐起身，跟著自行離開了。

禮賓司司長原來是個大鬍子，看樣子不到五十歲，在港英官場算是相當年輕的外籍高官。

「格爾先生，我帶了我的女婿過來見識見識，待我引見。」閔叔一面點頭含笑，一面用簡單英語向洋主人介紹，卻猶豫著是否該坐到沙發上，道：「他姓傅，叫傅生，是泰華國貨有限公司的部門主管。」

「嗨！密斯脫傅，你好嗎？很高興認識你。」麥克格爾伸出右手跟傅生握了一握，跟著道：「請坐請坐，別客氣，就像我的老朋友一般便可以。」

「格爾先生，你好，我也高興認識你。」傅生用蹩腳英語勉強應對，跟著將握過的右手垂了下來。見閔叔已經坐在沙發，自己也跟著坐下。

三人品字形的坐著，麥克格爾開口道：「密斯脫江，難得你放假還過來見我，你就當主人家一般的招待你女婿，別跟我客氣！」說畢，便從茶几上拿起一隻雪茄盒，抽出一根便點上。然後對傅生說：「密斯脫傅，你丈人是我的得力助手，給我幫上許多忙。我的幾頭愛駒，都是他起的中文名字，能為我帶來好運，替我賺了不少錢。」司長吸了兩口大大的雪茄，徐徐吹出來，一團團煙圈隨即升至包廂半空，續道：「我喜歡跟香港的普羅市民交談，聽聽他們對政府施政的意見。但今天，我們只談發財，賭馬，消遣消遣。我認為大英帝國管治香港實在作出了不少貢獻，除了股票買賣外，賽馬亦是一項有益身心的運動。我很高興香港人喜歡跑馬，可以繼承大不列顛的優良傳統。今天香港的賭馬運動經已成為大眾娛樂，受歡迎程度不下英國……好了，好了，不談這一些，今天兩位專誠過來捧我場，你

們便玩個痛快。」

　　傅生因為英語欠佳，一直沉默地坐著，同時感到有點侷促。他也不知眼前的港英高官是否在新聞紙上見過，但始終覺得眼生。見坐在身旁的闊叔許多時都答不上口，只一味點頭微笑，唯唯諾諾的應著對方，便知準丈人的英語程度到底有限。

　　忽然一陣隆隆的打雷聲響得清晰，連續響了幾聲。三人便往露台一看，見馬場的上空經已烏雲密佈，狂風暴雨，直掃而來。跟著幾道電光從西邊快速閃過，剎那間便下起滂沱大雨，雷電交加的相繼而至，狀似瘋狂地洗擦著橢圓形的整個馬場。

　　那時候馬場的廣播器已經宣佈，說因為天雨關係，取消餘下的各項賽事，包括第四場的打吡大賽。公眾席的那邊，隨即傳來一大片喝倒彩的喧聲。快活谷的綠茵跑道上，頓見騎師們紛紛落馬，慌忙走回馬場內間。馬伕們則大批大批的從內間跑了出來，拖著各自的馬匹返回馬廄。公眾席上的馬迷亦開始陸續散退，沒帶雨具的便顯得狼狽，場面異常的混亂。

十

　　傅生一向居住老爹名下的一棟舊房子，就是旺角區的慶春里，地段好，交通便捷，鄰近火車站。但每當火車駛經時，轟隆轟隆的響聲便非常聒耳，加上逾五十年樓齡，房子顯得很破舊。他曾想過結婚之後，是否需要遷往新的居所和掬彤一起生活？

　　自從老爹走了後，這棟物業早已轉到他的名下。既然自己快要成家，益發需要賣掉這棟老房子，另覓新居了。

　　那一天，傅生剛巧不用上班，掬彤約了他中午到荃灣的慈豐壇拜祭她的亡母。早上傅生買來一份《X島日報》，趁空檔時間，便看看房地產的買賣廣告，研究一下可有合適的新樓房可供選擇。

　　打開報紙的頭版，赫然看到一則工潮的新聞。是土瓜灣一間工廠的勞資糾紛，工廠名叫仁韻人造塑膠花廠。咦！不就是小莊現時工作的地方嗎？

暴流

傅生細讀內容，才發現小莊竟是這次工潮的勞方代表，並且連同香港塑膠業總工會跟資方進行交涉，準備抗爭，爭取工友的權益。有關新聞這樣道：

「一九六七年五月七日，繼近期多間公司和工廠發生勞資糾紛之後，昨日土瓜灣仁韻人造塑膠花廠又爆發工潮，最後演變成警民衝突，導致十五名工友嚴重受傷，多人送院救治⋯⋯」

據報，資方早前強逼工友簽訂新的工作規定，包括工時改為兩班制及實行機器故障扣減工資的新制度。但勞方認為此舉乃資方蓄意剝削，拒絕簽署，資方則以成本上漲為由，突然關閉啤機部門為反擊借口，即時解僱該部門七名工友。被解僱的工友和工友代表隨即和香港塑膠業總工會開會研究對策，決定以抗爭行動討回公道。由前日起，開始發動工友們靜坐抗議，並包圍工廠範圍，阻截車輛運送貨物。又在工廠樓下的空地叫喊口號，高唱紅歌，朗讀《毛主席語錄》。部份工友更在工廠的外牆張貼大字報，要求資方重開啤機部門，撤銷無理解僱工友的決定。由於工潮熾熱，資方知會警方，幾十名軍裝警員和防暴警察奉召到場，在警方勸喻工友散退不果之後，雙方隨即爆發衝突，最後警方以武力鎮壓工業行動，並以非法集會的罪名逮捕近百名工友，事件才告暫時平息。但這場激烈的勞資糾紛，預計將有進一步的發展。據稱，今次工潮，警方最低限度施放三枚催淚彈和五枚橡膠子彈驅散示威工友，導致十五名工友嚴重受傷，即時送院。被捕工友估計亦逾百人之數。事後港英政府更宣稱今次工潮，是由左派陣營的造反派幕後策劃。而這段詳細的報導所附的新聞圖片，正好登出工友代表莊淳德和一批工友手牽手在唱紅歌的照片。圖片說明並引出抗議者長長的一段口號：

「我們要鬥爭到底，直至最後勝利為止！嚴正要求警方立即停止一切法西斯血腥鎮壓！立即釋放被捕的愛國工友及同胞！香港工人勝利！愛國同胞勝利！偉大的中國人民萬歲！戰無不勝的毛澤東思想萬歲、萬歲、萬萬歲！」

傅生不知道十五名受傷工友的名單上有否「莊淳德」這個名字，正替好友擔心時，又覺得不便打電話到工廠問明究竟，心內躊躇不已，焦躁之

情油然而生。

　　他記起上次見小莊的時候，對方一輪嘴的批評資本家的激烈言辭。說甚麼做老闆的只當工友是生產機器，是奴隸，是狗，只會壓榨工友的血汗金錢，賺取最高的利潤。故勞資雙方，壓根兒便處於對立位置，彼此敵視是不爭的事實。這就是資本主義社會的醜陋一面。

　　中午他到慈豐壇跟掬彤會合。他知道閻叔今天無暇過來，立即告訴掬彤有關工潮的消息，還將報紙遞給她。

　　「這個小莊，究竟搞甚麼？為何盡是惹禍上身？是『點著燈籠上茅廁』——找死嗎？」掬彤苦笑一聲，然後搖頭：「牛一，你知他何時開始熱衷於搞這些餿工潮嗎？你猜，該會出事嗎？」

　　「該不會。」傅生安慰她，其實亦在開解自己，「要是出事，警察甚至醫院早已通知。但再搞下去，問題可不少。」

　　「這傢伙，拿他沒法子！」掬彤放下報紙，走到她亡母的靈前點起香燭，然後上了一炷香，續道：「假如出事，你說淳妤該怎樣？」

　　「淳妤該不會知道這消息？要麼，打通電話告訴她。」傅生也在掬彤的母親靈前上了一炷香。她母親的遺像是一小張黑白半身照，頸項翻起個小鳳仙領口，似笑非笑的。樣子不太像女兒，卻有點兒西洋味，傅生一時間也想不起像誰，但看著就是個短壽的女子。

　　慈豐壇這間佛堂，傅生跟掬彤每年都會到訪一、兩趟。今天是平日，裡面卻擠滿了穿梭其中的孝子賢孫，鮮花菓籃祭品燒豬供滿香案，處處薰起香燭冥鏹的濃烈氣味，令佛堂變得像霧又像花。

　　「牛一，待我今晚打電話給淳妤。」掬彤臨走前不忘向亡母再拜四拜，但轉頭又對傅生說：「不，反正星期天是吉童的生日，我們會碰面。假如小莊出現，屆時便好好地問個明白。」

　　吉童的四歲生日移師到掬彤的家中舉行，全因為淳妤居住的徙置區面積有限，加上必須騰出空間讓她婆婆搓麻將，大夥兒便雲集上址，高高興興聚一聚。除了孩子的爸爸缺席之外，舅舅和鄭匡都會到場，順道來個「大食會」，慶祝吉童康復出院。

　　掬彤一早便將織好的毛背心放在小盒內，還用花紙包裹，準備送給乾

兒子。傅生知道壽星仔快要上學，便從泰華的文具部買來一隻印上「孫悟空大鬧天宮」的塑膠圖案小書包，作為他的生日禮物。

那天傅生約了鄭匡一起到賀，是掬彤應門。門一開，兩人便見一位長髮女子背向他們，正在跟吉童玩擲子兒。傅生看著女子的背部有點兒眼生。

這女子坐在椅上，一襲直條子的旗袍下襬皺了幾處，好像沒有漿熨過的，一面教吉童從桌上抓起五隻藏有石子的小布包，一面擲起其中一隻拋向半空，然後快速地從桌上抓起另外四隻，跟著緊緊接回從半空落下的一隻。兩人玩得正高興。女子見有客到訪，連忙轉過身來，傅生一望，原來是掬彤的三樓鄰居馬柔靜，就是掬彤一心要撮合小莊的那位「女主角」。

「馬老師，很久沒見了。」傅生一面跟她打招呼一面引見，「這是我的舊同學鄭匡，跟莊淳德亦是好友，妳叫他小胖也可以。」

見馬柔靜面容靦腆，只笑了一笑，又微微點了點頭，轉身再跟吉童玩擲子兒。

隔著距離，傅生見她架起厚片眼鏡，臉上還塗上薄薄的一層胭脂，蓋去上面粗密的雀斑。傅生依稀記得掬彤說過，對方跟淳妤的年齡相若，剛過了「十八佳人無醜婦」之齡，今天那略施脂粉的形容，當然比上次見面時順眼得多。

未幾，便見淳妤從灶房走了出來，掬彤隨即開腔道：「親愛的同志們，你們可知道，今晚的伙頭大將軍是誰？讓我公佈，就是我們的稀客馬柔靜老師。今晚全場的伙食都由馬老師親手炮製，等一下，大家有口福。」

「菜單早已寫好。」在旁的淳妤拿起便條朗聲道：「兩打壽包、四斤長壽麵、八籠小籠包、三打春卷、三打豆沙餅、十款罐頭。還有，還有，無限量供應七喜和綠寶，限量供應啤酒，盛惠六十大元，一半費用由我們的牛一準伉儷贊助，其餘各人分攤。男同志沒上訴權利，只有開動的義務。宣佈完畢，阿們！」

吉童看著媽媽搞笑朗讀菜單和報價的樣子便露出風爐般的前排牙齒，哈哈哈的不斷笑，連默默坐著的馬柔靜也放鬆起來，面帶笑容的站起身。

鄭匡不甘後人，打哈哈的說：「尊貴的女同志們，男同志不會上訴，但鄭匡同志的肚皮開始抗議。請問，何時可以開動耶？」

「不，最高領導人仍未到場，抗議無效！」淳妤隨即答。

「淳妤同志，妳說的是仁韻人造塑膠花廠的工友代表莊淳德同志嗎？」

鄭匡的無心一問，全場氣氛一下子凝重下來。傅生跟掬彤對望一眼，未幾，才由掬彤開腔解窘，「姣（好）了，姣（好）了，我們邊吃邊等，首先切生日蛋糕。可惜李鄭屋的蘭香西點的蛋糕剛巧賣光，今晚就以蓮心卷蛋代替。現在恭請我們的壽星仔黃吉童小朋友和他的媽媽一起吹蠟燭，跟著許願。」

兩母子正在吹熄蠟燭，門外鈴聲剛好響起來，是小莊。傅生見他依然穿著褐色工人制服，制服上的右邊襟前別上一枚紅毛章，走進來的時候剛巧在燈光反射下閃了幾閃。這是對方首次將紅毛章別到襟前，傅生不期然留心小莊的一舉一動，但見他從容不迫地走到外甥兒的跟前，一把抱起吉童便親了幾親。又從口袋取出兩顆大白兔奶糖，然後問：

「吉童長大了！快要上學了，叫聲舅舅，舅舅疼不疼吉童？吻吻面頰！吻吻這一邊！」逗得吉童縱聲地笑，一面吃奶糖，一面把玩著舅舅襟前的那枚紅毛章。

未幾，大夥兒便忙著張羅碗筷、玻璃杯及罐頭刀等擺到飯桌。又從冰箱端來一些調味品。半晌，一張飯桌已經放滿了珠江橋牌老抽王、光榮牌豆豉醬、富強牌辣椒油、葵花頂級腐乳和一級中國花生醬等。都是淳妤從泰華的食品部買回來的。

三位女同志分別將今晚的主菜從灶房熱騰騰的端出來。鄭匡一馬當先的上前開路。

「請各位讓開，請各位讓開，」一面大叫，一面攤開雙手，做出「開路先鋒」的手勢，叫大家讓出通道，「來，來，來，『憶苦餐』來了，『憶苦餐』來了。」

「咪，咪，咪，甚麼『憶苦餐』？」掬彤瞪大眼睛罵鄭匡，「閉上你的烏鴉嘴，這兒不是非洲大陸，誰要端來『憶苦餐』？罰你今晚不得好吃，兼且清潔餐後的碗碟。」

「好了，好了，我的江同志，饒恕我，下次不敢了！」鄭匡裝作可憐兮兮的樣子，扮起趙丹演出喜劇的滑稽模樣，惹得各人哄堂大笑。

大夥兒一起開動。女同志吃得斯文，男同志則碗筷匙碟刀叉的亂扒亂夾。不消十五分鐘，檯上的壽包、春卷、長壽麵、豆沙餅和小籠包都一掃而空，只剩幾隻仍未開封的罐頭，原封不動的擱在檯上。

　　傅生冷眼旁觀的看著兩位「媒人婆」刻意撮合的這對「高矮姻緣」。見掬彤頻頻叫小莊招呼馬老師。男方也有風度，不時替女方挾上食物，擺出體統的紳士風，只聽得馬柔靜低聲道謝之後，滿臉通紅的默默吃著。

　　「哥，你有口福！今晚的伙食全是柔靜的拿手好菜！」淳妤一面餵吉童，一面不忙美言幾句：「假如你喜歡，我叫柔靜天天給你做，省得你在外頭吃那些餿東西，一點健康都不顧。」

　　「對，小莊，」鄭匡趁勢也插上一句，「如果你的愛人是廚藝高手，我每天的伙食就由你們來包辦。伙食費多少，任憑你叫價。」

　　眾人見小莊面色一沉，匆匆放下碗筷，自顧自的走到沙發抽煙去。

　　「姣（好）了，姣（好）了，東西吃不完，便由鄭匡來發落。」掬彤一向知道鄭匡胃口奇佳，因道：「鄭同志，這叫帶罪立功。你吃光的話，便免除餐後清潔碗筷的苦差。」

　　一頓大食會吃了兩句鐘。女同志們坐在沙發上替壽星仔拆開各人送來的生日禮物，三劍俠則煙癮大發，結伴登上天台吞雲吐霧去。

　　這棟唐樓沒甚麼好處，破爛陳舊，樓梯暗角烏卒卒，衛生情況亂糟糟。晚上一過十點便沒有電燈照明，住戶們便要摸黑上樓。但天台卻別有洞天，寬敞、開揚，夏天納涼最寫意。有年中秋，掬彤便曾相約父親和傅生到這兒一起賞月。一個大大的天台，擠了三、四十位鄰居，扶老攜幼拖男帶女的，卻沒有侷促之感。各人手捧月餅來吃，抬頭望向一輪滿月，熱熱鬧鬧的賞月。涼風颼颼，吹得一眾鄰居暑氣全消，是香港盛暑之時的良辰美景。

　　時值五月，天台吹起晚春的勁風，三個大男人都打了幾個哆嗦。但煙癮一過，暖氣隨即上身，寒意便漸次消失。

　　「小莊同志，我們都讀過這則勞資糾紛的新聞了。」鄭匡一面抽煙，一面質問對方，卻帶點兒開玩笑的意味，「現在你來自辯，要好好交代，一一說明。你是深明『坦白從寬，抗拒從嚴』的道理。你就老老實實的告

訴我們。你幹麼當起工友代表？難道不怕死？」

「怕甚麼？在大是大非的面前，沒甚麼可怕。只有服從強權，背棄正義，才最可怕。」小莊點上第二根煙，將火柴枝丟到地上，然後問鄭匡：「你聽過朱耀麟這個名字嗎？」

「是朱景春的兒子，在報館當攝影記者那一位？」

「對！正是他。在今次工潮中，他跟幾位行家和一批學生一起被抓走，現在拘留在警察局，能否保釋外出也說不準。」

「吓！朱景春正在星洲拍攝外景，該不會知道孩子出事。」鄭匡緊張起來，「我要趕快拍一封電報告訴他，看看該怎樣？」

「看來工潮才開始。」傅生也開腔：「小莊你，該不會辭掉工友代表的身份吧？」見小莊手上的香煙將近抽完，濾嘴快要燒到他的指尖，傅生便替他甩掉，然後問：「你就不怕淳好替你操心？你們兩兄妹相依為命，若出事，淳好該怎樣？」

「她已嫁人，有老公照顧，何用我操心。現在我要看看那些剝削工友的資本家的下場。但工潮才開始，後果如何誰何料？大不了我便坐牢。」說畢，又從工人制服的口袋掏出香煙盒，打開一看，原來早已抽光，鄭匡馬上給他遞上一根，跟著問對方：

「你們下一步有何計劃？是向當局示威抗議還是罷工遊行？」

「明天香港塑膠業總工會跟我們再度開會，總工會的主席馮榮和代表岑均雄均會出席，投票之後便有結果，屆時自會定出下一步的具體行動。」

「你說岑均雄？那麼，他是工潮的幕後黑手了？」話一出，傅生立時感到可能招來小莊的反感，誰料對方無甚反應，沒任何不悅之色，也就放心，卻想起蒯老師曾經對岑均雄的一番評價。

這位姓岑的，在蒯老師口中是位極端份子。在香港的左派享負盛名，是位一流的演說家和組織者。名為報刊主編，實是專門策劃反對港英政府的社運頭目。

「其實，你們兩位試想想，是誰將我們逼上梁山的？」小莊用理性的口吻解釋：「不就是社會的不公義，官商勾結，貪污腐敗逼出來的嗎？」見他抽剩半根煙，還將香煙從指尖擲到半空，煙蒂在半空中微微閃出暗紅

暴流

的亮光，變成遠處的一粒小星星，然後徐徐墮向天台樓下的街心去。

傅生讀不懂馬克思的鉅著《資本論》，但卻知道許多資本家和暴發戶魚肉勞動階層的實例。所謂奸商奸商，他也見識過不少，在現時和從前的工作崗位上均屢見不鮮，都是一身銅臭，想著付出最少獲利最多的市儈之徒。他慶幸自己在國貨公司工作，面對的商家還有幾分良知，懂得體恤多一點民間疾苦，不盡是惟利是圖之輩。可能因為彼此都是愛國人士出身，道德操守較高尚，面目不至於太可憎。

傅生看著遠處民居的屋簷掛著冷冷的半邊月，在漆黑的夜色中，細得如同一滴淚，淚珠在雲層之間半明半滅，時而閃出了一點淚光。

十一

想不到蒯老師會主動打電話給他。

傅生次日剛上班，原來想著該如何跟鄭匡商量保釋朱耀麟的細節，誰料一大清早，辦公桌上的電話便震天價響的叫起來。

「牛一嗎？我是漢江中學的舍監蒯老師，記得我嗎？」

「當然記得，蒯老師，很久沒聯絡，近日可好？」傅生大感意外。自從上次小莊的三十三歲生日飯局後，一直沒有蒯老師的任何消息，因問：「老師找我有事嗎？為了小莊的工廠發生的工潮嗎？」

「不全是！但和仁韻人造塑膠花廠的工潮有點關係。是漢江的學生們出了事，就是你們的學弟出了事。」話筒裡的蒯老師乾咳了兩聲，清了一清喉嚨再說：「有兩位寄宿男生在今次工潮中被警方拘捕，已經羈留了四十八小時，都沒人協助擔保。我本來想找小莊幫忙，但你該知道，現在他是工潮的工友代表，身份特殊，我便不好打擾了。」

「兩位男生沒有親人在港嗎？沒監護人嗎？」傅生追問。

「正是，都在海外。」蒯老師的聲音越說越大，顯然很替男生們擔心，「你們這些學弟，就像當年你們的一腔熱血，對社會的不公義事情看不過眼，都是血氣方剛的少年人。今次事件，我也感到他們參與其中沒甚麼不

妥。雖然我不鼓勵，也不願橫加指責。校長本來想作擔保人，但最終還是擔心校譽，茲事體大，不容有失。商量之後，還是覺得由我這位舍監出頭較方便。我一想便想起你，不知你可否幫忙？」

「兩位學弟出事，做學長的，哪有袖手旁觀的。」傅生一面說一面猜想，大概關於保釋金的問題。他知道蒯老師已有家眷，雖然妻女留在國內，但家累一點不輕鬆，再要負責兩名男生的保釋金談何容易，校方斥資也困難重重，便對老師說：「蒯老師，不瞞你，鄭匡正在為今次工潮的一名攝影記者朋友籌集保釋金，有空的話，我們三人見一面，看看有何萬全之計可以應付。」

三人籌得保釋金後便相約在九龍城的警署會合，成功替朱耀麟和兩名漢江男生辦理手續。兩名男生因為待在差館整整兩天，人便顯得很疲累，需要返回宿舍休息，朱耀麟則須趕返報館報到，也就先行離開，剩下師徒三人，便到差館附近的一間咖啡館聊天敘舊。

「蒯老師，這一向可好？宿舍和任教美術科的課程可順利？」坐在雅座上，兩位舊生齊問蒯老師。

「你們都有心，還好。」但見蒯老師點頭帶笑地回答。三人品字形的對坐，各自叫來黑咖啡和蛋撻等小食。

「我們的蒯舍監老而彌堅，又是一位愛心滿溢的老師，一定循循善誘的指導學生們，是位深受歡迎的好老師。」鄭匡一面讚賞，一面掏出總督香煙來抽。但一點火，又縮回擦火的手勢，忙問蒯老師：「老師，容我做壞事嗎？假如老師說個不字，學生便不敢犯錯。」

「甚麼壞事？犯甚麼過錯？鄭同學，你從實招來，老師或許饒恕你。」蒯老師也裝出嚴師訓徒的口吻，怒目睜眉的望住鄭匡。

「老師記得嗎？」鄭匡嘻皮笑臉的答：「那年唸初中二，有一晚，我們三劍俠在宿舍偷偷抽煙，剛巧被老師巡房撞破。三人一急，便將三根未熄滅的煙蒂掉到被窩裡。一張被窩，便宣佈報廢，差點兒還發生小火災。」

「跟著老師便懲罰我們清潔茅廁一個月。」給鄭匡這樣一提，傅生也記起那樁舊事，還道：「最後校長給三劍俠記了大過。一口煙，便成為我們寄宿生涯的一大污點。」

暴流

老師聽畢，也不勝唏噓，忙歎一句：「往事（故國）不堪回首……」

「屎——坑——中。」鄭匡立即接筍，還將《後主詞》的這一句「戲弄一番」，引得三人捧腹大笑，更惹來咖啡館的食客一個個向他們行注目禮。

「牛一，鄭匡，你們是我最難忘的一屆學生了。許多值得回憶的校園點滴，都在你們這群孩子的身上發生。」也許眼疾的緣故，蒯老師的雙眼泛出淚光，續道：「淳德今次搞工運，身為老師的，我也不知有何感受。一向以來，我對他的期望最高。但自從他投身社會之後，總覺得他處事偏頗，行為激進。但今次工潮，卻覺得出自他的良知，對一些不公義的社會事件，有這樣的堅持才會導致這樣的反抗決心，這是常人少有的勇氣。身為他的老師，我也感到與有榮焉。但你們遇見他，便叫他凡事小心。」

傅生和鄭匡見老師淚水直冒，還以為老師被剛才自己的話所感動。見他還不時乾咳，便勸他多喝開水，慢慢再說。

「不，是我的青光眼誤事。」蒯老師解釋道：「看過眼科醫生，說要施手術，日期排在下個月。」

三人吃過小食後再聊了一些瑣事便各自離開，臨行前還相約再見。

由於擔心工潮的最新動態，這兩天，傅生都買來幾份報紙來讀。除了一份右派報紙報導仁韻人造塑膠花廠的勞資糾紛外，另外兩份左派報紙，均沒有刊登相關消息，一切都很平靜。傅生心想，難道是暴風雨的前夕嗎？

一天下午，淳妤喜孜孜的走進他的辦公室。

「太好了，太好了，吉童考上善導幼稚園，兩個月後可以上學了。」淳妤道：「牛一哥，你是他的乾爸，該替他高興高興！」

「恭喜妳，終於盼到孩子上學的一天！」傅生陪笑道：「聞說善導是一間教會開辦的幼稚園，由洋老師授課，辦學理念也不錯。校長是位英國傳教士，校譽挺好。我替妳高興。黃小興知道不知道？」

「別管他。即使他知道，也不會顧這些事，只顧博彩。現在大概還在新花園或者海上皇宮瘋著賭。」淳妤轉喜為憂：「這兩天，他跟婆婆一起去澳門，婆婆的大姐在那邊討兒媳婦，兩天後才會回港。別說這一些。牛一哥，你是吉童的乾爸，你說，該如何慶祝？」

「今晚到老正興吃一頓。我請客。」

「不，上我家！」淳妤建議道：「你和掬彤姐很久沒上我家，我已熬了一鍋胡蘿蔔牛腩湯，你們務必過來多喝兩碗。」

傅生不想掃興，也就一口應允。

晚上他和掬彤分別到訪。還未出發前，傅生便在泰華買了一盒馬寶山牛油曲奇餅。又到三和燒味買了半隻深井燒鵝，施施然搭巴士前往李鄭屋徙置區。

淳妤居住第一座，也就是徙置區最老舊的一棟。晚上不到六時半，四周的街燈即使亮起，周遭環境還是灰灰濛濛陰陰暗暗的。六層樓高的徙置區外牆，每層都掛起曬晾的衣物。入黑時分，那色彩繽紛的衣物就像連綿不絕的百衲布，隨風飄拂於半空之中，就像招魂的靈帳飄啊飄的，看得人有點兒寒心。

傅生沿著徙置區的足球場走向第一座。晚春入夜吹起北風，有幾位青少年正在球場上閒閒地傳球，零零落落的發出踢球的聲響。

徙置區沒有電梯，傅生要摸黑走上四樓。樓梯各層堆滿雜物和傢具，每走一步，都會碰到障礙物。不知是否有孩童隨處小便，一陣陣阿摩尼亞的惡臭直撲而來，感覺嗆喉嗆鼻的。每層樓的長走廊，家家都在外邊曬晾衣物，戶戶都在門前設個灶頭，走廊通道，更顯得狹窄擠逼。這樣的居住環境，傅生真替淳妤兩母子感覺難堪。

找到淳妤的那個單位，傅生便見木門虛掩，門外的灶頭還留有火氣，微溫的散出熱力。屋內隱隱傳來陣陣白飯魚炒蛋的香氣，傅生立時有吃飯的衝動。鐵閘一開，應門的是未婚妻，身後的吉童連聲叫道：

「乾爸，乾爸，我要上學了，我要上學了，你說我神氣不神氣？」一面揹著傅生送給他的印有「孫悟空大鬧天宮」的塑膠圖案小書包，一面大踏步的扮著上學的步姿，趣致地操了幾步。

「神氣，神氣，我的吉童最神氣！」傅生進了門來，一把抱起他，問：「你猜，乾爸買了甚麼送給你？」一盒馬寶山牛油曲奇餅便塞到乾兒子的小手上。

「媽媽，媽媽，是曲奇餅。乾爸送我的。」傅生放下吉童，孩子立刻跑往灶房，還問媽媽：「乾爸送我的，我能吃一塊嗎？」

暴流

「只能吃一塊，快要開飯了。」淳妤從灶房端出幾道家常小菜，掬彤則張羅碗筷準備開動。

一頓飯是四個小炒和一鍋湯，大小四人吃得很開懷。

傅生抽著飯後煙。久未到訪，見淳妤這個單位不足三百呎，地方狹窄，一張飯桌，一張碌架床，活動的爐灶放著一隻鑊子，灶旁一具玻璃五斗櫥，裡面放著醬油、麵食和雜貨。櫥上供著「黃門歷代祖先」的神位。一家四口的走動空間便沒多少了。

「妳婆婆打牌的地方在哪兒？」掬彤大惑不解的問誼妹，一面替她收拾碗筷，一面清理吃剩的廚餘。

「妳看，飯桌可以開合的。反過來，就是麻雀檯。」淳妤一面用橡筋圈束起後腦杓的長髮結成馬尾，一面動手示範開合的方法，「是黃小興的同事給我們特製的。家裡還有一張，可以開兩檯麻將還綽綽有餘。」

「其實，黃小興是中級公務員，享有房屋津貼，為何屈就住在這裡？」傅生說著的時候有點兒替淳妤感到不值。

「我也問過他，你猜他如何回答我，說是為了吉童日後的學費。」淳妤切好橘子，又用纖細的雙手剝掉橘子皮，將橘子放在瓷碟上，然後遞了一片給傅生，續道：「牛一哥，你說，這叫節儉嗎？省來省去，就是為了做一個『慳儉賭仔』。你說對不對？」

淳妤話未完，傅生突然看見窗外的公眾走廊閃出一張中年男子的臉孔，但在蘋果綠色的蕾絲布簾前很快便告消失，不禁教他嚇了一跳，連忙說：「淳妤，有人在外邊鬼鬼祟祟的偷看我們。」

「神經病，黐線佬，經常這麼樣，拿他沒法子！」淳妤卻輕描淡寫的這樣說。

「是『太上皇』，李鄭屋徙置區的『太上皇』。」正在吃橘子的吉童突然這樣說，「是這兒的最高領導人。」

「人家封他做『太上皇』，偷窺是他的例行公事。」淳妤收拾起剛才吃畢的橘子，將果皮包在報紙內，補充道：「每晚他都到各家各戶偷窺去，鄰居便笑稱是太上皇微服出巡了。」

「甚麼叫微服出巡？這叫騷擾，是病態行為！」掬彤坐到碌架床的下

格，一面用毛巾替吉童擦淨嘴角的水果污漬一面道：「淳妤，妳要當心，徙置區是公共浴室，解手淋浴都是半公開，冷不防來個色情狂妳便遭殃。保險起見，每次上廁和沐浴，都和妳婆婆一起去，兩人可以壯壯膽。」

「掬彤姐，別嚇我！」淳妤連忙道：「我們婚後搬到這兒，好容易才適應下來。假如真的遇上色情狂，都是防不勝防的！」

「搬家！一於搬家，搬到別處去。」掬彤慫恿誼妹：「妳老公又不是缺錢，不過太自私，不管妳和吉童的死活，硬要住在徙置區。我幫妳去罵醒他。」但淳妤聽罷，只顯得若無其事，繼續在單位內忙東忙西。

傅生大概是人近中年，益發富父愛。看著乾兒子居住這樣的地方，難免替吉童感到擔心，同時萌起宜室宜家的衝動。

他和掬彤都愛小朋友，婚後一定會生養。最理想是兩男兩女，湊足兩個「好」字。

正因為太享受這一晚借來的天倫樂，一時間，傅生竟忘記了近日不時纏繞腦海的那場工運。

由於這頓飯是跟最親的人兒一起享用，給了他罕有的幸福感。這一晚，傅生睡得額外香甜。連外邊最後一班火車行經時發出的隆隆響聲也覺察不到。躺下來，已經進入熟睡狀態，直至清晨七點，才被大廳的電話鈴聲吵醒。

傅生步出房間，拿起話筒，裡面傳來一把老女人的聲音。

「是牛一嗎？牛一？我是二嬸。永仔走了，他走了……」只聽得對方在話筒裡嗚嗚咽咽地說，聲音斷斷續續的，這才想起對方這通是長途電話，大概是從番禺的村公所打過來的。

「甚麼？永仔走了？二嬸，妳說清楚一點。永仔上哪兒？」傅生追問她，「妳慢慢說，別哭，慢慢說。」

「不是走了，是死了！永仔死了！是昨晚從學校的天台躍下來，當場死了。真的死了！死得好冤好慘！為何要這樣？為何要為一個無情無義的女人死心不息？值得麼？你說值得麼？牛一。」跟著聽見話筒的哭聲更響。

「原來是為了沙芬。」傅生聽到這裡，便明白一切。堂弟是為前妻跳樓自盡。但離婚兩年，該過了最悲傷的時刻，為何結局會這樣？

暴流

到如今，傅生也不知傅永是個怎樣的人，是癡情種抑或神經漢？假如是前者，他該放下前緣，再逐新歡，而不是抱殘守缺，緊握已逝的感情不放。若是後者，他是患上抑鬱症，沒好好找大夫看看，造成腦失常，久久不能痊癒，導致自殘自毀。聞說抑鬱症是遺傳因子作祟，腦血清起了變化，導致神經傳遞失調。傅永的下場是否這個原因？

傅生握緊話筒，思前想後的聽著二嬸所說的話，但內容聽不清楚，只隱隱聽見舉行守靈和大殮的日期。聽著聽著，才明白對方是囑他趕快回鄉，一起辦理堂弟的後事。

十二

傅生坐在九廣鐵路的列車車廂內搖啊搖，搖啊搖的。列車正在大搖大晃的往前駛去，人有如坐在搖籃內一路被搖晃，令人有欲睡難睡的窒息之感。

傅生想不到一年之間，竟會回鄉奔喪兩次。

傅永的喪禮，不，現在叫「告別式」了，會否遇見他的下堂妻沙芬呢？但傅生想深一層，大概不會吧！

夜班火車隆隆地往前開動。汽笛聲間或長長地鳴叫，在轉彎的軌道上叫得尤其響耳。坐在車廂內，傅生看見對面的一家三口正在吃帶來的糖砂栗子，一陣陣撲鼻的香氣充塞著卡位四周。三人邊吃邊笑，又把栗子殼丟滿一地。

傅生往外張看，黑夜中，還望見火車頭冒出的團團蒸氣，灰濛濛的撲向窗前。外邊倒退的影兒黑洞洞的閃過，一下下的閃動著。途經羅湖橋的中港邊界時，景致才換上零落的村屋。村屋的輪廓時明時暗，間或看見重重山影和段段川流，都在黑夜中漸次消逝。

他想起沙芬最後的美麗身影。是上次替她在《甲午風雲》的彩畫前拍攝的那張照片，照片上的沙芬拍得份外豐圓。甜甜的笑，連兩邊面頰的酒窩也消失了，原來黑黝黝的膚色變成白皚皚，份外顯得青春可人。傅生按照她寫下的住址寄了一張過去，自己另外沖曬多一張。他沒有將此事告訴

未婚妻，並非生怕掬彤多疑，而是感到沒此需要。現在他自己也忘記將照片放到哪兒。

上次重遇的時候，傅生很有興趣探知對方跟堂弟分手的導火線。但最終還是沒追問，反正這是他們的隱私。傅生明白，要不是兩人感情轉淡便是第三者的介入。不然，就是老掉了牙的婆媳關係。

火車翌日清晨便到達廣州，傅生搭小客車趕回傅家村時才不過中午時段。踏足二嬸的家門，見門前有兩盞白燈籠懸掛兩邊，燈籠上大大的一個「傅」字。門緊閂，兩幅門神畫像畫得異常鮮艷，紅面綠烏紗黑袖子花武衣的並排站著。傅生記得許大娘說過，是今年春節請工人重新髹上，色澤才那麼刺眼。

叩了銅門環三下，應門的正是許大娘。晚春，對方還是一身暗灰燈芯絨薄棉襖和棉褲的走出來。

「好了！好了！牛一大少回來了，回來便好。」許大娘欠身讓他走進來。一進門，傅生覺得冷清清。見簡陋的一個靈堂設在大廳，兩旁站著紙紮的童男童女。大概因為國家大力提倡「破四舊」，沒燒香燭，頭上的橫布懸著白底藍字的「壯志未酬」四個字。這樣的安排，已經是「破四舊」可以容忍的極限。

「二嬸呢？為何不見她，出門了麼？」傅生問。

「不，病倒了，正在裡間躺著。這兩天，就是不肯進食，變成瘦皮猴似的，勸也勸不動。」許大娘一面回答，一面主動將傅生帶來的一隻皮革行囊拿過來，補充道：「行李我替你放到大伯的家，你進去勸勸二嬸。不然，怎捱得過大殮出殯往火葬場的那天？」

傅生走到二嬸起居的耳房，對面一間房間是傅永生前的居所。一列窗戶白濛濛的。隔著距離，彷彿看見是用白報紙臨時糊上，透著裡面的光線，照出點點亮光，更顯得裡面一片空寂。

他從未進過二嬸的耳房。首次入內，便要帶著一份沉重的心情勸解老人家，一時間，也難於接受，便裹足不前。心想，現在是白頭人送黑頭人，且是自殺，跟老爹老病而終截然不同，覺得此刻並非安慰二嬸的時候，還是等一下才見她好了。

暴流

傅生回到老爹的祖屋，脫下飛機恤，從熱水瓶倒出開水。開水熱騰騰，冒出蓬蓬的煙氣，是許大娘今早替他燒好的。這位不是女傭的「女傭」真也勤快，大概只有鄉下地方，才會找到這樣的幫傭。

　　「牛一大少，你吃過午飯沒有？」未幾，許大娘便捧著托盤進來。托盤上有一碗魚肉雲吞，對傅生說：「你嘗一嘗，鄉下沒好東西，活魚倒多，趁熱吃。能吃的話，便多吃一碗。」一手便將湯碗擱到雲石飯桌上。還問傅生：「勸過二嬸沒有？等一下，我拿一碗給她吃，昨晚她沒東西下過肚。」

　　「還沒有，讓她多休息，晚上才勸她。」傅生說畢，從褲袋掏出一疊人民幣，將二十元的碎錢交給對方，且道：「這一向，麻煩妳了。妳先收下，永仔的後事還要多少使費，儘管告訴我，別客氣。」

　　燈光下，見許大娘的頭髮擦得光亮，大概搽了不少髮油的緣故。一股濃烈的腥濕氣味飄過傅生的鼻尖。她們鄉下人喜歡擦髮油，連二嬸平日也擦得烏卒卒。

　　「牛一大少！何用那麼多？」許大娘一味搖手不肯收下，還道：「你二嬸已經辦妥所有事情，我只依從她的吩咐辦事。儀式採取道教的，跟你老爹一模一樣。就是有一點，永仔的一眾同事和學生當天會上門弔喪。不，現在叫『告別式』了。人數大概不會少，只怕地方不夠容納。」

　　「必要時，就請老師們在裡間聚集，參加的學生們便排在天井觀禮，妳說這樣行不行？」

　　「好。你二嬸大概不會有異議。哎！想不到永仔有此下場，年紀青青，佛爺不庇佑，這叫無法子。」許大娘忽然感慨起來，「牛一大少，我是看著他上學上班跟著成親的人，還以為你二嬸熬出頭來。但一下子，甚麼都沒有。做人何必太固執，該想開一點，日子也會好一點！有時候我也覺得永仔神經兮兮的。有幾次，我經過他的房間，見他對住鏡子自言自語，好像罵自己，又像罵別人。說甚麼亂搞男女關係，流氓小混混，沒出息的傢伙之類。我心裡一驚，連忙奔到你二嬸的耳根告訴她。你想二嬸怎麼答？說沒關係，讓他發洩一下好了。只要不再惦念那個賤女人，慢慢便會好。你說，心結這回事，可怕不可怕？」

「許大娘，永仔輕生之前，有否異樣的舉止出現？」傅生一面吃雲吞一面問。對方索性坐到他身邊，低聲說：「記得有一晚，他在外頭留宿，回來後說是一位相熟的朋友正在搬家，他過去幫忙，兩人晚上多喝了幾杯，醉後便在友人的新居留宿。不想，隔天便出事。」

「誰通知你們跳樓身亡的消息？」

「不就是學校的校工上門通報。說正在醫院搶救。還說右腳已經折斷，全身骨折。最要命的是頭顱著地，腦漿四濺，大灘血跡留在現場，怎能救活呢？你二嬸趕到醫院見狀時，前後昏倒了兩遍。我站在她旁邊，也嚇得目瞪口呆，腦袋一片空白，直至遺體送往停屍間，才稍稍定個神來。」

許大娘見傅生將一碗魚肉雲吞吃畢，連忙幫他收拾碗筷，臨走前又補充一句：「其實我們沒有到現場了解情況，只聽老師們憶述。事後他們還在校舍的天台找到幾隻孖蒸的空瓶。又在永仔的身上搜出一封遺書及一包未開封的牡丹牌香煙。最可怕的是，永仔將頭髮剃去一半，右邊剃得光禿禿，留著左邊的髮絲，地上遺下一把剪刀和亂糟糟的髮屑。是他死前替自己剃了個陰陽頭，你說可怕不可怕？」

傅生聽畢，覺得堂弟的跳樓事故早有「預謀」，並非一時的衝動，是處心積慮的走向自己的生命盡頭。

大概因為得悉姪兒的歸期，二嬸在晚飯時段便自動自覺的走出房門。傅生見她一身素綠的薄襖衣，緩緩地坐到飯桌前。沒哭，只瞪著雙眼望住許大娘剛才給她端上的一碗白果稀粥，默默地扒了兩口，跟著便擱到一邊。

「牛一，要辦的事情沒多少，甚麼都準備好了。」二嬸放下筷子便對他說：「按傅家村的習俗，永仔的遺體不能土葬，後天火化。上山那天，我做母親的不能送別，遺照由你扛，你說好不好？就當二嬸破例求你一趟好不好？」說畢，終於忍不住哭泣，嗚嗚咽咽的擦著眼淚。

「妳放心，二嬸，一切交給我。」傅生安慰老人家，「妳要保重身體，別想太多，不然，永仔在天之靈不會安息。許大娘，請替二嬸燒燒水，讓她擦把臉，早點休息。」

許大娘收拾完碗筷便往灶房燒水去，剩下嬸姪二人坐在飯桌前，半分鐘相對無言，空氣中有一種近乎窒息的感覺。

五月的晚風從窗櫺的隙縫絲絲地吹了進來，不冷，卻帶著剃刀般的感覺刮在人的臉上。幾下野狗旺旺的吠聲從村頭傳了進來，襯著傅永的靈堂，一室變得額外靜寂。

　　「牛一，你有沒有那個賤貨的通訊地址？」傅生知道二嬸說的是沙芬。見她從薄襖衣的內袋掏出一封信，緊握著，沒遞給他，只道：「這是永仔寫給她的，我知早晚會出事。這兩年，永仔老是想不通。真傻！為何對這個無情無義的女人死心不息？」

　　二嬸走到單人酸枝椅上坐下來，遺書便擱在飯桌上。傅生不好意思拿過來看，見信皮寫著「沙芬同志親啟」六隻字。

　　「原來我想燒掉算數，但想來想去，還是留下來。」二嬸的聲線帶點沙啞，很疲累。昏燈下，一頭烏黑的頭髮更覺亮澤，跟身上的素綠襖衣有著強烈的反差，只聽她道：「我想，既然遺書是寫給她的，該尊重死去的孩子的最後遺願，讓她看一看。對！讓她看後一生一世的懷悔。只可惜，沒法寄給她。」

　　傅生沒有提及自己和沙芬曾經在廣州偶遇的事，只道：「二嬸，我能看看遺書嗎？聞說沙芬現在當上天津京劇團的二級演員，要找也不難，我便替妳找。」

　　只見二嬸點點頭，合上雙眼，全身靠到酸枝椅上，顯得倦極了，傅生便趁勢拆開遺書來讀。

沙芬同志：

　　當妳讀到這封信的時候，我已經離開了這個人世，到了另一個宇宙的空間。其實，我極不願意叫妳做沙芬同志，在我心中，妳永遠是我的愛人。兩年前，當我們分手之後，我要花掉漫長的時間才能平復這種巨大的打擊和傷痛，但最後證明，我的努力，還是白費了的。終究是自欺欺人的。我失敗了，是徹底的失敗！但我要妳一生記得，傅永的死，是跟徹底失去了妳的現實有莫大的關連。

　　兩天前，我從朋友的口中得知妳離開之後立即回到北京，不久後便再嫁人。對方是一位中年的赤腳大夫，跟著妳便重投樣板戲的事業當中。

想不到妳為了恢復北京的戶籍，竟然跟一位沒有感情的下鄉治病的男人結合，我的憤怒，便益發過止不絕！我不得不重新思考妳的為人。為了追求妳的所謂理想，妳竟會不惜一切，不擇手段地排除障礙，甚至犧牲自己的肉體和一直深愛妳的男人，重踏文藝表演的舞台。

沙芬同志，我要妳永遠記住，在這個世界，曾經有過一個男人，會因為恨透了妳而選擇結束生命。我要妳永遠愧疚，為傅永的離開痛苦一生！

傅永　絕筆

傅生讀畢遺書的第一個感覺是堂弟太自私了。而他的自私，是建築在神經質的想法之上。

短短一頁的遺書，他沒有提及對母親的任何歉疚，只一味埋怨前妻，盼她愧疚，對他的自盡終生懊悔。但沙芬再婚，繼而爭取恢復戶籍，不過是為了她的前程，跟前夫沒有關係。他的自毀，是一種對自己和親人的不負責任的決定，根本解決不了問題。而問題的核心，就是出自他那不切實際的妄圖復合的奢望之上。歸根結底，怎可以為一段挽救不來的婚姻而不顧一切的一躍而下，結束那三十歲不到的短暫人生？

次日下午，是傅永的大殮之期。傅生一大清晨便起了床，發現帶來的良友牌香煙已經抽光，喉嚨濕濕澀澀，煙癮似在發作。梳洗之後，正想出門買煙，那時候許大娘剛好端來早飯，是魚鬆粥和兩塊豆沙餅。

「牛一大少，昨晚睡得可好？下午前來參加告別式和弔喪鞠躬的師生們想必不少，你會累壞，不如歇息多一會。」

「不用了。許大娘，我的香煙剛巧抽完，等一下有空，可否替我到市場買一包？甚麼牌子都可以。」

「我現在就去，你在家裡等一會。道士和道姑快要上門做法事，你替我招呼他們，我趕快回來。」

不到半句鐘，許大娘便替他買來一包「大前門」。還有一份廣州的《X放軍日報》，並對他說：「我聽市場的同志們議論紛紛，香港那邊，好像發生了事故。是大新聞，所以買來給你看。」

「大新聞？甚麼大新聞？」傅生一心急，連忙翻來看，終於找到第二

版的兩則香港消息。第一則是引述紅衛兵總司令部全力支持香港工運的全文。第二則是刊登中國外交部要求港英政府就鎮壓仁韻人造塑膠花廠的事件發出的五點聲明。聲明內容異常簡略，不過是點到即止的「反對論」。

雖說內容簡略，但香港的消息放在大陸報紙上實屬罕見。讀著讀著，傅生不覺焦急起來，不知身在香港的親友們可會發生甚麼事，一直如坐針氈，總有歸心似箭的衝動，連下午舉行的告別式也無心打點。護送傅永的靈柩上山前往火葬場的時候也心緒不寧。一路上，就是恍恍惚惚，只想著明早兼程返港便好了。

十三

傅生回港後的第二天，香港成立了「全港愛國同胞反對港英迫害鬥爭委員會」（簡稱鬥爭會），成員總共一百六十名。成立宗旨是組織及策劃反抗港英政府血腥鎮壓的行動，藉此配合中國對香港工運的全力支持，同時向港英政府發出抗議書，內容和中國外交部的五點聲明大致相若。主要要求港英政府嚴懲執行法西斯血腥鎮壓的幕後黑手。即時釋放所有被捕的愛國人士，並向受害者公開道歉，賠償受害者一切損失。保證同類事件不再發生。

傅生回到香港，第一時間打了一通電話給小莊。得悉對方在事件中安然無恙，也就舒了一口氣。

中飯之後，傅生坐在寫字樓翻看報章。五月天，縱然打開全室窗戶，頭上的牛角形風扇也在旋動，還是覺得一室翳熱。

傅生囑事務員成成從儲物室拿出一台坐地風扇放在通道上，意圖讓辦公室多透點風，看看情況可會改善。

事務員成成在泰華工作一年有多，平日負責辦公室遞送各部門文件和往來銀行辦理交收賬目等。辦起事來，也算勤快。

成成扛出電風扇，一面插上電源一面問傅生：

「傅主管，我讀了今天的報紙，那位叫莊淳德的工友代表，跟文具部

莊淳妤是否親戚？兩人長相很相像。」

「你去問問莊淳妤，聽聽她如何答覆？」傅生一面說，一面理著檯上的文件，心想：「近日小莊的見報率可真不少，每次工運行動後便會出現報紙上，幾乎成為全城新聞的焦點人物。一些青少年，甚至視他為工運英雄。」

辦公桌上的電話突然響起來，傅生拿起話筒，裡面傳來鄭匡的聲音。

「牛一，你是甚麼時候回來的？真不夠朋友，也不通知我一聲。」鄭匡在話筒裡埋怨，還朗聲地罵：「不是淳妤告訴我你請了幾天假，我也不知閣下回鄉，是玩失蹤麼？對！你堂弟的喪事辦妥了沒有？他真傻！為何要為前妻自殺？年紀輕輕的，面前要享受的日子正多。要是我，索性討個如花似玉的年青老婆，快快活活過一生，你說對不對？是啊！有人找你。」

「笑話！你的豬朋狗友，我才不要見！」傅生乘機跟他鬥嘴。

「說真的，是我師傅託我找你。昨天我才得知你回港，今天就找你。」

「你師傅？誰是你師傅？」傅生搞不清誰在找他。

「朱景春不就是我的師傅麼？」

「啊！豬——咁——蠢！」傅生特意將三字拖長尾音，還補充一句，「跟你是同類。」

「拜託！別再開玩笑。你就看在我的份上跟他見一面，不然，下齣戲，準會沒我的好處。求求你，做做好心！」

傅生聽見老友裝出聲淚俱下的語調，也就依了他，隨即問：「找我何事？找我拍電影？告訴他，我的片酬可不少，起碼五位數字的出鏡費。」

「牛一，說句正經的，他要你找蕭老師出來談一談，就是為了工潮中的兩名漢江學生被捕的事。」鄭匡終於言歸正傳，「近日朱景春當上鬥爭會的委員，代表左派電影業發聲。上次朱耀麟被捕，他從星洲拍片回來，一直為此事忿忿不平，誓要為兒子討回公道。加入鬥爭會，一半原因是為了報復，跟當局糾纏到底。他知道漢江中學的兩名學生也曾被捕，便想多了解具體情況，開會研究下一步的對策。我手上沒有蕭老師的號碼，你替我找他。」

「好的，你們想在甚麼地方見面？」傅生覺得值得幫忙，一口便答允。

「明天，老虎岩片場，晚上八點。」鄭匡說：「對了！你該知道朱大

導是位大忙人，別爽約，不見不散囉！」

兩人說畢，也就掛線，傅生隨即搖了一通電話到漢江找蒯老師。那邊是一位女校工接聽，說對方放假，正在廣華醫院接受白內障手術，順便治療青光眼。傅生問明老師的病床編號，打算稍後探對方。

掬彤得知傅生要上片場，感覺異常的興奮。原本打算跟他一起赴會，誰料因為女服工會忙於籌辦勞動節的慶典無暇見識，傅生惟有一人應約。

甫進老虎岩片場，見一大群演員正在拍戲。是《星洲艷》的一場廠景。傅生聽鄭匡說過，片子的外景就是朱景春早前在新加坡拍攝，剩下的部份則在香港開鏡。見今天的電影背景搭起一堂鄉村古剎，古剎前正響起喧天的鑼鼓聲，舞龍舞獅的甚是熱鬧。傅生走近圍觀的人叢之前，見胖大的朱景春正好坐在一張帆布椅上，跟鄭匡對著第五十三場的劇本內容。

那時候舞龍的戲份已經拍畢，換上一場馬騮戲。見古剎前的階梯出現一隻瘦皮猴。瘦皮猴頭戴大頭佛的面具，手裡搧著一把芭蕉扇，跟著鑼鼓節奏舞動一對毛毛手，一甩一甩的擺動，引出兩位扮演麒麟的孩童，一看便知這頭畜生經過訓練，演得頗也合拍。扮演麒麟的兩位孩童則一頭一尾的舞起布麒麟，動作異常的趣怪，在旁還有十數名臨時演員扮演圍觀的途人，正在歡呼拍手掌，熱鬧得一如過節。

「Cut，Cut，Cut，好了，好了，大家休息十五分鐘。」鄭匡用「大聲公」向在場演員宣佈：「下一場，是男女主角在古剎前重逢的戲，勞煩場記弟兄，現在通知演員，十五分鐘後準備。」

鄭匡見傅生早已站在一旁等候他，連忙把朱景春領到好友的面前給他引見，還對傅生說：「下一場戲，由我執導。牛一，你跟師傅到化妝間談一會，那兒較清靜，我稍後過來。」說畢，便將一瓶七喜汽水遞給他的師傅。

朱景春一面喝汽水一面邀請傅生入內。化妝間果然清靜，較四周打上大光燈和架起多部攝影機的片場清爽得多。但見幾名老女人正在閒聊，大概是替演員梳頭整妝的女工。

朱景春遞了一根駱駝牌香煙給傅生，問他蒯老師為何不露面。傅生便將老師正接受眼疾手術的事約莫交代，對方便說：

「真可惜，沒有被捕學生的確實證據，事情便棘手一點。不然，鬥爭

會的相應對策會更周全。但不打緊，即使孩子們被判非法集會，他們尚未成年。少年犯的刑期有限，最多不過三個月的牢獄之苦。」

「朱大導，下一步，鬥爭會如何對抗當局的打壓？」傅生直截了當的問對方。

「不瞞傅先生，我們正在積極吸納更多群眾加入組織，團結就是力量麼。其實，鬥爭會的成立就是要為不公義的社會事件而戰。今次捍衛工友的應有權益，就是要報答國家全力支持愛國同胞的關懷之情，藉著行動，希望港人領悟到『愛國無罪，造反有理』的真諦，最終讓全港市民看清楚這個畸形社會的真正面貌，同時認清港英政府的無理打壓，不要再當殖民地的順民，全力對抗當權者的高壓政策。傅先生，你聽過馮榮和岑均雄的名字嗎？除了你的好友莊淳德之外，他們也是鬥爭會的核心成員。」

「聽過，一位是香港塑膠業總工會主席，另一位是報刊主編。兩人都是今次工運的中流砥柱。」

「今次我代表左派電影業參加組織，正是任重道遠了。」朱景春坐在化妝檯的座位，一個大肚皮挺著檯邊，坐得頗辛苦，身體不時擺動，最後換上另一個坐姿，挺直腰板繼續說：「本來我在左派電影圈中是位低調的人物，殊不知今次工潮，竟衝著我的孩子而來。不是當局強行逮捕朱耀麟，我也不會如此氣憤，甘願擔當這個吃力不討好的職銜。其實，早在鄭匡拍攝外景被三合會收取茶煙費之時，我對警方遲遲未能處理問題已感不滿，加上今次的鎮壓，更覺得忍無可忍，逼我走上這條抗爭的路。傅先生，你認為今次當局的行動凸顯了甚麼官民對立的問題呢？我左思右想，終於得出一個結論，就是工友們一再強調的這一句：『你們要鎮壓工友，除非工友們全是瘋子，否則，你們會感到恐懼。因為，正義和道德的力量，都站在我們這一邊。』」

聽朱景春的語氣越說越激動，聲音越來越洪亮。幾位梳頭女工也好奇地張望過來。傅生有點不好意思，見化妝檯上放著一把檀香扇，隨手拿起來。見上面繪上一幅仕女圖，大概是女演員演出時所用的道具。打開一搧，陣陣幽香洋溢而至，倒也搧出絲絲涼意。那時候朱景春已經點上第二根煙，還將未抽完的一根壓到煙灰盅，但煙蒂仍未熄滅，在煙灰盅內自行

冒起縷縷青煙，青煙的氣味隱隱撲向傅生的鼻腔。

門一開，有人從外邊走進化妝間。是一名青年。傅生一看，原來是朱景春的兒子朱耀麟。就是那位在仁韻人造塑膠花廠工潮中被捕的攝影記者，手上還抱著一部海鷗牌照相機，施施然走近他們的身邊。

「爹哋，你們在談甚麼？」坐下來便問他的父親。又二話不說的從朱景春的煙盒內掏出一根，點上便抽。

「耀麟，上次保釋時，你該見過傅先生，現在跟他正式打聲招呼吧。」朱大導說道：「你告訴他，在警察局的時候，有否遭到無理拘禁和毆打？」

「幸好，我避過一劫。但我不時聽見隔壁房間傳來呼叫救命的聲音。」朱耀麟回答：「據我所知，一些工友，在今次事件中被差人嚴刑拷問，甚至被灌頭髮水等酷刑，為的就是強逼他們簽字認罪。我相信，不少工友已被控非法集會，等候排期審訊。我自己的上庭日期已排到兩個月後。」

「傅先生，相信你也同意。」朱景春喝了一口汽水便說：「假如有被捕學生挺身出庭作供的話，對鬥爭會指控警方武力鎮壓和嚴刑逼供將是有力的證據，只可惜，今晚無緣結識萷老師。」

三人正在談話時，鄭匡已從外邊走進來。朱景春一看，連忙問鄭匡：「你的紀錄片何時開拍？時間緊迫，趕快開拍吧？」

「甚麼紀錄片？師傅，可否說清楚一點？」傅生從化妝鏡的反照中看見鄭匡一頭霧水的表情。

「不就是今次工運的紀錄片麼？我取了個名字叫《同志必勝，港英必敗》的那一齣。」

「啊！是要我親臨仁韻塑膠花廠現場拍攝的那一齣？」

「對，打鐵趁熱！你們該知道，拍攝完畢，這齣紀錄片，將會成為香港當代歷史的一部份。要研究香港社會實況，都要參考這片子。鄭匡，一旦大功告成，你便揚名立萬了。」朱景春振振有詞的道：「趁工潮鬧得如火如荼之際開拍，更有真實感，也具震撼力。更重要的是此片的歷史意義，誓必成為香港社運影像的珍貴紀實。你是我的入室弟子，不要掉了我的面，把握時機，立刻開拍。」

「但……，何來資金呢？」鄭匡終於道出最大的問題。

「錢？甭擔心。明天鬥爭會開會，我會將拍片計劃拿到議程跟全體委員商討。委員會不乏有財力的大商家，相信一定能過關。必要時，籌款開拍也行。你們等著瞧，一定會成事。」

傅生冷眼旁觀的看著鄭匡的反應。見老友一臉無可奈何的表情掛在一張胖墩墩的臉上，一言不發的呆坐。

傅生清楚鄭匡的為人，除了喜歡捉弄人、愛開玩笑，喜歡打哈哈，但做人處世，卻有分寸，不像小莊易於衝動，情緒化的處事。對朱景春的提議，想必採取謹慎行事的態度，不會毅然開鏡。那一晚，兩人在旺角的潮州菜館消夜之時，一碟鹵水鵝掌和一隻凍蟹吃到一半，鄭匡便大發牢騷，誓言不想開拍，惟恐一旦開拍，便會冒上天大的風險，麻煩事便接踵而來。傅生惟有勸解對方，現在只好靜觀其變，一切伺機行事，待籌足拍攝經費時，這場工運的烈火可能經已被撲熄。那時候，不就阿彌陀佛了？

傅生回到慶春里的時候已經將近零時。洗過澡，躺下床來，卻一直翻來覆去，不曾闔上一眼。也不知是否消夜吃得太飽，腸胃老是脹鼓鼓，感覺隱隱在作痛。外邊的鐵路早已沒有列車行駛，卻傳來初夏枝頭的蟬鳴聲，吱吱唧唧的叫著，令他更加難以入睡。

一點鐘，傅生依舊徹夜難眠。電話鈴聲卻響起來，起床接聽，話筒裡的男人操著普通話。原來是他的舊同學練浩從北京打過來的。

「牛一哥，上床了？太晚了麼？該不會打擾你的清夢？」

「沒關係。練浩，何事漏夜致電過來？有急事嗎？」傅生一面問，一面疑心對方的這通長途電話從何而來。但一想到練浩是外交官的兒子時，自然想到對方總有辦法，但聽練浩問：

「牛一哥，為何上次你的未婚妻赴京之時沒過來找我？我跟她只通了一個電話，沒能幫上忙，對不起了！」

「託你老弟的福！一切還好。她的行程很順利，所以沒來打擾了。」其實這時候傅生已經很睏，但因為對方是位稀客，不便匆匆掛線，也就繼續聊。

「香港還好麼？我在北京聽到一點重要風聲，因而漏夜致電給你。」傅生聽見練浩的口吻，猜到大概是近期香港的這場工運，只聽對方繼續說：

暴流

「我在北京讀到《X民日報》的最新消息，說黨中央有意提早收回香港。你在那一邊，可有聽到類似傳聞？英國佬有否撤退的意思？」

「沒此事。」傅生答，「香港還是英國殖民地，沒因為甚麼工運動搖他們管治這兒的決心，反而……」傅生原本想說：「反而增加了當局銳意打擊左派的決心，手段變得更強硬，足以鞏固英國在港的管治權。」但不知怎的，話到喉核，又吞了回去。

「牛一哥，你知嗎？即使《X民日報》有這樣的言論，我相信，國家也不會提早收回香港。一些機密文件已經指出，我不便白天致電給你，因而漏夜打過來。依我分析，即使香港再亂，黨中央暫時也不至於提早收回這隻『會生金蛋的母雞』。香港值得國家利用的地方太多。就是每年替祖國賺回外匯這一點，已經相當重要了。即使盛傳紅衛兵打倒主管港澳事務的廖承志，背後還煽風點火的鼓勵黨中央派兵進駐香港，毛主席和周總理也不會輕易放行。現在國家先要處理內政，尤其在文革之際，收回香港，對國家一點好處都沒有，你就叫你的朋友們放心，亂子再亂，也沒甚麼大不了。」

練浩一輪嘴的疲勞轟炸，傅生也無從招架，惟有任他一路講下去，以便對方炫耀獲取內幕消息的亢奮心情。但為何這位國內的舊同學今晚特地打來這通電話，大談中港時局呢？莫非對方有意繼承他父親的專業，訓練自己成為外交官的能耐嗎？

談了將近半句鐘，練浩終於識趣的掛斷線，可以讓傅生上床就寢。誰料外邊的蟬鳴聲依然清脆地吱吱唧唧的叫，傅生的耳膜一直在聽，雙眼呆呆的望住窗外，腦海也重複著練浩剛才的話。不知過了多少時刻，才朦朦朧朧的進入夢鄉。

十四

翌日報章登出了首都北京城的頭條新聞，說大批紅衛兵火燒英國駐華代辦處。傅生尚未買來一讀，大清晨便在上班的巴士途中聽見乘客們在議

論紛紛。

「打起來了，打起來了。中英開打了，香港怎麼辦？國家會否提早解放香港？我們的日子該如何過？」車廂裡人人不斷在討論。

回到泰華國貨，大概因為是左派機構的緣故，進出寫字樓的同事們都異常平靜，各人都噤若寒蟬，不好評論今天的大新聞，好像一出口，便有偏幫大陸之嫌。何況這一向公司正在大力推廣「愛祖國，用國貨」的宣傳活動，要向全港市民介紹各式各樣的中國產品。

在公司裡，傳生最親近的一位同事叫和叔。對方快將六十歲，年屆退休之齡，是糧油部的老主管，在泰華上班將近三十年。兒子在美國工作，去年結婚，和叔快要當祖父，一早便有移民花旗國跟兒孫生活的打算。

那天中午，和叔跟傳生約好在外頭用膳。平日傳生在寫字樓和同事們一起吃包餐，今天特意跟和叔一起上館子。

「牛一，你說我是否走運？有個孩子在西雅圖，正在申請我到那一邊，安享美國的晚年生活。」和叔一面吃上海客飯一面道：「香港不能再居住，看情況，快要出大事，樓市金市股市肯定都會跌，百業不振，人心惶惶。銀行快要出現擠提潮，港人搶著移民外國。最可悲的是，不能出走的港人夾在當中，成為中英政府的磨心。香港不提早回歸大陸，堅持揹著這個殖民地的歷史黑鍋，早晚會變成中英兩國的開火戰場。」

「和叔，別危言聳聽，人云亦云的。」傳生卻持不同意見，「香港不會成為打仗的戰場。香港是福地，沒甚麼逆境不能撐過去。」傳生雖然堅持己見，但內心卻感到此話沒理性思考的成份，只是一廂情願的想法。是否因為自己生於斯長於斯的緣故？且要結婚置業，開枝散葉，人生甚麼大事都在這兒計劃著，就有點兒跟香港同生共死的念頭。何況他根本沒有移居海外的任何條件，惟有這樣自我安慰。

晚上傳生在家中用膳之後，一面抽煙，一面翻看早上未及細讀的左派報章，欲知這則火燒英國駐華代辦處的詳情。見圖片說明寫著「紅衛兵小將怒燒英犬巢穴」十一個字，黑白照片上是一棟西式樓房。樓房大閘前被一大群紅衛兵重重包圍，火舌從四樓猛烈燃燒，濃煙由高處的窗口直冒上去，有幾名外國人的頭部從高處窗口探了出來，表情驚慌，各人揮動雙手，

暴流

正在呼叫救命似的。照片的前方有另一批民眾手持標語，上寫著「支持香港愛國同胞，打倒英帝國主義」的兩行大字。

傅生心想，不知英國外交部可有官方的抗議聲明將會發佈？對侵犯和破壞象徵英國領土主權的挑釁行動，英吉利的執政者有何反應？他們的抗議之聲，會否在左派報章以外的媒體上有所公佈？

翌日下班，傅生買來一份《X島晚報》，看看英國政府的對華反應將會如何。大概因為中英兩國仍未建交，大不列顛的駐華機構只屬代辦處，並非常規大使級的機關，英方的反對之聲，顯得相當低調，不至強烈觸碰到兩國領導層的對立，反響便不了了之。

傅生翻到報紙另一頁，見大大的廣告字體刊登著重演《蘇絲黃的世界》（The World of Suzie Wong），這是搦彤很想觀看的好萊塢製作。上次上畫，她已經錯失良機，今次一定要帶她補看。

那一晚，兩人便到灣仔的東方戲院看了七點半的頭場。由於片長的關係，步出戲院，已經將近十點鐘。

「牛一，有人說我像關南施（Nancy Kwan），你說像不像？」搦彤笑著問：「你有一位大明星的女朋友，也夠福氣了。」

「江小姐，妳想得真美，但別發妳的春秋大夢耶！」傅生挖苦她，「人家說妳像，是說職業。妳是灣仔吧女才對，只差仍未遇上一位像威廉荷頓（William Holden）的窮畫家。」

「衰佬！狗口長不出象牙來。再胡說，我便罰你。罰你陪我多看一遍。」

「好了，好了，饒恕我！」傅生扮作可憐相，道：「妳知我一場戲下來便睡了一半。我的 Nancy Kwan，別再勞役我好了。」

兩人嘻嘻哈哈的搭了一程電車從灣仔往跑馬地，打算到波斯富街的忠記吃粥麵。

大概因為忠記的招牌雲吞麵中外馳名，連流連於灣仔紅燈區的一批美國海軍也來光顧。三名身材魁梧穿著水手制服的老外坐在堂前位置，已經霸佔了小小店舖的不少空間，惹得門口輪候的客人多看幾眼，露出不耐煩的神色。

入座之後，搦彤告訴傅生下星期就是女服工會舉辦勞動節聯歡晚會的

日子，泰華國貨的幾名高層也是獲邀出席的嘉賓，舉辦地點就在金山樓。女服工會每年均安排五‧一之後舉行活動，原因是該會是中等規模的工會，避過大型工會舉辦晚宴的熱門檔期。

「那一晚，我要出席麼？」傅生追問未婚妻，「老實說，即使出席，別再叫我上台演出，去年我和鄭匡的相聲，經已趕走了不少賓客。」

「誰稀罕你的演出？」搁彤吃完一碗雲吞麵再叫來一碟油菜，一面吃，一面道：「你該知道，本小姐是《綠寶點唱》節目的忠實聽眾，晚晚伏在無線電旁收聽哉茜的廣播，邊聽邊唱，其樂無窮。今年五‧一晚會，我會高歌兩支曲，一支是《康定情歌》，另一支是《黃河頌》，都是少點唱功也唱不來的經典，你便等著洗耳恭聽！」

「奇怪囉，我從未聽過江小姐出谷黃鶯的歌喉，真要見識見識！」傅生多叫的一碗及第粥也已上檯，正在上面灑上古月粉。

「牛一，告訴你一樁喜訊，包管你興奮。來，來，來，」搁彤輕拍未婚夫的肩膀，然後跟他耳語。傅生也不知是何喜訊，連忙豎起耳朵來聽，只聽搁彤對他說：「我──老──寶──中──咗──馬──票！」

「吓！真的嗎？太好了！」傅生聽罷，大感意外，忙問：「彩金多少？甚麼時候中獎的？領了彩金沒有？」

「就是上次你和他一起上馬場的那一趟。他買的幾票，當中一票中了小搖彩。」搁彤補充道：「彩池一百萬。他中小搖彩，彩金也近一萬元。」

傅生「不得了」的叫過後，隨即想起當天巧遇淳妤的丈夫黃小興，便將此事告知未婚妻。

「哼！遇上他，算你倒運！」搁彤一聽見「黃小興」的名字就火大起來，「這個死性不改的爛賭二，看他有甚麼下場。」

「為何妳不說，遇上他，是妳老寶走運？不然，閔叔也不會大發橫財。」傅生打趣道：「但閔叔中了小搖彩，為何沒有第一時間告訴我？」

「牛一同志，你是大忙人，經常公私兩忙，誰敢打擾你。」搁彤放慢聲調地說：「上次你幫蒯老師保釋漢江兩名學弟，已經夠朋友，難保有一天，你會兩脅插刀的幫助小莊。到時候，我也不敢想像有何後果了！」

外邊突然下起雨來，雨點打到粥麵店的堂前。幾名水兵結賬離開，店

前中門大開，他們正好坐在門口位置，雨點便大滴大滴的橫掃過來，將掬彤的半邊頭髮沾滿水珠，連傅生的褲管也打濕了一大截。

食客不是匆匆離開便是留在店堂避雨。掬彤好像想起甚麼，在店內借了一通電話找閩叔。未幾，又回到傅生身邊。那時候雨勢稍遜，兩人便乘灣仔的過海渡輪轉道回家。

回到慶春里，傅生居住的胡同式一層高的民房，左鄰右里都已就寢，周遭半明半暗。由於是舊區，即使位處九龍的心臟地帶，四周依然保留著煤油街燈的照明，照得巷口昏昏沉沉。傅生從暗處發現破舊的郵箱內露出一封信的尾巴，信皮隱隱看似貼著大陸郵票，心想，是否練浩寄過來？但兩天前才跟對方通電話，大概不會是。抽出一看，見上面的字跡娟麗，一想便想到是沙芬寫給他的。傅生返回住所，連衫褲鞋襪都未及脫掉，便第一時間拆開信件。

牛一哥，你好，

想不到國家正值搞運動的瘋狂時期，竟會收到你的信。雖說天津是個大城市，但際此動亂之時，我的回信，也許未能順利寄到你手。除了生怕郵誤之外，也怕遭到機關扣查，只因為國內嚴禁有海外關係的書信往來。今次你的信件能順利寄到我家，相信因為香港早晚會回歸祖國的緣故。要不，就是我們交上好運。

想不到傅永同志會以這種方式結束生命。讀了他的遺書，我覺得他的思想有再接受教育的必要。總覺得在紅旗下成長的年青人，不該看重兒女私情，而是該以個人力量貢獻國家。只要每個人都有此想法，中國才有美好將來。

自從我跟傅永離婚之後，有段日子，很想跟他保持正常的同志關係。畢竟，兩人相識，繼而相戀，已經是很大的緣份，需要彼此珍惜。奈何他放不下夫婦關係，這將無益於兩人的大好前程。

上次在廣州跟牛一哥巧遇之時，我看得出，作為傅永的堂兄，你想多了解一點我們分手的真正原因，但那時候我不便多言，更怕主動提起，就是不想破壞我和對方僅餘的一點感情。然而，你該猜到，我跟傅永的

母親相處不來，婚後更發現傅永的執拗個性，加上他處處偏袒婆婆，令我們的關係日趨惡劣。再者，自從我的哮喘病康復之後，我對重投文藝表演的志願更具信心。其實，表演生涯，除了體力不支不得不放棄之外，有志者，往往願意不斷追求，何況這是我畢生的事業，更不會輕言放棄。但傅永是個支配慾極強的男人，他禁止我再踏台板，不就毀了我們的感情關係嗎？

傅永說得對。在遺書中，他說我因為申請恢復北京戶籍跟早年相識的一位赤腳大夫結合，言下之意，就是說我有點兒利用對方。這位赤腳大夫，比我大上十年。對方原是窮下中農，自學衛生科，比我的見識長進得多，且有志氣，計劃上山下鄉，到窮鄉僻壤的山區當赤腳大夫，服務群眾，貢獻國家。我敬重他，且跟他約法三章，待我完成重新落戶手續之後，我們便結束關係。表面看來，這種結合，跟從前的買賣婚姻並無二致，但適者生存，尤其在國內現時正處於動盪環境之下，不如此，我怕我活得更加絕望。

牛一哥，記得上次我曾告訴過你，在劇團中，我的演出只屬第二梯隊成員。但我的際遇，已經不算太壞了。假如我投身最前線的表演行列，面對的明爭暗鬥將會更甚，到時候，我怕我垮得更快、敗得更慘。這樣想來，我還是保持現時的二線位置較為安全。

但我討厭現在每天的政治學習。現時每天不是接受人家批評就是進行自我批判。但我只想在有限的表演空間，發揮一下自己與生俱來的表演慾。縱然現在的樣板戲不過淪為政治宣傳的伎倆，並非常規的藝術。但政治現實，有時候，就是這樣的無可奈何。

我喜歡跟牛一哥交流思想。隔著距離，可以想像牛一哥是一位不太像香港人的香港人，尤其當我知道你是愛國學校出身的男生之後，感覺份外親切了。香港原來在我腦海中，不過是個帶著許多國仇家恨的殖民地。一想到這個中國人的地方被洋鬼子統治便覺得可恥得很，而香港的「左仔」，又是怎麼的「香港老百姓」？我在番禺生活之時，曾經聽過一位鄉親形容香港左仔的特徵，他說：「在意識形態上，他們對社會主義和共產思想的理念沒有反感。在情感上有強烈的民族自尊心。熱愛祖國，

親近大陸人民。在行動上，則往往關注和響應大陸的政治氣候，甚至表現出激烈的政治狂熱。」牛一哥，你會否就是這樣的香港人？

我知道香港早前發生了一場大型工運，也讀過《X民日報》引述外交部向港英政府提出的五項聲明。我擔心這五項聲明早晚會成為國家政策，影響你們那邊的政局和民生，甚至有可能提早解放香港。希望你在那邊一切安好，事事順利，跟你的愛人生活美滿。

謝謝你寄來的照片，拍得很美，我會珍惜。但限於時局，相信我們不能經常通信，在此祝福！珍重前程！

沙芬同志　上

傳生想不到沙芬會毫無保留地向一位近乎陌生的「過氣親戚」傾吐內心的感受。讀畢信件，不禁教他有受寵若驚之感。

上次她那淡素的連衣裙和束著雙股辮的模樣立即打上他的腦海。在國內文化階級大革命正值亢奮之時，沙芬跟一位海外人士通信，將會冒上多大的政治風險？假如這封信不幸被郵政當局扣查，無論內容涉及甚麼，都可以想像沙芬的處境將會如何？不是飽受身邊同志甚至上級的猛烈抨擊，就是連累至親好友受苦受難。最怕的是，一旦被扣上反革命帽子，被判反動份子甚至被判勞改的話，沙芬將要面對的苦日子正多的是。

傳生不了解他的堂弟，但從許大娘和沙芬前後的「口供」引證，多少悟到傳永的為人。他的固執，是一種「自我中心」的膨脹表現。一旦事物變成他生活的重要部份，便不容許絲毫變更。對身邊的親友，便會顯露出一份超乎常人的佔有慾。這是腦袋出現問題的顯示，屬於神經病的一種。

次日清晨，傳生從盥洗室梳洗完畢走出來，電話鈴聲正響起來。拿起話筒「喂」了一聲，對方沒反應，只聽得裡面的男人聲連連咳嗽，傳生辨出是掬彤的父親。

「世伯，是你嗎？身體不舒服？」

「不打緊，大概剛起床，有點兒著涼了。」閔叔答，跟著問：「牛一，今晚有空嗎？我今天放假，想見見你們。我們約在掬彤的家裡見面，然後外出吃一頓飯。」

傅生答應之後，立時想起閺叔最近中了小搖彩，連忙恭喜對方。

　　「就是為了這筆意外之財想跟你們談一談。」閺叔停了一會兒，清了一清喉嚨，道：「我記得你曾說過，已經備好一筆買樓費用。牛一，趁樓價滑落，是時候置業。雖說你的父親走了不足一年，孝服在身，今年不宜成親，但我昨晚跟掬彤商量過，現在不結婚，還待何時？結了婚，也教我安了一顆心。這個星期，你們便去訂婚戒，其餘的事，今晚再聊。我就只有這個閨女，年紀大了，不想夜長夢多了。」

　　傅生下班後便趕往白加士街，還特意在附近辦館買了一條美國紅人牌香煙孝敬準丈人。這是閺叔慣抽的，自己則另外買了一包金裝良友，比紅人牌要醇喉得多。

　　自從上次替淳妤的孩子在掬彤家中開生日派對後，傅生有段日子沒再過來。跟掬彤約會，多數在外邊。

　　他想起上次到訪的時候，正值小莊那間工廠爆發五月工潮之時。數一數，已經將近一個月。

　　傅生徒步爬上這棟破舊唐樓。經過三樓，見裡面的住客正要外出。一名妙齡女子拖著一位老婦走出來，正要鎖門。兩人都背向著他，只見妙齡女子的後腦杓束了一隻高髻，身穿月白麻紗旗袍，手裡挽著一隻銀灰色的手袋，雙手扶著老婦步下來，態度小心翼翼的。傅生一看，正是馬老師。見她眼前架著一副厚框眼鏡，眼鏡片就像放大鏡一般，將她臉上的雀斑一粒粒的反照出來。

　　「傅先生，你好，很久不見了。」馬柔靜向他打招呼，還問：「來探掬彤姐？我下班時，剛巧碰見她，大概正在屋裡等你了。」

　　「是嗎？妳們外出？」傅生問對方。

　　那時候老婦開始打量他。傅生見她一件銀黑長衫掛在身上，越發顯得老女人的消瘦。

　　「這是我祖母，她有點不舒服，我帶她去看夜診。」

　　「是嗎？天氣反常，早晚要小心，尤其老人家。馬老師，妳要好好照顧她。」

　　傅生記得掬彤說過，這位鄰居，雖說其貌不揚，但心腸極佳，懂得關

暴流

心別人，難怪當上小學教師。

馬柔靜自幼父母雙亡，一直跟她祖母相依為命。假如出嫁，這位祖母，大概跟著「嫁」過去，但到時候孫女婿便很麻煩，一把鎖匙不會響，兩把鎖匙便會噹噹響。

他聽掬彤說過，馬柔靜一早的志願便是當小學教師。憑她初中畢業的學歷不難實現。當年她母親早逝，父親便身兼母職，和祖母一手奶大馬柔靜，直至她小學畢業，父親不久也身故。她父親在生的時候曾在廣州當過中學教師，四九年來港，原本想幹回本行，奈何履歷不被接納，惟有退而求其次，經人介紹，在旺角的鬧市一角當起「代客寫信」，一寫就是逾十年，直至病逝。但她父親的本業多少影響了馬柔靜的取態，最後她在深水埗英田大廈的天台學校當上小學教師，算是繼承亡父的遺志，兩人同是「萬世師表」了。傅生聽畢，覺得馬柔靜的父親有點兒像鄭匡口中的《巫戎傳》的著書者王柳公。王氏晚年亦曾當過「代客寫信」，但他的傳奇一生跟政治關係密切，成為當年歷史的一部份。傅生想著想著，不覺走到掬彤的家門。

原來掬彤真的在家裡守候著他，正在無聊地翻看一冊圖文並茂的《黃河大合唱》，還在哼著《黃河頌》，準備在女服工會的五‧一勞動節晚會上一展歌喉。她父親則仍未出現，傅生自行從冰箱拿出一瓶百事可樂，還將一瓶綠寶橙汁遞給未婚妻。

「老竇對你說過麼？我們年底結婚，你說好不好？」掬彤一面問，一面打開馬寶山餅家的曲奇餅乾吃了一塊。

「我能說甚麼？這叫逼婚，無可奈何的接受！」傅生打趣地答。

「傅先生，太委屈了你。去你的！」掬彤假裝一巴掌的摑向他的臉頰，「你姣（好）！我還未跟你算賬，你就搶著鬧。我問你，你幾時向我求過婚？你幾時聽我答應過你的婚事？你的婚戒在哪兒？誰要和你舉行婚禮呢？牛一，別欺人太甚，惡人先告狀，本小姐大可以反臉不認人。」說畢，就像真的生氣似的別過臉去，坐到沙發另一邊，傅生宣佈投降，急急坐到她身邊，做出個滑稽的鬼臉，然後想跟她親嘴，卻讓掬彤一閃就閃過。

「死相，別碰我！」掬彤不答理，還嘟起珠唇，微胖的圓臉鼓起兩團

香腸。

「喂！喂！我的江同志，我的愛人，告訴我，樓下的馬老師跟小莊的交往進展如何？」傅生岔開話題逗她說話：「剛才我經過她們的家門，見馬柔靜陪同她的祖母一起去看病。」

「這些事，我才不管，你自己去問問你的沙煲兄弟。」掬彤將喝剩的橙汁一口氣喝光。

正說時，門鈴響起來，傅生走過去應門，見準丈人一身司機的白色制服，頭上還戴著鴨舌帽的站在眼前，傅生不覺奇怪，因問：

「世伯，你不是說過今天放假麼？為何穿起制服來？」

「麥克格爾先生突然有要事需要我開車，我不得不載他往機場迎接一位從英國前來的官員。此人是上議院議員。聞說是為了下個月英聯邦事務大臣訪港的事來港作事前準備，部署大臣的行程。」閔叔說畢，還不停咳嗽，咳嗽聲震天價響的。

「老寶，還姣（好）嗎？喝過午時茶了沒有？」掬彤趨前詢問，道：「沒喝的話，我在這兒替你文火煎，我們在附近吃過飯後，你便可以回來喝，挺方便。」

「甭麻煩，中午我服了兩片銀翹解毒片，咳嗽好多了，別操心。」閔叔答：「如果過兩天還不見好，我便看醫生。」

「大概天氣反常，許多人都在重感冒，世伯，你要多休息！」傅生安慰準丈人。

「我有話跟你們商量，你們都坐下。」閔叔自己則坐在沙發上，從制服褲袋掏出香煙盒。那時候傅生才想起自己特地買來的那條美國紅人牌香煙，連忙遞給準丈人。

「該死！」掬彤一冊厚厚的《黃河大合唱》的歌譜一拍便拍到傅生的頭蓋，還瞪眼臭罵：「你不見他狂咳嗽的樣子嗎？再抽，不是要了他的老命？」

「不打緊，牛一，留著等我抽。」江父說，同時點起手上的一根。

窗外忽然嘩啦嘩啦的下起大雨，臨街的一排窗戶全都打開，雨絲便橫斜地撲到沙發前的小几上，打得旁邊的一盞座地燈的塑膠燈罩淅瀝淅瀝的響。掬彤平素洗過的衣物都在窗外的衣裳架上晾曬，見雨勢漸大，連忙跑

過去收拾，傅生則替她逐隻窗戶閂起來。

待得他們收拾停當，閔叔經已抽完煙，便對兩人說：「你們都知道，早前我中了馬票的小搖彩，得了將近一萬元。這筆意外之財，我思前想後，不知如何安排最妥當。昨晚我跟掬彤便提過，趁現在樓價下跌，最好拿來置業。我們這些窮人沒條件移民，就跟香港共存共亡！牛一，我知你備了一筆費用來買樓，準備婚後安居的，現在正是最佳時機。我自己雖然一把年紀，卻未屆退休之齡，能幹一天是一天。但退休之後，便得找個地方來歇腳，你跟掬彤結了婚，就是我的半個兒子。我提議你們置業，首期歸我付，但屋契不用押上我的名字，日後我收山，便搬到你們家裡居住。我的下半生，就靠女兒和女婿。所謂『老有所依』，就是這重意思。」

傅生聽畢，並不感到意外。他一直有此打算，視閔叔為半個父親，何況掬彤並無兄弟姐妹，就是閔叔日後的惟一依靠。即使閔叔不打算拿出費用協助他們置業，作為女婿的，也該照顧老丈人，何況現在他自己也是個無親無故的人了。

掬彤坐在單人沙發上默默聽著，沒插嘴。喝完手上的汽水後，便走到五斗櫥的熱水瓶倒了一杯熱茶給父親，那時候傅生便說：

「世伯，你放心，你退休之後的生活，我們會全權負責。至於首期，只要賣掉慶春里的舊居，我能扛得起。此後每月的供款『公一份，婆一份』的，不就可以應付嗎？」

「不，我已經決定，這筆首期，就當我的養老金。不然，和你們居住，就沒有意思。」閔叔咳嗽了幾聲，將手上的香煙在煙灰缸內撣了一撣，跟著喝了一口茶，續道：「現在我最放心不下的就是你們的婚事。今年是雙春兼閏月，不結婚，也該訂婚。你們趕在這個星期訂造婚戒，然後訂好日子，便請一些親友簡簡單單吃一頓，算是了卻我多年的心願。」

半小時的「家庭會議」就這樣解決了傅生的人生大事。外邊的雨勢越下越大，三人還是冒雨下樓，在附近的食肆草草吃了一頓飯。

十五

　　不是說女人有改變主張的權利嗎？就像香港的天氣說變就變。還未到正式雨季，六月的天氣已經很反常，連續下了幾天雨，一點兒沒有放晴的跡象。傅生等著跟搠彤去訂造結婚戒指，一天一天的下著，事情就這樣一拖再拖。周末前夕，他見勢頭不對勁，待雨勢稍遜的一天，兩人便趕到珠寶店訂造婚戒，不然，來不及向準丈人交代。

　　搠彤原本想叫淳妤一同去，讓她替自己出點主意，但傅生告訴她，這兩天，淳妤又告了病假，是胃痙攣，看過醫生後正在服藥，現在家中養病，兩人惟有自行到土瓜灣的冠天鐘錶珠寶店選購，就是鄭匡介紹的一間相熟店舖。

　　傅生見搠彤撐著一把桃紅油紙傘出現，便想起這是上次回鄉為老爹奔喪時在廣州跟沙芬一起買回來的那一把。那一天，沙芬買了兩把，說要分送給家鄉的母親和同住的姐姐。又替傅生揀了一把桃紅碎花點的油紙傘送給未婚妻，想不到今天搠彤真的撐起來，感覺異常的高興。

　　走進珠寶店，兩人把雨具放到門扉背後的一隻小木桶內。周末下午，幾位客人坐在椅子上細看金飾，一名年青售貨員趨前向他們打招呼。知道要購買婚戒，細聽要求之後，便從內間捧出一盤男女裝的同款婚戒走出來。

　　「牛一，這枚好看嗎？」

　　搠彤揀了一枚純銀的來欣賞，上面刻上鴛鴦戲水的暗花圖案。

　　「這位女士眼光挺好，這是最新款式了。」售貨員解釋：「你們看，手工多美，沒反光，放在甚麼地方都能辨出上面的花紋，價錢也相宜。我知你們是鄭導演介紹過來的，假如再配一枚男裝，可給你們折上折。」

　　售貨員忙不迭的遞過另一枚男裝白銀婚戒，跟這一枚是同一式樣，只是沒花紋，光身。細看之下，才看見暗柳條的紋路雕工。

　　「男裝也不錯。」搠彤試著替傅生套到左手的無名指，但太窄，老是套不下。

　　「這位先生身形高挑，指頭自然較粗大，但沒問題，調校一下便可以。」售貨員笑著道：「你們決定買的話，我便替兩位度準尺寸，兩星期

後可起貨，包管你們稱心滿意。」

　　傅生一向對購物的意識不甚講究。上次來買新手錶，也是匆匆的了事。見未婚妻滿意的表情就沒異議，點頭和應，反正是向準丈人交代而已。

　　交易完畢，那邊廂一位老主顧叫住這位年青售貨員，然後向他們這一邊走過來。

　　「莫少，今晨我在德輔道中遇見你，但隔著一條馬路，不好揚聲叫。我見你急急腳的趕路，究竟忙甚麼？但『長命工夫長命做』，別捱壞身子，得不償失。我知你去年剛才成親，今年就生了個男娃，當心點，『仔細老婆嫩』！」

　　「不就是有貨辦要交回中環總店，然後便要趕返土瓜灣。」傅生見售貨員一面打著算盤一面對老主顧搭話：「沒法子，咱們一世勞碌命。不如此，如何養妻活兒？哪像你，堂堂一名匹頭行的少東主，錢來張手，飯來張口。」

　　「別開玩笑了，做老闆，也有做老闆的難處。你告訴你的老闆娘，有生意便趕緊做。香港地，現在的時勢，也不知何時何日敲起喪鐘？」

　　「楊老闆，此話何解？」莫少追問對方。

　　老主顧拋出這一句，自然惹來傅生的一團疑竇，不禁好奇的多望對方兩眼，連身旁的捆彤也對他行注目禮，用質疑的眼神望住對方，但聽這人繼續道：

　　「莫少，今早你有否經過港督府？假如沒有，無線電的新聞可曾聽過？香港地！大事不妙了，再這樣下去，快要完蛋了！我們的生意也快要幹不下，大家等著吃西北風，待大陸前來打救囉！」

　　「兄台，別再兜圈子，有話直說，好讓我們得知底蘊。」傅生終於按捺不住好奇心，帶笑的問這位楊老闆：「究竟港督府，今晨發生甚麼事？」

　　「老楊，快說吧，別吊人癮頭。」那邊一位打扮得花枝招展的老女人也在催促，「我還趕時間，約了人家下午攻打四方城，快點說！」

　　「好了，好了，我說，我說。」老楊乾脆坐到售貨員專用的椅子上，對著珠寶店的一眾顧客和店員說道：「今晨我上班，途經花園道往上亞厘畢道走的時候，離遠便看見一大批抗議人士冒雨聚集在港督府的門前示

威，大聲叫喊抗議口號。那時候我猜，這批抗議者，大概跟新蒲崗人造塑膠花廠的勞資糾紛有關，趨前便想看個究竟，見幾十名工友和民眾坐在大閘門前的石屎地上，有幾名婦女則站在一旁，各人高舉毛澤東的彩照，正在高唱革命歌曲。一些憤怒的示威者，更口口聲聲的要求跟港督戴麟趾爵士對話，氣氛異常緊張。未幾，有幾名英國差人從街角跑出來，中途攔截另一批前來聲援的民眾。還有一批防暴警察在街口佈防，用警盾築起防線，阻截民眾的去路，防止圍觀途人繼續前進，並且要求在場抗議示威者立即離開，不然便會有所行動。我見兩批軍裝警察和防暴警員前來增援，喝令港督府門前的示威者立即散退，但示威者見警方增援人數倍增，情緒變得更高漲，還揚言廿四小時接力包圍港督府，非要港督親自接收他們的抗議書不可。我見一張大紙牌的抗議標語寫著『支持北京紅衛兵打倒英帝國主義』的一行大字，下面註上幾間左派報館的聯署聲明，便明白過來。今次事件，想必是左派報章和抗議者的聯合行動，誓要包圍政府的最高級建築物，以聲援人造塑膠花廠的那場工運。當我打算離開時，見防暴警察和示威者還在對峙，也不知可有流血事件出現。但我相信，事件再鬧下去，香港還有更大的亂子將會發生。試問，左派繼續搞對抗，香港還有甚麼前途可言？生意還能幹下去嗎？難怪我有幾位親友，都在辦理移民手續。用腳投票，遠走高飛。」

傅生聽畢這位仁兄的一番描述之後，知道今天左派包圍港督府是繼上次的工運的餘波。相信也是鬥爭會另一次針對港英政府的行動，同時亦是香港愛國同胞響應北京紅衛兵火燒英國駐華代辦處的聲援行動，用意是提升反對港英政府的力度，由九龍區擴展到香港半島的政權中心，期望將示威的範圍遍及港九，製造更大的政治迴響和社會輿論，從而引發港人對港英打壓左派的同情心，甚至引發對政府的反感和仇恨，加強推動這場反英抗暴的凝聚力。

但他最擔心的，還是好友小莊的安危。

從冠天鐘錶店走出門來，掬彤便問傅生：「要不要打個電話給小莊，看看他有否參與今晨包圍港督府的行動？」

「對，仁韻塑膠花廠就在左近，」傅生說：「待我先打電話給他，探

暴流

探他的情況。」

「你是傻瓜抑或老人失憶嗎？」掬彤笑著道：「早前他已被解僱，還在工廠上班嗎？」

「那麼，今晚才找他。」

「我看他準是瘋了！」掬彤繼續說：「假如他參與今晨的行動，只會害人害己，惹禍上身。但沒法子，人的性格哪會改變？常言道，『性格決定命運』耶。」

「毛主席也說過類似的話，」傅生補充道：「他老人家也說過：『外因是變化的條件，內因才是變化的根據。』」

「咱們偉大的領袖在甚麼著作上說過此話？」掬彤笑著問。

「《矛盾論》。」傅生答。

雨勢下得更大，傅生和掬彤分別撐著雨傘也無濟於事，看來今個六月的雨量有望打破歷年紀錄。兩人冒雨向土瓜灣巴士總站的方向走，途經一條窄窄的小路，是雙線行車。一輛轎車在滂沱大雨中竟快速駛過，一下子，濺起路旁大量水漬，兩人正在一間辦館的門前走過，卻被打過來的水花濺中，下半身的衣服均已濕漉漉的。

「見鬼去？趕著投胎麼？」傅生大聲罵，但轎車早已駛入另一條轉彎之處的橫巷去。

「你看，這樣子，教我怎麼辦？」掬彤看著自己的裙子下襬和半寸高跟鞋都水汪汪，一臉無奈的表情。

「能走嗎？找個地方整理一下衣履吧。」傅生見她狼狽的樣子也不禁失笑：「對！我想起了，前面的銘來冰室可以光顧，進去避一避，順便整理一下妳的妝容。」

冰室的午市生意冷清，入座之後，掬彤便走進女廁整妝，傅生則坐在火車廂式的座格。見簡陋的佈置跟上次和小莊光顧時沒兩樣，玻璃窗映出外邊密綿綿的雨絲，雨絲一條條的像快要滲進窗隙。除了他們這一桌，對面還坐著兩名男子和兩名少年。少年看似學生，兩名男子則背向傅生，四人像在抄寫東西。其時門外另一名男子撐著雨傘走進來，傅生一望，竟然是他的好友莊淳德。

「小莊，那麼巧，我正想找你！」傅生站起身來叫住他，道：「掬彤也來了，正在女廁整理衣妝。下大雨，我們全身都濕透。」

「是嗎？」小莊的反應有點錯愕，但還是坐下來跟他交談。

「牛一，我知你和掬彤快要結婚，我雖忙碌，但你們的喜酒一定會過來喝兩杯，你放心好了。」說畢，面上的笑容卻顯得相當牽強。那時候掬彤經已從女廁出來，一見小莊，就大感意外。

「小莊同志，好久不見了。」掬彤立時裝出笑逐顏開的樣子，「今天果然是風雨故人來。我們很有緣，不約而遇了。太姣（好）了，『擇日不如撞日』，今天我請客，飯後還要找餘興節目，一於不醉無歸。牛一同志，趁此良機，你便趕緊致電鄭匡叫他趕過來，晚上就來個『三郎教妹』，打一場通宵麻將，痛痛快快玩一天。」

不知是否落實了婚姻大事的緣故，掬彤一見小莊便興奮異常，滿腦子盡是想著找樂子。連原本想向小莊問明今晨包圍港督府的事也忘得一乾二淨。

「掬彤，不，該叫嫂子了。」小莊變得更侷促，說話更迴避，「老友聚頭，甚麼時候都可以盡興，但我現在實在忙得不可開交，改天再跟你們玩個痛快。」

掬彤聽見對方的口吻就不好勉強，立即噤聲，反而傅生直截了當的跟他提起今晨示威者包圍港督府的事。

難得對方一口承認，今次亦是鬥爭會幕後策動的抗議行動，且補充：「但我們沒有參與今晨的行動。主要是由左派報館和電影業界做先鋒，負責組織和指揮協調工作。左派銀行和書店從業員亦到場聲援，我們則在部署下一輪鬥爭行動。牛一，掬彤，你們都過來，待我介紹我的戰友們給你們認識。」

傅生下半身的衣履鞋襪全都濕答答，感覺實在不好受。但為了爭取跟好友相處的時間，還是跟對方走到那邊的座位。

原來這一桌的四人除了兩位書友仔之外，另外兩人，便是傅生去年在天星碼頭反加價簽名運動上遇見的一對魏姓兄弟。

「牛一，記得他們嗎？是魏平和魏明。」小莊再次引見，「兩位小朋友則是社僑中學的學生，協助我們搞宣傳。」然後替他的戰友們一一介紹，「你

們認識的，上次你們見過的牛一哥。這是他的未婚妻，你們叫嫂子好了。」

正因為兩位學生是就讀社僑的緣故，兩人的校服襟前都別上紅毛章。見了陌生人，都羞赧起來，一直很靦腆。掬彤首次遇見小莊的戰友，便好奇地打量他們在寫甚麼。原來四人正在抄寫宣傳標語，檯上還擱著一條墨跡未乾的製成品。傅生好奇一看，覺得就像一首蘇聯革命歌曲的詞彙，上寫著：

「我們咆哮的聲音響遍香港。我們鮮紅的旗幟飄滿九龍。我們沸騰的熱血流經新界。嘹亮的紅歌高唱入雲，處處放射出萬丈金光。」

還有幾張擱在牆腳跟。傅生看見一張寫的是「人不犯我，我不犯人。人若犯我，我必犯人」。另一張則用狼毫筆大大的寫著「抗爭有理，愛國無罪」八個字。

原來擱在檯上的這張標語真是從蘇聯的解放歌曲《紅旗》改編過來的，小莊帶笑的指著文辭問牛一：「你覺得這句標語如何？在這場反英抗暴的運動中，該算合適不合適？你知嗎？這句話是我從尼古拉‧奧斯特洛夫斯基（Nikolai Alexeevich Ostrovsky）的《鋼鐵是怎樣煉成的》（*How The Steel Was Tempered*）一書領悟出來的。開會的時候，鬥爭會的常務委員都同聲讚歎。連塑膠業總工會的主席馮榮都說好，岑均雄更拍案叫絕。我相信，假如運動的口號加上我們的實際行動，務必將現在不公義的社會制度鬥垮鬥臭，改變社會的現有體制。」

傅生沒正面回答，只覺得在這巧合的場合重遇小莊的感覺異常奇特。見身邊的一隻衣帽架掛著幾件雨衣，雨衣上的水珠一點一滴的落了下來，剛好滴到下面的一隻搪瓷痰盂內，發出「滴滴答答」的清脆響聲。這些雨衣，大概是魏氏兄弟或者書友們的物件。

「牛一，」小莊再叫了他一聲，續道：「不妨告訴你，這冰室暫時是我們歇腳的地方。冰室的老闆是支持我們的友人。現在我雖然被仁韻塑膠花廠解僱，但魏明和魏平仍是工友，可以代替我擔當抗爭者的角色，繼續爭取工友權益。其實，自從鬥爭會成立以來，我便專注於組織和協調整個反英抗暴的統籌工作，跟馮榮和岑均雄等人並肩作戰，聯絡各個左派工會和團體，讓他們分別策劃及策動各式各類的示威行動，組織及團結香港的

反英力量。」

「牛一大哥，」站在一旁的魏平開腔道：「今次我們的行動是只許成功不許失敗。但行動跟去年反對天星渡輪加價事件自是不同。天星事件是沒有任何黨派和政治力量背後策劃，純屬坊間自發性的反對社會不公義的行動，完全基於民生疾苦和經濟考量衍生出來的社會運動。由於近年香港的地產業萎縮，造成銀行擠提、銀號倒閉等金融危機，導致百業蕭條、民不聊生，加上政府加稅，百物騰貴，天星加價，便直接燃起社會的反抗情緒，令年青人更覺憎惡，群起示威，引發那場騷亂。牛一大哥，你應記得，去年七天的騷動和九龍區的宵禁，在政府的全力鎮壓下，造成一死十八傷的慘劇，並且逮捕了一千四百多人，最後更判處了發動者蘇守忠下獄。直至今天，對方仍囚禁於域多利監獄。這一些，都是港人街知巷聞的事。但我們最憤怒的是，港英政府將此事全都上綱上線，抹黑我們，誣衊去年上街抗議的所謂暴徒，全是共產主義的信眾所為。你說，我們聽了之後，如何吞得下這口氣？故我們今次的行動，一定要向港英政府證明，在中華人民共和國的強大力量支持和鬥爭會的有效策動下，香港愛國同胞的反擊行動，定必取得最後勝利。」

「哎喲！我最怕你們這些男人談政治。」掬彤突然插上一嘴：道：「你們一開口，便兇形惡相的，彷彿這世界全虧欠了你們。」傅生不知道是未婚妻想調劑僵硬的氣氛抑或別有用心這樣說，只見她皺了一皺眉心，跟著柔聲地對兩位學生哥說：「小同志，別跟這些同志叔叔一般咄咄逼人，硬是覺得政府對不起市民，口口聲聲嚷著反對當局的口號。這樣看來，還是我的未來老公最好，老老實實地做人，教我不用擔驚受怕的過日子。」說畢，便施施然返回火車廂式的雅座，繼續理她的妝容。

傅生被掬彤這番話搞得有點兒不好意思，但還是直截了當的問小莊。

「那麼，除了今晨包圍港督府的行動外，下一步，你們有何對抗當局的計劃？」

「這些秘密，我們當然不便向外透風聲。」小莊笑著答：「假如你們支持我們，成為我們的戰友，自然會了解多一點鬥爭會的行動方向。」

傅生心裡一直沒有反對這場反英抗暴的意思，只希望反對者可以理性

暴流

和非暴力的手段爭取，就像聖雄甘地（Gandhi）的「不合作運動」（Non-Cooperation Movement），而不是走偏鋒，讓香港變成動亂的戰場，拿市民的生命安危作賭注。幸而，現在的行動還不至於過份失控，暫時沒影響港人的日常生活。

外邊的雨勢一點兒也沒有收斂的跡象。傅生和掬彤離開銘來時，裡面的幾位朋友還在趕製他們的宣傳標語和口號。步出冰室，傅生下半身的濕氣直透全身，涼浸浸的走在街頭，不時便打起難受的哆嗦來。

十六

當日的左派晚報當然大字標題地報導了示威群眾包圍港督府要求跟港督戴麟趾爵士見面不果的消息。幾張照片除了登出愛國人士在大閘門前遞交抗議書和示威遊行的照片外，還有一張映著細雨之下，一批男女頭破血流，受傷倒地的坐在中環娛樂戲院的台階前的照片，照片中一個個男女均面露驚惶之色。一些傷者更抱著頭蓋，露出痛楚的神情。站在他們前面的幾名手持警棍的差人，則團團圍住他們，禁止示威者越過封鎖線，好像正要逮捕他們似的。文內的細字則寫著「一批愛國同胞，原本沿著畢打街而上，正要步行前往港督府聲援那邊的示威人士之際，中途卻被警方攔截，禁止他們繼續前進，雙方因而發生口角，繼而出現肢體衝突。糾纏間，有抗議者遭到差人拳打腳踢、粗暴對待。一些警察，還對女同志們窮追猛打，頻頻用警棍毆打她們的頭部。慌亂間，有十幾對女裝帆布鞋更跌至路旁的陰溝……」，其他內文則刊出一些反擊西報毀謗的言論，澄清事件中受傷的女同志，並非自行用紅墨水塗到自己的頭蓋，佯裝受傷的傳言。並且宣稱，西報旨在誣陷左派，嚴正要求西報對失實言論必須作出徹底更正。

由於女服工會的勞動節晚會舉行在即，近日掬彤的工夫忙得丞丞轉，根本無暇跟傅生一起探望蒯老師，傅生惟有打電話相約鄭匡。翌日下班，兩人便一起到廣華醫院探病去。

黃昏時分，傅生抵達醫院，原來下著的濛濛細雨已經停止，大片天空

透出一道藍光，柔柔地曬在西邊，看來明天將會是放晴的一天。

傅生在醫院的正門守候鄭匡，入黑之前，是探病的高峰時段，見一批批病人親友魚貫地走進升降機，許多都帶備鮮花和水果。一些更提著搪瓷飯格，想必裡面藏著的不是補身藥膳就是養生湯水了。

傅生囑鄭匡帶些梨子過來，自己則在泰華買了一瓶補血的中成藥，想著蒯老師手術之後也該適用。

鄭匡準時到達大堂，兩人便按照校方給他們的資料找到大房，又按病床的編號找到蒯老師。見他正在床上讀報，精神不錯。一見兩名舊生前來探病便放下報紙，連忙跟兩人打招呼。

「你們上班還不夠忙嗎？太客氣了，謝謝你們的探望。」

「怎麼，氣色挺不錯，老師的手術想必順利，快要出院了？」傅生帶笑道。見老師的右眼用膠布蒙著白紗布，只靠左眼看東西，感覺有點兒跟平日的樣子不一樣。不知是否服藥之後的副作用還是其他緣故，老師的左眼瞳孔佈滿血絲，就像喝多了酒精飲料酒氣上眼似的。

「白內障割了，但青光眼還要服藥控制，不能完全根治了。」老師說：「沒法子，年紀大，就是甚麼毛病都出現。」

鄭匡一貫打哈哈的口吻對老師說：「好了，好了，老師終於當上了老闆，開了一爿涼茶舖。」

「黐線佬，盡說廢話，語無倫次的！」傅生反笑他。

「難道不對嗎？單——眼——佬——涼——茶。」

蒯老師卻被對方引得咯咯笑。

「蒯老師，別管他，滿口餿話！」傅生再罵一聲，跟著便對老師說：「淳德原本嚷著要過來，但他實在忙，叫我們替他問候老師啊。」傅生不得已撒了個謊，不然，也不知如何交代。畢竟，小莊是蒯老師昔日最疼愛的一位學生。

「我是明白的。我了解。我有讀報。現在正是左派和政府生死對決的關鍵時刻，尤其鬥爭會成立之後，雙方對峙的形勢更激烈。」蒯老師一面說，一面用生果刀剖開一隻他們帶來的梨子，分了兩片給學生，自己卻沒吃，然後放下生果刀，續道：「你們叫他凡事小心，事情已經發展到不是

一場工運那麼簡單。現在更衝著國家的無產階級文化大革命的勢頭而來。香港，快要變成另一個動亂的戰場了。」

隔鄰的老病人突然叫起來，痛苦的呻吟聲一下下傳了過來。

「姑娘，姑娘，好痛啊！姑娘，快來啊，快叫醫生過來啊！給我止痛餅，快給我，痛死囉⋯⋯」

眾人見他抱著胸口的位置坐在床沿，彎著身軀不停叫，表情顯得很痛楚。

兩名看護小姐連忙跑到他身邊，快手將一道帆布屏風拉起來，立時將四周的病人和探病者的視線完全隔開。一位醫生拿著聽診器走了進去，帆布屏風內還傳出老病人斷斷續續的呻吟聲。未幾，便見看護小姐和醫生走出來，幾名工友立即扛著擔架床將老病人抬走，大概要送到手術室去。

「聽說患上肺氣腫，痛的時候便會仰天亂叫。」蒯老師解釋：「好在他及時發現，不然，變成癌症更麻煩。」

「這兒那麼吵，老師，能養病嗎？」傅生問。

「唯，唯，唯，老師肯定睡得好。他是位百毒不侵的老師。」鄭匡笑著說：「牛一，你記得嗎？蒯老師是位百搭老師，誰個老師告病假或者事假，都由他前來補上。我們在自修時段鬧得天翻地覆，老師一樣可以讀《紅岩》讀得津津有味。醫院麼？對他來說是小兒科。」

「說真的，我當教師這些年，你們這一屆是最聽話最懂事的孩子了。」老師的表情若有所思，「但時代不同，現在的孩子哪會尊師重道。有血性和理想的，又偏愛犯險，勸也勸不來。」

「現在漢江的學生還在參與這場工運嗎？」傅生問老師。

「哪有不參與之理，」鄭匡卻插上一句，「這是他們的課餘活動。是要緊貼愛國學校的路線前行。」

蒯老師即時接腔道：「我是他們的老師，又是舍監，且兼任美術科，在公在私，都要對他們的所作所為加以輔導，不然，對不住他們的家長，尤其寄宿那一群。但學生們暗地裡所幹的勾當，我便管不來。只盼他們別做傷害自己和社會的事便好了。」

「蒯老師，你認識社僑中學的師生嗎？」傅生突然問對方：「因為昨天我見過兩位淳德的小戰友，都是社僑的男生。」

「不熟，但略有所聞。聞說該校的一些學生，走在這場工運的最前線，當起危險的任務。」蒯老師坐到床沿，騰出更多空間讓兩位舊生坐下來，接著說：「正因為社僑的老師非常支持今次工運，便積極鼓勵學生們參與行動。許多示威遊行和抗議集會，都會發現社僑學生的蹤影，派傳單、唱紅歌、喊口號甚至寫宣傳標語的大有人在，比漢江的孩子們激進得多。」

「昨天我遇見淳德，便認識了參與工運的兩名該校的男生。」傅生終於透露此事：「那時候他們正在書寫抗議橫額和標語，準備下一輪的鬥爭行動。」

「哎！」蒯老師長歎一聲，「怕只怕學生已經被利用，校園的實驗室經已成為軍火製造場。」

「那麼，不就是軍火庫？蒯老師，有那麼嚴重嗎？」鄭匡收起剛才嬉皮笑臉的嘴臉直視老師。且說：「保不定是我們拍電影的假煙火。」

「不，是土製炸彈。」蒯老師解釋：「聞說幾間左派中學的化學實驗室，正由專科老師指導學生們全力製造。必要時，用來對抗防暴警察的暴力鎮壓。」

「太危險了！這樣太危險！不能把社會的治安當作賭注。」傅生大感意外，「要是這樣，孩子們的生命哪有保障？教育的真諦又是甚麼？左派不就被視為破壞社會安寧的暴徒嗎？」

「我也這樣想。但現在血氣方剛的學生老是這樣子，一旦被煽動，便會一鼓作氣的幹下去，根本辦不出事情的嚴重性。」蒯老師道：「學生們滿腦子反資本主義的熱情，就像現在國內這場反右、反蘇修的大動亂一樣。說到底，現在香港愛國學生的思想，就是遭到文革洗禮。在校園學習的盡是《毛語錄》、唱的是紅歌、讀的是左報社論、寫的是革命詩歌，然後將所思所想，投稿到《青年學園》之類的刊物上，全是又紅又專的左派學生的生活紀錄。」

傅生聽蒯老師越說越激動，像快要急壞了似的，連忙轉個話題，道：「蒯老師，待你出院後，我要請你喝一杯。」

「從前我還可以喝上幾杯，但現在的身子怕不行了！」老師苦笑道：「還是你們年青人到酒吧多喝兩杯。」

暴流

「不，老師誤會了，我不是這個意思。」傅生糾正他，「我是說，我和掬彤年底結婚，你要過來喝一杯。」

「衰仔，為何沒有通知我？」鄭匡一隻胖手心一巴掌的摑到傅生的後腦杓，但力氣不大，只教傅生感覺癢癢痛。但聽對方說：「你結婚，我要儲足使費來度身訂造一套踢死兔（Tuxedo），等著做個戥穿石。還有還有，叫你老婆別忘記，做了傅師奶，便要替我當大媒，找個標致姑娘跟我談戀愛。」

三人有說有笑，然後多談了一會，便到探病時間的尾聲。兩位舊生便祝老師早日康復，茶敘再見。

傅生和鄭匡步出醫院，由於兩人均沒有吃過晚飯，現在便飢腸轆轆。尤其鄭匡，嚷著上館子，兩人便二話不說的到紅陞飯店醫肚皮。

紅陞飯店原本就是三劍俠經常光顧的食肆。畢業之後，三人縱然各忙各的，但閒來時還會相約到此，就是喜歡這兒的情調，可惜今晚獨欠小莊了。

鄭匡甫進飯店，一眼便看見頭上那盞五星抱月的吊燈缺了一顆燈泡，立時笑問徐老闆。

「怎麼變成四星？從前跟國家的五星紅旗遙遙呼應，是效忠祖國的象徵，現在變成四缺一。」

「無法子，壞了的一顆燈泡早已用不著，電源接不上，現在趕緊修理，剛好師傅沒空過來，變成這樣子。」徐老闆笑嘻嘻的走過來打招呼，領著兩位老主顧走到臨街玻璃窗前的座位。

「老徐啊，紅陞的菜單還是老樣子，為何幾十年不變？再這樣下去，就趕不上時代步伐。」鄭匡拿起餐牌來看，「做生意，要動動腦筋，不然，早晚被淘汰。」

「別管這位『百彈齋主』，老徐，今晚他的神經病又再發作。」傅生一面從口袋掏出香煙點上一面說：「只要你們的小炒做得夠水準，五十年不變又如何？」

「正是，正是，所以要你們這些老主顧多多照拂。」老徐順手拿過一隻煙灰缸靠到傅生的手邊，跟著便介紹菜式，「今晚的老火湯熬得不錯，是淮山杞子煲鱧魚。是賤內親手炮製，來一個試試好嗎？」

「沒一點新意。我下月的慶辰，原本想在這兒設宴，現在要重新考慮

了，哈，哈，哈！」鄭匡笑罷，便點上他的總督香煙。

「那麼，試試新來的黑啤酒，夠嗆喉，男人至愛。是剛從西德運過來，味道苦苦澀澀，挺不錯，肯定合兩位口味。」

「這才有意思！」鄭匡道，跟著問傅生：「來一瓶試試？」

「隨你的，你來點菜吧。」傅生一面說，一面享用飯前的一口煙，見鄭匡拿起餐牌左看右看，始終點不出名堂，便道：「照舊吧，點你喜歡的南乳豬手和梅菜扣肉，再來一隻燒春雞。」

「牛一哥，別開玩笑了，我已經是三高人士，免了吧！」鄭匡大聲抗議。

「甚麼叫三高人士？」傅生有意捉弄他。

「高血脂、高血壓、高膽固醇。」對方解釋：「再來這一些，肯定教我早日謹見閻王爺。」

飯店過了用膳的時間只剩下兩檔客人，看來客人也快結賬，徐老闆便專誠招呼他們這一桌，另外兩名夥計則在清理其餘的檔面。

酒菜上了檔，老徐站在一旁閒閒地問起小莊的近況。

「從前總見你們三位一體，為何這一向，不見莊先生？是否紅陞有甚麼得罪之處？」老徐索性坐下來，還替他們斟上黑啤酒。

「哪有此事，現在人家是革命英雄，還有時間跟我們這些販夫走卒吃飯嗎？」鄭匡半真半假的道。

「對得很！近月來，莊先生的見報率可真不少，每次工運的示威遊行或者抗議活動完結之後，新聞紙一出，便少不了他出場解畫，曝光率挺高。從前他坐在這兒，總聽見他高談闊論的批評政府，多高深的學問，了不起的政見。」

「是『了』不起？抑或『聊』不起？」鄭匡打趣道：「跟他聊天，總教你接不上腔，最後便啞口無言了。」

那邊廂的客人正要結賬，老徐見狀，連忙走過去應付。

「牛一，我問你，小莊是否正在談戀愛？」鄭匡突然問傅生。

「談戀愛？跟誰？誰會跟他談戀愛？」

「不就是掬彤的三樓鄰居馬老師，馬柔靜嗎？」

「不會吧！」傅生大感意外：「沒聽掬彤這樣說過，除非是……」

「除非是甚麼？」

「除非是搞地下情，沒將戀情浮上水面，朋友們都被蒙在鼓裡。」傅生道，跟著便問鄭匡：「你從哪兒得來的消息？可信不可信？」

「是我親眼目睹，但卻不能百分百肯定。」鄭匡解釋道：「上星期，我們的外景隊在虎豹別墅取景，正在十王殿的外圍拍攝時，我從遠處望見一對男女走向別墅的高樓。看兩人的背影，就像他們了。你該知道，小莊的身高比馬柔靜矮小，這樣的『高矮配』，一眼便能辨得出。但隔著距離，我也不能百分百的確認。」

「我想，你是搞錯了。」傅生用肯定的口吻道：「以小莊目前的情況，無論經濟和處境，再漂亮的姑娘也沒心思或閒情談戀愛，何況馬柔靜，樣貌一點不吸引，『拍拖』，只怕是子虛烏有了。」

「大概是我搞錯了。」鄭匡一面說，一面替傅生斟上黑啤酒。一斟，便斟滿了，酒泡一下子衝出杯口，溢到檯面上，傅生連忙低頭喝了一大口。

牆邊的坐地風扇突然咯吱咯吱的響起來，但仍然搖頭擺腦的吹著風。老徐走過去一手關掉，另一手便開動了天花板的一把半舊不新的蝴蝶形風扇，一室悶熱的空氣隨即散發，令人感覺更翳焗。

「哎喲！老徐，看來你的生財工具全是老弱殘兵囉！」鄭匡叼著一枝牙籤笑著道：「做生意，一定要破舊立新，才能吸引新主顧。不投資，哪會賺大錢？」

「鄭導演，你說得對，那就拜託你們多光顧紅陞幾趟。」老徐說畢，便走回收銀處忙他的。

「鄭匡，你的紀錄片開拍了沒有？」傅生想起上次朱景春「下令」好友開拍的那齣紀錄片，隨口便問。

「你說的是《同志必勝，港英必敗》嗎？」鄭匡答：「隨時候命，只差資金仍未到位。聞說朱景春正在游說鬥爭會的商界委員注資，我這邊則隨傳隨到。對了，牛一，前些時，你託我找的那本禁書，叫甚麼《第二次握手》的，現在還未找到，找到後，立即通知你。」

傅生早已忘記此事，聽好友一提，才猛然醒起，但聽對方繼續說：

「其實，我最想開拍的電影是《巫戎傳》。牛一，你聽過王柳公這個

名字嗎？上次三合會向外景隊收取茶煙費之時，我在春秧街的街市認識了一位代客寫信的老人。他的身世，才夠傳奇。你知嗎？那位寫信佬，原來就是《巫戎傳》的原著作家。這部小說，早年在《X商報》一度連載，故事曲折，情節感人。當年便一紙風行，版權還賣到南洋等地。有機會，我想開拍這故事。」

傳生一面聽，一面抽起他的飯後煙。

「我覺得王柳公的一生都很悲慘，為公為私，都在自我犧牲，燃燒自己的生命。他的大我精神，就是為了貢獻國家。」鄭匡一面喝著黑啤酒，一面娓娓道出這位小說家的傳奇一生：「他的《巫戎傳》，裡面投射著少壯時期參與抗日戰爭和成為共產黨員後加入游擊隊伍抵抗國民黨的個人經歷。為了投身國共戰役，王柳公長年跟家人分隔兩地，縱然有三次途經重慶的家門也沒內進，連老妻的最後一面也看不見。由於他是越南華僑，成年後才從海防（越南北部城市）來華，說話帶著濃重鄉音，在隊裡總遭同僚排擠，跟戰友們相處得格格不入，幾乎毀了他獻身國家的崇高志向。但他即使官階不高，依然堅守黨性，終於在共產黨政權得勢成立新中國之後，作出了軍事功勳中極高的殊榮。只可惜，解放之後重返四川，家裡的幾位男丁早已去世，不是逃難而亡，便是饑饉而終，只剩一位么女陪伴在側。由於他身患骨癆，需要在濕度甚高的地區生活，不然便會性命堪虞，兩父女因而遷至廣東從化。他的《巫戎傳》，就是么女在從化溫泉區給他逐句逐頁的抄寫完稿，在報上得以連載，繼而出書傳世的。由於香港氣候濕潤，有利控制他的病情，幾年前，他便隻身跑到這兒，在街頭替人寫信維生，而他的么女則在從化嫁人落戶，現在只剩他一個老人家孤苦伶仃的留在香港。那一天，我聽他說完自己的故事，竟見他老淚縱橫，泣不成聲。比起我們這一代，一位「老左」，在大時代曾經為國家犧牲殊多，但到頭來卻落得孑然一身，能不教人扼腕惋惜？牛一，你說，王柳公的故事是否發人深省，教人唏噓？所以我說，他的故事，要是改編電影，該是很棒的腳本。有資金的話，我便一定爭取開拍，而不是開拍這齣《同志必勝，港英必敗》的爛貨。」

傳生聽著鄭匡酒後吐真言，感到這是好友少有的仗義執言的一面。想

不到這位嬉皮笑臉的小胖子，也有收起詼諧展露感性的時刻。

這樣一想，難免令他一時感觸。心裡暗忖，在芸芸左派人士的個人歷史中，無論二十世紀之始抑或六十年代之初，都有各自各的愛國人士的故事，像馮榮、像岑均雄、像莊淳德、像魏氏兄弟，甚至像他自己這一群愛國學校出身的「左仔」，不也是各有各的愛國經歷？而千萬個「左仔的故事」，流淌著千萬個不同的血淚史，就像湖泊河川，各自流淌著自己的水勢，差別在於是涓涓而下的細水抑或波濤洶湧的浪花而已。

十七

一天下班之前，傅生的上司卜正總經理找他談話，商量有關糧油部主管的升遷問題，原因是和叔經已呈交辭職信，下月中便飛往西雅圖，跟那邊的兒孫團聚，享受退休的生活。

「傅主管，你看，是在內部調遷還是登報聘請比較合適？」卜正總經理一面讀晚報一面問他，卻像心不在焉似的。

「兩者都有利弊。」傅生則放鬆心情跟他談，徐徐點上煙，然後抽了一大口。

「你有合適人選嗎？你看，葛農的工作表現如何？」

卜總經理提到的葛農，就是他的小舅子，兩年前，經由他安插到糧油部當助理主任，原意是等和叔一旦退休或移民之後，便可讓小舅子嚥下這份肥缺。卜正的如意算盤，早已是「司馬昭之心」。但他一旦擢升自己的親戚，誓必惹來糧油部其他元老的不滿。

「葛農勤奮好學，是個有為的青年，可以培養起來的。」傅生置身利益之外，可以大膽進言，不怕卜正拿他來開刀，續道：「但好是好，卻難服眾，只怕同事間會有微言。」

「我也這樣想，所以另有安排。」卜正也抽起香煙，又站起身來，然後在他的房間踱方步，雙手交叉背到身後，煙頭緊貼到屁股，亮出閃紅的星光。

「總經理，是甚麼安排？可否告訴我？」傅生深知對方有點小聰明，身邊又有幾位軍師替他出謀獻計，不禁好奇的問道。

「傅主管，只要你首肯，事情一點不難辦。」卜正還未說到重點，左手便壓到坐在椅子上的傅生的左邊肩膊。

「究竟怎麼辦？」傅生被他這一句弄得一頭霧水。

「事情很簡單，我想你兼任和叔的職位，實際工作則落到葛農的身上。」卜正終於透露了他的「陰謀」，正眼望住傅生，續道：「我新設一個副手的職位給葛農，只要他多幹一年半載，就可以順利坐正。我左思右想，就是這個點子最妥當。傅主管，際此過渡期，便拜託你當個幌子，堵住一眾元老的口實。」

傅生一聽，不禁心如鐵鉛般的沉了一沉。想不到左派機構出了一位老謀深算、老奸巨猾的人物。傅生心裡一時疑惑，但想深一層，若果不答應對方，豈非將自己的處境放到不利的位置，但一旦答允，又變成狼狽為奸、為虎作倀嗎？一時間，也不知如何作答。幸而對方還有商榷餘地，囑傅生多考慮幾天才表態。

翌日晚上，是女服工會舉辦五‧一勞動節晚會的日子，地點就是去年的那間金山樓。泰華國貨的章董事長、卜總經理和傅主管都在邀請之列。但章董事長湊巧無暇出席，便由卜正和傅生兩人赴宴。下班之後，兩人便乘的士趕到油麻地避風塘，一路上，卜正都沒再提升遷之事，傅生也樂得閉嘴，隻字不提這個「無兵司令」的兼任工作。

「傅主管，我想辦一個『愛祖國，用國貨』的大減價行動，你說行不行？」卜正坐在的士車廂內突然問傅生：「趁國家正在搞運動，我們身為香港的愛國機構，也該盡力支持祖國。不論國內的這場運動是造反派抑或保守派最後勝利，得益者也屬於我們。只要等到這場階級鬥爭和奪權行動塵埃落定之後，大減價的活動自會發揮公司長遠發展的效益。掌權之後的一方，永遠不會忘記泰華國貨的愛國舉措，你說可不是『除笨有精』的商業考量嗎？到時候，我們一定有所回報。趁此機會，也讓本地的同業得知我們的競爭實力。」

「用意挺好，我想辦得到。」傅生附和對方，內心卻感到這株「牆頭

暴流

草」的點子想得夠周密。但無論如何，國貨公司推出減價，得益者最終還是香港的普羅消費者。

的士駛至油麻地避風塘的一條馬路，但見金山樓兩層高的平房高高懸起一座「慶祝五·一勞動節」的牌樓。牌樓四邊亮起燈泡，黃皚皚的照亮整條馬路，縱然入黑時途人不多，也顯得異常熱鬧。

傅生昨晚十一點跟掬彤通電話，其時她才剛回家，話筒裡她的聲線沙沙啞啞。傅生一聽便覺痛心，知道未婚妻肯定為晚會的事忙了一整天，今天一早又趕往金山樓佈置會場，想來掬彤今晚的歌唱演出不會好到哪兒去。也不知鄭匡會否現身？去年他和鄭匡便被臨時拉夫，在台上表演相聲，鬧出的笑話可真丟臉。但今天想來，又覺得萬分回味。

他和卜正一早到場，現場的賓客還不算多，傅生便想第一時間看看掬彤，卻未見她的身影，忙問今晚擔任司儀的那位小姐，才知未婚妻正在後台忙於裝身，也就不好打擾了。

傅生一看現場的佈置已經就緒。金山樓廳堂的好處是有一個橢圓形的高台階，可以當作宴會的一個小舞台，方便表演者娛賓。見舞台背後一幅簾幕大大的寫著「香港女服工會五·一聯歡晚會」一行紅字，兩旁一對革命標語，寫的是「領導我們事業的力量是中國共產黨，指導我們思想的基礎是馬克思列寧主義」，字體相當醒目。但台上的毛澤東肖像卻非官式，以國家主席穿著戎裝在天安門城樓檢閱全國紅衛兵的大照片代替。沒掛國旗，卻換上黨旗。那鐮刀徽號的大紅旗放在台階的左邊，右邊則有一枝直立式的麥克風，專為司儀和演講嘉賓而設。

傅生趁卜正上廁解手的時候隨意坐下來。有夥計識趣地替他遞上一條熱呼呼的毛巾，又斟上熱茶。傅生擦了一把臉，感覺熱氣和花露水的香氣直透皮膚。縱然已經入夏，頭上的吊扇卻旋出陣陣清風，感覺更舒服。見今晚會場筵開二十席，場面跟去年大致相若。

傅生拿起剛才司儀小姐遞過的程序表，一看，今晚的演講者除了主席宋羚之外，還有香港塑膠業總工會的主席馮榮。現在他是鬥爭會的常務委員，實際權力可不少，跟岑均雄是平起平坐的。兩人都是左派近期的「紅人」。去年岑均雄曾在台上以「天星加價和九龍區宵禁」一事發表演說，

今晚則由馮榮就今年的「工潮與反英抗暴的運動」發表偉論了。

賓客陸續入席，主人家宋羚則未見現身，時間將近八點鐘。好不容易二十席賓客坐滿了一大半，剩下兩、三席仍未入座，但晚會不得不展開。見司儀小姐走到麥克風前廣播，宣佈晚會正式開始。背景音樂隨即奏出了《義勇軍進行曲》。國歌奏畢，司儀小姐便要求全體出席者合唱解放歌曲，只見她一手打開身後的廣播器，廣播器馬上響出解放歌曲的前奏，司儀小姐便開腔領唱，裡面播的調子耳熟能詳，全體賓客立時站起身來高歌：

「大海航行靠舵手，萬物生長靠太陽。雨露滋潤禾苗壯，幹革命靠的是毛澤東思想。魚兒離不開水呀，瓜兒離不開秧。革命群眾離不開共產黨。毛澤東思想是不落的太陽。」

大夥兒唱畢，全體就坐，跟著由女服工會的宋羚主席致詞。她例牌交代了近期工會代表香港左派和成衣業前赴首都為國內人民進行「訪貧問苦」的活動和匯報捐贈寒衣的成果，強調由於國家正值文化大革命，此舉的經驗和收穫，足以對香港愛國同胞日後貢獻祖國的事業作出了重要的示範作用，顯示出全港市民對祖國建設和革命發展的全力響應，提升了香港和祖國兩地民眾交流的寶貴經驗。說畢，台下賓客循例報以熱烈掌聲，然後二十席的參與者舉杯祝賀。

上菜之後，餘興節目隨即開始。一對身穿人民解放裝的上海軍樂團姐妹花提起梵啞鈴演奏《梁祝協奏曲》，是整晚表演節目中最具水準的一環。掬彤的兩支獨唱歌曲自然相形見絀。其實，起初她所唱的《康定情歌》尚算稱職，但一唱到《黃河頌》便出現問題，連傳生這位五音不全的門外漢也覺得未婚妻的歌聲高音部位很不濟，尤其尾段的幾處，更出現了走板荒腔的失誤。

今天他是頭一次目睹未婚妻的台上演出。見她穿著一襲藏青印花絲綢旗袍，襟前一大朵綠牡丹的圖案，臉上化妝很誇張，真的變成樣板戲中的「江姐」，令原來圓中帶胖的臉蛋瘦了一圈，驟看之下，就像另一位女子。但他還是喜歡掬彤平素略施脂粉的模樣，而非現在台上的那位塗脂抹粉的女子。然而，這一晚，由於是他頭一次聽到掬彤的歌喉，感覺異常的奇特，因而令他將會永記未婚妻今晚的演出。

暴流

天花板的吊扇呼啦呼啦的搖晃著，傅生坐著的一席剛好望見窗外的油麻地避風塘。見避風塘上的幾點漁火，在黑夜的海面上閃閃發亮。幾陣清風，從窗外微微吹進，甚覺舒暢。更好的是，身旁的卜正因為整晚忙於和同席的賓客交談，幾乎忘記了自己的存在。這也正合他的心意，不用敷衍對方談論葛農的升遷問題。

夥計端上一鍋香噴噴的魚翅，正要分送給同席的十二位賓客，敬酒儀式同時開始。未幾，便見宋羚跟一眾女服工會的理事們拿著酒杯趨前敬酒。

「諸位賞光了。大家勞動節快樂，身體健康，多喝兩杯，多喝兩杯！啊，卜總經理，傅先生，你好！」宋大姐終於走到他們這一席，一見他們便舉起酒杯，忙道：「多謝賞光，酒微菜薄，招呼不周，你們慢用！慢用喲！」

「宋大姐，待我多說一句，介紹一下。」卜正突然攔住宋羚準備轉身的腳步，道：「傅主管已經高升，現在他不單是泰華國貨的總務部主管，還兼任糧油部主管，今後糧油部的事務就由他一力主理，日後宋大姐和貴會同人有甚麼事情儘管找他，也先感謝你們的關照。」

「一定，一定，」宋大姐回答：「傅先生能者多勞，你們公司也深慶得人。有需要，我們一定跟傅主管聯繫。」

傅生大感錯愕，冷不防遭到卜正如此介紹，真有騎虎難下之感。一時間，也不知如何否認。看來這個虛有其名的職位難以推辭。

麥克風再度廣播，台階上的司儀小姐改穿了一套草青色的解放裝出場，頭上戴上一頂紅星帽子，正要宣佈遲來的香港塑膠業總工會馮榮主席即將致詞。參與晚會的全體賓客都知道，致詞者現在是鬥爭會的大紅人。際此反英抗暴的熾熱勢頭，他的講話，多少代表著香港左派陣營的無上權威。一下子，全場原來喧鬧的氣氛凝重起來，只見台上那位五短身材的胖漢開始講話：

「各位中華兒女，各位香港同志，各位愛國同胞，您們好！

「今晚我來遲了，為爭取時間，我便不再長篇大論的演說了。記得一位黃皮膚白心肝的所謂幽然大師的學者曾經說過：『演講，要像少女的裙子，越短越好。』

「過去兩個月，大家都知道我們面對甚麼大規模的言論攻擊。繼香港愛國同胞於五六年的『雙十暴動』遭到本地右派無理抹黑之後，去年中及今年中的一整年，我們再次遭到英帝國主義有組織性的挑釁，危險程度，更加是史無前例。但我們不怕，因為我們是走群眾路線的勇士，靠的是國家的支持和七億人民作為後盾，並有香港愛國同胞作為先鋒，加上無產階級文化大革命的英勇小將們作為武器，我們便不怕任何敵人的攻擊。一切牛鬼蛇神、邪魔妖孽，通通都會被我們殲滅殆盡，徹底剷除。

「但『知己知彼，百戰百勝』，這是行兵遣將的必勝攻略。據我們現在的情報指出，港英政府建立了一個名為『心戰室』的組織，打算以心理和宣傳策略攻擊我們，對象是愛國團體，包括工會、學校和工商業機構等。當中一項最犀利的武器，便是他們透過大氣電波進行的公眾宣傳，以無線電廣播嚴厲批評左派陣營，令普羅大眾以為香港的愛國人士，全是反社會的無政府主義者，以破壞社會秩序為己任，全心擾亂香港市民的日常生活。相信在座許多同志都聽過一個名為《香港仔日記》的反動節目，裡面的廣播內容，便是充塞著煽動港人仇視我們的言論。但我們不怕外界這些有政治目的的抹黑伎倆。我們會以行動證明，共產主義一樣可以成功扎根於香港這個資本主義的地區，最後更長出豐碩和美味的果實。馮某在此呼籲，香港愛國同胞群起反抗，聲討這個反動廣播。組織遊行，包圍電台。抗議討伐，反對他們的煽動言論，以證明敵人的攻擊手段最終只會徒勞無功。

「親愛的同志們，就讓我們高舉中國共產黨的鮮紅旗幟。高舉世界共產主義大團結的旗幟。高唱無產階級的偉大歌曲。以反對帝國主義修正主義為革命目標。抵抗港英政府對香港愛國同胞的法西斯血腥鎮壓。堅決反對資本主義的陰險圖謀。讓我們高呼馬克思、恩格斯和列寧思想萬歲！戰無不勝的毛澤東思想萬歲，萬歲，萬萬歲！」

這位矮漢子的言論可真嚇人。

傅生想不到一位鬥爭會的常務委員會說出這些言詞挑釁和充滿煽動性的講話。他自己沒有聽過《香港仔日記》那個節目，有機會一定收聽。但他覺得馮榮的演說言詞偏激，過猶不及。他更懷疑，在座的逾二百位賓客中，將有多少人聽過他的演說之後會作出相應行動，去信無線電台提出抗

暴流

議、包圍廣播機構，甚至進一步和港英政府對著幹。但現時傅生的腦海還是左思右想的念著自己的切身問題，該如何回絕卜正的升遷安排？明天上班，他決定向章力同董事長反映意見。

十八

　　傅生和掬彤是最後一批離開金山樓的人。由於掬彤和她的同事們要清理現場雜物，待女服工會的後生明天過來再收拾，因而耽誤了離開的時間。

　　傅生見掬彤實在疲倦極了，臉上的化妝完全走了樣。沒完全卸妝，原來舞台化的濃烈胭脂現在變成青黑一片，佈滿兩邊的面頰。

　　傅生替她提著兩件細軟和皮包，在街頭等候的士。站著的地方剛好望見油麻地避風塘近岸的另一邊，原來海面的漁火燈影完全熄滅，四周漆黑，無風小浪，卻吹來海水的腥臭味。耳畔又聽見小艇與小艇之間互相摩擦的聲音，咭吱咯吱的在叫。潮聲又一下下的拍打堤岸，像母親為睡前的孩子唱著的搖籃曲。

　　好不容易才見到一輛沒載客的的士，兩人坐到車廂後座，掬彤整個人靠到座位的椅背上，顯得睏極了，原來半睜著的眼睛已經完全闔上。傅生見她這個模樣也不好叫她，讓她繼續睡下去。

　　「很累吧！妳睡一會兒，到了之後我叫妳。」傅生不忘慰解未婚妻。

　　「不用，」掬彤的頭蓋枕到他的肩膀上，還道：「牛一，我看你整夜悶悶不樂，跟卜正好像貼錯門神似的，分手也不打招呼，為甚麼？」

　　「妳知嗎？妳的未婚夫快要升職，兼任糧油部主管囉！」

　　「唔，不錯，恭喜你！」掬彤的聲音很微弱，像在夢囈。隔了一會兒，又聽她追問，「有沒有加薪？」

　　「沒提這一些。但我不喜歡這樣的升遷，因為這是卜正一廂情願的安排。假如按正途兼任糧油部的主管便不同，現在是任人擺佈，事前沒徵詢過我的意見，就像霸王硬上弓，能說尊重嗎？妳該知道，現在我是別人的一盤棋局中的一枚棋子。我不甘心這樣被操控！掬彤，妳說我該怎麼辦？

是否要向上頭反映？掬彤，掬彤……」

　　掬彤沒反應。傅生看了一看靠在自己肩膀上的女子，原來已經沉睡了。圓中帶方的臉龐睡得很平靜，有一秒鐘還在甜甜的笑。傅生望住未婚妻也笑起來，心想：「即使掬彤沒意見，明天我也一定向章董事長反映問題。」

　　章力同董事長平日慣常過了午飯時間才上班，傅生在寫字樓和大夥兒吃過中午的包餐後便心緒不寧，琢磨著該如何向老闆反映意見，事務員成成一眼便猜到他滿懷心事，因問：

　　「傅主管，和叔快離職，大夥兒該如何替他餞行？」

　　「你們有何意見？趁現在人齊，儘管說出來。」

　　「和叔正在放大假，他是主角，不能忽視他的想法。」內中一位年資較深的出納部女同事便說：「即使羅漢請觀音，若他不領情，也不好意思，還是合資送份禮物最理想。」

　　眾人各有各提出建議。有人說送一封大紅包給遠行的老同事最實際，有人則建議送短程旅遊費，七嘴八舌的辯著。

　　包餐吃過後，幾位年青同事自動自覺地收拾碗筷，等候送伙食的工友上樓收件，那時候樓梯咯吱咯吱的響起來，原來是樓下的後生上來，一見傅生，便叫了他一聲。

　　「傅主管，章董事長有請，現在在等你。」

　　傅生一聽，感覺異常錯愕。原本打算主動約見對方，誰料竟然被召見，也不知所為何事，連忙整了一整衣履，匆匆下樓見老闆。

　　傅生敲門入內，見董事長室內坐著章力同本人之外，還有會計部的主管郭小姐。女的正在喝茶，還用嘴尖吹了一吹茶杯上的茶葉，然後細細的品嘗。

　　傅生坐到一張單人沙發上，章力同隨即遞上一根「三個五」給他，自己的嘴角早已叼著一根，傅生連忙站起身來雙手接過，又從口袋掏出洋火替老闆點上。

　　每次走進董事長室，傅生都會特別留意牆壁正中央掛著的那幅孫文先生的彩色肖像。左邊一幅大大的黑白照，是董事長的先嚴章楷跟一眾香港愛國商人在新中國成立初期上京謹見毛澤東時一起拍攝的全體照。背景

暴流

是毛主席偌大的書齋，背後一排書架，書籍高高的疊到天花板。前面有兩位是曾經參與過十萬八千里長征的香港元老級紅色革命家，傅生忘記了他們的名字。章董事長的父親章楷是創辦泰華國貨的社長，現在此職已經懸空，章楷被追封為永遠名譽董事長，章力同是「富二代」。他自己當上泰華的董事長職銜多年，在香港的幾間國貨公司中一直處於二線位置，近年卻有意急起直追，希望爭取更佳的市場佔有率。牆壁右邊掛著一幅玻璃框著的格言，寫的是「愛祖國，用國貨。服務香港同胞，就是建設新中國的使命」。這是章力同主動出擊的「座右銘」，格言更由他親筆書寫，下面還押上他的硃印。

「傅主管，不好意思，妨了你吃午飯的時間。」章力同客氣地對他說：「會計部的郭小姐你也認識吧，不用我介紹。今天請你們過來，就是為了卜正總經理近日提議舉辦『愛祖國，用國貨減價雙周』的事宜。我對他的提議很感興趣，早已反映給公司的董事會同人知道，大夥兒都覺得大有作為，可以一試。原來想請卜正總經理親自解說，但他有事外出，今天就由我代勞。既然大家都有了個概念，分別商談也無妨。郭小姐，妳就告訴我們，假如舉辦兩個星期的全面九折大特賣，預計公司的虧損數字將會如何？」

「董事長，」郭小姐答：「依我粗略估算，全面大減價拉上補下之後，還有兩個巴仙左右的利潤。但要視乎天氣情況，雨天的話，人流自然有影響。遇上颱風的日子，更會得不償失了。」

「沒法子，這叫人算不如天算！」章力同歎了一聲，跟著道：「但做生意，總有博彩的成份，不賺則蝕。我們這次大減價的行動，是香港愛國百貨公司的首創，即使未能賺到毛利，宣傳上也打響頭炮，亦是旗幟鮮明的愛國行動，讓黨中央和國內七億同胞得知我們對祖國的一片丹心，有利公司在港的長遠發展，是『除笨有精』的策略。」

章董事長將一根半抽著的香煙煙灰撣到煙灰缸，跟著問傅生：

「傅主管，現在泰華一共多少個部門，我們要綜合分析，看看哪些是重點減價的部門。」

「公司一共八個部門，傢俱、糧油、文具、服裝、皮鞋、電器、文物

和藥材。我想糧油、服裝和皮鞋三個部門，該是重點減價的項目。」傅生不忘建議。

「那麼，這三個部門就打九五折，將其他部門虧蝕的比例加重，來個九折甚至八五折，」章董事長道：「郭小姐，請妳重新評估這次減價雙周的預算收支，本周內再呈報給我研究研究。」

章力同的指示大致完成，看他的眼色好像示意會議完畢，郭小姐也就離場，剩下傅生還坐在單人沙發上，沒半點兒離開的意思。

「傅主管，有事找我嗎？」章力同見狀便問，傅生就直截了當的將糧油部主管升遷的問題告訴對方。

對方答：「此事我略有所聞。和叔何時正式離任？」

「下月中旬飛往美國，本月底離職。」

「唔！那麼，還有半個月。」章力同沉吟了一會，跟著道：「看來你是不太情願吧，但你放心，假如你接受兼任糧油部主管，公司不會虧待你，薪酬也會作出調整，絕對做到多勞多得的回報。這樣吧！我們稍後才決定，下個星期另行商議。對了！傅主管，你不是認識一些拍電影的朋友嗎？大減價首天，我想邀請幾位電影明星在開幕典禮上剪綵助興，湊湊熱鬧。你看，能否邀請到一流明星前來撐場？酬金方面，可以再斟酌。」

「我看問題不大，待我跟朋友談一談，下次回覆董事長。」傅生說畢，也就離開，順手將董事長室的房門帶上，誰料門外有兩位女同事正在等候會見章力同，傅生一看，認出是文具部的女售貨員。一位叫秦茵，另一位叫海佩莉，就是和淳妤一起共事的拍檔，三人合稱文具部的「三朵花」。傅生一見她們便點頭打招呼，又問兩人是否有事約見董事長。原來她們是前來向章力同匯報每月的銷售數量，傅生便趁機詢問她們淳妤的胃癌病情況，是否還在病假中。

「已經上班幾天了。可是，這兩天，她的心情好像不對勁。」秦茵道：「前天回來，臉頰腫脹了許多，紅通通的像吃了幾記大耳光。我們問她發生甚麼事，她也不答理，只沉默，然後搖頭。未幾，便抽泣起來，淚眼汪汪，勸也勸不住。」

傅生一聽，不禁吃驚，不知淳妤是否健康出問題。她一向身子單薄，

生育時曾經難產，幾乎要了她的命，加上黃小興嗜賭，對她薄情，表面上她看似堅強，內裡不知有何感受。傅生一念及此，便想往文具部看看情況，順便打探一下內情。但想深一層，是否讓掬彤打探她的隱情比較方便。畢竟，女人與女人的溝通較容易。正在躊躇時，兩位女同事已經推門進去找董事長，未及跟他繼續聊下去。

晚上傅生打了一通電話給掬彤，將淳妤的病癒情況和曾經飲泣之事一一告知，掬彤聽畢，大為緊張。前些時她因為趕著五‧一晚會的工作未及探病，如今又聽見誼妹的近況，也不知對方是否身體出問題還是另有隱衷，連忙說要搖個電話到淳妤家中。

傅生看看腕錶，正好指著十一點，便對她說：「太晚了。還是明天致電過去。明天我也找她談一談，看看發生甚麼事。」

本來他想順便將兼任糧油部主管的消息告訴未婚妻，但一想到事態可能有轉機，也就打住。一時間，又想到小莊和馬柔靜或許在秘密交往，忙問掬彤：「妳的鄰居馬老師是否跟小莊正在蜜運中？有人在虎豹別墅看見他們。」

掬彤一聽，頓覺意外，忙問：「誰說的？誰告訴你的？」傅生便將鄭匡早前對他說過的一番話和盤托出。

只聽得話筒裡的掬彤道：「假如屬實，也是始料不及的事。我這個媒人，算是白做了。正正經經撮合他們就不領情，硬要偷偷摸摸的。談情說愛，又不是甚麼丟臉的事，何必鬼鬼祟祟呢？我知道馬柔靜的祖母盼她出閣盼了很久，她該懂得老人家的心願。唔！馬柔靜，妳好，原來存心瞞住我，是密實姑娘假正經。待我好好審問妳，看妳如何回答我？牛一，你就別去問小莊，免得打草驚蛇。總而言之，待我來處置。若是真有其事，也是好事一樁。起碼知道，小莊衝破革命思想的第一道防線，懂得追求個人幸福，我們也該熱烈歡迎，讓他婚後有思想改造的機會。」

傅生聽到未婚妻最後的幾句「革命腔調」，便忍俊不已。難得她還可以將感慨化為嘲諷，事情便好辦得多。

次日上班，將近十點鐘，傅生未及回到寫字樓，第一時間便走到文具部的櫃位找淳妤，看看她病癒後的情況，順便打探一下小莊和馬柔靜「拍

拖」的內情，見秦茵和海佩莉正在準備開工，惟獨不見淳妤。一問之下，才知她仍未上班，連一通電話也沒交代過一聲。

「我猜是交通阻塞所致。」海佩莉一面用雞毛帚撣著玻璃櫃上的塵垢一面道：「早上的新聞廣播曾經報導，大角咀塘尾道的街頭發現可疑物件，上面寫著『同胞勿近』四個字。警方將整條馬路封鎖起來，造成西九龍一帶交通癱瘓，車輛全擠在路上，寸步難行。淳妤平日上班搭巴士，必須經過塘尾道，想必正在巴士上等候警方的解封，一時間，未及趕回來。」

「甚麼可疑物件？我說準是土製炸彈。」秦茵在旁插嘴道，一面打理著手上的中華牌鉛筆和紅太陽信箋一面道：「我老公的朋友便曾告訴過我們，左派陣營反對政府的行動將會升級，這一向的示威遊行、喊口號、派傳單、貼大字報和包圍港督府等行動，對港英當局全無作用，決定血債血償，以暴易暴，以其人之道還治其人之身的手段，實行搞亂社會治安，破壞法紀，逼令政府乖乖就範。放置炸彈，就是左派的犀利武器。」

「傅主管，」海佩莉笑道：「你聽你聽，我們的秦茵同志何時變得那麼洞察時局呢？」又對秦茵道：「快，快，快，秦同志，營業時間快到了，客人快上門，還不趕快整理貨物？不然，我們下個月的業績就不能達標，又要遭到董事長的一番訓斥了。」

傅生聽見兩個女人一唱一和，不好再打擾，惟有逕自上樓，一路上還是念著淳妤，不知是否真的遇上土製炸彈，正在被困的巴士車廂，等候警方的解封。

十九

原來淳妤真的被困在封鎖線內，最終由軍裝警員將呆坐巴士車廂內四小時的乘客全數「釋放」，封鎖行動才告結束。

淳妤回到國貨公司的時候已經過了午飯時間，文具部的同事們七嘴八舌的爭相追問她有關土製炸彈被警方拆彈專家引爆的過程。剛巧傅生下樓找她，聽她跟一眾同事正在熱烈討論，才知她安然無恙，也就寬心，跟著

囑淳妤有空到寫字樓找他，意欲和她好好談一談她的近況。

　　雖然傅生是部門主管，但並沒有固定獨立的房間工作，各部門的主管辦公地方只用圍板高高間成一處，倒有自成一角的空間。傅生聽淳妤滔滔不絕的仍在憶述「同胞勿近」的事故，感覺她對今晨的「炸彈驚魂」並無絲毫怯意，反而說話異常興奮。一張臉蛋，也沒有被丈夫掌摑過的痕跡。傅生細心觀察，也就鬆了一口氣。但聽淳妤繼續道：

　　「牛一哥，你知道在入夏之時，我們這些被困單層巴士的草根階層，大都是正值上班或上學的市民。幾十名乘客擠在一起，壓得如同沙甸魚。即使車窗全都打開，外邊沒一絲生風，還是相當的悶熱，加上隔著四方八面擠在一起的車輛，陣陣廢氣直灌進來，熱得一眾乘客叫苦連天。大人頻頻搧折扇，小孩則在亂嚷，車廂內怨聲不絕，好不嘈吵。坐在我身旁的一位少婦帶著孩子上學，孩子嚷著上廁所，直忍著尿意過了兩句鐘，警方還是不放行，說要全線交通都要維持封鎖狀態，生怕有可疑人物藏身車廂，需要逐輛車輛進行搜查，看看有沒有任何線索。等到搜查我們這輛巴士時，兩名防暴警察上了車，在車廂內逐寸逐格的探視可疑物品。走到我們的跟前時，那孩子已經忍無可忍，加上害怕，便一大把尿的撒了出來，尿濕了孩子的整隻褲襠。一些尿液，還像斷線般的從褲管滴了下來，剛巧滴到一名防暴警察的軍靴之上。巴士上的大人們見狀無不失笑，哈哈之聲，響徹車廂。我跟那名孩子的母親說，『撒了便好，撒了便好，不用再忍，讓孩子撒了出來，不然，忍尿，最會出事。』然後告訴對方，我的孩子小時候就是不懂得好好撒尿，最後導致尿道炎。牛一哥，你還記得嗎？吉童三歲的時候，就曾入院醫治尿道炎？」淳妤說畢，還下意識地把弄著手上的一根橡筋圈。

　　淳妤一談到「湊仔經」便口若懸河，一點沒有閉嘴的意思。傅生聽她講「媽媽經」講得入港，不想打斷她。至於拆彈專家如何拆除可疑物體？那土製炸彈如何被引爆？巴士乘客隔著車廂又如何「觀戰」等等，淳妤只草草交代。傅生一面抽煙一面聽著，一時間，竟忘了召見她的真正目的。

　　「淳妤，妳可知道馬老師跟妳哥哥正在交往嗎？」傅生終於開口問：「有人見過他們單獨在一起，態度親暱，兩人是否正在搞地下情？」

「你說甚麼？真的嗎？」淳妤習慣性地將一把長頭髮撥到後腦杓。又用手上的那根橡筋圈快速地圈了一圈，束成一條長長的馬尾，半信半疑的問傅生：「誰告訴你的？是你親眼目睹的？」

「不，是鄭匡看見。他疑心兩人正在暗中談戀愛。我將此事告訴了掬彤。倘若你哥哥正在找對象，像馬柔靜這樣的好姑娘，也是不錯的選擇。但為何妳們當初替他們做媒時，小莊的表現又像不太領情呢？」

「當初撮合他們時，哥哥老是不情願。到如今，他丟了一份穩定的工作，一點收入也沒有，只顧搞工運，怎麼可以談戀愛？倘若真的戀愛成功結婚的話，拿甚麼養妻活兒？牛一哥，你說，假如真有其事，我寫封信告訴美國那邊的姑姑好嗎？起碼讓她出點主意。說到底，她是我們惟一的親人，自小照顧我們兩兄妹。」

傅生聽到淳妤要找他們的姑姑，只怕事情因而鬧大。上次蒯老師去信美國「告御狀」，不是將小莊和兩位長輩的關係鬧得很僵嗎？這樣一想，連忙勸止對方：「還是等一等，看看小莊和馬老師是否真的在交往，然後再作打算。」

他後悔將此事過早地透露出來，變成掬彤所說的「打草驚蛇」。

下班之前，傅生託事務員成成替他買來一份左派晚報，看看新聞紙如何報導今晨的這樁土製炸彈的消息。翻開頭版，赫然目睹「首枚炸彈終於被引爆」九個大字的標題。這意味著號稱「東方之珠」的香港，將會接二連三地爆發恐怖襲擊，可能傷及更多無辜的蒼生嗎？「香港地」的黎民百姓，是否正式步入了恐慌和無助的動亂時代嗎？

這條特大的新聞霸佔了整張晚報的頭版篇幅，內文和圖片的比例不均，文字寥寥，圖片卻多角度地刊登了現場環境。當中幾張是防暴警察維持市面交通的情況，各類車輛都在停駛，從西九龍的幾條主要交通幹道一直擠到旺角的心臟地帶，連外圍縱橫交錯的小街窄巷也擠著如同螻蟻一般的車輛。這些圖片，該是從樓宇的高處俯瞰而下拍攝而成。最大的一張是拍下一名交通警察站在十字路口的中央指揮亭上如常地執勤的情況，但那名交通警察的面部表情卻流露著一份惶恐之色。左邊一角，可以看見兩名軍火專家站在可疑物體之前，離遠便是一隻方方的紙盒，紙盒上用大號狼

暴
流

毫筆寫著「同胞勿近」四個字。

傅生聽過下午無線電台的新聞廣播，說土製炸彈最終由軍火專家成功引爆，但為何報紙沒刊登相關圖片？是否晚報的報導有所保留，抑或趕不上截稿時間？若是前者，則意味著左派報章的幕後理念，是認同策劃恐怖行動，藉破壞社會安寧的手段，爭取左派的訴求？抑或是他們破釜沉舟、孤注一擲的反抗策略？

傅生心裡一團疑竇，立時反思自己的愛國學校的出身，是否有負這塊生於斯長於斯的殖民地？他開始抱怨在同一條路上接受教育的部份同窗，為何不顧一切，為自己的所謂政治理想而罔顧社會大眾的生命安危，做出如此偏激和非理性的行徑？但反觀港英政府處理左派的高壓手段，是否也有值得商榷的餘地呢？

他一整晚都為此事輾轉不安。由於過早上床，強逼自己不再思想這樁新聞。但越是早睡，越是頭腦清醒，最終竟至徹夜難眠。

慶春里外圍的火車軌道間或還有列車經過，隆隆的巨響偶然叫起，是接近最後一班列車行駛的時間了。半小時過去，再沒有聲響傳來，外邊一片寂靜，附近樹叢長出的白蘭花卻散發出陣陣晚香。晚香從窗外飄了進來，夏蟬的叫聲非常聒耳，一聲聲的清脆地叫，教傅生更加煩心。

正在矇矓入睡之際，電話鈴聲突然響起來。傅生步出房間，拿起話筒「喂」了一聲，原來是蒯老師找他。

「牛一，你讀過新聞紙了嗎？」

對方一定是從學校宿舍的走廊打過來的。話筒的背後聽見一大群學生在老師的身旁喧叫，聲音嘈雜，完全沒有上床就寢的動靜。從前他和小莊及鄭匡一起寄宿之時，也喜歡在宿舍的走廊踢球嬉戲。走廊上的電燈泡，就曾被他們毀了好幾顆。

「哎！不想發生的壞事終於發生了。」蒯老師在話筒裡長歎一聲，跟著道：「沒法子，資本主義要嘗嘗共產主義的滋味了。只可惜，今次無產階級的群眾犯錯，製造出一場非理性的運動。但對港英政府來說卻打擊有限，起不了多大作用。牛一，不談土製炸彈的新聞，今晚我有事相求，不知你可否幫忙？你還記得嗎？上次仁韻塑膠花廠不是有兩位被保釋外出的

學生嗎？後天早上，他們的案件便要宣判，地點就在九龍城裁判司署，假如你有空，可否陪我一起去聽審，給我點意見，就當幫幫你的兩位學弟好不好？我聽他們的代表律師說過，該有心理準備，判刑不會太樂觀。」

「沒問題，後天早上見面再談吧！」傅生一口便答允，還問：「蒯老師，你的眼疾康復了沒有？可以正常上課嗎？」

「哪有完全康復之理！我也年近五十五，雖然還能執教，精神到底不比當年，是時候考慮退下來了。」

兩人再寒暄幾句，也就掛線。次日上班，傅生便申請假期，打算和蒯老師明天到法院會合。

九龍城裁判司署鄰近九龍城寨，傅生一早便乘的士過去。的士司機大概剛才開工，仍未進入駕駛狀態，將車子緩緩駛著，就像在九龍城寨的外圍兜圈子似的。幸而傅生不趕路，不然便要氣壞了。

司機大哥突然開口問：

「先生，看你西裝筆挺，大概沒去過九龍城寨見識過了，有機會，準要開開眼界。不然，也不知道香港有這個龍蛇混集的地區。」

「不，司機大哥，我才不是初到貴境。從前我有一位親戚居住城寨，小時候便跟大人一起去拜年，就曾走訪過此區。」

「是嗎？」司機不再言語，一逕駛往裁判司署的方向。

經司機大哥這樣一問，傅生頓時想起他的已故么舅崔葵來。崔葵生前住在這個黃、賭、毒三不管的地帶，是個街市菜販。獨居、單身，又好色好賭。由於借過高利貸欠下巨債，最後遭三山五嶽的人馬活活打死。他的後事，便是由傅生的父親替他料理。當年傅生的母親身患重病，事件一直瞞住她。

那時候傅生剛投身社會，對么舅的印象卻很模糊，只記得幼年時每年春節跟大人到他家裡拜年。但教他最難忘的是五六年的十月，么舅和老爹曾經一度參與過雙十暴動。郎舅二人，跟大批左翼示威者一起被警察拘捕，在羈留所被通宵扣查。後來傅生從老爹的口中得知雙十暴動的一些細節。表面上，事件是由徙置事務處的職員強行移除李鄭屋徙置區的中華民國國旗和大型橫額，導致港九及荃灣多處的親台人士的不滿情緒所造成的

騷亂，背後卻是左右陣營的正面交鋒，意欲擴張各自的地盤勢力所致的政治角力。那時候香港的左派勢力仍未成形，蔣匪之輩在鬧事之餘，乘機抹黑左派，挑起事端，用意是令社會輿論對親中人士產生厭惡，讓香港的左派在仍未緊隨大陸的赤化形勢之前，右派勢力得以搶先扎根香港這塊英國人統治的殖民地區。

即使十年過去，傅生仍記得當年母親得悉丈夫和弟弟雙雙被捕的消息後嚇得半死的樣子。事發後母親一直哭了一整天。但老爹事後經常強調，其實崔葵是位江湖兒女，根本沒任何政治背景。原本大可以置身度外，卻為了一壯姐夫的膽量，同時不值「蔣美集團」抹黑左派的所作所為，遂參與了雙十暴動。但想不到就為此事，陪同老爹一起被捕，是真正的「仗義每多屠狗輩」的又一例證。

的士直駛上斜斜的坡道。坡道上就是九龍城裁判司署，司機突然問傅生。

「先生，你去法院聽審嗎？要去的話，今天要份外小心，可能那邊會出亂子。我一早駕車經過裁判司署的時候，門前已經擠滿了人群。連對面馬路也圍上一大批仁韻塑膠花廠的工友在示威抗議。廣播喇叭播著革命歌曲，喊口號的叫聲此起彼落。一些群眾，還嚷著反英抗暴的口號。許多人高舉『反對港英當局高壓統治』、『反對無理迫害無辜工友』和『反對非法審訊被捕人士』等標語。看來今天是五月工潮以來最多被捕人士提堂受審和宣判刑期的一天，導致不少支持者到場聲援，報館和無線電台的記者也蜂擁而至。先生，切記小心，有甚麼風吹草動，便要走為上著，以免殃及池魚，遭受無妄之災。誰知道另一枚土製炸彈會否在今天再度爆炸？」

這司機的言論可能有點過慮，但傅生感謝對方的提點。下車之後，他便從法院的側門石梯而上。看看腕錶，距離開庭時間只有十五分鐘，連忙三步併作兩步的走上石梯。但石梯上早已擠滿人潮，幾經辛苦，才穿過叢叢群眾，步上一樓側門的入口位置。

這座法院是大理石建成，具備戰前典型公共建築的特色。樓高三層，四邊開揚，採光度十足。樓底天花板該有兩層樓宇的高度，四邊都有高高的直立式石窗台，石窗台上刻上碎花十字形紋路，有點兒禮拜堂的味道。從東邊的窗口剛巧曬進一條條筆直的陽光，陽光反射在月牙紋理的地磚

上，人們走在上面，照出一條條長長的黑影。黑影打到地上，縱橫交錯的亂成一堆。

傅生走上一樓，問了四號法庭的位置，正想趕過去，身後突然聽見有人叫住他。

「傅先生，早安啊，早安！」原來是朱景春導演。他一面走近，一面搧著手上的紙扇，額上的汗珠大粒大粒的滴到頸項。

「朱大導，你好！你也來聽審？」

「對啊，朱耀麟也是今天判刑。十點鐘，七號法庭宣判。」朱景春回答著，近距離還嗅到對方噴出來的濃重口氣，好像剛起床仍未漱口一般，還道：「這孩子，昨晚還在趕著沖曬新聞圖片，今天仍未現身，怕要遲到了。我叫鄭匡過來一起聽判詞，正在找他，誰料竟會遇上你。」

「我陪我的老師一起來聽審。」傅生解釋道：「我的母校，有兩名學弟的案件也要判刑，開庭時間快到了。等一下，我跟你們再會合。」

兩人分手之後，傅生找到四號法庭。原來是少年法庭，專門審理未滿十八歲的少年犯。傅生從公眾席上找了一會，才認出蒯老師來。大概為了護目起見，老師今天戴上茶晶眼鏡，正襟危坐的在旁聽，卻顯得份外老態。旁邊坐著的還有兩名學生的代表律師。傅生急急腳走到他們的身邊坐下來，一看犯人欄，見兩名穿著漢江校服的男生分別站在兩旁，另有兩名看守的庭警站在他們的背後。

法官正在重讀案情，總結控辯雙方律師的供詞和理據，跟著宣判，說兩名學生參與非法集會，在正常的上課時間內缺席，未能履行學生學習的應有本份，但姑念初犯和遭人唆擺，並非出於自願，加上並無傷人事件出現，予以輕判，但須留案底，兩人均判入男童院半年，緩刑兩年，簽守行為一年，還須定期向警署報到。重犯的話，則會在刑期的基礎上再度加判，案件接受上訴程序云云。

判刑宣讀後，蒯老師連忙問代表律師應否上訴，但聽費律師解釋：

「我看，這已經是最輕的刑罰了。蒯老師，我知道這次工潮中有幾位被判刑的社僑中學的男生，一些剛滿十八歲，便要關押到西環摩星嶺集中營，判以兩年的牢獄，變成階下囚。你們漢江的少年學生算是走運了。即使留案

底，這些判刑，將來外出謀生也不妨事，你對他們的家長也有交代了。」

「費律師，」蒯老師一臉惆悵的面色對他說：「兩名學生的家長都不在港，他們都是寄宿生，校園裡外的行為都由我這位舍監來照顧，能不擔心嗎？」又問在旁的傅生，「牛一，你說，應否上訴？不上訴的話，孩子們將來的前途肯定有影響。有了案底，投身社會一定更艱難。」

「我看還是接受費律師的建議好了。」傅生覺得上訴的話，成功機會也不高，便這樣勸告老師。他知道，警方的控訴跟政府的高壓手段一致，沒有寬減的餘地。權衡輕重，還是接受這位代表律師的建議最實際。

蒯老師聽罷，也就無奈地接受。未幾，便見兩名學生走近老師的身邊。又跟他們點了點頭，態度顯得很羞赧。由於他們還要趕回學校上課，師生三人便先行告退。傅生便想跟鄭匡和朱景春會合，就和費律師分手，逕自走向七號法庭。

二十

七號法庭在三樓，傅生想乘電梯上去，無奈擠滿了乘客，惟有徒步從大理石階梯急步而上。碩大的窗戶縱使關閉，照樣傳來街外陣陣的叫囂聲，隱約聽到示威群眾在街頭喊口號。揚聲器正在播送解放歌曲，依稀辨得出是《三大紀律八項注意》的調子。

這首歌，是他在漢江初中時的音樂堂學回來的首支解放歌曲，傅生一面步行上樓一面聽，不禁憶起少年時和鄭匡及小莊在校園操場上搗蛋的情景，亂跳亂奔跑的頑劣行徑。

傅生找到三樓的七號法庭。門半掩，便推門而進，見證人欄上有一名女警，犯人欄前站著兩名庭警。犯人是一名年輕女子，審的是一樁普通傷人案件。傅生環顧公眾席，老是找不見朱景春和鄭匡兩人的身影，立即想起朱景春告訴過他是十點鐘開庭。看看腕錶，已經接近十二點，大概經已完成了朱耀麟案件的裁判程序，惟有離開。但一推門，竟見鄭匡笑吟吟地站在他的眼前，還對他說：

「完了，完了，早就判定了。這叫快刀斬亂麻，不許你上訴，來個『殺一儆百』的判決。」

「判了多久的刑期？」傅生問鄭匡，「囚禁到哪兒？」

「兩年！即時收監，判到西環摩星嶺集中營。但容許上訴，卻不准保釋外出，生怕潛逃外地，暫時關押在羈留所等候上訴，氣得朱景春暴跳如雷。他正在咖啡座跟代表律師研究判詞。我瞧他那副德性也不好勸解，下樓來找你，順便喘喘氣，免得被他臭罵一頓，殃及池魚便不好。來，來，來，他在等候我們，我們一起去找他。」

傅生聽鄭匡這樣說道，連忙跟他一起走進咖啡座。

傅生想不到這棟大理石戰前法院有這麼一間開揚寬敞的咖啡座。甫進去，已經嗅到滿室散發的古巴濃烈的咖啡香氣，一陣陣撲鼻而來，香透沁心。館內一排臨街的玻璃窗，正好對住獅子山的山腰，離遠望見那隻獅子的頭部挺起的滾圓山勢。正午時分，強烈的陽光從磨砂玻璃窗直照進來，曬得咖啡座的幾張單人沙發抹上一層薄薄的金光，其餘卡位的窗前都垂著歐陸式的蝴蝶形窗簾，一層層的垂下來，形成暗暗的角落。每張卡位的檯上均擺放一盞傘形的小燈泡，有幾盞且已亮起，淺藍淡綠的分佈各處。午飯時段，坐著卡位上的幾位頭戴假髮身穿法官長袍的男子正在用餐。一些穿著筆挺西裝的律師們則閒閒坐著，不是閱報，便是抽煙，就像偷得浮生享受小息的時間。

「鄭匡，傅先生，你們快過來。」朱景春坐在臨街窗戶的一個卡位上，身邊有一名穿著西服的中年男士陪伴他，就是朱耀麟姓尹的代表律師。這一叫，叫得異常響亮，整個咖啡座的男女顧客和侍應都側目過來，全都向他們的方向行注目禮。在這個高檔次的咖啡座，該失掉了公眾場合的應有禮儀。連鄭匡也紅羞著胖大的臉孔走過去，傅生則跟在老友的身後緩緩前進。

兩人坐下來便各自叫了咖啡。鄭匡覺得是時候吃午餐，便問朱大導和尹律師吃些甚麼。

「哪有胃口吃？要吃，你們吃，別管我了！」朱景春劈頭回絕，跟著詢問代表律師。

「尹律師，你看，上訴得直的機會有多少？上訴的話，要拖多久日

暴流

子才能排期再開審？花費事少，時間事大。你知嗎？這孩子早已患上糖尿病，需要定期覆診，倘若再耽誤，病情只會更惡化。假如正式被囚禁，困在摩星嶺集中營沒有藥物服用，只會丟了他的命。」

「朱公，依我看，事情不好辦！」尹律師喝了一口愛爾蘭冰鎮咖啡後便說：「我看，警方的主控官決定要盯死他。朱耀麟的問題是，有途人目擊他在工潮中用棍襲警，導致兩名警員受傷，加上阻差辦公，拒絕交出相機和菲林，事發後的新聞報導也觸及了誣陷政府的言論，因而遭到警方起訴。這一切，都是法官量刑的考慮因素，對令郎的判刑相當不利。但最要命的是，他是工潮中惟一遭到警方起訴的左派新聞攝影記者，我想法官要殺一儆百，以儆效尤，因而判刑才會那麼重。」尹律師再喝了一口冰鎮咖啡，續道：「朱公，我看這樣吧？待我回去研究研究今天的判詞，是否有可供反駁之處。假如有，便可向法庭申請重審。倘若重審的結果還是坐牢，也可以請求法官考慮減刑，你看這樣行不行？」

「尹律師，你這話等於白說。我的孩子是被強權迫害的犧牲者，等於被迫害的民眾。你是為民眾謀求公義及打抱不平的律師，該知道『為人民服務』的真諦，為何處處維護不公平的審判？分明是偏袒港英這個餿政府和餿法官。」朱景春的聲音越說越洪亮，還不停搧著手上的折扇，額頭大滴大滴的汗珠冒了出來，怒氣越來越高漲，續道：「說實話，我是真金白銀聘請你的，當初你還誓神劈願的說過，這場官司的勝算很高，為何結果會這樣？你該知道，我是鬥爭會的常務委員，又是左派名導演，就是個有頭有臉的公眾人物。倘若接受你的建議，還有顏面嗎？往後如何在圈中立足，再有服眾的威嚴？鄭匡，你來說句公道話，此事該如何？」

「師傅，我看這樣吧，」傅生見鄭匡一臉為難的表情對朱景春說：「現在最要緊的是照顧耀麟的病況，我知他患上頑疾，需要定時服藥來控制。你就暫且接受尹律師的建議，研究判詞後再作打算。趁耀麟暫時拘押在羈留所的這段日子，送藥送補品都較方便。在此過渡期，大家好好研究研究，下一步該有何對策。」

「全是飯桶！盡說廢話！」朱景春的粗話終於派上用場，四周的客人都側目起來。只聽見他大聲地對鄭匡說：「我叫你過來聽審，就是希望你

出點主意，你卻胡扯一通，一點建設性的意見也沒有。」罵畢，便站起身來上廁所，留下三人無精打彩的呆坐一起，一臉凝重的神情。

傅生奇怪朱大導為何沒有徵詢他的意見。但想深一層，即使對方詢問他，他也不過敷衍地安慰幾句，意思意思而已。際此港英政府以高壓手段對付左派人士之時，任何赤化的反擊行動，只會激化當局強而有力的反攻，到頭來，左派的付出更徒勞無功。尤其出現了土製炸彈危害社會治安的事件之後，政府對左派只會恨之刺骨，決意一舉剷除，置愛國者於死地。

傅生坐在臨窗的位置，遠遠望見對面的獅子山。山頭那座形似獅子的滾圓石塊，在午後陽光的直曬下，曬出一陣陣蒸氣似的熱霧。熱霧飄向晴空幾片白雲之間，就像火燒後的幾團蘑菇形的煙圈，冉冉飄向天際的另一邊。但天際之間，浮游著一團深灰的雲層，低低地降至山頂，又緩緩地壓了下來，看樣子是快要下雨，很有山雨欲來風滿樓的勢頭。傅生想起今年五月仁韻塑膠花廠掀起的這場工潮，之後接二連三發生的左派人士包圍港督府和街頭出現土製炸彈等社會騷亂，一樁樁一件件的大小暴動，都在獅子山下陸續出現，令港人惶惶不可終日。假如此山有情，會否一樣為這個動亂不安的殖民地感到可悲，連石頭也流出眼淚？

傅生和鄭匡及尹律師三人守候朱景春十五分鐘，仍未見對方出現，想著他大概出恭，便二話不說的各自叫來午餐充饑。三人吃至半途，始見朱大導現身，肥大的屁股一坐下來便對三人說：

「三位仁兄，想不到我上了廁所一趟，便讓我靈機一觸，終於想出了一條妙計。現在我要進一步支持鬥爭會對抗港英政府的行動，看看當局如何招架？如何作出還擊？」朱景春順手拿起鄭匡手邊的總督香煙掏出一根緩緩點上，又徐徐吹了一口，跟著便對鄭匡說：「你拍攝的紀錄片就暫且擱置，反正籌集的資金不足，等一下，才再開拍。就將現時籌得的款項拿來支援街頭抗爭，這才是最有力度的抗爭手段。這樣做，對我們左派電影人來說，也是有百利而無一害的。雖說這是『屎坑橋』，還是值得慎重研究。」

「朱公，你說的街頭抗爭，是否就是近期出現的放置定時炸彈？」尹律師一面吃著牛扒套餐一面問，神情顯得很凝重。

「說話不能簡單化，」朱景春答：「街頭抗爭的範圍可以很廣泛，派

暴流

傳單、貼大字報、唱紅歌、喊口號和示威遊行都可以。總之，甚麼抗爭形式都要資金來支持。但現在我不能向你們透露具體想法，尤其在尹律師你的面前，更不好透露半分。反正現在我的孩子上訴無門，便要不惜代價替他報復。」

傅生知道鄭匡在他的師傅面前不好表態，處處表現得相當克制。即使對方的決定有錯，身為他的弟子，鄭匡只能啞忍。這頓午餐，吃得三人都不是味兒。

翌日下午，反英抗暴的街頭抗爭又出亂子。港島北角清華街發現一枚定時炸彈。炸彈前面還擺放了一塊寫上「同胞勿近」的紙牌。這一次，街上巡邏的警察事前未有察覺，在軍火專家尚未將可疑物件引爆之前，一對年幼姐弟看見一個巧克力的紙盒感覺好奇，疑心裡面藏著好吃的東西。兩姐弟便蹲下身來，打開一看，紙盒便「嘭通」一聲的轟然大作，響聲喧天，震動了附近民居的幾條街道，途人紛紛聽見，大批市民蜂擁而至，隔著清華街的街頭街尾圍攏起來，離遠便見一對姐弟已經血泊地上，四肢早已被炸斷，皮開肉綻、血肉模糊的躺臥街心，當場被土製炸彈奪走了兩條小生命。

當晚政府立即頒佈戒嚴令，從即晚起，港島和東九龍由晚上七時至早上七時實行戒嚴，禁止兩區居民外出，十二小時停工停市停課，以確保社會治安不受威脅。戒嚴令須無限期實施，直至社會秩序恢復為止。一時間，兩區的夜市完全停頓，就像進入了黑暗城市。一些未及收聽新聞廣播的居民，立時變成無家可歸。作息生活，大受影響。次日清晨，不少居民怨聲載道，臭罵政府在沒有充足時間通知之下草草頒佈戒嚴令，令民生大亂，社會不安。

傅生的朋友中，只有鄭匡居住黃大仙。戒嚴當晚，傅生馬上致電詢問對方有何應變對策，誰料話筒裡傳來一陣陣搓麻將的聲浪，嘩啦嘩啦的響著。

接聽電話的鄭匡還咯咯咯的縱聲大笑，然後道：

「牛一啊！你是我的運財童子，我剛才餬了一鋪清一色，反敗為勝，叫三娘教子的鄰居無話可話。牛一啊牛一！我要感激朱公的那條『屎坑橋』，終於讓我脫苦海，不用開拍紀錄片。你知嗎？自從他叫我拍攝那齣《同志必勝，港英必敗》的紀錄片後，我便沒有一覺好睡，現在奉旨停工，

簡直天從人願。湊巧今晚又來了個戒嚴令，就樂得盡情消遣，找來三位少奶奶麻雀耍樂，一於搓個痛快，不勝無歸！」

傅生知道這位好友大情大性，是位「天塌下來當被蓋」的人物。只怪自己白操心，枉作小人了。拿著話筒，便覺啼笑皆非！

「對了，牛一，」鄭匡接著說：「下個星期是我的三十七歲大壽，我想請你和未來嫂子賞光，前來寒舍喝杯水酒。酒微菜薄，不成敬意。但你老兄要不要我發張『英雄帖』給你這位糧油部的新紮主管？現在牛一高升，身價自然水漲船高了。」

「不必，不必，」傅生笑著答：「鄭大導請客，我和掬彤自然逢請必到，逢到必早。」

但聽鄭匡說到慶辰之事，傅生便想起自己跟對方是同年出生，還比鄭匡大上兩個月。今年他的三十七歲生辰已過。是工潮發生的五月。那個五月，適逢未婚妻忙於五·一晚會的籌備工作，自己也無心慶祝。時光荏苒，更覺歲月匆匆。一想到現時的社會正處於動亂之際，忐忑之情，油然而生。

二十一

泰華國貨寫字樓的走廊壁報欄上終於貼出傅生兼任糧油部主管和葛農晉升副主管的通告，全公司的員工都知道和叔快將移民西雅圖的消息。

在此之前，傅生曾被章力同董事長召見，正式知會他兼任此職。又加薪三成以示鼓勵，希望他全力配合公司即將推出的「愛祖國，用國貨」的酬賓兩星期大行動，以促進泰華在香港的長遠發展。

傅生自知為勢所迫，事在必行，沒有說「不」的機會，除非拍拍屁股，一走了之。

午飯之後，傅生打了一通電話給未婚妻，告訴她這個消息。原來想消消悶氣，多說幾句，期望掬彤可以安慰安慰，誰料掬彤正在忙於女服工會的月結工作，無暇跟他多聊一些，兩人便匆匆數語，也就掛線。

其時事務員成成正好有事找他，說他家住灣仔，需要提早下班。由於

暴流

港島區傍晚至清晨仍在實施戒嚴令，必須限時回家，且道：

「傅主管，忘記恭喜你，你兼任了糧油部主管，日後一定更忙碌，跟我碰面的次數可能減少。但別忘記，有機會便提拔提拔我這位晚輩。日後小弟有所作為，定必感激傅主管你。」

傅生聽了這位小伙子的恭維說話感覺不是味兒，但也謝過他。又點了點頭，只聽對方繼續說：

「對了，大夥兒已經決定下星期請和叔吃一頓午飯替他餞行。傅主管，你不反對吧？」

「他是月中離職的嗎？」傅生確認一下：「大夥兒想到甚麼食肆請他吃午飯。你們決定了沒有？」

「還未決定，不過我們的意思是，既然葛農已經升職，當上糧油部副主管，也該替他慶祝慶祝，高高興興聚一聚。傅主管，你知嗎？我跟葛農曾經在夜英專一起上課，但我忙，沒再上堂了，他卻好學不倦，工餘時間還喜歡寫作，又替校園的雜誌擔任編採。聞說現在他主編了一份學生雜誌，名叫《青年樂園》的。以他一個從大陸桂林南下的年青人，這份上進心，真不簡單。」

傅生想不到卜正總經理有這麼一位充滿毅力的小舅子。從前聽和叔說過，葛農工作勤奮，在崗位上也很好學，是個孜孜不倦的有為青年，想不到還是一位有志編採的人才。

待成成走了之後，傅生站在寫字樓靠窗戶的位置，無聊抽煙，一串串煙圈徐徐從他的口腔和鼻管吐了出來，感覺更納悶，心想，該如何接手處理和叔的工作。雖說這是一樁傀儡差事，最終目的是扶植葛農兩年後接掌糧油部主管之職。但即使兼任，要幹，便要幹得認真一點。

玻璃窗外嘶沙嘶沙的打著雨點。雨點一下子滂沱地落了下來，未到六點鐘，外邊的天色已經烏雲密佈，完全掩蔽了西邊的落日，東邊還響起幾下驚雷，跟著隱隱閃過兩道電光，街上的霓虹招牌仍未亮起，滿眼漆黑，只有來往的幾輛車子照出微弱的車頭燈光，份外顯得街景荒涼。

由於東九龍也在實行戒嚴的關係，鄭匡暫時從黃大仙居所搬回元朗八鄉的老家，方便外出拍電影。

鄭匡生日的那天，外邊依然下著紛紛的牛毛雨。鄭家原本打算在「英勇祠」的空地上擺設三席盆菜宴客，看雨勢漸大，便打道回府，將壽宴搬到村屋。

　　鄭家兩老一向好客，三席盆菜，都由老人家一星期前親自炮製，食材離不開冬菇、大蝦、牡蠣、生菜、豬皮、豆腐、蘿蔔、牛膀、魚肉和柚子皮等，份量十足，香噴噴的一層層的疊起來，放在洗手盆一般的盛器內，別有一番傳統客家人的風味，吃得一眾親朋戚友一個個碗筷齊飛，讚不絕口。

　　「來，來，來。來一杯黑啤酒下下肚，再起箸，這才大快朵頤，人生一樂也！」

　　傅生一看，招呼客人的那名漢子原來是紅陞飯店的老闆老徐，忙問鄭匡為何此人前來慶辰。

　　「牛一，我不是告訴過你？今年我的華誕，就是為了多喝幾杯西德黑啤酒，當然少不了老徐的出現。」鄭匡笑著答，然後一箭步拉住老徐走到傅生的跟前。老徐劈頭便問傅生：

　　「傅先生，你大婚那晚，我也過來向你道賀好不好？」還打哈哈的說：「當晚的黑啤酒買一送一，包管你的賓客不醉無歸。」見傅生的身邊坐著一位女子，忙問：「這該是嫂夫人了，比鄭導演形容的還要漂亮，烏黑的頭髮，水靈靈的眼睛，像極電影《蘇絲黃的世界》的女主角，叫關，關，關甚麼的？」

　　「關——南——施！」鄭匡朗聲道：「像是像！但人家江小姐是純正桂林姑娘，老徐這樣說，不就是說江小姐是位雜種姑娘嗎？」

　　掬彤立刻用手上的一把絹扇柄子大力向鄭匡的後腦杓打過去，還用斜睨的眼神望住他，開口便罵：「狗口長不出象牙來！徐老闆，別理他，今晚我們齊賀他的華誕做足一百二十年。我要長著眼睛，看看他的晚年如何過？」然後對老徐說：「姣（好）！就這樣決定。徐老闆，我和牛一的婚宴就預你一份，但你不用做人情，還要闔府統請的過來喝兩杯。一言為定，不見不散。」

　　傅生見老徐和掬彤說話投緣，站在一旁一面笑，一面喝著透心涼的黑啤酒，然後問老徐：「徐老闆，今天你是一人過來道賀嗎？」

暴流

「不，我跟兩位夥計乘的士運了兩打黑啤酒過來。我一個老頭兒，哪能扛得起這麼多的粗活？現在是年青人的世界囉！」

「匡仔，為何你的表哥如今仍未現身？不會發生甚麼事？」鄭匡的母親趨前問他：「昨晚我致電給他，他說準時到，現在快八點，影兒也不見。再等，盆菜不就快涼嗎？」

「匡仔媽，我們邊吃邊等吧。」鄭父便對老婆說：「妳到灶房多留一份給阿迷。不然，客人在枯等，怪不好意思。」

「伯母，我幫妳。」掬彤跟鄭母一起走進灶房，另外兩席的鄉親父老開始鬧起來。一些對酒、一些猜枚，還有一些更唱起客家山歌。起哄之聲，不絕於耳。

三席壽宴的賓客正吃得不亦樂乎，外邊突然響起隆隆的打雷聲，震得這間破舊村屋有點兒搖晃，就像遭到三級地震似的。連屋內的燈光也閃了幾閃，跟著便完全熄滅，全屋陷入漆黑狀態，眾人立即嘩然，有人竟大叫「打仗了！」，更有人喊「世界末日了！」。一時間，喧聲響天，一室混亂。

荒亂間，傳生想起掬彤和鄭母還在灶房張羅食物，不知可會發生意外，連忙叫鄭匡找來洋燭，暫作照明。

原來元朗八鄉的電壓一向差勁，每逢夏季，一旦雷雨交加，總會出現電力不足的現象，動輒停電兩、三天，每每要經電力公司搶修後才能恢復正常供應，故家家戶戶，早已習慣儲足洋燭，以備不時之需。

屋外的雨勢落得一發不可收拾。雨聲夾著風聲吹得窗外的美人芭蕉樹呼呼作響。全村頓時漆黑，只聽得四野的犬隻此起彼落的吠聲，連雞隻的啼叫聲也夾在其中。混亂間，屋內的賓客合力張羅，快手拿出洋燭，一枝枝的點燃起來，然後放到廳堂的飯桌和窗台之上。一時間，洋燭的火舌就像四周飛舞的火蝴蝶，照得滿室一片通明，比原先電燈泡的照明還要光亮。不知何時，有鄰居已經拿來兩盞油燈，把一間村屋照得喜氣洋洋，更增添了吃喜酒的熱鬧氣氛。

「好看極了！好看極了，鄭導演，這不就是拍電影的火紅場景嗎？」老徐突然大聲叫道：「假如你的洞房花燭夜也是這樣子，不就夠情調？今晚停電，不就是老弟大婚場面的預告篇嗎？」老徐收起笑容時，傳生便見

掬彤和鄭母從灶房走了出來。兩人都捧著托盤，托盤上承著一碗碗熱騰騰的綠豆沙，分別端到每位賓客的面前，鄭父連忙叫賓客湊熱享用。

外邊中門大開，一位身披黑膠雨衣撐著黑雨傘穿著黑水靴的中年漢閃了進來，原來是鄭匡的表哥阿述。對方一進門，便將一柄濕答答的黑雨傘攔到門邊，一隻隻黑水靴的鞋底沾上的泥濘足印踩進來，印出一地的泥漬，還對一室的親友連聲抱歉。

「來遲了，來遲了。對不起，對不起！」一見鄭匡便奔了過去，連忙將一封紅包塞到壽星公的掌心，還道：「老表，不好意思，罰我多喝幾杯，然後替你收拾壽宴的碗筷。你表嫂今晚沒空過來賀壽，家裡幾隻嘩鬼盡要她來照拂。但下次你款客，一定是喝表弟婦的那一杯，到時候，你表嫂一定到賀，看你討個怎樣的賢內助。」

「表哥喲，你叫表嫂不必過來了。假如不是她介紹的老婆，我才不要討。」鄭匡打趣的跟阿述道：「你記得嗎？上次團拜，表嫂誇下海口說過甚麼？她說替我做大媒，但現在連一個女子的影兒也沒見，說話不算數。」

「阿述，別理他，來吃東西。盆菜都涼了，你就先吃一碗綠豆沙充充饑。」鄭母讓了座，說畢，便待阿述跟兒子繼續聊，自己則走回灶房溫熱幾款盆菜。

「阿述，為何遲到？」鄭父在旁追問：「沒空的話，來個電話告訴我們一句便可以，何必老遠冒著風雨從沙頭角趕過來。匡仔年年慶辰，壓根兒不是甚麼大日子。」

「姨丈，且聽我解釋，」鄭匡的表哥一面說，一面吃著熱騰騰的綠豆沙，「今晨沙頭角禁區發生了大事故，有三百名大陸民眾隔著粵港邊界示威抗議，聲援香港左派的反英抗暴行動。剛巧我在中英街，隔著鐵絲網，便目睹對面一大群大陸民眾築起人牆，人牆紛紛揮舞著五星紅旗，高舉毛主席畫像，向香港這邊的軍警破口漫罵，抗議港英政府高度鎮壓香港的愛國同胞，並向站崗的香港軍警投以石塊和玻璃瓶。香港這邊的軍警，隨即向對面的大陸民眾施放催淚彈和發射橡膠子彈，並且出動衝鋒部隊，即時調派啹喀兵到場增援，場面一度很緊張，事件到中午前才告平息。但中午之後，卻傳來有大陸偷渡客越過邊界匿藏在沙頭角的民居，駐守中英邊界

的軍警便沿著中英街一帶的商舖和民居全力緝捕，逐家逐戶的小心搜查，最終卻一無所獲。姨丈該知道，我和丈人的居所本來就是連在一起，都是前舖後居的建築。南貨店內，不少貨物和雜物都堆在後間，我們設法協助軍警逐一搜查，將貨物東移西倒，不知花掉了多少時間。忙亂間，我也想不起致電過來說一聲，等到軍警『收隊』之後，時間已經接近五點鐘，才急匆匆的乘車趕過來，因而這樣遲到了，怪不好意思。」

「原來如此，但粵港邊界，時不時有大陸偷渡客匿藏來港，當局以往都不了了之，為何今天香港的軍警要大舉搜捕？」鄭父追問阿述：「據我所知，許多差人，都是半睜著眼睛半閉著眼睛的辦事，為何今次那麼大陣仗？內裡必定大有玄機。」

「大概因為早上的亂子實在鬧得緊要，才會順道大事搜尋偷渡客。」阿述答。

幾位賓客聽見兩人談得入港，不禁好奇的圍攏過來，紛紛挨到他們這一席，追問事件的始末。一些更妙想天開，打算專誠前往沙頭角見識見識，看看香港軍警會否再有和大陸民眾甚至公安互相鬥法的場面出現，一欲深入虎穴，探究到底。

「甭急！甭急！慢慢來，你們慢慢來！」這時候鄭匡便開懷地說：「各位鄉親父老，就讓我們組織一個沙頭角觀光團，包管你們尋幽探秘，大呼過癮。來，來，來，報名者，現在先行登記，團費特廉，每位盛惠五十元。」說畢，隨即攤開一對胖掌，張牙咧嘴的笑著，大夥兒見狀皆捧腹大笑，忍俊不已。

二十二

沙頭角事件發生之後的當晚，中英街和打鼓嶺接壤華界的幾處地區隨即實施無限期的戒嚴。但港英政府因為事態敏感，生怕觸動大陸政權的中樞神經，特意將中港邊界的衝突事件處理得額外低調。除了必要的宵禁之外，駐守沙頭角等地的英兵及軍警甚至喎喀兵均未見增援，形成外弛內張

的局面。但港九市區則採取凌厲的執法行動。當局派遣大批執法人員，包括英兵、警察及防暴部隊等，帶同搜查令甚至逮捕令擅闖民居，大肆搜查左派工會、組織、團體、學校甚至國貨公司。更不時深夜出動，迅速搜查私人居所，逮捕當局認為可疑的左派人士。一些重要的高危場所，更出動直升機部隊在上空盤旋，隨時降落到居民的天台位置，然後闖進目標所在，全力進行搜捕行動。據左派新聞指出，鬥爭會的全體成員，包括正副主任和重要常委、三分之一的成員，均在此次行動中遭到警方的非法扣查。

　　傅生放下當天的晚報，看看腕錶上的長短針正好指著九時。他想起上次香港塑膠業總工會主席馮榮在女服工會的五‧一勞動節晚會上，慷慨激昂地陳述過的一番話，嚴厲批評一個名為《香港仔日記》的「反動廣播」。該節目，現在經已成為家喻戶曉的廣播。據稱，現時每日播放的次數，由一次增至兩次，分別是正午和晚上九點。正因為傅生從未收聽過這個節目，今晚他便特意收聽。平日他收聽新聞及天氣預報才會開啟無線電。今晚打開，節目已到了中段，只聽得裡面聲演小人物的那位播音員凌昆的一把清脆悅耳的男聲，在大氣電波中來回蕩漾。用說故事的形式，聲演不同的角色，亦男亦女、有正有邪。莊諧並重、笑罵皆宜的在「說書」，娓娓道出當天香港最矚目的重點時事。今晚剛巧評述著沙頭角三百名大陸民眾「隔岸」挑釁香港警察和英兵的對峙事件，播音員正嚴厲地抨擊中方破壞香港邊界的民眾生活和社會秩序。

　　聽著聽著，傅生不難覺察到這位獨挑大樑的播音員，不失為港英政府強硬施政的護航者，處處維護當局高調鎮壓的手段，令人聽來言論偏頗。但一想到若非如此，如何維持邊界居民的生命財產和生活安寧？這樣一想，傅生便不禁慨歎，也不知除了高調鎮壓之外，當局還有何手段，足以確保香港這塊殖民地的常規管治。但如此廣播，豈非讓民辦的無線電台淪為港英政府的言論喉舌？正所謂壓迫越大反抗越大，再這樣強硬地批評左派，會否引發愛國陣營另一輪更大的反擊？正如之前馮榮呼籲過的反制行動，會否一一出現於現實世界，包括包圍電台、再次放置土製炸彈、甚至焚燒公營機構等？傅生一面想著，一面感到不寒而慄。

　　連日的下雨天，一點沒有放晴的意思。窗外的影樹在街燈的映照下，

照出葉子上的點點水珠，一顆顆像清晨露珠兒似的閃爍。沒蟬聲，只偶然聽見火車軌道旁的野貓和老鼠東竄西奔的吱吱聲。寂靜的慶春里，只有半小時一班的列車經過時發出的聲響，才會驚醒這個小小的巷口。

電話鈴聲響起來，是未婚妻每晚按時按候打過來的問訊，亦是傅生一整天最期待的聊天時間。

「牛一，你上月送給老竇的廣西玉林牌正骨水還能買到嗎？他剛巧用光，很管用，能買多一瓶嗎？」掬彤對他說：「近日他的腰患又發作，這牌子可以止痛。我們約了明天在隨意齋吃晚飯。你在泰華替他多買一瓶，明天帶過來。」

「外父大人有求於我，牛一赴湯蹈火，萬死不辭，何況這點小事情。」傅生笑著答。

「昨天淳妤給我來電，告訴我說，下星期吉童便要入學，叫我陪她帶同孩子一起上學，我已答應她。」

「為何和妳一起去，她的老公沒空嗎？」傅生問，內心感到淳妤的老公不盡父職，沒有一點責任感，說話變得有點兒生氣，「雖說妳是吉童的乾媽，這些事，也該由爸爸負責，為何黃小興放手不管？」

「你知淳妤的老公是位不負責任的人，只管賭博，哪會管孩子上學不上學？」掬彤也埋怨起來：「我也勸過淳妤不知多少遍！做人老婆，她是最失敗的一位了，所有家務和責任都扛在她一人肩上，老公全不管。即使我們看不順眼，難道叫她跟黃小興分居？教她分居，不就是教人分妻。教人分妻，天打雷劈的。」兩人都替誼妹感到不值。但說到底，這是別人的家事，無權說三道四。兩人匆匆數語，也就掛線。

翌日晚上，傅生跟掬彤分別抵達隨意齋。原來隨意齋是一間非常傳統的齋館，位於佐敦道碼頭的左近，從窗外看去，遠處可以眺望維港的對岸，環境清幽，景觀宜人。傅生一甫進去，門前垂著一道大珠簾。齋館內一律酸枝檯椅，椅子的臂彎還雕上佛手，配合全室的八仙餐桌，佈置得相當古雅。正中央供著白衣觀音的企身瓷像，神明手持柳條楊枝甘露，微微低首，似一尊若有所思的菩薩，口中默默唸誦著普渡眾生的經文一般。大堂左邊供著關帝玉像，右邊則懸起嶺南派畫師趙少昂的《鍾馗嫁妹》，看墨跡似

是真品。全室齋館，都掛上走馬宮燈，大鳴大放的亮著，讓人有一種置身於月宮寶殿的感覺。

傅生提早到場，將一瓶玉林牌正骨水放在檯上，預備第一時間交到準丈人的手上。那時候夥計便遞過熱毛巾讓他擦了一把面，又送上南乳花生米和腰果仁，順口問他要喝甚麼茶。

傅生知道閎叔一向喜歡壽眉，便叫來一壺，誰知這間齋館沒能奉上，連普洱、水仙、龍井、六安甚至鐵觀音等均欠奉，只供應大紅袍、馬騮搣和碧螺春等貴價茶葉。傅生一聽，便知此館子是甚麼貨色，一時間，也感躊躇，惟有待閎叔出現後才作決定。

七時不到，他是最早入座的食客，無聊地翻看著中英對照的菜牌。坐了十五分鐘，外邊的客人才陸續進場，一些還是紅鬚碧眼的老外。

未幾，便見掬彤翹著她父親的臂彎出現。閎叔剛坐下來，傅生便將正骨水遞給對方，又問他腰患還痛不痛。

「大概是犯陰天的緣故，晚上痛得尤其厲害！」閎叔答，然後問傅生：「你覺得這兒怎樣？環境可好嗎？」

「不錯！很有中國風，難怪許多老外前來光顧，但價錢肯定不便宜。」

「是禮賓司府邸的西廚明哥的好介紹。價錢貴一點，但齋菜做得有水準，你們等一下嘗一嘗，包管滿意。我特意挑選這一間，就是想提議麥克格爾先生到這兒款待即將從英國到訪的英聯邦事務大臣錫寶德。」

「為何要專誠到此，隨意齋不可以提供到會服務嗎？」掬彤一面問，一面吃著面前的腰果仁，還建議道：「麥克格爾先生可以邀請齋館的大廚上府邸親自獻技，專誠宴請英國貴賓，不是更有體面嗎？」

「你們可知道，今次英聯邦事務大臣來港，是為部署愛丁堡公爵伉儷來港的行程，預先策劃一些活動。公爵伉儷今次到訪，除了官式活動之外，還有外訪的民間節目，包括走訪太古船塢、工展會和欣賞遊艇上舉行的時裝表演。最特別的環節是參觀黃大仙祠。那天行程，錫寶德大臣建議公爵伉儷吃一頓地道的港式齋菜，感受一下嶺南素食，可惜嗇色園的住持未能安排，我和明哥便提議麥克格爾先生請大臣到隨意齋品嘗一頓齋菜，順便視察這區的周遭環境和民情。為了確認公爵伉儷訪問黃大仙祠的保安

條件，能否做到滴水不漏、安全至上的效果，故而提議禮賓司司長和大臣先行光顧此處，以確保公爵伉儷的行程萬無一失。」

傅生聽罷，才明白準丈人今晚選擇此處用膳的真正目的，跟著閎叔便出主意，點了幾道矜貴的齋菜，像鼎湖酒雙菇、竹笙粟米羹、寒山齋鹵味和素炒六君子等，足夠三人享用。由於閎叔是位相熟的顧客，齋館一早便給他打了折上折，又多送一碟羅漢齋小食奉客，招呼也額外周到。

「牛一，我敬你一杯，祝你高升，今晚好好喝個夠！」準丈人從掬彤手中拿過一瓶特地帶來的青梅酒，一逕斟進三人的紫砂酒杯內，還道：「掬彤告訴我，你兼任了糧油部主管。年青人別怕吃苦，兼任便兼任。所謂『能者多勞』，兼任下來，成績日後便會讓人看清楚。趁公司器重你的時候便要努力，日後總有出頭天。來，來，來，先飲為敬。乖女，妳也來一杯。」

「閎叔，不，外父大人，」傅生也舉杯回敬，道：「我也年逾三十，已經不是甚麼年青人，是時候考慮未來的退休大計了。」

「虧你牛一想得美！」掬彤一面淺嘗青梅酒，一面道：「你喲！別說甚麼退休大計耶！還有漫長的路等著你做牛做馬。你知嗎？婚後我要做個少奶奶，生孩子、住洋樓、坐轎車、遛番狗。你就等著養活一家人，每月的薪水全數交給我。不然，如何供樓和給子女供書教學？」

「遵命，老婆大人！」傅生打哈哈的同時，右手便放到右邊的太陽穴上，做出軍隊敬禮的姿勢。

「對了！我告訴你們，年底婚宴的酒席我已替你們訂妥了。」閎叔一面夾著面前的幾片齋鹵味，一面說：「明哥的親戚是彌敦道龍鳳酒樓的東主，我替你們訂了日期，是農曆十一月十九日的觀音誕，也就是掬彤媽的冥壽。《通勝》明言，那天是吉日，宜嫁娶，屆時便擺三席酒宴，邀請幾十位重要親友，簡簡單單吃一頓。至於置業，首期由我支付，其餘我便放手不管，你們有空便從長計議，籌劃一下酒席的具體細節。」

想不到這些青梅酒那麼上頭，傅生喝了三小杯，已經覺得腦門嗡嗡嗡嗡的叫，連忙喝了一口熱開水。未幾，才覺得清醒一點。這頓齋菜，也是傅生從未嘗過的好素食。平日他愛吃葷，是個無肉不歡的漢子。但偶然吃上這一頓，即使價錢昂貴，亦感愜意。

傅生抽著飯後一根煙，細細品嘗手上的那杯大紅袍。這高價紅茶是他頭一遭享受到的極品，苦中帶甘，齒頰留香，真正稱得上人間好茶。

今晚隨意齋的客人可真不少。全場逾二十席，有三、四席還是洋老饕，其餘都是上了歲數的華人。傅生看著面前的齋菜差不多全被他們吃光，閡叔正閒閒坐著，抽起他的紅人牌香煙，掏彤則用雙手掩著半邊臉，用牙籤正在剔牙縫。這是傅生頭一次感受到跟他們兩父女有家常聚首的感覺。從前偶然也有過類似的感覺，但已久違，彷彿是老爹健在的時候，每逢春節回鄉，跟他老人家和傅永兩母子聚在一起吃團圓飯，偶然便會感受到一份親情的滋味。但如今物換星移，人面全非，教他更珍惜眼前的人情物意起來。

頭上的走馬宮燈正在不停地轉動，一圈一圈的轉動，轉出的影子打在殘羹漏菜杯盤狼籍的檯面上，變成一重重細碎的浮光掠影。

二十三

因為東九龍和港島區晚上還在宵禁的緣故，為了遷就家住灣仔的事務員成成，和叔的餞行飯局便安排在中午舉行，大夥兒聚在鄰近泰華國貨的「四五六飯店」吃滬菜，也是迎合和叔這位「外江佬」的口味。

「和叔，恭喜你，你到花旗國後可以一家團聚，弄孫為樂，享受你的晚年清福。」糧油部一位資深的未嫁女職員葉姑娘笑著說：「但別忘記我們，一定要寫信回來，尤其跟我通訊。和叔，你記得嗎？你答應過我甚麼事嗎？」

「葉姑娘，我牢牢記住，到了西雅圖，第一時間替妳物色一位金龜婿。」和叔笑著答：「妳說妳喜歡美鈔，嫁個金山阿伯都無所謂。妳就耐心等候我的消息，我準會拿到妳的那封媒人紅包，一定讓妳做個過埠新娘，妳就等著瞧！」

「和叔，你太偏心了，只幫女孩子物色美國對象，但我們這些孤家寡人又如何？」成成湊上一嘴，道：「和叔啊！快快給我找一位金髮女郎，我要求不高，就像金露華（Kim Novak）一般的就可以了。」

「成成，虧你想得美，小心我去打小報告。」會計部的郭小姐用檀香扇的手柄敲了一敲成成的後腦杓，還道：「你信不信我告訴你的女朋友，說你見異思遷，左右逢源，是位中西皆宜的花心漢。」

「郭小姐，鄙人年屆二十五歲，從未談戀愛，妳往哪兒去告狀？妳不信，我可以在毛主席的頭像面前發毒誓。」成成站起身來，連忙舉起右手大聲宣佈，就像毛澤東的頭像真的展現在眼前。

「即使你去見馬克思，他老人家也不會相信你的話。」郭小姐直勾勾的望住對方，咄咄逼人的道：「成成，別再裝蒜了，去年工展會，你在門口守候的姑娘是誰？白白胖胖的那位姑娘是誰？好像叫甚麼珍妮花的姑娘又是誰？」

郭小姐一下子揭破了他的戀愛史，成成只得乖乖地坐下來，無趣地啃他的香口珠。

坐在傅生對面的葛農一直沉默，見大夥兒大聲說笑，偶然才微微點頭，一直像個旁觀者。剛過二十歲的他，已經顯得老成持重了。

傅生兼任糧油部主管之後，跟這位小伙子正式打交道，覺得葛農品性純良，勤奮好學，事事處理得有條不紊。更有領袖才幹，是位不可多得的可造之才。傅生知道他還上夜校，每天下班都趕著上夜英專。手上拿著的雞尾包和菠蘿包，就是他下班後的晚餐了。

席間只有外省人和叔最懂得點滬菜。加上這一頓是替他餞行，大夥兒便讓他出主意。大概因為要照顧幾位廣東男女生的口味，和叔盡挑傳統的菜式，如醉雞、糙飯、上海粗炒、賽螃蟹、銀絲卷、鱔糊、小籠包和鍋貼等。又叫來幾瓶啤酒送菜。未幾，酒菜便擺滿一桌。

年青人正在狼吞虎嚥的埋首進食，一把男聲在他們的背後叫起來。

「慢用！慢用！你們慢慢用，甭急！今天諸位好同事過了午飯上班時間開工也沒問題，盡情吃，不會扣工資，還有津貼耶。」

大夥兒回頭一望，原來是卜正總經理突然現身。傅生跟和叔連忙讓座給他，對方便說：

「甭客氣，我趕著往雍雅山房跟客戶談『愛祖國，用國貨減價雙周』的事宜，剛巧路過，跟和叔說聲再見，祝你一路順風，後會有期。」他手

上原來點著一根煙，便將煙蒂壓到桌上的煙灰缸內，然後走到葛農身後，雙手搭在小舅子的兩邊胳膊。但葛農的表情卻顯得有點靦腆。

「和叔，我捨不得你。」卜正補充：「你是泰華的開國功臣，功勞可不少。這一走，不知何年何月才能再見面。花旗國真的太遠了。只盼天涯若比鄰，海外存知己，彼此珍重，保持聯絡。但希望你臨走之前，好好傳授你的獨門秘笈給葛農，待他傳承你的工夫，發揚光大，令糧油部的生意蒸蒸日上、更上一層樓。」

「卜總經理，葛農是位不可多得的人才，年少有為，孜孜不倦。這兩年，也跟同事們合作愉快。」和叔笑著答：「你放心，即使他不是皇親國戚，這樣的人才，我會珍惜和器重。臨走前，準會將所有工夫交託給他，讓他好好接手。憑他的聰明才智，定能青出於藍勝於藍。何況有傅主管從旁襄助，糧油部的生意定必大有作為。」

「我也這樣想。傅主管，往後我的小舅子就拜託你了，我相信你們的合作一定能旗開得勝，馬到功成。」

「甭客氣！」傅生答：「都是同事麼，就是同坐一條船，大家都為泰華勞心勞力，是應有之義，所謂『食君之祿，擔君之憂』麼。」

「葛農，你就向兩位前輩敬酒，乾一杯，謝謝他們的悉心指教。」

葛農真的站起身來向和叔和傅生分別敬酒。卜正看著小舅子乾盡一杯，就用葛農喝過的酒杯再斟滿一杯，然後向在座各人敬酒。喝畢，便問傅生：

「傅主管，前些時董事長拜託你找電影演員為減價雙周剪綵的事可有進展？但甭急，我約了粵語片當時得令的幾位大明星見面，探探他們的口風，希望能邀請的明星除了左派演員外，還有一般觀眾均可接受的頂級演員，才能提升泰華的大眾化形象。雖說珠珠的檔期可能有問題，但芳芳現身的機會極高。但傅主管，你就照舊物色人選，我找我的，實行雙管齊下好了！」

經卜正這樣一提，傅生才想起鄭匡生日的那天曾經拜託對方邀請電影明星前來剪綵，午飯後回到寫字樓，便第一時間搖了一通電話到老虎岩片場找鄭匡，誰料好友劈頭便說：

「慘情！慘情！真不知如何收拾才對？牛一啊，我的男主角被警察抓去了，連他老婆也一併被抓去。我的電影不知如何開拍下去？」說畢，話筒裡面的聲音好像哽咽起來，傅生立即問他究竟發生甚麼事。

鄭匡便答：「我導演的第二齣電影是改編自《聊齋誌異》的《鳳陽士人》，原本由石蒙主演。對方已拍了一星期，誰料前天晚上，他在家中就寢之時，被警方的執法人員登門搜查，還拿出拘捕令將他逮捕，連他的明星老婆夏麗也一併被抓走，說兩夫婦企圖參與非法組織，煽動民眾上街搞暴亂，教唆及策動左派電影業的人士示威遊行，在公營機構張貼大字報，破壞社會安寧。被煽動的人數多達二十人，故警方以組織非法集結的罪名起訴他們。經開庭審訊後，兩人隨即被關進摩星嶺集中營。想不到我的首齣電影被三合會勒索茶煙費後，今次的《鳳陽士人》的男主角又被判坐牢，真是福無雙至，禍不單行。牛一，你說如何是好？這片子可能因此泡湯。難道我的執導生涯真的那麼多災多難？你知嗎？石蒙是左派男演員中炙手可熱的人物，他的檔期最難遷就，現在有機會跟他合作是千載難逢的事。原本我想藉此揚名立萬，誰知事與願違。難不成是天亡我也，意欲毀我前程？連我老媽子在元朗八鄉天天為我燒香祈福也無濟於事了。」

「可否更換演員呢？」傅生明白好友此刻的心情，便做好做歹的勸解對方：「電影還要開拍多久？剛開鏡的話，影響還是很有限。」

「原定開拍二十天，現在拍了一星期。臨時換角不是不行，但起碼超出預算的投資額三成。牛一，你知嗎？這次是朱景春頭一次替我監製的電影，在他那麼壞心情之下再火上加油，我的這口飯便更難嘛。哎！不說了，從今之後，我便鳴金收兵，天天回家搓十幾圈衛生麻將算了。」

「對了！鄭匡，我想拜託你一件事情，不知能否幫幫忙？」傅生便將泰華國貨十‧一國慶舉辦大減價雙周及邀請明星剪綵之事重提一遍，希望好友代為引線。鄭匡聽後一口便允諾，但反應還是相當冷淡。傅生知道他心情欠佳，不欲多談，也就草草掛線。

下班之前，寫字樓的後生替他買來一份左派晚報，頭版三分之一的篇幅刊登了兩名少年犯因反英抗暴被囚西環摩星嶺集中營的牢獄生涯的見聞，還有一張兩人在社僑中學的校園合照。一位高瘦麻面，另一位則四眼

矮胖。傅生一看，便認出是上次在銘來冰室遇上小莊時見過的兩名寫標語的男生。高個子的叫沈家豪，矮的叫霍兆安。原來兩人犯事的時候年滿十八歲，被判非法集會和破壞公物，且有煽動校內同學違法參與暴動的罪名。兩人均判處三個月的刑期，囚禁在西環摩星嶺集中營。

此篇專訪，除了憶述兩人在愛國學校接受紅色教育的生活點滴外，重點則刊登了兩名少年犯在集中營的所見所聞，嚴厲批評執法部門和監獄人員辣手對待坐牢的抗英份子的手段。尤其對付那些擁有左派背景的在囚人士，細說他們如何於獄中慘遭酷刑虐打的景況。兩名學生還說，雖然他們於黑獄中遭受的待遇尚算人道，卻不值港英獄警對付其他左派囚犯的所作所為。出獄之後，決意將黑獄慘狀公諸於世。據他們所說，獄警對待左派犯人絕不手軟，一不高興，便拳打腳踢的對付異己，除了一連串嚴刑拷問之外，還將犯人進行灌洗頭水、夾手指尖、坐空凳和削陰陽頭等酷刑。而對付一些更「高危」的犯人，則採取滴蠟、扼咽喉、單腳倒吊，甚至高台險跳等極刑。一些犯人，更在漆黑的囚室中被幾名獄警活活打死，屍首不被親屬認領，變成無主孤魂，真的是聞者鼻酸，見者心寒。

以上種種酷刑，雖非兩名少年犯親眼目睹。兩人都是從囚犯與囚犯之間的口述中得知，加上耳聞少部份受刑者虎口餘生的憶述，一一得以引證。但許多受害者，卻沒有因而啞忍，反而更加堅決，嚷著要反抗到底。一些勇者，更在獄中進行接力式的絕食行動，誓言抗議港英政府的非法迫害。而兩名男生重獲自由之後，一點也沒有放棄反對當局的信念，不單將醜聞公諸於世，還要繼承獄中被囚者和幾位先烈的意志，堅決實行反英抗暴的宏願。

傅生放下晚報，不禁想起自己跟鄭匡和小莊兩位同窗的共同出身，都是在左派學校接受愛國教育的男生。但相比於小莊在校園所受的政治薰陶，傅生自覺個人的左傾思想尚算淡薄，沒感染過熊熊烈火的洗禮。除了每天在校園操場目睹五星紅旗和共產黨黨旗升起時高唱國歌、多讀了一些毛澤東的詩詞和多唱了幾支解放歌曲之外，基本上，他跟外間上學的香港男生沒兩樣。但一想到原本親如手足的小莊，現在跟他的距離漸行漸遠，難免深感可惜。說不定有朝一日，兩人會變成陌路中人。

暴流

不知怎的，傅生不期然想起初中時候的長假期，偶然三劍俠會拿著零用錢，瞞著舍監，偷偷從宿舍溜出去，到深水埗北河街大吃大嚼街頭的車仔麵，然後跟鄭匡和小莊趕到書攤借閱小人書，五毛錢看兩句鐘。鄭匡愛讀梁羽生的武俠小說，他自己則愛看財叔漫畫，跟著便找來最新出版的《水滸傳連環圖》。而小莊則會坐在書攤前的木板凳上，手裡捧讀的是《紅領巾》、《小兵張嘎》和《鬼子來了》等抗日故事書，一頁頁的讀得入神。

老爹不是說過嗎？「三歲定八十」。他想起「性格決定命運」的這句老話。他相信，只要不是活在極權社會慘遭迫害，導致必須扭曲自己的個性求存的話，基本上，這句老話是正確的。

二十四

西環摩星嶺集中營傳出酷刑虐打左派犯人的事件曝光之後，翌日「鬥爭會」的主任、副主任和常委等一共十七人，連同各成員聯署於左派報章上刊登全版抗議聲明，嚴正要求英帝國主義者和港英殖民政府立即下令警務處長和監獄處長停止所有法西斯集團的所作所為，無條件釋放在暴動中無理受審和被囚禁的愛國人士，對所有受害者正式道歉及作出合理賠償，並對死於冤獄的人士進行徹查，查明施虐的獄警名單，實行追究到底，為死去的亡魂討回公道。「鬥爭會」並且連同中共港澳工委一起呼籲，所有左派的各行各業，聯合進行罷工罷市罷課，反對當局的施虐手段以示聲援，並且要求當局向港九新界全體愛國同胞承諾，保證同類事件不再發生。

大陸方面的反應亦相當迅速，《X民日報》的社論就以「必須以牙還牙，以眼還眼」為題，大事抨擊港英政府，內容盡是「人不犯我，我不犯人。人若犯我，我必犯人」的反制言辭，暗示將會「以暴易暴，以眼還眼」。並且強調實行「以其人之道，還治其人之身。殺人者償命，血債血償」的決心，同時建議中央政府向港英政府施壓，斷絕深圳水庫每年向香港供應的五十億加侖食水，將總供應量減少一半，及限制開放文錦渡貨物供應通

道，將輸往香港的鮮活家禽和副食品，每日的總供應量削減三分之一，作為第一輪向港英當局實行抵制的手段，意圖逼使對方就範。並宣稱若不停止所有獄中暴行和不作出適當回應，中方將有下一輪更嚴厲的制裁措施。

罷工罷市罷課之聲蔓延全城。港九新界各處的左派機構，包括工會、團體、戲院，甚至學校紛紛響應，連巴士及電車工會和普通小商戶均加入行列。市面交通和商業運作頓時停止，全市陷入一片混亂。泰華國貨連忙召開臨時董事會議，由章力同董事長及幾位高層管理人員開會決定，是否參與此次行動。由於公司正值舉辦十·一國慶大減價雙周在即，基於時間緊迫，必須抓緊籌備工作，最終決定不參與這次罷市行動。

那邊廂女服工會因為參加了三天的抗議行動，掬彤額外擁有了三天假期，可以陪同淳妤一起到幼稚園出席吉童的開課日。

誰料這孩子天生是個「裙腳仔」，開課日便哭個不停。既不肯進入課室，亦不肯離開媽媽半步，連乾媽拿著大白兔奶糖逗他也不理睬，只管撒嬌，決不賣賬，結果老師安排他坐在課室最近玻璃窗的位置，讓淳妤可以站在窗外陪伴他，讓他看著媽媽，這才乖乖的上了半堂課。

放學之後，掬彤安排兩母子上她家中吃一頓飯，傅生下班後便第一時間趕往白加士街。又按照掬彤的意思，在鄰近的西藥房買了一瓶司各脫鰵魚肝油，補充吉童的視力和腦力。畢竟，乾兒子開始上學，一切也得好好保養。

一頓飯下來，整夜只聽得淳妤和掬彤談論吉童首日上課的趣聞。說半堂課下來，孩子便打瞌睡，醒來後又鬧著要吃大白兔糖，跟著嚷著要喝水和上廁所，笑得兩個女人前仆後繼，不住噴飯。

「乾爸，乾爸，快過來，過來看看我的課本啊！」吉童吃飽後便拿著傅生送給他的那隻印有「大鬧天宮」的書包，從書包掏出兩本中英文課本給他看。

「嘩！不得了，認字班，便要學習番文了？」傅生打開來便叫了一聲，看見上面寫滿了「愛、彼、西、丁」的英文字母。

淳妤搶著說：「牛一哥，善導幼稚園是一間英語授課的學前學校，校長朵琳女士原本是位從英國來華傳道的女教士。聞說她因為跟教區意見不

合，和同為傳道士的前夫仳離之後，便開辦了這間幼稚園。現時她又是香港惟一一位從政的洋婦人。」

「對！我聽過她的大名。」傅生答：「就是去年天星渡輪加價事件，她是市政局議員中惟一反對加價的議員。警方將她說成是彌敦道暴亂的幕後黑手，還要開庭審訊她，險些兒陷她下獄。」

「別說這一些，看看孩子今天學了些甚麼。」掬彤插嘴道，然後將帶來的半打中華牌鉛筆、天壇牌鉛筆刨和幾本英雄牌拍字簿放進吉童的書包內。

「吉童，不要管你的乾媽，乾爸教你猜字謎，日後你可以在書友仔的面前逞威風。」傅生逗著孩子道：「假如你猜中，乾爸帶你去荔園。」

「好！乾爸，甚麼叫猜字謎？」孩子瞪大眼睛望住乾爸，又望望他的媽媽和乾媽，咧開小嘴巴，露出丟了兩顆門牙的黑洞，顯得更加趣致了。

「別問她們，聽乾爸說吧！」傅生開口便道。

「一點一劃長，斜斜楝枝槍，阿木對阿木，阿公少忽肉。」

「傻佬！四歲大的小人兒能懂嗎？吃你的香蕉！」掬彤將一隻剝了皮的香蕉直送到未婚夫的嘴裡。

「牛一哥，你跟掬彤姐趕快結婚，生個娃兒逗逗趣，才會知道為人父母的滿足和樂趣。」淳妤一面說，一面幫掬彤收拾飯檯上的碗筷，跟著兩人走進灶房，吉童便纏著乾爸不放，追問甚麼是猜字謎，又問甚麼時候帶他去荔園。

正鬧著，外邊門鈴響起來，傅生去應門，原來是三樓鄰居馬柔靜老師，手裡拎著四隻大大的裹蒸糭和一瓶金雞鐵樹酒。一身素色旗袍，上半身還披著通紗背心，閒閒搭在雙邊胳膊，微微散發出一股雙妹嚜花露水的香氣。鼻樑上的厚框眼鏡像換了個新款式，變成金絲框，加上高挑，活脫就是個為人師表的模樣。見傅生開門，連忙謝過，道：

「祖母和我包了十多隻裹蒸糭，囑我送過來給你們嘗一嘗。掬彤姐和淳妤也在家嗎？你們分著吃。金雞鐵樹酒是給淳妤補補身子的。」一見吉童，便嬌聲地叫了一下，「哎唷！孩子也過來了，太好了！」連忙走進門來逗吉童說話。吉童卻認生，一逕兒躲到他的媽媽身後。

「傻仔！」淳妤笑道：「你還記得嗎？上次你生日時見過的馬老師，還跟你玩過擲子兒，現在不認人，害羞了嗎？」

「吉童，你剛上學，該學規矩點，叫聲馬老師。」掬彤也在旁說笑，孩子便一箭步的跑到傅生的身後，一把抱住乾爸的大腿不放。四個大人見狀便齊聲大笑。

「吉童剛上幼稚園，過兩年，等他找小學的時候便告訴我，看看可有幫忙的地方。」馬柔靜將送來的裹蒸糭和養命酒放到飯桌上，跟著問淳妤：「孩子唸的幼稚園叫甚麼名字？」

「善導。」吉童媽媽答。

「喲！是名校。」馬柔靜一聽校名便點了點頭，還道：「是用英語授課的，校長是朵琳女士。很好，很好，上小學一定沒問題，不用到我們的天台小學校升讀了。」

傅生曾聽掬彤說過，馬柔靜是初中畢業，為了幫補家計，縱然成績優異，也不再升學，一心照顧年邁的祖母，現在在深水埗英田天台小學校當老師。

傅生一面看著淳妤餵吉童吃司各脫鱉魚肝油，一面留意馬柔靜的舉止，不禁聯想到她可能跟小莊正在談戀愛，可惜掬彤和淳妤各忙各的，根本無暇打探此事的真偽。他自己則久已沒跟小莊聯絡。即使聯絡，也不便探知他們的私事。

馬柔靜藉詞告退，兩個女人也就不便挽留。掬彤送過回禮的紅包之後，匆匆送走了客人，回頭便問她誼妹：

「淳妤，妳猜，馬柔靜是否真的和妳哥哥正在談戀愛？以往過節，她都沒有送禮過來，平日更罕有，是否真的想搞好我們的關係？假如真的成事，妳們就是姑嫂了。」

「我也不清楚，哥哥那邊我也沒打聽。」淳妤答：「掬彤姐，有空妳去問問馬老師。」

「他們的私事，我才不管。我和牛一的婚事已經教我忙得喘不過氣，待會兒還要忙著訂婚宴和找房子，只怕婚期要延遲也說不定。」

傅生看著兩個女人陪同吉童玩了一會兒的小擲子，時間接近九點鐘，

暴流

淳好便帶吉童回家。

聯合大罷工的三天期間，掬彤呆在家中閒來沒事，便給吉童編織毛背心。未幾，又心血來潮的打了一通電話給傅生，囑他告半天假過來陪她一起找房子，準備婚後和閔叔共同居住。她跟傅生都是「九龍人」，自小便在九龍半島生活，港島區的住屋環境相對陌生，但有興趣了解一下，何況那邊的物業年期較九龍長得多，期限達九九九年，無須向政府補納物業地稅，樓宇市值更划算，值得考慮。有一間地產代理公司，是女服工會的主席宋羚介紹的，地點位於銅鑼灣，兩人便相約在日資經營的大丸百貨公司門前會合，沿維多利亞公園的外圍走過去，見一大批民眾正在聚集維園的正門入口，在維多利亞女皇銅像前駐足看熱鬧，不知發生甚麼事，兩人便好奇起來，信步走向銅像的位置，見銅像和石基都貼滿大字報，當中一條長長的白布，上面用恍如血手印的紅漆寫著：

「鬥垮港英紙老虎。打倒英帝國主義。港督白皮豬滾回老家！」下款註著：「全港九新界四百萬愛國同胞站起來反抗！」

傅生抬頭一望，見坐在皇位上的女皇銅像的頭部半邊臉經已破損，鼻子和嘴巴均塌了一角，頂上的皇冠更爛成一大塊，肯定是遭人用硬物或者利器之類狠狠擊破所致。

維園接近「X華社」的香港分社，傅生心想，難道是那邊分社派員過來搞蛋，有意激起殖民政府的注視，旨在重創和羞辱象徵大英帝國最高權威的標誌嗎？

一位途人即時說：「那些左仔，肯定想搞得香港七零八落，雞犬不寧才罷休。但毛澤東和周恩來不是強調過，大陸不會提早接管香港，不容許解放軍操入此地、不搞國內文化大革命的那一套。對香港實行『長期計劃，充分利用。保持現狀，不用解放』十六字真言的政策嗎？其實，香港地的左派和X華社，才是最紅最專的一幫人，硬要跟隨江青、姚文元、張春橋、王洪文的極左路線。但英國佬才不會那麼輕易就範。沒中央最高領導層的全力支持，這場反英抗暴的運動註定失敗。」

「叔台，你說的全是陰謀論。」另一位站在一旁的途人便持不同的政見，馬上過來反駁他。「香港地，不就是英國佬借來的地方，早晚要被大

陸收歸國有，成為中國版圖的一部份嗎？叔台，你剛才的一番言論，不就是洋奴才的心態嗎？難道要香港永遠成為大英帝國的殖民地，永遠活在英犬的腳下，為奴為婢，永不超生嗎？香港人倘若有一顆愛國的心，無論何時何日，大陸解放這兒，都是天大的喜事。香港人，等的就是這一天。」

「看來你是擁護大陸的人了。但老兄，為何四九年新中國成立之時，你沒有趕著投奔祖國，還要站在這塊殖民地上幹甚麼？」

被嘲諷的那一位紅著臉兒回答：「叔台，我們應該以事論事，不應該人身攻擊，這才是理性分析政局的應有態度。」

「甚麼叫人身攻擊？我說過你甚麼？看看你，白恤衫藍綢褲，一望而知，就是大陸的文革派。我不多說，明眼人都心裡有數。」

掬彤見兩位途人的語氣開始帶著火藥味，連忙拉住傅生走到另一邊。被罵的那一位已經捲起白色衣袖，摩拳擦掌的直視對方。雙眼開始發紅發紫，就像要炸人一般。圍觀的市民也開始退避三舍。但一些卻雀躍起來，等著看下一輪的「雙雄對決」。誰料遠處出現了幾名警察，從維園的東翼信步走過來。兩名對罵的途人也就住口，靜待警察的來臨。

眾人見兩名英籍警察和兩名華人警員分別拿著黑布幔走近女皇銅像，大聲勸諭圍觀者儘快散開。又匆匆將幾段闊大的黑布幔重重包起銅像的身軀和刻有中英文抗議字句的石基。兩名華警則開始站崗，禁止民眾走近銅像二十呎的範圍以內，人群開始散退，傅生也就拖著掬彤的手心一起離開。

二十五

百樂地產代理公司是女服工會宋羚主席介紹的，店舖位於怡和街。但這間支店，沒甚麼好樓房可以供應，倒是霎西街的總店有上乘的新樓可供選擇。銷售經紀勞先生建議傅生和掬彤到那邊選購，看看有否合適的可以考慮。兩人今天從老遠的九龍區跑這樣的一趟，一心想找好樓房，當然決定過去看一看。

從怡和街步行至霎西街需時二十分鐘左右，勞先生竭力游說他們遷往港島，說甚麼地段好、年期長，加上樓價跌、利息低，是置業安居的最佳良機。假如有孩子上學的話，好的學校，盡在港島這一邊。一數便數出了華仁、英皇、聖保羅等多間響噹噹的名校，聽得掬彤垂涎三尺，蠢蠢欲動，真的有搬往港島的決心。

　　走著走著，不覺臨近霎西街，傅生見對面馬路一棟三層樓高的戰前樓宇的門前正好走出一大批人，有男有女，有老有少。當中十幾名穿著人民解放裝的中年男女，正在握手話別的模樣。隔著馬路，掬彤認出一位穿著米色襯衫藍長褲的矮漢子，正是他們的好友莊淳德，連忙拍了一拍傅生的肩膊，道：

　　「小莊喲，要不要跟他打聲招呼？聊幾句？我們也有一段長時間沒碰見他，擇日不如撞日啊！」

　　「你們遇見朋友了？」勞先生問兩人：「對面是 X 華社香港分社。這一向，分社經常召開會議，假如熟悉這一區，便會發現經常有警察在附近加緊巡邏，提防有人鬧事，你們要小心。」

　　沒車輛在雙程路上經過的時候，傅生便拖緊掬彤的手心橫過馬路，勞先生則跟在他們的身後，對面的小莊經已看見他們走過來，連忙跟他的朋友們話別，快步趨前了幾步，搖手向老同學打招呼。

　　「巧得很！巧得很！賢伉儷，想不到在這兒遇見你們。」

　　傅生那時候才看見小莊的米色襯衫口袋上別著一枚毛主席的襟章，口袋還插上一本小小的《毛語錄》和一管英雄牌自來筆。襟章在陽光的照耀下，不時閃出點點紅光，就像香煙的煙頭一般。一雙手，分別握著傅生和掬彤的手心，還問：「你們的婚期決定了沒有？聽淳妤說過，是農曆最後的一個觀音誕，我雖是個無神論者，但既然是一對老同學的大喜日子，定必過來喝一杯，地點定好了沒有？」

　　「在彌敦道的龍鳳酒家。」掬彤答。

　　「掬彤，人家是位大忙人，這些雞毛蒜皮的瑣事，哪會記下來？」傅生帶笑地道，轉頭便問老同學：「你在 X 華社出現，一定有甚麼大事情需要開會商量了，我們是路過，不好打擾了，下次再聊吧。」說畢，便想拖

著未婚妻的玉手離開。

「今天上午，我們在 X 華社舉辦了一場反英抗暴犧牲者的『家屬慰問和控訴大會』。大會剛結束，正有空。適逢其會，牛一，我們就找個地方聊一聊，到附近的冰室坐一會兒好不好？」小莊看了一看掬彤的面色，展笑地問她：「嫂夫人，我知你們是恩愛夫妻，『公不離婆，秤不離砣』。但今天，便請借用妳的外子一個小時左右？就當我欠下妳的大人情，日後總有償還的一天。」

「別人免問，但小莊金口一開，我也想不出任何藉口來說個『不』字。」掬彤也故作風趣的回敬。又陰陰地笑了一笑，道：「莊同志，現在你是人民領袖，就是國家英雄，比正人君子的德行還要高出許多倍。我一萬個放心，不怕你帶壞我的未來老公。牛一我便交給你，隨你差遣吧！」說畢，還咯咯咯的笑了幾聲。

這時候站在一旁的房地產經紀勞先生已經顯得有點不耐煩，傅生則囑掬彤跟他到總店看樓房資料，晚上跟她再通話，然後便和小莊一起離開。

兩人找到百德新街的一間人流較少的冰室坐下來。天氣翳悶，頭上的蜻蜓式電風扇已經很殘舊，呼啦呼啦的吹著，吹出一室的熱風。兩人分別叫來紅豆冰和冰奶茶，傅生一口氣便喝下一大半的紅豆冰。

「上星期是鄭匡的牛一，我跟掬彤去過八鄉他的老家給他賀壽，場面挺熱鬧。」傅生放下玻璃杯便開腔道：「你知嗎？他的第二齣開拍的電影很不順利，男主角石蒙被當局控以組織非法集結的罪名，關進西環摩星嶺集中營，片子的拍攝工序因而被卡住。哎！想不到我和鄭匡年齡相若，匆匆三十七年轉瞬過去，兩人都是一事無成，不像你……」傅生原本想說：「不像你，在工運中闖出名堂。」但話到嘴邊，又不好說下去。

「牛一，我們三劍俠自幼在一起，畢業之後便各自各的有所發展，但三人所選擇的路各有不同，際遇自然大不同。」小莊雙眸之間的眼神有點閃縮，彷彿刻意不想直視傅生，只管用力吸啜飲管，專心喝著冰奶茶，然後便感慨地道：「其實，你們也不是一事無成。就拿你來說，成家立室，不就是做人的一大成就嗎？我沒這份福氣，也註定是這樣子，滿腦袋盡是馬、恩、列的思想充塞著，只相信共產主義可以救國，認定了富人是剝削

暴流

窮人的罪魁禍首。但我深信勞動階級最終會改變世界。更相信貢獻自我，付出努力，積極帶領群眾對抗強權，才會改善社會的不公不義。我相信這場反英抗暴的工運，將會以波瀾壯闊和瑰麗激越的姿態圓滿落幕，故即使我視死如歸，以鮮血終結性命，人民也會記下這一筆輝煌的歷史。可惜我的信念，在一般人的眼中，就像傻子幹的蠢事。但沒所謂，正如雷鋒所說，『我願意做革命的傻子。』牛一，你知嗎？現在我們的戰友已經有逾二百人被港英當局打傷、捉拿和接受審訊。一些還在囚禁，甚至有部份將屈死於黑獄中。這真是人神共憤天地不容的慘事。今天我們在 X 華社舉辦的這場慰問死傷家屬的控訴大會，不只是為死去的政治犯伸張正義，同時要強烈地向港英當局的鎮壓手段，作出嚴正的聲明，要求他們立即交還三具被扣押的同志屍首，讓死去的亡魂得以安息。拒絕再遭受當局無法無天的鞭屍，繼續幹出那天怒人怨的人間悲劇。我們下一步的行動，必須要擊中白皮豬和黃皮狗的要害，才能逼使港英政府結束這場法西斯的暴行。」

「小莊，我了解你的想法和志願，但自從五月的工潮發生以來，你說左派的行動是否有點兒越了分寸？」傅生少有地開誠佈公的跟這位老同學交流意見，「現在香港的公眾輿論均覺得左派已經失去理智，尤其近日隨處放置土製炸彈，嚴重威脅社會安寧這一點，真的造成港人的很大反感，達至民怨沸騰的地步。」

「牛一，你可有真憑實據，證明這是左派陣營的所作所為？」小莊的大眼睛瞪得更大，放著明亮的眼珠逼視傅生，好像在質問傅生，久久沒有退讓的餘地。一隻手，急急的伸進褲袋，欲想找他的香煙，但良久都找不到，還是傅生給他遞上一根，傅生自己也點上一根，深深地抽了一口，然後向半空用力地吹出長長的一串煙圈。煙圈被冰室的牆壁上掛著的牛角風扇猛力吹動，吹到玻璃窗前紫色的垂簾上方，方才漸漸的散退。

「牛一，看著我們逾三十年的交情份上，有件事，可否幫幫忙，替我打探一下。」小莊收起剛才表現激動的語氣，柔聲地對傅生道：「鬥爭會最近收到一些內幕消息，說下月英國有皇室成員訪港，政府將會推出一連串歡迎和慶祝活動，接待這位重要人物，而接待單位正是禮賓部。我知掬彤的父親就是禮賓司司長的私人司機，我想探知一下這人物的具體行程，

讓我們有所防禦和部署對策，保障我們的戰友們免遭傷害。我想，你不至於不願意幫我這個忙。但別勉強，說到底，我們也是『道不同，不相為謀』了。」

「既然你知道我幫不上忙，何必明知故問，說出這樣的請求。」傅生直接拒絕對方，兩人有幾秒鐘的相對無言。傅生用飲管不停攪動快將喝完的紅豆冰，又用匙子把一顆顆紅豆粒從杯底盛了起來，放進口內，然後慢慢咀嚼，一種冰涼的感覺在心頭震了一震，心想，「小莊怎會有這樣的請求？明知不會有正面答覆，還宣之於口，真的惹人起疑竇。」除了用非理性來解釋，或許背後隱藏著其他原因，驅使對方不惜利用朋友，套取英國皇室成員來港的訪問行程，達至追擊政府的目的之外，傅生想不出其他合理的解釋。但他相信，最大的原因可能是鬥爭會指派小莊出面，探知內幕，是希望孤注一擲，讓他向最有可能套取情報的友人身上打探消息，從而部署他們的對策，是希望向當局投以重重的一擊，因而選擇了險中求勝的這一招。但現在的問題是，左派好像「急病亂投醫」，不惜以殊死掙扎的姿態來作反抗。一念及此，傅生便對眼前的友人感到可悲，只見小莊一聲不響的喝著最後一口冰奶茶，飲管經已發出了吸盡水份的咕嚕咕嚕的空虛之聲。

原本客人已經不多的冰室突然走進一批新來客，看樣子和衣飾是幹粗活的，像泥水木工之類。傅生看看腕錶，正好三點鐘，是「三行佬」小休享用下午茶的時段了。

冰室的人聲嘈雜起來，東主連忙開啟收銀處頭上的無線電。一把粗聲大氣的男廣播員正在預報天氣，說三號颱風已經懸掛，艾琳的風速正在增強，預計四十八小時內將會最接近本港，但冰室窗外的街頭仍舊曬著午後強烈的陽光，曬得柏油馬路軟軟柔柔的蒸出熱氣。今天他和掬彤分別乘坐佐敦道碼頭的油麻地渡輪過海，趕往港島之時還不過一號風球，想不到幾小時內，已經快要刮起厲害的颱風。

傅生見小莊多叫了一客西多士和冰奶茶，沒有趕路的意思。難得老友聚頭，他也希望多了解對方的一點近況，尤其是他有否跟馬柔靜暗中交往的韻事。他知道掬彤和淳妤均感好奇，只不過沒機會開口詢問。假如小莊

真的踏上戀愛之路，計劃成親，就是他的終身大事。也許這樣，會令對方的極左思想的路線轉向人生的另一邊。起碼為了組織家庭，將原本過於激進的性格收斂一點。

「小莊，你跟馬老師是否正在談戀愛？我們正在關心你們的終身大事。」傅生終於將此事宣之於口。

「沒此事，誰說的？」小莊斷然否定，還強調：「我也不是個適合結婚的男人，尤其現在正在失業，幾乎連房租也負擔不起。不是鬥爭會有一點生活津貼的話，日子真的很難過。」

傅生聽他這樣解釋，也覺得對方不像在撒謊。憑他現時的經濟景況，不可能往成家立業的方向走。上次鄭匡在虎豹別墅看見的那一對情侶的背影，肯定是他看錯了。

傅生立時轉了個話題，開口便問：「這一向，可有時間一起探望蒯老師？」

「我該見見他，老師近日可好嗎？」小莊問道：「畢竟，小時候，他曾特別照顧我們兩兄妹。」

「你知嗎？他為了兩名參與工潮的漢江學生，曾經為保釋金和聘請律師的事奔走過。較早前還上庭聽審，幫了兩位學生不少忙，出錢出力，確實是學生們的良師。」

「我也佩服蒯老師的為人和俠義心腸。其實，我的個性，有點兒像他，尤其是鋤強扶弱和打抱不平這一點。只不過，面對強權，我比老師走得更前衛。」

「是太理想主義了，太走偏鋒了，變成極左的傾向。」傅生少有的下了定論。

「牛一，這是否我的命數？無可逃避的命數麼？」對方反問；又像自問自答似的。

卡位旁邊的食客正在高談闊論。一些還相約在颱風襲港時湊興搓通宵麻將，說誓要搓足廿四圈，才能補足耍樂的癮頭。這時候外邊原本曬著黃金色陽光的街道忽然變色，就像香港女士們的「善變」一般，頓時烏雲蓋頂起來。未幾，陣陣狂風吹得路旁的落葉和垃圾四散，有幾段樹葉的殘枝

還飄到冰室外的窗台之上，跟著雨點便橫斜的刮著地面，灑出一枚枚銀幣似的水花。

二十六

罷工罷市罷課的最後一天，適逢颱風艾琳襲港，皇家香港天文台高高懸起九號風球，傅生額外多了一天的休息時間，慶春里範圍內的房屋，烈風不時呼辣呼辣的吹著，從門窗細縫颼颼地鑽進屋內，就像外邊有一頭咆哮的老虎正在怒嘯，足跡快要闖進來似的。傅生聽著，也有點兒心寒。好在這一帶的戰前房屋老是老，卻建築得異常堅固，多年來都經得起狂風暴雨的侵襲。

待在家中，傅生無所事事。看了一會兒隔天的晚報之後，從冰箱正想找尋當午餐的糧食，才發現只剩少量蝦子麵和少許凍牛肉，連他喜歡的馬寶山曲奇餅乾也剛巧吃光，用過午餐，就不足以應付今晚果腹。假如多刮一天颱風，肚子肯定要練仙。難道真的要冒著九號風球的危險跑到街上買乾糧？但迫於無奈，還是走一趟。傅生穿起膠雨靴披上雨衣撐著雨傘走出門外，到慶春里外圍的松記辦館碰碰運氣，看看是否照常營業，可以買點乾糧來充饑。

狂風夾著暴雨橫掃著傅生的全身，他的雨傘早已被打翻，露出支撐雨傘的幼鐵枝，有兩枝早已破損，傘骨更加折斷，變成不似傘形的廢鐵。雨衣一樣遭殃，下襬被烈風吹得呼呼作響，捲起幾段燕子尾巴似的殘肢，在暴風雨中拂拂舞動。傅生見馬路兩旁的老槐樹被狂風吹得彎了腰，遠處有兩株影樹更已翻倒，橫斜地躺在街心。耳際聽見頭上有物件「咿啞，咿啞」的叫，準是霓虹光管或者廣告招牌在搖搖欲墜。不然，就是人家陽台外露的雜物如棚架、曬衣裳架甚至潛建的小鐵籠快要墮下。傅生連忙閃過一旁，縮到有騎樓的樓宇避了一避。但說時遲那時快，有兩隻大花盆早已從半空跌到三尺之遙的位置，花葉和瓦片夾著泥漿散滿一地。

「好險！差點兒沒命！」

傅生暗暗慶幸。終於走到松記辦館的門前，見木板砌成的門口還在虛掩，露出屋內的一線燈光，分明仍在營業中。由於辦館位處低窪地帶，從斜坡注入的雨水已經滲到他的腳跟。傅生涉水而行，推開木門，走進辦館，一雙膠雨靴連同泥濘踏足堂前，玷污了大片地面。

　　無線電正在播著一支時代曲，是葛蘭的《教我如何不想她》。調子輕漫，歌聲嘹亮。在九號風球襲港的下午聽到一把嬌麗的女聲無休止的重複地唱：

　　「啊……微風吹動了我的頭髮，教我如何不想她？……教我如何不想她，教我如何不想她，不想不想不想她，不想不想不想不想，不想不想她……」

　　傅生對此曲的感覺只限於「騷」與「俏」，沒其他好感。但在這麼惡劣的天氣下，卻不無「風雨同路」的感慨。

　　見東主曲伯正在著手清理石屎地上的大灘水漬，用竹笤帚和膠桶膠斛盛起污水倒進水盆，行動麻利，不似長者。上身穿著一件背心汗衣，露出黑實的肌肉，年近六旬，真的老當益壯。但看清楚曲伯的左邊胸膛，露出一道三吋長的疤痕，豬肝色一條的相當刺眼。下身捲起的確涼長褲的褲管，一見傅生，便用意外的眼神望住他，一時間，嘴巴像說不出話來。

　　「好喇！好喇！曲伯，好在你開店，不然，今晚我休想開餐，等著明兒修仙煉佛了！」

　　「原來是小傅，歡迎，歡迎！」曲伯定過神來便笑道：「打風開店，就是為了招呼你們這些老主顧，不然，早就關門大吉了。」一面說，一面用雙手拉下門前的鐵閘，但外邊的雨水依然從地面湧了進來，弄得店堂一塌胡塗。曲伯連忙收拾剛才盛起的一盆污水，搬走地上被積水弄髒的貨物，騰出更多空間讓傅生走進來。

　　曲伯的原名叫曲松，六旬的歲數，體魄依然很健壯。傅生自從投身社會工作後搬進慶春里，家中要吃的主菜和雜糧全都光顧松記。逾十年來，眼見曲伯獨個兒支撐著這爿辦館，腦筋靈活，行動快捷，是位老而彌堅的長輩。他有一子，逢假日便帶同媳婦上辦館幫忙守店，平日便曲伯一人，前舖後居，就是獨居老人的生活。出貨入貨，全由他一手打理，做得井井

有條，色色俱備。聞說他年青時曾經在台灣從軍，官至連長，有過輝煌的戰績。就是內戰打共匪之時，腹部和胸膛曾經中槍。開刀之後，留下一道長長的傷疤，街坊便給他起了個「打不死」的稱號。

傅生自行從貨架拿下一袋方包、兩袋米粉和兩罐罐頭沙甸魚。又從冰箱取出半個骨的牛油，最後取走一包良友香煙，全都放到曲伯給他的大紙袋內。但聽曲伯對他說：

「小傅，要不要馬寶山曲奇餅乾，有鐵罐裝的。是昨天剛進的貨，我知你素來喜歡吃這個，便存下來給你。」

「好極了！給我留兩罐，錢今天照付，下次才帶走，打風走路不好拎。」

無線電剛才唱罷葛蘭的《教我如何不想她》，一聲聲熟悉的過場音樂播過之後，時間剛好十二點，是正午的新聞報導，頭一則便播出颱風的最新消息：

「皇家香港天文台預告，颱風艾琳不會再度逼近，預料改掛十號風球的機會不高。現時艾琳集結在橫瀾島西北偏北，即東經一百一十四度十五，北緯二十二度十五附近徘徊。照現時途徑移動，預計艾琳黃昏之前將於汕尾一帶登陸，然後吹向華南沿岸，繼續影響珠江三角洲西部地區。」

下一則新聞則道：

「大批左派人士仍然冒著九號風球的危險聚集在港督府的門前示威，抗議赤柱和域多利監獄的獄警殘酷對待被囚的愛國人士。示威者中，許多都高舉反英美、反台、反蘇的標語和旗幟，揚言要追究到底。警方堆起沙包阻隔港督府門前十呎以內的範圍，防止意外發生。示威者現時一行六人一字形排開的意圖逼近封鎖範圍，並與警方保持對峙狀態，場面異常緊張。較早前，防暴警察和部份示威者曾經發生過嚴重衝突，雙方並有肢體碰撞，導致……」

「搞甚麼？他們究竟搞甚麼？他們究竟想搞甚麼？這群左仔，難道要解放香港才善罷甘休嗎？」曲伯放下手上的工夫大聲道：「香港地，難道真的要變成『一言堂』的社會嗎？這樣鬧下去，最終不是要被左派搞得四分五裂民不聊生嗎？現在小生意經已難做，再這樣下去，是否真的要移民他鄉才行嗎？我有一位老同僚，幾年前便移居到拉丁美洲。他曾來信

暴流

171

說，香港現時的亂局是個爛攤子，『手尾長』，勸我也移民。但我過去，能幹甚麼？說到底，一個行將就木的人，到哪兒不是一樣嗎？做人上一代，就是要為下一代的兒孫安穩舒泰地過日子才感告慰。」一面說，一面遞了一根雪茄給傅生，續道：「小傅，試抽抽，是古巴土特產。是我一位戰友專誠從夏灣拿寄過來的，挺不錯，抽抽看。」說畢，隨即到後間取來一隻長方形的小鐵罐，上面刻有兩根大雪茄的圖案，還有卡斯特羅（Fidel Alejandro Castro Ruz）的大鬍子剪影。又從小鐵罐內取出一根給自己，跟著便替傅生點上剛才遞過的一根。傅生從未抽過雪茄，試著深深一抽，味道就像吃巧克力似的。抽畢，口腔還留有餘香，卻很上頭，腦袋立時像塞滿阿摩利亞的草藥，草藥夾著煙氣不期然地從鼻管噴了出來。

曲伯順手將半爿木板門也關上，但風速和風聲還是從門隙絲絲地滲了進來。幾片落葉殘枝和垃圾夾著地下水趁勢湧入，曲伯一面抽雪茄，一面閒閒地徒手清理地上的污水，跟著便對傅生說：

「小傅，我知你是愛國學校出身的，但你完全是另一個模樣，不像那些無事生非的左仔。」

「曲伯，你說，我像甚麼人？」傅生一面笑著問對方，一面掏出一片方包來吃。

「你是我的老主顧、老街坊。又是位謙謙君子，不像左仔的偏激和瘋狂。」

「左仔也分許多類型，一些還是挺理智的。」傅生道。

「但比較十一年前的『雙十暴動』，今次左仔的動員能力更強大。當然，這跟現時左派響應大陸的無產階級文化大革命的形勢不無關係。」曲伯靠著貨架一角抽著雪茄，閒閒地道：「表面上，香港的左派今次是打著反英抗暴的旗幟而來，背後卻有針對美國和台灣的意圖。小傅，剛才你也聽到新聞報導了，說示威者之中，有高舉反美反台標語的人士。我猜，下一步，他們的行動定必比五六年的『雙十暴動』還要厲害，肯定會攻擊右派，說右派甘願充當美帝國主義的走狗，實行美台聯手打擊共產黨，誣陷右派暗中從事間諜活動，向左派進行跟蹤、毆打甚至暗殺等行動，以報復不少南下定居的前國民黨軍人和黨員曾經殺害過左派人士的那筆舊賬。小

傅，你知道十一年前『雙十暴動』的那段往事嗎？」

「我父親和舅舅當年就為此事，曾經拘禁在羈留所一晚。他們是反右份子，當年我是個涉世未深的漢子，雖然踏足『社會大學』已有一段日子。」

「發生事故的當天，我跟幾位親台人士正在石硤尾徙置區派發青天白日滿地紅旗。我們看見幾名左仔衝向人叢搶走旗幟，然後將旗幟和蔣介石的畫像一併撕破，跟著拳打腳踢了數名反抗者，意圖搗亂秩序，場面一度很火爆。一些人，還動手欺負旁觀的婦孺們。有不值所為的途人便出手相助，大夥兒亂作一團的打起來。我們致電右團總部告知此事，原來九龍多處甚至荃灣等地均發生同類事件。部份右派手足不甘示弱，立即組織同僚們一起奔到港共份子聚集之處如共產黨的物業和左派工會等地，用木棍、鐵枝、水彈、磚塊及玻璃瓶等攻擊性物件破壞建築物外圍，並與左派互相毆鬥，最後雙方均有損傷，事態因而擴大。有市民報警求助，警方大舉出動鎮壓兩派民眾。翌日左右兩派的報章均大事刊登了相關消息，尤以《X僑日報》最為詳盡，因而激起親台讀者和右派人士的反對浪潮。數天內，街頭均出現了多場左右兩派發起的示威遊行，並且爆發了多場暴徒對峙和激烈打鬥嚴重傷人的事故。那幾天，當局的執法部門均疲於奔命，事件更發展到不可收拾的地步，最終需要由政府頒佈臨時宵禁令，將九龍和荃灣多處列為晚上限時戒嚴的地區，事件才告稍稍平息。」

傅生聽到曲伯追憶往事，不禁聽得入神，同時憶起母親當年因老爹和舅舅出事後被囚羈留所時的痛哭情景，心頭不禁為之一沉。見手上的雪茄早已熄滅，便用洋火重新點上。這次只輕輕抽了一抽，呼出來的煙霧卻一下子衝入眼瞼，刺激了他的淚腺，淚水立時借勢冒出，就像熱淚盈眶似的。眼角也殘留著一點淚跡。

那天晚上，傅生草草煮了兩隻蝦子麵，用即食罐頭沙甸魚伴餐。假如晚來饑餓的話，消夜就是湯米粉，馬馬虎虎的過一夜。

晚上九點，掬彤如常的來電，說約好了兩天後將《售樓說明書》送到閔叔的手上，趕著給父親參考，順便聽聽老人家的意見。

上次掬彤獨自跟那位姓勞的地產經紀見面之時，對方極力游說她購入

波斯富街的一棟八成新的樓房，實用面積足有七百平方呎。房東因為時局不穩，趕著移民馬來西亞，希望以低價儘快脫手，出價自然相對便宜。由於是接近全新的單位，房東手上便留有一份建築草圖說明書，掬彤拿在手上細心琢磨，又趁勢視察過四周環境。是中高層，三房兩廳，面向東南，且有陽台，日後有了一、兩個孩子的話，也足夠應付。掬彤一看便喜歡得不得了，心裡叫棒，但未宣之於口，想著留個後著，方便跟賣方討價還價。且要問明父親的意思，因而催促傅生陪她一起去見閔叔，時間約在後天晚上。至於那天傅生跟小莊聊天的內容便不及細問，傅生就樂得輕描淡寫的一語帶過，只說老友聚頭，閒話家常，根本沒將小莊有意從他身上套取皇室成員和英聯邦事務大臣來港的實情告知未婚妻。由始至終，傅生的內心都有維護小莊的意思。

傅生放下話筒，抽起下午曲伯送給他的另一根雪茄。雪茄的甜味久久擱在咽喉，煙霧在陋室內來回蕩漾。一想到自己即將宜家宜室，傅生便有一份不太真實的幸福之感。心想，趁有空，便找一間地產代理公司打探一下出讓慶春里的這間祖屋的市價。但這是老爹用畢生積蓄換來的惟一物業，雖說早已過到他的名下，一旦出售，難免有點不捨得。一想到變賣家業已成定局，便有物換星移之慨。

接近子時，窗戶仍舊嚴嚴閂上，外邊的風聲和雨勢經已減弱，跡近平日深宵時分的寂靜。由於公共交通仍未恢復，列車停駛，明天一早才會開通，晚上的寂靜便較日常的還要平靜。傅生開啟無線電，原來已經改懸了五號風球。艾琳的橫流傍晚時分已經轉吹華南沿岸，離本地有一段頗遠的距離，預計翌日清晨便會登陸珠三角，影響佛山、順德、清遠和番禺一帶。傅生一聽到「番禺」兩字，立即想起獨居家鄉的二嬸，不知颱風可會影響她的起居？祖屋是否遭到破壞？自從傅永自殺之後，傅生便鮮有跟二嬸聯絡，是時候搖個電話給老人家問安，順便告訴她年底的婚訊。

翌日清晨，皇家天文台改掛了三號風球，一切如常，傅生便在寫字樓打了一通長途電話到村公所找二嬸，才知颱風不甚肆虐，番禺的農作物破壞有限，傅生便感安心。又得知二嬸開始跟同鄉的許大娘一起居住，兩老相伴，儼如親人，更覺得欣慰不已。接著他告訴對方年底的婚訊，強調日

後定必回鄉補辦喜事。二嬸一聽，話筒裡立時沉寂了數秒鐘，傅生也不知對方的反應，是否怨他不懂孝道。老爹走了不到一年，屍骨未寒。還有，還有，那跳樓輕生的堂弟，才不過走了不足半年，做堂兄的，便趕著籌辦婚事，能不教二嬸悲從中來，沉默以對？

二十七

　　泰華國貨這棟戰後的六層高建築物，是商住兩用的樓宇。地下側門，有一架起落貨物用途的升降機，專門運送貨物至泰華的三個樓層。每到運輸的時段，升降機的前方均泊滿載貨的車輛，最多的時候可以容納三輛貨車一起停泊。那天下午，剛巧是糧油部的新貨到埠，貨物由羅湖橋過關後直達此地。三輛貨車均載滿物品，除了柴米油鹽醬醋茶之外，還有麵條、米粉、罐頭、零食和乾點心。連藥材部的少量中成藥甚至文具部的新貨也塞滿貨車，由貨運工人落力地搬進升降機，準備送往三個樓層的不同部門。

　　葛農正在監察運貨工人的工作流程，指揮他們往哪一樓層送貨去。糧油部的葉姑娘協助紀錄，計算入貨量是否正確。幾名售貨員則留守店前招呼客人，出售貨物。由於今次的入貨量特別龐大，以配合泰華即將舉行的十·一國慶大減價雙周，葛農事前已經做了大量入貨預算，跟會計部的郭小姐相互比較，既要符合市場供應，又要預計貨物的種類和準確度，避免貨物囤積過多，血本無歸。

　　原本是總務部主管的傅生，這一向，為了活動的大小事務忙得氹氹轉。不是開會，便是聯絡各部門主管，交代及反映減價雙周的籌備進度。但他既然兼任了糧油部主管，理應盡力配合該部門的工作。傅生眼見葛農每次開會之後的報告均寫得有條不紊，言之有物，就一萬個安心，可以放手讓這位小伙子大幹一番。待得一切停當，才去匯報總經理卜正和董事長章力同等人。下班之前，葛農跟葉姑娘到寫字樓向傅生報告今天的入貨情況，傅生聽得明白，便用英雄牌墨水筆在送貨收據上加簽，那時候案頭的

電話剛巧大作，一把陌生女子的聲音在裡面問：

「傅先生，不，傅主管嗎？還記得我嗎？我是宋羚，女服工會的主席宋羚，掬彤的上司。」

「喲，宋大姐，妳好？」傅生大吃一驚，不知未婚妻發生甚麼事，有勞她的上司親自來電通報，急問：「掬彤出了事？她沒事嗎？」

「別緊張，她正在上班，忙著她的工夫，只是我個人有點事情想找你商量，才會致電給傅主管你。」宋大姐放輕聲線道：「上次五·一勞動節晚會上，我知道你新近擔任了糧油部的主管，新官上任，肯定很忙碌。但我現在有一事想跟傅主管談一談，希望你有時間聽一聽。是這樣的，女服工會正在籌備為祖國舉辦第二階段的訪貧問苦義舉，用意是幫助山區饑民和城市患腦膜炎的孩子們幹點善事，不知跟泰華國貨可有合作機會，為國內百姓和貧苦兒童出點綿力。我跟幾間國貨公司的西藥部門已經洽談過，他們很有興趣免費提供抗腦膜炎的中成藥，答應贈送兩噸高級大蒜丸到疫區，協助內地的醫療部門加緊防疫，避免更多孩子死於腦膜炎。至於糧食方面，我想約你談一談，看看泰華可否參與是次義舉，時間和地點由你決定。傅主管，說到底，大家都是香港的愛國同胞和機構，能力範圍之內，也該為黨為國家為人民幹點實事，這是義不容辭的事，你說對不對？」

聽對方的口吻，好像篤定泰華國貨一定會幫忙。傅生見葛農雙手抱臂直直的站在面前，葉姑娘則好奇地探視著傅生的寫字檯上的大疊文件。兩人正在等待他的指示，傅生便向他們揚了一揚手，示意兩人可以離開。拿起話筒，繼續跟宋羚對話，道：

「宋大姐，合作之事，非我一人可以決定，我要跟高層開會商討，妳就等我反映一下，過兩天給妳回覆。」

「一言為定，我就等你的消息。」兩人再寒暄幾句，也就掛線。

隔天他便向卜正反映此事。卜總經理跟宋羚原本不相熟，只在左派圈子內的一些宴會上屬點頭之交，例如在五·一或者十·一的大型活動上循例寒暄，僅此而已。但眾人都心裡有數，在這圈子中，此位宋大姐有其一定的江湖地位。明為小小的一位女服工會的領導人，暗地裡卻疑心她是中央人民政府直接委派下來的「女欽差」，因而為國家的大小事情出錢出力，

來頭理應不少。假如得罪了這位名滿左派長袖善舞的女子，後果可能非比尋常。最嚴重的是，一旦觸怒黨中央的神經脈搏，自然是自找麻煩，故為了泰華的大局設想，還是盡量配合，找個機會好好商談，向對方探探底蘊，看看內裡的葫蘆賣甚麼藥。假如參與是次義舉的花費不大，跟董事會便有爭取放行的機會。為了公司的長遠福祉，這也是一石二鳥的方法，卜正因而放手命傅生約會宋羚，還道：

「你跟葛農一起去見見她。既然葛農已經是糧油部的副主管，讓他多認識一些圈中人脈，擴闊交際關係，學習學習，對他來說，也是一種歷練。」

既然得到卜正的首肯，他便不能不正視，且要遷就宋羚的安排，考慮會面的時間和地點。宋羚在電話裡提議到港九糧油商會面談，因為該商會的會長杜塈手上有幾間辦館之餘，同時擁有成衣生意，現在也是女服工會的司庫，掌管工會的財政大權，是位財大氣粗有權有勢的人物。傅生曾聽掬彤說過，姓杜的，極可能被選為下屆女服工會的新主席，行內和工會的勢力正在擴張，是左派陣營中銳意扶植的政壇新星。

會面約在糧油商會的總部，傅生一如卜正建議，帶同葛農一起赴會。何況他已經是糧油部的副手，日後跟左派同業的聯繫便全靠他，故有責任跟這幫人士保持聯繫，擴闊工作的人脈網絡。

港九糧油商會在大埔太和路，傅生想起此處是早前新界區首樁土製炸彈爆炸案的案發現場，事件中導致幾名途人被炸，三人受傷，警方在四十八小時內抓到暴徒，犯事者被判五年刑期。入獄之前，警方還高調宣佈，舉辦了一場大型記者會，透露涉案者是一名年僅二十出頭的年青人。傅生今番踏足「現場」，內心難免有一份誠惶誠恐之感。

那天下午，他跟葛農從國貨公司乘的士直奔大埔。在車廂內，傅生不禁問葛農。

「葛農，你知太和路早前發生的案件嗎？」

「傅主管，你說的是土製炸彈爆炸案嗎？」

「對。警方捉到暴徒之後，並將他的容貌刊登到新聞紙上。我想，一位失業年青人，終日游手好閒，正是血氣方剛無處發洩的年歲，難免將剩

暴流

餘的精力錯放到暴力和恐怖的行動之上。」

「傅主管，我告訴你，他是我的夜校同學，跟我還熟稔。」葛農竟然這樣答，不禁教傅生大感意外。只聽對方繼續道：「我認識的劉雁群不是一位漫無目的、為人魯莽的暴徒，而是很有抱負和理想的年青人。他並非失業，而是在南豐紗廠勞資糾紛的傷人案中被僱主無理解僱的工友。他堅持上夜英專，就是想認識多一點西洋的第一手資訊，想了解多一點西方世界，期望以夷制夷，藉此提升國家和國民的生活知識和素質，跟洋人一比高下。平日他還不忘愛國，經常跟我暢談中國近代史。我對國家和民族的認知，多少來自他對祖國的熱忱和指導。至於放置炸彈一事，我懷疑，可能他是遭人陷害，卻甘願做代罪羔羊。我相信，以他的耿直和純良，事件不會那麼簡單。」

傅生望了一望坐在身旁的下屬，那瘦削高大、直鼻樑深眼窩、顴骨高凸的葛農有點兒陌生，不像平日在辦公室認識的那位年青人。兩人坐在的士車廂內，傅生感覺對方予人一份凜然自若的感覺。這是他頭一遭跟這位小伙子深入交談的時刻，覺得對方的說話亦很可信，不似無的放矢，更不像他原本想像的爆炸新聞一般的簡單。但事件真相，可能永遠沒有水落石出的一天。

的士司機打開了一邊車窗，颱風艾琳過後的天氣立時悶熱起來，一點風絲也沒有。午後的陽光直射進來，車廂內更覺翳侷，傅生的額頭和手心已不斷冒汗，連忙用手帕擦乾汗跡。

的士終於抵達太和路。由於前面的位置不能泊車，司機在距離目的地二十步左右的街角停了下來。傅生付過車資，兩人便信步向喜齡樓走過去。

喜齡樓是一棟全新的商住樓宇，港九糧油商會在四樓，兩人乘升降機而上。原來每層樓有四個單位。商會的大門用磨砂玻璃製造，半透著裡面的光線，隱隱看見內部有兩隻身影晃來晃去，加上燈火通明，猜得出裡面是新近完成的裝修。

玻璃門前原來有一道鐵閘，門旁裝有電鈴，葛農伸手輕輕一按，裡面走出一位穿著西裝的中年漢，面頰兩邊長著絡腮鬍子，帶著幾下咳嗽聲前

來應門。見兩位訪客，連忙伸出一雙大手掌，同時跟傅生和葛農緊緊握了一握，自我介紹就是杜塱。傅生把葛農介紹給對方，杜塱便邀他們入內。

甫進會客室，約有三百平方呎，丁字形一長一短的仿真皮沙發，居中一張玻璃小几，放著一瓶茶薇配插滿天星的花束，大剌剌的向外伸延，花姿顯得很霸道。牆上一塊銀框鏡面，亮麗地刻著「大展鴻圖」四個紅字。一張長形的「百鳥朝陽」錦繡字畫，用玻璃框鑲著，很有生意人招財進寶升官發財的意味。

「宋大姐要晚一點到來，我帶兩位參觀一下好不好？」主人家說道：「商會最近完成裝修，還像個樣子。平日就一名打雜的長工打理，每星期開會一次。就是開會那天比較熱鬧。會長、副會長和各理事都會到場，交流意見聯誼聯誼。我帶你們到會議室參觀參觀。」

一位長者已經用象牙托盤端來三杯熱茶。杜塱招呼他們坐下，請客用茶。這會議室足有九百呎，逾二十張小太帥椅足夠與會者同坐。杜塱正正的坐到長方形會議檯中央的主席位置，背後一幅毛澤東半身照，兩邊掛著直立的國旗和黨旗。毛像用玻璃相架框著。天花板光管的亮度反射出閃閃光芒，照得各人的面孔透白。牆左側一幅《沁園春・雪》的書法，正是國家主席的名篇，大紅草書的寫著「江山如此多嬌，引無數英雄競折腰」。牆右側則掛上一張秋海棠形的中國二十二個省份的巨型地圖，每個省份均配以濃淡不一的七彩顏料。只有各個自治區和內蒙古、新疆及西藏的邊界線條隱約可辨，予人虛實的感覺。

傅生再三細看玻璃框內那位穿著列寧裝束頭戴五星帽的毛澤東像，顏色鮮艷，就像人手加工過似的。見主席下唇靠左的那粒黑痣，大大的凸顯出來，就像飽蘸了墨汁重重疊疊的塗上去，變成一粒粗黑的浮雕，予人怪誕的感覺。傅生想起有人說過，這是一代梟雄的「王者之痣」。但為何加工得如此厲害？

「傅先生，葛先生，你們大概都知道我們邀請泰華國貨參與訪貧問苦的原因吧。」杜塱喝了一口熱茶後放下杯子便說：「去年女服工會曾經北上為祖國百姓送贈寒衣，今年則輪到港九糧油商會為國家的饑民出點綿力。你們該知道，自五八年起，黨中央推行大躍進政策，原本的用意非常

進取，希望國家的農作物收成可以在短時間內翻幾翻，可惜計算錯誤，事與願違，造成農產品收成大跌，全國糧食供應變得異常緊張，加上這幾年天災頻仍，不是水患，就是乾旱，小麥穀類等主要糧食均供應不足。為了減輕災情，國家連庫存儲備都幾乎掏空，各處出現饑荒問題，不少民眾因而餓死。橫死街頭的情況也偶有所聞，尤其活在偏遠山區的百姓。我們為了此事，連同香港幾間糧食鮮肉副食品的供應商及多間國貨公司聯手合作，希望向祖國饑民施以援手，盡量提供有限度的所須物資。雖說香港資源不多，能力有限，但作為愛國同胞，也該當仁不讓的加以協助。你們都知道，內地的農產品不許外銷，只准輸往港澳地區，用意是吸納外資，賺取外匯。這樣一來，就造成了內地糧食出現供應短缺的現象。今次第二階段的訪貧問苦，我們有機會向內地相關部門反映意見，希望國家能改善糧食內銷和出口失衡的情況，以解決現時祖國的饑荒慘狀。這一點，我希望宋大姐來到之後，大家可以進一步的交換意見。」

傅生心想，這位仁兄對國家饑民那麼熱心，是否想撈到黨中央頒發的「香港模範愛國同志」的榮耀稱號，贏取政治的本錢呢？但這樣想著的同時，又疑心自己「以小人之心，度君子之腹」。但反觀對方一句也沒有提及當前國內的政治亂局，究竟又所為何事？眾所周知，大陸現時大搞無產階級文化大革命，朝野內外，不是文批，便是武鬥。人人互揭陰私，個個相互暗鬥，力求爭取攻勢，伺機上位，從而奪權。其實新中國成立以來，假如沒有前幾年的土地改革、三反五反、反資反右、大鳴大放和連綿不絕的鬥爭運動，國家的執政者便可以專心一志的為民生政策幹點實事，內地所走的路，不就可以平坦一點？百姓生活，不就可以好過一些？何用勒緊褲頭過日子？沒有甚麼國家權力的階級鬥爭和奪權分化的亂象，中國的發展，不就可以安穩一點嗎？

傅生看著身旁的葛農喝了一口熱茶，那國字口面的杜塹則下意識地用右手撫弄著面頰上的絡腮鬍子，嘴角笑了一笑，似乎對自己剛才所說的一番話深感滿意似的。見杜塹正想開口再聊時，外邊已傳來電鈴的響聲，未幾，便見老後生領著宋羚走了進來。

「不好意思，來遲了，你們正聊些甚麼？不是聊著我的閒言閒語嗎？

幸而我磊落光明，沒甚麼是非可以成為別人嘴邊的話柄。你們繼續聊，別管我，我上這兒已經熟門熟戶了，可以自己招呼自己了。」宋羚坐下來便一輪嘴的說笑話。

「『不招是非是庸才』，宋大姐，妳有太多是非教人說不完。難得妳寬宏大量，一點不介意。」杜塱笑哈哈的說。

傅生見掬彤的上司一身素淨的旗袍，跟一向江青式的解放裝截然不同。短頭髮像微微電曲了一些，鼻樑上的黑框近視眼鏡更像簇新的，比從前圓形金絲框的顯得富態，令以往咄咄逼人的威脅性減掉不少。

傅生將葛農介紹給這位女士，又謝過她介紹地產經紀給未婚妻。四人便言歸正傳，老後生再次端上兩碟西點讓他們邊談邊吃，話題的氣氛稍稍輕鬆了一些。

「兩位先生，我相信杜會長已經交代了今次訪貧問苦的一些細節了。」宋羚道：「託杜會長的天大面子，現在已經有幾間大型國貨公司和辦館答應支持活動，主要是提供一兩噸罐頭和乾糧運往內地。一些公司，還捐贈麵粉、麵條、菜乾、髮菜、白果、薏米等不易在運送途中發霉的糧食，並且指定送贈給幾處嚴重受災的山區饑民。我們的義舉宗旨是不取民間一針一線，不拿百姓一分一毫。要盡心盡力救濟饑民，快馬加鞭的送抵災區，希望泰華國貨同樣以愛國愛民之心救助祖國，多有多捐，少有少捐，務求萬眾一心，集腋成裘。我們在此先替受災捱餓的國內同胞向貴公司表示謝意。」

「你們的義舉何時開始？會否邀請泰華的代表一起前赴災區參與活動？」一直沉默的葛農終於開腔發問，傅生覺得對方的問題相當理智和合理，不禁點頭表示贊同。

「我們希望入冬之前可以成行。」杜塱答：「我們的對口單位是中宣部和國家農糧部，還有增產節約委員會等幾個部門。至於支持單位的香港代表，是否會被邀回國，現在仍在研究中，主要考慮扣除活動經費後的財政條件能否承擔。但預計參與一方的北上路費，則由參與者自行負擔。」

「捐助糧食的問題，我和葛農都無權作出最後定案。」傅生補充道：「今天初次了解之後，我們會向上頭反映，稍後給你們正式答覆。」

「這個當然，我們就等你們的好消息。」杜壑站起身來便跟兩位客人握了一握手，跟著走到中國地圖前交代物資運往幾個山區的路線，全都是河北省和河南省鄰近的高地和村莊，主要是接近首都範圍。一些山區名稱，更是傅生從未聽過的。

四人談了約莫二十分鐘，主人家便招呼客人享用西點。宋羚一面吃，一面理著一頭微曲的短髮，開腔問葛農：

「葛先生，你還年青，在愛國機構辦事大有作為。聞說你是《青年樂園》的業餘主編。這份校園刊物，現正分發到全港的左派學校，激起愛國學生們對社會問題的關注和反思，連帶喚起莘莘學子參與反英抗暴的熱情，很了不起！假如在國內，你就是知青，真正是『筆桿子出政權』的一個典範，也就是斯大林（Stalin）所說的『人類靈魂的工程師』。」

但見葛農無甚反應，只一味的笑而不語，杜壑便趁勢問他的出身，只聽葛農答。

「小時候，我家在廣西桂林種地，是貧農出身，小學畢業後才到香港。」

「啊！真是根正苗紅的好青年。」杜壑和宋羚齊聲叫好。

傅生一聽，如雷灌耳。原來葛農編輯的那份刊物就是《青年樂園》。他聽成成說過，也聽蓟老師提及過這份雜誌的內容，都是灌輸左傾思想和愛國觀念的校園文章和圖片，以中學生的詩詞歌賦及小說散文來歌頌祖國偉大建設及批評資本主義社會的不公不義作為創作的宣傳讀物，並且介紹毛詩毛選，甚至以推崇革命先鋒如雷鋒、董存瑞、黃繼光、邱少雲和劉胡蘭等人的英雄事跡作為基礎，偶然還引述一些陳毅副總理甚至周恩來總理等高層對內地各大小運動和政策所發表的演辭。總而言之，就是讓香港左派學生緊貼大陸文革思潮的一份雜誌。至於反英抗暴的內容報導，傅生則從未得悉，也就不得而知了。

跟這位小伙子共事了短短兩個月，現在才知對方是位如同小莊一般的「赤化份子」。但他年青，那極左的思想大有「青出於藍勝於藍」之勢。從前他覺得對方為人忠厚善良，做事有條不紊，對人不卑不亢，是位可造之才，但現在他不禁要問自己，是否需要重新估量這位年青人的品格？不，是政治上的品格才對。但願身旁的這位小伙子，不至於走上更偏激和

更危險的政治路線。

二十八

閔叔送走了他的主人禮賓司司長麥克格爾先生前往倫敦述職之後，享有兩天假期，掬彤便想儘快將《售樓說明書》送到父親的面前，看看老人家有何意見。

下班時分，閔叔駕車到女服工會的樓下接載女兒，然後轉往泰華國貨等候傅生收工，三人便一起前往佐敦道碼頭，打算坐汽車渡輪齊齊過海，然後直奔司徒拔道。

在車廂內，掬彤坐到副駕駛位置上，急不及待的將《售樓說明書》遞到閔叔的眼前，欲想得知父親的第一反應。

「傻女，急甚麼？妳要當心老竇駕駛耶。」閔叔一面揸緊軚盤一面笑。雨絲滴答滴答的打在車窗前，閔叔開動兩枝水撥，水撥左右左右的刷動著車頭玻璃上，咯吱咯吱的發出聲響。

「牛一，等一下，你到老竇的家裡，準會教你意外驚喜。」掬彤放下說明書，從手袋掏出一管唇膏來補妝。

「又不是甚麼大不了的事，不過買了一台電視機而已！」她的父親搶先透露，還補充道：「是我們的廚子明哥給我出的主意。他的叔伯兄弟開了一間電器舖，可以給我打個七五折。我覺得多點娛樂節目也是好事，隨即決定買下來。牛一，你知嗎？聞說英國皇室成員來港訪問，新馬師曾將會作御前表演，演出的是《一把存忠劍》，麗的映聲預先錄播，稍後放映，我便可以安坐家中欣賞了。」

傅生想起前幾年曾經主動購票邀請閔叔看過新馬仔的神功戲。有次還在利舞台的門前通宵輪候《光緒皇夜祭珍妃》的戲票，為的是投其所好，博取對方的歡心，贏得他的掌上明珠的芳心，尤其在投身社會後正式展開追求掬彤的初段，「外父攻勢」更層出不窮。但現在他的女兒將會成為他的另一半，這種追求的手段，大可按下不表了。

車子駛入汽車渡海小輪的下層，維港正是華燈初上的時分。雨絲細細的下著，打在渡輪下層的鐵欄杆上。這是傅生首次搭乘汽車渡輪過海，感覺異常的新鮮，尤其身邊兩人將會成為自己的至親，心情份外顯得輕鬆。

　　閔叔害怕吹海風，留在車廂內閉目養神，掬彤和傅生則走到船邊，靠著鐵欄杆觀看海景。船頭的馬達聲相當響耳，浪聲也大，相互地吵得聒噪。只見腳下的海水夾著一堆堆的垃圾翻起白一片黑一片的波光，掬彤的一頭齊肩的頭髮被海風吹得凌亂。她用幾隻髮夾嚴嚴扣上，又用橡膠圈重重束住，還是無濟於事，惟有走回車廂，留下傅生一人獨自憑欄欣賞東方之珠的夜色。

　　細雨濛濛，卻一點不減維港兩岸夜色璀璨的美景。霓虹燈光的倒影紅、橙、黃、綠、青、藍、紫的在岸旁的海面閃躍，粼粼皺皺的蕩漾起來，廝殺得異常激越，夾著海風，吹到他的身上，在盛夏的夜晚感到一份清爽的快意。但傅生穿著短袖間條紋路的恤衫也覺單薄，不禁打了幾個哆嗦。他記得上次觀賞維港景色是去年四月，正是天星渡輪提議加價引發全港市民掀起反對浪潮的時候，然後他和小莊走到海運大廈，看罷美國第七艦隊的指揮艦停泊在碼頭的雄姿之後，沿著海邊，便見對岸招商局大樓的外牆從天台懸下來的一幅寫著「戰無不勝的毛澤東思想萬歲」的大型布幔。現在這幅布幔，是否仍在高高懸掛？

　　他向西環的方向望去，那筆直的布幔在夜色中還清晰可辨。布幔在晚風中輕輕搖曳，就像一個黑色的巨人直直的站在那邊向人招手，運用它的魔法，操控著香港部份左派人士的中樞神經，令人目眩之餘，同時感到困惑。今天，他自己快要成家立業，然後將會擁有他和掬彤的下一代，開展人生的另一頁，而他的好友小莊卻在哪邊？是否仍舊朝著他自己既定的人生目標進發？但對方所走的路，肯定比自己艱難得多。然而，這是好友的個人選擇。但傅生相信，小莊將會為自己的政治抱負不斷犧牲，甚至燃燒殆盡自己的生命。

　　那天晚飯，江父不打算外出用膳，改在家裡吃一頓家常小菜，由禮賓司府邸的御用西廚明哥親自下廚。明哥雖是西廚出身，閒來時也愛煮幾道廣東菜，連燒臘鹵味也懂得自行烤醃。這一晚，適逢他下午休假，一早便

在下人專用的灶房做了九款地地道道的小炒，四人高高興興的在閡叔這間二百平方呎左右的斗室用膳，預祝閡叔的女兒和未來女婿快將喬遷之喜。

「牛一老弟，」明哥舉起酒杯先行喝了一大口，接著道：「你和掬彤年底的婚宴就包在我身上，包管你們稱心滿意，來，來，來，先飲為敬！」一面喝，一面拿起檯上的一瓶威士忌，續道：「這瓶強尼華格（Johnnie Walker）是你準丈人的傳家之寶，珍藏三十年，今晚我有幸品嘗，一定要不醉無歸。」

「阿明，高興歸高興，當心身體，還是少喝為妙。」閡叔在旁勸止，順手啟動五桶櫃上的十八吋黑白電視機的按掣。未幾，畫面便出現花王洗衣粉贊助的遊戲節目，閡叔看了一看，覺得沒甚瞄頭，便將音量調低，低至僅可收聽的程度。

「牛一老弟，你知嗎？這台電視機是從我叔伯兄弟的店舖搬過來的，算是半賣半送了。」明哥一杯接一杯的說著，但飯桌上親手炮製的佳餚卻未曾動過一箸，續道：「還有，麗的映聲的台費也有折扣，我叫你準丈人火速購買，不然，便錯失良機。」

「明叔叔，你的魚腸蒸雞蛋太好吃了，何時教我動手炮製？」掬彤再次挾上一把魚腸送入口，邊吃邊說：「我嚷過你多少遍也沒下文，氣死我了！下回真的要向你拜師學藝。」說畢，已經將剩下的半碟送到自己的飯碗上。

「明哥，為何只管喝酒？吃點東西下下酒氣，空肚子喝總不太好。」傅生一面勸說，一面幫明哥挾上兩片鹵水鵝掌。

「罷了，罷了。我是喜歡做菜不愛吃菜的人。看著你們吃得滋味，便挺高興了！」

「你們不知道，這位廚子，肚子只裝酒精，是隻『酒笪箕』，其他食物都嚥不下，所以患上中期肝硬化，現在還死性不改。」閡叔一手奪走對方的那瓶珍藏的強尼華格，準備充公。

「『人生得意須盡歡，莫使金樽空對月。』老江，何必呢，讓我今晚喝個痛快！」明哥一把搶回酒瓶，繼續往酒杯裡斟，「我一生沒甚麼嗜好。不是有酒相伴，早就一走了之了。」

暴流

傅生知道明哥早已是「酒入愁腸愁更愁」。見他的面容沒半點泛紅，反而越喝越黑面，似乎是酒氣入肝，傷及脾胃，說話也開始語無倫次，頻頻數說起自己的前塵往事。

　　「牛一老弟，你準丈人是最了解我的朋友了。我常說，我最敬重的是死去的父親。他是家中的老大，是文盲。為家計，一早便出身，不像我家兩位叔叔曾經唸過私塾，多少有點兒文化。父親在一九零四年開始參與建造九廣鐵路的工程，在沙田大圍山區長年從事開山劈石的粗活。由於日曬雨淋，練得一身古銅色的膚色，體格因而很健碩。由於長年操勞，終於敵不過癆疾之苦，最終死於肺病。但我父親在締造中港鐵路運輸的歷史上算是當中一位無名英雄，值得我們懷念和歌頌，尤其他是我的至親，一生勞碌，就是為了養活一家人。他的不朽，比起我開電器舖和酒樓的兩位叔叔，不知偉大多少倍。沒有父親的勤奮，也不會有兩位叔叔的成家立業。牛一老弟，你看，這張照片，就是他跟一眾鑿石工人一起工作時，無意間被訪港的英國皇家御用攝影師拍攝下來的得獎沙龍。你看清楚，前排下方最左的一位，就是家父。我將照片一直帶在身邊，從未離開過我半步，就是要好好紀念老人家。」

　　傅生一看明哥遞過來的黑白照片，照片上的男子跟明哥的長相非常相似。地點是興建中的列車路軌前。在烈日當空下，這男子頭戴草帽，手執鐵鎚，正在蹲身鑿石塊。但面孔恰恰對準鏡頭，露出笑容，還展現出一排整齊的貝牙齒，跟身邊幾位工人的木訥表情完全兩樣。赤膊的上身和寬大的胸膛挺得悍壯，就跟明哥的身高和體形倒模一般，難怪對方那麼懷念自己的父親。

　　外邊的老媽子走進來叫明哥接聽電話，明哥一走開，掬彤便開始收拾碗筷，一邊追問閡叔有關明哥「妻離子散」的原委。

　　「不就是抽大煙闖的禍嗎？」閡叔抽起飯後煙，又遞了一根紅人牌香煙給傅生。傅生嫌嗆喉，搖手婉拒，自己卻掏出良友香煙來抽，但聽準丈人繼續道：「明哥年青時喜歡抽這個，」一面說，一面翹起左手的大拇指和尾指放到嘴角，擺出吹鴉片的手勢，「但婚後也不改，還要賣屋賣田賣女兒的繼續抽。他老婆一怒之下，便帶同兩歲大的孩子跟男人一起跑掉，

186

釀成妻離子散的下場，幸而最終他戒掉，並在么叔的酒樓學廚藝。但現在每逢跟他喝酒聊天時，灌多兩杯，便會追憶往事，大發牢騷。哎！這叫『一失足成千古恨』。雖說每人都曾經有過年少輕狂的日子，哪一位可以像慈善伶王新馬師曾一般的可以合法抽福壽膏？聞說連英女皇也頒了個正式牌照給新馬，讓他名正言順的抽大煙。」

「哼！你們這些男人，做事不恬後果。做錯了，就來懊悔，管用嗎？」掬彤一面說，一面摺起飯桌上的餐布，然後拿到灶房去，剩下兩個男人坐在房間看電視。

公仔箱內的花王洗衣粉遊戲節目剛好播完，換上廣告時段。室內的書檯上放著一台搖頭晃腦的電風扇，電風扇的黑色倒影剛巧反照到電視機的螢光幕前。涼風半月形的吹過，將一室吹得無比清爽。

「閔叔，你要告假才能欣賞新馬的電視節目了？」傅生一面看電視一面問準丈人，還悠然自得的抽煙，但並未留心眼前所播的廣告。

「星期日，我特意小休半天，就是為了晚上可以收看他的慈善演出。」閔叔答：「你有興趣，便過來陪我一起看。上次看新馬，已經是他多年前在利舞台病癒之後的復出表演了。」

「沒問題，但要問問掬彤的意思。」傅生答。

電視機開始播送一齣名為《今日中國》的紀錄片，是前些時一個非官方的英國廣播機構接受黨中央和領導層邀請前赴內地拍攝的節目，內容分四集，分別介紹中國農村、重工業、改革運動和文娛活動。這一晚，剛好播出最後一集，專門介紹文革時期推出的改良戲曲。

傅生打起精神來，因為有興趣了解一下這些樣板戲在老外的眼中是怎麼的一回事。想不到這種被主席夫人吹捧出來的表演藝術，如今變成洋人眼中的「時髦玩意」。傅生這些愛國學校畢業的男生，投身社會後，大陸才推出這種「新鮮事物」，甚麼《江姐》、《白毛女》、《紅燈記》、《杜鵑山》、《沙家浜》、《紅色娘子軍》和《智取威虎山》等他都看過。連南方創作的《山鄉風雲》也曾欣賞過，大大小小，不下十齣八齣，全是在官方或非官方的場合得以目睹。多半是在半情願或非情願的情況下大開眼界。

暴流

一想起《山鄉風雲》，傅生自然想到沙芬來。有時候，他想多了解一點這位女子的內心世界。但他問自己，為何要多了解她？是否心底對這位女子埋藏著一種難以名狀的好感？時不時誘發出一點好奇心。他多次理性地警告自己，自己已經是即將為人丈夫的男人。可幸的是，人的幻想世界和現實世界是兩碼子的事，不然，他會破壞自己親手鋪好的幸福人生。

這位前度堂弟婦現在不知身在何方？是否仍在天津京劇團參與樣板戲的演出呢？上次跟她聯繫，就是給她寄出傅永的遺書後收到她的回覆，此後便杳無音信。他知道，際此大陸翻天覆地的動亂時期，要內地民眾保持一點海外親友的關係比登天更難。他想起沙芬的容貌，那張在《甲午風雲》廣告彩畫前的留影。高挑的身材，長及雙膝的一條連衣裙，襯著外罩的湖水藍色背心棉襖，外形多麼清麗。長長的兩股髮辮，微深的眼窩，黑黑的膚色。面頰上淺淺的兩隻酒窩，笑起來多麼迷人。但這張照片，也不知塞到哪兒？是否生怕掬彤發現了會出事端，因而秘密地收藏起來，連現在也忘記了藏到哪兒？傅生努力地回想，還是想不出自己收藏到甚麼地方。即使自己和沙芬毫無關係，留著的照片只作紀念。但他明白，女人就是女人，天生醋意，對這些事情總是疑心，會將此事牢牢記住，對所有有可能的情敵尤其如此。他慶幸自己沒有向未婚妻坦白此事，他希望自己跟掬彤的感情是「初戀到白頭」。

二十九

電視機真的播出了天津京劇團的演出。戲碼是《智取威虎山》，並且由沙芬擔當女主角，扮演衛生員白茹一角。

這齣樣板戲，傅生知道是改篇自曲波的長篇小說《林海雪原》，是解放前非常流行的抗日小說，描述北方一支游擊隊伍在山林雪地打日本鬼子的抗敵故事。二十二歲的男主角少劍波是雪地游擊隊的年青參謀長，在戰區認識了多情的十八歲姑娘白茹。《白茹之心》那一段少女傾慕英雄的情節，是全書最浪漫最迷人的一章。寫白茹為少劍波縫補破棉衣，然後披到

剛熟睡的男主角的身上。白茹那患得患失、心似轆轤的少女情懷，寫得千迴萬轉，絲絲入扣。加上那思前想後、愛嗔交煎的懷春心態，更道出了女主角蕩氣迴腸、動人心魄的情思。傅生在校園唸書的時候曾經讀過，印象中此段最美，是全書硬繃繃的氛圍中最抒情感人的部份。

傅生想不到樣板戲保留了《白茹之心》的這段選曲。看著螢光幕前沙芬那情竇初開的少女造型，近鏡頭倒有年歲上的差距，幸而造手、台步、唱腔和關目等都很出眾，細緻地補救了先天不足的缺陷。起碼比上次在廣州看她演出的《山鄉風雲》成熟得多，可供發揮的地方比比皆是。

電視畫面打出了字幕，當唱到「你這個大英雄，是黨培養出來的，是群眾培養出來的。一切歸功於黨。一切歸功於群眾」時，扮演白茹的這位女子，真的唱得氣宇軒昂，熱血沸騰。歌聲的慷慨激越，鏗鏘有聲，在在都顯示出英雄兒女、女中豪傑的氣概。但一瞬間，這女子的一個轉步和一個表情，又流露出春心蕩漾情苗初發的韻致，一字一句的唱出：

「但為何你叫我白茹同志，不能親切一點的喚我名字。喚我小白也好。喚我小白鴿也好。不要喚我白茹同志那麼冷冰冰的。如果對我沒意思。為何對我熱一陣冷一陣的呢？」

這一段，一共重唱了兩遍，最後竟唱出了兩行珠淚。那懷春少女的柔情似水，是一聲聲的斥罵和一句句的怨懟、是一下下的悲鳴和一段段的自憐，效果真的扣人心弦，尤其為睡夢中的少劍波蓋上破棉衣的一截，歌聲與情韻俱一絲不苟，真正做到文情兼備、水乳交融的演出境界。

傅生看得入神，直感到這段演出像極傳統的中國戲曲。尤其像《碧玉簪》中的《三蓋衣》。那齣戲曲，傅生印象猶新，因為是初中畢業時老爹特地從宿舍帶他外出一起觀賞的，這也是長年臥病在床的母親罕有的一次跟他們兩父子一起觀看的電影。一家三口，到西環的太平戲院看了這齣由上海妹和廖俠懷合演的《碧玉簪》。看畢，還在外邊吃飯。這也是他最後一次和母親外出遊樂的經歷，故沙芬的演出，整個地把他迷住，連手上點燃的香煙也沒覺察，煙頭快要燒到他的指尖，燙得他微微發痛，連掬彤走近他的身旁也不知道，直至對方拍了一拍他的肩膀，長長的一段煙灰立時散落一地，這才如夢初醒地定個神來。

暴流

「傻佬，看甚麼看得那麼入神？」掬彤笑罵道：「老寶，都怪你，日後我老公成了電視迷，不務正業的話，我便跟你來算賬。」

「可有這麼嚴重麼？你的牛一哥正被女色所迷，看得傻眼傻臉了。」江父擺開一盤中國象棋放到書檯上，準備跟準女婿對弈一番。

「哪位女子有本領吸引我這位柳下惠，我便跟她拼個你死我活！」掬彤趨前認真細看螢幕上的畫面，見正在播送樣板戲，並且到了折子戲的尾段，就是白茹跟少劍波話別的一截。

「哼！不知所謂，誰稀罕看這些餿戲曲。」掬彤輕罵了一句：「牛一，你記得嗎？去年女服工會北上送寒衣的時候，我和同事們待在首都，連續三晚，就是要被迫觀看這些餿片子，悶死人！」

「掬彤，妳看清楚！這位女主角，就是傅永從前的老婆，名叫沙芬，現在是天津京劇團的當家花旦，演得挺不錯，比從前的演出進步得多。」傅生對她說，眼睛卻望向閔叔，有意掩飾自己的興奮神情。

「就是她？跟你堂弟離婚之後還要逼死人的女人？天煞魔女的害人精？」掬彤再趨前兩步細認，認清沙芬的容貌，然後從鼻腔大大的哼了一聲，跟著一個短促的笑語，道：「也不是甚麼國色天香，妝扮起來，就是一個『土』字，怎比得上我們摩登入時的香港美女耶！」

傅生覺得未婚妻對前度堂弟婦的看法有點兒偏激，是一貫的主觀和偏見，內裡不無酸溜溜的意味，就像上次他向掬彤透露有關沙芬跟傅永仳離導致堂弟神經失常墮樓而死之時的一貫反應，抱怨沙芬的天生美貌，卻是百折不扣的「紅顏禍水」。這是否女人對女人無理性的慣常偏見？他慶幸自己沒有將私藏沙芬照片的事告知掬彤，不然，也不知她會如何猜想未婚夫和堂弟婦的關係。

閔叔已經擺好了一盤殘棋，打算跟傅生對決。剛才進來叫明哥接聽電話的那位阿媽再度出現。這次是叫掬彤接聽，說一位女子正在話筒裡等她。掬彤好生奇怪，不知誰人得悉她的行蹤，連忙步出房間接聽。

殘局下了幾步，看來閔叔的棋藝更見精進。大概因為對方閒來時便跟明哥切磋較量，不似傅生疏於訓練，每況愈下。即使有空觀摩對弈，傅生都不過是頷首觀戰，少有親征，棋藝自然毫無寸進。

「不姣（好）了，大事不妙了！」掬彤從外邊甫進來便大聲叫喊：「淳妤的婆婆被抓到警察局，被控傷人，正在保釋候審。傷者是他們的鄰居，外號叫『太上皇』的那位漢子。聞說『太上皇』傷及後腦杓，半昏迷後便被送到醫院，剛才甦醒，跟著便向淳妤的婆婆提出起訴，差人正在調查之中。」

「現在怎麼辦？」傅生連忙追問：「要不要到差館了解一下？看看有甚麼可以幫忙？」

「淳妤何以知道妳在這兒？」闊叔問女兒：「找妳找得緊，一定心裡發慌了。」

「她曾分別致電到我家和牛一的住所，都找不上，便嘗試打到這兒碰碰運氣，話筒裡哭得死去活來的。」掬彤答。

回家之後，掬彤便跟淳妤再次聯絡，才知淳妤的婆婆傷人之後被拘留在差館盤問了數小時，最終由黃小興保釋外出，等候排期上法庭。老人家回到家裡還驚魂未定，沒多久便病倒起來，身體一度很虛弱，幾近休克，需要送院觀察幾天，現在打了幾口鎮靜針，又服過幾片安神丸，才漸漸恢復意識。翌日淳妤告了一天假，待在醫院看望婆婆，照料吉童的差事便由掬彤暫時代勞，女服工會的工作自然打住了。

下班之後，傅生趕往廣華醫院探望黃母，順便了解事件的始末，看看有甚麼可以幫忙。一進普通病房門口，便見黃母的病床位置。黃小興已經坐在床沿細問母親的病況，站在一旁的淳妤則拿起湯碗，正在替婆婆盛著竹絲雞湯，準備侍候她飲用。

「老媽子，甭怕，這是意外，是妳自衛傷人，無須負刑責，何況我有錢，準會聘請一位資深大狀替妳打官司，告到那瘋子裙拉褲甩。」黃小興一輪嘴的跟母親說話，算是安慰老人家。

「別再說，我年紀大了，還怕甚麼？叫他們有膽量便抓我坐牢！」黃母一面喝雞湯一面道：「但孩子啊！我最放心不下的就是你。倘若我下獄，你和吉童怎麼辦？你別再說有錢無錢的話。今天你在澳門新花園贏了大錢是你走運，明天也許輸光輸淨，這叫『三更窮，五更富』。你做人，最要緊瞻前顧後的替人設想，有錢的時候便該珍惜，別『冤枉來，瘟疫去』的。

暴流

試想想，哪個賭仔會一輩子走運？要記得『輸錢皆因贏錢起』。聽老媽子的話，別再賭錢囉！」

「哚！哚！哚！別詛咒我好不好？」黃小興大聲道：「老媽子，妳碰上我走運的時候說這些話，是詛咒我輸了錢才覺安心？」

傅生看慣了黃母平日塗脂抹粉花枝招展的容貌，現在完全卸了妝，且穿起病人衣服，連假牙齒也脫掉下來。病床上的這位老婦，簡直就是另一個人。

兩母子的體己話你一句我一句的說著，根本當傅生是個透明人。倒是淳妤的表情帶點尷尬，一臉靦腆的望住傅生，跟著將湯水遞到婆婆的嘴邊，勸她趁熱多喝一些。

傅生將帶來的半打橘子放到小几上。又向病人問好，然後跟黃小興略略點了點頭，但笑容一點也沒有。對這位賭徒和不負責任的男人，他和掬彤都一直沒有好感，奈何對方是誼妹的老公，跟他交往，是給淳妤的面子。其實，心裡不時替誼妹叫屈才對。

「牛一哥，謝謝你和掬彤姐的幫忙，暫時替我們照顧吉童。」淳妤說著的時候，傅生看見她眼泛淚光，心頭也像被鐵砧重重地鎚了一下似的。

「別說這一些，現在要設法安頓伯母這樁官司最重要。你們打算如何聘請律師？我有一位相熟的人選可以介紹，但要聽聽你們的意見。」傅生建議道，內心早已想起上次蒯老師替參與非法集會被判入男童院的兩名學弟辯護的那位費律師，便對淳妤說：「總而言之，大家從長計議，沒解決不來的問題。」他的眼睛一直沒有直視黃小興，只用眼角偷望對方的反應，因為對方始終是一家之主，有責任處理黃母的這樁官司。

「不必了，牛一哥。打官司，我在行。」但聽黃小興的口吻好像胸有成竹的，「你知嗎？我們做政府公務員，在徙置事務處認識上百位第一流的大狀，熟識的太平紳士也不少，就是英籍法官也為數許多，何用牛一哥你來操心？你就等著我們的好消息。」

一句話，直教傅生五內翻騰，好不氣結。但看在淳妤的情份，傅生只好沉住不發作，心想，「是否自己愛管閒事，枉作小人呢？但我長著眼睛，看看你這位姓黃的如何收拾？」

只聽對方接著對老婆說道：「淳妤，現在希望老媽子能否極泰來，逢凶化吉。妳回家便要天天上香，祈求歷代祖宗庇祐。最要緊用柚子葉洗擦門楣，潔淨神位，去去黃門列宗列祖的烏氣。」

淳妤一面伺候黃母喝湯水一面點頭。傅生覺得這個男人滿腦子賭徒的迷信思想真的難以溝通，惟有默默站在一旁，伺機離開。又向四周望了一望，見這間普通病房較上次蒯老師入住的大房要小一點。一間病房，兩邊排列著不足二十張的病床，三面窗戶，一律面向花園，環境甚佳。病人十之八九都是年逾半百的長者。院方大概特別體恤老人家，讓家屬可以帶同他們四出走動。出入的看護也不少，一些還是上了年歲的洋看護。

黃母剛喝完一碗竹絲雞湯，傅生便趁勢告辭。在慶春里附近的食肆草草用過晚飯，回家後便打了一通電話給掬彤，告訴她有關黃母的病況，也聽聽未婚妻今天接送吉童上學的情況。談不到幾句，便將當日黃小興的氣焰之處一一道破，還怨自己枉作小人，一片好心，卻換來對方的一輪冷遇。說著說著，怒火不禁炸了出來。

「牛一，假如我是你，看我如何收拾他？」未婚妻在話筒裡替他不值，原本沙啞的聲線變成哽咽，大聲道：「你也心知肚明，姓黃的是借題發揮，發洩內心積壓已久的怒氣。他也並非傻瓜，日常心態，盡覺我們在淳妤的面前挑撥離間，破壞他們兩夫婦的感情，故而藉詞嘲諷，反唇相譏。他也不想想，檢討一下自己何時盡過為人老公為人老竇的責任？我們替他照顧孩子善待老婆，不知是否前世欠下他的今世在還？」

傅生自覺再數落那個男人的不是是自尋煩惱，不值一哂，惟有囑咐掬彤明天好好照顧乾兒子。匆匆數語，也就掛線。

三十

根據淳妤的說法，事發當晚，黃母在李鄭屋徙置區的女公共浴室正在洗澡，浴室內空無一人。正在更衣時，見一隻黑影在窗外晃動，黃母嚇了一跳，驚叫起來，大喊非禮，連忙拿起腳下盛著洗臉盆的一塊大磚頭衝了

出去，也顧不得身上只穿著褻衣褲，奔出門來，便見太上皇那瘋子站在一旁，咧起門牙，張開嘴巴的笑。她婆婆一怒之下，大力推了對方的胸口一把，舉起手上的大磚塊便向對方的頭蓋砸過去，但未成功，那瘋子這才反應過來，大喊救命，急步從第一座的長廊奔下樓梯，黃母一逕尾隨緊追，邊追邊嚷。太上皇在慌忙之中，從三樓樓梯直滾到二樓。黃母還不罷休，追至二樓，從後抽住對方的衣領，把瘋子的上衣大力撕破，狂性大發的將手上的大磚塊向對方的後腦构砸過去，砸得他頭破血流，鮮血直冒，幾乎暈了過去。那時候第一座的居民已經發現出了大事，連忙奔到現場，立即報警。一些更往黃家通報消息，淳妤直奔下樓，見婆婆早已呆若木雞的蹲在二樓的梯間，一言不發的用雙手蒙著頭蓋，輕聲飲泣，儼如癡人。而太上皇則昏倒在地，滿臉鮮血的躺臥梯間。

　　由於事發之時並無第三者在場，而太上皇這位瘋子的神經病狀又回復正常，口供清晰，言之鑿鑿。警察到場之後，亦見淳妤的婆婆手持大磚塊，雙手沾滿血跡，便判定老人家蓄意傷人，即場拘捕了她。

　　淳妤也感奇怪，那瘋子對黃母似有特殊的好感，難道真的是位色情狂？平日瘋子遇見婆婆，碰面之時，總會有意無意的用手肘觸碰婆婆的胸部或者背脊，像對這位風韻猶存的半老徐娘甚感興趣似的，但想不到他會偷窺，在沒人發現下躲在女公共浴室的窗外幹此勾當。但現時在「沒有人證，只有凶器」的情況下，對她婆婆的這樁官司未敢樂觀，加上要照顧受驚患病的婆婆，這一向，淳妤便疲於奔命。掬彤了解誼妹的景況，能不設法幫上一把，竭力替她照顧吉童兩、三天呢？何況她深具母性，對孩子額外疼惜。她跟傳生不是早有共識？日後結婚，一生便要生四個。最好是兩男兩女，湊足兩個「好」字。

　　翌日傳生下班後便趕往掬彤的住處，找出鎖匙，一進門來，便聽見乾兒子的叫喊之聲：

　　「乾爸，乾爸，過來看看，過來看看，螞蟻排班了！螞蟻排班了！」

　　見孩子蹲在牆腳跟的一角正在好奇的探視，原來地上遺下一小片忌廉蛋糕的碎屑，孩子的嘴角還殘留著一抹忌廉漬，便知他剛才吃過蛋糕，不慎將碎屑跌到地上，惹來螞蟻的垂涎，排班似的前來光顧。

「吉童，你壞了，不是個聽話的小朋友了。」掬彤已經從灶房端出飯菜走了出來，見狀便道：「乾媽告訴過你甚麼？不許偷吃，忌廉蛋糕放在盒子裡，是我們明天的早餐。偷吃東西，就不是好孩子。下次想吃，先告訴乾媽，知道嗎？姣（好）了，快來吃晚飯。」

傅生拖著吉童的小手坐到飯檯前，掬彤用毛巾抹乾吉童嘴角的忌廉漬，見吉童苦著臉兒，斜歪著小嘴開始吃飯。

「淳妤的婆婆今天如何？淳妤跟妳通過電話沒有？」傅生一面扒飯一面問掬彤。

「嬤嬤怎麼了？我要嬤嬤，我要回家見嬤嬤！」吉童聽罷便淘氣起來，放下手上的飯碗，瞪大眼睛問大人。還是掬彤逗了幾句，才按住他的孩子氣，跟著便對傅生說。

「淳妤說她婆婆需要留院觀察兩、三天，畢竟，已經是位年過半百的婦人。她叫你替她多告三天假，我要多帶吉童上學幾天。今天我帶吉童上學，跟善導幼稚園的校長朵琳女士面談了半句鐘。她真是位了不起的洋婦人，我將淳妤婆婆的官司告訴對方，她說有甚麼需要便儘管找她，真是位大善人。牛一，你知嗎？朵琳校長正在幫助大圍香粉寮的汕尾婦女，出錢出力的改善她們的起居生活，送米贈糧的救濟她們。此批潮婦，男人大多數外出打工，女人日常便以繡花手藝賺取工錢，補貼家計，工夫卻了不起，尤其繡花布手袋，大受洋婦的歡迎。但此批潮婦的家中一直欠缺油燈，晚上趕工時沒有足夠的燈火照明，因而多患眼疾，生活異常清貧。原本汕尾潮婦是教會救濟的目標群眾，由於她們不願信教，最終被教會放棄。朵琳女士因為跟教會意見不合，早已脫離聖公會，便自告奮勇的接濟她們。基於她們居住的寮屋區沒電力供應，晚上只靠洋燭照明。一次大火，將香粉寮的十多間木屋燒燬殆盡，潮婦的生活更見淒涼，牛一你說……」掬彤連珠爆發的說下去，一粒米飯都沒扒進嘴裡。吉童聽著，也好奇地望住滔滔不絕的乾媽。

「好喇，好喇，邊吃邊說，菜都快涼了！」傅生煞停了未婚妻的話，又看看吉童的食相，見他嘴角留著兩粒飯屑，便笑道：

「小傢伙，難看死了！是否要留待消夜的時候才吃下這兩粒？」隨即

用指尖替乾兒子擦去飯屑，孩子不知就裡，抓著一雙筷子嘻嘻地笑，露出前排脫落的門牙縫，樣子更加可愛了。

飯後捆彤收拾碗筷，才發現家中沒有鱉魚肝油，囑傅生下樓買一瓶，且道：「下星期朵琳女士組織了幾位家長充當義工，到大圍香粉寮為潮婦送贈火水燈和油燈燈芯，改善她們的晚間照明，我已報名，跟幾位熱心的家長一起前往。」傅生聽罷，才知未婚妻加入了義工行列，跟一眾家長進行港式的「訪貧問苦」。

想不到未婚妻的善心被一位洋婦如此打動。傅生對朵琳女士的認識不過如一般港人，知道她是市政局惟一的洋婦人。從報章得知，此位洋婦人亦是對政府眾多政策提出反對意見最多的一位。就以去年天星渡輪加價事件為例，她是惟一站在市民一方反對加價的政治人物。但傅生不太了解此事，只從簡單的民生角度感覺到任何公營事業的加費，勢必影響普羅大眾的日常生計。何況去年經濟不景，幾間銀號都因為擠提而最終倒閉。建築業低迷，不少大型地產公司因而結業甚至他遷。富商移民，失業率颮升，市面出現許多失業失學的年青人加入反對天星渡輪加價的行列，引發一連串示威行動，繼而觸發街頭抗爭甚至騷亂。政府宣佈九龍區晚上實施通宵戒嚴，期間更發生過大小不一的搶掠事件。暴徒打劫商店，燒燬公車。市面治安一片動亂。但此等動亂，比較今年五月全港出現的左派暴動，又顯得小巫見大巫了。

傅生從附近西藥店買來鱉魚肝油，在吉童臨睡前餵他服用。捆彤則在浴室沐浴。他囑孩子早點上床，吉童也很乖巧，未幾，已經甜甜入睡了。

他趁捆彤還在沐浴之時便打了一通電話到鄭匡的住處，順便問他有關邀請電影明星主持剪綵活動的進展。自從上次鄭匡哭喪著臉告訴他有關第二齣電影的拍攝進度遭受挫折之後，有段日子，已經沒有這位沙煲兄弟的任何消息。話筒裡對方便說：

「牛一，我正想找你，泰華國慶減價雙周的剪綵嘉賓已經邀請了，是長鳳影業公司的芝芝和寶寶。兩位都是當今新晉的左派演員，必要時，還可找來兩位一線的小生助陣。但四位均屬一級藝人，酬金自然貴一點，你們公司可會答允？」

傅生問明金額，回答對方說需要開會匯報方能決定，稍後才可作實。又將淳妤婆婆傷人的官司約莫交代了一遍，鄭匡聽畢，卻無甚反應，只對傅生說：

　　「牛一，朱景春邀請你出席首映禮，就是他在新加坡拍攝的那齣《星洲艷》，你賞光的話，他準會高興。」

　　「吓！」傅生大感意外，問：「我不至於跟他那麼熟絡，為何邀請我？受之有愧了！」

　　「別說這些話，人家是給足面子。要是你不領情，我也難做人，所謂『面是人家給的，架是自己丟的』。你不去，我師傅準會生氣，求求你，賞賞光，勉為其難的去一趟。他已經預留了兩個貴賓座位給你們，屆時你們一對賢伉儷聯名送隻花籃過去不就可以了。我已經替你答允對方，別教師傅掃興！現在人家的公子正在關押在牢獄已經夠可憐，你就當『日行一善』，做做好事。首映禮就在星期天，地點是南都戲院，七點半。門票放在售票處，說定了，不見不散囉！」

　　一聽到《星洲艷》這個戲名，傅生便想起上次到老虎岩片場看拍戲的情景。既然鄭匡鄭重要求，他就勉為其難的答應對方，就當幫老友修補他和朱景春的師徒關係吧。

　　掬彤得知參加首映禮便高興得不得了，一早便揀了一襲新買的旗袍，是小鳳仙領中袖紫檀柳絮花紋的款式。腳下一雙閃爍灑金的桃紅色高跟鞋。臉上又化了一張較濃的妝容，連時髦的假眼睫毛也貼到眼瞼上，混血兒的味道更加強烈，乍看，更像關南施。傅生一望，亦感驚艷，彷彿眼前人真的是好萊塢的混血女星。

　　為了尊重場合，傅生今天也特意穿著莊重一點。一身的確涼雪青西服，在米黃色恤衫的口袋上還插上一管派克鋼筆，連衣袖也扣上鍍金袖口鈕，掬彤一看，大為驚喜，道：

　　「牛一同志，今天不是你當主人家，為何穿得那麼紳士風？只差沒穿燕尾服。得喇！得喇！結婚那一天，你就照辦煮碗的穿上這一套，省得我為你張羅新禮服。」

　　「彼此彼此！江同志，妳也少有的明艷照人，像極紅演員。」傅生也

暴流

笑未婚妻，「倘若結婚之前尚未一睹妳的芳容，還以為自己娶了關南施。」

　　兩人互笑互讚一番，然後手牽手的一起出門。在白加士街的路口截了一輛的士，往譚公道的方向而去。

　　土瓜灣這一帶星期日的交通尤其繁忙，的士一個路口轉一個路口的逐寸而行。傅生看看腕錶，時間快到七點一刻，坐在身邊的掬彤更心急如焚，生怕錯過了進場時間，且要看看兩人送過去的道賀花籃放在甚麼位置，因而更顯得緊張萬分。

　　在距離戲院三條馬路的位置，兩人終於按捺不住，付過車資，匆匆落車，徒步向前急步走。大熱天時，即使穿著薄西裝，傅生的內衣褲都早已冒汗，汗漬在米黃色恤衫的前胸部位斑斑可見，腋下更覺濕漉漉。掬彤更甚，高跟鞋走起路來異常吃力。在落日最後的斜暉直照下的高溫，直曬得臉上的化妝幾近溶化。口紅胭脂水粉紛紛爬到兩頰之上，就像脫色的銹水一般，變成斑斑駁駁的花面貓似的。最可惡的是，一對長長的假眼睫毛濕答答的沾在眼瞼，正開始鬆脫跌蕩，隨時有墜下來的危機。

　　好不容易才看見南都戲院的位置，離遠便見一大群觀眾聚在門前，像在等候入場似的。兩人正慶幸尚未遲到，卻感到有點奇怪。觀眾雖多，但未見戲院的範圍燈火通明，只見漆黑一片，連門前大閘也垂垂落下，重門深鎖，不似正在開業。只見守候的觀眾們開始鼓譟，一些還起哄起來，你猜我估的研究問題，疑心電影院是否在無聲無息中悄悄結業，偷偷將票房收益私下吞掉，夾帶私逃的一走了之。何況是場首映禮，潛逃的金額想必更甚。

　　當中一人突然宣佈：「走喇，走喇，沒首映禮可以觀看了，聞說是政府經已吊銷南都戲院的營業牌照，從此不再放電影。」

　　有人則問：「戲院為何不貼出告示宣佈停業？害得觀眾們白走一趟。」

　　原先的那位仁兄回答道：「港英政府是先斬後奏，對左派電影業更是這一套。一個『莫須有』的罪名，便可以查封左派的任何行業。」

　　傅生相信他們的推斷不無道理，政府出招對付左派，已經到了不會事先張揚就來個「一擊即中」的地步，像前些時勒令三間左派報館停刊一般。但他奇怪，為何事前鄭匡一點風聲也接收不到？害他和掬彤走了一趟冤枉

路。到如今，他真佩服當局的保密工夫做得密不透風，滴水不漏。

回到家中，傅生連忙打了一通電話找鄭匡，但直打到深宵也沒人接聽。片場和住處兩頭均毫無反應。

翌日上班致電對方，老友才從睡夢中驚醒過來。原來昨晚他在左派電影工作人員協會開了一整晚的緊急會議，商討政府吊銷南都戲院牌照的對策。但到如今，還未想出應變的方法。

據鄭匡說，政府基於該戲院經常放映大陸的樣板戲和鼓吹文革的紀錄片，一直深感不滿，有意打壓，加上院方每天早場加插宣傳香港愛國同胞遊行示威抗議港府的相關短片，最終以煽動公眾治安的罪名查封戲院，要求戲院業主承認罪狀，承諾不再播放上述內容的影片，否則當局將會考慮不再批發牌照。這一招釜底抽薪，令院商的票房收入大受打擊，更令左派電影從業員勃然震怒，因而急謀對策，爭取向政府要求復牌，並期望鬥爭會出手相助，甚至要求中央政府作出干預，為香港左派電影業討回公道。

「這次最淒慘的就是朱景春了。」鄭匡在話筒裡這樣透露：「《星洲艷》是他畢生頭一次到東南亞拍攝的電影，在港舉行的首映禮卻遭滑鐵盧的下場，幾十萬投資金額因而泡湯，能不教他無名火起三千丈。牛一，昨晚你不在場，朱景春開會的時候對著全港左派電影人發言，開始時便拍檯大罵，直指政府不可理喻，麻木不仁，只顧向左派大小機構施加辣招，然後訴盡拍攝《星洲艷》時的百般苦況，遭此下場，豈能甘心？最後更聲淚俱下，捫心頓足，真是聞者心酸，見者猶憐。但我們一眾小輩看在眼內，就像看了一場朱大導的個人表演一般。但最教人寒心的是，在座的電影人沒一位真正動容，只關心院方和片商的利益，根本不當導演的心血是一回事，難怪朱景春哭成淚人。但說到底，他是一位不肯認輸的人，今次輸得如此慘烈，相信連《星洲艷》正式上畫的檔期也會輸掉。由於這一行最信邪門，而《星洲艷》失去觀眾和票房之後，朱景春就失掉了往後不少拍片的機會，下齣電影，看來開鏡無望，真的走到『樹倒猢猻散』的一步。」

傅生想不到鄭匡對朱景春的講話既沒有同情之心更有點兒挖苦的意味。他們兩師徒共事多年，縱然鄭匡並非由衷的敬重對方，也該有點惻隱之心。但也難怪，人與人之間的相處，有時候，關係的維繫卻一言難盡。

暴流

許多時，都是無可奈何地共處一起，到了關鍵時刻，就來個跟紅頂白，一沉百踩。而港英政府與左派的矛盾和角力，亦因為吊銷了南都戲院的營業牌照後更加深了一道裂痕。而這道裂痕，將會隨著雙方更對立的思維走向激化。

三十一

掬彤租住白加士街這層樓宇的合約期已經屆滿，不再續約，隨時可以遷入銅鑼灣波斯富街的自置物業。傅生那邊的舊居也已放手出讓，待地產代理公司的消息，看看有否買家承價。假如一切順利，最快兩、三個月後，一對未婚夫婦，便可以生活一起，也就是變相式的「同居」，昔日叫作「姘居」的關係。但在六十年代的今天，「同居關係」似乎已無傷大雅。反正他們在雙方親友的眼中，已經是公認的一對，只差一紙婚書，便可以結成合法夫妻了。

一個周末，兩人在銅鑼灣的銀宮戲院看了一場改編自韓素音（Rosalie Elisabeth Kuanghu Chow）小說的好萊塢電影《生死戀》（*Love Is a Many Splendored Thing*），然後往大丸百貨公司看看有否新居合用的時尚傢具。縱然泰華的傢俬部可享七折優惠，但掬彤總嫌國產款式土相，堅持要買東洋貨。

兩人在傢俬部看了一會兒雙人真皮沙發和高身廚櫃，掬彤終究沒發現自己的心頭好，正在駐足細看一套四人用的紅木檯椅時，傅生的耳畔聽到背後傳來熟悉男子的喃喃細語，在旁還有一把嬌滴滴的聲音在和應，態度親暱。傅生轉身一望，原來是事務員成成和一位身材矮小圓臉抄下巴的妙年女郎在一起，立時想起會計部的郭小姐曾經說過，在工展會的門前遇過他的女朋友，也曾這樣形容女子的長相，大概就是郭小姐口中所說洋名叫「珍妮花」的女孩子。正要開口叫成成，卻想到對方不知會否感到尷尬，加上自從身兼糧油部主管之後，跟對方在工作上的交往相對減少，故而打住，裝作繼續看傢俬。誰料成成已經發現他的存在，還大剌剌的走上前來

打招呼，留下珍妮花一人站在那邊獨個兒看傢俬。傅生將掬彤介紹給對方，成成便由頭到腳掃了一掃掬彤的身軀，跟著點頭笑了一笑，然後拍拍傅生的肩膊，將他拖到另一邊，好像有話想悄悄的告訴他。

「傅主管，你最近有否發現葛農的行為有點異樣？」成成開口問，聲音變得頗低沉，像怕別人聽見似的。

「沒甚麼特別，還不是忙著十‧一國慶減價雙周的籌備工夫嗎？工作得也夠賣力，你是否多疑？」傅生反問他。他一向覺得這小子好管閒事，許多事情都大驚小怪，惟恐天下不亂的。

「你不要說我挑撥離間，似愛搬弄是非。我冷眼旁觀覺得他的舉止可疑，終日神不守舍的。」成成恢復平日說話的語調：「傅主管，你要當心，因為你們是合作夥伴。我便奉勸你一句，別太信任他，俗語說，『莫信直中直，須防仁不仁』，當心他的政治問題連累你的大好前程。不信的話，麻煩事就在後頭！」

「此話何解？成成，可否說清楚一點？」傅生瞪大雙眼問對方：「我一向覺得葛農是位好青年，是個可造之材。憑他現時的努力和幹勁，前程一定很光明，不像你……」傅生原本想加「愛管閒事」四個字，但想深一層，還是退一步海闊天空，也就煞住不再說。

「傅主管，你看得未免太片面。他在外頭的麻煩事你就一點都不知道，我趁不在辦公室的時候便一五一十的告訴你。你要當心，他會向你思想洗腦，你知他的兼職是甚麼嗎？」

「我知，主編《青年樂園》那份刊物。」

「你知便好，不用我來多解釋。」成成本來一隻手閒閒地搭在傅生的膊頭，現在卻用眼睛直勾勾的望住他，語帶鄭重的，惟恐傅生聽不明白，「傅主管，你知道我跟他原本是夜英專的同學，但我早已肆學，經已沒再上課，但閒來時還跟舊同學們往來。最近便有舊同學告訴我，葛農正在向校內的同學積極灌輸革命思想，大談解放香港的言論。還廣傳文革的宣傳文章，並有意組識一個校內的反英抗暴學生會，招攬一些不懂世情的師弟妹討論時事。又安排同學們上街向途人派發傳單，宣揚共產主義打倒大英帝國的思想。一些反對的同學，由於不滿他的所作所為，曾經向校方投訴。

暴流

誰料夜校管理層和師長們均是怕事之徒，更怕觸怒左派，因而噤聲，不敢阻止，助長了葛農在校內建立左傾勢力的野心。傅主管，你知我跟他早已無話可說，已經是『道不同不相為謀』。但我告訴你，就是生怕他的左傾氣焰燒到你的頭上，令你一時難以招架。雖說泰華是愛國公司，但在商言商，一切以賺錢為重。政治的事，還是少講為佳。傅主管，你說對不對？」

傅生萬想不到這小子竟會為此事告發葛農，暗地裡向他和盤托出抨擊對方的政治理念。倘若成成所說的全是實情，卻又拿它怎麼辦？「愛國無罪，造反有理」，不就是一些熱血青年因民族情緒對社會的不公不義所作出的抗爭行動的條件反射嗎？就像政治家向群眾宣揚自己堅信的政治立場一樣。假如有群眾受教的話，正合了「願者上鈎」的道理。何況這只是成成的片面之辭，故傅生聽後，只閒閒的一笑，沒加理會。但他突然想起上次和葛農一起拜會港九糧油商會會長杜堃之時，對方曾在的士車廂內替被無良僱主無理解僱憤然放置炸彈最終被判入獄的同學劉雁群打抱不平的一番話，故即使葛農確實左傾，傅生也不感到意外。何況對方的左傾思想縱然走得很前衛，亦不足以影響泰華的一貫人事。這樣一想，倒覺得成成的話是杞人憂天。

成成「告密」之後，便施施然拖著珍妮花的玉手一起離開，還回頭瞄了一瞄掬彤，細細跟女朋友咬了一會兒耳根，方才帶笑的下樓。掬彤難得跟未婚夫外出購物，在大丸百貨便想流連多一會，在女裝部、男裝部和電器部均逛了一圈，終究買不到她的所需。

兩人信步走到西藥部，掬彤見一款兒童服用的「樋屋奇應丸」有增強孩子免疫功能的效用，便不加思索的買了兩瓶，打算送給乾兒子。由於吉童回家之前的數天，剛巧患上重感冒。送走他的時候，掬彤便曾千叮萬囑的叫誼妹好好照料，何況這孩子天生體弱，做家長的，能不加倍小心？

掬彤在百貨公司的公共電話亭打了一通電話給淳妤，詢問吉童的近況。誰料她談不到幾句話，傅生便見她的面色逐漸變化，由白變紅，又由紅變青。口內不斷支支吾吾，嘴唇不停震抖，還不時點頭作答，未幾，才掛斷線。

傅生看出勢頭不妙，忙問未婚妻：

「怎麼？妳的面色這麼難看，究竟發生甚麼事？」

「大事不妙，我也不知如何說？」

「快說！淳妤出了事？妳不說，我也不知如何幫忙？」

傅生見她依然呆若木雞的站在電話亭，甬道上走過的購物人潮和站在櫃位前的女售貨員均以好奇的目光打量他們。傅生連忙拖住掬彤的手走到另一邊，讓她稍稍定過神來。少頃，才聽掬彤說：

「淳妤婆婆的官司壞了事，出了意外。」

「判了有罪？」

「不，是被法院外的警察恐嚇勒索。」

「甚麼？妳說甚麼？差人恐嚇勒索？光天化日，竟會發生這些事？香港地，真的如此無法無天，連執法者也變成犯法者嗎？」傅生大聲罵起來，同時想起鄭匡上次拍攝外景時被三合會勒索茶煙費的那椿舊事，一時間，也變得氣憤。難道香港真是「兵即是賊」的世界嗎？但淳妤的婆婆今次遭到警察敲詐，比原本的傷人案還難纏得多。傅生焦急起來，忙問掬彤，究竟淳妤剛才在話筒裡說了些甚麼，囑她從頭到尾複述一遍，只聽掬彤說：

「昨天上午九點，原本是她婆婆案件的提堂之日。淳妤和她一起上庭，法官排期到下月五號正式開審。提堂之後，她們的代表律師早已離開，淳妤陪同婆婆步下北九龍裁判司署的石階之時，有兩名身穿便服自稱深水埗警察的男子趨前向她們打招呼。對她們說，是否需要警方協助擺平事件。假如想撤銷案件，可以一萬元解決問題。如果出資兩萬，更可反控太上皇的誣告罪名，藉此反敗為勝，討回訟費，達至一石二鳥的效果。最後還暗示查明了淳妤的哥哥是反英抗暴的中堅份子，是政府調查的目標人物，故只要聽命於警方，乖乖就範，才是最佳的出路，不然，還會帶累小莊的人身安全，叫她們必須三思，考慮後果。淳妤和黃母當然知道這是差人貪污勒索的伎倆，一時間，卻不知所措，惟有唯唯諾諾，暫且答允。籌集資金，了事要緊。事後她們告知代表律師，那律師也覺得對方並非冒名頂替，而是便衣警察行賄斂財的慣常手段，就像消防員和小販管理隊等貪污惡行。且說遇上如此『兵即是賊』的情況，真的無法脫身，惟有就範。代表律師並一再強調，最怕是差人經已在事前查明目標人物的出身，例如

暴流

淳妤求學時就讀過愛國學校，哥哥更是現時工運的『危險人物』。這些都是差人的有力把柄，助長他們猖獗犯罪的膽量。除了奉勸她們加倍小心之外，沒其他法子可以幫忙。牛一，你說，她們該如何面對此一難題？」

「黃小興的看法如何？」傅生追問未婚妻。

「哼！你妄想甚麼？你該知道，此人是廢物，有甚麼意見可言？」

「但說到底，這是他們的家事，我們也不好干涉。」

「牛一啊，你就做好做歹，想想法子幫忙幫忙。何況淳妤親如我們的妹子，吉童更是我們的乾兒子，哪有見死不救之理？」掬彤面露心急如焚的表情，用雙手猛力搖晃傅生的兩隻肩膊，強逼他出點主意，但傅生一時間也想不出對策，且道：「我哪有法子？你想想，這樁案件，就像上次鄭匡在春秧街街市拍攝外景時遭受三合會勒索茶煙費的案件一樣。即使報警，還不是不了了之。但現在的情況是差人出面勒索，『官字兩個口』，問題豈非更棘手？」

「咦！得喇，得喇，找朵琳女士談一談，聽聽她有何意見？」掬彤突然靈機一觸，大叫起來，「她不是洋人官場上的女包拯嗎？對！一於找她談一談。」

這回傅生真的佩服未婚妻的機智。警察製造麻煩事，還是由反對警察的人士出面解決最好不過。朵琳女士不就是最佳的反擊罪行的救星嗎？她既是市政局議員，在議會內是最不滿港英政府貪污枉法的強力反對者。雖說幾乎是惟一的反對聲音，但基於她的洋婦身份，本地官員甚至英籍高官也懼她三分。難得的是，她剛巧是善導幼稚園的校長，或多或少，有義務協助校內的學生家長解決問題。

傅生感到異常荒謬。香港地，是個華人聚居的地方，為何在英吉利人不公平的制度下活著的華人，無助之時，卻要倒個頭來依靠一名英籍洋婦來救苦救難？這是多麼滑稽而又諷刺的事。

三十二

　　自從掬彤決定找朵琳女士商量警察敲詐勒索的事件之後，她的心情異常雀躍。除了第一時間囑咐淳妤去電約見之外，還決定參與校方舉辦的公益義舉，到大圍香粉寮探望貧民，以實際行動支持朵琳女士這一項港式的「訪貧問苦」活動，更急急地買來二十打斑馬牌蚊香、六十斤珠江橋牌生抽王、三十隻東方紅火水燈、三十打長江牌蠟燭和六十包桂林米粉等物資，準備送贈香粉寮的窮人。不單如此，還囑傅生到南貨店購買二十斤中國一級絲苗，打算義贈當地的汕尾貧婦。此筆費用，整整花去她三個月的薪水。但掬彤花得挺開心，一數到義舉之期即將來臨，興奮的心情更越發高漲。

　　「夠了，夠了，掬彤，妳想全屋變成倉庫嗎？妳想妳的未婚夫變成苦力嗎？」傅生一面看著她用牛皮紙大包小包的紮起各式物件時，一面笑道。

　　「何止這一些，我還有許許多多的物資需要買回來。」掬彤道：「牛一，你現在打電話給鄭匡，叫他明天過來幫手，趕緊租一輛小貨車來運載貨物。」

　　傅生真的依從她，打了一通電話找鄭匡。

　　這一向，鄭匡的導演工作正處於半停工狀態，全因普羅市民對暴動產生厭惡，認為由始至終，這場工運都是左派人士在搞蛋，連帶影響愛國電影的票房收益，入座率直插谷底，開鏡的片子自然寥寥可數，加上鄭匡上一齣電影《鳳陽士人》的男主角石蒙被捕入獄之後，徹底粉碎了他的執導生涯。近日他便成了個大閒人，無所事事的跟隔鄰師奶小姐們搓麻將打發時間。傅生去電的時候，正值他和鄰居竹戰，且遭「滑鐵盧」，語氣難免顯得不耐煩。

　　「不，免了！別叫我當苦力，何況我也沒空餘時間了。」電話裡鄭匡強調：「這一向，我迷上了看足球比賽，除了攻打四方城之外，天天在追看，不是到港島的大球場，便是上旺角的花墟球場，看得不亦樂乎。想不到閒來無事，竟會重拾兒時的樂趣。有機會，我要重組一支街坊球隊，打

打友誼足球，過過昔日的癮頭。牛一，你還記得嗎？從前在漢江唸中學時，我是學聯五虎將成員之一。趁此機會，也可以鍛鍊體格，減減磅數。」

傅生聽他提到唸書時的舊事，才想起他從前的確是運動健兒，跳高、游水、跑步、打球，上天下海，件件皆能。且戰績彪炳，名滿學界。那時候鄭匡的體形最棒，肌肉健碩，不瘦不肥，沒今天的胖身材和圓肚皮，更非現在的「三高人士」，是個頗有吸引力的年青人，可惜就是口不擇言，說話輕佻，一直欠缺「女人緣」。

「那麼，誰來幫忙運送貨物呢？真頭痛！」傅生缺了一個好幫手便苦惱起來，但聽鄭匡道：

「何不叫紅陞飯店的徐老闆幫幫忙？牛一，你還記得嗎？上次我做大壽時，老徐跟兩名伙記便曾一打一打的黑啤酒替我運到元朗八鄉。他們有的是貨車，可以出租的。」

「一言驚醒夢中人！我一時忘了！鄭匡，快，快，快，快給我紅陞的電話號碼。」

「還有一樁事，牛一，你知我現在是半失業狀態，下個月，我打算退租黃大仙的房間，搬回元朗老家去。現在能省便省，不然，日子怎樣捱下去！」

傅生想不到老友的生計開始出問題，心裡也替他擔心，但知對方自尊心重，便帶笑的補充一句。

「我的鄭大導，你身家百萬，何時才會宣告破產呢？快快搓你的衛生麻將，好好教訓教訓那一群紅色娘子軍，反敗為勝吧！」說畢，方才掛線。

掬彤得知紅陞的老闆可以協助運送物資後，表現得異常興奮，一下子便想起老徐在鄭匡的壽宴上曾經誇賞過自己的長相像關南施的那句話，還口頭邀請了對方參加婚宴，聽畢，便搶著要跟老徐立即聯絡，道出租車的請求。對方在電話上不但沒有拒絕，還答允準時安排貨車親臨掬彤的門前協助運輸。掬彤高興得不得了，趕著第一時間加添物資，又多買了五十斤白米和二十尾上等鹹魚，還添了十隻火水爐，且從潮州辦館買來二十盒汕頭月餅，讓潮婦的家人可以歡度佳節，然後專誠送往善導幼稚園。這樣一來，又整整花掉了她兩個月的薪水，卻教她心花怒放了好幾天。

那一天，紅陞派來一位高瘦外號叫「馬拉雞」的貨車司機兼任送貨員的男子前來運貨。運貨時間在午飯過後，淳妤一大清晨便告假上掬彤的家，她的婆婆還在驚恐中，在淳妤的極力勸解下仍然堅拒出庭指控兩名恐嚇勒索的差人罪行，黃小興則一意孤行，委託姓方的代表律師全權辯護，當然不屑甚麼朵琳女士的前來打救。傅生告了半天假，陪同誼妹和未婚妻前往幼稚園「告御狀」。正午之前，便自行上掬彤的家中跟兩位女眷會合。

　　三人大包小包、大盒小盒、大袋小袋的從四樓將物資搬到樓下。馬拉雞的小貨車泊在白加士街的路旁，見三人出現便下車打開車尾箱，協助將貨物逐一塞進去。未幾，便將小小的載貨空間擠得牢牢的。四人步上車來，馬拉雞便問他們有否遺留貨物，確認無誤後便開車前往目的地。

　　淳妤跟掬彤坐在車廂後座，傅生則坐到副駕駛座，只聽誼妹問：

　　「馬先生，你可知道學校的地址嗎？」

　　馬拉雞聽到淳妤這樣一叫，不禁失笑，道：

　　「我不姓馬，我姓陳。因為長相高挑和皮膚黑實，人家便給我起了個『馬拉雞』的綽號。你們要去紅磡，紅磡甚麼地方？」

　　「一間叫善導的幼稚園，在蕪湖街，你懂得去嗎？」淳妤隨即答。

　　「你們是找朵琳女士嗎？」

　　「對！馬先生，不，陳大哥，你也認識她？就是那位市政局議員。」

　　「她是我們的救命恩人，一位大善人、一位女包拯、一位洋菩薩。不少街坊鄰里遇上困難的事，都找她搭救。」

　　「她也幫助過你們？」掬彤開口問。

　　「何止幫助過，簡直就是我們的重生父母。假如不是忙著開工，今天趁你們前去，我也該拜候一下。你們也有要事需要找她來幫忙？」

　　淳妤正要開腔，掬彤在旁打了個眼色止住她。這時候傅生正嗅到一陣陣酸餿餿的氣味，從車廂後傳了過來，朗聲便說：

　　「掬彤，我叫妳別將鹹魚送過去，你卻不依從，氣味真嘔心。」

　　「是上等鱈白，你問問淳妤，是否很香？」

　　傅生轉過頭來望了一望淳妤，見誼妹點頭稱是，還笑吟吟的對傅生說：

　　「牛一哥，是你自己不喜歡，潮州人最愛吃梅香，難得掬彤姐買回來，

暴流

也是汕尾婦人的口福了。」

小貨車轉到加士居道，在右邊的紅綠燈位置停了一會，又繞過前面的斑馬線，傳生見普慶戲院的電影廣告掛上《金玉盟》（*An Affair to Remember*）的大型彩畫，彩畫上繪上加利格蘭（Cary Grant）和狄波拉嘉（Deborah Jane Kerr）擁在一起的纏綿身影，禁不住多看一眼。回想鄭匡早前慨歎左派電影業正處於票房低潮，是否這個原因，此間傳統愛國戲院，改變了經營策略，重演好萊塢的經典片子呢？

「陳大哥，可否告訴我們，朵琳女士如何幫助過你們？」掬彤的沙啞聲線從車廂後越過傳生的後腦杓傳了過來。

「當然可以，她的善行，是需要傳揚下去的。」馬拉雞將軚盤放慢，向右切線，又穿過路口，直往紅磡的方向駛過去，跟著用不徐不疾的語氣講話，惟恐駕駛時分神出事，戰戰兢兢地說道：

「不妨告訴你們，朵琳女士跟我們原是鄰居。五年前，她開辦的小學校就在譚公道一棟唐樓的天台，我家就在小學校毗鄰不足兩個店舖的位置。我的老家，原本經營花炮和煙火買賣，祖宗三代，都是靠這些高危手作業維生，到了家父這一代，便跟叔父在譚公道合資買下了一個地舖，在那兒開業了一段長時間。店舖是前舖後居，我跟堂兄弟們也在那兒幫手營生，一下子，便住了十年，原來也可粗茶淡飯的過日子，誰料五年前的一場鞭炮大火，將地舖和家園盡數燒光，損失慘重，幾乎家破人亡。其實那場火災，起因是堂嫂的孩子們不慎玩火，導致全舖的鞭炮和煙火一併爆發，造成四級火災。還記得當天正值盛暑的正午時分，濃煙密佈，火勢猛烈，一聲聲隆隆的鞭炮燃燒聲響個不停，連遠處也聽得一清二楚，如同強烈的炮彈爆發一般，一下下的震耳欲聾。威力之大，幾可殺人。濃煙沖天，狀甚恐怖，連圍觀的街坊和途人都紛紛走避，形勢混亂得儼如戰場。我們和叔父的一家幸而及時逃出，但一出火場，卻發現不良於行的家母仍未脫險，正在大火堆中，不知是生是死？那時候一支消防隊伍已經到場，總隊目一見火勢，連忙搖頭，吩咐部下趕快拖出滅火水管接駁街喉，我們見狀，還以為家母有救，誰料那支消防隊伍是趁火打劫，對家父說，只要付款兩萬元，便會立即開動水喉灌救災場，不然，便讓火勢自行燃燒，直至家園

灰飛煙滅為止。我們聽罷，都不知所措，那時候一名洋婦正好路過，消防總隊目一望之後，認出是朵琳女士，也就是現時市政局的英籍女議員。眾消防員見朵琳女士一直站在一旁閒閒觀火，無不嚇得呆若木雞，連忙大開街喉，用幾十支強烈水喉直射災場，半小時的灌救，便將火勢完全撲滅，一併救出了躲在火場範圍以外的家母一命，你們說，朵琳女士的及時出現，不就是家母的救命恩人嗎？我們全家得以團聚，不就是仗賴朵琳校長的所賜嗎？其實，她對許多有難的港人施以援手，不就像普渡眾生的觀世音菩薩嗎？事後我們感激不已，不單親自到校向她道謝，逢年過節還送上禮物。從此之後，每逢朵琳女士發動的所有善舉，我們都出錢出力，積極響應，以答謝她的大恩大德。即使現在我們結束了高危的鞭炮煙火買賣，每逢她的壽辰，我和堂兄弟一家都會上門拜候，祈求這位女洋菩薩千秋萬代，長命百歲。」

馬拉雞剛好說畢，小貨車便駛入了蕪湖街的街口。雨水一點一滴的打到車前擋風玻璃之上，發出啪噠啪噠的細細響聲。前面的兩枝水撥開始不停擺動，洗出玻璃幕前一條條長長的水痕，水痕不斷地往下爬行，就像感動於追憶者剛才的那段前塵往事一般。傅生等人一直默默地坐在車廂內，似在細味馬拉雞剛才的那番話。見一名幼稚園的校工將校門的鐵閘緩緩拉開，車子慢慢駛入校園，泊到一個小小的停車位置，雨勢更嘩啦嘩啦的從天而降，灑在校園的每一角落。

三十三

傅生跟一男一女的校工將捐贈給香粉寮潮婦的物資逐一搬到校內的儲物室後，連忙趕到朵琳女士的校長室與掬彤和淳好會合。

校長室要經過一條長廊，長廊的右邊是個花圃，栽種著各式各樣的花卉。雨勢較剛才稍遜，變成陣陣的牛毛雨，淅瀝淅瀝的打在繁花和細葉之上。幾隻空洞的花盆溢出污水，污水從盆口緩緩溢了出來，流到地面，變成一大灘淡黃色的水漿。

暴流

長廊的左邊有一間教員室，從玻璃窗張望進去，有兩位年輕的洋小姐正在打字，打字聲像滴水敲著屋簷的聲音，似跟外邊的雨聲比試歌喉。但真正的歌喉是從長廊的盡頭傳過來，是學童們的歌聲，歌聲隨著叮噹叮噹的鋼琴正在高唱，唱的是英文兒歌《倫敦橋要下沉了》（*London Bridge is Falling Down*）。

　　傅生抬眼望向天際，天際跟屋頂之間的一道空隙露出一段半彎的天虹，七種顏色淡淡的掛在天邊，陽光絲絲射過，透出天的底色微微發藍，猜得出雨過之後快要放晴的天色。

　　鋼琴聲越來越近，孩子們唱著的歌聲也越來越響亮。第三間課室的位置已經走近，傅生見掬彤和淳妤兩人的一雙臂彎均支在玻璃窗台前，正在探視裡面上課的情景。淳妤從手袋拿出一瓶維他奶和兩顆巧克力逗弄著上課的兒子，面上還裝出調皮的笑臉，惹得上堂的吉童好奇地笑，連一眾小朋友和彈鋼琴的洋老師也不時回過頭來張望窗外的三名訪客。

　　一位逾五十歲的洋婦走近他們的身邊，傅生一看，認出是經常見報的市政局議員朵琳女士。

　　「你們看，孩子們多麼可愛，看著他們，成人世界裡甚麼不愉快的事情都會忘記。」朵琳校長長居本地，已經操得一口流利的廣東話，還對掬彤說：「密斯江，這次多虧妳們那麼慷慨和熱心，我代表香粉寮的貧苦潮婦感謝妳們。救濟物資下星期便會送到她們的手上，妳們放心！至於黃師奶的問題，我們到校長室仔細商談，看看有甚麼解決方法，三位請跟我進去，請進。」

　　三人便跟隨朵琳女士一起走進她的辦公室。

　　校長的辦公地方很小，辦公檯上堆滿市政局開會時用的公函和文件，全是英文文本，一疊疊的高過朵琳議員的頭蓋，想必她的政府公務就在這兒審閱和研究，校務方面的文件則擺放在檯上的一角，佔去辦公檯一小部份而已。她自己坐的椅子是一張籐製小傢具，另一邊的小桌子，旁邊就有兩張會客用的木椅子。傅生讓淳妤和掬彤分別坐下來之後，自己則站到門旁。那時候才見校長身後的左邊牆壁，原來掛上一幅用玻璃框裝嵌的題字，上寫著「女中豪傑，嫉惡如讎。高潔德貞，萬古流芳」十六個字，下

款註著「東九龍一群街坊敬贈」。右邊牆壁則懸著一對用隸書寫成的對聯，上書著「世事洞明皆學問，人情練達即文章」。

傅生認出是《紅樓夢》的著者曹雪芹的名言，疑心這位洋女菩薩能否滲透中國詩文的意思？但無論如何，這也是本地普羅市民對一位外來的洋婦異口同聲的讚美。

「黃師奶，」朵琳校長對淳妤道：「我初步了解了妳為婆婆擔心的癥結所在。這椿案件，其實在警界出現過不知多少遍，假如妳們不能挺身告發，只會助長警隊的長期歪風，令警界的貪污風氣更加猖獗，變本加厲。假如我接手處理，我會以市政局議員的身份跟進此事，看看涉事的兩名深水埗警員有何解釋，但妳可知道他們的執勤編號？又或者認出他們的相貌特徵？這一些，對調查很有用處。由於此事的受害人是黃師奶的婆婆，日後要反告他們，妳婆婆一定要出庭指證，不能像今天那麼怕事，盡躲在黃師奶等人的身後，一言不發，這樣對解決問題毫無幫助。」

淳妤這時候已哭成淚人，眼角佈滿淚花，嗚嗚咽咽的抽泣著，一點反應也沒有。還是掬彤替她出主意，回答校長說，一定會鼓勵黃母出庭挺證，配合調查。至於律師費，他們會設法籌措。

「你們知道嗎？」校長補充道：「現在所有被投訴最多的政府部門，如消防處、警務處、徙置事務處和小販管理隊等都封了我一個名號，叫甚麼『麻煩製造者』，但一般市民則稱我為『麻煩解決者』，兩個名號，我都討厭，我只希望香港不再出現甚麼麻煩，而是成為一個為官清廉、為民富庶的社會，這也是我從政的終極關懷。真希望有朝一日，『東方之珠』是一顆白璧無瑕的寶物，而不是藏污納垢臭氣薰天，只容得下權貴奸官和無法無天的地方。三位朋友，不好意思，只要提到香港社會的不公義和黑暗，我便長篇大論，說話滔滔，難怪被人叫做長舌婦了。」

「不，不，一點都不會。」掬彤忙忙笑說：「朵琳女士，妳的雄辯滔滔，正是強烈質疑那些恃財傲物、不可一世的當權者的犀利武器。香港社會，多一位像妳這樣的鋤強扶弱的開路先鋒，才是市民大眾的福氣。」

那時候站在一旁的傅生也很想跟未婚妻由衷地讚賞對方，但因為掬彤搶著說話，惟有噤聲，只默默的頷首微笑，望著眼前的朵琳女士。

暴流

211

「這位密斯脫，還未請教你高姓大名？」朵琳女士開始關注起傅生，並說：「累你一直站著，沒一張椅子可以安坐，太不好意思。」

「沒關係，男子漢，大丈夫，站著便可以。」掬彤代未婚夫報以微笑的答：「這是我的未婚夫，姓傅，單名一個『生』字。假如讓他坐下來，他的話，會比校長多得多，罰他站立，就是要他好好思過，別做長舌漢。」

大夥兒聽掬彤這樣打趣自己的未婚夫也就失笑，連淳好也收起愁顏，展露笑容，還用手絹掩住失笑的嘴角，又撥了一撥額前凌亂的長瀏海。

那時候校工端來四杯熱茶，分別放到各人的面前。傅生這一杯，只好捧在自己的手心。見褐色的茶葉冒出輕煙，散發出一股普洱的茶香，緩緩地飄到他的味覺，感覺十分暖心。傅生淺嘗一口，熱度適中，又望了一望眼前初會的這位知名政治人物，不禁萌起幾分好奇之心，不期然探向朵琳女士的辦公檯，見辦公檯的玻璃之下壓著幾張照片，從滿滿的文件堆的隙縫間，露出一張以聖公會大教堂為背景的黑白照片，照片上年青的朵琳女士站在大教堂前的階梯，一位身穿牧師服裝的男士站在她的身旁，傅生猜想是她早年在中國南昌傳道時的舊照。相中的男士會否就是她的前夫？盛傳兩夫婦曾經為同一宗教信仰來華傳道，卻因為政見不同而終於分開。假如屬實，為何又保留舊照？是否證明即使仳離，朵琳女士還是一位念舊重情的洋女子？

外邊的雨勢完全收斂，且有放晴的跡象。傅生看著對面建築物上一點一滴的雨串從屋簷滴了下來，學童們的歌聲和鋼琴聲早已消失，校園一片平靜，只有祥和的氣氛充塞四周。

朵琳走過去打開原本閂上的窗戶，原來她是長短腳，走路時有點兒一拐一拐的。禾稈草般的短髮在微微的陽光折射下泛出金灰的顏色，更顯得她的老態中帶點憔悴。但面對客人，卻又侃侃而談，這是她個人生命力超強的顯示嗎？

「其實，要根治社會貪污腐敗的歪風並不容易。」朵琳女士坐回自己的籐椅上再說，深深的眼窩透著淡藍的亮光，「皇家香港警察幾乎是全民皆賊，上行下效，陽奉陰違的在執法。所謂『大魚吃細魚，細魚吃蝦毛』，就是現時警界的怪現象。三位記得嗎？六三年制水之時，此地限時供應食

水，每四天才供水一次。家家戶戶，每天都要跑到附近街頭的水喉輪候食水，人人手裡一挑兩挑的木桶水桶的擺滿一地，一字形長長排開，日曬雨淋的苦苦守候，直等到供水時間一到，便你爭我奪的搶著盛水。幸好當年有警察維持秩序，不然便出亂子。但別看差人執法有道，其實是暗度陳倉，能夠付錢提供利益的輪候市民，大都可以後來居上，捷足先登的盛水。無錢的，惟有苦候，直至供水時間完結之前，仍未輪候到當天的食水的市民大有人在。一家大小，只能無水度日，撲空的等上一整天。這些個案，當年不知凡幾，我收到的投訴也不計其數。我自己也到過東九龍差館跟警方理論過不知多少遍，在市政局會議上反映意見也不知多少回，直至警務處處長開始關注，受賄之風才稍稍收斂。像今次黃師奶的婆婆被敲詐勒索的事件，只屬冰山一角而已。」

傅生聽到議員重提輪候食水的舊事，不禁憶起當年他也有過類似遭遇，但並非警察受賄，而是另有經歷。當年他亦曾跟偶然從番禺回港小住的老爹輪流抽空到街頭輪水。一日三餐，都儘量外出用膳，避免張羅。但所有食肆的衛生條件均很差劣，碗碟杯筷全未洗淨，一隻隻發出惡臭難聞的氣味，但食客無可選擇，惟有強忍惡臭的繼續進食。

傅生憶往的同時，見坐著的掬彤和淳妤對朵琳剛才的話聽得入神，並且流露出敬佩之意，心想，眼前的洋婦一直抱著為民請命、萬死不辭的崇高氣節，在中國，就是一位包青天。何況對方是女流之輩，更甚者是來自西洋的女流之輩。但社會要出現多幾位女包青天，才能剷除本地的土豪惡霸和貪官污吏呢？

三十四

由雲層透射出來的陽光已經微微偏西，窗外完全放晴。接近四點的溫度反常地清爽起來，光線柔柔地滲到校長室向西的位置，將朵琳女士的半張辦公檯照亮起來，連眾人頭上的一把蜻蜓式風扇吹出來的涼風也略帶冷意，八月天，更覺得天氣反常。

暴流

校工進來為校長和三位訪客添加熱茶,朵琳女士一面喝,一面問三位客人:

「聞說你們三位都是愛國學校畢業的。」

「對!我們都是漢江中學的畢業生,都在校內寄宿了一段長時間,是學長與學妹的關係。」掬彤笑著答:「由於共處了一段長日子,關係特別要好!」

「我相信你們因為這重出身,能夠吃苦,自然能夠了解和關心窮苦大眾。能夠有這種情操,真不簡單!」朵琳向三人掃視了一會,跟著道:「身為港英政府的市政局議員,我是支持中英合作的。兩國反臉,到頭來受苦的準是香港平民百姓。你們看,從前此地經常制水,自從大陸允許由寶安縣供應食水之後,現在『東江之水越山來』,不就解決了香港長年缺水的大問題嗎?只盼中英政府能朝這個大方向繼續前進。但可惜,今年這場反英抗暴的亂子,短期內也不見得有和氣收場的可能性。」

傅生聽女議員直接提到轟動全市的這場暴動,趁勢便請教她。

「朵琳女士,妳對今年左派策動的這場動亂有何感受?我雖不是參與者,但一些好友,卻是積極的追隨者甚至反抗者。身為左派學生出身的我,有時候,眼見他們這些非理性的行徑,心裡也不是味兒。既不了解他們的想法,又覺得他們辜負了這個社會。」

「我很了解你的心情。但左派發動今次動亂的出發點不完全錯誤,錯在之後所走的方向不正確,變成衝動和偏激。所謂時勢做英雄,遇上大陸現時推動的那場史無前例的無產階級文化大革命,香港左派也無法置身度外。你們想想,今次事件發生的起因,全是不公平和不公義的資本主義所造成的勞資糾紛所致,包括仁韻塑膠花廠、青州英泥、渣華郵輪、南豐紗廠和四間的士公司等的僱傭糾紛,令推動工運者有了借口,造成今天一發不可收拾的局面。可惜英國人不是澳門葡人那麼易於就範,形成兩派勢力的拉鋸戰。現在看來,這場角力,暫時是英方處於上風,香港左派日後會否有所作為,則要視乎大陸政權背後對香港愛國人士的支持程度究有多少。倘若提升至兩國的外交層面的持續對峙,將會有騷亂的連場好戲繼續搬演。」

掬彤聽得入神之際，傅生卻見淳好正在打了個長長的呵欠，還回頭望了一望自己，不好意思的笑了一笑。

傅生想起朵琳女士去年在天星小輪加價的社運行動中曾經扮演過關鍵角色，不單支持群眾反對加價，還在議會上力陳公營事業加價的不是，是議會內惟一站在反政府立場的議員，跟港英當局唱反調，因而備受各方抨擊，成為受壓的政治人物。

有右派報章甚至抹黑她，說她花錢收買了一批左派暴徒，串通一氣，在彌敦道一帶的鬧市日夜進行搗亂行動，擲磚頭石塊破壞公物，搶劫商戶財物，甚至縱火燒燬巴士等，凡此暴行，不一而足。

警方更變本加厲，派差人出庭指證，誣陷她支援暴徒的街頭抗爭，勢要陷她下獄不可。

這隻黑鍋，去年不少港人也深信不疑，皆因反對她的政客和既得利益者串通警方，派代表上庭挺證。又買通兩名暴徒和幾名差人，指控女議員是九龍暴動的幕後黑手，製造事端、擾亂社會秩序，意圖陷她入獄，幸而天公有眼，報應不爽，有警察家屬臨危之時，說服了兩名告密的差人，將誣陷之事和盤托出，才不至令朵琳女士含冤受屈，避過一劫。

吉童唸的下午班四點半下課。校鐘準時由校工敲起，叮鈴噹啷、叮鈴噹啷的響個不停。有下課的洋老師已經在校長室的玻璃窗前走來走去，好奇地張望進來。三人向朵琳校長告辭，淳好便一馬當先的衝了出去，走到低年班的課堂門前接孩子放學，歡欣之情，溢於言表。

那時候馬拉雞已經驅車離開，三大一小便乘的士回去。

傅生原本告了半天假過來這一趟，想不到竟花掉差不多一天光景。但他手上的工夫還多，尤其要處理十‧一國慶減價雙周的籌備工作，必須重返泰華上班，掬彤則陪同淳好一起回家，落力勸解她的婆婆挺身出庭，指證敲詐勒索的兩名差人。

傅生先行步上的士，讓兩位女眷跟吉童坐到後車廂。的士開動不久，傅生便聽見淳好從背後傳來的話。

「告訴你們，兩星期後，我要到貝夫人療養院覆診，也許要更換藥方，順便看看胃痙攣和新近發現的腸結核情況有否惡化。假如留院觀察，吉童

暴流

也不知誰來看管？」

「媽，我不要爸爸送我上學，我要媽媽，我要媽媽送我。」吉童一面喝著淳妤遞給他的一瓶維他奶，一面大聲叫喊，傅生從車頭倒後鏡看見乾兒子快要哭泣的樣子，覺得孩子實在可憐。

「你放心，你爸爸才不會帶你上學。」掬彤反笑孩子，一面用手絹抹擦吉童眼角的淚珠，還對淳妤道：「現在你婆婆正在發愁，別再麻煩她。倘若真的要住院，吉童就留在我們那邊，反正我們又不是沒有帶過這個小傢伙。」

「小傢伙，媽不疼你了，你以後便跟乾爸乾媽過日子。媽不要你好不好？」淳妤半真半假的對孩子說。

「好，但我要媽媽天天過來看我，我要天天唱《紅河谷》（*Red River Valley*）給媽媽聽。媽媽答應嗎？」吉童伸出小尾指要跟媽媽打勾勾，淳妤連忙抱起吉童坐到大腿上親了幾親，眼角不禁泛出淚光來。

的士在泰華國貨的側門停了下來，傅生先行步出車廂，目送的士往深水埗的方向絕塵而去。

站在這兒，傅生正好看見國貨公司的大樓。見側門跟正門連成直角，L字形的露出一爿招牌，大大的「泰華國貨有限公司」八個直書的霓虹光管字體懸在半空。若是晚間，這隻霓虹光管的紅色光芒便會紅彤彤的映照街道，讓路過的途人一眼望見，便知道走在此區的中心地帶。但現在時近黃昏，且是天雨之後，微弱的陽光曬在街上，白灰灰的一爿招牌，卻顯得額外孤單。但傅生見招牌下滿街出現黑鴉鴉的人群，人群一叢叢的往前湧去，沒散退的意思。再看清楚，原來有幾名警察站在街頭，兩輛藍黑色的警車泊在前方，是否有嚴重的交通意外發生，造成那麼多看熱鬧的群眾圍攏一起？傅生再走前幾步，已經看見警車上閃著的藍燈發出咿嗚咿嗚的響聲。有途人飛快的跑過去看熱鬧，令傅生更加疑心，疑心不止是交通意外那麼簡單。

「是抓左仔，是抓左仔。那名小伙子是國貨公司的員工，不知犯上甚麼事？不會是放置土製炸彈的暴徒再度出現？」

圍觀的途人一個個七嘴八舌的議論紛紛。傅生一聽，便知是泰華員工

有人出事，原來是葛農被差人逮捕。

傅生走近兩輛警車之前，隔著最前排的人群便見穿著白恤衫灰色的確涼西褲的葛農，由兩名差人夾著兩肩步上後面的一輛警車。雙手早已被扣上手銬，手銬在陽光照射下閃出金光，一閃一閃的亮著，神情木訥，眼窩深邃，兩邊顴骨更見凸出，像兩天未曾入睡過的病人一般。

他今晨還跟這位小伙子和其他同事開會討論十‧一減價雙周的推行細節，怎麼大半天時間，葛農的形容便殘了一個圈。他的被捕，究竟發生甚麼事？是否他觸犯刑法，必須扣押受審？但一般犯法，差人都不會那麼大陣仗，準是跟他主編《青年樂園》那份反英抗暴的學生刊物不無關係，尤其當局正在高調打壓搞事的前衛左派，那些血氣方剛的年青人更是目標人物。一時間，傅生只想到這是最大可能性的被捕原因。

「警察拉人就拉我吧，何必欺負一名手無寸鐵的年青人？我是泰華的高層，你們跟我理論，別搞我的小舅子。」卜正從側門走出來拉住一名差人的制服衣領大聲罵，另一名差人協力將他推到牆邊一角，叫他冷靜。

傅生撥開人群，三步併作兩步的跑到葛農姐夫的跟前問：

「卜總經理，發生甚麼事？差人為何拘捕葛農呢？」

「你問問差人，問問他們究竟發生甚麼事？」卜正講得快，氣急敗壞的對傅生說：「警方沒有拘捕令便將人抓走，香港地是英國殖民地，是法治之區，哪有這麼無法無天的執法者？」

「警方當然有真憑實據才執行拘捕。但有否犯法，我們會深入調查，拿出證據後，便讓法庭定奪，現在便請葛農先生先行回去問話，但他不合作，只好這樣做。」在旁的一名洋沙展操著流利廣東話對他們解釋，然後下令同袍將葛農推上警車。

「葛農，別怕！姐夫在這兒。姐夫會聘請全港最好的律師替你脫罪，別怕！」卜正走前幾步大聲叫喊，成成和會計部的郭小姐卻拖住傅生走到另一邊。郭小姐立即對傅生說：

「聞說是葛農就讀的夜英專校長到差館告密，投訴他在校內大搞文革式的政治宣傳，有違校規，滋擾師生。警察到場後在校園搜出宣傳物品，便以非法散播不實言論和發行非法刊物等罪名前來泰華將他拘捕。」

「不對，郭小姐，妳錯了，是發表和發行煽動性刊物、鼓吹及進行非法暴亂、和擾亂公眾秩序才對，罪名更嚴重。」成成立即插嘴糾正郭小姐。

傅生還未聽清楚他們七嘴八舌的說甚麼，已經發現泰華的玻璃大門嚴嚴地被封鎖起來，兩名差人分別站在左右兩邊守衛著。這道正門，是泰華惟一的出入口，部份顧客還被困在裡面。有人不時從裡面往外張望，神情顯得很焦急。大門一角，還見文具部的同事秦茵和海佩莉正在櫃位前交頭接耳，喁喁細語的說著話。糧油部的葉姑娘則獨個兒躲到另一邊，眼神顯得很慌亂，像是快要落淚一般。不知她是否正在同情共事多時的葛農，抑或一時間感觸傷心？

傅生突然感到奇怪，既然泰華早已被警方臨時封鎖，為何卜正、成成和郭小姐等人可以「虎口餘生」的跑出來？是否他們搶先一步，跟抓人的警察一同走出大門，逃過被圍封的一劫？

泰華解封之後，卜正和傅生分別透過電話向身處海外的章力同董事長匯報整樁事件的始末。由於涉及敏感的政治時聞，各高層均希望儘量低調，尤其在全力大搞十‧一國慶大減價的前夕，一切要以大局為重。至於會否「營救」葛農，則要另行開會決定。而他的職務，暫時由葉姑娘替代，傅生在糧油部的主管工作因而倍增，加上國慶減價雙周的籌備工夫，令他更疲於奔命，連睡眠的時間也減去不少。

三十五

泰華國貨解封之後，公司佔用的三層樓範圍立即提早關門，不再招待外來顧客之餘，還拒絕報紙記者蜂湧而至的採訪攻勢，免得發言者講多錯多，難以更正。

由於事件發生的時間接近黃昏，當天晚報，趕不及即時刊登有關新聞，要到翌晨才能見報。

但在當晚，無線電鋪天蓋地的每小時循環不息的在廣播，傅生便聽到相關報導，但細節欠奉，連被扣查的犯人也沒有公開姓名，只稱警方從某

國貨公司拘捕了一名有愛國學校背景的年青罪犯，並稱被捕者涉嫌參與非法集結、散播失實言論的煽動性刊物、意圖從事顛覆港英政府的活動、及組織與策劃危害社會治安的動亂。現時警方正立案調查，倘若四項指控成立，將會提出起訴云云。

當天晚上，傅生留守在寫字樓處理手上的文件直至十點。但九點鐘，他便留意無線電台那個叫《香港仔日記》的節目，聽聽大氣電波的「政府喉舌」如何評論此則新聞。只聽得這位播音員就「愛國教育是否荼毒了下一代」為題發表意見。

「……愛國無罪。但愛國教育一旦變成偏頗的教學內容，就是極端民族主義，有害於社會發展，更有害於市民大眾的生活安危。

「香港市民都因為今次事件，認清左派教育下的年青人的真正面目。何況這位名叫葛農的年青人，更出身於桂林農村，正是國內所謂『仇深恨深，根正苗紅』的代表人物，加上犯事者利用《青年樂園》這本宣傳共產主義和社會主義的刊物作為招徠，影響青少年的心智發展尤其深遠。

「所謂『傳媒是一把劍』，用得其所時就可以降魔伏妖，用得不當時就是殺人於無形的武器，故傳播工具的威力和毒害，實際上難以估量。正因為媒體的影響力是潛移默化的，這比製造出一打、兩打的土製炸彈的殺傷力還要犀利，禍根更深不可測。

「在香港這個傳統的華人社會，儒家學說、孔孟思想，一直主導著本地的倫理和道德教育。禮義廉恥，尊師重道。長幼有序，孝行為先，成為維護社會和諧，保障市民生活安全的核心價值，更是保衛優質社會的重要教育。但愛國學校，就是缺少了這種教育，還鼓吹破舊立新的『除四害』，加上受到現時國內大規範推動的無產階級文化大革命的歪風影響，才會導致一小撮年青人走上歧路。假如今次當局不以快速的手段拘捕一個葛農，日後將會出現千千萬萬個葛農，故為了維護香港下一代的正常發展，我們贊成當局殺一警百，以儆效尤，才能杜絕下一個葛農的出現……」

傅生佩服這個節目的揭秘能力，竟然得知葛農的真實名字和真正出身，鉅細無遺地加以鞭策。但縱然主持人的部份言論均屬事實，問題是，無線電台的廣播有否反思香港存在的社會缺陷？傅生想起葛農提過的那位

暴流

因無理被解僱挺而犯法的友人劉雁群的遭遇。香港這個奉行資本主義的地區，不是長期存在著諸多社會問題嗎？剝削的事例和不公平的事件何止這些？加上政府內部的嚴重貪污，令普羅大眾深存反感。要不是一些「勇士」挺身而出的指證當局，群起對抗，這種歪風，也不知蔓延至何年何月？這樣一想，便不能一廂情願地指責愛國人士的反抗情緒，全是受到國內文化大革命的影響所致。

傅生關上無線電，思忖良久，漸漸想得迷糊，覺得再這樣下去，港英政府跟左派的想法將會日趨南轅北轍，壓根兒找不到雙方可以共同接受的統一意見。要平衡雙方的政治分歧，將會變得難上加難。只怕再走下去，更不利社會發展，令香港變得更加紛亂，人心惶惶，有錢的便加快腳步離開，沒錢的便等待死期，對香港的前途均無裨益可言。

案頭的電話突然響起，傅生也不知這段時間該是誰，拿起話筒「喂」了一聲，原來是淳妤打過來的。

「牛一哥，還在加班嗎？我找你找得很苦。你家裡的電話一直沒人接聽，是掬彤姐告訴我你還在上班。葛農發生甚麼事？為何被警察抓去？現在泰華的情況如何？明天可否開門營業？」

「生意當然照常做，妳就不要管這些，好好休息，定期覆診最重要。如果要繼續告假，我便替妳告病假，妳就安心調理自己的身子吧！」

翌日泰華如常開業，生意並未因為有員工被捕的事件遭到影響，人流依然如鯽，買賣照舊，滔滔旺場。但也不難猜到，一些顧客，是抱著好奇心前來光顧。

由於高層已有訓令，職員一律對上門採訪的記者們守口如瓶，上下員工，全都依從，絕口不提昨天的事。泰華的營業氣氛也無甚影響。

下班後，傅生拖著疲累的身軀回到慶春里，探探郵箱，似有信件。是否沙芬再從大陸那個鐵幕國家寄過來的？但細想之下，此可能性幾近零蛋。打開一看，原來是地產代理公司寄過來的。由於早前傅生已經出售祖屋，一心想著遷往港島，便曾委託地產經紀代為放盤。但這段日子，連一通電話也沒接過，一等就等了多時，終於等到有興趣的買家正式出現。

老家以市值五萬元的價錢出讓，除了律師費、釐印費和經紀費外，

七除八扣，落到口袋的銀兩又減掉兩成，最終波斯富街新居的首期僅可湊數。簽約交匙的當天，傅生難免想起慶春里的物業是老爹的一生所託，不禁萌起一份愧對亡父的感慨。那一刻，他同時念起舊居的居住環境，那火車駛過路軌的隆隆響聲和窗外影樹的婆娑身影，甚至炎夏枝頭傳來的嘶嘶蟬鳴，都一一湧現腦海。

他跟掬彤商討決定搬家的日期，儘量安排在中秋前夕遷入。一個周末，掬彤湊巧趕月結，傅生便一個人前往新居，看看裝修師傅的工程進展如何。

兩名裝修工人是鄭匡介紹過來開工的。原來在老虎岩片場從事廠景佈置的師傅。由於市道不景，轉行當上三行工人。為了慰勞兩人，傅生特意在軒尼詩道的一爿西餅店買了一打西餅。見前面一段電車路圍滿途人，但一輛電車都不見，卻見兩輛警車停泊一旁。民眾太多，看不清究竟發生甚麼事，西餅店的夥計便對他說：

「老兄，你有所不知，半個鐘頭前，電車路軌曾經發生過爆炸，是真正的土製炸彈，傷及一名英籍高級督察。聞說傷勢可不輕，不死，也該四肢殘廢了。原本是有人發現可疑物件藏於電車軌道下，電車早已暫停服務，差人也已經封路，但那名英籍督察卻在不知情之下，在拆彈專家到場之前便被炸傷，幸而沒殃及池魚，造成更多的人命損傷。」

那夥計還未說畢，已經聽到不遠處傳來揚聲器的叫喧聲。聲音的背景似是樂曲，傅生一聽，辨出是《國際歌》的旋律，然後是人聲廣播。

揚聲器的廣播聲原來是從鄰近的左派銀行傳過來的，不斷地重複叫著「高舉毛澤東思想偉大紅旗奮勇前進，加強團結把反帝反蘇鬥爭進行到底！」

「你聽，你聽，又在吵鬧了！又在吵鬧了！教我們怎能安心做買賣？煩死人喇！」那夥計一面發牢騷，一面將傅生購買的西點用紙盒包裝起來。

「那麼吵耳，要吵到甚麼時候？」傅生笑著問對方。

「說不準，一天總會吵幾趟。有時候，幾天都不吵。」

「是麼？那就辛苦了你們！」傅生說畢便離開，走的時候，背後的《國

暴流

際歌》再度高唱。他拎著一盒西點往新居的方向信步而行，心想，街上發現土製炸彈的新聞已經沉寂了一段時間，想不到今天又死灰復燃，還在港島繁盛的地區出現，真的意想不到。難道左派的鬧事者要捲土重來，誓要破壞香港治安，令市民永無寧日，擔驚受怕的過日子？

兜過街角，便是連接怡和街直上波斯富街的方向。傅生正要橫過馬路，在斑馬線前的紅綠燈位等候轉燈，見對面行人路上兩頭雌雄狗隻正在交尾。黃狗是公犬，小狗是母犬，一對「狗男女」的屁股，正在難捨難分的。兩個小伙子卻分別手持竹棍向牠們的尾部用力地打，企圖「棒打鴛鴦」。公犬大聲吠叫，母犬則拼命拖著公犬的屁股往前衝。有途人帶同小孩子邊看邊笑邊走避，還指指點點的耳語孩子。正在熱鬧之際，突然一聲響耳欲聾的爆炸聲從幾條馬路的距離傳了過來，途人立時瘋狂奔走。有人更抱頭伏地，亦有途人蹲到另一邊。一些更快步逃往橫巷，走到有遮蔽的建築物前躲避。大批途人集結到騎樓之間的位置四下探視，欲知發生甚麼事。一時間，街上民眾四出奔跑，叫喊之聲此起彼落。有手抱嬰兒的母親更哭起來，喊救命之聲不絕於耳。

慌亂的街頭景況維持了兩、三分鐘，傅生置身之處才平靜下來。他定過神來，發現自己躲在橫街的一角，前面有一排木板圍住，可以暫且安然藏身，但手上的那盒西點早已不知所終，才感到自己兩手空空。剛才驚恐的途人開始恢復正常意識。但早前那對交尾的犬隻早已消失，街道回復平靜，傅生抬頭一望，見建築物與建築物之間的隙縫形成L字形的一片藍天，露出一條噴射式的巨型水柱。水柱從地面高高射向半空，就像直線形的一道巨型噴泉衝上天際，白花花的向四方八面直灑而下。未幾，便聽到消防車呼啦呼啦的叫聲由遠而近，跟著是警車的不斷鳴叫。兩道聲音，齊齊的拖長叫喧，直像上一代國民走難時聽見的警報一般。

十分鐘過後，有途人議論紛紛。原來隔一條馬路的郵政局前，有兩段相連的鹹水喉管遭人爆破，相信是犯事者用魚雷炮之類的爆炸品炸燬所致，造成這次巨大的鬧市恐慌。幸而事件中未有途人因而受傷。但此等行徑，即使左派暴徒堅決否認，人們都將同類的事件算到他們的頭上。

三十六

黃家終於傳來喜訊了。

淳妤的老公黃小興第一時間得悉母親脫罪的消息後便大事慶祝，幾次三番的廣邀他的親朋戚友吃飯敘談，順便慶祝老婆身體安康。覆診結果，顯示淳妤的胃痙攣和腸結核服藥之後，還在受控的範圍之內。

那一天，輪到宴請傅生和掬彤這一對準賢伉儷了。原本還要邀請莊淳德和鄭匡出席，奈何這位大舅爺永遠是「人紅事忙」，每次均無暇赴宴，主人家惟有放棄，至於鄭匡叔叔，也因為欣賞「南巴大戰」的足球賽事無法抽身，最後只落實這樣的人選。

飯局約在灣仔的波士頓西餐廳。這是吉童頭一遭跟大人們一起去「鋸扒」，孩子高興得不得了，連平日板起面孔做人的吉童爸爸，今天也笑逐顏開。

「吉童，你今天吃得那麼開心，有沒有謝謝爸爸？」他媽媽做好做歹的這樣問，還幫孩子擦去嘴角的番茄醬汁，道：「傻孩子！你說過幾天沒見爸爸了，很想看見他，今天見了面，還是一臉木訥，快多謝爸爸請你吃大餐。」吉童看了一看黃小興，眼神又縮了回來。其實，他一點兒也沒有惦掛過他的爸爸。

「算了吧！這孩子的指頭往外翻，日後翻臉不認人，連爸媽都不認了！」

掬彤坐在一旁不禁說：「要是你平日多花點時間在孩子身上，吉童哪會這麼認生？又不見他對媽媽不賣賬？」原來的豆沙喉音更覺沙啞，清了一清喉嚨後，盯大眼睛望住黃小興。

「掬彤，別說了，我們今天過來慶祝伯母洗脫罪名，只管吃！不管其他的！」傅生不想氣氛鬧得僵硬，只好岔開話題，道：「對了，阿興，聽淳妤說過，伯母的代表律師很幹練，請來兩名鄰居上庭指證太上皇，說他是個如假包換的瘋子，且有打傷鄰居的前科，這才順利脫罪。你們現時還可以反告對方作假證供，控以意圖誣陷他人的罪名。」

「太上皇的案件我倒不怕，就是怕那些差人敲詐勒索再惹禍。」淳妤

的婆婆放下手上的刀叉，面前的一塊羊扒只吃了一半便擱了下來，從手袋取出化妝粉盒和一管口紅，沿著唇形，細細補妝。其實，她今天的打扮已經夠喜氣，兩邊顴骨均抹上艷紅的胭脂，口紅鮮麗，活像喝過血液的嘴巴一般。

「我們真的要感謝朵琳校長今次的幫忙，不是她出面向市政局多名議員反映問題，事態只會更惡劣。」她的兒媳婦道：「奶奶，妳說，我們該如何多謝朵琳校長呢？」

「她是有心人，早前協助過一批住在大圍香粉寮的貧困潮婦度日子。」掬彤不忘補上一句，「我們捐了一批物資送給她們，假如伯母有興趣，也可以出點綿力幫助那批潮婦的。」

「妳們有所不知，今次打官司花了阿興不少金錢，只盼財可通神，錢可消災！」黃母一面放下化妝小鏡子，一面拿起汽水喝了一小口，然後道：「就是律師費的尾數，現在還教我們大費周章。」

「那筆小數目，我去澳門新花園一趟就可以賺回來。」黃小興一大口啤酒往肚子灌，喝畢，便嚷著要上廁所。西餐廳的廣播器漸漸傳出一陣陣輕音樂的前奏，歌聲跟著唱起來，是帕蒂佩姬（Patti Page）的《田納西州的華爾滋舞》（*The Tennessee Waltz*）。此曲在無線電台的音樂點唱節目中經常被點播，淳妤一面吃著面前的黑椒牛柳，一面用叉子餵吉童吃炸蕃薯條，嘴裡不忘跟著歌聲細細哼唱，像似很陶醉。半晌，黃小興從內間回席，一臉笑容的坐到原位，還用身子輕輕挨到老婆身邊，嘴邊也哼起此曲。又問淳妤：

「老婆，妳記得我們戀愛的時候此曲最受歡迎嗎？我求婚的時候就更加流行，在無線電台的點唱節目中，也曾送過此曲作為妳的生日禮物。還要主持人代說一句『今生只愛莊淳妤』，記得嗎？」

「去你的！陳年舊事，提它幹甚麼？」淳妤擺出一張靦腆的表情，又理了一理長頭髮，道：「你喲！別在孩子面前胡說八道，還有牛一哥和掬彤姐都在跟前，也不學正經，老夫老妻了。」

「你們耍花槍，大可以當我們是透明人。」掬彤笑著道，傳生也瞄了這對「老夫老妻」一眼，然後喝了一口啤酒，沒說一句話。

可能因為星期天的晚餐時間，西餐廳的顧客早已滿座。大多數客人都叫來扒類套餐。小小的閣樓，樓底矮，空間窄，一個個卡位幾乎都冒出肉食燻起來的油煙氣，一絮絮煙霧直衝到天花板，令整個閣樓如同浮在雲裡霧裡，教人猶如置身於如夢如幻的世界。

　　「牛一哥，」黃小興跟他老婆一樣的稱呼傅生，「這一向，多謝你們照顧淳妤兩母子。」對方還用眼角掃了一掃掬彤，跟著迴避了一回，續道：「但到此為止，今後我會好好照顧她們，不用外人來幫忙，你們婚後便可以專心一意的組織家庭，生兒育女，開枝散葉。在此，祝你們白頭偕老，早生貴子，乾杯！」拿起啤酒，便向傅生放在檯上的酒杯碰了一碰，一時間，傅生和掬彤都感愕然，只默然望住對方。

　　「別說了，我約了方師奶、周姑娘和三叔一起搓麻將。」淳妤的婆婆催促著，「阿興，趕快結賬吧。」

　　「吉童還未吃飽，待他多吃一點，待會兒才走。」淳妤勸止道。

　　「難得老媽子約了三叔搓麻將，我跟她先行離開，淳妤，妳就替我結賬好了。」說畢，黃小興便放下二十元，跟他的母親先行離去。

　　閣樓的廣播器換上帕蒂佩姬另一首較冷門的快歌。傅生忘了歌名，默默看著淳妤餵吉童吃餐後甜品，是一小杯芒果冰淇淋。孩子邊吃邊瞌睡，樣子很睏。淳妤逗他勉強吃畢，便將他的頭蓋枕到自己的大腿上，讓吉童睡個小覺。

　　西餐廳的閣樓濃煙密佈，一向體質單薄的淳妤不住地咳嗽。掬彤叫夥計送來一杯微溫的開水，囑淳妤慢慢喝下，順便服過她隨身帶備的腸胃藥。

　　淳妤放下水杯，便向兩人道歉。

　　「你們都知道，阿興一向快人快語，不懂得轉彎抹角的說話。剛才他的話，是一時之氣，你們大人有大量，別擱在心上。我替他向你們說聲對不起。」淳妤連聲替老公賠個不是，聲音略帶點哽咽。

　　兩人一向對淳妤親如妹子，尤其掬彤，一直對這位學妹疼愛有加，加上個性中，一向替弱者打抱不平，故即使對黃小興百般不滿，心存反感，卻一直維護著淳妤的感受，遂對她的老公儘量容忍，不至於反目成仇。但

因為黃小興對他們的成見太深，一直認為他們從中作梗，是破壞他們兩夫婦關係的始作俑者，甚至離間他和吉童的父子感情，故一有機會，便反唇相譏，造成今天的僵局。

一頓西餐，前後吃了三句鐘，淳妤結賬的時候已經過了十點半。傅生替她抱起熟睡的吉童，兩位誼姐妹便在修頓球場的橫巷截了兩輛的士。傅生抱還吉童給淳妤，三大一小的便分別回家。

不知怎的，這一晚，傅生份外惦念起鄭匡來。的確，這一向，沒跟這位老友聯繫上了。自從左派電影減產之後，鄭匡在片場的執導工作幾乎完全停頓。他開鏡不足，收入自然大打折扣，便索性搬回老家，在元朗八鄉安身立命，名正言順地當起他的新界原居民。拿著男丁的身份，除了處處背靠祖蔭之外，吃喝玩樂，全賴他的雙親。閒來時便跟村公所的一眾兄弟搓天九、養雀、種花、抽水煙、鬥蟋蟀的樣樣都沾上。天天睡到黃朝百晏、日上三竿，晚晚不到凌晨三點不歸家，十足十地道的新界二世祖。他父母拿他沒法子，一直啞忍，加上兩老有點兒田產和丁屋，養一個獨生子綽綽有餘，便任憑他隨意揮霍，做個鄉間的闊少爺。鄭匡名為「不事生產」的元朗子孫，但傅生約見他的機會卻很渺茫。有幾趟，傅生去電相約，老友總說難以抽身，不是往香港大球場觀看足球賽事，就是約了舊同事到九龍萬壽宮看夜場艷舞。左算右計，就是騰不出聚頭的一點空檔。傅生多次乘興而來敗興而歸，便將敘舊的一番熱情涼了一截，最終心灰意冷，徹底放棄。有時候更長嗟短歎，感慨三劍俠的情份似乎走到盡頭，前者有小莊，後者則是鄭匡。這是友情的必經變數嗎？但說到底，一場同學兼老友，臨近自己新居入伙，總得知會對方一句。翌日下午，傅生便嘗試在公司打了一通電話給鄭匡，對方一聽到他要搬家，連忙恭賀他喬遷之喜。

「牛一啊牛一，你真行，算是宜室宜家，開枝散葉了！我就等著吃你年底的那頓喜宴，但要看看我的時間能否騰出來。雖說現在我吃的花的睡的盡是老家的，全是過一天算一天的度日子。回想從前庸庸碌碌的過生活，現在是『今朝有酒今朝醉』了。」

「既然如此，就約定你！下周日是迎月夜，首先到我新居吃一頓飯，算是慶祝我和掬彤的喬遷之喜。那一天，準丈人和淳妤都會到場。掬彤會

親自下廚，簡簡單單吃一頓，順便過節囉！」

鄭匡隨即說：「迎月夜的那一晚，我約了朋友一起上上環的富隆大茶居聽南音。對了，我記得，你的準丈人閔叔也喜愛粵曲，我也很久沒見過他。他有興趣的話，午飯之後，我們一起去，那兒唱地水南音的杜煥瞽師很出名。那種曲藝，再過幾年，將會失傳，你也趁此機會認識一下這種嶺南曲藝，開開耳界。」

「想不到你做了大閒人之後變成文化人，附庸風雅了起來，只差還未出口成文，七步成詩。」傅生在話筒裡打趣對方。

「說實話，從前做人營營役役，哪有餘暇欣賞這一些？現在上富隆大茶居聽曲的不只是販夫走卒、市井之流，更多的是大戶人家，有財有勢的人物，就是他們的闊太太和公子哥兒也不少。你告訴閔叔，聽過新馬師曾的《客途秋恨》後，再聽杜煥的《男燒衣》和《霸王別姬》，包管他驚為天籟，直覺此曲只應天上有，人間能有幾回聞。」

正因為很久沒跟這位老友敘舊，難得對方有此雅興，傅生便二話不說的答應對方，一口允諾，相約閔叔上富隆聽地水南音。

三十七

這頓入伙酒安排在中飯時段。一對準伉儷和他們的父親跟客人鄭匡及淳妤兩母子一起出席。飯餸由掬彤一早操刀，跟誼妹合力炮製了幾道撚手小菜，在波斯富街的新居簡簡單單吃了一頓家常便飯便大功告成。

晚上鄭匡約了他的友人一起前往富隆大茶居聽地水南音。閔叔聽他極力誇讚杜煥瞽師的曲藝卻將信將疑，希望真的如鄭匡所吹噓，聽聽這位盲人的天籟之音，是否一如傳聞所說的了不起，且要跟自己的偶像新馬師曾作一比較，看看有何不同之處？兩位女眷則無甚興致，寧願帶吉童逛大丸百貨公司，以購物打發周日，遂兵分兩路，各自各精彩好了。

閔叔駕駛轎車從傅生的新居直奔高士打道再轉往中環的心臟地帶。經過繁盛的商業區，在皇后大道中一角的德士古油站加滿汽油，沿路便跟鄭

匡有說有笑。原來自去年掬彤從北京完成「訪貧問苦」的旅程返港，在尖沙咀星光行的樓外樓吃過一頓晚飯之後，兩人便沒碰過一面，車廂內的一席話，倒有別來無恙的一番感觸。

「鄭匡老弟，」閔叔一面開車，一面說：「前些時麗的映聲錄播新馬師曾的《胡不歸》慈善演唱，他跟鍾麗容合演的一折《慰妻》，真的再好沒有了。文情並茂，唱做俱佳。假如你在場觀賞，準會拍案叫絕的。」

「世伯是專家，我是門外漢，哪能了解粵劇曲藝的妙處？」鄭匡謙和地答，「但你去富隆聽過杜煥的地水南音後，肯定會大呼過癮。就是那兒的達官貴人、富婆闊少，點歌哼曲，呼朋喚友的熱鬧場面就夠瞄頭，跟聽新馬是兩碼子的事。我有一位朋友曾經說過，新馬的曲藝過於市井，只供凡夫俗子過過耳朵。他唱《客途秋恨》，也比不上白駒榮的味兒，根本談不上怡情養性提升品味的境界。但我這樣說，並非有意貶低新馬，而是引述朋友的一般意見而已。」

「是麼？但市井之流，也有市井之流的作用，夠通俗！夠流行！何況沒市井，就襯托不起高尚的情調了。」閔叔輕描淡寫地道，跟著問這位晚輩：「鄭匡老弟，你讀過《厚黑學》那本書嗎？李宗吾在書中將人的性情分門別類的解釋得清楚不過，最終就是將面皮厚、心腸黑作為待人處世的至高修行。你問問牛一，好看不好看？」說畢，便從倒後鏡望向後座的傅生，似在徵詢準女婿的意見。傅生一聽，頓時面有難色。心想，也不知此書掉到何處？這兩年，可謂裡外交煎。不是眼看著時局「赤化」，步步「轉左」，就是身邊的人事丕變，世途多舛。加上自己升職、搬家、結婚等人生大事，一樁樁一件件的陸續登場，人便半憂半喜，心緒不寧，哪有餘暇來讀書？就這樣不知不覺的將準丈人所贈的書籍拋諸腦後，幾近遺忘。正自沉思如何作答時，倒是鄭匡識趣，連忙說要買來一讀，話題才敷衍過去。不然，也不知如何應對。

未幾，車子已駛至皇后大道中夾水坑口街的交界。矮矮的三層樓高的富隆大茶居，大大的招牌從天台筆直地掛到馬路的半空，外牆四周的彩漆經已剝落，斑斑駁駁的寫著「日夜名茶，星期美點。糖果餅乾，回禮茶盒」的赤紅楷書。從街頭仰視窗櫺的外圍，四處都掛起一隻隻褐色雀籠，雀籠

內的禽鳥吱喳吱喳的啼叫得異常熱鬧，遠遠傳至樓下的一列店舖。時近黃昏，卻有晨曦的感覺，加上日暗微涼，途人稀疏，份外顯得街景淒清。

　　閔叔因為要找車位泊車，傅生便和鄭匡先行登樓。樓下地舖做著生意，有幾位顧客正在購買嫁女餅和糕點。兩人便從旁邊的木樓梯拾級而上。木樓梯殘缺不全，每踏一步，都會發出咯吱咯吱的響聲，是一步一驚心，彷彿快要倒塌下去似的。一陣陣敲鑼打鼓的樂聲從二樓傳了下來，間中夾著細細的月琴和琵琶的響聲，認清了，原來是一闋廣東小調，像是《妝台秋思》的中段。

　　踏足二樓，寬敞的茶居格局就像傅生跟同事們偶然光顧鄰近寫字樓的八仙茶樓一般。時值夜市，已經座無虛席，處處見人頭滾滾，喧聲鼎沸，但大都是平民百姓，衣履尋常，說話粗聲大氣的。間或有幾檯客人的打扮比較光鮮，似是公子哥兒或者商賈富戶了，口音卻帶點江南腔。傅生聽鄭匡說過，多數是附近南北行的人家，要不，就是西環海味舖或者骨董店的老闆。當中也有青春少艾、大家閨秀和名門闊太打扮的女子，嚦嚦鶯聲甚至吳儂軟語的在交談。有斟茶、遞熱毛巾、收拾檯面的伙記穿梭其中，叫賣點心的小工四出走動。傅生一眼望見兩個小孩正在逗玩他們的愛犬，你追我逐的穿插於人叢之間。但一個不留神，便撞倒了兩名伙記，雙方口角，傅生站在他們面前，便要份外的小心。今天他難得穿上一雙全新的滑底皮鞋，一望之下，原來雙腳早已踩著一大灘水漬，水漬夾著紙屑、垃圾、煙蒂和肉骨頭，黑鴉鴉的展現眼前。再看前方的飯桌，飯桌下面放著一隻隻搪瓷痰罐，裡面淌滿了黑黝黝的茶葉污水。現場所見，就是髒、亂、嘈的烏煙瘴氣。傅生暗忖：「如此茶居，怎可以靜心欣賞賣藝者的地水南音呢？」

　　「雲哥哥，你好歹要找我開戲，我就等候你的好消息。記住，找我拍電影喲！」一把妙齡女子的聲音在傅生和鄭匡兩人的身後嬌滴滴的在叫。

　　「別理她！雲哥哥，我才不要做甚麼第一女主角，做個配角閒角也感滿足。求求你，帶我入行，好不好？」另一把豆沙喉的女子聲音也在叫，鄭匡一看，原來坐在飯桌前的男子正是他的編劇家朋友程雲。一身唐裝衫褲的裝束，倒也穿得很清爽。對面坐著兩位穿著花洋裙濃妝艷抹的女子，

就是剛才說話的人兒。兩位女子，不斷拿著檀香扇替雲哥哥搧風，滿身雙妹嘜花露水的香氣嗆鼻而來，還裝腔作勢的用手絹在雲哥哥的眼前甩來甩去。又伏在飯桌上咯咯地笑，擺出打情罵俏的撩人媚態，真有幾分昔日西環石塘咀紅牌阿姑的風韻。

「妳們別心急，靜候消息，我準會安排的。」程雲一面用娘娘腔的語調對她們說，一面餵著雀籠內的八哥吃穀粒。正在忘形時，竟未覺察鄭匡的出現，還打趣的向兩位女郎說：「就是妳們的體態胖一點，尤其面頰的贅肉，快快減磅，不然，怎能通過試鏡耶？」

倒是鄭匡一貫捉弄人的本色，不動聲色的站在編劇家的背後，待程雲發現之時，又轉個身去，程雲再三細看這個背影，才認出是自己的朋友，忙道：「鄭大哥，你這個大塊頭，為何鬼鬼祟祟的？我等你等了半個鐘頭有多，為何姍姍來遲？待我引見，這兩位，是簡小姐和廖姑娘。」又替兩位女郎介紹：「妳們今天走運了，這位是大名鼎鼎的鄭大導鄭匡先生，還不叫聲鄭大哥？」

兩位女郎連忙站起身來讓坐，不斷斟茶遞煙搧扇的招呼新來的兩位男士，還拋媚眼挨身搔手的賣弄風姿，令傅生覷睍不已。

還是程雲勸止她們，道：「杜煥瞽師快要登場了，我有正經話要跟鄭大哥商量，妳們都回席，有好消息自會通知妳們的。」

三人看著兩位女郎轉身離開，茶居的夜市更加熱鬧。處處見酒菜上檯，夾著猜拳碰杯說笑喧叫的聲音，直像要鬧到通宵達旦一般。傅生四顧，仍未見閎叔現身。心想，大概鄰近的泊車位早已爆滿，車子要兜到老遠的地方才可停泊。

三十八

由於「程雲」兩字的讀音近似「晴雯」，加上對方帶點女兒家的氣味，說話時滿口娘娘腔，片場內外的同事們便把這位編劇家喚成賈寶玉的隨身大丫頭晴雯了。

程雲出身自書香門第，但到他這一代便家道中落，遺下的只有荷李活道一片小小的古衣舖。雖說他好古物，愛骨董，卻不喜歡做買賣。中學畢業後便跑到片場當雕花木工，由低幹起，隨後跟一名資深的劇務員學習編劇。最初擔任助理編劇，之後一步步編起整齣電影劇本來。朱景春導演的多齣名片如《星洲艷》和《貴介公子》，都出自他的手筆，一向有雅俗共賞叫好叫座的「名編」美譽。鄭匡的第二齣電影，就是那齣改編自《聊齋誌異》的《鳳陽士人》，更是程雲大玩古意情調的拿手好戲，可惜左派挑起了這場暴亂，市道劇變，扼殺了程大編劇家的卓越才華，跟鄭匡雙雙淪為失業大軍，變成無所事事的落拓才子。猶幸他是「百足之蟲死而不僵」，家裡的古衣舖生意不俗。一些懷舊古服，還在主流片場中賣個滿堂紅，有餘錢供這位「遺少」花天酒地，成就今天這位瀟灑不羈的「男版晴雯」。現在程雲閒來時還為幾間報館撰寫言情小說，早午晚三餐，都拎著心愛的鸚鵡或者八哥上茶館品茶，跟友人們一盅兩件、風花雪月的暢談人生，過其閒雲野鶴優哉游哉的名士生活。笑看人間，不亦樂乎。近日他更沉迷於杜煥瞽師的地水南音，立志要為這位坊間的盲人表演藝術家著書立說，致力將此嶺南一帶幾近失傳的古樂曲藝用文字薪火相傳，一嘗當「太史公」的著書滋味。

　　「傅大哥，」程雲帶點嬌聲嗲氣的叫了傅生一聲，然後說：「你問問鄭大哥便會知道，原本我想編寫一個講杜煥瞽師的劇本給他，可惜他鍾情於《巫戎傳》，就是那個講早年香港游擊隊員抗日的故事，我便暫時擱下來，誰料現在連《鳳陽士人》也開拍不成，惟有再次執筆，重新改寫《杜煥傳》。我聽鄭匡說過，你也喜歡聽南音，相信你聽了杜煥的地水南音之後，定必有繞樑三日的感覺。」

　　「雲哥哥啊！我告訴過你，是傅大哥的準丈人喜歡聽，不是他。」鄭匡一面糾正對方，一面細看是晚的菜牌，正在研究吃些甚麼。

　　「我是門外漢，一點都不懂。」傅生客氣地說：「今晚我是專誠陪同準丈人前來見識見識。他喜歡新馬師曾的粵曲，等一下，閻叔到場，你們便有話題，可以暢所欲言了。」

　　「新馬固然有他的捧場客，但他始終是位市井地痞式的演唱者，縱

然名氣大，也不似杜煥瞽師的出生傳奇，是位真正的南音演唱家。」程雲開始如數家珍的說：「杜煥自幼失明，在廣州生活之時，雙親便讓他跟盲人學藝，人生的悲歡離合都唱得沉味十足，連白駒榮所唱的味道也難以比併，是真正的失明者的傳世哀歌。日戰時期，他跟家人走難南下，在香港的橫街陋巷賣唱維生。由於曲藝了得，偶然還被邀請到富貴人家的喜宴上獻唱娛賓。最風光的時候，就是在廟街的妓家賣藝，板眼歌音，一度風行於花界妓院。但賺來的錢卻花在吹大煙的陋習之上，之後戒掉，輾轉之間，認識了一位盲婦。這盲婦亦是師娘，名喚阿嬌，擅唱粵謳，曾在畫舫的夜宴上吟唱獻技，名重一時。兩人相濡以沫，不久結成夫婦，繼而產子，生活原本不過不失，誰料生下來的三名子女先後早夭，最後在妻死失意下潦倒度日，即使遇見有人心邀請到無線電台錄音賣唱，十年光景，一直是藝海浮沉。隨著社會丕變，加上知音日稀，終於被迫結束電台賣藝的獻技生涯，回歸坊間，只好在港九幾間碩果僅存的老茶居演唱餬口，苟延殘喘的生活下去。這位失明藝人的落魄一生，現在已到了油盡燈枯的落幕時刻。傅大哥，你和你的準丈人今晚真的要好好欣賞，錯過今趟，難保日後聽不到這絕世遺音。」

「好了！好了！你的大著內容我聽過不下十遍八遍了，等一下，牛一的準丈人一到，難保你再說一遍。」鄭匡煞停了程雲的話，招手叫夥計過來，打算點菜。又問傅生喜歡吃甚麼。

茶居的中央築起一個小台階，兩邊掛著繡上「慶祝中秋，人月兩圓」的紅彩帶，一對配著翠綠流蘇的走馬宮燈從樑上垂得低低，照得小台階清明光燦。早前演奏古曲小調《春江花月夜》的幾位中樂師已經退場，連琵琶和月琴都被帶走。小几上只剩一把秦胡和一張揚琴，兩張矮凳空空蕩蕩，大概是預備今晚主角的正式登場。但一室仍舊熱鬧，食客們杯盤狼藉，喧聲四起，沒半點兒靜待聽曲的意思。

晚飯的中段時候，泰半的男士都在抽煙。程雲煙癮不大，傅生則跟鄭匡各自各的抽著。見隔鄰的簡小姐和廖姑娘也翹指抽煙，連一些長者都抽起旱煙來，更有抽水煙壺的。整個茶居，已經被薰得煙氣彌漫，如霧如幻似的。

未幾，便見一位鶴皮瘦削、仙風道骨的瞎眼老叟由兩名伙記左右攙扶的緩緩上場，步履蹣跚的走上台階。一頭圓圓的小西瓜似的頭部，頭髮刨得青巴巴。一件半新不舊的雞肝色短打唐裝衫褲穿在身上，由兩名伙記小心翼翼地送到板凳坐下。見他坐定之後，放下背上的私伙，大大呼了一口氣，然後用手撥開檯上的秦胡和揚琴，從布袋掏出一隻木雕樂器和小鑼鼓。老瞎子將小鑼鼓懸到頸項，右手執緊短木棒，試著在小鑼鼓上敲了幾敲，左手持著一根立地齊肩的長棍，棍頭套著一隻龍船似的小木雕，船身邊緣垂著紅布，船內有十多隻小木偶，小木偶各執木槳，歌者便用左手食指拉扯起船底的小鐵環來控制木槳，使之能來回擺動，發出唧噹唧噹的響聲。跟著老叟仰天一笑，點了點頭，神情就像覺得剛才的調音工夫做得恰到好處。那時候，全場的食客知道今晚的主角快要開腔，一半的食客早已屏息等候，靜待杜煥瞽師的正式演唱，只聽老瞎子開腔說：

　　「諸位聽官，今晚是迎月之夜，多謝諸位捧場，鄙人在此獻醜，務必多多包涵，希望聽官們聽罷今晚的歌曲之後，個個花開富貴，人月團圓。人人萬事如意，闔家發財。龍馬精神，添福添壽。百子千孫，四代同堂。鄙人杜煥，在富隆獻唱南音已經兩年，在其他茶居則多數唱板眼和龍舟，所以有聽眾覺得很不公平，希望富隆的演唱也可以一視同仁，故此今晚，杜煥便破例在此唱一曲龍舟，名喚《玉葵寶扇》，但並非全本，而是裡面兩闋最知名的選曲，分別是《大鬧梅知府》和《碧蓉探監》。歌詞講兩位情同姐妹的姑嫂，因為男主角遭丈人欺負，嫌貧重富，悔婚迫害，導致下獄受苦。嫂嫂因救夫心切，不惜與生父對簿公堂，而小姑則憐惜嫂嫂，甘願相助。杜煥唱得不好，便請諸位海量汪涵，多多指正。」

　　「吓！唱龍舟，不是南音，太失望了。」鄭匡放下一對筷子便大歎一聲，「我們選錯了日子，也不知龍舟是甚麼曲調？」

　　「龍舟就是數白欖。從前是瞎子街頭賣唱最低俗的一種唱腔，甚有市井之輩的況味，不似南音，有一種文士風雅。」程雲在旁解釋，一面用筷子餵雀籠內的八哥吃半肥瘦叉燒，一面補充說：「我在得如樓曾經聽過師娘唱粵謳，但龍舟麼，倒是頭一遭欣賞，不知瞽師唱來如何？」

　　老瞎子清了一清喉嚨，仰天而笑了一陣，然後敲起一段前奏的鼓音，

跟著把弄起龍船的樂器，開腔唱了一段姑嫂對話的曲文，力數生父世態炎涼及迫害親夫的種種惡行。唱到傷心之時，歌者更聲淚俱下，字字唱來辛酸，句句吟出悲怨，繼而腔口一轉，又扮起守衛衙門和牢房差役的小角色。一把歌聲，半唱半白。還生動地扮起了幾名途人，聲演出不同腳色。說唱文辭，段段俱佳。唱來深得戲劇性之妙韻，掌控得恰到好處。茶居內泰半的食客均被演唱者的神奇歌喉所吸引，人人屏息聆聽，個個靜心欣賞。一些食客，更跟著節拍用雙掌敲打桌面，搖頭讚歎，不勝陶醉。當中幾位身穿小西服的富家孩童更好奇起來，紛紛走到台階前三尺之遙，欲想一睹老叟的奇妙演出，還指手畫腳的細看他的龍船樂器及撥彈之技。不時交頭接耳，露出驚詫的小面容。

傅生的這一桌正聽得入神，一把聲音卻在他們的背後叫將起來。

「這瞎子究竟唱些甚麼？一點都不動聽。」原來閔叔到埗，在旁邊一張空椅子上坐了下來，大聲道：「我從樓梯拾級而上，已經聽到歌者『鬼食泥』的歌聲，還以為會唱白駒榮的首本名曲。這首曲，聽得我一頭霧水，不知所云。」

「這叫龍舟。我也是頭一遭聽到這樣的唱腔，跟大戲的唱法完全不同，也跟南音很有區別。」程雲見坐在那兒的老人家猜到是傅生的準丈人，是今晚專誠前來見識杜煥瞽師歌藝的這位仁兄。

那時候杜煥已將《玉葵寶扇》唱到中段。正唱到兩姑嫂如何設法營救親夫的一折。老叟的歌聲越唱越急，左手敲起木龍船上的鐵環，夾著右手擊鼓的聲音同時響起，響得既急且快，顯示出曲文已達高潮的境界。由於他們坐在靠近樓梯的位置，可以聽見客人們上落樓梯「咯吱咯吱」的步履聲。見一雙男女攜同一對孩子逕自步上，傅生一望，男子正是泰華國貨的老闆，即自己的僱主章力同。兩人四目交投，都有始料不及之感。雙方點了點頭，難免露出意外之色。然後見章董事長帶同家眷緩緩入座，與同席的客人有說有笑。原來此席的座位只坐著半滿的客人，當中的首座，就是留待他們兩夫婦，距離傅生的這一桌約莫三碼之遙。傅生心想，稍後該如何跟老闆寒暄幾句呢？

是晚迎月，茶居破舊的卍字形花紋窗櫺半開半閉的，但圓月當空，

正好照在西環半山區的幾棟洋樓的一角，在建築物與建築物的隙縫之間，黃皚皚的掛在不遠處。傅生抽著煙，正好聽見閔叔跟程雲和鄭匡二人議論著前些時新馬師曾在電視節目上的慈善表演，一把聲音卻從他的背後叫起來，「傅主管，竟在這兒遇見你，巧得很！中秋節快樂，假期快樂……」原來章董事長叼著煙，雙手已經搭到他的兩肩上，神情懇切的說道：「你跟親友們過來欣賞杜煥的演唱？今晚真不巧，聽不到他的地水南音，太可惜了。我太座原本就是他的忠實擁躉，每月總會上富隆聽他演唱起碼一、兩趟。上次丈人的六十大壽，我們還邀請他老人家到寒舍親自表演，唱了一曲板眼，好像叫甚麼《爛大鼓》的，我也一時忘記曲名了。」

寒暄數語後，傅生便替他介紹席上各人。各人應酬了幾句，章力同便對傅生說：

「有件事，我想拜託傅主管，我們到陽台聊一聊好嗎？」

傅生聽老闆的口氣有點兒神秘，知道是密語，連忙起身，跟對方走到茶居的陽台。

那陽台像極廣州西關建築，陽台沿著茶居的外圍半月形的建成。臨街的鐵欄杆築起一排排花架，花架上盛著逾十盆時花，泰半是奶白色的薑花。晚風吹過，發出陣陣撩人鼻息的幽香，甜而酸。

傅生不期然從富隆茶居的陽台俯視下去，水坑口的街頭有個小公園。幾位家長帶同年幼子女正在提著白兔燈籠歡天喜地的玩著，笑聲一陣陣的飄了上來。左邊一張長木椅坐了一對老夫婦，兩人攤開舊報紙，正在吃柚子和菱角，慢動作地將剖開的殼子丟到報紙上。傅生抬眼一看，見一輪皓月已經在對面高樓的背脊出現，在建築物與建築物之間亮出半邊臉，大而黃的露在樓宇之間丁字形的夜空中。夜空有一層黑而厚的雲層出現，雲層的上端展露出一團異乎尋常的碧綠光環，時明時暗的浮游於夜空之中。

這時候章力同遞了一根「三個五」過來，傅生甚少抽此牌子，嫌太澀。但今回因為老闆奉上，不好拒絕，連忙畢恭畢敬的接過來。

「在這兒不用跟我客氣，我們就像朋友般的談幾句體己話吧。」董事長道：「近來為了國慶減價雙周的籌備工作難為了一眾手足，你們辛苦了。事成之後，我會重重答謝全體員工，但現在有一事拜託傅主管代我出頭，

暴流

為公為私，都希望你能幫忙。」

　　傅生一聽，好生奇怪，不知老闆請求的是甚麼。但見對方只一味抽煙，良久才說：

　　「今晚難得是迎月佳節，真盼泰華有更大的發展前景，就像今晚的滿月，令我無愧於先父創業的遺志。但創業容易守業難，我知自己用人不當，只盼一些默默耕耘的員工，可以努力為我效勞，開創公司的事業高峰。傅主管，你就是我可以信賴的下屬，往後就有勞你繼續加油，好好地幹。」

　　傅生一聽，內心難免一震。回想這位老闆凡事都不會親力親為，一心只以創辦者章楷的繼承人身份自居，泰華上上下下，裡裡外外的工夫，幾乎都交由卜正總經理全權代勞。各部門的主管事務，只向卜正一人交代，沒半點兒要董事長操心，如今有此請求，難道公司近日出了問題，必須臨危授命，派傅生負責解決呢？這位一向萬人之上的老闆，是否遭到董事局其他成員的施壓，不再任命姓卜的全權掌政？抑或卜正一直扮演著歹角，幕後決策，則由這位真命天子暗中操控？甚至是否公司高層人事有變，必須重整管理階層，應付突變。傅生一路想來，狐疑滿腹，耳際間，突然聽得茶居的大廳傳來一片嘈雜之聲，兩人便從陽台回頭一望，見杜煥瞽師經已完成今晚的演唱，由兩名伙記左右攙扶的緩緩步下台階，準備離開。一眾食客，也開始陸續散退，掛在窗櫳上的「籠中鳥」，亦紛紛被主人們提走。一時間，相思聲、畫眉聲、黃鶯聲、八哥聲此起彼落的鬧個不停。

三十九

　　「我想拜託傅主管去探監，探葛農的監，然後回來告訴我他在獄中的情況。」章力同董事長坦白地說。

　　「探監？」傅生聽後心裡一震，暗暗叫屈。見章董事長神色凝重的望住自己，他知道對方也覺得如此的請求有點過份，就像強人所難一般。

　　「傅主管，你聽過馮榮的名字嗎？」

　　「是鬥爭會的常務委員，聞說近日擢升為副主任。」傅生答：「今年

女服工會的五‧一勞動節晚會上我曾見過他，活動上，他是發言的嘉賓，現在在香港的左派地位崇高。」

「對，正是他。不瞞你，現在他有意入股泰華，成為董事局成員之一。他在香港塑膠業總工會的勢力龐大，許多本地的塑膠廠和玩具商人都買他的賬，從大陸甚至東南亞進口的原材料，也要經由他的首肯才能入貨，跟中國的對口單位關係密切，地位自然舉足輕重。聞說他是黨中央未來在港銳意提拔的新貴之一，在人選中排名首位。倘若成事，他在香港左派的影響力將會壯大，所以他在今次反英抗暴的行動上便走到最前線，用意是爭取國家的信任和政治本錢，扶植更多有分量的香港屬下，贏取黨中央對他另眼相看的信心。如果他加入泰華成為股東的話，不單令公司成為他的棋子，同時對泰華步向內地市場亦有幫助，對公司在港的長遠發展有百利而無一害。傅主管，我想你去探望葛農，就是想爭取此人的信任，讓他對泰華有更多好感，投下信心的一票。」傅生聽罷，終於明白章力同的真正用意是出於私利，而非關心一名入獄的舊員工的不幸。

「不但如此，還有其他考量。」對方深深的抽了一口「三個五」，用力向半空吹去，一條長長的青煙筆直地浮現眼前，連嗆喉的澀味也可嗅到。只聽對方繼續說：「我看過葛農的個人履歷和入職工作表現紀錄，覺得此子是可造之材，非常聰明，且又勤奮，對工作很有熱誠，是位不可多得的人才，可惜就是過份左傾，妨了他的前程。傅主管，你知嗎？他曾私下給我寫信，信上表達了對改革公司的多項建議，雖然具體方法未必可行，但誠意可加，創意不俗。就是這一點，已教我印象猶深。對這樣的一位年青小子，我個人覺得需要多加關懷，看看他現在在獄中有甚麼可以幫忙，對公司還有甚麼要求。有朝一日，難保我會再重用他。」

「董事長，你該知道卜總經理是他的姐夫吧，他們的郎舅關係一直良好。他的入職，就是卜正推薦過來的，現在小舅子有此下場，憑卜正對他的關愛，也會經常探監，為何多此一舉，安排我去呢？」傅生始終有點不情不願，才有這樣的解說。

「沒錯。」章力同連連點頭，但補充道：「卜正去探監是理所當然的事，沒甚麼值得重視，不似公司上下員工，對一位因為反英抗暴的左派青

暴流

年的廣泛關懷來得更有意義和說服力。我想製造出一份全體職員的特殊慰問，這才凸顯探監的價值。即使不是全體員工亦具代表性，代表著愛國機構對一位蒙難員工兼愛國青年的不幸入獄的強烈關懷。這一點，才是我想爭取馮榮入局的主要目的。傅主管，你該明白我的用意，我想你發起公司員工的探監活動，由你以糧油部主管的身份直接策動和帶領，就是名正言順的做法。」

董事長不愧是董事長。原來他的每一步都處心積慮，精心部署。傅生終於明白過來，自己是這場爭取馮榮入局的一隻棋子。這比上次卜正利用他安排葛農成為糧油部第二把交椅的部署工夫厲害得多，要拒絕對方，更難上加難。

假後上班，糧油部的葉姑娘歡天喜地的拿著一封信件給傅生看，說是和叔從西雅圖寄回來的。信上說一別兩個月，現在已經安頓下來，還問候各人安好，感激上下同事在他主管之時一直齊心，協助他渡過不少難關。退休之後，正在那邊安享晚年，弄孫為樂，生活得不亦樂乎云云。

「傅主管，你看清楚了沒有？」葉姑娘指著和叔寫給她的兩行字，道：「他正替我物色結婚對象，說有一位上海親戚，是位中年喪偶的男子，正在找媒人替他續弦，打算回港徵婚。年紀雖然大一點，但為人忠厚老實，他想介紹給我認識。我想，假如能夠嫁到金山做人填房，年紀大一點都沒問題。你看，我也奔四十歲了，還能要求甚麼白馬王子？只要不是行將就木的男子，有個美國籍老頭子作伴也死而無憾。」

傅生覺得葉姑娘這一向辦事落力。自從葛農入獄之後，公司便臨危授命，指派她暫時接替糧油部副主管的工作，她也義不容辭地一力承擔，有時候加班至深夜亦不計較，遇上兩星期後國慶減價雙周的部署工夫更落力應付，傅生冷眼旁觀，親睹她為籌備工作勞心勞力，偶然會萌起憐香惜玉之念。一念到她仍未將「一顆恨嫁的心」完全埋沒時，便替她感到可惜。如今和叔的來信，直教她一顆幾乎熄滅了的幸福之情重新點燃，難怪她急不及待地將此信遞到傅生的面前。

但傅生最感興趣的是信中和叔慰問葛農的幾句話。葛農是和叔的接班人，人在花旗國，也不忘給這位晚輩打氣，叫他努力工作，日後必定大有

作為，何況葛農年青富幹勁，不難打出一片新天地。但和叔萬想不到短短兩個月葛農便成為階下囚，要困在域多利監獄坐牢三年，飽嘗鐵窗之苦。倘若讓和叔得知此事，不知他有何感受？傅生想到這一點，忽然胸有成竹，覺得探監時拿此信作為支持葛農的話，該也合適。不然，他也不知該說甚麼開解葛農了。

「葉姑娘，妳有空的話，就到文具部找莊淳妤，替我買一張大號的慰問卡，款式由妳挑選好了。」傅生讀畢和叔的信後便對葉姑娘說。

「買慰問卡寄給和叔也是理應的事。我自己也打算私下給他回信，感謝他替我做媒。」對方含笑地道，咧開的嘴巴，露出一排微哨的牙齒，連門牙的紅肉也露了出來。

「葉姑娘，妳錯了，不是寄給和叔的，是送給葛農的。」傅生糾正她。

「甚麼？送給葛農？他不是正在服刑嗎？」葉姑娘瞪大銅鈴般的眼睛望住傅生，暴牙齒更露了出來，表情變得很誇張。

「對，我們打算派代表前往監獄探監。葉姑娘，假如妳有興趣，便跟我聯繫，稍後我會通知妳確實日期，但現在你們在慰問卡上簽上名字後，便把卡子交還我。」傅生半開玩笑的道，深知這位女同事肯定沒膽量跟他一起去探監。只聽對方說：

「誰要一起去？傅主管，你也不知道，那次葛農被差人上門拘捕時，我躲在一角不敢多看一眼，還暗自哭了，怕得要命！事後更頻頻發噩夢，夢見自己也被差人抓走了，囚在一個伸手不見五指的牢獄。」

傅生一笑置之，看著對方下樓去買慰問卡。

慰問卡最終簽上幾位同事的名字，各人都寫上幾句勉勵和祝福語，傅生細看之後，除了糧油部的全體同人外，還有總務部的成成、文具部的三朵花和會計部的郭小姐等。傅生拿在手上，再三確認，便用派克鋼筆在上面簽上自己的名字。簽畢，便想知會卜正，看看他能否抽空探望他的小舅子。但回想那晚章力同的口吻，多少顯示出不太信任卜正的心態，彷彿開始對這位總經理心存芥蒂，還是儘量低調處理，何況已策動了其他員工的簽名支持，算是從善如流地處理好最高領導人的意願。

下班前卻來了一通電話，是之前出讓慶春里舊居的那名地產經紀歐陽

先生。說新業主代他收下一隻小包裹，是從北京寄出的，信皮註明「印刷品」，還寫上「急件」兩字。歐陽先生便急匆匆的通知傅生，務必要他到地產代理公司取回原物。傅生一聽是北京的郵包，一下子便想到沙芬寄過來的。但沒通信近一年，怎會寄郵包給他？下班後他便趕過去領取，一看茶色包裹上的潦草簡體字，認出是舊同學練浩的筆跡。奇怪裡面藏著的厚甸甸東西到底是甚麼，連忙在地產代理公司借來剪刀。打開一看，除了信件，還有一部手抄本的小說《第二次握手》，是他從前跟練浩在電話上曾經提過有意一讀的禁書，上次沙芬跟他也說過，此書在國內充滿「傳奇」，即使屢禁，就是禁之不絕，還在大陸被瘋狂傳閱，輾轉抄錄，成為人人爭相閱讀的「毒物」。

傅生首先閱讀舊同學的信件，通篇簡體字，不像上次的來信偶然出現幾隻繁體字。是因為對方曾經在港唸過短期課程，當年的繁體字還記得兩、三隻，但現在的書寫則全「大陸化」。信件內容如下：

牛一大哥：

很久沒有給你寫信，你好嗎？

我還是不習慣稱呼香港的朋友為「同志」，覺得「牛一大哥」的稱呼更親切，彷彿這樣一叫，便讓我回到漢江年代唸書的日子。逝去的，永遠是最珍貴的。

由於國內現時大多數大學都在停課，我在學科中研究長江三峽水利工程的課程只好暫緩。本來我這個閒雲野鶴般的人物，大可以天天給你寫信，就像天天寫情信給愛人一般（一笑），但我疏於筆耕，還是覺得遊山玩水的生活最寫意不過。近月來，我便走遍多個省市和城鄉，做其世外閒人，只可惜在現時國家翻天覆地的歷史時刻，我等「只談風月，不談國是」的心態，自然變成千古罪人了。

想不到我上次到濟南之時，竟在山東大學發現一部手抄本的《第二次握手》，真是皇天不負有心人了！

由於要趕緊將手抄本歸還大學那位研究生，我便趕在旅途上一路閱讀。踏足西湖、西安、成都、昆明和麗江的土壤，面對那好山好水與壯

麗多嬌的神州大地，我一面勤讀此書，一面考察了多處水利工程，完成學科中的高階研究，開始執筆寫論文。但閱讀之時，不禁想起你曾託我尋找此書。在天台山的時候，我讓一位學習簡體字的小文盲替我臨摹，終於在重返山東大學之前，給他抄完這部愛情小說，現在可以寄給遠在香港的你，並望牛一大哥讀罷之後，可以傳到下一位讀者的手上，傳承此書那份愛國愛民的高尚情操。

《第二次握手》的書名曾數度更改，初喚《浪花》，繼而有《香山葉正紅》、《歸來》、《氫彈之母》和《歸國》等。張揚這位作家，原本並不知名，但此書一出，卻成就了一段離奇的「傳抄佳話」，這倒是大陸當權者始料不及的事。其實，每本書的出版，都有不同的命運，連我這位「假知青」也深明此理。到如今，此書被捧上天邊，卻變成跟作家的命運聯成一體。際此文革大亂，此書再次被打成禁書，下場如何，誰可逆料？有黨中央的得勢者更說文內有歌頌周恩來之嫌，暗示為「反黨反動」。你該知道，現在周總理是被半罵半捧的人物。他的浮沉，正掌握在最高領導人的一念之間，連帶造成此書遭到監控，成為「毒草」。現在張揚已經變成階下囚，正待發落，極可能被判重刑。假如得不到掌權者的營救，大概只有獄中等死，這就是此位作家目前的生死關頭。

牛一大哥，現在你身處的香港還是真假炸彈遍佈的嗎？你和你的未婚妻也要小心。最近我聽到外交部的一些傳聞，說表面上香港左派的強硬派仍在搶攻，但內部的核心成員已經暗中跟港英政府私下商討議和的可能性。假如屬實，也該是港人之福。

想你已經成家立室，但記住，你還欠我一杯喜酒，下次見面，便要好好給我補償。祝新婚愉快，生活美滿！

練浩同志　上

四十

十・一國慶的前夕，傳生告了半天假前往港島域多利監獄探望葛農。

由於專為囚禁左派犯人的西環摩星嶺集中營已見人滿之患，赤柱監獄也不足以容納更多犯事者和暴徒，這所維多利亞時代的舊建築，便成為少數左派人士的囚禁之所。

葛農的「參與非法集結」、「散播失實言論的煽動性刊物」、「意圖從事顛覆港英政府的活動」、及「組織與策劃危害社會治安的暴亂」四項罪名同期執行，一共被判三年刑期。假如在囚期間行為良好，扣除假期，不足逾兩年，便可以刑滿出獄，恢復自由之身。

傅生臨行時還按捺不住心情，通知了葛農的姐夫有關探監的日期。卜正得知後反應平靜，根本不知此事原來是最高領導人的指使，故而不疑有詐，欣然接受了同事們的好意，卻稱當日無暇探監，囑傅生替他買些小舅子慣用的日用品過去，主要是內衣褲和文房四寶。聞說葛農最近在獄中自學書法，因而囑他探監時一併送去。

傅生沒將探監之事告知掬彤。心想，女人對這些事總有避忌，不說也罷。

原本想約鄭匡一起探監，但現在他縱情聲色，以享樂為首念，不見得有此興趣。至於小莊，更覺無從邀約，何況傅生已經感到跟對方的關係日漸疏離，不好打擾，惟有作罷。

臨行前的一天，他突然想起蒯老師來。蒯老師不是有兩名學生曾經因參與示威遊行被判非法集會因而囚禁在男童院嗎？他跟老師也曾一起聽審，想必對方有過探監的經驗。對葛農來說，認識多一位良師益友總是好事，何況蒯老師對一般晚輩例必循循善誘，加上他有教授國畫和書法的經驗，對初學者更有裨益。

既然沒其他同事跟他一起探監，他便嘗試搖電話找蒯老師。晚上在家中致電對方，對方在話筒裡不斷咳嗽，說正患重感冒，但還是立刻答允跟傅生一起前往。

傅生得悉監獄通知的探監日期，便約同老師周日上午見面。還告訴對方遷居之事，邀他探監後到自己的新居一坐，兩人便相約去域多利監獄。

他們約好分別前往，然後在街頭會合。

傅生從石板街一直往半山區步行而上。星期天的清晨，街上途人稀

疏，連擺攤子的小販也未見開市，一條斜斜的坡道空空蕩蕩的。石板路面凸出的小石頭冒出水珠，不知是黎明時分下過陣雨還是露水所致。踏足上面，有一份濕漉漉的感覺。太陽正在東邊直曬過來，石頭上的水珠變成點點發亮的魚鱗片，照得傅生一雙眼睛有點兒睜不開。

傅生走到荷李活道，兩旁的骨董店、南貨店和洗衣舖還未營業，只有一間辦館已經開市。今天他提早出門，平日禮拜天他非要睡個飽，補足日常的睡眠不足。今天他瞞住掬彤說跟蒯老師一起喝早茶，掬彤便沒有為他張羅早點，現在飢腸轆轆，就在辦館買來一片火腿三明治和一瓶可樂。為爭取時間，邊行邊吃，就是手上拿著交給葛農的一大批日常用品很礙事。走在路上，份外覺得不方便。

拿著大包小包隨身細軟邊行邊吃的滋味真不好受。幸而走運，前面有個小公園，兩張破舊的長木椅並排一起，可以坐下來小息兼吃三明治，傅生便三步併作兩步的橫過馬路，但一個不留神，腳下竟碰到雜物，冷不防便踏空一跤，人就往前衝了一大步，差點兒跌倒地上，好在身旁剛有一枝電燈桿，傅生一手抓緊，卻將手上全部物品翻倒在地，半片吃剩的三明治和可樂玻璃瓶早已打翻，碎片和紙屑散滿一地，還溢出濃濃的褐色水漬，水漬從地面順勢流向路旁的陰溝。

傅生一腔怒氣的怨自己造次。現在早餐告廢了，空著肚皮也活該。定個神來，回望剛才踢中的那塊障礙物，原來是踏著行人道上的一隻神龕。小小的神龕，上面用紅漆寫上「土地神明，十方普照」八個字。

他再看清楚一點，原來神龕的前面還有一塊不大不小的紅磚，比孩子的屁股大一些，用來鎮住過路人供奉的香燭。現在經他這樣一下「兜心腳」，香爐和香燭都早已打翻，殘灰廢土灑落一地。一瞬間，令他想起去年在廣州公車上遇過的一對客家老夫婦，兩人不是曾經叫他信佛爺拜菩薩麼？不然，便有「血光之災」。在國內「破四舊」的禁令下出現這樣的信佛百姓，可能是宗教狂熱者被高度壓抑下造成的反彈，變成更瘋癲。傅生立即有一種預感，疑心今天會否應驗，稍後可能有更壞的事情將會發生。縱然他是個無神論者，但一念之間，卻產生了不祥之兆。

走到奧卑利街的路口，已經看見一棟樓高兩層石屎外牆砌成的殖民式

建築。褐紅淺黃斑斑駁駁的破舊磚牆展現眼前，在陽光照射下，即使時值盛夏，建築物依然給人深秋蒼涼的感覺。傅生一看，見蒯老師正在大門口等候著，對方一眼便看見他。可能因為周日清晨的緣故，探監的人沒幾位。除了他們，就是一對老夫妻模樣的男女站在門前。

兩人在通報處登記之後，一名穿著寶藍色戎裝的獄警領著他們入內，在監牢正門前的一張長石凳上查看他們帶來的物件，逐一清算檢視；又循例搜身，然後讓他們穿過鐵閘大門走進去。一路上，蒯老師不停咳嗽，用手帕不斷醒鼻子，看來感冒的程度不輕。難得他抱恙還答允前來，傅生內心萬分感激。

看著老師，見他架在鼻樑上的一副新眼鏡。鏡片厚甸甸，將他原本細小的眼瞳誇大地反照出來。從前他有眼疾，並且施過割除白內障的手術。這副眼鏡，想必有助他的視力。但見他戴得辛苦，更顯得老氣橫秋。

域多利監獄是獨立式的牢房建築，一個個小小封閉式的囚室，獨立的門戶、獨立的窗框，裡面黑漆漆，每間囚室最多容納兩名犯人共處，大小二便就到外邊公共茅廁解決。他們經過走廊時，已經聞得一陣陣濃烈的阿摩尼亞味和糞便的濕臭味，四方八面的湧入鼻尖，一路上，傅生要掩鼻而行。蒯老師正在重感冒，咳嗽和打噴嚏的次數更多起來。

只聽得獄警大聲叫喊「1394」的編號，那犯人就困在走廊最盡頭的一處。原來「1394」就是葛農的編號。又說他正在探監室等候著，帶來的物件將會稍後轉交到犯人手上。會面時間三十分鐘，逾時的話，獄警將會口頭警告。重犯者，下次不准再探監，還要他們在一份承諾書上簽字確認，不得干犯獄中任何嚴禁的行為，包括禁止與犯人有任何機密言辭和文書性的交流。隔著鐵籠式的玻璃窗圍幕，只能作一般交談。除非有代表律師在場，可以允許討論案情或上訴的內容。

坐在探監室背向他們的那名小伙子就是葛農。由於斑馬條紋的囚衣背上刻著阿拉伯的「1394」號碼，一時間，倒認不出他來。當葛農轉個身來望向他們時，以往那深邃的眼窩，現在變得更凹陷，無情無緒地看著他們。

隔著鐵枝框著的玻璃圍幕，葛農的聲音比僅僅聽見的大一點，像是有氣無力的。

「謝謝你們的前來,這位是?……」

「是我從前的老師,蒯老師。」傅生介紹道:「蒯老師是漢江中學的學生宿舍舍監,還兼任繪畫和書法兩科。我知你正在自學書法,便找老師前來跟你交流,看看有甚麼可以幫幫你。」

「謝謝你,蒯老師。」葛農望向他們的眼神卻很閃縮,一直迴避直視他們。

「想不到跟你初次見面,就在這種地方。」蒯老師咳嗽了兩聲,續道:「葛農,我最喜歡跟小朋友相處。我有兩位學生在暴動中也遭到判刑。原本獲准緩刑,由於判刑過輕,最終還是被判入男童院半年。現在有空我也過去探望他們。你在獄中的生活可適應?」

「還可以。就是獨立式的牢房,一個人,獨處的時候感覺有點無聊,幸而還可以臨摹王羲之的《蘭亭集序》,讀讀書,做做運動打發日辰。何況這兒還替犯人安排簡單的手工藝,幹幹粗活,一天時間,很快過去。」

「葛農,容我這樣叫你嗎?」蒯老師拿出手帕,用力醒鼻子,聲音異常的響亮,然後道:「假如你有心學好書法,從基本功開始,摹臨柳公權或者趙孟頫,都是不錯的入門選擇。我在校內就是這樣教導小朋友,他們的成績也挺不錯。」

「多謝你的意見,但我專心臨摹王羲之,一半原因,是欣賞他的為官之道和統領軍隊的戰績。當然,他的『書聖』名號,亦非浪得虛名。」

「葛農,」傅生打斷了他們的對話,「看來你的精神很萎縮,是否營養不良?抑或睡眠不足?這兒的伙食如何?夜裡不會很冷嗎?」傅生一連串的問號問過去,對方沒立刻回答,只站起身來,舒展了一下筋骨,又伸了個懶腰。這時候,傅生才發現葛農的背板像歪了一號,好像駝背的漢子一般,顯得更老態龍鍾。

「傅主管,」葛農坐下來,續道:「我聽姐夫說過,你替我帶來了一些日用品,有否文房四寶呢?」

「已經帶過來,連墨硯、狼毫筆、宣紙、玉扣紙和月宮殿都有。還有內衣褲、水果和同事們給你的慰問卡。一封是和叔從西雅圖寄回來的信。『雲南白藥』和『田七藥膏』,是你姐夫託我帶來的,以備不時之需,稍

後獄警都會交還你。對！葛農，你聽過一部內地小說叫《第二次握手》嗎？」

「吓！《第二次握手》？」蒯老師壓低喉嚨，道：「是大陸禁書，不能正式出版。聞說現在在國內紛紛傳閱著手抄本。牛一，你是如何得到這部書？」

「是一位北京舊同學寄給我的。蒯老師，你還記得嗎，我們高中畢業前夕，有一位叫練浩的大陸學生？他的父親，是國內一名外交官，練浩在港上過短期課程，跟著回國。我跟他偶爾通信。他知我想閱讀此書，便從濟南寄給我。我讀了，便想送給葛農。」

老師「唔」了一聲。

葛農便說：「這麼傳奇的一部小說，我一定會讀。放監之後，不，讀畢之後，我會儘快還給傅主管。」

「甭急，三年時間，很快便過去，章董事長叫你好好保重，放監之後，繼續跟你姐夫一起效力泰華，我們等著這一天。還有，這裡的獄警有沒有向你動粗？」傅生終於問到最敏感和關鍵的話題。他想起之前兩名曾經坐牢的社僑男生沈家豪和霍兆安來。兩人出獄之後，便曾在報紙上大爆左派犯人在獄中慘遭不人道對待，不由得替葛農擔心起來。

「沒有……還好……除了定時做些小工如編製竹簍和鑿石子之外，沒甚麼苦差需要應付。……」葛農答，但說話又像欲言又止。

傅生留意他的表情，又看看站在一旁的獄警和身後走動的其他探監者。

「這兒不是談此事的地方。」老師輕聲說：「總之，假如確有其事，你便寫信告訴我們，我們便會通知你的律師，設法幫忙的。」

兩人見葛農噤聲不語，一直低頭。一對拳頭，左搓右擦的，又大力擠壓指頭的骨節，不斷重複，發出咯吱咯吱的筋骨被擠壓的響聲。

傅生和蒯老師也感到不便多問，只叫對方保重身體。三人匆匆話別，剛好聽見獄警說，探監的時間屆滿，也就打住，向犯人告別離開。

四十一

　　傅生和掬彤的愛巢蒯老師是從未拜訪過的，傅生趁此機會便邀請對方到新居參觀。經女主人悉心佈置後，這新居也頗有瞄頭，電視機、冰箱、組合櫃、真皮闊邊墊長沙發、落地蕾絲窗簾、磨砂圓形大飯桌等應有盡有，連無線電和立體聲唱機都有，難怪這位客人讚不絕口，大讚環境雅致舒適。

　　「十年前，我很難想像畢業的舊生可以有今天這麼好的居住環境，漢江的師生們都是窮等人家出身的多。掬彤啊，妳跟傅生終於熬出頭來，我這位老師，也替你們高興極了！祝你倆婚後生活愉快，白頭到老，早生貴子囉。」

　　「謝謝老師。」掬彤坐在一張酸枝椅子上笑逐顏開的說：「蒯老師，其實，沒有你的悉心栽培，我們哪有今天的日子，多謝你賞光前來參觀。」

　　「未來老婆大人，」傅生道：「妳替蒯老師煎的感冒茶煎好了沒有？煎好了，便端出來給老師喝，人家還要趕回宿舍照顧他的學生們。」

　　傅生原本邀請老師留下來吃頓晚飯，知他事忙，也就不便挽留。事前他跟蒯老師商量好了，兩人都不會透露探監的事，免得掬彤問長問短，節外生枝。三人一直閒話家常的聊著天。

　　蒯老師在真皮闊邊墊長沙發上喝完一碗午時茶，又上廁所解手一趟，出來後便叫傅生到陽台聊一聊，順便觀賞一下街外的風景。

　　那陽台非常寬敞，足夠三個成年人活動自如地站著欣賞腳下的街景。假如中秋節賞月的話，擺放一張小几子和兩張籐椅都綽綽有餘。掬彤打算在陽台上種些盆栽，正在盤算著該種甚麼品種，故現在看起來，一個近四十平方呎的陽台，便有空空如也之感。

　　「牛一，你認識一位叫馬柔靜的小學老師嗎？」蒯老師突然這樣問，又咳嗽了兩聲，清了一清喉嚨。隔著厚邊眼鏡片，便知他正在留意傅生的反應。

　　傅生正在掏出一根良友香煙來抽，聽老師這樣一問，不覺一驚。心想，難道老師見過馬柔靜，知道她和小莊的關係了？因問：「你說的是在英田

暴流

天台小學校教書的那位馬老師？她是掬彤的舊鄰居。你也認識她嗎？」

「牛一，你要老實告訴我，她跟淳德是否正在談戀愛？」

「這個麼？我也不好說。」傅生答：「也許是，也許不是。」傅生實在搞不清兩人現時的關係，只能這樣答，且問：「老師為何有此一問？」

「我是經由一位同事介紹認識了她。由於英田小學校有幾位家長因為香港現時的亂局打算移居東南亞，暫時未能帶同子女上路，只好安排到寄宿學校繼續升讀，所以馬老師便跟幾位家長到漢江了解升中寄讀的生活。那一天，對方跟我見了面，談到淳德時，起初她只問淳德小時候唸書的趣聞，我便提到你們三劍俠的逸事。到最後，她的話，變得吞吞吐吐的，我就覺得她的表現有點奇怪。只聽她說著說著，眼眶便泛起淚光。我猜，他們的關係是否有點不尋常。」

「的確，從去年起，掬彤和淳好便有意撮合他們，但小莊一直對此事不太認真，外人就不好勉強。現在當事人如何處理他們的關係，我們也不太清楚。蒯老師，我能說的，就是這一些，其餘的，就不得而知。」

傅生從老師的側面看過去，覺得老師真的老了，眼角的皺紋像火車軌道一路往下走，耳旁髮鬢，一根根白花花短束束的豎起來，架著一副超厚鏡片的眼鏡，看上去更覺老態。

「哎！淳德也是結婚的時候了。」老師長歎一聲，「我記得，他比你少兩歲，都三十五了。假如成親的話，就不會再這樣蹉跎歲月。這位姑娘的一片癡心也不至於白白枉種。但我想，馬柔靜的擔憂亦非過慮。她的憂心，正好出於深愛淳德。雖然她欲言又止，但我猜到，因為我們都是過來人。」

傅生日間站在自己新居的陽台還是頭一遭。平時他和掬彤偶然吃過晚飯後，都會走出來吹吹晚風，抽抽煙，看看街頭的風景。現在光天化日的站在這兒，腳下的街景卻有點兒陌生。見一輛電車從軒尼詩道的街口緩緩駛入波斯富街，隱隱聽見叮鈴叮鈴的響聲。電車到站後停了一會，幾名乘客從車上步了下來，電車又從波斯富街沿著路軌慢慢駛入羅素街的終站。但見駕車的司機身穿綠衣，綠衣的背影微微閃出幾道青光，大概是他身後的一點反光折射過來的緣故。從前傅生居住慶春里那個遺世獨立的幽靜巷

口，現在才感受到搬至港島鬧市的箇中情調。

傅生再從口袋掏出一根煙，用洋火點上後便抽了一抽，然後舒泰地向半空吹去，跟著問老師：「馬柔靜當日還跟老師說了些甚麼？」

「沒甚麼了，大概是我一廂情願的替她憂心。」蒯老師托了一托眼鏡架，又醒了一醒鼻翼，將吐出來的痰屑吐到手帕上，續道：「她只強調自己跟淳德是好朋友，只知他是我從前的一位特別鍾愛的男生，基於關心，才叫我有機會勸勸對方，別再搞甚麼反英抗暴的危險活動。但我猜，她是擔心淳德的安危，怕他出事，因而對我有此請求。但我告訴她，我跟淳德已有一段日子沒往來，即使勸諫，對方也不會接受，所謂『當局者迷』，沒法阻止的。牛一，我猜你也勸過淳德不要引火自焚，反抗當局，搞甚麼抗爭運動。再這樣下去，最終不會有好結局。但現在你和我都不知淳德的偏激念頭走到哪一步，更不知他此刻在這場鬥爭中扮演著甚麼腳色。他的一切，就像一個謎。即使今天報紙或者傳聞似乎平靜了一點，事態彷彿正常一般，新聞只偶爾報導真假炸彈出現的消息，他的安危，暫時還不用擔心。但這並非表示，這場中英之戰已經平復，往後還有許多難料的事情將會發生，亂子可能就在明天。假如淳德仍在這條路上前進，我也不能解決馬柔靜的憂心。」

傅生想不到蒯老師今天會提及馬柔靜。上次他遇見對方已經有一段日子，當天柔靜拿著糉子和金雞鐵樹酒上門送給掬彤。吉童剛巧待在未婚妻的家中，柔靜看見剛入學唸書的孩子便歡天喜地的逗他玩耍。由於吉童認生，死命的躲到他的身後，那情景現在還歷歷在目。傅生想起這位老師的長相，兩頰之上，一排斑斑駁駁的雀斑，真的其貌不揚，幸而鼻樑架著的金絲眼鏡，透出一份為人師表的文靜氣質，令人感覺到對方的善良和溫柔，確有人如其名的一臉「柔靜」。但想不到，她和小莊的這段「高矮情緣」，今天竟由蒯老師的口中引證出來。傅生暗自思忖，待蒯老師離開之後，是否該向未婚妻如實地透露此事。

蒯老師臨行之前，掬彤硬要他拿走一瓶「潘高壽川貝枇杷膏」，強調她和傅生重感冒和咳嗽時都很管用。對方堅拒了幾次，最後還是帶走了。這一晚，傅生睡在床上輾轉反側，還是抑壓住沒有將馬柔靜和小莊暗中交

往的消息告訴掬彤。

次日上班，又忙著國慶大減價雙周的部署工作。除了各部門的折扣預算已經計算就緒之外，最要緊的是十·一那天的明星剪綵節目。還有當日的大型茶會，招待各個被邀出席的嘉賓和一眾左派背景的商賈紳士。請柬早已發出，現在必須再三確認獲邀賓客是否到場，以便安排當天接待人員的名單和茶點的數量。

國慶當日適逢周末，天氣由早到晚都下著密密麻麻的牛毛雨。中午剪綵的時段，幾位被邀請前來主持儀式的左派演員依時抵埗，只有芝芝和寶寶兩位當時得令的大牌明星姍姍來遲，由幾位撐著雨傘的泰華年青女職員一早站在門前守候著引領進場。兩位巨星均穿上紅色綢緞織錦旗袍，卻被雨點打得濕透，顯得有點兒狼狽。但泰華的門前甚至對面馬路，早已站滿芝芝和寶寶的影迷們，塞得街道水洩不通，狂呼叫喊偶像的聲音不絕於耳。淳好雖已為人母親，因為天生長相幼嫩，也被安排成為迎賓的職員之一。那時候她混在人叢之中，一把長髮，早已被打得濕答答，形容顯得很尷尬，不時露出吃不消的神態。傅生見狀，知道她不宜操勞，暗中叫她入內小息，臨時指派另一位年青女職員頂替工作。

天公實在有意作弄人。原來安排在國貨公司門前舉行的剪綵，吉時一到，雨勢更一發不可收拾，加上橫風暴雨，根本不能依照程序進行儀式。經章力同董事長和幾位董事局決策者首肯之後，剪綵節目，移師到三樓的大房間舉行，就是上次展出建國攝影展和石灣陶瓷展的展覽廳。十幾位到場採訪的報館記者也要稍移玉步，所有程序安排均臨時拉夫的草草了事。

芝芝和寶寶剪綵之後便分別於第一時間離場，剩下三位半紅不黑的左派演員還跟一眾董事們繼續寒暄。總經理卜正因為邀得兩位主流明星出席剪綵禮，自然在賓客叢中侃侃而談，細說芝芝和寶寶今天的明星風範，又預計今次減價雙周應有佳績，自誇自擂的說個不停。未幾，展覽廳的小台階出現了一位「大人物」，原來是香港塑膠業總工會的馮榮主席，即經已擢升為鬥爭會副主任的「紅人」，今天他以榮譽嘉賓的身份出席。事實上，有關他入主泰華的傳聞已甚囂塵上，公司上下員工均奔走相告。聞說入局之後，他和章力同的董事長身份將會平起平坐，成為共同董事長了。

台階之上，早有職員拿來一枝直立式的麥克風讓榮譽嘉賓致詞。馮榮的右手拿起高腳酒杯，左手則按著麥克風拍了幾拍，麥克風立時發出幾下沙沙響聲，台下人群便肅靜下來，見講者清了一清喉嚨，開腔便說：

　　「多謝泰華國貨有限公司邀請鄙人出席這次減價雙周的開幕典禮。能夠在這個隆重的場合發言，是我個人的榮幸。相信在座諸位都知道，在這多事之秋的社會環境下，能夠一起慶祝國慶並非易事，但我們應抱著『在鬥爭中熱烈慶祝，在慶祝中進行鬥爭』的心情來歡度今天，才能報答國家對我們的恩情。為此，我們為中華人民共和國成立十八周年熱烈歡呼，舉杯暢飲。」

　　講者一面說，一面舉起手上的酒杯，不忘向台上和台下的人士祝酒。自己又深深喝了一口，接著再說：

　　「其實，諸位都知道鄙人在鬥爭會的副主任身份。在許多場合上我都說過，即使活在香港這塊英國人統治的殖民地，身為炎黃子孫，我們時刻都不忘自己體內流著的血液，就是『龍的傳人』的血液，這也是世上獨一無二的血液。但過去半年，許多龍的血液，就在這塊殖民地遭遇到法西斯主義者的暴力鎮壓而滾滾流下，但我們不會讓那些受害者和在囚的愛國同胞的鮮血白白犧牲。我們不單要團結一致，繼續進行這場反英抗暴的鬥爭，還要打倒這些英犬和白皮豬、黃皮狗和紙老虎，將他們的奸計逐一揭破，徹底鏟除，令香港這塊原本屬於中國人的土地，回歸到龍的傳人的手上。由愛國同胞自決自主地選擇中國人該走的路，以裡應外合的手段，配合和完成祖國收回香港的統一大業。為此，我們熱切期待香港同胞早日回歸到祖國懷抱，全面改寫香港這筆可恥的割讓歷史。同志們、戰士們，惟有鬥爭、惟有再鬥爭、惟有再再鬥爭，才能贏取我們的最後勝利。讓我們高舉馬克思、列寧和恩格斯的思想旗幟。讓我們做五星紅旗下的子弟兵。讓無產階級思想傳遍香港。全世界無產階級大團結萬歲。戰無不勝的毛澤東思想萬歲、萬歲、萬萬歲。」

　　陪同馮榮站在台上的章力同董事長和數位董事局高層也附和著講者的口號重複叫喊。台下的卜正總經理領著大部份職員拍起手掌，但掌聲只疏疏落落的響了幾遍，便完全停止下來。

暴流

251

那時候，在場的甲記者搶著發問。

「請問馮副主任，聞說你將入股泰華國貨成為股東，並會擔任董事局成員，到底有否此事？」

「現時無可奉告，一切留待泰華決策層的最後決定，稍後他們才有正式公佈。」

「傳聞鬥爭會這個月並無會期，下一步，反英抗暴的動向將會如何發展下去？」乙記者接著追問。

「知己知彼，百戰百勝。我也不知你這位老兄的真正身份，不便在公開場合透露細節。我只能說，國家是全力支持香港愛國同胞所有合情合理的抗爭行動。黨中央和祖國人民完全相信，最後勝利，必定屬於全體香港市民。」

「馮副主任，外間有消息指出，你可能被邀加入黨中央，成為港澳地區惟一的代表。這項安排，國內的決策層是否已經批准了？」丙記者又加入了發問行列。

那時候章董事長立即搶過麥克風對台下的記者們說：「這個場合，馮副主任不便答覆大家諸多問題，有機會，我們會再次安排，多辦一次大型記者會，解答你們的問題。現在是大合照的時間。記者大哥們，想來你們也要向報館交代差事，勞煩各位舉起相機準備拍照，稍後還有茶點招呼，諸位無須客氣……。」鎂光燈的閃燈一時間便東西南北、上下左右、此起彼落的閃出強光，喀嚓喀嚓的聲響響個不停，台階上的講者和董事長也露出了燦爛的笑容。

但這次減價雙周的收入果然遭到「滑鐵盧」，全因為前一個星期都是雨天，狂風掃落葉的打消了不少顧客出門購物的興致。即使最後的一星期烈日當空，陽光普照，也抵消不了上周的慘淡經營，銷情自然返魂乏術了。

四十二

傅生和掬彤的結婚之期原本訂於年底，現時改為明年開春。但這段日

子，肯定還有許多瑣事需要辦理，像訂酒席、發請柬、拍結婚照和昭告親朋戚友等，還要通知傅生鄉間的一眾村兄弟。更重要的是知會那位久未聯絡的二嬸，到底她是傅生現時惟一的親人。但際此文化大革命這場政治龍捲風席捲全國之際，要申請二嬸來港喝一杯姪媳婦敬奉的茶簡直是癡心妄想。但一帖請柬，總該寄到她老人家的手上。

每到年底，例必是婚宴嫁娶的興旺季節，掬彤數一數日子，預訂酒席正是時候。雖說閎叔的西廚同事明哥早已替他們訂下龍鳳酒樓的場地，但所有具體細節仍未敲定。那天飯後，掬彤坐在沙發上一邊聽著麗的呼聲的廣播，一邊叮囑傅生說：

「老寶後日周末有一天假期，我們一起去龍鳳茶敘，順便看看那兒的環境和婚宴菜單。要點的菜，還是儘早點選，別臨急抱佛腳的草草款客，尤其老寶那一邊，一些親戚朋友都要預早通知。主要是媽媽那邊的同鄉兄弟，早點訂酒席，早點決定寄出請柬的名單。」

「好的！」傅生放下散光眼鏡，將晚報擱到小几上，道：「待我和明哥談一談，看看跟酒樓如何接洽。這間酒樓，原本就是明哥堂叔伯開辦的。聞說他們已放手不管，現在由下一代接棒經營。」

接班人其實是第三代，即明哥的堂姪兒，名叫方懷，是位長短腳的小伙子。聞說由於小時候的一場小兒麻痺症，現在走起路來便像跛子一拐一拐的。知道傅生來光顧，早已備好三張價廉物美經濟實惠的婚宴菜單，打算給新人過目。掬彤看了兩張酒席菜單均沒寫上魚翅、燕窩和石斑，卻以花膠燉響螺頭湯和清蒸鱲魚來替代，已經感到不滿意。一看傅生手上的那一張，雖列明了魚翅、燕窩羹和石斑，但價格卻相距甚遠，簡直有天壤之別。

「方老闆，我也知道魚翅的來價上漲，但也不會那麼離譜！」掬彤一臉不高興，道：「你知我們是你堂叔父明哥介紹過來的，縱然打了八五折，也跟我們心目中的價格有分別，能否再寫一張合理的菜單給我們參考？我們的賓客雖然不多，總有七、八席，卻也不想太寒磣。做主人家，也該臉上有點光彩，不然，那晚的酒席，我們要重新考慮。老公，你說對不對？」

傅生不好插嘴，靜待這位小伙子的反應，只聽方懷答：

「好喇！好喇！傅太太，我給你們兩位再寫一張，別生氣，和氣生財麼！最要緊是和氣生財麼！」姓方的便急急地站起來，拄著拐杖，一拐一拐的走回櫃臺再度盤算，拿起算盤便「啪答啪答」的重新計數。

「妳聽見嗎？人家叫妳傅太太。請問，江小姐，妳有何感想？」傅生笑著問掬彤。

「我的犧牲可大了，這叫『一朵鮮花插在牛一的腚上』……臭——哼——哼！」

傅生假裝向未婚妻的臉上刮一記耳光，跟著道：「聞說這兒的豬油撈飯和雞蛋鬆糕很馳名，來一個試試好嗎？」

「你看，你的肚腩快要凸起來！做新郎倌，便請留心自己的尊容，不要變成鄭匡一般的體形姣（好）不姣（好）？你不瘦身，我便退婚。」

「誰討妳？」傅生忍不住跟她鬥嘴，覺得這是兩人生活的情趣，「妳已不是黃花閨女，給我佔盡了便宜。退婚，我可另覓新娘子囉。」

「你敢欺負半邊天，我叫宋大姐批准我加入婦聯的行列，然後一起公審你，看你怕不怕？」

「我才不怕，人家是婦聯副主席，你加入的話，只會做半邊天的壞份子，最反動的臭婆娘。」

傅生看著掬彤的嘴角正在陰陰笑，便知她心裡甜絲絲。兩人終於由校園的一對小情侶變成結髮夫妻，說來也悲喜參半。只盼今後長相廝守，白頭偕老便好了。

兩點鐘過後，用膳的茶客已經散去一半，傅生和掬彤叫來四盅點心邊吃邊等閻叔。十五分鐘又過去，還是未見準丈人的蹤影，兩人便奇怪起來。平日江父甚準時，怎麼今天會姍姍來遲？

倒是方懷像個瘸子一般的一拐一拐的拿著算盤走回來，然後坐到他們身邊，將重新寫好的一張喜宴菜單遞給他們。菜單上已保留了魚翅和石斑，只將紅燒炸子雞改為燒乳鴿；又將「花月佳期」的甜品腰果露改為「百年好合」的合桃露，合計每席五十元。掬彤一看，便點了點頭，含笑地「唔」了一聲。傅生知道這張菜單對了未婚妻的脾胃。

方老闆收起剛才緊張的神情問起明哥的近況。原來他久已沒跟自己的

堂叔聯絡。知道對方早已戒掉抽大煙的惡習，閒來時只好杯中物，而肝硬化的情況又在控制中，也就安心了起來。

身後的夥計開始張羅客人的鵲局，將一個大廳堂用幾塊木屏風間出幾個間格。一些間格，已經有客人在裡面啪嚦啪嚦的攻打四方城，搓麻將的聲響此起彼落。

此時正有一批新來客從樓梯步上二樓，雜沓的腳步聲響個不停，三三兩兩的昂首闊步走過他們的身後。帶頭的一位看見方懷便向他打招呼，左手拍了一拍方老闆的肩膊兩下。方懷應了一聲，忙叫：「岑先生，你好，請內進，早已備好房間給你們，請慢用，慢用好了！」

幾位男士跟著姓岑的身後走進一間房間。傅生看見那位「岑先生」有點兒眼熟，但一時間，卻想不起哪兒遇過，便問方懷姓岑的是何許人也。

「岑——均——雄，」方懷拖長三個字，跟著問傅生：「你也認識他？」

「啊！我想起了。」傅生叫道：「難怪那麼眼熟。是左派的知名人士，在愛國報紙上專門發表反英抗暴的文章。又在左派雜誌擔任老總。小莊也曾提過他，說的時候，崇拜之情更溢於言表。」

「他們在這兒開鵲局？」掬彤問老闆。

「開是開，但名為鵲局，暗地裡是開會。」方懷答。

「為何在這兒開會？」傅生便追問：「他們總有歇腳的地方，例如 X 華社或者鬥爭會的辦公室，甚麼左派工會、商會、勞聯、婦聯甚至愛國學校都可以。」

「我也不曉得，反正他們已經不定期地在這兒聚會了三個多月。隔個周末的下午便會來一趟。一開，就是三檯鵲局，正好十二人，剛好佔用一個房間。」

「這可不得了！不就是非法集會麼？」掬彤一聽，便想到大禍臨頭似的，連忙輕聲對傅生說：「還是走為上著。不走，待差人上門抓人便殃及池魚。我不想成親之前討個不吉利。牛一，走囉！走囉！方老闆，給我們結賬。」

正說時，閣叔剛好從樓梯步了上來，一身司機制服，頭上還戴上鴨舌帽，一對白手套仍未脫掉，看樣子，是剛才下班趕過來的。

暴流

「老竇，你不是說過今天休假麼，為何穿上制服來？」搊彤見狀，便不禁追問。

閡叔還未正面回答，卻先問兩人：「我聽見你們說要結賬，是否等我等得不耐煩？」

「是怕這兒的左仔，他們正在裡面開會。」搊彤向木板間格的房間努了一努嘴，示意左仔們正在裡面密談。

「傻女，別生人不生膽，怕甚麼？有老竇在此，還有妳老公在場，有甚麼可怕的呢？」坐下來便喝了一口茶。傅生便把方懷介紹給閡叔；又遞過酒席的菜單給準丈人參詳。三人言歸正傳，邊談邊吃，便談到閡叔遲到的真正原因。

「我是幾經辛苦才可以脫身趕過來，由清晨一直忙到現在，還未喘過一口氣，就是為了今天的迎送生涯。」閡叔又自斟了一杯，慢慢吃起他的茶。

「世伯，今天是你的休假，為何要開工？」傅生抽著香煙問對方。

「原本是休假，可惜一早便被麥克格爾的私人秘書卓查利來電驚醒，說主人有急事要往機場迎接一位重要人物，一下子，便將假期泡了湯。我一早便趕著開車送主人往九龍城，途中不斷思忖，究竟迎接甚麼大人物？抵達啟德機場後，放下主人，便將車子泊到停車場。同行的卓秘書向我透露，是從英吉利微服來港的英聯邦事務大臣錫寶德。我一聽便覺得奇怪，這位大臣，原定下星期三才會到港，為何將行程提早，是否有不可告人之事？聽卓查利說，錫寶德今次秘密抵港是為了部署下個月皇室成員瑪嘉烈公主（Princess Margaret）的官式訪問，事前需要高度保密，故戒備之嚴，是前所未見的。主要原因是生怕此地的左派人士知悉大臣的行蹤後便會鬧事，故錫寶德的入境安排，便從秘道進出口。往後幾天的行程更不容有失，務求做到滴水不漏的效果。為此，我便白白犧牲了半天假期，大熱天時，還要趕著和你們會合，真的要了我的命。」

「姣（好）喇！姣（好）喇！現在不是可以鬆一口氣麼？」搊彤安慰父親，又替閡叔夾上幾顆點心。還立即點選了他最喜愛的兩道小炒，算是替他消消氣。

經閡叔這樣一說，不禁教傅生想起上次小莊意欲套取英聯邦事務大臣來港的行程，原來確有其事。但英國佬的防禦工夫真有一手，一早便安排了秘密通道，不容此地的左派鬧事者有機可乘。這樣看來，香港的愛國份子的盤算，不過是一種左傾幼稚病，而米字旗下的統治者，確有「道高一尺，魔高一丈」的本領。

四十三

在龍鳳酒樓吃畢午飯後，已經將近四點鐘，掬彤嚷著父親開車送他們返回白加士街的舊居，說馬柔靜通知她，有幾封信件替她保存著。主要是一位移居外地的舊同學和幾位舊友人的信件，囑她抽空來領取。今天她趁閡叔開車方便就順道探訪這位舊鄰居，順便了解一下馬柔靜的近況。

自從傅生從蒯老師的口中得知馬柔靜跟小莊暗中交往之後，他一直守口如瓶，沒將兩人的戀情公諸於世。他知道，假如將此事告知掬彤，憑掬彤的小心眼，一定會遷怒於這對男女，認為雙方存心隱瞞，不走明路，卻搞地下情，壓根兒辜負了當初替他們撮合姻緣的一片苦心。傅生反覆思量後，還是覺得由當事人出面剖白更好，因而暫且按下不表。

閡叔將他們送到街角一處泊車位子便放下兩人，然後轉道搭乘佐敦道汽車渡輪前往港島。兩人步上三樓找他們的舊鄰居，事前未有打過一通電話知會對方，皆因馬柔靜是位孝順孫女，周末下午，準會留在家中照顧她年邁的祖母。

還未叩門，已經聽見貓兒的咪咪聲在裡面叫；叫得尖銳，尾音拖得長長的，近乎殺豬似的叫。

前來應門的是柔靜的祖母，懷裡抱著一頭白花貓。貓咪的嘴巴和鼻子都黑了一個圈，遠看，就像一頭小熊貓，在老主人的懷裡不停尖叫。老婦一面撫著貓咪的白毛一面笑，欠身讓兩人入內，還道：

「貓咪是阿靜的朋友苗老師剛才送過來的，說是家裡的母貓月前生了一窩，她怕我悶來發悶，便嚷著送上一隻。江小姐，妳替我給貓咪起個名

暴流

字好不好？阿靜和苗老師正在出主意，妳說，叫小白好不好？」

掬彤附和著老人家的意思，說了一聲「姣（好）」，跟傅生走到客廳。見一位矮小身形的女子坐在飯桌前，像跟柔靜正在填寫申請表格。從後腦杓看過去，女子梳了個鮑魚髻。隔著距離，還嗅到對方身上散發出來的陣陣嬰兒爽身粉的香氣。女子一轉身，便見她艷紅的口唇。見兩位訪客前來，便跟柔靜同時站起來，向他們點了點頭。只聽柔靜笑著道：

「好囉！好囉！你們有口福，我剛煮了一鍋喳咋，是跟一位同事學回來的。她是馬來西亞華僑。來，來，來，一起吃，試試我做得對勁不對勁？」

「我們順便過來便想碰碰運氣，看看妳們在家不在家，一通電話也沒打過來，太不夠意思。」掬彤一臉難為情的向舊鄰居解釋：「妳看，現在還兩手空空，就像無事不登三寶殿似的。」

「掬彤姐，妳和傅先生還跟我客氣甚麼？我給你們介紹。」柔靜請他們坐到沙發，一面介紹苗翠芹給他們認識，一面叫祖母從灶房端出幾碗熱騰騰的糖水。

原來這位姓苗的女子，是社僑中學的歷史科老師，約見柔靜，是協助她申請入讀葛量洪師範學院的夜間課程。苗老師坐下來便對兩位訪客解釋：

「現在當老師，動輒要考慮申請人的學歷才有升遷機會。雖說柔靜是現職小學教員，但在天台小學校任職並非長遠之計，尤其英田有親台背景，更沒前途可言。還是唸兩年夜師範，提升自己投身行業的競爭力，日後便可以到官立學校執教，工資好，假期多，退休後又享長俸，前途好多了。我跟柔靜說，葛師中我有相熟的友人，只要填表，準能入讀的。」說畢，便捧起面前的湯碗吃起糖水來，一面讚喳咋煮得地道，一面打量著柔靜祖母的動靜，只見老人家還在跟白貓咪逗著玩，便勸她道：「馬老太，糖水快涼了，還不過來吃。涼了，就辜負了柔靜的一番心機。她是做菜能手，難得有空下廚煮糖水，妳就多吃兩碗囉！」

老婦把貓咪放到地上，在飯桌前開始吃糖水。一面吃，一面對三位客人說。

「我這個孫女，真有做大廚的本領。結婚後，肯定是婆家的福氣。但只怕嫁不掉，現在教我乾著急。」

「馬老太，別焦急，一定能出閣。」掬彤吃罷一碗糖水便擱下碗匙，道：「妳就長著眼睛，未來孫女婿肯定孝敬妳，跟柔靜是一條心，妳就等著享福的一天！」

傅生心裡有數，一直將馬柔靜跟小莊的「拍拖秘聞」擱在心頭，現在更不好當場揭破，加上混在四個女人叢中不便插嘴，只默默地吃糖水。見苗翠芹走到飯桌前拿起她的手袋，然後返回沙發坐下，身上那股爽身粉的香氣一點未減，直撲到傅生的鼻尖。傅生見她從手袋掏出手絹抹擦嘴唇，又拿出化妝小鏡和一管口紅，細細補著上下唇形。手袋剛好半打開，露出裡面一本紅噹噹的《毛語錄》和一本小說。傅生只瞧到作者的名字是「羅廣斌」和「楊益言」，便知是抗日名著《紅岩》了。

「苗老師，妳也喜歡讀小說？」掬彤大概也瞧見她手袋內的「玄機」，不禁問：「我在漢江寄宿的時候也讀過不少紅色經典，像《青春之歌》、《創業史》、《保衛延安》、《三家巷》和《苦菜花》等，就是不愛這本《紅岩》，半啃不啃的讀著。讀到一半，也就擱下來。還是牛一比我讀得更投入。」

「掬彤姐，」苗翠芹跟柔靜的口吻一致，柔柔地叫著她，「原來妳們也是愛國學校出身的中華兒女。我雖接受庇理羅士女中的英式教育，但畢業後，便投身到社僑任教，算是為愛國同胞培育下一代，希望能做到春風化雨及為人民服務的教學目標。其實，當一位歷史科老師有責無旁貸的使命感，就是要讓莘莘學子認清國人從前走過的艱苦道路，尤其是百年來的民族恥辱，警醒後世，不要重蹈覆轍，必須自強不息，防範外來者任何侵犯，一錯再錯的誤了國運。《紅岩》這本書，縱然寫的是地下共產黨員在建國前夕如何頑抗國民黨及反動派的辛酸事跡，裡面各個革命家，都有濃厚的英雄主義色彩，是國家邁向共和社會的一次集體回憶。我指定為中四學生今個學期的讀書報告，學生們通通都要以此書為藍本，寫出讀後感，以便作為年終歷史科成績的一部份。現在柔靜也在讀。我叫她有不明之處便詢問我，大家研習，好好思考那些革命先烈的英勇事跡。」苗翠芹說著

的時候，還望了一望坐在一旁的馬柔靜，對方只淡然報以一笑，苗翠芹便對掬彤繼續說：「掬彤姐，妳要再讀，好好再讀一遍，包管妳有新發現，對現時香港的政治環境有更深刻的認識，尤其領悟到這幾個月來反英抗暴的真正成因和意義，加深體會現時被囚下獄的愛國同胞的苦況，引發妳的共鳴感之餘，更重要的是，了解到共產黨的崇高黨性……。」苗老師正想繼續演說下去，柔靜祖母卻從灶房走了出來，對各人說：

「等一下再聊，大家多添一碗。」眾人見馬老太捧著福字大紅托盤，托盤上擱著五碗喳咋，小心翼翼地放到飯桌上，續道：「我再溫熱了一遍，大家過來吃，趁熱吃。」

大夥兒便美滋滋的再吃糖水，那頭小貓咪卻從地面一躍而上，身輕似燕的跳到神檯上高高的龕位前，在「馬門歷代祖先」的神位前咪吱咪吱的亂叫，還用貓爪抓向神位四周，又裝出快要撒尿的姿態，苗翠芹見狀即笑，道：

「你們看！這叫『神檯貓屎，神憎鬼厭』！你們可不知，小白的媽媽就是這麼樣，經常躍到神位案頭，不是找貓糧便是睡懶覺，小白出世不足一個月，已經深得媽媽的真傳，孺子可教也！」

傅生聽她這樣形容小貓咪，就跟四位女子齊齊笑起來。笑畢，柔靜祖母便問掬彤，「江姑娘，妳跟傅先生的喜宴訂在哪一天？」

「是明年開春，」掬彤答：「地點就在旺角的龍鳳酒樓。那天正是觀音誕，家母就是最後一個觀音誕出生的，家父也答允了這樣的安排。訂在那一天，就是要紀念她的冥壽，也算雙重紀念了。妳們那一天，務必要賞光過來喝杯水酒。還有苗老師。」掬彤禮貌地邀請對方，苗翠芹聽罷，只淡淡點了點頭，繼而收起笑容，一下子，表情變得頗嚴肅。

吃罷糖水，苗老師嚷著回家備課便先行告辭，掬彤和傅生則多坐一會，也就離開。兩人在樓下截了一輛的士前往天星碼頭，然後乘渡輪過海回家。

坐在車廂內，掬彤一面拆開馬柔靜交還她的幾封信，一面問傅生：「你覺得苗翠芹這人如何？我直覺感到，她跟小莊是同道中人，是臭味相投的一對，喜歡訓人，註定要幹老師這一行。但她說的話，就是一個『悶』

字，也不知柔靜被她影響到甚麼程度？可能她的思想，早已被對方污染。我猜，姓苗的慫恿學生們閱讀《紅岩》，然後做讀書報告，就是間接鼓勵學生進行反英抗暴。難道她是鼓吹示威暴動的幕後黑手之一？香港現時的亂局，就是這些人在背後幹的好事。」

傅生沉默不語，心想，苗翠芹執教的社僑中學，不是造就了多名響噹噹的「暴徒學生」嗎？像沈家豪和霍兆安，不就是曾經參與暴動，一度入獄，刑滿之後，還在報紙上大爆獄中所見所聞的寫手嗎？苗翠芹這位老師，縱然出身於傳統英式教育的庇利羅士女校，但人的本質，其實不論背景和學識，最終還是由性格締造出來。這也是「性格決定命運」的又一佐證。

的士司機駛至尖沙咀近街坊福利會的一段馬路，傅生看見街坊會的門前築起一座巨型牌樓。大大的一個英式牌樓，足有三層樓宇的高度。頂層搭起一個英國皇室桂冠和「ER」（Elizabeth Regina）的英文字母，迎風飄著左右兩面的米字旗，橫匾雕花竹柱上的紙牌，大大的寫著「歡迎瑪嘉烈公主官式訪港」，下面註著「尖沙咀街坊福利會致意」的字樣。字體是楷書，桃紅翠綠的絨線流蘇，襯著英吉利的扭條花紋棒子，中西合璧，倒也醒目，難怪路過的途人全都駐足觀望這座高大的慶典牌樓。

傅生立即想起早前閣叔說過，「下個月，就是皇室成員蒞臨香港的日子，市政部門跟政府正密鑼緊鼓地進行部署，高調慶祝皇室公主的來港。但今次英聯邦事務大臣錫寶德率先抵埗，其微服出巡的行蹤卻很保密，是當局實行外弛內張的一貫手段。」

四十四

內幕消息指出，英聯邦事務大臣錫寶德將會秘密參觀馬場。消息是麥克格爾先生的華裔秘書卓查利傳出來的。

閣叔因為好奇心的驅使，加上適逢他的假期，便相約準女婿一起前往馬場走一趟，看看是否有機會一睹這位神秘的英國高官的廬山真貌。傅生

暴流

便問閰叔，要不要約同鄭匡一起去，因為他知道，好友開始縱情於聲色犬馬的生活，近日更愛上賭馬玩意。閰叔一聽，甚感意外，忙問傅生：

「鄭匡不是忙於拍戲嗎？何來時間玩這些？」傅生便將左派電影業一落千丈的實情原原本本說了一遍，閰叔是個喜歡熱鬧的人，自然樂得多一位朋友陪同耍樂，三人便約定在馬場的門前會合，還笑稱不見不散。

星期天的馬場自然人頭湧湧，等候入場的馬迷們排到近養和醫院的街角，場面相當熱鬧，較上次皇家打吡大賽的擁擠情況不遑多讓。馬場門前不少豪華轎車和人力車爭相停泊，眾多洋人拖著時髦的女眷們從特別通道進去。傅生見閰叔早已在門前的樹蔭下守候他們，卻未見自己的老友出現。

「鄭匡不會爽約嗎？」閰叔問：「第一場快要開跑，聞說錫寶德就在這個時段點水蜻蜓的亮一亮相，錯過了，便太可惜！」準丈人有點兒焦急，正想先行入場，留待傅生等候他的老友。

「閰叔，你先進場，稍後我們到公眾席找你。」傅生剛說畢，已經見鄭匡從人叢中閃了出來，快步走近他們身邊。

「對不起，來遲了。」鄭匡一臉尷尬的向閰叔道歉，還說：「剛才看了一個早場艷舞，在油麻地萬壽宮夜總會趕過來的。你們可知嗎？這是頭一遭有法國艷舞孃來港演出，只招呼會員，我見機不可失，大清晨便起了個早，現在還覺得渾渾噩噩。但還是值得，夠肉感，挺香艷，幾乎是『無卡裝』，在香港是破天荒的，看得我熱血沸騰，差點兒有衝動上廟街找個紅牌阿姑解決生理需要耶。」

「核突佬，閰叔在場，少說兩句好不好？」傅生大聲罵：「好在掬彤不在場，要不，準會教訓你一頓。」

「別說了，時間不早，我買了三張馬經，各人拿一張，祝君好運，大有斬穫！」

閰叔分別將馬經遞給兩人，三人便跟隨前排的馬迷魚貫入場。

傅生邊行邊看馬經，一瞧，竟然發現第四場香港皇家盃的十匹馬中有「長勝小子」和「報捷」兩隻馬名，便問準丈人：

「這兩匹馬，不就是麥克格爾先生的愛駒嗎？」

「虧你還記得！」閼叔說：「上次我和你上馬場觀賽至今，這兩匹馬，還未有過任何戰績，只有『富運來』拉過一次頭馬，氣得麥克格爾先生吹鬚睩眼，頻頻說要宰了這兩匹畜生，才能宣洩心頭怒氣。我聽卓查利說過，老闆有意出售兩匹老馬，計劃送返伯明翰城的私人農莊，當作退役馬匹供家鄉的親友們耍樂，然後從澳洲購入幾匹純種馬，重投香港的馬場。」

「你們別小覷這兩匹馬，」鄭匡卻唱反調，道：「今天牠們的磅重和排位剛好合適，大有勝出的機會。既然牠們近期無甚表現，我卻不信邪門，一於下重注，獨贏連贏和位置都要各買一票，賭賭今天的彩數。」

三人你一言我一語的好不興奮，齊齊向公眾席的東翼走過去。由於這兒最接近貴賓廂大樓的位置，卓查利事前已經告訴過閼叔，即使錫寶德大臣取消行程或者如期出席快活谷的公開亮相，均有機會帶他進入貴賓廂。兩人裡應外合，趁保安稍有鬆懈時，便嘗試讓閼叔取得通行證，一試「混水摸魚」的滋味。

這一天，馬迷們幾乎擠滿了東翼的有蓋看台，喧嘩之聲、揭馬經之聲、無線電之聲均此起彼落，雜亂無章的鬧著。傅生和鄭匡在第六行的石凳正想找個相連位置坐下來，見座位早已插針不入，兩人惟有分隔而坐。閼叔因為稍後前往貴賓廂巡視「機密」，就在通道上的石梯暫且佇立。眾多小販，就在馬迷們的身邊擦身而過，叫賣南乳花生米、蓮花杯冰淇淋、白箭牌香口珠、玉泉汽水的聲音不絕於耳。

第一場賽果在大型屏幕上打出之後，入座的馬迷未見減少，三面的公眾席已見人滿之患，黑鴉鴉的佈滿各方。傅生望向各個看台均人潮如鯽，營營眾生，就在眼前。

未幾，第二場便告開跑，前來的一眾馬迷似乎並未得知第四場的「香港皇家盃賽事」的得主將由神秘嘉賓錫寶德大臣頒獎，全場觀眾只專注於馬匹和騎師的身上。傅生見鄭匡聚精會神地看著手上的馬經，準備投注第三場的心水之選，他也趁便湊興，對即將開跑的第二場名叫「醉今宵」的馬匹名字甚感好奇，連忙趕往投注窗口買了一票獨勝，然後在冰淇淋的檔口買來三支甜筒，回席後，卻已不見閼叔站在甬道的石梯上，想著他大概已往貴賓廂的大樓「尋幽探秘」了。

暴流

第二場開跑的結果，「醉今宵」未能跑出，傅生只一笑置之。廣播器突然大鳴大放的叫起來，說第四場的香港皇家盃賽事將於半小時後截止投注，且宣佈頒獎嘉賓由港督戴麟趾爵士主持，全場馬迷都不禁嘩然起來。

「吓，甚麼？『皇家盃』？」鄭匡一面吃著甜筒一面打趣，開口問傅生，「牛一，很久沒有小莊的消息，不知我們的老友現時身在何處？是否正在享用他的『皇家飯』？」

「別說笑，我沒聽過淳妤說，不然，準會知道他的情況。」傅生答：「人家矢志不渝的朝著政治理想邁步向前，還有我們堂堂祖國的照拂，何用啃這口『皇家飯』？」

傅生得知今天的頒獎嘉賓不是英聯邦事務大臣後，內心不禁暗忖起來，難道行程有變，錫寶德根本無意前來馬場，只聲東擊西的放出煙幕，壓根兒身處異地，正在進行微服出巡的訪港行程嗎？抑或是人在馬場卻不露面，以港督為幌子，企圖引出反對者的馬腳，然後一網打盡，徹底粉碎左派的部署行動。其實，現時只能走智取一途的左派，憑實力是以卵擊石，根本敵不過港英當局的強攻。但既然錫寶德不會曝光，為何閔叔仍未回席？

身前身後的馬迷們正在鼠動，紛紛趕到投注窗口，爭取在第四場的截止時間前投注馬匹。傅生旁邊的一位馬迷正好手持一台小型無線電，一面觀賽，一面聆聽賽事，廣播聲異常響亮，在旁的人士均聽得一清二楚。還有馬迷正與他討論剛才的賽果，看來此君上兩場的賽事均有斬穫，語氣大言不慚的詳述著自己的戰績。

第三場剛好完結，第四場的戲肉「皇家盃」即將展開。一大群馬迷已經蜂擁而下，紛紛從看台走向賽道的前方，隔著鐵欄杆，準備爭取有利位置觀賞賽事。鑼聲一響，眾騎師在閘口起步處策馬奔馳，前排的馬迷們大聲吶喊。有人手執馬經或者報紙，搖旗助威的為自己下注的心水馬匹打氣。叫喊之聲，響遍綠茵。

今回麥克格爾的兩匹愛駒真的不負鄭匡的一番寵幸，雙雙跑出，大獲全勝。除了「報捷」這匹母馬榮登后冠之外，連三歲大的「長勝小子」也屈居次席。鄭匡所買的獨贏、位置和連贏均告大勝，三喜臨門，興奮得擁

著傅生大嚷大叫：

「得喇！得喇！太棒了！菩薩保佑了！牛一，我要大事慶祝，今晚我宴客，你和我一起上璇宮夜總會暢飲幾杯。還要叫程雲過來助興，不醉無歸！不醉無歸！」鄭匡止不住雀躍的心情大聲地叫，無線電正在播放第四場的派彩結果。快活谷的廣播器同時響起，說港督戴麟趾爵士即將頒獎，勝出的騎師和馬主麥克格爾均已就位，但隔著距離，傅生認不清頒獎台上那位曾經有過一面之緣的禮賓司司長，只聽得耳際的無線電，突然傳來一則突發新聞：

「今日下午三時四十五分，大有街和大成街交界出現一大批左派人士示威抗議的場面。期間，示威者與警方發生過嚴重的肢體衝突。據稱，事件中有人死傷，但數目未明。本台新聞將會詳細報導，敬請留意。現在繼續轉播快活谷現場的賽馬消息。」

四十五

傅生是在家中收看麗的映聲的晚間新聞得知這則消息的詳情。

黑白電視的畫面看到逾百名左派人士，男多女少，清一色穿著白恤衫藍綢褲，六人一排的往前方操過去，口中還喊著革命口號，一些更在唱紅歌。前排幾行人士則高舉著「香港同胞不要英國佬，白皮豬，滾回家」的大字標語。後排的橫額又例牌寫上「愛國無罪，人民萬歲」的字樣。

紅旗飄飄，在日照的直曬下閃出光芒，一下下的閃動不息。

對面的軍裝警察已經嚴陣以待，各人手持警棍和警盾。大批防暴警察更手執卡賓槍，準備瞄準迎面而來的目標群眾。

但遊行人士一個個並無懼色，依然手牽手大踏步的前進，目光一致的望向前方，長長的示威隊伍沿著大成街和大有街往黃大仙祠的方向進發。

原來沿途警方已經架起障礙物，築起大量沙包和鐵絲網，重重圍攏著一整條馬路。一些路旁的雜物經已被燒燬，正在冒起團團火舌，顯示出剛才發生過大型火勢，如氣油彈或者土製炸彈曾經爆炸，熊熊烈火，剛被撲

熄似的。但在旁的輪胎仍舊冒煙，點點星火，微微地在燃燒，還發出幾下啪噠啪噠的餘響，有點兒劫後餘生的況味。

一群警察正在勸喻路過的途人儘快離開。這一帶早已劃出封鎖線，禁止閒雜人等步入圍封的範圍。但大批途人仍在較遠的距離駐足探視，場面還是很緊張。見一大批左派人士走到距離嗇色園黃大仙祠十碼的位置才停下步伐。領頭的一位示威者對著手上的講稿，用擴音器向早已被警察重重設防的廟宇高聲朗讀：

「錫寶德，你這頭英吉利的狗奴才，還不滾回老家去？香港的愛國同胞不歡迎你。你快快消失，別枉費心機的想打壓迫害我們這些炎黃子孫，企圖在中國人的土地上盡撈油水。你不怕我們的話，就快快現身，跟我們好好對質，別做一隻縮頭烏龜。

「我們有祖國這個強大的力量做靠山。更有黨中央和七萬萬同胞作為強大後盾，根本不怕你們這些帝國主義的鷹犬和走狗。無產階級的群眾全都站在我們這一邊，你有本領的話，便過來跟我們理論。抗議一切非法逮捕、審訊、判決、嚴刑逼供及非理性法西斯主義血腥鎮壓。抗議暴力對待被囚的愛國同胞。反對愛國同胞被定性為暴徒。強烈要求無條件釋放被捕和在囚人士。打倒白皮豬和黃皮狗。打倒英帝國主義。英勇正義的香港愛國同胞萬歲！反迫害的群眾萬歲！無產階級文化大革命萬歲！中國人民萬歲！共產黨萬歲！全世界人民大團結萬歲！戰無不勝的毛澤東思想萬歲、萬歲、萬萬歲！」

電視畫面卻沒有警民衝突的鏡頭出現。死傷人數是由新聞報導員旁述出來的，是兩死十八傷。傷者中有一名防暴警察，不過是在雙方對峙中擦傷手肘而已，其餘傷者，則傷勢嚴重，甚至瀕臨垂危邊緣。其他細節，均一概略去。

傅生事後才知道，閔叔在馬場貴賓廂終於遇見卓查利。卓秘書向他再三道歉，強調因為保密緣故，特意將錫寶德的「虛假行程」公佈傳媒，連累閔叔專誠前來欲睹洋貴賓的一番美意盡數落空，千不該萬不該的賠罪道歉，為的是確保英聯邦事務大臣的行程安全，盼閔叔大人不記小人過。但誰料到百密一疏，左派陣營竟會神通廣大，揭穿錫寶德私下參觀黃大仙祠

的秘密行蹤，導致這場嚴重暴亂事件終告發生。

　　大小報章，左、中、右報紙均大事報導了這樁血腥鎮壓的抗議事件。傅生更在熱門的無線電節目《香港仔日記》中收聽到主持人凌昆的嚴厲抨擊。只聽得一把清脆漂亮的男聲在大氣電波裡憤然地說：

　　「這是一次有計劃有組織的大規模反政府示威行動，顯示左派陣營肆無忌憚的反對當局。試想想，是哪一個國家令香港在一百年間，從一個破落的漁港搖身變成一個中外馳名的殖民地？這些功業，每位香港人都無法否定。但今次事件，卻在國際社會的眼中，反映出少部份香港左派的反叛心態，意圖否定大英帝國締造殖民歷史的光輝事實。試想想，有哪一個殖民地的宗主國，容許市民大規模反對自己？即使極少數人士不承認大不列顛是香港的宗主國，也該尊重我們是英國人統治下的子民，該遵守港英政府訂立下來的社會法則，而不是進行無理破壞法治的行動，罔顧公眾的人身安全和社會秩序，踐踏香港的現行法制。今次事件，正是一些所謂愛國人士，在英吉利國派遣過來的英聯邦事務大臣錫寶德的面前，丟盡了全港市民的禮數和顏面。

　　「我們現在要求當局強烈譴責這批所謂愛國同胞的非理性行為，因為他們在英聯邦事務大臣的車隊途經的路段放置炸彈。不管那些炸彈孰真孰假，都是暴力違法的恐怖主義。

　　「為了維護社會安全和保障法治，當局今次的鎮壓平亂手段是合乎情理的。即使今次事件的傷亡人士被定性為擁護共產主義的香港人，其結果都是咎由自取。但他們不配被稱為熱血的愛國青年，而是愚不可及的民族主義者。全港市民都會知道，今次他們的違法暴亂，不會是最後一次，而是陸續有來。但我們相信港英政府不會退縮。對方今次的行動亦不過是垂死掙扎，當局將有足夠的警力將他們繩之於法。所有反英抗暴的餘毒將會消失，令香港社會迅速回復到安定繁榮的狀態。」

　　其實，這段廣播，傅生在公司吃中午包餐時已經聽過，現在是重溫而已。想起中飯過後，自己曾經有點兒飯氣攻心，肚飽胃脹的在工作間小睡了一會。期間，忽見糧油部的葉姑娘帶同一對老年人走到自己的跟前，傅生一望，原來是鄭匡的雙親，連忙站起身來，笑面迎人的招呼兩老。

暴流

「世伯、伯母，甚麼風把兩位吹過來？請坐，請坐。」

兩位老人家便坐到寫字檯前的兩張椅子上，鄭母將帶來的四包崩砂和牛耳攞到檯上，跟著道：

「這是元朗八鄉超記的土產手製小食，你拿兩包，兩包留給淳德。我們有很長一段日子沒見過淳德這個小伙子，你見到他，便替我們送給他。從前你們三劍俠經常在一起，有空便往八鄉玩耍，現在成年後反而跟我們認生了。老頭子，快把牛一喜歡的馬寶山曲奇餅乾送給他，難道要留給咱們自己吃？」

「對，差點兒忘記！」鄭父連忙將一盒曲奇餅乾攞到檯上，還道：「人老了，總愛忘事。我們路過旺角的餅店便想起你喜歡吃這一個，順便買過來。」

「世伯、伯母，你們真有心，連我喜歡吃的曲奇餅乾也記在心上。葉姑娘，麻煩妳到糧油部拿兩包頂級冬菇和江瑤柱過來，都記在我的賬號上，順便替我端來兩杯熱茶，謝謝妳！」

葉姑娘答了一聲「好」，然後退下，鄭母便對傅生道：

「原本我們打算在國慶日那天前來找你的。泰華國貨不是舉辦了一個減價雙周甚麼的？我們想趁減價過來買些便宜貨，但從元朗出城也夠辛苦。你也不知道，你世伯的風濕腳患有多嚴重，走路不方便，也就一直耽擱著。今次到訪，是迫不得已的……」話未完，鄭母的語氣已經哽咽，跟著嗚嗚咽咽的說不出話，還是鄭父幫她接腔，一面說，一面遞了一條手絹給老伴抹擦鼻涕。

「都是阿匡不懂事，鬧得不像樣。牛一啊，你是他從小玩在一起的好友，你的話，他準會聽。我們的，就當耳旁風。有機會，你就勸勸他，別再胡鬧了。再這樣下去，只會走進死胡同。大好前程，便毀於一個壞女子的手中。」

「到底發生甚麼事？你們說清楚一點好嗎？」傅生大感疑惑，一頭霧水的連忙問，還道：「前幾天，我跟阿匡上馬場消遣，見他還是好端端，不像出了甚麼事。」

此時葉姑娘剛好端來兩杯熱茶，見她放在茶几上，傅生便差她外出辦

事，讓兩老繼續說話，但聽鄭父道：

「賢世姪，你該知道，自從左派電影公司減產之後，阿匡便搬回老家居住。本來沒所謂，他不找工作，家裡的祖業和積蓄足夠他無所事事的過日辰。即使閒來賭錢耍樂也沒問題，奈何近月來，他跟一些豬朋狗友經常上舞廳，在一間叫璇宮夜總會的銷金窩認識了一名叫璐茜的舞小姐，近日來往得異常，打得火熱。一星期，總有兩、三晚留宿在這位舞小姐的家中，更會一連幾天不露面。前日一通電話打回家，說要一萬元跟璐茜註冊結婚，還要往東南亞蜜月旅行兩個月，跟著返港買樓共住，自立門戶過日子。我們原本只盼阿匡早日成家，好圓多年的心願，誰料一樁婚事，竟會變成這麼樣……。」

「倘若他找個正經女子成婚，我們哪會攔住他？」鄭母搶著老伴的話頭說下去，「但為何偏偏找個歡場女子？璐茜是甚麼出身？舞小姐，不就是婊子嗎？所謂婊子無情，在歡場上班的，就是這麼樣。唸過書、明事理的男人都知道，就是為了一個『錢』字。花光你的錢，就會一腳踢開你。何況我們的兒子也不是甚麼潘安託世，石崇再生，哪會跟他長相廝守？也不知這個傻冬瓜的腦袋想些甚麼？男人逢場作戲不打緊，為何要玩天長地久的玩意？尤其對一個風月場所的女子……。」話未完，已經淚流披面的望住傅生，眼角的魚尾紋佈滿淚花。

傅生想起上次馬場上鄭匡大獲全勝後的一番豪語，不是說過要往璇宮夜總會舉杯祝捷嗎？原來那兒別有洞天。他要傅生見識見識他的歡場女友，替他賭場得勝情場得意的雙重喜事慶祝一番。但到如今，傅生既失去了一位小莊這樣的童年玩伴，現在連最知心的老友鄭匡也心有所屬。友誼這東西，難道時刻在變？更深厚的友誼也敵不過世情的變幻，能不教他暗自神傷，感觸萬分？

「賢世姪，我跟你伯母今次到訪的意思，相信你該明白了。」鄭父拿起茶杯喝了一口熱茶，又手震震的放下茶杯，道：「你有機會，就替我們兩個老不死的人勸勸這個九代單傳的不肖子孫。雖說我倆雙腳一伸就過去，甚麼恆產、房產、祖屋、祖業都歸阿匡所有，但我們不想鄭家的財產毀於一位風塵女子的手中，死也不會發生這些事！」

暴流

「我萬萬不許她嫁入鄭家。」鄭母漫聲說：「她休想得到鄭家甚麼好處。我們生前會找個大狀訂立遺囑，一毛錢也過不到阿匡的手上。」鄭母說畢，便氣憤地和鄭父對上一眼。

四十六

傅生按照鄭匡父母提供的地址找到璇宮夜總會。事前他將鄭匡的情況和盤托出的告訴未婚妻，掬彤馬上便說：

「想不到這個胖漢子有如此艷遇。但花錢買來的，該是甚麼好東西？你去勸阻他，我也不會攔住你，但別自投羅網，一腳踩進溫柔鄉，忘掉自己今天的身份。試想想，你將成婚，別做狂蜂浪蝶，連累我這個未過門的女子走投無路，變成未嫁失夫的怨婦，成為臨門一腳便告泡湯的犧牲者。」

「江小姐，何必好端端的說這些話。」傅生勸解她：「我牛一，是真正的柳下惠，已經煉就金剛不壞百毒不侵的本領。對江小姐卻癡心一片，死心塌地的愛卿一世。妳該知道，人家是『百世修來同船渡』，咱們是『千世修來共枕眠』，牛一怎會白白斷送一段好姻緣？妳要相信我，並非一位忘情負義的漢子。難不成要我剖開心房讓妳看箇究竟妳才安心？」一面說，一面從冰箱拿出一瓶綠寶橙汁送到掬彤的手上，再道：「現在我牛一就以汽水代茶孝敬我的未婚妻，望卿別再多疑，相信牛一的真心誓言！」又拉了一拉掬彤的玉腕，緊緊扼住，左右搖晃了兩下，道：「妳就放我一馬，批准我上璇宮一趟，好好勸誡我的好兄弟？」

掬彤對他哂笑了一聲，道：「你告訴你的沙煲兄弟，『天作孽，猶可恕。自作孽，不可活』。他現在的景況是自作孽，下場就好自為之。」說畢，便拿起吸管喝起綠寶橙汁來。

傅生知道掬彤一直對兩位學兄都有成見，不太體諒小莊的偏激個性，更難明對方為何獻身於社運事業。至於鄭匡，則覺得他一向辦事不夠認真，做人吊兒郎當，只一味的窩囊搞笑，自然對他深存反感，說起話來，多少有點兒鄙視對方的意味。剛才的話，就是生怕鄭匡帶累自己的未來老

公。事實上，從校園到投身社會，傅生跟鄭匡的關係份外投緣。眼看老友沉淪至此，能不上前扶他一把，設法營救呢？

臨行前，傅生想起鄭匡的友人程雲來。這位娘娘腔的編劇老兄，不就是鄭匡現時最要好的朋友嗎？對方可能更了解鄭匡的情況，比較他的父母，更清楚鄭匡沉迷於溫柔鄉的真正原因。幸而上次在富隆大茶居欣賞杜煥瞽師唱地水南音時，分手之前，雙方交換了電話號碼。有程雲作伴，上夜總會也不至於單打獨鬥了。

傅生連忙打了一通電話相約對方，程雲接聽後一口應允。又勸傅生別過於擔憂，相信鄭匡不過是一時興致，壓根兒沒有將歡場女子認真看待。原來程雲早已在璇宮夜總會見過璐茜，覺得這位舞小姐的長相並非天人，容貌只屬中下，相信不至於令鄭匡神魂顛倒，不顧一切的跟對方共諧連理，私訂終身。

璇宮就在灣仔謝斐道夾馬師道的交界。大門橫匾掛上一片巨型霓虹招牌，上面用草書寫著斗大的「人間樂土，歌舞昇平」八個字。際此亂世當前，到這個銷金窩消遣的客人反而更多，足有「今朝有酒今朝醉，明日愁來明日當」的意味。

傅生是頭一遭光顧這種娛樂場所，人多，倒也消減了一些尷尬靦腆的情緒。走進門來，見一道長走廊用紅地毯迎迓主顧，牆壁兩邊一排長長的玻璃框掛上各式各樣歌女和舞女的玉照，位位都是眉開眼笑花枝招展的女郎，有半身造像也有全身相片。幾位主顧正在駐足細看姐妹淘的簡介，評頭品足的議論著一眾佳麗的春色。是晚駐場歌女叫鳴鶯，大大的彩照和花牌寫著「南國薔薇，美艷親皇」的雅號。傅生環顧兩邊玉照，見舞小姐的名字林林總總，小憐、娟娟、可菁、莎麗、羅慧娜、戴婉婉的寫著，獨欠「璐茜」兩字。大概如程雲所說，璐茜並非紅牌阿姑，自然不會榜上有名。

那時候已經聽見現場的八人大樂隊奏出扭腰舞的樂曲，樂聲震天響地傳了過來，傅生跟其他入場的主顧們一同步入，見兩位穿著銀色閃身高叉旗袍的迎賓女郎含笑趨前，招呼進場的一眾男士。一位身穿元寶領紫檀蓮花紋滿服的中年女子向主顧們兩打殘荷的點頭打哈腰，大概是夜總會的女經理，開口便問各主顧有否相熟的小姐需要伺候。傅生說他來找人，一望

暴流

便見程雲獨個兒坐在窗前的一個四人座位上，便沿舞池的外圍三步併作兩步的走過去。那時候大樂隊已換上一支喳喳舞曲，在中央的八星拱照大水晶吊燈的映照下，舞池中的男女，正熱情地跟著節拍扭動腰身，就像月宮寶殿內的紅男綠女，忘我地舞起身上的愛火花。

「鄭匡未到嗎？」傅生坐下來便問程雲，只見對方搖搖頭，沒正眼望他，只一味在記事簿上抓格子。傅生逕自掏出香煙，點上後便狠狠的抽了兩大啖，然後向檯上的煙灰盅不停揮煙灰。其實他正在琢磨，面對這位不相熟的編劇家，該如何跟他應酬？

「程大哥，寫甚麼？是你的新劇本嗎？」傅生見狀惟有問：「是你上次講過的《杜煥傳》嗎？」

「不，等一下，你便知道。」程雲笑了一笑，依然賣關子。

「今晚就有勞程大哥你了，也不知鄭匡能否被勸服？」傅生從檯上的一盞碧綠檯燈的光線望向對方。這位帶著女兒家氣質的斯文男子更添幾分書獃子的況味。見他一身闊大過時的孖襟西服穿上身，傅生便想起鄭匡說過，程雲的祖業是開古衣舖的，不會是從店舖拿過來穿到自己的身上嗎？

八人大樂隊的領班走到台上的麥克風前朗聲宣佈，今晚的主唱者鳴鶯小姐正式登場，並問台下各主顧有否曲目需要點唱。有的話，鳴鶯小姐樂意為君高歌。

歌者先來兩支國語時代曲，分別是周璇的《四季歌》和姚莉的《偷偷摸摸》，唱得中規中矩。這時候鄭匡剛好出現，身穿一件短袖花布夏威夷恤衫和一條筆挺卡其褲，是傅生從未見過他如此裝扮的好模樣。即使胖，也胖得帥氣。是否有了愛情滋潤，人會變得脫胎換骨，青春煥發呢？只見他施施然走近兩位老友的身邊，坐下來就帶笑的問兩人：

「為何不替我叫來璐茜？她坐冷板凳，已經坐得發慌了。」跟著便嚷剛才那位女經理過來，點了璐茜一票。未幾，便見一位年約二十五歲的舞小姐從碧綠簾幕的後間出現。從舞池外圍平滑光澤的柚木地板望過去，璐茜的整個身影又瘦又高，瘦得臉頰肌肉全凹下去。鼻尖眼深的一張鵝卵形臉蛋，帶點兒命薄氣質，很難教人相信是吃歡場這口飯的女子，加上淡素妝容，苦味道更強，肯定是位招人嫌棄的舞小姐，難怪終日遭人白眼，永

遠乾坐在冷板凳上。

「來，來，來，璐茜，過來這一邊。」鄭匡忙不迭站起身，拖了一把椅子讓她坐下來，道：「我替妳介紹，這是我的舊同學兼老友傅生，妳叫他牛一哥便可以了。」璐茜低低叫了一聲「牛一哥」，倒有點兒含羞答答的少女之態。

「璐茜，妳跟妳姑母交代了沒有？」程雲開口問：「我會拜候她，聽聽她的粵謳唱腔，找她聊一聊，了解一下她的師娘生涯。」

「沒問題，明天下午，我帶你到避風塘聽她唱粵謳，然後你們聊一會。」璐茜原來也有一把沙喉嚨，聲線帶磁性，就像傅生的未婚妻一般，只聽她續道：「從前姑母晚晚上花艇賣唱，現在年事已高，不行了，能唱兩、三晚已經很勉強。程先生，我跟她提過你要寫書，但最好不要表明她的真實姓名，尤其不要提及那些當年做過盲妓的朋友姓名。倘若讓人認出了，對她們總有不便。」

「請妳叫她放心，我一定保密。」程雲答：「傅大哥，你剛才問我正在寫甚麼，現在可以告訴你，就是有關師娘和盲妓的故事。」

「牛一，我問你，師娘是甚麼？」鄭匡立時問傅生，跟著帶笑的對程雲說：「你喲，少說兩句，免得對牛彈琴，枉擔了你怡紅院大丫頭『晴雯』的虛名，傅大哥哪會知道甚麼是師娘？」

「師娘，不就是師父的老婆嗎？」傅生搶著答。

「這叫師母。」程雲糾正他。

「師娘，是唱粵謳的盲婦。」璐茜向傅生解釋：「我姑母就是在花艇上唱粵謳的盲婦。……」璐茜正要繼續說，八人西樂隊又奏起周璇的名曲《兩條路上》。鄭匡邀她一起共舞，一胖一瘦的男女便步下舞池，跟一對對俊男美女翩翩起舞。

那時候程雲點上一根褐色的修長香煙，傅生知道這是花旗國現在最時髦的女用香煙。從前在葛麗泰嘉寶（Greta Garbo）和瑪蓮德烈治（Marlene Dietrich）主演的默片中曾經看過。見程雲閒閒抽著，煙圈在夜總會微暗的燈光下裊裊上升，升至眼前深綠雪紡流蘇型的窗簾上，才慢慢的散退殆盡。

暴流

「你知嗎？傅大哥，璐茜是個苦命女子，她的身世很可憐。鄭匡要討她，就是為了拯救一朵火坑蓮。」程雲道：「但此事外人是不易了解的。」

　　傅生聽出程雲的口吻，多少意味著他本人贊同鄭匡和璐茜繼續交往。

　　「其實，我寫璐茜的姑母李銀鳳是有用意的，希望能喚醒社會對盲婦的同情甚至起碼的尊重。」程雲繼續道：「記得有一次，一位電影圈的老行尊說出他的所見所聞。據他稱，某天傍晚，當他行經西環海旁時，見一位老鴇『一拖三』的領著三名年幼盲妹上路。三名盲妹都戴上墨鏡，緩緩地跟在老鴇的身後，一個牽著一個的臂彎慢慢前行，一步一小心。但老鴇卻不耐煩，朗聲罵：『盲 X，行快啲得唔得？係咪要我叫個咕哩（苦力）X 死妳哋先肯行？仲唔行快啲？』老行尊說畢還大笑特笑，我卻心裡不好受，覺得此情此景，簡直是人間慘事。這樣對待盲妹，真是情何以堪！難道人心真的那麼無情？人性真的那麼犯賤？從此之後，我便放棄撰寫《杜煥傳》的念頭，一心想著尋訪師娘和她們的姐妹淘的真實故事。也許是姻緣際遇，給我遇上璐茜，知道她姑母是在西灣河避風塘的畫舫上晚來賣唱的師娘，便決心以李銀鳳的生涯作為藍本，寫一個《盲婦淘》的劇本。」

　　那時候台上的歌女鳴鶯正好唱出另一支廣東小調改編的《分飛燕》，男女聲均由她一人分演，唱得輕快，一點兒沒有哀怨之情，變成一支輕漫舞曲。舞池上的紅男綠女又跟著歌聲轉換了舞姿，跳起輕快的扭腰舞步。但見胖碩的鄭匡汗流浹背的牽著璐茜的手心走回來，夏威夷恤的兩脇早已濕漉漉的，還上氣不接下氣的坐下來。傅生見狀，便對他道：

　　「你這位三高人士還可以嗎？要不要請個出診的醫生前來看一看？」

　　「牛一哥，他的舞技比前進步多了。」璐茜笑道：「你可知道？匡哥頭一遭上璇宮時，連慢四都跟不上，頻頻踩到我的高跟鞋的腳尖。我的腳尖，便酸痛了一個星期。」

　　「看你們多麼恩愛，何時請吃喜酒？但要待我儲足人情後方可到賀。程某現在是身無長物了。」編劇家抽著女用香煙對他們道，眼角卻四下張望，跟著又對三人道：「我們轉個地方暢談好不好？這裡並非談正經事的地方。」然後招手叫那名女經理過來，對她道：

　　「我們要帶璐茜外出，妳替我們結賬吧。」

「是哪位客人要帶璐茜呢？是你們三位嗎？那麼，就要算三位的出鐘費了。」女經理打趣地道。

「白經理，」鄭匡笑著道：「妳真會替老總做生意，三位出鐘費，豈非計算三位主顧的價錢？」

「鄭老闆，你該知道我喜歡說笑。沒笑話，客人何來打哈哈，璇宮也不會客似雲來。」中年女經理打恭作揖的賠個不是，面上的表情卻皮笑肉不笑。

璐茜逕自返回化妝室更衣去，三位男士便結伴離開。傅生見鄭匡一臉輕鬆，一面結賬，一面吹著口哨步出門口，身後依然是那支《分飛燕》的輕快歌聲。

四十七

程雲說找個地方再聊一會，原來是跟他到一間洋人開設的酒吧喝一杯酒。還對傅生道，不要再做「電燈膽」，讓鄭匡和璐茜另找他們的節目。兩人便在夜總會的門首看著一對肥瘦戀人截過的士，往中環方向絕塵而去。傅生心想，大概是往紅棉路的「姻緣道」談心去吧。

這間酒吧，就在駱克道的街口。晚上十時，夜市方才熱鬧，裡面擠滿一室主顧們。洋人居多，有幾位穿著露骨短裙的吧女，清一色水手裝束的穿梭其中，殷勤招待著中外客人。斟酒、猜枚、遞小食、打趣罵俏的噪音不絕於耳。一位中年留人中鬍鬚的洋漢子走到程雲的跟前打哈哈，開口便說：

「密斯脫程，很久沒見，怕有半年不見了，你好嗎？是否有好的消遣場所光顧去了？這兒沒你這位常客來捧場失色許多。來，來，來，那邊有個好位置，請進，請進！」

「喬治，謝謝你。」程雲步入門來便跟對方打起洋涇濱，「喬治，我的老友記。才不是，我每次經過這兒時都見人滿之患，插針不入，生意好得不得了。其實這兒少了我一位客人，你的酒吧也不會關門大吉。你已發

大財，便要開間支店招待我們這批沒歇腳地方的老主顧。」

　　傅生聽見編劇家朋友操著一口流利的英語跟這位老外打交道，立即想起自己上次在馬場跟麥克格爾先生對談的狼狽相。一想到自己有限的外文水平便自慚形穢，對程雲的「外交手段」更佩服不已。

　　這洋人大概是酒吧主人，忙不迭帶兩人走進酒吧另一邊的高腳長檯前。程雲一面領著傅生往裡間走，一面對酒吧主人說：

　　「我跟我這位朋友說過，從前好萊塢的兩齣大片子《蘇絲黃的世界》和《生死戀》曾在這兒取景，他有興趣來見識，今晚適逢其會，我便帶他過來開開眼界。」

　　傅生跟程雲坐定之後，洋人便問他們喝些甚麼。傅生原本想點啤酒，又記起上次在鄭匡的生日盆菜宴上喝過的西德黑啤酒很對胃口，便想叫來一杯，誰料程雲說要喝些特別的，意思是要喝烈酒，還道：

　　「這兒的路易十三干邑（Louis XIII）挺不錯，兌水威士忌也不賴，兩者都是專程從法國酒莊空運抵港，試一個吧！」說畢，便替傅生分別叫來一杯，自己卻點了一杯智利葡萄酒。

　　洋老闆跟面前的酒保交代了幾句，囑他好好招呼客人。年青酒保便替他們端上酒料。又額外奉送兩客小食和花生米，放到他們的面前。

　　酒吧燈光很昏暗，頭頂上玫瑰形的燈罩射出酒紅色的光線，映出兩人手上的烈酒紅彤彤的蕩漾著。酒吧內有兩、三處的角落位置，是情侶廂座，檯上均放上一對蠟燭，燭光在微風中暗自顫抖，一縮一閃的，照出幾張洋男女細語密談的頭部剪影。其時擴音器的輕音樂甚是響亮，緩慢的節奏像一串串音符停留在空氣之中，跟四周的煙霧和酒香渾成一體，造就出「夜之迷惑」的醉人氣氛。

　　傅生不常喝烈酒，便一小口一小口的淺嘗著。那拔蘭地酒香真的比平日喝過的醇和得多，留在咽喉一點不嗆鼻。但輕嘗幾口，烈性便衝上腦門，教他有點兒昏昏欲睡的感覺。傅生連忙抽起香煙來醒醒神，一口氣便抽丟半根，才覺抖擻起來，隨口便問編劇家：

　　「程大哥，看來你經常光顧夜店，是位熟門熟戶的夜貓子。」

　　「沒法子！」程雲抽著他的修長女用香煙，陰聲細氣的說道：「爬格

子，有時候總會『腦便秘』，找靈感時，便免不了想多看世情，連老外的東西也想了解多一點。」

「程大哥，今晚原來的目的是要游說鄭匡回頭是岸，別再沉淪女色，但看來，你是贊成他和璐茜繼續交往的。」傅生終於說出今晚最想說的話。

「說實話，我是既不贊成亦不反對，是保持中立，覺得隨緣最好！」豈料對方這樣答：「傅大哥，你知嗎？璐茜是個石女，故現在鄭匡惟一考慮的是婚後不能生兒育女。倘若他接受這一事實，事情就好辦得多。」

「程大哥，看來你很了解璐茜，連她的隱私都一清二楚。」

「因為我跟她的姑母見過一面，對方已將她姪女兒的情況告訴過我，我也轉告了鄭匡。鄭匡現在惟一的顧累是無人繼後香燈。傅大哥，你該知道，他們那些新界原居民，最忌諱的就是『不孝有三』。現在鄭匡跟父母為了璐茜的婚事瀕臨反目邊緣，跟她結婚，後果不堪設想。我知鄭匡現在還有點理智，暫時不會不顧一切的作出犧牲。要分家，也是因為要替璐茜償還債項。璐茜的父親過身之前，曾經欠下一大筆醫藥費，需要她半年內全數清還，不然，她的家人便會遭到高利貸的迫害。從前李銀鳳以唱粵謳幫補她們兩母女的生計，由於年事已高，現在每星期只能由璐茜的母親領她到西灣河的花艇賣唱兩、三晚，討錢有限，璐茜迫於無奈，才會下海當舞小姐。你今晚也看得一清二楚，憑她的長相和脾性，根本不是吃風塵飯的料子。但天意弄人，往往就是這樣子。」

程雲邊喝邊說，一杯葡萄酒早已喝光。年青酒保隨即問他是否再添一杯，只見他搖手作罷。

傅生這一晚遇見的事情非他所料。本來他身負重任，需要為老友的雙親進行說項，勸服鄭匡放棄那位風月場所的女子，誰料此事另有隱情，必須再三琢磨，才算合理，加上程雲的細說端詳，多少令他對璐茜的坎坷身世萌生一份憐惜之情。現在竟不知該認同鄭匡扶女友跳出火坑從良作嫁，抑或從中作梗拆散姻緣？倘若反對一對好男好女繼續相戀，豈非變成不合人情和棒打鴛鴦的罪魁禍首嗎？

回到家中，已經過了凌晨時分。室內漆黑一片，只亮起客廳一枝坐地蟠桃形的小夜燈。掬彤早已就寢，傅生便輕手輕腳的走進睡房更衣。見未

婚妻睡意正濃，不忍驚動，逕自走到浴室沐浴。浴畢，正要上床躺下時，誰料「啪」的一聲，床頭燈霍然大亮。

「傅同志，何時變成酒鬼？一身酒臭氣，誰要跟你同衾共枕呢？」掬彤作勢撥開傅生靠過來的一隻臂彎，睡醒後的聲線額外沙啞，道：「你夠風流快活了，今晚肯定醇酒美人活色生香囉！」又睡眼惺忪的笑著道：「你老友發生甚麼大事還蒙在鼓裡，一點風聲也聽不見。」

「鄭匡怎麼樣？今晚他挺正經的，沒甚麼事情瞞住我。」

「我說的不是鄭匡，是小莊。人家結婚了，虧你一點消息也沒有。」

「吓？妳說甚麼？小莊結婚？跟誰？……」傅生一聽便大吃一驚，從床上坐直腰板，一對眼睛直勾勾的望住未婚妻，追問：「是跟馬柔靜？」

「原來你早知他們在玩地下情。他們確豈有此理！原本我們的一番好意卻不領情，兜兜轉轉的要來個秘密交往，枉費我和淳妤做媒的一片苦心。但話雖如此，總算功德無量了。只盼他們兩口子幸福愉快，小莊從此收起烈性，不再逞強，搞甚麼工運餿玩意，當甚麼抗暴大英雄，乖乖做個普通男人，正正經經找份差事，養兒育女，安安穩穩過日子。」

「妳是怎樣得知他們結婚的消息？」傅生再度追問，但見掬彤從床頭的小几抽屜內取出一張喜帖，是馬柔靜寄過來的。傅生接過手，一看，是女方名義發出的邀請柬。請柬上方印上「鸞鳳和鳴，之子于歸」八個字。紅艷的喜帖刻上一對箔金龍鳳，但鳳的造像較龍的比例大上一倍。傅生立即狐疑起來，心內盤算，小莊在塑膠花廠的科長工作早已失掉，經濟肯定捉襟見肘。即使鬥爭會有生活補貼替他解決基本的日常開支，都不足以支持他的結婚使費，成婚大事的財政支出，想必由女方一力承擔。假如馬柔靜不是深愛對方，也不會作出如此犧牲。愛情與婚姻，對普天下的平凡女子來說，畢竟是比天還高。

「淳妤該知道她哥哥的婚訊了。」掬彤熄了床頭燈打算重新就寢，但黑暗中仍然說話，道：「我今天致電給她，卻找不上。牛一，明天你見到她時，便問她結婚人情該如何。我想，首飾金器和禮券都不可缺，畢竟是老友一場。」

傅生「唔」了一聲，卻感睏極，不久便鼾聲大作。

次日上班，傅生便抽空找淳妤。在文具部的近旁看見「三朵花」正在細聲講大聲笑的交談。走近她們的身邊，已經聽見三位女同事正在議論著小莊的婚事。海佩莉還半開玩笑的道：

　　「我還以為妳哥哥是位反英抗暴的大英雄，原來也有七情六慾，是個喜歡搞密會的大情種。傅主管，你跟你未婚妻做冰人的一番苦心，兜兜轉轉，還是修成正果，算是功德圓滿了。」

　　在旁的秦茵也插上一句，「傅主管，你也務必替我牽紅線，我老公不是甚麼好東西，有好對象，我不介意跟他分手，重嘗戀愛的滋味。」

　　「虧妳想得美，人家才不會那麼缺陰德。」海佩莉作勢一巴掌的摑向秦茵，還佯裝罵她：「『寧教人打仔，莫教人分妻。』傅主管才不會做這些絕子絕孫的事。」

　　傅生陪笑的聽著「兩朵花」的對話，剛巧有兩名顧客走過來，秦茵跟海佩莉趨前招呼，淳妤便趁機對傅生說：

　　「下個月，就是哥哥的結婚之期。昨晚我趕緊寫了一封信寄往舊金山，希望姑姑和姑丈抽空回來喝一杯。幾年前，我和黃小興註冊結婚時，他們也曾回港湊熱鬧，在人世間，姑姑就是我們惟一的親人，我相信她得知哥哥的婚訊定必大喜過望。明天我更要拍一通電報提醒她，囑她和姑丈過來主持婚禮，一定教他們高興不已。我也相信，馬老師，不，柔靜是位好妻子，肯定能照顧好哥哥，替他傳宗接代，開枝散葉……」話未完，已經嗚嗚嗚的哭將起來，跟著還低聲地說：「希望哥哥婚後可以收斂剛愎自用的個性，從此不再搞甚麼抗爭活動，做個腳踏實地的人。」哭聲變成低泣，傅生見狀，立即掏出手帕給她抹擦，又安慰道：「傻女，你哥哥結婚是樁喜事，何必如此，快擦乾眼淚，同事們看見多怪相。對，昨晚掏彤才問過，小莊的結婚人情該如何。她說，送首飾、金器和禮券是免不了的，妳是他的妹子，該出點主意。」

　　但見淳妤頓了一頓，堆出來的笑容很勉強，跟著道：「我想介紹一間影樓讓他們拍攝婚紗照。從前我跟黃小興拍過的一輯實在不錯，價錢不貴。今次的使費由我負擔。就當我這位小姑子送給大哥大嫂的人情。明天我跟柔靜商量，聽聽她的意見。」

暴流

回到新居，他將淳妤的建議告訴未婚妻，掬彤雙掌一拍，大聲叫好，還嚷著要跟傅生一起到影樓拍一輯預演的婚紗照，算是訂婚紀念品。順便問問結婚的外景費用要多少。

四十八

馬柔靜因為正在修讀葛量洪師範學院的夜間課程，平日沒空辦理雜務，到影樓詢問價格一事，便安排在周末進行。

瓊林照相館在青山道。那一天，大夥兒約在深水埗一處茶樓吃過早點後，跟著便浩浩蕩蕩的前往照相館。

淳妤拖著吉童的小手走在前面，新娘子和掬彤則並肩跟在後面聊天，傅生便尾隨其後，誰料吉童突然甩掉媽媽的手心，快步走到馬柔靜跟前，用小手輕輕拉了一拉她的裙襬，低聲問：

「馬老師，為何舅舅不過來？吉童很久沒見過舅舅了。從前舅舅很疼我，現在他是不是不再疼吉童？」

馬柔靜連忙蹲下身子對他說，「吉童乖，舅舅成天惦記你，但他今天忙，改日一定買好吃的東西給吉童吃。你告訴馬老師喜歡吃些甚麼，下次馬老師帶給你吃好不好？」

「小獸子，」掬彤插嘴道，「你舅舅跟馬老師結婚那一天，吉童就可以見到舅舅了。那一天，吉童還要當花童，幫舅舅和馬老師舉行婚禮。吉童喜不喜歡當花童？」

「吉童快回來，別打擾乾媽和馬老師聊天。」淳妤上前拖回孩子，還回望了傅生一眼。

「淳妤，掬彤，妳們都錯了，」傅生糾正她們道：「還不改口，教吉童叫聲舅母嗎？」

「對極，對極。」三個女人齊聲贊同，連忙教吉童叫聲「舅母」。孩子真的乖乖叫了馬柔靜一聲「舅母」，但聲音很低，卻教馬柔靜開心不已，忙道：

「好孩子，日後舅母教高小，吉童要不要舅母當你的老師教你唸書？」

吉童卻羞報起來，馬上躲到媽媽的身後。

說著說著，不覺已經走到瓊林照相館的位置。見一條筆直的樓梯長長的向上延伸，各人一級級的爬到位於閣樓所在。沿著梯級兩旁，掛滿瓊林照相館的陳年傑作。幾張放大的相片，照得客人們都像電影明星一般，但大都是半身的單人照，有男有女，或含笑或露齒笑的均有。一些女士的玉照，還用人手加工抹上色澤，一個個笑意盈盈的望向前方。傅生一看，認出了淳妤和黃小興的那張婚紗照，正正掛在中央位置，忙對吉童說：

「小默子，你爸媽的結婚照掛了出來。你看，認出他們嗎？」

「誰是爸媽？誰是爸媽？乾爸，讓我看看，讓吉童看看，抱抱。」

孩子長得矮小，根本看不清相中人。傅生連忙抱起他，指著照片讓他看。

「趙老先生曾經告訴過我，我們的照片拍得最棒，所以用作招徠，原來真的掛了出來！」淳妤也停下腳步細心欣賞當年兩夫妻的新婚倩影。

結縭照拍得淳妤如花似玉，將原來的清純模樣更顯得秀麗起來。相中女子跟現在的容貌分別不大，長頭髮結成一個高高髮髻，白婚紗披罩之下，更顯得風姿可人。倒是各人均認不出她老公的長相，那氣宇軒昂的一位男子，跟現在中年發福的黃小興不可同日而語。才五年左右，長相就變得異常厲害。歲月無情，青春的可貴卻一去不復返。

「淳妤，這位老闆確懂得做買賣，等一下，妳要跟他算算宣傳費。」掬彤一面笑，一面拖著馬柔靜的指尖拾級而上。兩人一起推開照相館的一道玻璃門，見店主人正在做生意，眾人便在店堂的長沙發坐下來等候。此時影樓大廳正替一家六口拍攝全家福。兩枝坐地攝影機早已啟動，反光板、大光燈和頭上的射燈四方八面的照過來，照得店堂熱而亮。背景是一幅《豪門夜宴》的華堂佈置，老闆趙老先生正在嚷著主顧們擺好姿態，教他們笑容可掬的準對鏡頭，吉童便好奇的跑過去看熱鬧，卻被媽媽一把拉住，隔著距離，看著人家拍照片。

姓趙的老人家一見淳妤，連忙點頭打招呼，囑她稍候片刻，然後專心替客人繼續拍攝。未幾，幾下「咔嚓」之聲響過之後，便完成拍照程序。

被拍攝「全家福」的男女老少便一哄而散，準備離場。

趙老先生送走他的客人之後，才笑嘻嘻的走到他們的跟前，對淳妤道：「妳是黃師奶？我記得妳，從前妳和黃先生的婚紗照就在這兒拍攝的。蒙你們照顧，做了敝店的生招牌，生意便活起來。今天有何貴幹？是否有些好帶挈？是誰需要拍照呢？」

「趙老闆，」淳妤笑著答：「昨天我致電給你們，言明我曾經在這兒拍過婚紗照。其實，現在是我未來嫂子想了解情況，探探收費如何。既然我們是貴店的老主顧，今次再光顧，可有好折扣優待我們？」

「我們會看情況給妳們打折扣，誰是幸福的新娘子？」

「我跟馬老師都是未嫁的姑娘，趙老闆，你猜？誰要出閣耶？」掬彤一面打趣，一面向馬柔靜打了個眼色，得意的表情盡現出來。

「依我看，準是這位馬姑娘。」

「你真是這一行的老行尊，沒甚麼事情可以瞞騙趙老闆，欽佩！欽佩！」掬彤連聲叫好。

老趙也報以微笑，只見待嫁的四眼姑娘含羞答答的低下頭來，臉龐和耳根開始泛紅，竟蓋過了臉上的幾粒雀斑，變成一臉幸福的模樣。

「那麼，外景拍攝的話，使費又多少？」掬彤的急性子又來了，搶著問。傅生立時攔住她，道：「妳就讓馬老師先行詢問，何必心急問這個。」

只聽老趙道：「馬姑娘，瓊林在深水埗一帶是最出名的一間照相館，妳問問左鄰右里，有哪一位街坊不知我們這間老字號，拍得好、價錢平，生意做得老老實實，自然客似雲來。」老趙賣花讚花香，說話滿有自信的：「我們的店舖除了租用婚紗裙褂甚至旗袍禮服外，還提供新娘化妝和頭飾設計。一些新娘子，自己化妝也不打緊。但問題是，我們的專屬化妝師最棒，收費可能貴一點，但物有所值。」老闆原來站在沙發前跟他們說話，現在卻坐到馬柔靜的身旁，仔細端詳她的膚色，因道：「依我看，馬姑娘的雀斑還是請教我們的專屬化妝師最好不過。但妳放心，有客人臉上的麻子比妳更甚，給化妝師妙手上妝後，便全無一點瑕疵，真正做到皮光肉嫩，滑不留手的效果。」

新娘子經他這樣一說，從眼鏡片的背後已經露出尷尬之色，不期然兩

手護起雙頰來，還是掬彤轉入正題，道：

「趙老闆，你說了一大遍，還沒說到重點。究竟，化妝跟不化妝的使費分別如何？說出來，讓我們參詳參詳。」

「不過相差五十元左右，你們看看樣本便一清二楚。」老趙說畢，便走到收銀櫃前拿出兩大冊婚紗相簿供他們過目，一壁還道：「既然妳們是黃師奶這位熟客介紹過來，我便買一送一。假如有父母或者主婚人陪同拍攝，我們奉送禮服給長輩，不計租賃費，包管妳們稱心滿意。」

眾人見馬柔靜興趣缺缺，知道她大概思量著這筆使費。但因為是未來小姑贈送的結婚人情，又有點兒過意不去，一時間，便顯得全無主意。

「柔靜，就這樣決定。」淳妤二話不說的這樣道，手上還翻看著一冊相片簿，道：「妳看，樣本拍得挺不錯，假如妳嫌價錢貴，拍照那一天，我和掬彤姐親自替妳上妝，不就省卻一筆化妝使費嗎？」

「既然淳妤一番心意，柔靜，妳便依了她，答應吧。」掬彤也從旁慫恿。

傅生見吉童開始坐得不安靜，從沙發快步走向沖曬室，好奇地想推門而進，傅生一箭步的上前拖住，連忙阻止他。

「黑房可不是好孩子進去的地方。」老趙見狀也笑著道：「小朋友，你是好孩子還是壞孩子？還想進去嗎？」

「吉童，我忘記帶把間尺過來，回家後，媽媽便要狠狠揪打你！」淳妤目露凶光的對孩子說。吉童知道差點兒闖禍，望住淳妤，嘴角扁起來，淚水快要淌下來。

老趙卻嚷道：「乖乖，我這兒有巧克力，聽話的話，伯伯便給你一顆。小朋友，聽話不聽話？」然後從抽屜拿出幾顆巧克力遞給吉童，吉童拿過兩顆，還是一臉想哭的樣子望著他媽媽。未幾，只聽得黑房的門板「咿啞咿啞」的叫了兩聲，門一開，裡面走出一名長著小鬍子的年青人，年約二十五歲左右。眾人見他順手帶上門，但一陣陣強烈的藥水氣味已經從沖曬室傳了出來，一轉身，便帶笑的對客人們點了點頭，老趙隨即向眾人介紹：

「這是犬兒，剛從大陸過來，在黑房幫手搞沖曬，閒來時，還跟我學習攝影技術，算是子承父業了。」

暴流

「你是趙……趙……以……昶同志！對嗎？」只聽得馬柔靜突然驚叫出年青人的名字。

對方也失聲叫了一句，「妳是？喲！是，馬同志，馬柔靜同志！太高興了，竟會遇上妳，見到妳，太高興了！」兩人歡天喜地的握起手來。

四十九

原來這位後生小鬍子是馬柔靜數月前於沙頭角邊境禁區發生的中港警民衝突中認識的大陸友人。

七月八日，三百名大陸民眾隔著中港邊境遊行示威，抗議港英政府暴力鎮壓在港的愛國人士。期間，文錦渡羅湖邊界的中國民兵曾經參與行動，隔著邊界，向香港警民鳴槍示警，場面一度異常緊張。混亂中，有大陸民眾成功越過禁區圍牆和鐵絲網逃到香港，並以磚頭、汽水瓶和木棍等硬物跟香港警察和啹喀兵展開搏鬥。部份民眾更與到場增援的防暴部隊一度對峙。當中大批香港武警分批堵截大陸民眾的非法越境，制止偷渡，並展開了追捕行動。期間亦有大陸民眾遭到荷槍實彈的警察亂槍掃射，造成多人死傷，包括五名警察在內。混亂中，有大陸民眾乘機潛入港區範圍，匿藏於香港邊界的隱蔽之所。幾經辛苦，有偷渡客成功避過港方警察的大規模搜捕，然後逃往新界的偏遠地區，繼而潛入市區，在香港展開新生活。而趙以昶和他的未婚妻莫嵐，就是當日成功逃脫的幾名大陸民眾之一。

這一幕潛逃香港的驚險情節，終於由馬柔靜親口證實。

在茶樓用午膳的時候，新娘子輕描淡寫的道出了苗翠芹如何慈惠她營救潛逃至新界偏遠石屋的幾名中國難胞的經歷，當中有男有女，包括趙以昶和他的未婚妻莫嵐。由於政府實行「抵壘政策」，只要大陸民眾成功逃到市區向當局報到自首之後，便可成為香港居民，擁有居留身份。幾名難胞藏身之時，就是經由小莊通知苗翠芹，然後由苗翠芹以「婦聯」常務委員身份游說馬柔靜，專責照顧難胞的起居飲食。幾番唇舌，終於獲得柔靜首肯，每星期到難胞匿藏之處，為他們分發糧食和日用品。難怪剛才趙以

昶連聲讚賞柔靜的廚藝了得，頻頻說著回味對方親手炮製的辣椒炒肉片、酥炸鯪魚角和牛腩湯等美食。但這次營救行動，無疑是柔靜間接協助了小莊向上級邀功的機會。

傅生一聽，完全明白馬柔靜被愛郎利用的這重關係，但當著淳妤和掬彤的面前，當然沒說出內心感受，只聽身旁的掬彤說道：

「唔！難怪剛才老趙叫妳救命恩人了。還說他的兒子可以在港跟愛人莫嵐結合，全賴妳的幫忙，造就了一家團圓的美事。老趙要全數給妳免費送贈拍攝費用，自然是人之常情。但柔靜喲，今次妳太冒險了，為何一切要依從小莊的擺佈？妳想深一層，答應苗翠芹的要求，不就是助長小莊反英抗暴的氣焰？假如東窗事發，帶累的還不是妳？好在現在一切過去，往後妳和小莊結成夫婦，便要好好勸阻小莊，別教他再在『深淵上走鋼線』了。」

「乾媽，甚麼叫『深淵上走鋼線』？」吉童盯大眼睛啃著點心問掬彤。

「就是犯險，隨時闖禍，甚至有粉身碎骨的危險。」他媽媽立即解釋。

「淳妤，妳也要好好勸止妳哥哥。」掬彤亦對誼妹說：「柔靜快要成為妳的嫂子，再這樣縱容小莊胡作非為，難道要他們的婚姻不得善終，失敗收場嗎？」

這頓午膳，各人都難以吞嚥。只有吉童這個小人兒還大塊肉大顆點心的往小嘴送，歡天喜地的吃著。

傅生一面看著乾兒子開心的食相，一面望著眼前的馬柔靜，心想，這位女子，曾經向蒯老師透露過擔心未婚夫的安危的話，如今卻輕描淡寫的道出自己犯險的經歷。難道愛情真的如此盲目？尤其對女性而言。柔靜愛小莊，是否真的那麼盲目？可以為對方作出一切蠢事，包括經濟的支持和心靈的慰藉，甚至對自身的安危也可以置諸不理？為了愛情，她甘願冒險，長途跋涉的向難胞派送糧食。但這位愛郎，又為柔靜幹過甚麼？這樣的愛情，根本不存在對等關係，而是男方利用女方，沒半點兒真心實意的情份。其實，憑小莊的長相，縱然身高矮小一點，卻擁有幾分男性魅力，足以吸引不少姿色平庸的女子為他傾心，不顧一切的為他賣命。像柔靜如此中下姿色，不就是平凡女子不顧一切的「愛的寫照」？誰說男女之情是

暴流

你請我願的？沒兩情相悅的基礎，男女雙方，將會如何走下去？但天意弄人，令原本不被看好的「高矮情緣」，不經不覺的開花結果。難道這是柔靜前世欠下的債今世在還？但如此被愛郎利用的婚姻，到頭來將會怎樣？一念到小莊以愛情作為魚餌之時，傅生便不覺寒心，覺得對方過於計算，就像投資一椿政治婚姻一般。而小莊作為一位忠實的共產主義信徒，為何會耍出如此低劣的招式？但如此招式，實在不宜指向自己的未婚妻，變成既不高明又不討好的手段。傅生想著想著，不禁對這位曾經是沙煲兄弟的小莊感到可悲。

一星期後便是花月佳期。這場喜宴設於柔靜任教的那間英田小學校的天台。由於一對新人的結婚開支需要節約，經倫校長首肯之後，這間親台的天台小學校便搖身變成舉辦小型婚禮和擺設喜宴的露天場地。

婚禮舉行前的一天剛好是周末，淳妤從泰華國貨文具部找來四塊大紅繡花絨布作為酒席的檯布裝飾。搹彤的剪紙手藝一向了得，半天時間，便剪裁出幾十對同心結造型的紅紙、紅雙囍和鴛鴦圖案的剪紙，在天台兩邊的班房玻璃窗上滿滿貼著，襯得一間小小的學校四周洋溢著喜氣洋洋的嫁娶氣氛，煞是好看。

酒席是到會式的食物。兩名大廚在天台操場的籃球架下嘩啦嘩啦的動手炒小菜。大堆碗筷、杯碟、托盤、啤酒、汽水則放在地上，準備開席時供佳客們隨意享用。一名小夥計則負責看管食材，替兩名大廚張羅東西，熱煲熱爐的不斷遞送。砂鍋下的火氣冒出陣陣濃煙，濃煙一簇簇的升至半空。三人從正午開始便洗、切、醃、煮、燉、焗、煎、炸、蒸、炒的做了十幾道款客的菜式。

未到七時，就準備妥當了當晚的四席喜宴。一晚收費，盛惠兩百元。這筆費用，當然由柔靜全數包辦。即使收回人情禮金，這一趟，新娘子的身家財產也告短了一大截。

八時入席，已經有賓客到賀。主要是柔靜祖母鄉間的親友們，都是長者居多，一個個老態龍鍾的圍坐在一張近天台出入口處的圓形木桌前，背後便是校長室。

傅生今晚充當迎賓，逐一替來賓們遞茶斟水，像極酒樓的跑堂夥計。

鄭匡則當臨時攝影師，四出替賓客們拍照留影。

那時候倫校長走到老人家的一桌，向柔靜的祖母正式道賀。

「恭喜！恭喜！馬老太，終於喝到妳孫女婿的這杯茶，該也老懷安慰了。」拱手抱拳作揖的對老婦笑道：「祝一對新人百年好合，永結同心。妳就早日抱曾外孫兒囉。」

身穿大紅長裙褂的祖母還禮一笑，手裡環抱著她的小貓咪，輕輕揉弄著「小白」身上的毛毛。這頭黑尾巴的小貓咪，就是上次苗翠芹送給她的「雪地拖槍」。聽罷倫校長的賀語之後，馬老太便笑著道：「這回不知該如何答謝倫校長你！倘若借不到場地舉行婚禮，我們的開支可要吃不消。一對新人能夠成親，全賴倫校長的幫忙。倫校長，今晚招呼不周，你要多喝兩杯補補數。」

「馬老太，甭客氣！」校長答：「馬老師是位不可多得的好教師，在校內幫了孩子們不少忙，就是我的好拍檔。我相信她日後的成就不會低。同事們都知道了，即使忙，馬老師還堅持修讀夜師範，證明她的努力和上進。今天是她的終身大事，身為校長的，可以幫忙都樂意幫忙啊。」

「其實，說到底，我是老大不贊成這樁婚事的，但誰叫阿靜像著了魔迷了路的戀上對方。所謂『女大不中留，留來留去留成仇』。」老人家一面說，一面用粗糙的皺紋手心撫著懷裡的小白，那小貓兒便咪咪咪的輕聲叫。只聽馬老太繼續說：「阿靜嫁給這個姓莊的，註定要一世挨窮。俗語說『搵朝唔得晚』，現在正應驗到她的頭上。試問，一個搞抗爭組織不務正業的男子，能夠養妻活兒嗎？連求親時的四色茶禮也送不到女家門前的男子，能夠跟她過一世嗎？阿靜日後的歲月，只有朝愁晚苦了！」說著說著，不禁流出眼淚來。幾位老鄉親見狀，便一窩蜂的圍住她勸止，豈料對方越被勸止越傷心，索性嗚嗚咽咽的哭將起來。倫校長連忙好言相勸：「好了，好了，今天是吉日，何必說這些，船到橋頭自然直囉！」眾人正在無計可施，傅生便見蒯老師從天台入口處剛好到埗，一副墨鏡架在眼前，鄭匡一看，連忙趨前招呼他，傅生也一箭步的走到老師的跟前跟他握手。三人寒暄，好不高興，鄭匡開口便說：

「蒯老師，今晚辛苦你了。聽牛一說過，小莊的姑姑未能返港，你就

是他的家長。今晚的婚禮，你做一對新人的證婚人是實至名歸的，我是你的入室弟子，當然依從你的所有吩咐。今晚你一聲令下，我便替你打點一切。等一下，我替你和一對新人多拍幾張好看的照片。」

「鄭匡，你真會說笑！我的學生中，你是最懂得搗蛋的一位。今晚別替我拍照。你看，我是名副其實的瞎老頭。平日晚上，早已謝絕一切應酬，今晚難得是淳德的小登科，加上馬老師又是行家，我才前來作客，你們才是主人家的得力助手。但你要當心，今晚你的照片倘若拍得差勁，為師的，準會懲罰你，沒半點兒情面可說。」

「蒯老師，你要懲罰鄭匡，便罰他請你吃喜酒。」傅生在旁陪笑補上一句。

「對！聞說你這位小胖子正在蜜運中，何時請我做你的證婚人，見識見識你這位鄭師奶？」蒯老師也打趣起來。

鄭匡一聽，頓時閉嘴，胖乎乎的臉頰漸漸泛出少見的紅暈，頃刻才說：「還是先吃牛一和掬彤的喜酒好了！」說畢，傅生便帶老師入座。又替對方斟上一杯黑啤酒，然後走到新娘子的化妝間，看看柔靜和兩位替她理妝的姐妹有何差事可以幫忙。

叩過門，門內的女士們批准入內，傅生便輕手輕腳的走到一邊。站在一旁，看著掬彤和淳妤替馬柔靜繼續裝身。

新娘房原是教員室，一張大布幔掛在書架和書架之間，通道臨時充當更衣室，用八隻衣夾嚴嚴扣著大布幔的四邊角，間出更衣的空間。傅生見吉童在三位女子的身前身後穿來插去，東奔西跑的四處走動。還動手翻閱檯上的學生作業，打算在作業上塗鴉亂畫，淳妤見狀便喝止他，叫孩子乖乖的坐在一旁吃涼果。

「牛一，你還是外出探探，小莊隨時會到埗。」掬彤吩咐他。

「不，他說八點半才能到埗，開會後自會趕過來。」柔靜糾正她。

傅生走到三人身邊，見一張教員書檯變成梳妝台。大大的一面鏡子是從女更衣室搬過來的。新娘子今晚的打扮也夠用心。頭髮是昨天掬彤帶她上相熟的美容院新做的，但隔了一天，現在開始有點毛，淳妤便替她理順兩鬢的髮絲，那波浪型的頭髮較原本平肩垂直的模樣好看得多。瀏海齊

眉，僅僅露出白皙的額頭，在教員室的昏黃燈光下，照不出新娘子臉上的任何雀斑，加上誇張的眼線，濃艷的唇形，配著淡紅的脂胭和修長的假眼睫毛，越發顯得新娘子的漂亮。眼鏡框也換上金線無框的款式，令柔靜的妝扮像極一隻大號洋娃娃。人家說「十八姑娘無醜婦」，她還不到二十八歲，人靠衣妝，不就彌補了天生的缺陷。

傅生趨前細看柔靜的穿戴，是一襲簡單的晚裝，小鳳仙衣領繡成魚鱗花紋的旗袍。另一件繡花桃紅企領旗袍則搭在一張椅背上，是新娘子今晚敬酒時替換的禮服。倒是兩位為她妝扮的姐妹已經穿上新衣，是同一款式的棗紅套裙。據說因為急就章，淳妤便從泰華的女裝部現買現著的帶過來。

外邊突然噪音大作，喧聲四起。傅生從教員室的玻璃窗往外探視，見新郎倌和苗翠芹等人剛好到埗，還帶來一批友人。一下子，天台小學校擠滿了大半個操場的賓客，場面有點兒失控。

五十

吉童從玻璃窗望見他的舅舅出現，連忙大叫起來。

「舅舅來了，舅舅來了，我要舅舅！我很久沒見過舅舅了。」叫畢，便想奪門而出，直奔到他舅舅的身邊。誰料外邊有人叩門，傅生立即拉回孩子，打開門來，見苗老師出現眼前。對方向他點了點頭，帶笑地問柔靜是否正在裝身，欲想進來看一看。

傅生欠身讓苗翠芹進來，對方便急不及待的走到新娘子的身邊。那時候，柔靜剛好試穿著敬酒時要替換的那襲繡花桃紅企領旗袍，正在鏡子前試妝。

「讓我看看，看看我們今晚的女主角美得如何？嘩！很動人，太漂亮了，難怪說『人靠衣妝，佛靠金妝』，一點都不假。」苗翠芹兩手拉住柔靜，上下打量，細細端視她的妝扮，續道：「柔靜喲！我告訴妳，今晚妳是一位很特別的新娘子，小莊為妳準備了一場別開生面的婚禮。他請來一

位特別證婚人，就是他的偶像兼戰友岑均雄。岑同志是本地鼎鼎大名的愛國英雄，妳該認識他。」那時候苗翠芹的眼神不時掃向全室各人，像有特大消息需要宣佈，只聽她再道：「你們都知道，岑均雄在多間左派報刊均有專欄報導反英抗暴的出色文章，是位赫赫有名的雜誌主編兼主筆，對這場運動的『文攻』策略很有貢獻。今天小莊經已成為『武鬥』中的中流砥柱，兩人就是這場運動的『文武狀元』，能夠同場出現，正是千載難逢的機會。柔靜喲！妳能成為一位時代英雄的配偶，真的幾生修到了。只盼日後妳繼續支持你老公，讓他再接再厲，更上一層樓，並且成功加入社會主義的革命大家庭，成為真真正正的共產黨黨員。」

新娘子聽畢，露出一臉惘然的神色，上了妝的緋紅容貌，頓時變得土青。一時間，也無言以對，只呆若木雞的望住苗翠芹，傅生在旁亦感到驚奇，心想，今晚的證婚人原本就是蒯老師，為何臨時變卦，出現了一位左傾同志岑均雄？若是如此，豈非將原本普普通通的一場傳統婚宴變成別出心裁的革命婚禮嗎？這樣的安排不單令蒯老師顏面盡失，還會嚇怕前來道賀的老弱婦孺。

「苗老師，我們已經說定了，今晚是蒯老師替代我們的姑姑前來主持婚禮，絕對不會更換證婚人。」淳妤這時候竟衝口而出的反對安排：「姑姑是我和哥哥惟一的親人，雖然她未能返港主持儀式，但電報上言明蒯老師是婚禮的證婚人，若不兌現，我們便失信於長輩，變成反口覆舌的親姪兒了。」聲音越說越大，顯得甚為生氣。站在淳妤身邊的吉童連忙抱緊媽媽的小腿，露出害怕的神情。

「淳妤喲！今晚由岑均雄主持婚禮是妳哥哥的主張，並非外人私下決定。」苗翠芹也提高嗓門，道：「既然你們兩兄妹事前沒好好溝通，就不能責怪我們。妳跟小莊取得共識後，才告訴我們該如何解決。」語氣決絕得像早有定案似的。

「好了，好了，少說兩句，萬事好商量，看看是否有轉機，別在今天這個好日子爭辯不休。」掬彤和柔靜均這樣說，淳妤惟有不再堅持，卻面罩冰霜的坐到另一邊。傅生趁勢拖著吉童走出外邊去找他的舅舅。那時候，幾名新來的同志們開始在天台外圍高高的鐵絲網上懸起標語和毛像，

傅生認出當中的魏平和魏明，就是那對在天星碼頭參與過反對渡輪加價的親兄弟，兩人正在和一眾戰友掛起一幅寫上「熱烈慶祝莊淳德同志和馬柔靜同志結婚之喜，全世界共產主義大團結萬歲」的紅帳幔。大大的一幅紅布幔在晚風中逕自飄拂，發出霍霍的響聲。另有一張大型毛澤東半身像則掛在另一邊，是他老人家坐在籐椅上抽煙看山景遙望故鄉韶山的照片。據說此張照片，是他夫人江青在延安時親自替丈夫拍攝的，怎麼會流落到尋常百姓家？還要流落到一個英國人管治的殖民地區？縱然是一張複製品而已。

吉童久未見過他舅舅，一見舅舅，便抱住他的小腿不放，大聲嚷道：

「舅舅，今晚你做新郎倌，我要做花童，還不快快跟馬老師行禮？」那時候小莊正跟倫校長交談，見外甥兒這樣追問，連忙拖住吉童走到一旁，叫他別打斷大人的話。傅生見狀，只得拖著吉童走到另一邊，離遠便聽見倫校長對小莊說：

「莊先生，想不到你們的喜宴搞得像個非法集會一般，假如出亂子，作為小學校的最高負責人，我要承擔所有責任和後果。」校長再強調：「你該知道，英田不是愛國學校，而是台資的小學校，不能張貼這些敏感標語和肖像。何況這是一場普通的天台婚禮，幹這些事，該不合適。當初假如我得知馬老師借用場地舉行革命婚禮的話，我便萬萬不會答允借出場地。老實告訴你，我曾要求馬老師答允只此一趟，下不為例，才會額外通融這次校園以外的私人活動。現在連本校的其他高層和師生們也不知道今晚舉行這場婚宴。你看看，今晚到賀的人士中，根本沒一位現役老師，就是生怕前車可鑑，陸續有來。莊先生，你們知趣的話，便請趕快收起這些政治宣傳的物件，免得我校惹來不必要的麻煩。」

「倫校長，我們懸掛的標語和肖像，已經是最溫和的一類，不會鬧出甚麼事故的。」小莊忙解釋：「倫校長，你既是知識份子，該明白辦教育事業的目的就是要普羅大眾和下一代明辨事理，擇善固執。但現時社會的不公義事件那麼多，我們宣揚共產主義，就是要民眾了解今天香港社會制度存在著許多不當的問題，需要市民群起反抗，儘快糾正。這也是我們搞社運的真正原因，何況今晚的來賓，大多是來自社會低下階層，正是共產

暴流

主義重點宣傳和教育的一群。現在惟有共產主義，才是全世界最平等最公道的制度。請你們捫著知識份子的良知，容許我們在婚禮上向來賓說幾句話，同時讓他們見識一下革命婚禮的真正面貌。」

「莊先生，你要知道，我非社會主義的信徒，亦非共產主義的門生，但我雖親台，卻不反對你們的政治信念，亦不想你們的政治立場影響英田的正常運作。但再這樣下去，我校準會出亂子，對英田的聲譽構成不良的打擊。請你們速速罷手，要不，我只好報警求助。」

傅生離遠見小莊瞪大眼睛望住校長，但一言不發，未敢繼續辯下去。原來一對大而亮的眼睛卻露出凶光，在旁的岑均雄立時放出友善的腔調跟倫校長說：

「校長喲，其實這場婚禮不會耽擱你們太多時間，儀式不過十幾分鐘便告結束，不會連累貴校出問題，你就通融一趟，讓我們這位新郎倌在一眾親友面前留點面子好不好？」

那時候馬柔靜急步走到三人面前，哭喪著臉的向倫校長哀求：「倫校長，這回是我的不是。但事前我也不知道淳德哥哥有此安排，因而未及徵詢你的意見。現在請你勉為其難，通融一趟，容許我們舉行這場革命婚禮。假如出亂子，一切後果，由我一力承擔。闖了禍，我會引咎辭職的！」

「馬老師，何必說甚麼辭職不辭職。」校長的口氣變得和善起來，「既然今晚是妳的良辰吉日，我便姑且通融一趟。你們快快舉行儀式，別再磨蹭，免得好事多磨，夜長夢多。」

一對新人謝過校長後，革命婚禮隨即展開。只見證婚人岑均雄站在毛像的前面舉起酒杯，向在座的四席嘉賓準備講話。傅生記得上次遇見岑均雄的時候，是在龍鳳酒樓跟明哥的姪兒商量酒席的價錢。當日他跟一眾同志正要召開「秘密會議」，今番重遇，對方竟變成好友婚禮的證婚人。只聽得姓岑的開口便說：

「各位來賓，各位同志，各位戰友，各位愛國的香港同胞，你們好！

「今晚，我代表鬥爭會的正副主任和常務委員等主持莊淳德同志和馬柔靜同志的結婚典禮，相信在座各位都是出身於草根階層，能了解貧苦大眾的生活實況。在大陸，現在有所謂革命婚禮。在香港，這樣的婚禮便比

較罕見。今晚大家有幸，得以認識這種文明進步的結合方式，是難得一遇的機會。容我在這兒解釋一下，在新中國，解放之初，黨中央的高層甚至農村之間的革命幹部均會主持這套儀式，儀式上都會詢問男女雙方，為何跟自己的愛人結合？通常的回答是，『他（她）能愛國，他（她）能勞動。』但現在國家的發展在政治氣候和經濟環境下均處於翻天覆地的改革期，一對新人，不再以農村式的結合方式來完成婚禮，而是以更文明更高尚的儀式舉行。現在就請我們今晚的一對新人，站在毛主席的肖像前發誓宣佈，正式接納彼此成為終生伴侶，一生廝守，互相扶持，同心同德地攜手一起，為建設美好的祖國而努力。完成共產主義的革命功業，走向社會主義的康莊大道。現在就請大家站立，以熱烈的掌聲，見證莊淳德同志和馬柔靜同志的革命婚約。」

講者說畢，在旁的苗翠芹、魏平、魏明和同來的兩名戰友率先拍掌。四檯酒席中只有少部份老中青和婦孺站立起來，勉為其難的拍起手掌。傅生和蒯老師坐在一起，離遠便看見掬彤和淳妤依然坐在主家席上，不情不願的拍了幾下掌心，而鄭匡則站在一對新人的面前取鏡拍攝。

柔靜今晚穿著一雙半吋高的尖頭紅鞋，原本比小莊要高的身形，現在更顯得高出夫婿半個頭。望過去，一對「男矮女高」的配搭，變得有點兒滑稽，加上今晚新郎倌沒刻意裝身，白恤衫藍綢褲的便服，便是他成親的禮服。比起柔靜小鳳仙領魚鱗花紋的旗袍，更顯得格格不入，額外的露出土氣。

其時岑均雄繼續宣佈：

「一對新人向毛主席一鞠躬。向父母親的養育之恩再鞠躬。向志同道合的同志們三鞠躬。夫妻對立互相鞠躬。一對新人白頭到老，永結同心。」

在證婚人仍未說出「禮成」之前，席間有人突然大聲插上一句「早生貴子，百子千孫」，頓時惹來全場賓客的哄堂大笑。

禮成之後，岑均雄突然對在場人士宣稱：「既然莊淳德同志已經是一位信仰共產主義的忠實追隨者，他的小登科，理應補辦共產黨黨員的入黨儀式。」

傅生見在場人士無不面面相覷，只有旁邊的苗翠芹對新娘子竊竊私

暴流

語，道：

「柔靜，妳已經是小莊的結髮妻子，理應嫁雞隨雞，不會反對老公今晚在婚禮上補辦入黨的手續吧？」只見柔靜默不吭聲的點了點頭，入黨儀式隨即舉行。但見小莊拿起手上的「入黨誓辭」朗聲地唸：

「我志願加入中國共產黨，承認黨綱、黨章。遵守黨的紀律。服從黨的決議。學習馬列主義、毛澤東思想。努力提高自己的覺悟。積極工作。精通業務。全心全意為人民服務。不屈不撓，為共產主義事業奮鬥到底。

宣誓人　莊淳德」

五十一

農曆九月的下旬，月色皎潔，圓圓大大的掛在中天。長空萬里，是無雲無風的一夜，正是花好月圓的良宵。

英田天台小學校的鐵絲網上的政治宣傳橫額、標語和毛像早已被人摘取下來，由岑均雄、苗翠芹跟魏明及魏平等幾位同志合力帶走。革命婚禮和入黨儀式剛剛結束，喜宴回復到尋常百姓家的歡快氣氛。

天台範圍懸起了兩串長長的電燈泡，明亮地照著四席酒宴的位置，人人大吃大嚼，舉杯暢飲，盡情歡度這個良宵。男人捧杯猜拳，女人淺嘗美食，各人有說有笑的吃著喜宴。兩名到會的伙頭大將軍和小夥計早已替賓客們端上魚翅，吃過之後，該是一對新人向親友們敬酒道謝的時刻。

主家席上一對新人正要站起身，柔靜祖母卻攔住她的孫女兒。

「別動！阿靜，讓珍姑母替妳上頭，然後才向賓客敬酒。」跟著馬老太便對身旁的同鄉老婦道：「剛才的革命婚禮壞了事，未能討個吉利。珍姐，妳在家鄉當了媒人和大妗姐那些年，已經駕輕就熟了，現在就替阿靜補一補上頭儀式。反正她的髮鬢已經毛了許多，正好替她理一理。」一面說，一面撫著睡在膝蓋上的黑尾小貓咪。

那時候珍姑母也接腔的道：「咱們是唐人，該按傳統，做足成親大事的老規矩，這才吉利，否則……」話未完，已經將新娘子按定下來，從布

衫的內衣袋掏出一把瑪瑙梳子，在一眾來賓面前替柔靜正式上頭。

吉童跟幾名孩童連忙跑過去，好奇地瞪大眼睛看儀式。只聽得珍姑母口裡唸道：「一梳梳到尾，二梳梳到白髮齊眉，三梳梳到兒孫滿地。」

小莊在新婦的身後看著，柔靜則坐在椅子上讓珍姑母細細梳頭，一臉含羞答答的模樣，卻掩不住幸福之色。

天台的樓梯傳來咯咚咯咚的雜亂腳步聲，似鐵鏈般的皮靴一下下踏在階梯上，大有狂風暴雨來臨之勢。未幾，原本關上的天台大門被猛力敞開，兩名軍裝警察和一名督察出現在天台小學校的出入口處，快步走到新郎倌的跟前。認出目標人物後，督察立即開口問：「是莊先生嗎？莊淳德先生嗎？我們是皇家香港警察政治部派過來的，閣下涉嫌干犯多項香港法例，需要即時拘捕。拘捕令在此，請細閱後跟我們前往警署協助調查。」說畢，便將中英對照的拘捕令在空中揚了一揚，正好展示到新郎倌的眼前。

小莊一臉愕然，圓大的眼睛瞪著白紙黑字的拘捕令。幾秒鐘後，才恢復常態，問道：

「我干犯何事？罪名是甚麼？你們有足夠證據拘捕我嗎？沒證據的話，我便不會跟你們離開。」

督察翻起拘捕令，按照上面的罪名向疑犯口述一遍，「一共六條：破壞香港社會治安、企圖顛覆英國殖民地的資本主義制度、參與暴動、煽動群眾非法集會、組織非法工會及策劃放置危害公眾的爆炸物品。如果閣下不認罪，可以聘請律師替你辯護。一旦法庭判了罪成，仍可上訴。但現時請莊先生合作，跟我們一起回去。假如不依從，警方可加控阻差辦公的罪名。」一手便從另一名軍警的手上取來手銬，「咔嚓」一聲，便扣到疑犯的雙腕上，一把將他推離，強行將小莊即時押走。

吉童「嘩」的一聲叫了起來，跟著奔到舅舅跟前，緊抱舅舅的小腿不放。

「別抓走舅舅！別抓走舅舅！我要舅舅！我要舅舅！」傳生見狀，連忙走到孩子身邊，一把捉住他，將孩子送到淳妤的跟前。誰料淳妤早已嚇得像啞巴一般，雙眼反白，臉容赤黑，整個人幾乎昏倒過去，幸而身邊的掬彤雙手一托，淳妤才不至於翻倒在地。只聽得吉童還在「媽媽，媽媽」的連聲大喊，鄭匡則一手抱起吉童，急步走向另一邊，讓一眾女眷替淳妤

暴流

上藥，但見女眷們萬金油、白花油、虎標均隆驅風油的不斷在淳妤的額頭、鼻腔和太陽穴上亂塗，各人手忙腳亂的慌作一團。

今晚的新婦馬柔靜卻一直呆坐在座位上，眼巴巴的看著兩名警察左右兩邊挾著自己的丈夫離開。馬老太則由兩名老婦攙扶，急步追在兩名警察的身後，狂呼地叫：「別抓走他，別抓走我的孫女婿！你們快放手，他是我的孫女婿，別抓走他。你們都是天地不容的害人精，專幹傷天害理的忘八。還不放手嗎？快放手，還我孫女婿！放手！別抓走他……」一面叫，一面和差人搶奪她的孫女婿。

原本馬老太手抱的「雪地拖槍」現時已不知所終。天台上只隱隱傳來小貓咪的哀鳴，夾著現場四周的驚叫聲、慌亂聲、哭泣聲、低語聲和走動聲亂作一團，場面異常的失控。

淳妤被送往廣華醫院時還是一直昏迷著。醫生說她血壓過低，加上飽受刺激，一時間，難以甦醒，要待血糖值恢復正常後方能醒轉。

傅生致電通知黃小興。他跟黃母兩小時後才趕到醫院。見妻子仍舊昏睡，逗留半句鐘便領著吉童一起回家，說吉童明天上學，還是早點離開，明天一早才再來。掬彤一直擔心誼妹的情況，堅持留守在病房前等候消息。傅生見她實在太倦，左勸右哄的叫她先行回家休息。好不容易，兩人才乘的士離開，時間已經是凌晨三點。

翌日上班，傅生替淳妤申請病假。文具部的秦茵和海佩莉大感意外，齊聲說要往醫院探望病人。

消息很快傳遍國貨公司的各個部門。都說小莊被捕是上次葛農事件的餘波，但罪名較葛農更甚，因為牽涉放置土製炸彈和組織策劃暴動等主謀行動，一經定罪，誓必判處重刑。不死，也得長期監禁了。

成成當天便收到風聲，第一時間走到傅生的寫字樓，有意無意的對他說：

「想不到莊淳妤的哥哥有此下場，真是世事難料了。回想去年五月，莊淳德才意氣風發的接受新聞紙的採訪，說甚麼為了維護勞工權益，誓要對抗那些無良僱主，反對資產階級壟斷市場，更要積極推動香港邁向社會主義的均分制度，說得天花亂墜，冠冕堂皇。誰料一番志氣激昂的英雄豪

語，竟會變成今日的惹禍之辭，更有可能因而入獄，淪為階下囚。傅主管，你是他的知己好友，幸而早早跟他劃清界線，不然，準會連累受害，保不定一起去吃皇家飯。」

「成成，我記得當初你對莊淳德搞工運的仗義執言行徑非常欣賞，還誇讚對方是反英抗暴的民族英雄，如今卻幸災樂禍，究竟為何？你一下子來個一百八十度轉變，是否比四川變臉師傅的工夫還要了得？」傅生道。

「不錯，但『適時務者為俊傑』。今天看來，當初我的看法是有點兒偏差，如今要撥亂反正了。」傅生只聽得成成繼續解釋：「傅主管也該知道，現時港英政府已佔盡上風，而香港的左派正在垂死掙扎中。看來愛國陣營的死期將至了。」

傅生對這位毫無原則和立場可言的小伙子不值一顧。心想，當初他捧高小莊卻踩低葛農的言論，不就是雙重標準嗎？現在兩人都「敗者為寇」，就一併「棄如糞土」，真是百折不扣的機會主義者。一念及此，便不想跟此人繼續搭腔，匆匆收拾細軟下班，約同海佩莉和秦茵一起前往醫院探望淳妤。

三人乘的士往窩打老道的方向而去，秦茵在車廂內開口便問：「傅主管，淳妤有否向你借過錢？」

「吓！借錢？沒有耶！為何有此一問？」傅生大感意外的反問對方。

「咦！奇怪喲！前些時她曾問我借錢，但那時候我家老大剛才升讀私立中學，我和老公都想安排他出國升學，正是用錢之際，哪有餘款借給她。」秦茵還強調：「你們該知道，現在時局不穩，我們也要為下一代打算，讓他們放洋是最保險的安排。」

「我就生怕她家裡的經濟出現問題，令她憂心，影響她的病情。」海佩莉則道：「今次她哥哥出事，肯定給她添煩添亂，令她的情緒備受打擊，復原的時間只怕更長。」

傅生聽罷兩人的話頓覺疑惑，根本不知道淳妤的經濟開始拮据，何況從未聽過掬彤有此說法。想著想著，的士已經駛至醫院的門前，傅生付過車資，三人便乘電梯往三樓病房。

一進病房，見裡面充塞著老中青的女病人們。一陣陣強烈的消毒藥水

氣味直撲鼻翼，刺激中帶點腥臭。有女病人在大聲咳嗽，跟零碎的呻吟聲夾在一起。幾位妙齡看護小姐穿梭在探病的人叢之間，正替病人們張羅藥水藥丸或者消毒棉花等。兩位清潔女工正用拖帚清潔地板，唰唰之聲響個不停。

秦茵一眼便找到淳好的床位，拖著海佩莉的指尖便三步併作兩步的走過去。傅生見床沿上坐著一位婦人，臉上抹上赤紅胭脂，嘴唇血色，冶艷中帶點老態，是淳好的婆婆，但未見她的兒子黃小興在場。

淳好今早經已甦醒，坐在床上正在吃燕窩粥，是掬彤今晨替她熬的。但病人的面色依然蒼白，神情萎縮，人也瘦了一點。按醫生的吩咐，病人暫時只能吃流質食物，整天下來她都胃口欠佳，現在才有點兒進食的意欲。

她婆婆坐在她身邊，哭喪著臉的說著話，只差沒掉下眼淚。

「現在該如何？妳病倒了，也不知是大病抑或小病。倘若有甚麼三長兩短，妳叫吉童該怎樣？孩子還小，阿興又要天天上班，哪有時間帶吉童？我這個老不死的人，又怎可以長時間照顧孫兒呢？」

「別擔心，又不是甚麼危疾，過些時，便會痊癒。」淳好反而安慰婆婆：「現在我託掬彤姐替我暫時看管吉童一星期，妳大可放心。」見秦茵和海佩莉兩位同事含笑的望著自己，連忙用「五指梳」理了一理稍亂的長髮，招呼她們坐到病床的末端，跟著便對傅生說：「牛一哥，早上掬彤姐已經答應過我，替我照顧吉童一星期。我一好轉，便會帶孩子回家。不好意思，今次又麻煩了你們。」一面說，一面將吃剩的燕窩粥放到病床旁邊的小几上。

「別說這些話，我們都是孩子的乾爸媽，也有責任照顧他。」傅生笑著答：「現在妳就只管專心料理自己的身子。醫生今天怎樣說？」

「血壓指標恢復到正常水平，好多了！」淳好答：「由於我有胃痛病歷，醫生說還是小心一點，中午替我抽了一次胃液，化驗結果要過三天才知道。」

兩位女同事跟淳好東聊西聊的談著話，傅生便到外邊抽了一根煙，回來後見她們的談資已經說得差不多。未幾，便聽海佩莉叫了他一聲：「傅

主管，看來淳妤的精神尚算不錯，該很快出院。現在最要緊的是讓她爭取時間多養病，我們還是早點回去吧。」

「對！」秦茵附和著：「淳妤，妳安心養病，文具部暫時由我們兩朵花打點便可以，妳大可放心。新年快到了，我們等著妳出院後便大嚼一頓！」

「為食鬼，最好帶同妳老公一起過來開餐，然後齊唱《友誼萬歲》囉！」海佩莉大聲說笑，中和了一點不太愉快的氣氛。

待兩位探病的女同事走了之後，病人的形容更見難看。未幾，淳妤便對傅生說：

「牛一哥，你看，該如何聘請律師替哥哥打這場官司？我也拿不出主意，心煩得很。」

「你們說，上次阿興替我聘請的方律師行不行？就是費用貴一點。」淳妤的婆婆在旁建議。

「我想跟鄭匡談談，反正他的人脈關係比較廣闊，認識的人比較多。」傅生說，但心想，「以小莊現時在反英抗暴的運動上扮演的吃重角色，左派的主力人馬甚至鬥爭會的要員均會替他出謀獻計，設法營救，積極利用戰友的被捕事實來打擊政府，抹黑當局，何用外人插手干預聘請律師呢？」

「但現在我最放心不下的就是蒯老師。我們真的虧欠了他！」淳妤的眼淚終於流下來，兩行清淚直滾到鼻尖和嘴角兩邊，「牛一哥，我該怎樣向他解釋和道歉？當初請他前來當哥哥的證婚人是姑姑的意思，現在我們出爾反爾，沒臉再見蒯老師。」

「淳妤，別多想，蒯老師並非小器之人，有機會，我代妳向他解釋，妳就放心養病好了。」

現時病人的心情那麼混亂，一定影響她的病情。傅生想，也不知該如何勸解誼妹？假如掬彤在場，憑她三寸不爛之舌，定必可以安慰她。但她曾向同事們開口借貸，又是甚麼一回事？

暴流

五十二

吉童居住公屋之時，傅生跟掬彤每次到訪，偶然都會帶乾兒子到李鄭屋徙置區附近的公園遊玩，讓他打打鞦韆、爬爬滑梯或者玩玩翹翹板。但吉童住久了公屋，身上的「野孩子」脾氣多少是從哪兒的小玩伴處學回來，時而變得蠻不講理，無視規矩，甚至不理會大人們的勸告，有時候便氣得乾爸媽兩眼反白，直想體罰他一頓。

自從吉童暫寄他們的家中之後，掬彤為了全心照顧孩子，從女服工會告了半個月的假。近日更買來一輛三輪腳踏車，讓孩子在客廳範圍玩耍，活動筋骨。前一陣，又急匆匆的從日資百貨公司搬來一些兒童傢具，一張小床、兩隻衣櫃、一隻白兔造型的坐檯電燈。書桌上還擺滿小人書，原本供父親閣叔退休之後入住的房間，現在變成吉童的嬉戲樂園了。

那日傅生有半天假期，中午回來，原想帶乾兒子到波士頓餐廳吃一頓大餐。甫進家門，見未婚妻正在替他剪頭髮。孩子坐在椅子上，胸前披上一塊大毛巾，腳下攤開幾張舊報紙，上面經已散滿一地的頭髮屑子，髒亂得很。

「淳妤真不行！」只聽掬彤埋怨道：「你看，孩子的頭髮那麼長，都不替他剪一剪。黃小興更不該，老婆入院一星期，不過探望了兩、三趟，匆匆便走。」一面罵，一面拿鉸剪按住吉童的小頭蓋，正在剪短他的前瀏海，兩隻招風耳變得更突兀。

「前陣子，淳妤忙著她哥哥的婚事，哪有時間管這些？」傅生一面替誼妹說項，一面走到房間換衣服。

十二月初的天氣理應轉冷，奈何今年溫差極大，時凍時暖。今天傅生換上一件薄薄的飛機恤，足以應付這個入冬。

更衣後步出客廳，見掬彤帶著吉童走進浴室，正要替他洗頭髮，還對傅生說，他們剛才吃過東西，冰箱裡有蛋糕，餓的話，可以充饑。

傅生寧願吃他的至愛馬寶山曲奇餅乾，逕自走到玻璃櫥櫃取來兩塊，又無聊地開啟電視機，見麗的映聲正在播送老電影，但興趣缺缺，一手便關掉，將坐地的一套新歷聲留聲機附設的無線電打開，調到廣播頻道，剛

巧重播著昨晚的《香港仔日記》。

　　大氣電波中凌昆的聲音仍在講話，聲線略尖，帶點兒女性化。但這把漂亮的男聲還是那麼令人耳膜感覺舒服，娓娓道出了反英抗暴的最新動態和港英政府的一貫立場。今天的題目是「嚴懲暴徒的最佳辦法」，內容正好提到左派被捕者的種種下場。當中涉及最近被捕的核心成員莊淳德和正在被通緝的岑均雄等人的背景，還有一些未被點名的鬥爭會決策高層，當然影射了領導人之一的馮榮。說甚麼此批人物，都是破壞社會安寧和民生秩序的危險份子，藉著工運，扛起愛國旗幟，恣意攻擊百年來英國殖民統治的優良政績，用意是配合國內這場無產階級文化大革命的政治大氣候。假借反英名義，以非法手段意圖動搖甚至改變香港現行的資本制度。解放此地，回歸祖國。但社會大眾，對此等共匪的陰謀，必須嚴加防範，徹底撇清，以配合當局的打擊行動，將犯事者送上法庭，公開審訊，然後判處重刑。如此亂世用重典的法治手段，才是保障社會安全的最佳方法。

　　縱然這個廣播節目深受普羅聽眾的歡迎，但再這樣抨擊左派，主持人會否觸怒愛國人士的中樞神經，成為他們攻擊祭旗的目標人物？再這樣抨擊下去，主持人會否賠上性命，成為暴徒與當權者之間的炮灰，最終將自己的性命，投向這場反英抗暴的賭注上？傳媒是公器，一言興邦，一言喪邦。現在便要看凌昆的造化是好是歹了？

　　這頓午餐最終變成下午茶。傳生跟未婚妻帶同吉童上波士頓餐廳之時，已經接近三點鐘。看著剪了一頭短髮的乾兒子，傳生有點兒陌生之感。頭髮剪成童化裝，原本的方角臉蛋變成冬瓜頭，襯得一對招風耳更大更尖，看著還有點老相。

　　吉童將面前的 T 骨牛扒吃得一乾二淨。傳生不餓，一客西冷牛扒吃了一半便擱下來，點上香煙，悠然自得的抽著。眼前的掬彤則吃罷雞扒餐，擦過嘴唇，便掏出化妝鏡補上口紅，然後說：

　　「淳妤很想親自向蒯老師說聲對不起，但為了那晚婚宴的事臥在病床，無法親身向他道歉，一直耿耿於懷的。」

　　「她出院後，不就可以約見蒯老師？屆時我們還可以來一次茶敘，不就一笑泯恩仇嗎？」傳生輕描淡寫地道：

暴流

「但短期內，恐怕難成事。」掬彤說畢，便喝了一口白開水，還留著一點口紅的印子在玻璃杯上。

「不是淳妤的身體出了毛病嗎？」

「媽媽病了？」吉童放下刀叉，好奇地瞪大眼睛問大人。

「殊，別再問！」掬彤連忙向傅生示意閉嘴，又對吉童道：「大人的事，小朋友不要多管。乖，吃你的炸薯條。」順手便替他擦掉口角的油漬。

傅生也就裝作沒事人一般，將抽剩的煙蒂壓到煙灰缸，抓起刀叉，繼續吃他的西冷牛扒。

那天晚上待吉童上床之後，臨睡之前，掬彤在床上便和盤托出的透露了淳妤的真正病情。原來，淳妤的毛病出處並非胃部，而是十二指腸出問題，導致食慾不振，排便屙血甚至出現嚴重腸抽搐。前幾天，醫生建議替她做了一次手術，割除腸組織進行化驗，看看腸細胞是否存在變異。淳妤正在為難，手術後更鬱鬱寡歡，忐忑不安的度日。但此事連她老公和婆婆都未得悉，只掬彤一人知道，故而替她乾著急。把心一橫，還是告知未婚夫，讓傅生替她們分憂，看看有何良策可以應付，同時設法釋除病人對勵老師的那份歉疚，翻來覆去的替淳妤擔心著。

傅生一聽到枕邊人說出真相，才知誼妹的病情非比尋常。一時間，也難以置信。心想，淳妤的確可憐，也太福薄。坐在床沿上久久沉思，再次掏出香煙一根駁一根的抽起來。

他沒將淳妤向同事們借貸之事告訴掬彤，生怕她為此事多添苦惱，但內心暗忖：「淳妤命途多舛，老公好賭，遇人不淑。哥哥又性情偏激，難以勸服，加上自己的身子本來嬌弱，承受的心理壓力和肉體痛楚更加深刻，自然影響她的病情，好轉的機會益發渺茫。」思前想後，最終只能對掬彤說：

「『解鈴還須繫鈴人』，我便約同勵老師上醫院探望淳妤一趟，讓她好好向老師道歉。這樣做，起碼減輕病人心頭的一點鬱結。其餘的，我們慢慢再思量。現在最要緊的是治好她的病。」

兩天之後，傅生相約勵老師上醫院，同時約同鄭匡一起前往，算是師生難得的一次敘舊。傅生知道淳妤要向勵老師正式道歉，事前便囑咐鄭匡

說話謹慎，誰料探病之時，鄭匡帶來當晚婚宴上拍得的所有照片，讓各人先睹為快。淳妤坐在病床上逐一翻看，邊看邊笑，倒也沖淡了病人臉上的幾分愁容。

「淳妤，妳看，這張拍得最好了，是我整晚的傑作。」鄭匡道：「我要放大這一張，放在床頭前，用來紀念我們二十年來難得的友誼。」

這是小莊和柔靜的婚宴上惟一一張師生大合照。照片中，有蒯老師和他的五位男女門生，包括新郎倌、新郎倌的妹子、傅生、傅生的未婚妻和鄭匡本人。照片是當晚另一位男賓客臨時被拉夫替他們拍下來的，真是彌足珍貴的一次合照。師生六人，多年來沒有聚首。往後的日子，此情此景，大概不會再復見。

但類似的合照又像似曾相識的。傅生想起在漢江唸書之時，每年的國慶、勞動節、陸運會、懇親日、賣物會、天才表演、畢業典禮甚至在宿舍舉行的大食會，偶然也會出現這樣的鏡頭。鏡頭下，都有他們三劍俠的身影。還有兩位情同姐妹的女生。無論是唸小學抑或升中之後，兩位女生都一樣標致，而當中的一位，如今更成為自己的另一半。但另一位則身患重病，正在面對她那吉凶難料的人生。

淳妤坐在病床上將其餘照片都翻了一翻，漸漸掉下眼淚來，蒯老師隨即從她的手上挑出幾張，脫下墨鏡，便看了幾看，兩行老淚也不期然的落了下來，跟著便對病人說：

「淳妤，妳聽老師說一句，凡事想開一點。作為你們的老師，我也不會為當晚做不成妳哥哥的證婚人而不悅。妳不必說甚麼抱歉的話，此事早已過去，只要大家不去告訴你們的姑姑，她是不會得悉當晚的情況。現在最要緊的是治好妳的病。孩子是妳心頭肉，做母親的，怎會捨得丟棄他？為了吉童，妳要撐下去。不然，他尚幼，誰來帶養他？」老師一面說，一面用手帕擦乾眼角的淚跡，跟著重新戴上墨鏡。

「淳妤，別擔心，還有我。」鄭匡站在病床一旁陪笑道：「反正我現在無所事事，大閒人一名。假如牛一伉儷沒空教導妳的吉童，我可以補上，替他溫習功課。孩子快要上小學，我有妙計可以教他年年考第一。」

「你說說，世上豈有妙計，包管吉童名列前茅的？」傅生瞪大眼睛問

暴流

鄭匡，露出難以置信的表情。

「教他每晚將課本壓在枕頭下，一覺醒來，課文全都可以記在腦袋，保證他一字不漏，背誦如流。年年考獲全級之首囉！」

「黐線佬！廢話連篇。」傳生順勢推了他一把，惹得蒯老師侃侃而笑，但淳妤仍然兩眉深鎖，開口問他們：

「現在哥哥的情況如何？囚禁在哪兒？可有辦法營救他？」說畢，兩串淚珠又像決堤般的流下來。

「聞說正在羈留所聽候消息，暫時還可以。」老師答：「我認識一位姓費的律師，曾經代表漢江兩名男生打官司，且獲減刑，明天我找他談談，聽聽他有何意見。」

「淳妤，」傳生叫了誼妹一聲，「妳記得方律師嗎？就是曾替你婆婆打勝官司的那一位，我們大可再找他商量一下。妳放心，萬大事情，都有我們做後盾，妳就安心養好自己的身體。」

那時候女病房的門外進來了新一批的探病男女，當中兩名女子的背脊都揹著嬰兒。嬰兒的哭啼聲響徹一室，將原本嘈雜的病人房變得更吵鬧。一名年青看護拿著繃帶、紗布和藥丸走到淳妤的床前，又遞了一杯白開水給她。傳生看看腕錶，不覺已經近八點，便用眼神示意鄭匡和蒯老師是時候讓病人休息。臨行前，蒯老師再三安慰淳妤。未幾，三人便結伴離開。

五十三

走出廣華醫院的門口，鄭匡便道：

「牛一同志，再過幾個月，便是你的花月佳期，有否準備了好酒好菜孝敬我這位貴賓？這一向，不如意的事情接二連三。你算一算，淳妤患病、小莊被捕、馬老師又在守活寡，加上我正在失業，不就是一連串流年不利的事件？現在該趁你的大婚之期來沖一沖喜。你知我是個無女不歡無酒不行的人，最要緊有黑啤酒慰勞你這位老校友。」

「一言驚醒夢中人，喜宴就是缺了黑啤酒。」傳生笑著道：「現在

我們找紅陞的老闆老徐談一談，安排當晚的酒水好不好？順便吃一頓晚飯。」

蒯老師沒有異議，三人便二話不說的截了一輛的士往紅陞的方向而去。

的士在飯店的街口停了下來，三人步下車廂，徒步前去。鄭匡剛巧抽罷香煙，見路旁擺了一個小報攤販賣煙草，就買來一包「好彩」。正要開封時，傳生好奇的問對方：「咦！老兄，轉了口味嗎？從前你愛抽總督，現在卻買起好彩來。」

「我知道鄭匡是想消消霉氣，找個吉利的牌子改改運程。」蒯老師得意地插上一句，像是深明箇中道理。

「對，知我者，莫如蒯老師。」鄭匡一面將煙包開封，一面吹起口哨，領著他們步入飯店。

時近九點，客人已經不多，他們隨意選了個座位。大大的一張八仙桌，三人品字形的坐下。一位伙記拿來菜牌讓他們點餐，各人飢腸轆轆，匆匆叫來幾道小炒。又叫了三瓶黑啤酒，卻不見老徐出現堂前，鄭匡便問：「為何不見老徐呢？」

一位老婦趨前詢問：「誰找他？找老徐有何貴幹？」

鄭匡認出老婦是老徐的老婆，因道：「喲！為何勞駕老闆娘過來招呼客人，我們受之有愧，卻之不恭囉！」

「我認得你，你是鄭導演，久違了！有段日子不見你們來光顧，是我們怠慢了老主顧嗎？」老婦笑著道：「平日我多數在灶房做菜熬湯，這時候客人較少，我便出來幫幫忙。」

「老徐不在嗎？」傳生問老婦。

「今晚他的朋友慶壽，晚點回來，你們有事要找他？」

「老闆娘，我們這位傳先生快要小登科。」鄭匡搶著答。又用眼角掃了一掃傳生，續道：「他的結婚大典，訂於明年首個觀音寶誕。由於喜歡這兒的黑啤酒，喜宴當晚，就請你們送四打黑啤酒到酒樓。傳先生只求心頭好，妳就儘管出價好了！」

「徐師奶，別聽鄭匡胡說八道，沒句正經話。」傳生隨即更正：「老實說，我也不是大富大貴之人，只要價錢合理便可以。至於運費，你們可

暴流

以計算在內，地址就是彌敦道的龍鳳酒樓。」

「你們帶挈老徐做生意，我們開心還來不及！」老婦眉開眼笑的道：「唔，首個觀音寶誕，不就是舊曆二月十九嗎？你們放心，我都牢記了，準會告訴老徐的。你們現在稍候片刻，點的菜，我馬上下廚，很快可以端上來。」

蕭老師脫下墨黑眼鏡，但頭頂上的五星抱月吊燈實在亮度過猛，令他雙眼感覺不舒服，連忙重新戴上。三人各自喝了一口熱茶，伙記隨即端來今晚的主角黑啤酒。鄭匡熟練地用開瓶器「咔嚓」一聲撬開玻璃瓶蓋，並替兩人斟滿一杯，黑啤酒的泡沫一擁而上，從杯口溢了出來。一些還落到黃色桌布上，印出一隻隻殘缺不全的星形圖案。

此時傳生實在口渴，一口氣便乾了大半杯。蕭老師只淺嘗一口，放下酒杯，即問：「你們說說，這場運動，該如何了結？」戴著墨黑眼鏡的面容顯得更加嚴肅。

「老師問的是這場反英抗暴嗎？」傳生想確認一下。

「我看老師的表情活像憂鬱小生，便知話裡有話，內有乾坤。」鄭匡隨即笑，「蕭老師，別賣關子了，你準會得悉當局如何收拾這個爛攤子。」一面說，一面遞上一根好彩給傳生。

「你們該知道，漢江中學是左派教育人員協會的辦學成員之一，」老師解釋道：「最近一次月會，我和幾位校董、校監及校長均有出席。會上主席曾經透露，八月之時，周總理曾以書面形式的《工作指示》下令全面制止這場運動，不許在港實行大陸式的無產階級大革命，並且下達全國解放軍，未經黨中央的批示和命令，決不容許對港作出任何軍事或者武力南下的舉措。言下之意，決策已獲黨主席首肯，只差仍未全面遏止造反派的言行，徹底阻截在港的文革式動亂。果真如此，香港這邊的運動氣焰將會逐漸消弭。不久之後，市面將會恢復平靜，香港便可回復到昔日的安定繁榮了。」

「乾杯！乾杯！為祖國偉大的周總理暢飲一杯！」鄭匡舉起酒杯大聲喊道：「那麼，先飲為敬了。我們就為這個好消息，今晚便不醉無歸了。」張開大口，就把黑啤酒灌下半杯。

假如屬實，這該是香港之福。傅生的心願亦是如此，但聽後仍將信將疑，看樣子，暴亂的局面還沒有降溫跡象。即使近日全港九新界的真假炸彈出現的次數稍減、街頭的抗議示威和遊行行列也不見熾熱，但並非證實愛國同胞的反英抗暴情緒已經消退，當局仍在大事搜捕左派份子，像近日逮捕莊淳德和早前帶走葛農等事件，會否再次激起造反派的另一輪瘋狂還擊？今天看似漸趨平靜的局面，可能是另一波狂風暴雨前夕的異象。但見蒯老師和鄭匡開懷暢飲，傅生也不好掃興，跟隨兩人一起碰杯。飯桌上兩款伴酒的小食不經不覺便幾近吃光，而瓶內的黑啤酒更所剩無幾了。

時近十點，飯店內只剩下他們這一桌。此時一位高挑黑瘦的男子正好推門而進。傅生一看，原來是上次替他們運送物資到善導幼稚園的那位綽號「馬拉雞」的陳姓貨車司機。只見他手推一架起貨用途的小鏟車，車上載著幾隻肥肥的麻包袋，裡面大概是飯店的食材。一面搬運貨物進來，一面大聲叫喊老闆娘。

「大新聞，大新聞，老闆娘，妳的偶像凌昆遭人活活燒死了。死在他的車廂內，今次真的變成車毀人亡了。」

「甚麼？你說甚麼？」老徐的老婆聞訊便從灶房跑出來，連聲追問：「甚麼時候發生的？為何凌昆會遭人燒死？」

那時候傅生便走到馬拉雞的身旁打招呼。

「陳大哥，我是傅生，還記得我嗎？上次託你送貨到善導幼稚園時曾經見過，再次多謝你的幫忙！剛才你說的凌昆，是否那位播音員？消息屬實嗎？為何會遭人活活燒死？」

坐著的鄭匡和蒯老師也好奇起來，連忙招手叫馬拉雞和老闆娘一起坐下，細談這椿大新聞。傅生又替馬拉雞斟上黑啤酒，待他複述這椿慘劇，但聽對方說：

「我在取貨的回程途中，聽見糧食店內的幾名夥計七嘴八舌的議論著今天的新聞，說今晚七點左右，在廣播道一間無線電台的附近發生了一椿私家車被嚴重燒燬的事故，車上一對男女，被兩名暴徒近距離的投擲了兩枚汽油彈，私家車即時起火，兩人在車廂內活活被燒死，警察和消防員到場之後，第一時間用滅火筒進行撲救，但汽車早已被燒成支架，像黑炭

暴流

般的變成廢鐵。兩人被送到醫院時早已燒成焦屍，其後發現被燒死的是播音員凌昆和他的老婆。據悉，凌昆老婆每天都會駕車接送老公上下班，今晚便在回家的慣常時段內遭遇不測，真的是慘案一樁，令人不忍卒睹。現在各間無線電台都在廣播，明天各大報章誓必頭版報導，事件必定哄動全城，令人髮指。」說畢，便替老闆娘不值，「可惜老闆娘從此失掉了一位空中偶像。想不到《香港仔日記》的節目主持人遭此劫數。」

「我一向欣賞凌昆的敢作敢言，對左仔的有力抨擊。」老徐的老婆隨即歎了一聲，續道：「事件真的淒慘！那些狂徒，簡直可殺之極，竟然幹出如此非人性的殘暴行為。對付那些狂徒，非要他們碎屍萬段不可。要是我來指揮辦案，便要抓出幕後黑手和兩名狂徒，誓要將他們橫屍街頭，身首異處，還要來個曝屍三日，以慰兩名死者的亡靈，方能消我心頭之恨。」

「說得好，說得妙！」鄭匡拍案叫絕，「老闆娘不愧是捍衛香港社會治安的女中丈夫，我代表香港市民敬妳一杯！」說畢，便灌了半杯黑啤酒，然後再聽老婦說：

「其實，我和老徐不過是普羅市民，只想安安分分做點小生意，守著這間破飯店，不懂得甚麼大道理，更說不出甚麼高明的政治見解。但這半年，左派在香港幹了些甚麼事，大家都不用多說。」

「老闆娘！」鄭匡語帶無奈的叫了她一聲：「老實說，我們是左派學校出身的男生，難免有點兒親中的情意結。但無論愛國同胞搞對抗的出發點如何，亦不應該搞亂本地的公眾治安，弄得社會永無寧日，市民大眾人心惶惶。現時左派不得人心，就是源於他們的非人道和非理性的鬥爭心態，造成今日民怨四起的局面。要不是親中人士的暴力惹來全城的怨聲載道，左派電影業也不至於一蹶不振，許多愛國電影都開拍不成。若非如此，我也不會變成失業大軍，淪為家中的寄生蟲。由此可見，其他行業的影響甚至步向式微，問題的癥結也在於此。」

傅生很久沒有聽過鄭匡大發牢騷了。也覺得老友的言論不無道理。但坐在一旁的馬拉雞卻持不同見解。只見他喝了一口黑啤酒，跟著便說：「依鄭兄之言，一切禍害，皆因左派而起。但試想想，英國佬可有不對之處？他們是否也是造成這場動亂的元兇之一？香港官場，能夠為民發聲的官員

究有多少？像朵琳女士為民請命的議員又有幾個？大多數都不外乎官僚思想腐化，部門貪污舞弊的斂財份子。只有這麼的政治庸才，才會造就出一個道德敗壞的政府，衍生出更多社會問題。如此看來，港人便不宜單單抱怨左派，讓當權者卸責了事。」

「好了！等一下再聊。」老闆娘突然煞停各人的談資，道：「還有一道好菜要上檯，你們等一會。」

五十四

老闆娘從灶房端來一碟油泡瀨尿蝦，正好讓各人送酒。眾人下箸，時而赤手空拳的剝蝦殼。又點芥末，吃得津津有味。

馬拉雞放下一雙筷子，清了一清嗓門便對鄭匡說：

「鄭兄，其實我們的思想跟你們很有距離。你們是受過高等教育的讀書人，不像我們這班老粗，連小學都尚未畢業，『盲字唔識多一隻』。就為這一些，不知受了港英政府的欺負多少遍？我曾經告訴過傅大哥知道，我家原本是做鞭炮和煙火生意的。一次大火，前舖後居的買賣和家園均毀於一旦，還遭到消防隊員的乘機敲詐。不是遇上洋菩薩大善人朵琳女士的臨危相助，打抱不平的制止了那次恐嚇勒索，我們還能保得住全家的幾條賤命，殘留性命於人世間嗎？現在老闆娘的這間飯店，時不時便被差人或者衛生幫辦前來騷擾，需要付款疏通疏通，才能保得住正常營業。這不就是『兵即是賊』的世界，跟三合會收取茶煙費沒有兩樣。像這樣的『合法犯案』，政府多個部門均屢見不鮮，全港市民和大小店舖都在被迫受罪，連公營醫院的老媽子現在都收取病人家屬的紅包，才能讓患者獲得合理對待。再這樣下去，再多一位朵琳女士的女包拯也無濟於事，你們說對是不對？所以我對愛國同胞的反英抗暴不予全盤否定，是因為政府確有口實遭人詬病。如今大陸趁著這場翻天覆地的文革運動來打擊英國佬，實在有其社會意義，不過是走得偏激，變成過猶不及，加上當局不斷迫害和鎮壓惹來左派的反彈，造成不可收拾的局面。像今天凌昆夫婦慘遭燒死的事件，

港英政府便要好好反思檢討才對。」

「陳大哥，我同意你的看法，有因必有果，無風不起浪。」蒯老師托了一托墨黑眼鏡，然後加入討論，道：「其實，每個社會制度，都有不完善之處，故當權者和反對者都要平心靜氣的反思問題，儘量消除社會的不公義和不合理的現象，才能平衡各方利益，確保社會的穩定性。」

外邊突然下起大雨來，將飯店的門窗打得噼里啪啦的響。十二月的天氣還異常地溫暖濕潤，如同香港女士的嘴臉說變就變。大夥兒再談了將近半句鐘，雨勢仍未見收斂，各人已有歸心似箭的不耐煩之感，馬拉雞便自告奮勇地駕車送每位客人一程。傅生跟鄭匡說了一聲多謝，便囑對方先行將蒯老師送返校舍。不到十二點，傅生便安然回到家中。

天雨仍在黑夜中連綿灑落，閃電的亮光在漆黑中一下下眨巴眨巴的掠過窗前。傅生一看，原來陽台的一扇門仍舊打開，連忙走過去閂上。從中層建築往下一望，見街上最後一班的電車正叮鈴叮鈴的駛入車廠。整條街道，漆黑一片，完全洗去這兒白天的熱鬧景況。

門閂好，傅生便走進吉童的房間，見孩子睡意正濃也就安心。但見浴室的門縫亮起微光，知道掬彤正在梳洗，便放輕步伐的走回主人房，換過睡衣褲，掬彤頃刻便走了進來，一見他就開口說：

「我看你這幾天忙東忙西，有點兒快要感冒的樣子，今天在西藥店看見拜爾健體素便買了下來。從前老寶精神萎靡時也曾服用過，挺管用。明天起，你就飯後吃一粒，對補充體力很有效果。」一面說，一面在梳妝台前輕敷冷霜。未幾，一張臉蛋，便被擦得如同東瀛的藝妓一般。

傅生走上前來正要吻她的後頸項，又從身後一把擁住她，掬彤立即閃開，用力甩掉他的臂彎，嗔道：「臭男人，一身酒氣，還不快快洗澡去？對了！今天我探病的時候，聽淳好說過，上午柔靜去探望過她，一提到小莊時，兩人便哭成淚人，互吐心跡，好不苦情。過兩天，你跟我一起上柔靜的家，看看有甚麼可以幫忙，順便送張喜帖過去。畢竟，現在她是淳好的嫂子，就是我們一家人。如今她也怪可憐，才結婚，還未完成周公之禮便遭此不幸，說來多可惜。」

外邊轟隆轟隆的打雷聲狠狠地響了幾下，窗外連續閃過幾道電光，Z

字形的掠過主人房。主人房原本熄了燈，孤伶伶的只剩梳妝台前的一盞小夜燈，寂寞地照著半爿房間。此際，隔壁突然傳來吉童的哭聲，隱隱聽見「媽媽，媽媽，媽媽在哪兒？我要媽媽」的叫聲。兩人連忙走過去，見床上的吉童緊緊抱住枕頭和被窩縮到一角，只露出一張驚恐的小方臉。

掬彤一把攬住他，左哄右勸的逗著他。傅生則從牆腳跟推出那輛腳踏三輪車，抱起孩子，便帶他往客廳玩。孩子這才轉哭為笑，不再驚慌。

跟乾兒子玩了半句鐘，傅生已經筋疲力竭，累得不似人形的。好不容易，才逗得吉童上床再睡，走進浴室洗澡後，時間已經將近一點鐘。

躺在床上，枕邊的女人已經微微打起鼻鼾。偶爾還發出幾句夢囈和磨牙的聲音。他輾轉反側，腹部咕嚕咕嚕的在叫，不知是否今夜多喝了幾杯黑啤酒的緣故，現在正酒氣上胃。

外邊的雨聲還在敲打著玻璃窗，滴嗒滴嗒的響著。從前在慶春里的舊居，每到深宵，總有夜行的火車聲陪他入眠，如今四周靜如深海，環境仍未完全適應，弄得他每晚都難以入睡。

他的眼睛一直望著全新糊上的米黃色天花板。天花板懸著一盞牡丹造型的吊燈，黑暗中變成多角形的一堆亂草。傅生呆呆地望著，時間一分一秒的過去，總是不被睡魔召喚，整晚左思右想的串起種種問題。

今晚發生的凌昆夫婦在車廂內被狂徒活活燒死的震撼性新聞，明早各大報紙將會如何報導？怎樣營救被捕的好友小莊？淳妤的危疾會否好轉？樁樁件件，不斷地縈繞腦海，令他無法入眠。只意識到一旦放手不管小莊，好友的命途將會如何？是袖手旁觀抑或兩脅插刀，都教他左右為難。但最憂心的是現時淳妤的處境，為何她向同事借款？是否要告訴未婚妻關於誼妹欠債的事？

五十五

反覆無常，是人生，也是女人。是香港的天氣，也是命運的播弄。

翌日清晨，傅生一覺醒來便看見窗外的陽光透過百摺簾的空隙懶洋洋

地射了進來，一條條光線直曬到床沿。起床之後，步出客廳，見一客早餐早已正正的擺在飯桌上，是未婚妻為他準備好的，是一碟火腿蛋三明治和一杯鮮橘子汁。掬彤已經出門，早早送吉童乘校巴上學。那穿梭式的校巴在最近家門的一個站頭接送小朋友，然後駛往中環統一碼頭的汽車渡海小輪往紅磡。她要趕在七點前送孩子到站頭。從前居住九龍時，校巴駛往紅磡的善導幼稚園終究方便，現在吉童暫居港島，車程變得很迂迴。假如乾兒子繼續居住下來，升讀小學之後，便要在港島區找一間小學上課了。

傅生洗刷之後便吃早餐，忽然想起昨晚的大新聞會否在電視上重播。打開電視機，麗的映聲八點半的早晨新聞正好播出有關凌昆夫婦雙雙被燒死的新聞，但不見畫面，只供旁述，說兩夫婦的座駕昨晚遇襲，兩人被汽油彈活活燒死。內容純粹由主播小姐口述出來。還說根據現場記者的即時電話匯報，現在正有一批市民陸續抵達肇事現場，正在默哀憑弔或者獻花悼念受害者。一些市民，更在街頭燒紙錢，路祭凌氏夫婦的亡魂，鮮花、香燭、冥鏹甚至紙紮童男童女都擺滿了整條馬路，燃起了漫天飛舞的煙灰，令路過的途人不是駐足圍觀便是傷心落淚。有忠實聽眾還手持「哀我良知，悼我英魂」八個字的手寫標語，似在控訴左派狂徒的兇殘手段。更有憤怒的民眾高舉「嚴懲左仔，沉冤待雪。揪出元兇，還我英魂」的橫額，示意跟愛國同胞不共戴天，劃清界線的決心。

傅生沒細看螢幕畫面，只當無線電一般的收聽著女主播的旁述，一面咬著三明治，一面想像著現場的淒慘情景。這個《香港仔日記》的廣播節目，自五月份仁韻人造塑膠花廠的工潮爆發開始，到一連串大大小小街頭示威縱火暴亂等事件發生為止，一直貼身跟進，猛烈抨擊，有力地站在港英政府的立場嚴厲批評左派。對一般普羅大眾和追求社會安寧的市民來說，倒是一種對暴戾抗爭感覺憎惡的民意投射，難怪獲得廣大聽眾的熱烈追捧，視空中廣播的播音員凌昆為公眾偶像，甚至奉為社會英雄。今次他的遇害，且死得如此慘烈，能不教民眾一窩蜂的湧到現場獻花悼念？但最可悲的是，一代播音偶像的配偶，竟要陪同丈夫一起被燒死，成為火海中的同命駕鴦。

哀我小城！悲我香江！歎這場暴亂何時方休？真盼一如蒯老師早前所

說，周總理已經下達指令，禁止在本地策動一場港式的無產階級文化大革命。

幾天之後，掬彤便上馬柔靜的家中派發喜帖。正午時分，掬彤從幼稚園接過吉童下課，便帶同孩子乘的士轉道到泰華國貨，然後跟傅生一起吃飯，兩大一小的徒步前往白加士街，探望小莊的新婦。一路上，只聽掬彤這樣說：

「想不到馬柔靜是個密實姑娘假正經。從前我們悉心撮合的時候又不見得開花結果，等到他們私下配成一對後又要跟老公勞燕分飛。人生，是可笑還是可悲呢？」

「何必那麼多愁善感。」傅生拖著吉童的小手邊行邊說：「妳要懂得參透世情，想開一點，所謂『福兮，禍之所倚。禍兮，福之所伏』。凡事豁達一點，才能活得自在。」

「牛一居士，領教了。」掬彤雙手合十的向傅生拜了一拜，分明有點兒諷刺未婚夫的意思，還補充一句：「那麼玄妙的道理，恕本小姐難以參透，阿彌陀佛。」

吉童原本拖著大人的手心走路，這時候便停了腳步，瞪大眼睛的望住他們，還吃吃的笑個不停。未幾，已經走到掬彤從前居住的那棟舊唐樓。狹窄的一道樓梯，兩大一小便一級級的爬上三樓。

馬柔靜正在婚假中，一臉病懨懨的樣子前來應門。結婚時的曲髮已經變成半垂直，紛亂的披在兩鬢之上。見吉童出現就強顏歡笑，一面撫著孩子的頭蓋一面道：「吉童也來探望舅母了，快進來！快進來，放下你的書包，為何那麼重甸甸的？」聲音帶點兒哽咽。又用手指醒了一醒鼻翼，彷彿剛才哭過似的。

吉童一時認生，還是躲到乾爸媽的身後，盯住他的舅母一動不動。

「傻孩子，還不叫舅母？」掬彤教他打招呼，沙喉嚨帶著撒嬌的意味。吉童羞怯怯的叫了一聲「舅母」。柔靜一聽，連忙叫好，欠身便讓他們走進來。

甫進客廳，傅生見那頭黑尾巴的貓咪正懶洋洋地躺在牆腳跟，吉童一看，連忙跑過去跟小白玩耍。放下書包，小屁股就坐在上面，不斷撫摸「雪

地拖槍」密茸茸的毛毛。

三個大人便坐到沙發上，就是不見馬老太，掬彤連忙問候老人家，只聽柔靜說她祖母剛好出門進香，平時逢初一十五，馬老太都會上廟街附近的榕樹頭天后古廟參拜祈福。自從孫女婿出事之後，祖母求神拜佛的心意更堅定。不如此，誰來打救孫女兒的老公呢？這就是老人家近來的一份憂心。更難得的是，這位祖母，終於認定了小莊的身份，倒教柔靜大感寬心了。

「警察來過了，曾經詰問過關於趙以昶的事。但問了祖母幾句話便離開。」新嫁娘坐著便向他們透露：「幸而那天我不在家，要不，可能會露出馬腳。」

「妳說的是從沙頭角逃出市區的那位大陸偷渡客？瓊林照相館的少東嗎？」掬彤問。

「對！」柔靜點了點頭，還說：「祖母現在甚麼都不知道，那能被差人問出個究竟？但我相信，警方終究會找我前去問話的。」

「那麼，妳打算如何？」掬彤和傅生同樣關心，開始替她擔心起來。

「苗翠芹提醒過我，因為她已被盤問。」柔靜回答道：「但她對我說，只要堅拒回答，絕口否認認識對方，不要透露趙以昶藏身影樓的真相，差人就難以入罪。現在我只擔心淳德哥哥的安危，不知差人會否狠下毒手，像對付其他被捕的左派人士一般。牛一哥，你看，可有辦法營救淳德哥哥呢？」

對方這樣問，一時間，也教傅生答不上口，良久才道，「我相信他的戰友們甚至鬥爭會的領導層都會想方設法的營救他，妳就不必太憂心。」

「柔靜，現在妳的身子最要緊。」掬彤一面安慰對方，一面執著她的手，「瞧妳的面色多難看！妳要保重自己，才能等到小莊回來的一天。假如連妳都倒下來，誰來打救他？難道要淳妤撐著病體打救他？」

話說到此，柔靜的淚花已經像決堤般的灑了下來，縱橫交錯的爬到她的麻面上，真似雨打梨花一般。見她急急的脫下眼鏡框，用手絹抹擦眼角。又清了一清涕痕，重新將手絹插到棉旗袍的脅間。可以想像這一向，這位新嫁娘，是如何以淚洗面的過日子。

掬彤將結婚喜帖遞到柔靜的手上，對方拿著看了一看，說了一句道賀的話，然後逕自走到神位前上香。

傅生離遠看著這位身材高挑的女子的背影在神位前上香，又默默地拜了四拜，然後將安息香插到香爐上。見馬家的神主牌旁多添了一隻，上書著「莊門堂上歷代祖先」八個字。紅底金字，是簇新的一隻，跟馬家的那一隻並排而立。傅生心想，她丈夫現正面臨受審和判刑的不幸，往後的日子如何度過？天才知曉！假如下獄，憑他在暴動中吃重的角色，罪名肯定不會輕，坐牢的日子起碼十年八載。一旦被囚期間遭遇不測，難保不會橫死於黑獄之中。但這位女子，對莊家已經認祖歸宗，對丈夫的癡心更天長地久，肯定自己是淳德哥哥的女人，終身都是他的媳婦。假如小莊活下來，她便替他守活寡，直守到丈夫回來的一天。死的話，她也要廝守終生，直至雙腳一伸為止。這女子，是「生是莊家人，死是莊家鬼」了。

五十六

元旦剛過，寒流忽然襲港，位處中層的住宅北風呼呼。縱然購入新居的時候，地產經紀聲稱單位向南，理應冬暖夏涼，但閂上窗戶，寒風還是從窗縫一絲絲的滲了進來，凍得人的軀體像針刺一般。又像久久浸於冰水之中。即使多穿衣服，依然哆嗦哆嗦的滿身起著雞皮疙瘩。

因為冷，掬彤不斷替吉童添衣。厚厚的棉襖穿在孩子身上，還是敵不過天寒地凍。孩子終於感冒了。喝過午時茶，又服過樋屋奇應丸，還是一點不奏效，掬彤連忙帶吉童去看西醫，課堂當然不上了。

兒科醫生說他體質本來嬌弱，開了處方，服過藥水和藥丸，情況好一點。傅生趁休假便跟掬彤一起前往吉童的老家，替他取來冬季必備的厚衣物，順便探望一下他的祖母。孩子得知要回家，開心得彈跳起來，一面咳嗽，一面打噴嚏，流著鼻涕問乾媽：

「我要見媽媽，回家是否見到媽媽？」

「媽媽還在醫院養病，小孩子暫時不能上醫院。」傅生哄他道：「等

暴流

315

你感冒好了之後，才帶你探望媽媽好不好？」

掬彤替他添上厚外套，嚴嚴地裹著吉童的身軀，穿得孩子像隻小糉子。又叮囑傳生加穿厚外襖，三人便乘渡海小輪過海，截過的士，直奔李鄭屋徙置區去。

的士抵達徙置區的外圍，吉童已經急不及待地搶先落車。傳生付過車資，掬彤一手拖住孩子，快步奔向第一座。傳生尾隨緊追，三步併作兩步的走在他們的身後，只聽得前面的未婚妻大聲嚷道：

「別跑！別跑！吉童，當心點，快到了，別跑得太快！」

吉童一口氣衝上四樓，沿公眾長走廊直奔家門，沿途撞倒了不少雜物。人家放置在長走廊一旁的灶具、木廚櫃內的碗筷匙碟等，均噹啷噹啷的響個不停，惹得一眾鄰居目露兇光，幸而沒出言漫罵。

「嬤嬤，嬤嬤，我惦記妳，吉童惦記妳！」孩子推開鐵閘便撲向他祖母的懷內。那時候黃母正和鄰居們攻打四方城。一見孫兒，連忙撫著他的頭蓋，開口便「我的命根，我的心肝寶貝，我的好乖孫」的叫。又親了一親他的面頰，一道艷紅的唇印便落到吉童同字臉的腮邊。兩行眼淚似珍珠脫線般的流下來，將原本抹得厚厚的眼影化作黑印，斑斑點點的劃在眼瞼下。跟著扳起孫兒的小臉蛋，仔細一看，因道：「好像瘦了一個圈，讓嬤嬤看看你的小門牙，喲！快要長齊了，就是這對招風耳撫也撫不平，越來越招風。好喲！招風好，招風就是招財。」雙手撫著孫兒的一對耳垂再三細認。

三位牌友即時叫好，替兩婆孫開心不已，彷彿他們久別重逢似的。一檯牌局，便暫時擱置下來。

傳生和掬彤站在一旁，交代了今次上門的目的，順手將一張熨金喜帖送到淳好婆婆的手上。對方打開一看，笑道：

「你們終於結婚了，唔！是今年首個觀音寶誕，恭喜囉！真替你們開心，終於結束你們的愛情長跑，當晚我和阿興一定到賀，唔！是旺角的龍鳳酒樓。」

當中一位牌友即問：「當晚有否牌局招呼我們？有的話，我們也過來湊湊熱鬧，順便玩新人，喜帖就補送給我們好了！」說畢，還咯咯咯的大

笑起來。

傅生見黃母從樟木槶的櫃內草草取出吉童幾件厚寒衣和日常用品與玩具，用大牛皮紙嚴嚴包好，交到他們的手中。

「嬤嬤，吉童患了重感冒，好辛苦！咳不停。」吉童一把捉住他祖母的小腿，撒嬌似的說：「我正服藥，藥很苦。媽媽何時回家？我要見媽媽。」

黃母一聽孫兒這樣說，連忙問掬彤：「你們帶他看過醫生了沒有？今次真的麻煩了你們。下次他生病，可以先行告訴我們。阿興是徙置事務處中級公務員，享有家屬的醫療福利，看病不花錢，你們就可以省回這一筆。」

傅生見三位師奶正在不耐煩地用眼神盯住淳妤的婆婆，很有催促的意思，知道她們趕著搓麻將，便暗暗向掬彤打個眼色，示意快點離開好了。

其時五桶櫃上的電話鈴聲大作起來，淳妤婆婆接過話筒，朗聲便問：

「找誰？……甚麼？……誰……？沒此人。我不是已經告訴過你們沒此人嗎？為何一而再再而三的打過來？這兒不姓蒙，別『蒙查查』的找上門。他欠你們的債，跟我們有何關係？你們找錯門路了，別再打過來……黐線佬！神經漢！」重重的便掛斷電話，怒氣沖沖的坐回她的原位。

傅生跟掬彤正要告辭，吉童步出家門來還連聲嚷叫：

「嬤嬤，我走喇，妳要多吃滿胡，給吉童多買玩具，我走喇！……」

「好的，好的，乖孫，嬤嬤吃了滿胡後便給你買玩具手槍好不好？」呼嘭一聲，鐵閘門就被關上，啪嗒啪嗒的搓麻將聲響，隨即在他們身後傳了出來。

甫上的士，傅生和掬彤打算分頭行事。傅生帶吉童回家，掬彤則往廣華醫院探望誼妹，車廂內掬彤不忘問傅生：

「牛一，你覺得剛才的那通電話是否打錯了？我總覺得事有蹺蹊，淳妤的婆家不會經濟出問題嗎？」

傅生終於禁不住將之前淳妤向秦茵和海佩莉兩位同事借錢之事和盤托出的說了出來。

「唔！我明白了，準是黃小興這個爛賭二……。」掬彤點了點頭，吉童坐在兩人中間也感奇怪，連忙拉了一拉傅生外褸的下襬，問：

「乾爸，出了甚麼事？是爸爸闖了禍嗎？」一對小眼睛瞪得像燈籠一般，又咳嗽了兩聲，然後再次追問。但兩位大人只勸他別多管閒事，的士不覺駛至醫院。原本吉童要跟隨乾媽一起探望他媽媽，坐在車上大嚷大鬧。好不容易，才止住了他的叫聲。掬彤下了車，的士便調頭向佐敦道碼頭駛過去。

傅生帶孩子回家，吉童服藥後便呈疲態。傅生將他抱回房間，哄他午睡，又蓋好被子的兩邊角，孩子也不消十幾秒便沉沉的進入夢鄉。

走出客廳，傅生將脫下的厚外褸搭到沙發邊緣，閒閒地坐在上面。見兩張即日報紙並排放在面前的玻璃小几上，是掬彤早上買回來的。一張是慣讀的左派日報，另一張是右傾的《X僑日報》。多虧未婚妻別具心思，取其「左右逢源」，正反兩面的政治立場並列而「讀」的心思。

傅生伸了個懶腰，又打了幾個呵欠，便翻開愛國報紙來讀。讀到副刊上有一大段相當醒目的專欄，專欄用虎躍龍騰的紋理框著內文。一行粗大隸書寫著專欄的名稱，是《1394的告同胞獄中書》。副題則寫上《鐵窗生涯的告白》。

「咦！1394，不就是葛農入獄後被編到的囚犯編號嗎？」傅生這樣一想便吃了一驚，他跟蒯老師曾經到過域多利監獄探望對方，獄警們便曾陰陰笑的叫過這個編號。明耳人一聽，便知是個不吉利的號碼。倒過來讀，就是「九死一生」，能不教人過「耳」不忘。這樣說來，專欄不就是葛農坐牢時寫下的文章嗎？想必就是他的黑獄紀實，盡數現在獄中受屈受辱受壓受刑的種種苦況。

傅生立時坐直腰板，精神為之一振，便金睛火眼的翻閱今天題為《鐵窗受辱記》的內文。

原來葛農入獄之初，跟幾位獄中戰友朝夕共處。日間一起鑿石頭、編織竹簍，或者清潔監獄的公共設施，無不遵守獄中的工作守則，但晚來時則偷讀從外間偷運進來的禁書，一冊冊《共產黨宣言》、《唯物辯證論》甚至《資本論》的互相傳閱。但未幾，他們的行徑便被一些「非我族類」的獄友發現，事件因而鬧大。正當獄方決定執行懲罰時，一眾戰友便群起反抗，抗議獄中的「皇家飯」和「皇家被」過份簡陋，導致部份戰友果腹

不足，加上近日天寒，一些戰友，更在飢寒交迫下終告病倒，但獄警們竟袖手旁觀，拒絕通知醫護人員前來治理，最終造成兩名戰友在無人照顧下活活凍死。

葛農跟幾位存活下來的戰友群起反抗，在獄中大喊口號，又唱紅歌，甚至隨處張貼用書法紙料寫成的大字報，均遭獄警強行制止。一些戰友，因而被囚單人牢房，慘被灌冰水、坐空凳，甚至搭凌空飛機等酷刑看待。更有一些被削成陰陽頭，赤身露體的在烈日之下，直曬到日落西山。而葛農則抗議獄方的不人道對待，實行七十二小時絕食。但絕食期間，竟被監獄長及兩名孔武有力的獄警狠狠毒打。在連續半小時的圍毆下，不但遍體鱗傷，甚至出現內出血，差點兒斷送性命，換來的後遺症是腦震盪導致失禁。現時每隔十五分鐘便要溺尿一次。更可怕的是，極可能因而缺精甚至不育。

文章的末端還用粗黑字體打上一行吶喊式的問句：「中國人為何要打中國人？香港同胞為何要殘害香港同胞？」

傅生讀畢專欄，腦海不期然浮現出這位舊同事的容貌。這個身材瘦削深眼窩高顴骨的桂林小子，跟他未婚妻正是同鄉。說話時不苟言笑，一副義正辭嚴的老成模樣，有普通年青人難以親近和難以了解的特殊氣質。

此篇洋洋灑灑的千字文，感覺就像一篇未完的文章，該有後續的部份，不愧是連載的吸引題材，令讀者有追看下去的衝動。

但他奇怪原稿是如何外洩出來的？需要經由甚麼渠道才能交到左派報館編輯的手中？想不到早前自己替他送上練字的文房四寶，甚麼月宮殿、狼毫筆、紙鎮和墨硯之類的文具，竟讓他寫出如此文辭。一直以來，傅生還以為葛農運用這些文具來臨摹歷代書法大家如王羲之、趙孟頫或者柳公權等人的名帖，藉此練就一手好字，以冀修心養性，陶冶性情，誰料對方竟會大書特書的寫起抗議文章，道出獄中遭受暴力對待的種種慘況。現在葛農的「咆哮專欄」公諸於世，想必令全港的愛國人士爭相傳閱，一睹那些披著黃皮膚的港英獄警，如何在鐵窗下殘害同宗同祖的中國人。

傅生轉瞬間又想起即將受審受刑的老友來。那位快要入獄的老同學小莊，他的命運又將如何？按常理推斷，小莊只會比葛農的際遇更加不堪，

暴流

所受的皮肉之苦更加慘痛，全因為他在反英抗暴中的吃重腳色。但這群心中只有爭取社會公義和富有政治理念的愛國人士，是因為對共產主義的理想教條深信不疑，才會敢於挑戰資本主義制度的種種缺失，忍受著各適其適難以名狀的肉體苦痛。

五十七

原來黃小興真的負債累累，欠下高利貸多達四萬元的巨款。主要是這幾年在澳門新花園賭場欠下的賭債，還有逸園狗場和皇家香港賽馬會（英皇御准香港賽馬會）的欠款，總共就是這個數目。

淳妤臥在病榻上，一方面憂心她哥哥的那樁官司，另一方面又愁思著新嫂子的近況，加上擔心自己老公的這筆債項，日思夜想，輾轉難眠，始終無法想出任何解決方法。又不能跟親友們傾吐苦水，自然獨坐愁城。那天聽見掬彤向她匯報了高利貸致電給她婆婆追債的事，更加憂心忡忡，成天哭喪著臉，幾天內都茶飯不沾，整個人憔悴不堪，病情自然加劇起來。

冬去春來，又到急景殘年的歲晚，淳妤的病況沒一點起色。住院將近三個月，十二指腸結核確診已到了末期，打針吃藥，早午晚服用阿士匹靈，均見無效。最壞的時候要送往深切治療病房醫治，好轉之時又重返普通病房，病情就是反反覆覆的，掬彤為了照顧誼妹，根本不能長期停薪留職，加上趕辦結婚的連番瑣事，終於狠下心腸，辭掉女服工會多年的差事，全力照顧乾兒子。

「淳妤老公的那筆債項，該如何清還？」掬彤不時追問未婚夫，彷彿那筆欠債，早就歸到她的名下。又對傅生說：

「可惜我們的家當盡在這棟新購物業之上。假如未購入，四萬元，還可以暫時借給他們。」掬彤躺在床上長長的歎了一口氣，「但我並非可憐那個姓黃的，而是同情誼妹的遇人不淑，加上她身子本來單薄，遇上這種倒楣事就更加可憐。牛一，你說說，該如何打救淳妤呢？你知高利貸就是三合會，縱然匿藏起來，他們也有能耐將你抽出來，那時候，淳妤一家便

返魂乏術，不就連累我們的吉童嗎？」

　　傅生抽著煙，緩緩地將一口青煙吹上半空，喉核上下郁動，只默然不語，心想：「自己和捌彤不是對淳妤已經情至義盡嗎？別說她那位好賭不負責任的老公，就是對她孩子和哥哥，幾十年來，他們不是肝膽相照，兩脅插刀的照顧對方嗎？但對方的老公今次欠下巨債，他們已無力幫忙。何況捌彤已經辭職，沒了未婚妻的那筆收入，面前的生計只能靠他一人。農曆二月，就是他們的大婚之期，這筆開支，誰又替他們扛起來？」

　　捌彤見傅生毫無反應，推了一推他的手肘，續道：

　　「看來，還是鄭匡點子多一點，你就探探他的口氣，看看他有何良策。到底鄭匡的人脈廣闊，不像你，成天困在寫字樓，一點想頭都沒有。」

　　「好！惟有盡人事！明天我打電話問問鄭匡！」傅生道：「現在就只能看淳妤的造化了。」

　　次日上班，傅生便打了一通電話給鄭匡。還未說出原委時，對方已經開口說：「牛一，我正想找你，告訴你一個天大的好消息。你還記得朱景春嗎？就是我的師傅朱大導。昨天他才告訴我，為了整頓香港愛國電影業的名聲和挽救谷底的票房，左派電影工作人員協會決定舉辦一個『中港電影展暨攝影展』，打算在南都戲院和泰華國貨同期舉行，並且獲得馮榮首肯。這位姓馮的，不就是你們公司現時的幕後掌權人嗎？能夠獲得這位鬥爭會副主任出面支持，加上泰華舉辦過石灣陶瓷展等經驗，活動一定會成功。現在我已被編派到統籌工作，主要聯絡中港演員，包括大陸的趙丹、石揮、秦怡、上官雲珠等。還有國內名導演桑弧、沈浮、崔嵬、李俊和孫瑜等人，名單堪稱一時無兩。假如國家的電影單位可以批准這批份量十足的演員和導演來港，跟本地的愛國藝人同台亮相，幾天的放映活動和大型劇照展，肯定會空前絕後，對我未來重新執導的工作有百利而無一害，真是我鄭匡翻身的大好機會。牛一，你說，是否一椿大喜訊？」

　　「值得高興囉！但不知在大陸現時一片動亂的文革期，黨中央能否將此批導演和演員一一放行？」傅生這重顧慮一說出口，便覺得自己好像在老友的頭上澆下一盆凍水似的。

　　「不會，肯定不會。你放心，我寫保票，絕對能成事！」鄭匡在話

筒裡大聲疾呼，「憑馮榮現時在港的影響力和在國內的上位程度，這次中港合作，必定水到渠成，萬無一失。現在我只擔心幾齣著名的電影如《農奴》、《李時珍》、《哀樂中年》、《武訓傳》和《我這一輩子》等，能否成功付運到港。因為此批片子，畢竟是一級電影，拷貝珍貴，都是國家級的重點保護文物，保險費肯定高昂，或許並非活動預算可以承擔得起的數字。」

鄭匡一輪嘴的說出他的喜訊，傅生根本未及將淳妤借貸的問題坦白告知。又感到不是時機，惟有另覓機會，下次再談，誰料鄭匡又再問：

「對了，我手上有四張『南巴大戰』的足球比賽門票，就是找不到合適人選一起觀賞。牛一，你可有興趣？」

「你知我興趣不大，」跟著問：「聞說這場賽事一票難求，為何你有這些門票？」

「我加入了愉園體育會成為特級會員有一段日子，可享四張免費門票。今次『南巴大戰』是熱門賽事，當然一票難求，你就別錯過這麼難得的機會。」

傅生立時想起閱叔的西廚同事明哥來。他是標準足球迷，因道：「那我找找準丈人，我知他有一位同事可能感興趣，看看他們有否時間去觀賞。」

賽事的舉辦地點在掃桿埔球場，適逢周日下午，閱叔和明哥均應約而至。

當日陽光普照，正午過後，球場便曬得異常暖和。好不容易才混進入口處，四人順利走進微風吹拂的球場。傅生見一大片空曠的沙地在烈日的蒸曬下散發出陣陣熱氣。整個球場，就像鋪滿金秋之色，洗擦掉嚴冬的不少蕭瑟氣味。場內場外，都擠滿了瘋狂的球迷。四人便沿著石梯走上看台。未幾，便找到相連的座位觀賽。

球賽不久便展開，鄭匡和明哥都是南華甲組球隊的忠實擁躉，也就是巴士球隊的死對頭。賽事開始了半句鐘，南華依然處於下風，兩人頓覺不耐煩，「三字經」衝口而出。一批南華忠實擁躉還開始鼓噪，頻頻拿起手上的《波經》當作旗幟，在半空中揮舞吶喊，為擁護的球隊揚聲助威。加

油之聲，此起彼落。

傅生是頭一遭看如此大型的賽事，對足球卻興趣缺缺，連甚麼越位、死角球、十二碼的賽例也一知半解。半場下來，已經感到異常乏味。閔叔見他悶沉沉，連忙遞上一根紅人牌香煙給他。傅生抽著，望向眼前兩支球隊在賽場上你來我往、奔前趕後的追逐皮球的場面，了無樂趣的表情全寫在他的臉上。

抬頭一看，見整個藍天的白雲有一搭沒一搭的正自浮遊，在和風的吹拂下飄來蕩去，像極閒散的一堆羊群。他不期然想起上次觀賞球賽的情景，彷彿是中學畢業前的一場學界賽事，地點在旺角的花墟球場。那一天，全港學界的「五虎將」齊齊上陣，鄭匡是五虎之一，在校園的運動場上早已大有來頭，尤其足球成績更名列前茅。那次盛事，小莊、淳妤和掬彤都有出席，為的是支持這位多年來的學友。最後的賽果雖然敗北，但幾位學友，事後一樣自掏腰包，到「皇上皇冰室」各自各吃下平生最大的一杯冰淇淋。大概因為吃冰淇淋的時候，傅生和掬彤的態度異常親暱，兩人相戀的緋聞便在當天正式曝光。次日返校，消息已傳遍校園，成為學兄學姐學弟學妹的口中笑柄。想不到逾十年後，幾位畢業校友都風風雨雨的度過了各自各的青春期，又甜酸苦辣的嘗透了哀樂人生。

五十八

好不容易才看畢這場足球賽事，賽果是三比二。南華敗北，擁躉們當然大失所望。鄭匡跟明哥在歸途上還不斷抨擊今天的賽果，盡數球證不公平，又複述了南華球隊往昔的輝煌戰績及巴士球隊以往的劣行。兩人談得非常入港，只冷落了傅生和閔叔兩人。

日落西山，但太陽仍然曬得燦爛，曬得途人們的倒影長長的投射到地面上。四人跟隨大批球迷從斜坡道往公共巴士站的方向走下去，鄭匡突然說：

「明哥，今天難得巧遇你這位新知，我做東，你就不必客氣。我知你

暴流

是洋人高官的御用西廚，中菜也做得頂瓜瓜，下次真要嘗一嘗你的拿手好菜。今晚我便帶你吃些好東西，包管你有意外驚喜。」

「老江！你聽聽，你這位鄭老弟說些甚麼？大言不慚嗎？」明哥對閎叔笑著說，分明就是揶揄鄭匡，跟著便問鄭匡：「甚麼好東西明哥沒嘗過，鄭老弟，你姑且說說。」

「香——肉——是香肉！濟公活佛最愛吃的香肉！吃了會大快朵頤的香肉。」鄭匡朗聲說：「即使你嘗過，也不似元朗洪水橋昌記那麼棒。人家是用幼犬炮製，隻隻都不滿兩周歲。肉質嫩滑爽口，鮮甜美味，還用花椒八角隔天醃足二十四小時，加上陳皮胡椒烹調，煮足四句鐘，一鍋鍋熱騰騰香噴噴的狗肉便送到你面前。只要一『索』，就是嗅覺及舌尖和味蕾的一大享受。吃過之後，包管你永世難忘，讚不絕口。做神仙，也不外如此，難怪濟公活佛也要破戒，甘願終生犯禁，遭受嚴懲，也要當個酒肉和尚，一嘗那人間美食，吃得不亦樂乎。來，來，來，我們一起出發吧！」

明哥聽見這位初相識且說話投緣的晚輩極力解說，縱然曾經試過這道野味，亦想再嘗一遍，試試昌記的香肉是否如鄭老弟口中所說的人間極品。傅生跟閎叔從未嘗過，便抱著不妨一試的探秘心態，跟隨鄭匡，朝著元朗巴士站頭的方向進發。幾經轉折，長途跋涉的才到達洪水橋的昌記。

時間已經是晚上八點過後，店堂早已客滿，四人只好在露天的座位用膳。外面正翻起北風，冷意蕭瑟，正是吃香肉的好時節。

還未點過菜式，已經嗅到四面八方傳來的香肉氣味。見鄰座食客的面前全都放著火候十足的瓦煲，伴著魚蝦蟹等海鮮美食，吃得人人有滋有味。碰杯之聲，四處傳來。

他們點了五個小炒和三瓶孖蒸，用來配搭狗花腩和狗腿子。依鄭匡的推介，兩者都是幼犬最鮮嫩爽口的部位，例必叫來享用一番。

「鄭老弟，你見多識廣，一定吃過龍虎豹囉！」明哥喝起剛才上檯的孖蒸，又替各人斟上一杯。

「甚麼叫龍虎豹？是甚麼美食？」傅生開口問，其餘三人都搖頭笑起來。

「就是蛇和狗及貓炮製而成的一道野味。」閎叔解釋道：「從前廣東

一帶甚受歡迎，滿街滿巷都販賣。近年香港禁吃，但有新界原居民還在偷偷吃。」

「這道菜，算我少見識。有機會，也想嘗一嘗。」鄭匡竟然這樣答，眾人都大感意外。

閔叔舉起杯子便向各人敬酒，祝大家身體健康。又逕自喝了一口，遂道：「上次多得明哥帶挈，算是嘗過此道野味。但吃後難受得很，是賠錢活受罪，吃了半碗，就翻肚子，還要兩天不停腹瀉嘔吐。醫生也看了兩趟，說是輕度食物中毒，導致嚴重腸胃炎，從此提起此物便怕得要命。今天鄭老弟誠意推介吃香肉，亦是捨命陪君子，拼了一條老命試一試。」

「我的江世伯，」鄭匡拍掌叫好，「難得你有『拚死無大礙』的大無畏精神，下次朋友帶我吃猴子腦也預早通知你，讓你大開眼界，飽嘗這道天下第一野味的美味。」

「免了吧！別客氣！鄭老弟，還是邀請你的明哥見識見識。」閔叔笑著答。

四人杯酒言歡，飯菜不覺上了檯，只差今晚的「主角」姍姍來遲，久久未見香肉的蹤影。

酒過三巡，傅生才想起自己身上帶備的一張喜帖，連忙親手遞予明哥。對方一手接過，然後道：

「我早知道傅老弟的大婚日子，亦已申請了假期。人情早就備好了，屆時一定赴宴祝賀你和掬彤。」

「阿明！其實牛一和掬彤早已同居。」閔叔坦然告知：「在清末民初，這叫『姘居』，兩人就是『姘頭』，是說不出口的男女關係，但時代變了，道德觀念也變了，何況掬彤是女生外向，加上我並非古老石山，對這位準女婿亦有絕對信心，姘居不當一回事。當然，我也不會讓自己的惟一閨女吃大虧。」話一出口，便用眼神盯住身旁的傅生，彷彿警告未來女婿好自為之。

鄭匡聽罷，不覺歎了一口氣，跟著便對閔叔說：「世伯，你這位老人家的思想挺開通，終於等到一對姘頭的男女可以結合，不像我家兩老，越老越糊塗。我和璐茜的婚事就是左勸右哄，始終扭不過他們固執的想法。

世伯，你說，我該如何化解這重關係呢？」

「鄭老弟，剛才提到的璐茜，是你意中人？」明哥好奇的追問：「她是怎樣的一位女子？」

「她是風塵中人，在璇宮夜總會當舞小姐。」鄭匡對兩位長輩開誠佈公地說：「我想跟她結婚，很大程度是基於同情心，因為她的出身實在可憐。父親早逝，只有久病的母親，故主要由當師娘的瞎眼姑姑一手奶大。現在因為她的母親和姑姑相繼病重而欠下巨債，迫於無奈，才會下海伴舞，身世實在可悲。我將此事告訴家中兩老，卻得不到他們的諒解。現在我和父母正處於冷戰狀態，他們就截斷了我的財政來源。但我決意非卿不娶，卻覺得和璐茜開花結果的機會渺茫。哎！想不到我們三劍俠各有各的際遇，小莊快將入獄，我又宣佈人財兩失，倒是牛一抱得美人歸。真希望他和掬彤的情份，是初戀到白頭。」

傅生心裡也認同鄭匡的說法，承認三劍俠中自己是最幸福的一位。但幸福並非必然，因而心懷感激，不過沒宣之於口。一想到鄭匡剛才所說的經濟來源已遭雙親封殺，原本想找機會向他透露淳妤老公欠債的事，只好暫時按下不表。

「你們說說，去年至今的這場暴風雨何時方休？」明哥突然這樣問他們。

「他說的是左派策動的暴動。仁韻工廠掀起的工運如何『收科』？」閔叔替明哥解釋。

「都一年了。現在已近農曆年，我想，快要結束了。」明哥肯定地說。

「何以見得？」鄭匡一面夾起心愛的梅菜扣肉，一面追問這位初遇的長輩。

「漢江中學的蒯老師也曾說過，」傅生立即透露：「周總理早已秘密下達指令，大陸式的文化大革命決不在港展開，此事已傳遍了本地的左派教育界。」

「在香港，中港雙方的有關官員曾經進行過地下式的一次議和，商討有關細節，很快便會正式落實。屆時，反英抗暴的行動亦會隨即劃上句號。」

「明哥，看來你像參與過這場談判，不然，該不會那麼肯定。快快說來，詳情究竟怎樣子？」鄭匡好奇的追問。

只見明哥再斟滿一杯，一口氣便喝下半杯孖蒸，閔叔見狀，連忙勸阻：「阿明，當心老毛病又再發作。」閔叔一貫好言相勸，告誡對方少喝兩杯。從前明哥的肝臟出現問題就是縱飲所致。酗酒之後，更變成肝硬化。

「事緣是這樣的，」明哥放下酒杯便說：「兩個月前，我應主人禮賓司司長麥克格爾的吩咐參加了一個晚餐會議，當日我也不知情，事後才得知，晚餐會議是一場中英雙方的議和談判。只聽主人事前解釋，由於我的中西菜餚都做得出眾，囑我到場獻技，主理一次中西合璧的美食，地點就在灣仔的一棟半新不舊的唐樓頂層。當晚出席的中外人士共二十人。除了我當主廚外，還有幾名副手襄助，僕役和阿媽則負責招待貴賓。一眾工作人員，早早到達現場準備。傍晚時分，便見十幾名衣履不凡的洋人和華人陸續登場。事後我才得知，當中有來自中方的官員，包括國內中宣部和港澳工委及鬥爭會正副主任。而港英代表，除了麥克格爾之外，還有政治部和警務處及幾位外交高官。雙方分別帶來秘書和翻譯員，全程進行即時傳譯和筆錄，故議和內容，在旁負責招待的一眾僕役都聽得一清二楚。一頓飯下來，我便約莫了解到雙方談判的細節。當晚港英政府要求的條件是：

一、由 X 華社下達停止所有反英抗暴的行動；

二、取締鬥爭會的組織及其所有活動；

三、停止街頭動亂，包括反英抗暴的示威遊行及抗議集會等；

四、停止私藏土製炸彈。查封愛國學校非法製造土製炸彈的活動；

五、停止左派報業工會及其隸屬工會會員發佈反英抗暴的所有資訊和言論。

至於中方官員敲定的訴求是：

一、禁止港英政府監察 X 華社的所有活動；

二、禁止當局通緝及逮捕黑名單上詳列的左派人士，但不包括已被起訴及正待判刑的左派人士；

三、禁止監獄署不人道對待獄中的左派政治犯；

四、對港澳工委及鬥爭會被凍結的資產賬戶實行解禁；

五、全面支持當局取締鞭炮及煙花廠等高危行業。

這就是我當晚現場聽來的消息。」明哥續道：「其餘秘密細節則不得而知。但作為一位普通的香港市民，我很高興得知雙方進行議和。這是維繫社會穩定和發展的重要一步，所以我甘冒洩密嫌疑，都要告訴在座各位，希望你們聽了之後，也會替香港有望重回正軌的勢頭感到高興。」

「好一個洩密者，賣國賊。」鄭匡立即開懷大笑：「唔，原來明哥是間諜，是出賣中英雙方的情報員。你這樣做，不就是膽敢洩露兩國的國情機密，難道不怕我前去告發？」

「我慶幸自己是頭一位報喜訊的人。假如香港人得知這樁喜訊，想必燒鞭炮放煙火還來不及！」明哥也哈哈大笑，然後向各人碰杯，祝願這個議和內容早日落實。

五十九

這頓香肉美食，只平平淡淡的吃了，沒驚喜，也沒不驚喜，不過是普普通通的一頓晚飯，算是在特別嚴寒的一個晚上，熱騰騰的吃過一餐而已。但伴隨著香肉的三瓶孖蒸，卻在當晚令傅生的腦袋脹痛不已，成為整晚翻胃、嘔吐作悶和徹夜難眠的元兇。翌日清晨，傅生便告了半天假，留在家中，休養生息。

下午他如常上班，走進泰華，近日營業的黃金時段的生意比想像中的變得差勁。自從公司出現「搞事份子」葛農被警察逮捕的負面新聞刊登之後，生意便一落千丈，高層頻頻開會商量對策，致力改善公司形象。但到如今，仍是一籌莫展，毫無半點改進業務的起色。

傅生走到下層的文具部，正要搭電梯返回寫字樓，離遠便看見秦茵和海佩莉招手叫他，傅生便上前跟兩人打招呼。文具部的「三朵花」在公司是出了名的，現在缺了莊淳妤，部門就顯得有點兒冷清，加上顧客疏落，場面更見寂靜。

「兩朵花」的開場白離不開病重的好同事，傅生告知她們淳妤的病情

依舊，沒好轉也沒變壞。兩位女同事聽罷，不禁搖頭歎息。

「傅主管，上午人事部帶來一名新同事上任，叫甚麼袁融的，你見過嗎？」海佩莉突然對他說：

「聞說是替代葛農的職位，隸屬糧油部，就是你的新副手。」秦茵補充道。

「是嗎？今早我告了半天假，全不知情。」傅生答：「那麼，葉姑娘的職務該如何調配？自從葛農出事之後，葉姑娘臨時頂替副主管位置，現在卻要重新安排了。」

「聽說，袁融是新來的董事長馮榮的嫡系親戚，就是『黃馬褂』。」海佩莉再道：「也許是眼線，來泰華上班，就是要監視公司的整體運作，連章力同這位舊董事長也要忌他三分了。傅主管，你要好自為之，你們糧油部就是頭一個遭新上任的奸臣整治的目標。所謂『新官上任三把火』，千萬小心，提防對方乘機起義，令你的地位不保。」

「我會小心，謝謝妳們。」傅生對女人的小心眼向來既愛且恨。但女人的敏感和直覺總有她們的道理，裡面有著「以小人之心，度君子之腹」的猜疑，跟「莫信直中直，須防仁不仁」是同一理論。但無論如何，傅生仍心懷感激！感激女人的關心，就像感激掬彤對自己的關心一樣。但說到底，有新官上任，且是高層的親屬，這種「新人事新作風」，便要高度的戒備。

返回寫字樓，正要清理手上積壓下來的工夫，見案頭上有一張紙條，是葉姑娘寫上的，上書著「章董事長有事跟你商量，下午三點，請找他一談」。

「不知對方找我何事？」傅生暗忖。看看腕錶，時間還是兩點半。今早他草草的在粥麵店吃過東西，清理腸胃，現在有點兒饑餓，便從辦公桌的抽屜內掏出兩塊馬寶山曲奇餅乾，邊吃邊想：「章力同召見，多半就是商討這位新職員入職後的工作安排吧。」

出席面談的除了姓袁的「新官」，還有總經理卜正。自從卜正的小舅子在左派報紙刊登《1394 的告同胞獄中書》之後，事件已經成為泰華上下員工茶餘飯後的談資。一些員工覺得葛農是民族英雄，但更多的是感到對

方將亂子再次推向不可收拾的局面，而他的姐夫，現在更成為大部份反對者的攻擊對象，人前人後，都背負著不少壓力。不單遭人詬病，連地位也岌岌可危，因而變得行事低調，處處忍讓，好像沒臉跟同事們爭辯似的。從前做人處事的那種氣焰，現在已一去不復返了。

「今天我請你們過來是正式介紹新同事袁融讓大家認識。」坐在大班椅上的章力同一面介紹，一面點上雪茄。從前他慣抽的「三個五」的臭氣已經難聞，現在改抽呂宋雪茄的濃度更覺嘔心。

「請你們多多指教，我就是袁融。」袁融坐著向各人深深鞠了一鞠躬。

「我們跟袁先生今早已經打個招呼，他是替代糧油部近期懸空的副主管職位。」卜正陪笑道，露出有點不屑新同事的表情。

「傅主管早上不在場，現在才正式見面。」章力同糾正他，又狠狠盯了卜正一眼，續道：「袁融先生原是出入口商行的襄理，能夠請他上任，是泰華的榮幸，也是公司的福氣。袁先生加盟之後，首先是到糧油部辦公，然後公司將有更重要的任務交託他。袁先生，你現在便請屈就，傅主管對糧油部的業務清楚不過，你們要通力合作，有問題，就請教他。我相信憑藉你的努力和才智，定能很快適應，把糧油部甚至整個泰華的生意搞得火熱，擲地有聲的。」

章力同捧著紫砂茶杯深深喝了一口茶。傅生因為久已沒有進入董事長的辦公室，這才發現，以往掛在牆壁上的那幅大大的《為人民服務》的題字早已搬走，換上一幅仿張大千的《潑墨荷花》。除了蓮蓬和荷葉抹上俗艷的色彩外，整幅寫意畫均以黑白水墨上色。也不知這位董事長，何時開始附庸風雅了起來。

「還有，公司已決定跟左派電影工作人員協會合辦一個電影展，泰華負責劇照展的部份。」章力同放下紫砂茶杯便透露：「這次電影展分為兩部份，我們負責借調場地展出海報和劇照，業界則另覓戲院放映十幾齣中港老電影。主要是解放前後的製作。初步選址在南都戲院放映。你們該記得，這間戲院，曾被政府吊銷牌照，禁止上畫。解禁之後，票房一直很低迷，我們則因為葛農被警方抓走的事件，營業額也不見起色。有關單位，便希望積極救亡，才有這個聯合舉辦電影展的構想，這叫『在哪兒跌倒便

在哪兒站起來』，亦讓兩個機構互惠互利，是不俗的做法，希望雙方能起死回生。我想，憑藉泰華過去舉辦過石灣陶瓷展和建國攝影展等豐富經驗，定能駕輕就熟，圓滿舉行。」那時候董事長的眼神從袁融的身上轉到傅生的身上，一直沒正視過卜正一眼。

「傅主管，大概你也該知道，你的老友鄭匡，是今次電影展的聯絡員，你們一向合作無間，該很有默契。今次我委派袁融協助你搞此活動，相信有你的主導和袁融的輔助，事情一定好辦得多。預祝你們合作愉快，大功告成。」又對新同事說：「袁先生，今後有甚麼問題，便向傅主管請教好了。」

這瘦削黑實的新同事再一次向傅生點頭示好，態度尚算謙讓，沒半點兒新官上任三把火的氣焰。畢竟，他現在仍是傅生的屬下。但一席話下來，卜正連開口說話的份兒也欠奉，一直沉默不語，就像遭到在場人士冷待一般，全程都變成透明人。

六十

那天晚上九點半，傅生正在客廳看報紙，浴室傳來吉童耍脾氣的聲音，還發出嗚嗚吱吱的驕縱聲。

原來掬彤正替他洗澡，孩子不讓乾媽幫忙，更對她說：

「乾媽，不用妳幫忙，我能洗澡，我能自己洗澡！我們的書友仔已經可以自己洗澡了。假如給書友仔知道我還要乾媽幫我洗澡，他們羞死我。不用妳幫忙，待我自己洗！」

「姣（好）了，姣（好）了，吉童長大了，是個大人了，懂得羞赧了！」掬彤在裡間大聲笑道：「好孩子，下次你就自己洗澡。今次乾媽教你，你就好好記住怎樣洗。這一趟，就是乾媽最後一次替吉童洗澡了。」

傅生聽到兩人的對話，不禁好奇地走近浴室門口。見吉童手上拿著一塊加信氏香梘往自己的小身軀上上下下的抹擦，又用雙手搓四肢，搓出滿身肥皂泡沫。掬彤用溫水替他潔身，算是洗了個乾淨，傅生看在眼內不禁

好笑。看了一會，才對乾兒子說：

「上次乾爸教你刷牙齒，還記得如何刷嗎？等一會，你刷給乾爸看。刷不好，乾爸周末不帶你上維園玩。」

好不容易掬彤才教曉孩子自己洗澡。吉童自己穿上內衣褲，就著高身的白瓷洗手盆，戰戰兢兢地握著牙刷，一雙小手，小心翼翼地執緊一支李士德寧牙膏，手震震的在牙刷上擠上牙膏，胡亂往口腔裡送，左右左右的刷動，刷得上下小嘴唇滿是白糊糊的牙膏沫。掬彤看著不禁失笑，傅生也不斷搖頭。

外面的門鈴突然響起來。

「那麼晚，會是誰？」掬彤連忙問。傅生便去應門，來者原來是苗翠芹老師。

「不好意思，那麼晚，還前來打擾。你們的地址，是馬老師告訴我的。」客人解釋道。

傅生請客人往客廳的長沙發坐下，對方一坐下來便恭喜他們。

「我來道賀的。我知道傅先生快要跟江小姐結婚了，該會發張喜帖送給我吧？但我不知可有時間過來吃喜宴，在此先行祝賀。其實，今晚我到訪，是另有一件事情想請你們幫忙，不知你們可會答允。你們該知道，莊淳德現時轉往中環警署羈留所看管，警方一直拒絕他的保釋，案件排期到兩星期後才能上庭。鬥爭會一向視他為重要委員，答應一定全力營救。代表律師亦已敲定，將會盡力替他脫罪。但你們都知道，政府對反英抗暴的所謂暴徒一定嚴懲，相信將會釘死他，只差入獄的年期多少而已。今次上門求助的人選原本是岑均雄，但最終決定由我出面跟你們商量。我們的意思是，傅先生可否抽空到中環警署羈留所探望小莊呢？這也是他個人意願，希望你能答允。據我們所知，小莊有些私事等著跟傅先生商量，你就看在你們從小到大的朋友情份上，答應去一趟，時間由傅先生決定。當然，越早越好，免得夜長夢多了。」

「不知他找我談些甚麼？小莊有否透露出來？」傅生心裡已經答允，只想多了解一點。

「我們也不清楚。大概他知道了莊淳妤身患重病的消息。還有，馬柔

靜現時的處境也教他放心不下，所以請你過去談一談，看看你有甚麼可以幫助她們。畢竟，你和小莊曾經是生死與共的好兄弟。」

客廳的坐地燈剛好照著苗翠芹的臉龐，沒化妝，身上也沒散發出她一貫的爽身粉香氣。原來的鮑魚髻也梳成垂直披肩的髮式，比以往的老成持重顯得年輕，只是形容憔悴一點。一雙眼睛的眼皮垂了下來，看著有點兒變了模樣，失去從前咄咄逼人的那副囂張氣。一套半新不舊的寶藍旗袍穿在身上，比以往慣穿的近乎解放裝的打扮來得傳統，益發透出教書小姐的一股書卷氣。

傅生一向知道掬彤不太喜歡這位女子。知她守在浴室一段時間，是有意拖慢前來迎客的意思。但待了十分鐘，還是見她拖著吉童的小手從裡間走出來，教孩子叫了客人一聲「苗老師」。

吉童見有客到訪，顯得異常雀躍。誰料乾媽一把攔住他，不讓他走前一步，還半帶叱喝的口吻對他道：

「明天不用上課嗎？都十點鐘了，快上床，向苗老師說聲晚安。」

吉童向客人說了一聲「晚安」。苗翠芹知道孩子是小莊的外甥兒，讚了他幾句，然後對吉童回說了「晚安」，吉童便不情不願的跟乾媽返回房間。

未幾，掬彤便從房間走出來，半笑半罵的對傅生道：

「牛一，你也是，過門總是客，為何不替苗老師倒一杯茶？木頭人一般！」

「不好意思，都忘了！」傅生對客人說了一聲對不起。掬彤隨即問客人：「苗老師，茶未沏，天氣冷。不怕的話，喝一瓶汽水可以不可以？」

苗翠芹說不介意，掬彤便從冰箱取出三瓶綠寶橙汁，給他們遞上各一瓶。

訪客那時候才說：「江小姐，妳看，我是客，首次拜訪，竟忘了拿手信，太不像話了！」又笑稱：「我是特意前來道賀的，聽說你們的婚期訂於農曆二月。想不到，吃了小莊和柔靜的那杯喜酒後，又輪到你們的佳期。只可惜，他們的好事竟變成壞事！今晚我過來，就是要跟傅先生商量一點小莊的私事，希望不太打擾江小姐妳就寢的時間。」

暴流

苗翠芹草草的將來意重複一遍。喝畢汽水，便看看腕錶，覺得時間不早了，匆匆的告辭離開。

待客人一走，掬彤便坐在沙發上臉罩冰霜，一言不發的問傅生：

「你該順從這位『左婦』的請求，前去探望小莊耶！？」

「我沒答允她，為何這麼說？」

「那麼，我問你，你想著探他還是不探他？」

傅生沒開口，掏出一根良友香煙來抽。又從玻璃小几上取來一隻煙灰缸，深深抽了兩口，將煙灰撣到煙灰缸內。見一抹青煙緩緩地撲到身旁坐地燈的燈罩四周，燈罩繡著幾朵黃晶晶的祥雲花紋，煙團便纏著燈罩兩端飄來蕩去，變成雲與霧連成一起的一道風光。

「我看你的心意早已決定，準會探望他。」掬彤罕有地大聲怨道，原來沙啞的聲線變成咆哮。傅生一聽，不覺心裡一震。暗忖，掬彤從未如此對自己粗聲大氣的說過話，究竟為何？該不會對小莊有甚麼超乎尋常的隱情？自從他們一起同居後，掬彤鮮有如此火氣，現在卻為一位落難學兄兼好友竟會如此，可見她一向對小莊的極端左傾和偏激性格萬分不滿，藉此機會，大大的發洩出來。但她對小莊的反感情緒，在尋常日子中，一直表現得若隱若現，大概連她的誼妹淳好也不覺察。今回發作，倒教傅生始料不及。

他慶幸自己上次跟蒯老師私下前往域多利監獄探望葛農，事後沒向未婚妻透露一句，不然，遇上的景況，就跟今次這樣子。

傅生深明夫妻之道，在乎遷就與諒解。這是老爹生前的教誨所致。

老爹在生的時候無緣目睹這位兒媳婦，但他實行身教，懂得尊重和諒解長年臥病的老妻。傅生從小至略懂人事後，就親眼目睹老爹如何遷就母親，照顧病人，尤其在母親臨終之前，脾氣變得異常古怪，老爹卻顯得處處忍讓，鎮日相勸，照顧得無微不至，直至傅生中學畢業，在工廠找到一份小文職的工作後。由於傅生的會計水平不濟，下班之後，還要上夜校修讀課程，不到十點，也不能歸家，空餘的時間卻往外跑，泰半相約好友們吃喝玩樂，照顧病母的責任便落到老爹身上，傅生根本未盡過「床前孝子」的應有之義。今天想來，他對亡母也不無愧疚。每念及此，便覺得老爹不

單是位出色的丈夫，更是位了不起的父親。

他悶不吭聲的走回房間，掬彤從浴室梳洗完畢，重返睡房，坐在梳妝台前對鏡呆望，拿著一瓶廣生行的冷霜在手，緩緩地往自己的臉蛋拭擦。一張圓中帶方的臉蛋，漸漸擦得活像日本藝妓。平日傅生坐在床上看她卸妝已成習慣，今晚卻要偷望，從梳妝台的鏡前窺見她一張微胖的白粉臉漸漸扭曲，慢慢變形，然後低下頭來，原來正在飲泣。兩行珠淚，從眼角滴到腮邊，在白粉臉上留下長長的幾串淚痕。兩條肩膀不斷抽搐，傅生連忙走上前，雙手搭住她的玉肩，從她的髮絲嗅出她剛才洗過頭髮的香氣，低聲問：

「怎麼了，不舒服了？」傅生哄著她，輕輕地按撫著她的玉肩，但見掬彤更放聲大哭，連忙從後緊緊抱住，問：

「別這樣，妳這樣，教我難受。告訴我，究竟發生甚麼事？老婆？……」

六十一

「你知不知道，小莊喜歡我。我說的是，曾經喜歡我，愛上我。」未婚妻的聲音沙啞而低沉，聲線帶點兒顫抖，但淚水已經不再流，只有眼眶的末端亮出一條條淚痕，飽滿濕潤地包圍著雙眼四周。在梳妝鏡前的小夜燈反照下，變成串串閃亮的珍珠。

「是嗎？是甚麼時候的事？」傅生故作瀟灑和平靜，沒大反應，聲音像平素交談的語調，但內心不期然發抖起來。對他來說，這是晴天霹靂的噩耗。原來，她不是為自己探望小莊的事而憤怒，而是另有隱情。這份隱情，是不知何年發生在掬彤身上的一段舊情，現在殘餘的感覺就趁勢一觸即發，變成咆哮。傅生不得不有這樣的懷疑，覺得未婚妻對好友還殘留著不明所以的一點餘情。要不是掬彤對小莊還有感覺，她也不會有如此強烈的條件反射？

「牛一，你還記得嗎？」掬彤從梳妝鏡凝視傅生，帶點兒哽咽的語調繼續道：「就是你們中學畢業的前夕，我和淳妤正唸高中一年級。有一次，

大夥兒前往旺角花墟球場看了一場學界足球比賽。那次比賽，鄭匡參加的那支隊伍最終敗北，但我們五位學兄學妹依然到『皇上皇』吃冰淇淋聊天歡聚。可能因為吃冰淇淋的時候，我和你的態度份外親暱的緣故，兩人關係，便頭一遭在好同窗們的面前曝光。當時我覺得坐在對面的小莊的反應尤其異樣，全程一聲不響，態度變得冷淡，就像心事重重的。翌日我和淳好下課後返回宿舍，見書桌上放著一封信。打開一讀，原來是小莊寫給我的，說他一直喜歡我，卻不知牛一早已跟我相好，希望我能重新考慮兩人關係，接受他的一片癡心。我記得，那封表白心跡的信，還引述了紅色經典《山鄉巨變》中的男女主角的戀情來作比喻，說希望大家的關係，就像書中的陳大春和盛淑君，攜手共同建設新中國。彼此鼓勵，互相扶持，如同小說中這對幸福的農村小戀人，合力推動土地改革、放棄一己私利，共同投身建設農村合作社，為國家建立強大的社會主義而努力。但我婉拒了他，回信中還對小莊說，假如他改變思想上的左傾，或許我會重新考慮。事後我將此事告訴過蒯老師。站在師長立場，蒯老師當然不贊成我在唸書時談戀愛，更不認同小莊單方面的付出，同時勸告對方，應以升學為重，別因愛情而荒廢學業。但你該知道，憑小莊的性格是不易被勸服的。越遇阻力，越會激起他的鬥志。但他越是追求我，我便越加冷漠。在很長的一段日子，我都沒理睬對方，連他給我的所有情書都不再讀，遑論甚麼約會。但不知怎的，我的內心，卻對小莊付出的感情感到愧疚，因而對他的妹子便加倍關心起來，希望藉此彌補對小莊的那份歉意。加上淳好婚後的不幸，益發令我疼惜起這位誼妹，對吉童更有一份難以名狀的責任感，覺得需要全力栽培。上次我替小莊撮合姻緣，就是希望他能改『左』歸正，重新做人。想不到現在還要帶累柔靜，令她變成活寡婦。牛一，你說，這是不是天意弄人？造成今天的這個局面。」掬彤從梳妝檯轉過身來，面對面的問傅生：「假如我跟小莊多點溝通，他可能不至於落到今天的田地。」掬彤說畢，不禁長歎一聲。

「從前妳不是說過『性格決定命運』嗎？路是自己選擇的，有此下場，他也不能怪責任何人，妳就別再內疚，甚麼事情都與妳無關。掬彤，別多想，舊事就讓時間淡化，隨水而流吧！」傅生輕輕用雙手抬起未婚妻的臉

蛋，又用手絹替她擦乾眼淚，續道：「但他是我的摯友，縱然友情已經不似從前，道義上，我也該去探望他，看看他有何交代。何況，他還是淳妤的哥哥，正如苗翠芹所說，他要交代的是私事。既然是私事，能幫上多少，我們便幫多少，妳說對不對？」

「牛一，除了蒯老師知道我和他的舊情之外，我一直沒將此事告訴任何人，今天我才向你坦白，你會怪我嗎？」掬彤輕聲問：

「那些都是過去的事。人要往前看，別多想，好好睡一覺，明天又是新的開始。」傅生勸止未婚妻。

掬彤默然不語，用手絹抹乾淚痕，重新拿起冷霜，向自己的面部肌膚再次敷上一遍。敷畢，便上床就寢。

翌日掬彤到醫院探望淳妤，將傅生打算前往中環警署羈留所會見小莊的決定告知誼妹。淳妤知道後開心不已，忙將口信轉告掬彤，說做好做歹的囑咐傅生，別將自己的病情告知小莊，只說病狀已經穩定，並將姑姑從舊金山寄來的一封信轉交掬彤。原來，淳妤早前已將哥哥被捕之事告訴了遠在美國的親人，但自己的病患只輕描淡寫的交代幾句，都是無關痛癢的話，不外乎叫老人家別太擔心之類。傅生將信件拿到手上，心想，淳妤為何將小莊即將身陷牢獄之事告知遠在美國的姑姑。稟告長輩，到底有何用意？既無益處，又只會教長居花旗國的親人乾著急。聽淳妤說過，她姑姑早年是位過埠新娘，遠嫁舊金山，一直跟年紀比她大上一截的丈夫居住唐人街的餐館內，現在兒女成人，可以協助打理店舖。如今又屆退休之齡，只想一生的勞碌換來安享晚年。但為何淳妤會寄出這樣的信，告知對方這兒的遭逢家變？教姑姑只會擔心。難道她的惟一親人，會第一時間飛返香港處理問題嗎？

數天之後，傅生獨個兒上羈留所探望小莊。掬彤從馬柔靜處得知小莊近日抱恙，囑傅生買來保濟丸、十靈丹、何濟公止痛散等中成藥。還有白花油和紅花油等各備兩瓶，連同小莊日常替換的衣物，一併帶往中環羈留所。

跟上次到域多利監獄探望葛農時的景況不一樣。羈留所是中環警署整座維多利亞建築群的一部份。傅生從石磚頭砌成的倒 U 字形小門口的幾

暴流

級石階走上去，前面是個門亭，門亭內有一名站崗警察，跟幾位到訪的市民正在交涉，彷彿在理論著一樁阻街打架的小事故，控辯雙方均粗聲大氣的互相指摘對方不是。那名警察聽了後，知道他們走錯門路，便對兩人說報案的地方是前面左轉的入口處。兩名男子才一面相罵一面離開的前去備案。傅生對差人笑著點了點頭，說是前來探望被囚待審的人士。報過名來，那黑實肌肉的差人便整了一整制服的衣角，囑他稍候，然後走進裡間報告事項。未幾，便叫傅生入內登記。在一個小辦公室內，有兩名能操廣東話的洋差人正在打橋牌，當中一位綠眼睛的還冷冷的詢問傅生到訪目的，另一位則沒向訪客望過一眼，只一味看著攤在桌上的幾隻紙牌，好像正在琢磨該如何發牌似的。又醒了醒鷹勾鼻，叫對方立即辦事，儘快回席繼續玩牌。

傅生再度報上姓名，將身份證交給綠眼睛的差人看。又將帶給小莊的牙膏、香梘、手巾、內衣褲和日常用品一一呈報，連一條摩利士香煙也如實告知。對方一聽是來路香煙，忙問：「為何不買總督或者駱駝？」語氣有點兒不太滿意似的。

傅生答：「因為忙，隨意買過來，其實也不知他喜歡抽哪隻牌子。」

洋差人將一條香煙當面開封。拆開紙盒，順手抽起六包，直往桌下的抽屜一塞，裡面原來還藏滿了各式各樣的香煙，紅橙黃綠的包裝展現眼前。

登記手續辦妥後，洋差人拿走了傅生帶來的物品，說稍後會送還疑犯。一位年青警察已經出現，負責引領傅生走入內間。

一路上，還是一段石階接一段石階的往下走，終於走到最低層，是個地下室一般的所在。一排小小的石房間像小囚室，傅生被帶進一間三十平方呎不到的地下室。走進去，便見一張長方形木桌空空的放在正中央，兩張木椅打對面的橫放著，凌空一隻單管電燈泡懸掛下來，在冷風中微微晃動，傅生這才覺得凍，原來冷風是從惟一的一扇貼地石窗櫺灌進來的。

傅生依照差人的吩咐坐了下來，仍然感到一絲絲的冷意直刺肌肉，連忙扣緊厚大衣的領口和鈕扣。又將衣領挬上來，才感到稍稍暖和。

年青警察囑他稍候，又重複了探監時間只限半句鐘。傅生點頭稱是，

靜候友人的出現。

　　小莊出現的時候疲態畢露，鬍渣留到兩鬢之下，乍看，真的認不出是他本人。額前和眼角的皺紋在昏暗的小石室內卻清晰可辨，一條條佈滿臉龐，將他原本大而亮的雙眼變得更加明亮，但明亮之中，卻帶著空無一物的感覺。

　　因為小莊還在排期過堂等候受審的緣故，仍未算正式囚犯。一件便服，上面披著一套寬身毛冷外衣。冷外衣似是人手織造，傅生心想：「是否他的新婦為他編織的呢？」

　　「小莊，還好嗎？聽說你抱恙，現在好些嗎？」待小莊坐定之後，傅生跟著道：「柔靜說你有點兒不舒服，我帶了保濟丸和何濟公止痛散等中成藥過來。等一下，警察便會交給你。還有幾包摩利士香煙，悶的話，可以抽一抽。」

　　「你告訴柔靜，兩天前有點兒發燒，現在好多了，晚上也能睡上一覺。」

　　「他們沒對你怎樣？」傅生的意思是指這兒的警察有否對他施暴甚至虐待之類。

　　「他們能對我怎樣？」小莊冷然一笑，「越危險的人物，越是不輕易被人傷害。他們不怕左派報復嗎？」

　　兩人對視了一會，沉默了十數秒左右，傅生才想起隨身帶來的信件，遂將他姑姑寫給淳妤的信件交給小莊。

　　小莊讀畢，將信件隨手攤在檯面上，在昏黃的燈光下，傅生依然看見信皮上那枚華盛頓頭像的郵票。

　　「你姑姑好嗎？」傅生順口問，但小莊依然緘默，沒回答一句，良久才問傅生：

　　「淳妤好嗎？我聽柔靜說過，她還住院，吉童就由你們暫時照顧，辛苦你和搹彤了。」

　　傅生點了點頭，只約莫重複了他妹子的病況。當然刪去病重難治的部份。

　　「那麼，可有見過鄭匡？」對方又問。

　　「他跟一位女孩子正在熱戀中，現在便要看他的桃花運能否修成正果

了。」傅生盡量以輕鬆的口吻回答小莊，但見對方笑了一笑，但笑容展露之時，嘴角和兩頰的皺紋更見深刻。

兩人談了一會兒又再沉默，對話斷斷續續的。小石室比之前更加昏暗，貼地的石窗櫺也沒半絲光線透進來，只有單管電燈泡的微弱光線時明時暗的照著。傅生見小莊的暗黑臉孔的輪廓，一對眼睛，卻大大的亮出白光，眼白的部份炯炯有神。

「啪咔」一聲，那枝孤孤單單的電燈泡突然亮度強了一倍，為羈留所提供了足夠電源，令原本昏黑的小石室一下子情景大變。眼前的友人卻頓然變得異常陌生。強光之下，只見那張滿臉爬著鬍渣和皺紋的中年人，就像一位從未遇見過的陌生漢。傅生良久望住對方，耳際卻聽見小莊說：

「牛一，有件事，可否幫幫忙？」

他一開口，傅生便猜到這是今次前來探監的主要目的。

六十二

「牛一，看在我們多年來的交情份上，我坐牢的話，希望你能替我照顧柔靜。」小莊說著的時候垂下頭，沒再正眼望傅生。

「你放心，我一定辦到。何況掬彤是她的好友，我們會像對淳好一般的照顧柔靜，你就不必太擔心。」傅生一直盯著對方的反應。見他雙手緊握拳頭，拳頭在木桌上微微抖震，發出咭吱咯吱的細細響聲。大概是木桌腳跟不穩固的緣故，坐著，也有點兒搖搖欲墜的感覺。

「審訊期排在哪天？是同一天判刑嗎？」傅生問。

「是後天。」小莊卻像自言自語的答：「我的代表律師曾經說過，原本六項罪名，現時四項遭起訴，起碼有兩項將會成立，刑期在八年至十年之間。代表律師是香港塑膠業總工會和鬥爭會聯手聘用的法律顧問，已經是左派陣營最能言善辯的一位。從前他贏過多場官司，說有信心爭取減刑。牛一，你知嗎？柔靜已經懷孕了。」小莊坐直腰板，開始正視傅生，臉上的皺紋在鎢絲燈泡的強光下變得更明顯，像極一位老頭兒。

「太好了！恭喜你們！懷孕多久了？」傅生笑著問。

「三個多月。」小莊的一雙大眼睛炯炯有神的望住傅生，道：「但半年後，她便不能上學教書，連夜師範的課程也不能上課。孩子產下後，她的生活將會如何？我也替她正發愁。其實，我辜負了她的感情，也欠下她不少人情債。柔靜除了在經濟上幫助過我之外，還幫我幹了一些原本不該幹的事。但那些事，每位有血性有良知的中國人也該義無反顧的承擔下來，就像我被當局逮捕也沒半點感到懷悔一般。其實，作為一位百折不撓的愛國者，不必問國家給了自己甚麼，而是問自己可以為國家付出甚麼，所以我會為自己的付出感到驕傲。只可惜，連累了身旁的親朋戚友。」

傅生知道他說的是去年沙頭角禁區越境來港的難胞事件，柔靜曾經替他營救過一位名叫趙以昶的小伙子。但小莊既然沒言明，傅生就不便揭破。其實，傅生一直想向小莊透露自己舊曆二月十九日的婚期，但自從得知對方曾經單戀過掬彤之後，不知怎的，始終有所迴避。雖說這一切，已經是明日黃花，今天看來，沒甚麼值得重提，何況各人已經心有所屬，彼此都有另一半的存在。傅生正想多問兩句對方被囚的情況，誰料那名年青警察已經從門外走進來，說探監時間已經屆滿。傅生心想，反正不是追問的適當時候，因而打住，辭別小莊。

回到家中，傅生將探監的一截約莫複述給掬彤知道，她只「唔」了一聲，沒問細節，只道：

「後天你到法庭旁聽一下審訊。今天淳好對我說過，那天她想去，但我卻要照顧吉童上學，不能陪伴她。好在醫院一位看護小姐可以陪伴她，萬一發生甚麼事，有位醫護人員在旁照顧她，我就安心了。」

傅生也「唔」了一聲，然後逕自返回房間更衣沐浴。

沐浴之後，他漏夜分別致電給蒯老師和鄭匡，告知他們後天就是小莊宣判的日子，囑他們有空便到庭旁聽。

判刑的那個清晨氣溫嚴寒，只有攝氏四度左右。北風吹來，更覺得近乎零度。那北九龍裁判司署位於當風位置，地勢高聳，四邊並無建築物遮擋，孤零零的建在大埔道的斜坡上。旁邊的大榕樹枝葉被冷風吹得凜冽作聲，呼啦呼啦的叫著。即使人們穿上厚褸或者棉大衣，也被一陣陣寒風冷

颼颼的直刺心扉。整個人，就像窩在冰箱內，良久不想動彈。陰氣不斷襲來，人的身軀，更似冰凍的屍首躺在停屍間。還未到開庭時間，到場守候的人群已經雲集在大門口和石階之上，團團圍攏，像要吸取四周的人氣，等候大門一開，便會第一時間闖進裡間取暖驅寒似的。

由於石階上擠滿民眾，傅生以逐寸逐寸的步伐往上前行。從人叢中看見一位高頭大馬的女士扶著另一位女子。被扶的女子全身穿得嚴嚴實實，厚大褸包得像隻裹蒸糉，特大的冷帽子將整個人的面龐蓋住，只露出兩隻空洞無神的眼珠，直勾勾的望住傅生，低聲叫著：「牛一哥，早晨！」

傅生聽見這女子的叫聲，才覺醒淳妤就在眼前，連忙伸手扶住她。身邊的那位高頭大馬的女子這時候也向他點了點頭，自我介紹說，是廣華醫院的看護顧姑娘，特意陪同病人到庭聽取小莊判刑的結果。

「淳妤，冷嗎？妳穿夠衣服嗎？這兒罡風，不好久站。」傅生道。

見淳妤不太願意開口說話，只默默點了點頭。

「我給她穿夠衣服，裡面還有衛生衣。褲是絨毛的，耐寒！」顧姑娘扶了一扶病人微彎的身軀，還道：「今早外出之前，她還吃過熱麥片，身體狀態尚可以。原本我勸她太凍的話，別撐著身子過來。但她堅持，沒法阻止了。」

傅生環顧四周都不見小莊的新婦到場，感覺奇怪，遂問淳妤：「為何不見柔靜到來？」

淳妤小聲答：「嫂子的祖母昨晚突然不舒服，今晨她陪祖母看病去。」

正說時，時間剛巧九點正，法庭的大門由一名值班人員緩緩拉開，大批守候入場的民眾魚貫入內。傅生幫顧姑娘挾著淳妤的兩隻瘦肩膀步上石梯，一面探視鄭匡和蒯老師是否到場，但始終未見兩人蹤影。

今早出庭的法官是位洋人，頭戴毛獅法官的帽套，旁聽的市民剛坐滿一號法庭，傅生見岑均雄、苗翠芹、魏明和魏平兄弟及兩名穿著工友制服的男子急步走進來，在最後一排的位置一字形坐下，未幾，洋法官便正式宣判，犯人欄內的小莊昂首自信的望著前面的打字記錄員及廣東話翻譯員，沒向公眾席看過一眼，也就是沒看過到場打氣的一眾戰友及親友。隔著距離，那大眼睛只炯炯有神的盯著前方。

宣判之前，洋法官循例用英語讀出控辯雙方上次的結案陳辭，然後宣讀法庭的正式判辭：

　　「基於公眾和社會秩序及維護政府有效施政與尊重香港法治原則和精神、保障市民大眾的人身安全，本席宣判，被告人莊淳德非法結社、組織非法工會、煽動民眾暴動及破壞社會安寧四項罪名成立；而非法製造危險爆炸裝置導致第三者人命傷亡及企圖顛覆英國殖民地的資本主義制度兩項罪名不成立。四項罪名，分別判囚兩年、三年、四年及八年。刑期同期執行，故合共判囚八年，但可上訴。上訴期間，須即時收監。本席宣判完畢。」

　　翻譯員隨即改用粵語重述一遍，一眾在場旁聽的公眾聞判後轟然地「嘩」了一陣子，又紛紛交頭接耳的議論著。起哄了約莫半分鐘，才靜止下來。只見小莊立即被兩名庭警左右挾著兩肩的退了下去。但在押下犯人欄的一刻，小莊的眼睛正好碰到坐在最前排的妹妹身上，眼神似有話想說，卻又欲言又止。不到幾秒，人就被押離法庭。但在消失的同時，仍聽見犯人在高聲疾呼：

　　「我要上訴，我一定上訴！上訴到底！奮鬥到底！愛國無罪，造反有理。人民萬歲，共產黨萬歲。戰無不勝的毛澤東思想萬歲！萬歲！萬萬歲……。」

　　那時候淳妤已哭成淚人，傅生在她身旁不斷勸止。見她目送哥哥離開的身影時，還喃喃自語的不斷說道：

　　「哥哥，你要振作，你要好好振作。照顧自己，照顧好自己，保重……。」

　　數語之後，人就呆呆的站著一動不動。旁邊的顧姑娘便替她擦乾眼淚，又細細的安慰幾句。傅生則勸她坐下，別過於傷心，當心自己的身子。

　　三人坐了一會，見公眾席上的人群幾乎散去，連岑均雄、苗翠芹、魏氏兄弟和他們的一眾戰友也不見蹤影，剩下幾位中外記者和控辯雙方的代表律師，還在一旁聊著判刑的結果，一些更接受訪問，那時候傅生才見鄭匡和蒯老師從大門走進來。蒯老師的一副茶晶眼鏡在法庭的燈光照明下份外發亮。傅生招手叫住他們，兩人便趨前問道：

「判決如何？刑期多久？」

「八年。」傅生答：「幸而企圖顛覆英國殖民地的資本主義制度及製造危險爆炸裝置導致第三者人命傷亡兩項罪名不成立，不然，判刑必定逾十年。我想，扣除假期，坐牢的日子約莫六年左右。」

「牛一哥，你替我打個電話給柔靜，交代一下好嗎？」淳妤面有土色，輕聲地對傅生說。傅生點頭答允，顧姑娘則道：

「看來時間差不多，黃太太也很疲累，需要返回醫院休息，我們便乘的士回去。」

「那麼，我陪妳們一起回去，順便在醫院的公眾電話亭打電話。」傅生說畢，便跟鄭匡和蒯老師告別離開。

步出法院，十點未到，天色白裡透藍的一片暗灰。冷風吹過，仍是相當懾人心扉。傅生見淳妤累極無神的雙眼，嘴唇凍得紫青。長頭髮的額前瀏海從冷帽邊緣徐徐飄起。一張臉龐，就像鬼魂似的蒼白無力。

他小心翼翼地扶著誼妹站在北九龍裁判司署街口的斜坡道上，顧姑娘那五呎七吋的身高一馬當先的跑到馬路中心，心急如焚的截停了一輛剛好駛過的的士。三人步上車廂，的士便向窩打老道的醫院奔馳過去。

六十三

送了病人返回病房。又安頓了她躺下病床，傅生和顧姑娘看著淳妤閉上雙眼，像快要瞌睡的樣子。但未幾，又見她再度睜開眼睛，望住傅生，開口便說：

「牛一哥，還不趕快替我打電話給柔靜，別讓她在家裡枯等消息。」

「現在我便去，甭操心，妳好好休息。」

顧姑娘走上前去替病人蓋上棉被，然後道：「黃太太，中午之前的藥丸妳還未服用，我去拿過來，順便換上我的制服，妳就睡一會，等一下，我再回來。」但見淳妤點了點頭，傅生便跟顧姑娘一起走出病房。

自從淳妤的結腸症和十二指腸病患變得更厲害後，近日便從公眾病房

搬到四人病房治療。由於黃小興是徙置事務處中級官員，享有比一般公務員優厚的家庭福利，包括醫療保障和住院津貼，故搬到四人病房，費用還是很廉宜。

兩人從四樓乘電梯前往下層，一路上，傅生便詢問誼妹的近期病況，只聽顧姑娘答道：

「看來阿士匹靈和其他治療腸胃的特效藥對黃太太已經沒大功效。這個星期，她每晚都嚷著腹痛，主診醫生連續替她打了三趟嗎啡針，只緩減了一點痛楚。聽醫生說過，半年前，英國研發出一種新疫苗和注射藥物，說有雙管齊下的治療功效，可以一試。但他強調，由於藥物是臨床試驗階段，要視乎病人體質能否承受和吸收，故仍在觀察中。言下之意，就是未感樂觀了。」

傅生聽她一面解釋，一面昂首闊步的走在他的前面。高大的身軀比他不過矮了一、兩吋，不禁教傅生感到這位看護小姐有一份古道熱腸的氣概，就像女中豪傑似的。

「顧姑娘，今天多謝妳陪同淳妤一起上庭聽判決，不然，我這位誼妹，也不知如何是好。你該知道，她對她哥哥的這椿官司的判刑一直耿耿於懷，想第一時間得悉結果。妳的幫忙，圓了她的心願。」傅生感激萬分的道：「但其實，以她現時的病況，真的不宜外出，何況今天實在太冷了。」

「傅先生，我了解黃太太現時的心情，才決定幫她一把。」這位看護小姐反而安慰傅生道：「假如不能完成她的心願，她可能終生抱憾。我是感同身受，才會決定陪她上庭聽判決。不怕告訴你，我家么妹，現在正在坐牢，同樣是被判參與暴動而遭此下場。判刑那一天，原本家母想到庭旁聽，就是因為身患重病，給我們攔住，未能前去聽審，不久便告身故。正因為家母錯過了見么女最後一面，從此便陰陽相隔，變成死不瞑目了。」

「你的么妹為何坐牢？犯的又是甚麼事？」此時傅生已經走到樓下的公眾電話亭，原本想著第一時間打電話給柔靜，但還是好奇的詢問對方，只聽顧姑娘答道：

「么妹原是庇理羅士女中的應屆畢業生，成績一直名列前茅。但去年的一場暴動，她和幾位氣血方剛的女生都深感工人階級被僱主剝削和遭受

政府無理迫害的不公平對待，不再上學，毅然參加了鬥爭會的多場示威活動和抗議集會。更穿梭於多間校園，負責派發傳單，到街頭張貼大字報，竭力指控資本家和港英當局的暴行。但經過多場大型抗議活動後，最終在街頭被警方逮捕，控以擾亂社會秩序和參與暴動等多項罪名，最後被判入獄。由於未足十八歲，各人均囚到女童院，接受一年的感化。但么妹的判刑，卻加重了家母的病情。想不到因為看不見么妹判刑的結果，家母便與世長辭，抱憾終生。」

傅生聽畢，也感受到對方喪母之痛，因而沉默了片刻。

「傅先生，黃太太有沒有告訴過你，她想進教，接受洗禮，正式成為基督徒。」顧姑娘突然透露此事。

「是嗎？我沒聽她說過。」傅生答。

「這樣也好。憑她現時的心情，尋找宗教信仰是一種心靈慰藉。」對方繼續道：「可惜她的家人一直反對。我曾勸過她婆婆，終究勸不動，說甚麼中國人不信這一套。其實，現時病人的心情我最了解，有了宗教寄託，會想開一點，可以開懷地面對現實，接受永生，對她的心理和病情都有好處。我是基督徒，所以介紹她認識了聖公會的教義，黃太太聽了兩個月，終於接受了信仰。牧師也說，趁她在生，是時候讓她洗禮。傅先生，為她設想，有機會，請你勸勸她的家人，接受她正式進教。」

傅生沒即時回應，沉默了幾秒，才道：

「這是他們的家事，外人也不好插嘴。但有機會，我會嘗試勸說一下。顧姑娘，我就不再耽誤妳上班的時間，謝謝妳今天的幫忙，拜託妳多照顧我這位誼妹了。」說畢，隨即伸手跟顧姑娘握了一握，說了一聲再見後，對方也說了再見，轉身便走進看護專用的更衣室去。

傅生立即打了一通電話給柔靜。接聽的正好是她，說剛巧陪同祖母看病回來不久。知道丈夫被判八年刑期，大概早有心理準備，話筒裡只沉默了數秒，說了聲多謝，但聲音的末端卻帶點哽咽。又問傅生今天淳好的病況如何，傅生約莫交代兩句，並無細說，兩人便匆匆掛線。

今天他告了半天假到庭旁聽，下午返回泰華國貨，坐下來便要處理許多重要事務。春節將至，假期後就是左派電影工作人員協會主辦的電影

展，公司是攝影展的展覽場地，許多細節，都要預先規劃。上午倒忘記了問一問鄭匡活動的聯絡進度，外邊卻忽然走進一位同事，是新上任的糧油部副主管袁融。

見他黑實的面龐帶著笑意，向傅生點了點頭，開口便問：

「傅主管，今早你不在，有些重要事情向你匯報和請教，不知你可有時間聽一聽？」

傅生對他報以一笑，示意他可以繼續講話，對方才說：

「我想聽聽傅主管的經驗之談。我曾請教葉姑娘，但她告訴我，還是向你直接討教較合適。過去兩個月，糧油部的營業額下跌兩成，主要是貨物的來源短缺所致。我跟會計部合算過了，除了罐頭、白米和麵條等主要供應物之外，連副食品如銀針、雲耳、柴魚、竹笙等的來貨數量也很缺乏。這樣下去，糧油部本月的生意額肯定更不濟，顧客即使上門購物也無法供應。倘若被上頭得知，肯定會大興問罪之師。我跟國內多個對口單位查核過，證實各種來貨供應均告緊張，原因是北京的無產階級文化大革命的浪潮席捲全國，連偏遠山區的農民百姓也鬧串連，沒人下地種田，農作物和副食品自然無法生產。各地糧食失收，內銷不足，何以出口外地，連帶影響港澳貨源的供應。糧油部八成的食物均來自祖國，再這樣下去，這部門便要閉門大吉了。傅主管，你說，有何良策可以順利過渡此一難關？」

「缺貨的問題，也非今時今日存在的。」傅生不徐不疾的對新同事說，又遞上一根香煙給他。這位盛傳是老闆的「心腹紅人」及「黃馬褂」，是首次向傅生低聲下氣的討教，傅生則以平常心對待，何況對方的態度尚算禮貌，不像總經理卜正的一朝得志便不可一世，傅生也就肝膽相照的坦誠教路，道：

「既然此法不通，便要另謀出路。我曾在會議上向董事長反映意見，說糧油部的貨物種類需要轉型。但上頭並無積極回應，我便暫且擱置，沒再細說下去。」

「如何轉型？傅主管必有良策。」袁融抽著煙，一屁股的坐到傅生對面的椅子上，瞪大眼睛的追問。

「袁融兄，你是新人，公司的管理層對新人尤其重視，希望他們有新

思維帶給公司。」傅生解釋道：「你的建議，上級大有可能接納。你有機會，便向他們提出來。但我要強調一點，我的意見，只能作為參考，你也該有自己的想頭。」

「當然，但傅主管的意見，肯定是可行辦法。」袁融非常謙讓地說，傅生也感受到對方的一番誠意。

「開拓供應來源地，例如，東南亞地區的食材。」傅生進一步解釋。

「對，說得對，例如泰國、大馬、星洲、印尼甚至印度等地的食材。」袁融點了點頭，深深抽了一口煙，煙氣從兩管鼻孔緩緩地噴了出來。

「還有越南和緬甸等地都可以考慮。」傅生補充道：「上述兩個國家，跟中國大陸的政治氣候和外交關係不那麼差劣，不像蘇聯、歐美、日本等幾個對立大國，屬於祖國認為中立和可以接受的地區，可以在政治立場上能夠過關的國家，何況東南亞也非發達國家，有生意做，他們的對口單位大有可能通過，你就放膽提議，上層接納建議的機會挺高。」

「謝謝你，傅主管，真的太謝謝你了！」袁融連忙伸出一對大手掌用力握了一握傅生的手心，還道：「『聽君一席話，勝讀十年書。』我會跟他們反映反映，聽聽上頭的意見。」

「但別操之過急。」傅生攔住他，「先打聽一下幾個東南亞國家的對口單位的意願和來貨進口價及關稅等問題，看看是否適合跟我們合作及有利可圖。你要外國對口單位的聯絡方法，便向葉姑娘詢問一下。」

「遵命！」袁融站起身來，用瘦削黑實的右臂做了一個軍人敬禮的手勢。傅生報以一笑，心想，「就讓你趕快邀功去！」

六十四

媽媽要洗禮了，孩子們禁足的醫院頓成吉童的遊樂場。

在四人病房內，吉童東摸摸西摸摸，又藥膏、藥丸、藥水瓶、花瓶、毛巾和漱口盅的亂碰亂觸摸，甚麼東西都教他感覺新奇，連床下底的痰盂也不放過，玩得不亦樂乎，最後他還走到外邊的走廊，在走廊通道上東奔

西跑，大嚷大喊，一刻都沒停止過，惹得鄰近病房的病人們均有點不悅，頻頻打量著這位小頑童，又探視他的家長們，看看有否教訓小頑童的意思。顧姑娘則拼命跟在吉童的身後，用狠狠的眼神死盯著他；又替他戴上小口罩，在孩子的雙手上塗上消毒藥水，教他安靜，做個好孩子。

掬彤和傅生在病床旁邊陪伴淳妤，柔靜則拿起水杯幫她喝白開水。

淳妤喝過暖和的白開水後，柔靜馬上替她墊高背後的兩隻枕頭，病人半側著身子坐在床上，靜待施洗的牧師到場，面容顯得很凝重，望住顧姑娘拖著吉童走近自己的身邊，久久的看著自己的孩子。

窗外不時傳來零碎的鞭炮響聲，霹靂啪啦的鬧個不停，是大年初三。外籍牧師說過，幾天後，他要飛返老家度假，大年初三即使是赤口，為爭取時間，病人的洗禮日還是選在這一天。

愛爾蘭裔的約拉牧師未幾便出現了，穿著一套厚法蘭西絨西裝大褸，裡面的恤衫領口中央位置露出慣見的白結帶，正經八百的走進病房。他是朵琳女士介紹過來的，由兩名幼稚園家長陪同為病人施洗。兩名女士一見患者，便拉著牧師的手走到淳妤的跟前，說受洗者就是這位黃師奶。隔床的兩名女病人也好奇地從床上站起身來看熱鬧。

陳師奶和洪師奶走到淳妤的跟前問候她，病人闔上雙眼答：「還是老樣子。」說話沒一點力氣，洋牧師便操著流利的本地話問道：

「誰是受洗者的家屬？」

各人面面相覷，沉默了數秒，才由掬彤開腔答：

「我是她的誼姐，她的家人沒有到場。牧師先生，可以施洗了嗎？」

「剛才我問過主診醫生受洗者的情況，說可以洗禮，我便趕過來。在場者誰是信徒？是的話，可以跟我一起默禱，祝福黃師奶正式成為神的女兒。」

陳師奶和洪師奶一馬當前，走到淳妤的床頭左右兩邊，算是病人的信教姐妹。顧姑娘則站在床末，手上捧著一本厚厚的《新約》，其餘等人，就退後一步的站著。連隔床的兩名女病人也走到近房門位置，只見洋牧師打開《聖經》，開口便想確認病人進教的決心。

「黃師奶，妳是否願意成為耶和華的忠實子民？終身侍奉祂和祂的獨

暴
流

生兒子？」

淳妤微微點了點頭，低聲說了一聲「我願意」。洋牧師便從帶來的鱷魚皮包內掏出施洗用的器皿，囑咐兩位信教姐妹，從洗手盆舀些淨水過來，倒到一個銀餐碟一般大小的聖具內。碟內即時承滿淨水，洋牧師就在淨水上劃上十字，祝聖之後，便將淳妤的右手放到《聖經》的硬皮書面上，然後唸唸有詞的誦起經文，跟著大聲讀出《約翰福音》的一段名言：

「我就是道路、真理和生命。當信主耶穌，你和你的一家都必得救。」

讀畢，便將淳妤的頭蓋微微傾側，捧起聖具，便向受洗者的額頭緩緩倒下聖水。又用器皿承起聖水，跟著自言自語的唸了一段經文。未幾，朗聲便說：

「禮成，願耶和華祝福黃師奶，阿們！」

洋牧師跟病人握了一握手，祝賀她正式成為基督徒。原來低頭默禱的兩位信教姐妹和顧姑娘也抬起頭來，眾人見病人的反應缺缺，知道她是累極了。掬彤連忙走過去幫她放上兩隻枕頭，讓她直直的靠在床背坐著，略略提振了精神。吉童則看得入神，但見媽媽面色憔悴，一臉倦容，便知媽媽精神有異，立即甩開舅母的手心，跑到媽媽的跟前，急問：

「媽，妳睬睬吉童，睬睬我，為何不理睬吉童？看看吉童好不好？」一面問，一面用小手掌猛力搖晃媽媽的身軀。

淳妤睜開半閉的眼睛，用手輕撫孩子的頭蓋，帶笑地道：

「乖，媽沒事？吉童你在乾爸媽的家裡居住，要聽從他們的話，做個好孩子，不然，媽媽不高興，記得嗎？孩子？……」

吉童點點頭，眼裡含著一泡淚，淚水快要滾下來。

此時門外走進一名男子，正是淳妤的老公黃小興。對方看見一眾男女正在圍觀著老婆進教的儀式，竟然朗聲罵起來：

「誰批准她進教？誰批准我老婆信耶穌？誰是基督？誰是耶和華？中國人不信這一套。中國人信的是如來佛祖、釋迦牟尼、觀世音菩薩、天后娘娘、齊天大聖、濟公活佛，還有財帛星君和運財童子。」

吉童一見爸爸出現，馬上跑到他跟前，搶著問：

「爸爸，爸爸，嬤嬤來了嗎？為何不見嬤嬤？」還抱緊爸爸的大腿不

放。

「衰仔，你嫲嫲給你媽媽氣得半死，還能過來嗎？」黃小興一面罵，一面快步走到病床前，用力揭開厚棉被，叱喝道：「莊淳妤，不要裝病了，給我站起來，好好向我交代。老媽子不是三番四次的勸戒過妳，別進教、別信耶穌，回家拜神最要緊，妳卻不依從，硬要進教。進了教，老媽子兩腳一伸後，誰來供奉黃門歷代祖先的神主牌？妳信的教，是教妳為人媳婦、為人老婆、為人媽媽的應有之道嗎？妳想想，這是否中國人認祖歸宗的傳統孝道嗎？衰婆，清醒一點好不好？信甚麼他媽的老外的教。」聲音越說越高，響徹了整個病房。

淳妤原想掙扎著坐起身來跟老公評理，奈何力不從心，屢次倒下，柔靜便坐到床上一把將她扶著，幫她正正坐起來。又怕她著涼，將厚被子重新嚴嚴蓋到她身上。

一眾旁觀者全都噤聲，因為始終是別人的家事，尤其兩夫妻口角，更不好插嘴，只呆呆的站在一旁，傳生則拖著吉童站到門口位置，免得孩子再鬧事。

那時候掬彤已經忍不住一把怒火，一箭步的走到黃小興面前。一把豆沙喉嚨拔高八度，震耳欲聾的罵對方：

「黃先生，現在是甚麼年代？是封建年代抑或舊社會？今日香港，難道沒信仰宗教的自由嗎？要專制、要極權、要實行一言堂，請返回大陸，回到你的祖國懷抱去！但只怕你連新中國的那一套都搞不清楚，只懂得賭博，到澳門新花園賭場或者海上皇宮的賭桌摸你的撲克，日夜顛倒的玩你的百家樂，投注你的心水格力狗，玩得連你老寶姓名也都忘記。黃小興，你該知道，你老婆今天變成這樣子，全賴你的洪福所致。你孩子現在寄人籬下，是你不負責任一錯再錯的結果。你該捫心自問，甚麼時候盡過為人老公、為人老寶的本份？老婆生病時，你上過醫院探望她多少次？逗留的時間有多久？吉童生日時，你跟他慶祝過多少次？我想，你連孩子現在唸的幼稚園校名也不確定。你說說，這是為人老公、為人老寶的應有責任嗎？說實話，姓黃的，其實我受夠了你，今天要痛痛快快一次過將你的臭史在眾人面前兜出來，這是你不顧人家的顏面人家才不顧你的顏面所

暴流

致。」

　　黃小興想不到淳妤的誼姐會當眾反罵自己。聽見自己的劣行一樁樁被
掬彤數說出來，又一件件的無法還擊。一時間，也不好反駁，良久才說：

　　「江掬彤，妳好！好佬怕爛佬，爛佬怕潑婦！但妳記住，我黃小興不
會饒恕妳，妳就等著瞧！」說畢，便拔腳離開病房。

　　吉童見爸爸匆匆離開，連忙緊追到他的身後，還尖聲叫喊，傅生便一
把拖住乾兒子，連忙把他帶回病房。

　　坐在床上的柔靜突然大叫起來：「你們看，淳妤不好了！不好了！」

　　眾人見淳妤躺在床上氣若游絲，一點反應都沒有，呼吸只有進的沒有
出的，一臉土青的面色。眼珠反白，嘴唇紫黑，便知她命懸一線。

　　顧姑娘見狀，立即衝出病房，趕去召喚主診醫生。在場的一眾親友便
圍住病人，呼叫的呼叫，喊救命的喊救命，嚇得吉童連忙奔到媽媽的床前
亂嚷。掬彤則拿出手袋內備用的紅花油，在誼妹的額前和太陽穴兩側急急
塗抹，但塗抹良久，淳妤還是不省人事。洋牧師和兩名信教姐妹立即跑出
病房，看看走廊上有沒有醫護人員可以前來幫忙。病房之內，頓時變得混
亂一片。

　　說時遲那時快。主診醫生跟著顧姑娘的身後出現，旁邊還有一名妙齡
看護跟隨著。一進病房，醫生便用聽診器探測病人的心跳速度，又看看病
歷，把把脈搏，翻了一翻淳妤的眼瞼。見病人瞳孔放大，勢頭不對，連忙
叫看護拿出心外壓儀器，即時替病人做緊急的救援程序。未幾，見病人的
面容由青轉紫，又由紫轉黑，面部肌肉原本是鬆弛一片，現在卻變得僵硬
起來，想來是返魂乏術了。

　　眾人見醫生對在場人士搖了搖頭，又輕歎一聲，然後說了一句：

　　「我們已經盡力而為，請各位節哀順變。」

　　洋牧師走到往生者的跟前劃上十字，又喃喃默禱了一會，在場的女眷
們全都嚎哭，吉童跟大人們在床前抱著剛離世的媽媽身軀大哭。小小的人
兒，眼淚卻滂沱地湧了出來，濕得厚被子和被褥均冒出一灘淚漬，淚漬逐
漸變成島嶼形的小圖案。

　　想不到淳妤的洗禮日就是她的臨終期。

外邊的鞭炮聲一下下的傳了進來，這才驚醒了病房內的眾人，今天是農曆年初三赤口。

病房裡的人們早已散退，各有各的去處。吉童暫時交由柔靜照顧，剩下傅生和掬彤在病房等候停屍間的仵工進來移走遺體。兩名同房的女病人因為害怕的緣故暫離病房，病房變得一片寂靜。

寒風一絲絲從窗櫺滲了進來，傅生和掬彤坐在病房惟一的一張小沙發上也覺寒意。掬彤用身體貼近未婚夫的身軀，期望靠近傅生的體溫。兩人默默偎依，時而望向床上全身蓋上白布的誼妹屍首。沒淚，卻有無盡的錐心之痛。

六十五

淳妤的喪禮安排在春節假後才能舉行。按照中國人傳統習俗，在正月辦理後事不甚吉利，因而所有基督教儀式和火葬程序，都一一延期進行。

但泰華國貨協辦的新中國電影展的「攝影展」部份，鐵定年假後正式展出。當中十幾齣新中國電影，則安排在南都戲院上映。開畫首天，當然是香港左派電影業的一大盛事。

上次傅生和掬彤一起到南都戲院觀賞《星洲艷》的首映禮時，曾經吃過閉門羹。此番情景，現在還歷歷在目的浮現於傅生的腦海。

想起去年港英政府為了壓制這間戲院放映暴動宣傳片和大陸樣板戲的緣故，曾經吊銷過該院的營業牌照，禁止放映所有片子，導致戲院關門大吉。但事隔數月，戲院則煥然一新，張燈結綵的舉辦了這次盛大的新中國電影展。

開幕禮的當天，傅生步進戲院大堂，見大堂一幅巨型棗紅色布幔，上書著「祖國電影藝術，百家爭鳴，萬花吐艷。與眾同樂，美不勝收」的一行大字。兩旁還懸起了「共產黨萬歲」和「人民政府萬歲」的赤紅橫匾。一對對紅燈籠吊滿天花板，照得大堂守候入場的大批觀眾，一張張臉龐均泛出喜氣洋洋之色，足證「在哪兒跌倒便在哪兒站起來」的豪情壯語一點

不假。

　　為期一星期的電影展，總共巡迴放映十幾齣中港製作的新舊片子。開幕儀式後的重頭戲是放映《花兒朵朵向太陽》。這齣大型紀錄片，是繼紅色經典歌舞劇《東方紅》後，黨中央致力拍攝的另一齣政治宣傳片，亦是無產階級文化大革命策動以來的巨資製作。透過各省各地的青少年，群起歌頌祖國的各項新建設。連番歌舞，熱鬧非常。各處風光，盡收眼底，充分表現出新一代對祖國的無限企盼，政治宣傳的效力當然不容有失。

　　院方為大事宣傳這齣紀錄片，於當眼處特別擺放了一組大型的刻上兒童繪像的活動紙板。一式八隻，一字形排開。每隻紙板上的兒童繪像均手持小紅書，齊齊指向前方的一株向日葵。個個張開小嘴，像是歌頌祖國的美好明天。繪工可愛，活潑非常，惹來幾名小朋友團團圍觀。又用手掌輕輕搖晃活動紙板人，八隻紙板兒童，便像不倒翁的倒來倒去，逗得小朋友們嘻哈大笑，開心不已。

　　傅生無心湊熱鬧，正在跟袁融等候他們的老闆，因為章力同董事長和卜正總經理均未出現。聞說泰華的幕後老闆馮榮也會助陣，將會成為電影展的神秘賓客。一旦現身，馮榮就是開幕儀式的主禮嘉賓之一。

　　兩人等得有點兒心急，儀式將於十五分鐘後正式展開，何況部份主禮者已經提前十分鐘到達後台準備就緒，就是自己的老闆仍未露面。時間一分一秒的過去，大堂正擠滿了等候入場的觀眾。縱然天寒，霧氣還是一陣陣的湧了上來，擠得傅生和袁融有點兒上氣不接下氣。

　　戲院的入場處已經開放，大批觀眾經已第一時間搶先入場。剪票職員也在忙於安排觀眾入內，袁融站在門口，探視老闆和上司能否及時趕到，傅生則趁空檔時間，看看電影展貼出的劇照。除了《花兒朵朵向太陽》的彩照外，全是解放前後的電影製作，像桑弧的《哀樂中年》和《假鳳虛凰》、李俊的《農奴》和香港名導演朱石麟的《一年之計》，全是黑白片子。只有趙丹主演的《林則徐》是伊士曼七彩製作。傅生站在這齣電影的劇照前，不期然想起同類型的電影《甲午風雲》。想著想著，便想到沙芬這位堂弟婦來。一年過去，傅生已經失去了對方的任何消息，不知她身在何處？更不知她是否仍在天津京劇團繼續演出她的樣板戲。

傅生的身後突然有位男子叫住他，還在他的肩膀上拍了一拍。

「傅先生，記得我嗎？」一位身形矮瘦的年青人跟他打招呼。

「你是？是……很臉熟，但一時間，卻想不起來。」傅生張口結舌的望住對方，但最終還是「啊」了一聲，「對，想起了，是朱大導的公子朱耀麟，對嗎？」

「正是。」朱耀麟伸手出來跟他握了一握。

「咦！你不是正在服刑？為何在這兒？沒聽鄭匡提過你的近況。」傅生衝口而出，但話一開口，已經收不回來。只感到有點兒後悔，覺得說話太魯莽。

「本來我在摩星嶺集中營的刑期還有大半年，但一直身患糖尿病。近期又驗出了腎衰竭，加上行為良好，可以申請保外就醫，但要定期上差館報到，所以上星期已經假釋出獄了。今天專誠前來捧我爹咃的場。他是開幕典禮的主禮嘉賓之一，新近又擢升為左派電影工作人員協會主席。我的出現，便有雙重慶祝的意思。」

「可喜可賀，你們一家雙喜臨門了。」傅生笑著道：「我也很久沒見過朱大導了，今天來贈興，就是因為泰華國貨今次協辦了電影展的海報和劇照展部份。」

兩人正在交談，袁融走近他們身邊，傅生便給他介紹朱耀麟。時間已經到了典禮即將舉行的一刻，但仍未見泰華的高層出現。三人惟有匆匆入場，不再等候。

進場之後，全院早已滿座，一重重人頭黑壓壓的坐滿戲院。大弧形天花板一排排射燈還在照亮，亮得全院一片光燦。舞台上的一對男女司儀正在宣佈開幕儀式的主禮嘉賓名單。一個個被叫出頭銜的嘉賓從後台步出前台，然後坐到台上的嘉賓席上。但聽不見馮榮這個名字，大概今晚不會露面了。

射燈開始暗下來，幾位身穿紅綢緞旗袍的女帶位員或前或後，或左或右的站在昏暗的通道上，正在協助遲到的入場觀眾入座。朱耀麟早已找到他的位子，傅生和袁融因為手持貴賓門票，自行走向前排位置找尋他們的座位。其時一位高瘦的帶位小姐面露笑容的迎了上來，問道：

暴流

「兩位，需要幫忙嗎？」接著再問：「牛一哥，記得我嗎？」

傅生一望，暗黑中認出是鄭匡的意中人璐茜，不禁大為驚訝。見袁融站在身邊不好說甚麼，只呆站一旁，然後低聲問璐茜。

「鄭匡呢？」

「他正忙著，在後台打點工作。」璐茜答。

傅生見袁融已經找到他的座位，連忙拖著璐茜的手心走到通道另一邊，查問對方：

「妳不是在璇宮夜總會上班嗎？為何會在這兒工作？」

「現在我幫匡哥在電影公司學習場務，今晚前來幫忙的。」璐茜答：「我已全數還清債項，夜總會那兒，已經有兩個月沒再上班。自從家母和姑母相繼過身後，我已變成無依無靠，不是匡哥幫助我，也不知如何度過這段艱難歲月。現在我只盼匡哥的雙親能夠接納我們。我決意改行，就是希望兩位老人家能對我有所改觀，期望天從人願，早日得與匡哥成婚。」

「事在人為，你們加倍努力，定能修成正果。」傅生用誠懇的語氣祝福他們，衷心希望他們能面對困難，終可克服，最後配成一對，結為秦晉。

傅生跟璐茜話畢後便找到自己的座位。坐在袁融的身旁，見前排兩位觀眾的後腦杓有點兒眼熟，仔細觀察，認出了是章力同和卜正。聽袁融說，原來兩人準時到達，是從後台通道進場，因而沒跟他們碰上面。此時台上的剪綵嘉賓已經站到台前，全是左派電影業德高望重的人物，包括新近擢升為左派電影工作人員協會主席的朱景春。一個個手持金鉸剪，正在聽候司儀一聲號令，便會剪刀一落，將面前的綵帶剪斷，完成開幕典禮的程序。

儀式禮成後，各嘉賓跟著退場，幾十位左派電影業的幕前從業員隨即上台，男男女女均盛裝出現，一字形排成三行，開始唱起開幕典禮後的首支紅歌。是王莘包辦曲詞的《歌唱祖國》。

傅生熟識此首歌曲，在校園早已琅琅上口。覺得此曲的旋律和歌詞均好到極點，百聽不厭，意義深長。今晚聽得台上的一眾演員齊聲高歌，更覺親切動聽得很。

「五星紅旗迎風飄揚，勝利歌聲多麼響亮。歌唱我們親愛的祖國，從今走向繁榮富強。歌唱我們親愛的祖國，從今走向繁榮富強。越過高山，

越過平原，跨過奔騰的黃河長江，寬廣美麗的土地，是我們親愛的家鄉。英雄的人民站起來了，我們團結友愛堅強如鋼⋯⋯。」

傅生的內心也在哼唱，永遠覺得此首進行式的歌曲比許多紅歌更有意思，不愧是中華人民共和國的「二號國歌」。哼著哼著，才發現不少在旁的觀眾也在哼唱。

正在哼唱，傅生發現台上唱歌的第一排女演員中有一位貌似夏麗的女子，第三排正中央位置的則有一位像她的丈夫石蒙。半年前，鄭匡原本找石蒙擔任《鳳陽士人》的男主角，但開鏡不久，對方便因干犯煽惑他人參與非法集結的罪名被當局判處入獄，連帶拘捕了他的妻子夏麗。兩夫妻理應仍在牢房關禁，為何今晚均雙雙露面，並且成為電影展的歌唱嘉賓？不會又是夫妻二人托詞生病同獲假釋，因而獲准提前釋放？傅生滿腹疑團，想著散場後便找鄭匡問個明白。

六十六

《歌唱祖國》的合唱節目完結之後，台下報以熱烈掌聲，跟著是幾位左派電影業舉足輕重的人物分別致詞，但各人都不外乎重複讚揚中國電影在解放前後的卓越成績和對未來的企盼，香港業界將會全力配合內地電影業的發展等語調發言。但縱然是泛泛之談，仍贏得滿場鼓掌。

各人致詞完畢，男女司儀隨即宣佈：

「今晚，在放映《花兒朵朵向太陽》的大型紀錄片首映之前，大會有幸邀請得鬥爭會副主任跟台下觀眾講幾句話。有請，馮榮副主任。」只見一位矮漢子穿著一套中山裝，以八字腳的步姿走向台前的中央位置。又清了一清喉嚨，對準麥克風便開始發言：

「剛才本地電影業的翹楚們已經表達了他們的寶貴偉論，馮某並非圈中人，當然沒資格發表意見，只會支持業界的全面發展，創作演藝，貢獻國家。但據我所知，其他愛國公司同樣非常支持今次的電影活動，諸位觀眾有空的話，從明天起，可以到泰華國貨公司參觀另一個大型中國電影

攝影展，了解多一點國家解放前後的電影發展，溫故知新，不無裨益。但閒話少說，今晚本人應邀前來，是以一位香港愛國人士的身份講幾句話。眾所周知，鬥爭會已經完成了歷史任務，在逾一年的鬥爭運動中，獲得了重大勝利。但這場勝利，卻來之不易，需要犧牲眾多本地愛國同胞的寶貴鮮血，甚至賠上寶貴生命，才能換取到今次運動的豐碩成果。在此，讓我們向崇高的愛國英魂和正在犧牲自由囚禁於監獄的戰友們致以萬二分敬意。讓我們向完成大我的革命戰士們歡呼喝采，祝願死去的愛國英魂得以安息，同時預祝在囚的義士們早日出獄，重獲新生，再踏征途。我們偉大的祖國萬歲，共產黨萬歲，戰無不勝的毛澤東思想萬歲、萬歲、萬萬歲。……」

台下觀眾一下子熱血沸騰的拍起手掌，歡呼聲、喝采聲、吶喊聲和咆哮聲甚至吹口哨聲響遍整座戲院。迴音不斷從四周牆壁和弧形天花板上下左右的旋轉著，震動了每位觀眾的耳膜。隆隆掌聲，足足維持了半分鐘之久，將全院的氣氛推到極致。只見馮榮整了一整中山裝的衣袖，繼續他的演說：

「今晚，馮某還帶來一樁大喜訊，希望第一時間公諸於世，就是有幾位曾經入獄飽受鐵窗之苦的戰友終於歸隊！他們的犧牲到底沒白費。也證明同志們的意志非常堅定，堅定地打倒所有法西斯和殖民主義的不公義和不平等，最後以大無畏的社會主義戰士身份，重返我們的身邊。今後我們的力量將會更加堅實、更加壯健，足以贏取下一輪鬥爭的勝利果實。讓我們以熱烈掌聲歡迎我們的戰友們光榮出獄，成功歸隊，再次踏上無堅不摧的革命征途。」

掌聲又一次狂風掃落葉般的響徹全院每一角落。演說者向台下深深作了九十度鞠躬。謝過觀眾們，然後施施然走回後台。燈光漸暗，幕前的兩位司儀宣佈《花兒朵朵向太陽》正式放映，台下觀眾開始肅靜，靜心欣賞這齣大型歌舞紀錄片的放送。

紀錄片歷時個半鐘頭。看畢全片，袁融便跟卜正乘坐章力同的私人座駕離開，傳生則到後台找鄭匡。璐茜因為九點半還有一場放映活動，需要留下來接待觀眾，傳生便跟老友先行離開。

即使過了上班時間，傅生仍舊建議折返泰華看看明天攝影展場地佈置的最後進度，兩人便一起回去。坐在的士內，鄭匡已累得不似人形，在車廂的靠背上呼嚕呼嚕的瞌睡起來，傅生用力拍了一下他的大腿，老友才猛然驚醒，怨道：

　　「牛一哥，昨晚我沒睡上一覺，整晚工作，要了我的命，你就放過我，讓我小睡一會。」

　　「不，多說兩句，才批准你繼續睡。你猜，今晚我進場之前遇見誰？」

　　「誰？」

　　「朱景春的兒子。匡哥哥，我問你，朱耀麟理應仍在服刑中，何以提早出獄？我一見他，簡直不相信自己的眼睛。」

　　「你有沒有問過他，提前出獄的原因。」

　　「他說因為患病，申請保外就醫獲准，但我對他的解釋還是將信將疑，所以問你，真正的原因何在？」

　　此刻鄭匡的睡意早已全消，坐直腰板便對傅生說：

　　「他的情況，跟石蒙和夏麗有點兒不同，主要是石氏夫婦疏通了監獄，可以提早獲得假釋。據內幕消息指出，鬥爭會運用了一筆龐大數目的賄款買通有關部門，事情就很快獲得解決。朱耀麟的情況比較正常。由於他患上腎衰竭，加上原本的糖尿病，只要按照一般渠道申請保外就醫，假釋獲批的機會甚高，而石蒙兩夫婦是今次反英抗暴的重要人物，一下子被傳獲釋，難免教我們嚇了一跳。近日更有傳聞指出，鬥爭會即將解散。假如屬實，左派則不必再投放資源於部署和反擊當局的行動上，自然可以預留一筆可觀數目足以運用，例如，買通政府多個部門，讓部份在囚的核心成員可獲優待，提早獲釋，回復自由之身。這也證明，港英政府多個部門的貪污腐敗非常嚴重，在在都不是外間人士可以想像。但這些傳聞，不過是眾口相傳的小道消息，直至今天，仍未獲得左派內部任何確認。我所知的，全都如實告訴你。好兄弟，現在滿意不滿意？滿意的話，就讓我小睡多一會。」

　　「臭小子！雖然你慣說謊話，但這一些，還有點兒可信性。」傅生打趣地回答，讓他繼續睡。

暴流

不經不覺，的士駛至泰華門前。時間九時許，正值國貨公司晚間最繁忙的營業時段，顧客正多，兩人便步上樓上的展覽場地，細看部署工作的最後進展。見全部參展的攝影品均準備就緒，劇照和海報的圖片說明也沒差錯，也就安心。臨行前，傅生再次提醒鄭匡淳妤於殯儀館設靈的日期，雙方約定靈堂見面，匆匆數語，也就分手。

　　傅生在銅鑼灣簡單地吃過晚飯，回到家中，見掬彤在吉童的房間坐在床沿上伴他入睡，正在給孩子講解小人書。

　　吉童自從媽媽身故後，一度非常難過，經常耍脾氣，又不肯上學，整天待在家裡生氣，掬彤花了不少時間陪伴在側，帶他外出，吃了幾頓西餐，又替他買來不少東洋小玩具，務求儘快讓他忘掉喪母之痛。這幾天，孩子的心情算是平復一點，見乾爸回來，坐在被窩裡大聲嚷道：

　　「乾爸，有人找你，是個女人，你快快回覆那人的電話。」

　　「誰找我？」傅生驚奇地問未婚妻。

　　「是從六國飯店打過來的。」掬彤補充道：「說姓紀。但沒再說甚麼，叫你回話。電話號碼寫在客廳茶几的字條上。」

　　傅生心想，「姓紀？會是誰？誰會從酒店打過來？」拿起字條，便搖了一通電話過去。原來是淳妤的姑姑紀太太由舊金山抵港不久，從蒯老師的口中得知他的聯絡方法。

　　話筒裡對方便道：

　　「傅先生，我是淳德和淳妤的姑姑，剛從花旗國回來。聞說你去見過淳德，現在他的情況如何？我可以去監獄探他嗎？今次我只得一個星期逗留香港，急於見他，能否替我儘快安排？過了這星期，我也不知何時再回來，請你務必給我安排好嗎？」

　　「紀太太，別心急，我會安排，盡量配合妳在港的時間。」傅生理解老人家的焦急，也就姑且這樣安慰，「我知淳德正在赤柱監獄服刑中，但探監之事，需要申請程序。一有消息，我會儘快通知妳。還有，妳可知道淳妤喪禮的舉行日期嗎？是本周末，但妳大概不會到場，始終是白頭人送黑頭人，犯忌。」

　　「我卻不信這一套。今次回港，就是為了他們兩兄妹。關於淳妤的白

事，我約莫從蒯老師那兒得知消息。她的病況，我也是從她的信件中略知一二。只歎我這位姪女兒生來薄命。但人死不能復生，我也早有心理準備。對了！她的孩子現在如何？叫甚麼名字？多大了？」老婦連番追問傅生。

「叫吉童，黃吉童，快五歲了。」傅生答：「姑姑，妳且放心，他現在暫居我們的家中。我的未婚妻掬彤正在照顧他。掬彤就是淳好的誼姐，她們是多年同窗兼好友。吉童是我們的乾兒子，關係一直很要好，只差仍未正式上契。」

「好極了。聽你這樣說，我就安心了。那麼，晚上接電話的女子，想必就是你的未婚妻？」說到此處，話筒那邊的聲音卻停了幾秒鐘，聽得出對方歎了一口氣，然後再道：「六年前，我曾回港喝過淳好的喜酒，想不到，六年後便人面全非。但現在我最放心不下的，就是這個姪孫兒，聞說淳德成親後，姪媳婦也有了莊家的骨肉，現在正在懷孕中。傅先生，能否安排淳德的妻子跟我見面？我有許多話想跟她說，明晚可以見個面嗎？」

六十七

正月將盡，天氣回暖了不少，掬彤替吉童換上薄薄的冷外套，孩子看起來便精神得多。但站在碼頭旁邊，風吹過，海邊仍舊刮起北風，吉童卻嚷著燠熱，還自行脫下冷外套，掬彤見狀，生怕他著涼，連忙囑他再度穿上。

傅生約好了柔靜六時一刻在北角碼頭的門前等候，然後乘電車前往灣仔，一起到六國飯店與她的姑奶奶見面。他們比原定時間早到一點，仍未見柔靜出現，便在對面的天橋底等候對方。

一大批乘客剛從渡輪下船，掬彤一眼就看見柔靜從乘客叢中出現的身影。寬大的外套裙，看不見懷孕的身形，畢竟未滿四個月，但步履蹣跚，緩緩地走著，兩手更不時支著腰身，走三步便停一步，還要扶著身邊的欄杆，偶然彎起身軀，往地下望去，像要孕吐似的。幾名經過她身邊的乘客好奇地駐足張望，掬彤連忙從天橋底奔向對面的碼頭，一把將她扶住。知

道她感覺辛苦，是孕婦早期嘔吐不適的害喜現象。

那時候傅生也拖著吉童跑了過來。

「舅母，妳沒事嗎？我來攙扶妳好嗎？」吉童見狀，竟問候柔靜。

「好孩子，舅母沒事。」柔靜笑著答。

掬彤則對柔靜說：

「初期懷孕，通常都會這樣子，明天我帶些酸薑蕎頭給妳過過口。妳多吃一些，自然感覺好一點。若不，便要看婦科，可能是子宮內的嬰兒移位，導致胃酸倒流也說不定。」

「好像很有經驗似的。」傅生笑對掬彤。

「噴！別小覷我！本小姐現在有空便啃《育嬰指南》。」掬彤頂回他一句，「你不是說過，生育的話，總要湊足兩個『姣（好）』字，不啃，何以應付傅先生你的要求呢？」

「加上這位小鬼頭，就是傅家五小福了。」傅生指著吉童這個乾兒子，笑得合不攏嘴。

「對了，你們快結婚，也是時候啃啃《育嬰指南》了。」柔靜也陪著他們笑。兩人見狀，便知她的心情好轉了一些。

「吉童，你想舅母生個表弟抑或表妹跟你一起玩？」

「我要表妹，不要表弟。表妹可以跟我玩，表弟只會跟我吵架搶玩具。」

「好囉！終於知道吵架不是好東西！」柔靜笑著說：「那麼，舅母就給吉童生個女娃娃。」

四人坐了一程電車，到站之後，距離六國飯店的位置已經不遠。三大一小的有說有笑，暫且忘掉淳妤身故的哀思，一直向電車路的相反方向走過去。

走著走著，那棟樓高七層的大廈已經展現眼前。

傅生知道這棟三十年代落成的石屎建築的創辦人姓陳名任國，是當年反清組織「同盟會」的成員之一，跟孫逸仙私交甚篤。在舊金山的時候便曾多次捐款支持搞革命，貢獻殊多，功勞至尊至偉。想不到在港創立「陸海通」這個商號，成績同樣很超卓。現在的「六國飯店」，就是陳氏旗下的業務之一。

電話裡紀太太說過，原本她的丈夫也想回港，卻因為近日的身體檢查得知患上嚴重心臟病，醫生奉勸他避免遠行，紀太太只好一人回來。入住這間酒店，是因為六國飯店的後人跟他們是生意伙伴，在舊金山他們的中餐館佔有一半的股權，故紀太太藉此機會，順道來港交代近年的經營狀況。

甫進酒店，裡面的農曆年佈置仍未換掉，幾串紅噹噹的鞭炮裝飾懸在大堂的四片牆壁，中央一隻陶瓷製造的財神爺，正正擺在堂前的八仙桌上。八仙桌還放上全盒和各式糖果。更有幾隻陶製童男童女，擺出討紅包的手勢，一片喜氣洋洋的新春景象。

傅生囑咐掬彤和柔靜領著吉童走到大堂的闊邊沙發稍坐，逕自走到前堂詢問，意思是要通知紀太太有客到訪。見幾名水兵打扮的洋人正在跟職員談話，像在辦理入住的手續。當中一名還好奇地詢問職員，兩邊雲石圓柱上掛著的一對紅對聯的中文意思。只聽得職員用英文細心解釋，是「天增歲月人增壽，春滿乾坤福滿門」的吉語。

望著眼前的幾位洋人，不禁令傅生想起這兒是外國遊客經常出沒的場所。像《蘇絲黃的世界》原著作者李察梅臣（Richard Mason）便曾下榻這兒半年之久，才完成這部飲譽中外的暢銷小說。電影中扮演灣仔吧女的關南施跟扮演畫家的威廉荷頓，亦曾下榻此地實景拍攝。在酒店房間的床上，曾經有過繾綣纏綿的鏡頭出現。

職員招呼過洋水兵之後，傅生說明來意，那職員便替他接駁電話至「318號」房間。傅生跟紀太太通過電話，對方在話筒裡請他們先上六樓的仙姬中菜館。在那兒，她早已訂下位子，稍後便會自行出現。

傅生領著掬彤等人乘升降機直達六樓的仙姬中菜館。菜館地方頗大，超過半數的座位經已有食客在享用晚飯。裡面的裝修古色古香，全是酸枝檀木桌椅。回紋圖案的織錦地毯，紅噹噹的鋪滿全廳。牆壁上掛著幾幅仿唐宮女史箴的《春郊圖》，天花板三排螺旋形水晶燈直垂下來，照得中菜館金碧輝煌，光燦如畫。一位知客小姐趨前招呼，知道已經訂了座位，便領著他們走到臨窗的位置，亦是今晚最後一個最佳位置，可以居高臨下望向維港海灣對面的九龍半島。但見九龍多處的大廈早已上燈，若明若暗的

暴流

閃著亮光。近岸之處，幾隻舢舨在灣仔海面上浮游蕩漾。黑夜中，閃出縷縷漁火。

幾位大人正在教導吉童如何跟他的姑婆打招呼，一位胖婦已經出現在他們眼前，正是淳妤和小莊的姑姑紀太太。

六年前，傅生在淳妤和黃小興的婚宴上曾經見過對方，已經留了個印象。當年她的體形是標準身材，如今卻變成水桶一般。頭髮捲曲，灰白了一片。身上一件淡青厚棉襖，益發顯得她的老態。各人知道她是今晚的女主人，連忙趨前給她上座。又囑吉童叫聲「姑婆」，孩子就半羞怯半帶笑的叫了一聲。

「好！好！真好！是吉童嗎？淳妤的孩子，我的姪孫兒啊！」老人家一箭步走到吉童的座位前，一把將孩子抱緊，道：「我的好姪孫兒，難為你了，年紀小小，便沒了媽媽，往後的日子不知如何過？可憐的孩子，等姑婆疼你。別怕！往後的苦處就讓姑婆替你分憂。親一親，親一親吧！」說畢，已經一把眼淚一把鼻涕的流下來，吉童坐在酸枝椅上不知所措，眼睛直直的望住乾媽。

「姑姑，別這樣，嚇壞孩子了！」掬彤見狀，便上前把他們分開，忙勸紀太太：「快來，快坐下來，慢慢聊！」

姑姑回了席，雙眼通紅的一直盯著坐在她身旁的女子，開口便問：

「是柔靜嗎？」

柔靜低低叫了一聲「姑奶奶」，聲線帶點兒鼻酸。

「好，我的姪媳婦，難為妳了！」姑姑道，一面打開蛇皮手袋，從裡面掏出四隻紅包，遞給姪媳婦。

「初次見面，兩封給妳，兩封給肚內的姪孫兒。妳的姑父原本想來見見妳們，但身體不用，未能出遠門，我就替他給妳們兩母子。妳好好養胎，他日一定要為莊家生個白白胖胖的小娃兒。」說畢，又給吉童兩隻印上金箔的紅包。

「姣（好）了！姣（好）了！」掬彤笑著道：「黃吉童，你今晚收到的是花旗鈔票。你可知道，花旗鈔票比港幣值錢得多。還不謝謝你姑婆？」

吉童拿著紅包，低聲謝過，姑婆便笑著點頭，還道：「吉童長得像

極他的外公，尤其一張方角臉和一對招風耳，簡直就是淳好和淳德的親爸爸。我那位弟弟，因為是三代單傳，親人都疼得不得了。除了短壽外，甚麼都不缺，說來多可惜！」老人家看著飯桌上空空如也，只放著幾杯清茶和茶壺，便知仍未點菜，就叫侍應生拿來菜牌，又對眾人說：

「你們一定要嘗嘗六國的名菜，外國明星到此用膳例必點選，尤其煙鯧魚、金錢雞、金錢蟹盒和燕窩鵪鶉粥等，都是這兒最棒的菜色。」

菜點過後，席間各人都沉默了一會，氣氛彷彿有點兒凝重起來。傅生抽著煙，見柔靜逕自將面前的茶杯斟得滿滿，站起身來，便向身旁的紀太太道：

「姑奶奶，妳是淳德哥和淳好的惟一親人，這杯茶，是我孝敬妳的；也替淳德哥敬妳，多謝妳和姑丈一直照顧他們兩兄妹。」說畢，便雙膝跪地，兩手奉上，續道：「妳老人家喝過此杯，我就是莊家的正式兒媳婦，今後生男生女，我都一力撫養成材。姑奶奶，妳就放心好了。」

「好，我喝，我喝！妳起來，起來再說！」紀太太雙手攙起柔靜。又細細喝完這杯清茶，跟著道：

「現在我最放心不下的就是淳德，他在獄中還有幾年艱苦日子，只怕我此生見不到他出監的一天……。」話未完，已經伏到姪媳婦的肩膀上嗚嗚咽咽的哭將起來。

此時鄰座的幾桌食客對他們的舉止都投以好奇目光。搁彤跟傅生連忙勸止，將紀太太送回原位。未幾，幾道菜色便陸續的端了上檯。

六十八

玻璃窗外的半輪明月從九龍半島掛了上來，遠望過去，大概是在尖沙咀半島酒店的頭上。這間酒店，在二次大戰之時，港督楊慕琦曾在酒店的三樓向日軍司令酒井隆簽下《降書》，正式宣佈香港淪陷，令香港走進三年零八個月的艱苦歲月。期間，酒店更成為日軍駐守的大本營，現在卻變成華洋雜處的高級人士進出消遣和入住流連的場所，比起他們現時身處的

六國飯店，風光之處，有過之而無不及。

六國飯店的這頓飯，各人都吃得異常歡快。但其實，是悲喜交煎的一次聚餐。

侍應生拿來最後的一道生果盤，又替各人遞上飯後甜品，是腰果露，每碗都熱騰騰的冒著煙氣。細嘗之下，傅生竟發現是整晚下來的極品，可能因為他嗜甜的緣故。

「柔靜，有否替孩子起了名字？」姑奶奶突然問姪媳婦。

「有，淳德哥說過，生男的，就叫向榮，女的，就叫東春。」

「都不好，不好！重新起過吧！淳德就是吃虧在左傾思想的念頭上，孩子不要這樣的名字。」紀太太責備地道：「你們都知道，他現在坐牢，是甚麼原因導致這樣的下場。倘若他不依從我的話，我就不再認他作姪兒。我不想你們的下一代重蹈你們的覆轍，改過傳統吉利的名字，命數也會好一點。對了，柔靜，妳不如跟我一起回舊金山，在我們的餐館打工賺花旗鈔票，總比在這兒教書討活強得多。況且香港時局不穩，到那邊就可以生活安定。孩子在那邊生產的話，日後就可以入籍花旗國，不是一舉三得嗎？」

「不，我要等淳德哥回來，八年很快過。」柔靜斬釘截鐵的回絕了紀太太：「姑奶奶，我答應過他，一定要等他，不能一走了之的。」

「又不是叫妳拋夫離港，八年後妳回來，不就是淳德出獄的日子嗎？那時候，孩子也成了花旗國公民，三人便可以一起去美國，何樂而不為呢？」她的姑奶奶卻很堅持，一味強調入籍美國的好處。

柔靜聽罷，一時語塞。還是在旁的掬彤給她打圓場，道：

「紀太太，柔靜家裡還有一位年邁祖母需要她照顧，她跟妳過去，誰來照顧這位老人家？」

「是嗎？」姑姑聽畢，若有所失似的。沉默了一會，便對柔靜說：「在香港，我只剩一個星期的時間。電話上我跟傅先生說過，下個禮拜初，我想前往監獄探望淳德，看看他的情況如何。倘若律師能夠替他減刑期的話，也不枉我回來這一趟。」

「姑奶奶，別再麻煩牛一哥！」柔靜說：「趁妳在港的時候，我便跟

妳一起去，反正配偶申請探監比較容易，何況有些替換內衣褲和日常用品需要帶過去。」

「也好，那就不打擾傅先生了。妳就替我張羅此事，就這樣決定。」

兩天過後，就是淳妤設靈的日子。掬彤一早到達香港殯儀館打點後事，吉童早一天就送返家中，翌日便穿上黑色小西裝代替披麻戴孝的為媽媽送最後一程。黃小興喪妻之後，聞說甚少賭博，似是修心養性的重新做人。他母親痛失兒媳婦，不時又想起淳妤生前的種種好處，每遇熟人，便滔滔不絕的誇讚這位辭世的賢媳婦，跟著便涕淚連連，傷心痛哭，相熟的親友們自然聞者心酸。

喪禮是依從往生者的遺願採取基督教聖公會儀式舉行，一切中國式的繁文縟節均減掉許多。但由於黃家一向奉行禮佛，不得不採取折衷辦法，挽聯、哀帳、花圈、擔幡買水等細節，還是適度的容許，盡量採用中西合璧的儀式。靈堂上放著一張淳妤的半身遺像，是掬彤給往生者出的主意，因為她知道誼妹生前最愛這一張。是她懷著吉童頭四星期所拍攝的，比她任何時段的容貌更有女性韻味。縱然是黑白照，但相中人的肌膚看得出是最幼嫩最嬌美的一種。長髮披肩，額前瀏海整齊地披到眉心，顯得雙眼份外明亮。淡淡的笑，笑得多麼可人。但想不到這是曇花一現的最嬌媚一刻。她生吉童時，幾乎難產而死，從此身子便一年不如一年。到如今，她更走了。走的時候，還未度過三十歲的生辰。

傅生下班後便趕往靈堂。經過殯儀館一樓，見一戶做白事的人家，正在為亡魂舉行道教式的「破地獄」，但他無暇多看，只匆匆步上二樓。走到「黃府」，一眼便見淳妤的這張遺像，真有「陰陽相隔」之感。曾幾何時，淳妤是他的誼妹兼好同事，現在天人永隔，能不感傷？默然站在門檻前，呆了十幾秒，才步進靈堂的範圍。

靈堂之上一幅白底藍字的布幔大大的寫著「主懷安息」四個字。見愛爾蘭裔的約拉牧師已經站在一旁，準備在預定的守靈時間前舉行一場簡單的安息禮。家屬席上坐著黃小興和他母親。吉童則在座席間穿來插去，沒半點兒安靜。幾位黃家親友剛到靈堂，掬彤和柔靜坐在堂前的桌椅前接收他們的帛金，又回敬吉儀，然後領弔唁者走上靈前，向往生者的遺像鞠躬。

有花圈致哀的則放到另一邊，一一打點停當，兩人才返回原位。未幾，便見繭老師尾隨鄭匡步入靈堂，向遺像行過禮後，傅生便趨前跟他們寒暄幾句。

由於得知淳妤的姑姑從美國返港，繭老師順便問候紀太太。其實，早年小莊和淳妤在漢江寄讀之時，繭老師跟紀太太已經熟絡。赴美之前，紀太太還千叮萬囑的請求繭老師好好照顧她的一對姪兒女，對方亦克盡為人師長和舍監的責任，對兩兄妹愛護有加。師生之情，比誰都親切得多。居美之後，紀太太跟繭老師就魚雁不絕了。

「為何不見淳妤的姑姑？」繭老師坐下來即問傅生，徐徐脫下茶晶眼鏡。一對眼睛，比正常人凸出許多，連眼窩部位也清晰可見，看來是眼疾過久的反常現象。

「大概很忙吧！」傅生解釋道：「聽她說過，她要跟六國飯店的東家談公事，兩人是合作夥伴，舊金山的中餐廳雙方各佔一半股權。今次姑姑回來，就是要跟對方商量出讓他們的股份，兩夫婦都有提早退休的念頭。」

「我們去看淳妤的遺容好不好？」坐在一旁的鄭匡建議。

「我的眼睛不好，你們去看吧。」繭老師說。

「我看過，你自己去吧！」傅生答。

「多看一眼不好嗎？不看，還有機會嗎？牛一，你就念著淳妤是你的誼妹，多看一眼吧！」鄭匡笑著說。

「臭小子，這時候，還有心情說笑話。」傅生罵對方。

「淳妤知你多看她一眼，也會保佑你和掬彤多一點。」

傅生拿他沒法子，只好跟他一起到靈堂內廂瞻仰遺容。

兩人走到後間的內廂，見一個玻璃房間放置著一副銅棺。往生者躺在銅棺內，銅棺內墊起厚厚的棉被和褥墊，褥墊繡著仙鶴和壽字圖案，是讓往生者躺得安詳的意思。見淳妤雙目緊閉，嘴唇微開，化妝也不濃厚，只抹上一小片口紅，就像日本姑娘的櫻唇。唇形間露出部份牙齒，形容似笑非笑。兩邊面頰稍稍上了一點胭脂，近乎活人的鮮嫩膚色。穿著的壽衣是她婆婆給她親自挑選的。聞說是她嫁入黃家時黃母特意為她訂造的。從傳統滿族女子的旗服改裝而成、艷紅黑底、配以金絲刺繡的薄綢緞式樣，穿

在往生者身上，看起來比淳妤的實際年齡年輕幾歲，就像一位未嫁的晚清姑娘。一雙手，合抱於胸脯之上，手中扼著一冊聖經。聖經的封面鑲上乳白色的花邊，襯得這一身壽衣有點兒不倫不類。

「牛一，你知我在想甚麼？」鄭匡望住遺體突然說。

「是甚麼？」傅生問。

「你記得嗎？從前我在女生宿舍教她計算微積分時，宿舍裡養了一頭貓咪，淳妤一面計算，一面抱著貓咪玩。一對長長的辮子垂到兩邊肩膊，樣子多可愛。但今天，她捧著聖經，光景就變成兩樣，這叫『人生如寄塵，恍如一夢中』。」

傅生聽見鄭匡追憶唸書時的往事，一時間，也感觸起來，連忙叫他離開，別再瞻仰遺容了。

兩人步出內廂，見掬彤和柔靜正在招呼剛到埗的秦茵和海佩莉，傅生立即勾起文具部「三朵花」的椿椿舊事。從前兩位女同事跟淳妤情如姐妹，共事時有說有笑，遇難時更守望相助。如今當中一位卻捨她們而去，難怪「兩朵花」步入靈堂時早已一把眼淚一把鼻涕的哭將起來。

淳妤的婆婆一見情狀，連忙趨前來安慰。

「兩位是淳妤的好同事嗎？難得妳們下班後還趕過來，真有心！」伸手便跟兩人握了一握，說話的尾音略帶哽咽。

因為今天辦理喪事，平日徐娘半老的黃母的化妝早已欠奉，變成青白的素顏，加上本來瘦削的身軀，全身穿起縞素，益發顯得弱不禁風。待兩位女同事向淳妤的遺像鞠躬之後，黃母便隨即領她們坐到靈堂最前的位置。

傅生正要趨前和兩位女同事寒暄，只聽得秦茵問黃母：

「為何不見黃先生？」

「他剛下樓，說要買包香煙。」

海佩莉則問：

「聞說淳妤的姑姑從美國趕回來奔喪，可有此事？」

「吉童的姑婆可能事忙，要晚一點到埗。」黃母答：「待她一出現，我就介紹給兩位認識。」

暴流

說畢，站在一旁的約拉牧師突然拔高嗓門對在座親友們宣佈，安息禮即將展開，跟著便拿起一冊《聖經》，熟練地在頸項前戴上一條紫色闊邊聖帶。又清了一清喉嚨，用愛爾蘭口音操起本地話，道：

「親愛的耶和華，我們今晚參加主的女兒莊淳妤姐妹的喪禮，願莊淳妤姐妹與祢同在。耶和華期望世人在現世得享福樂，在來世得享永生。現在就讓我們默禱。全場出席的親友們請站立片刻，一起默禱。」

堂前各人都按照聖公會的宗教儀式默禱，只有吉童坐立不定，穿著一套黑色小西裝代替孝服，一面左顧右盼，一面步出家屬座席，逕自奔向靈堂以外的範圍東張西望。他嫲嫲見狀便一把將他拉回來，用眼睛狠狠瞪著他。

那時候只聽得洋牧師續道：

「祈求上帝，帶領莊淳妤姐妹早歸天國，與天父、聖子、聖靈共享永生，阿們！現在讓我們誦讀《新約·哥林多後書》第一章第二節至第四節。

「『願恩惠、平安從我們的父神和主耶穌基督歸給你們。願頌讚歸於神——我們主耶穌基督的父，他是發慈悲的父，賜各樣安慰的神。我們在一切患難中，他安慰我們，使我們能用神所賜的安慰，去安慰那些遭各樣患難的人。』」

洋牧師細細地讀，淳妤的姑姑剛好趕至。肥胖的身軀穿著素色衣裙出現在靈堂門外。

六十九

這胖婦不理會安息禮正在舉行，中斷了洋牧師的讀經，拼命奔向姪女兒的遺像前下跪，連番叩拜的縱聲喊叫：

「淳妤啊！我的姪女兒，妳好命苦啊！妳三代單傳的哥哥已經坐牢，妳又短壽，年紀輕輕便過世，剩下姪孫兒和我這個老太婆，教我們如何度日？嗚、嗚、嗚……無陰功！莊門不幸！為何要我這個為人姑姑的白頭人送黑頭人？妳教我往後的日子如何過？好命苦啊！我的姪女兒！嗚、嗚、

嗚⋯⋯」

　　淳妤的婆婆立時上前正要扶起她，姑姑卻一把推開她，隨即作五體投地拜。一面拜，一面哭泣，哭聲響徹靈堂，眾人見狀，都不忍心攔住她。

　　全場親友都默默看著，約拉牧師卻不知所措，只好握著手上的《聖經》，呆呆地站在一旁，沒法再誦經。一時間，靈堂寂靜無聲，只待事態自然休止。隔壁的靈堂正好傳來打齋做法事的聲音，是佛教的白事科儀。一陣陣尼姑們吟誦佛經的聲響傳了過來。是《大悲咒》的梵音，梵音的誦經聲不斷重複又重複：

　　「南無喝囉怛那哆囉夜耶，南無阿唎耶，婆盧羯帝爍缽囉耶，菩提薩埵婆耶，摩訶薩埵婆耶，摩訶迦盧尼迦耶，唵，薩皤囉罰曳，數怛那怛寫，南無悉吉慄埵伊蒙阿唎耶⋯⋯」

　　好不容易，眾人才將姑姑請到家屬座席上，柔靜和掬彤替她在灰素衣裙的襟前別上一小片黑布，算是長輩破格為晚輩戴孝。姑姑也默然接受，暫且安靜。

　　正因為姑姑剛才的「大鬧靈堂」，約拉牧師已經無心繼續主持安息禮，草草唸了一段經文，便跟主人家握手辭別，剩下一眾親友繼續當晚守靈的儀式，明天一早舉殯之後，淳妤的遺體便會隨即移送火葬場。不消半句鐘，一縷香魂，便會化作青煙，飄到她想直達的上帝天家。

　　坐在家屬席的兩位老人家擦乾眼淚。又用手絹醒了一醒鼻涕，便沉默地對望了一會，跟著姑姑便說：

　　「姻伯母，為何不見姪女婿？」姑姑環視左右一望，因問：「他是淳妤的老公，就是主人家，理應在靈堂打點一切，為何一早便逃之夭夭？是否生怕見到我這位不速之客？還是別的隱情，不好現身？假如沒做虧心事，他就不怕我這位老弱殘兵從老遠回來找他見一面。」

　　「姑奶奶，別說這一些，他下樓買包香煙，很快回來，並非有意避見妳這位救命恩人。等一下，阿興回來，便要向妳老人家叩頭謝罪，妳就不必多猜想，耐心等一等。」淳妤的婆婆笑著答。

　　「是嗎？今天我就趁著還有最後一口氣，特意從花旗國回來問個明白。姻伯母，妳就好好向我交代，黃小興的那筆高利貸是否已經全數清

還？要不是淳妤來信告訴我，十萬火急的向我求助，我也不知事態鬧得如此嚴重。早前我就拼了老命湊足四萬港元匯款給姪女兒。我要你們在她的靈前好好向她確認此事，究竟全數清還了嗎？」

「這筆債，阿興早已清還，真的一文錢都沒再拖欠。要是仍未清還，誰能避得過高利貸的掌心？十條性命也保不到今時今日……」黃母哭喪著臉的說，一張清瘦的臉龐變得土灰色，續道：「姑奶奶，妳別再擔心！今次真的連累妳，好在兒媳婦臥病時還可以執筆寫信，不然，也不知該如何償還這筆債。哎，說到底，都是我不懂得教養孩子，讓阿興沉淪賭海，欠下澳門新花園的一筆巨債。妳的借款，他會儘快歸還。妳就做好做歹的饒恕他一趟。我做母親的，今回打保票，他已改過遷善，從此絕跡賭場。他在老婆的靈前也發過毒誓，妳就相信阿興最後這一趟。」

「我信不信不打緊。姻伯母，妳自己想想，妳的兒媳婦這條性命，一半也是拜妳的兒子所賜。不怕老實告訴妳，我本來就不是甚麼大富大貴的金山大娘，賺到的美金，一張張撕下來有血有汗，」紀太太的嗓門越說越高，氣急敗壞的續道：「這次為了姪女婿的欠債，我跟老公迫於無奈，出讓了舊金山唐餐館的股權。剛才我才跟六國飯店的合夥人簽下新約，從此我們所持的股份三分之二，都歸對方所有，妳說，我們的犧牲所為何事？不是疼惜自己的姪女兒，我也不會作出如此艱難的決定。可悲的是，淳妤捨我而去，她哥哥又正坐牢，我這位老不死，也不知可有機會再見姪兒子，嗚、嗚、嗚！莊門不幸，祖先不靈，可憐我要孤苦伶仃的過下半生……」姑姑伏在椅背上縱聲嚎哭，柔靜馬上趨前勸止；又遞上手絹給她抹擦眼淚。

「姑奶奶，都是我們的不是，妳大人不記小人過，饒恕我們這一趟。」黃母只好繼續苦勸：「今天，妳就看在淳妤孩子的份上，饒恕吉童的爸爸。求求妳，饒恕他最後一趟！」

吉童見嬤嬤擁著姑婆一起痛哭，一箭步的走上前來。

「嬤嬤，嬤嬤。別哭，別哭。妳看我今天也沒哭過。老師說，要做個勇敢的孩子，甚麼事都不要哭，才是好孩子。」轉頭又對他的姑婆說：「姑婆，姑婆，媽媽告訴我，好孩子是不會哭的。哭了，大人都不疼。妳疼媽媽和吉童的話，就別哭，別哭囉！」

兩位老人家一聽孩子的勸阻，也就破涕而笑。做姑婆的，更撫著姪孫兒的頭蓋說：

　　「好孩子，真乖巧。哎！可惜你媽沒這份福氣，看著你成人。你那麼懂事，我就寬心了。好，姑婆不哭，不哭。對啊！姻伯母，往後你們打算如何撫養吉童？不能長時期留他在乾爸媽的身邊過日子。」姑姑收起淚眼便對黃母說：「何況他們快成親，結婚之後，該有自己的孩子。收養吉童，始終不是長遠之計。」

　　「姑奶奶，妳說得對極！」黃母附和著：「這非長遠之計，但奈何我的身子又不中用，帶著孫兒力不從心，加上阿興成天上班，無暇照顧這個苦命孩子。何況阿興要重新做人，積極賺錢，給姑奶奶還債，且要備好吉童日後升學的使費，報答他的乾爸媽的養育之恩，故現在他在乾爸媽的膝下暫且寄養，也是無可奈何的事。」

　　那時候掬彤就趨前說道：

　　「嬤嬤說得對，就讓吉童暫時居住我們家中。他也適應了我們的生活，待他大一點，才由他自己決定是否回老家。何況我真的疼惜這個乾兒子，就像疼惜淳好一般。不說妳們不知道，牛一最愛孩子。他曾說過，日後要養四個娃兒，現在就讓他發揮一下父愛吧。吉童，你過來，親口對嬤嬤和姑婆說一句，你喜歡回家還是留在乾爸媽的家中過日子？」

　　吉童笑瞇瞇的拖著傅生的右手走到兩老身邊，道：「我要乾爸媽，不要回老家。」

　　「臭小子，你究竟姓黃抑或姓傅的？沒出息！」姑婆半蹲著肥胖的身軀就著姪孫兒，似罵非罵的說了一句，然後跟他面貼面。又想親他一親，只是吉童有點兒靦腆，早已別過頭去，沒讓姑婆親上一嘴。他嬤嬤則作勢拍了一拍孫兒的小屁股。眾人見狀，不禁哄然大笑，靈堂的氣氛一下子便輕鬆起來。

　　隔壁做白事的人家已經完成法事科儀，空氣中沉寂一片，是人家開始徹夜守靈的時刻。未幾，便傳來啪噠啪噠搓麻將的聲音，震天價響的大作。

　　秦茵、海佩莉、蒯老師、鄭匡開始打趣起來，齊聲道：「來，來，來，我們也要及時行樂！看來這兒可以湊足三、四檯麻將搭子了。」

縱然各人都在開玩笑，但傅生的內心明白，「死者已矣，生者還須尋歡作樂。凡人在世，縱然樂不敵苦，也該苦中行樂，笑對人生。」

坐在靈堂內，掬彤將頭蓋伏到傅生的肩膊上，傅生則緊握著未婚妻的手心，不斷地想：「生有時，死有時。苦有時，樂有時。現在當下最重要的人，就是眼前的這位女子。今後的日子，最親的人，就是這位江掬彤。」

七十

一些人，在籌辦喜事之時，不會完全沉醉於喜氣洋洋甚至忘我極樂的情緒之中，而是有點兒冷靜。傅生，就是這樣的一個例子。

結婚，原本是人生大事，但農曆二月，傅生和掬彤的佳期前夕卻籠罩著一片愁雲慘霧。當然，這跟淳好的離世和小莊的入獄並無必然的關係，而是人的情緒說來飄忽。有時候，由喜轉悲，又由悲轉喜，可以是毫無道理可以解釋。

準丈人閔叔不是早已同意他們的大喜日期嗎？是農曆二月十九日，即一年之中首個觀音寶誕。選定這個日子，是要紀念掬彤母親的冥壽。雖然江母的冥壽是在最後的一個觀音誕。但由於男女雙方瑣事繁忙和籌備時間緊迫，導致婚期延誤，最後便權且這樣安排了。

喜宴前夕的一個晚上，吃過飯後，客廳的電話鈴聲突然響起來，傅生走過去接聽，話筒裡傳來一把陌生男子的聲音。

「恭喜，恭喜。傅先生，恭喜你和江小姐百年好合，永結同心。早生貴子，百子千孫。」

「好，好。多謝你，承你貴言。但閣下是？……」傅生接著追問話筒裡的人：「還未請教，你是？我想來想去，還是辨不出你的聲音，你是？……」

「老徐，紅陞飯店的老徐，記得我嗎？」話筒裡的聲音較前低沉了兩度，變成沙啞，「傅先生，你貴人善忘，當然記不起我。你之前不是曾經告訴過我的黃面婆，你們的婚宴需要預訂西德黑啤酒。我想起傅先生的吉

日快到，敢問一聲，是否還要送到旺角的龍鳳酒樓？日子是西曆三月十七日，即農曆二月十九日，對嗎？」

「對，老徐，難得你記住這個日子，勞煩你當天下午送往酒樓四打吧！」傅生想起還要訂購洋酒，隨即問對方：「老徐，你們可有拔蘭地？有的話，我要預訂兩打，最好是法國干邑。」

「當然有。」老徐答：「人頭馬好嗎？要的話，當晚一併送過來。」

「好極了。」

「還有，傅先生，要僱用花車嗎？要的話，馬拉雞可以代勞。他的私人座駕可以改裝成新人花車，你們就不必再為此事煩惱了。」

「太好了！但收費如何？告訴我，待我預算一下。」

「難得你給我們做生意，哪能計算你們的車資？就當是我老徐的人情費。當晚的喜宴，就預我一份，我要和你們盡情暢飲，不醉無歸！」

聽他這樣說，傅生也不好客氣，欣然接受了對方。

成婚前夕，挹彤訂造的嫁衣已經製成。是一件通花桃紅企領旗袍，外加一件蕾絲短披肩，是敬酒時穿著的晚裝。傅生卻一切從簡，翻出甚少穿著的半新不舊的米黃色西裝作禮服。大喜之日，全程都穿在身上。至於新娘的出嫁習俗也一律簡化，甚麼大妗姐上頭、姐妹開門利是、三朝回門等一一免除，但求過程化繁為簡，一切隨緣。

傅生的婚假足足有兩個星期。大喜日的清晨，一對新人，一早便準備到中環大會堂辦理結婚註冊手續。七點鐘，馬拉雞就駕著他的福士私家車在樓下守候，車身綁上多條闊邊紅絲帶，車頭中央懸起一頂絨線編造的大紅心形花球，十足花車模樣。車主一見新人出現，連忙從車廂走下來，拱手便向新人道賀。又跟傅生握了一握手，挹彤馬上遞給對方一隻紅包，且道：

「陳大哥，今天辛苦你喲！現在可否先去接送一位小姐？她是今天的伴娘，叫韋珊珊，住在西半山，時間約在七點半，然後往荃灣的佛堂拜祭家母，跟著去大會堂註冊，這樣的安排可以嗎？」

「沒問題，兩位請上車，當心你們的禮服，別弄髒。」

一對新人便如貫步上車廂。

大清晨的天氣異常清新，更是艷陽天。但空氣中卻透著點濕溫，是典型的春回大地的香港氣候。

　　車子開到西半山，是富貴人家聚居的地區，然後在一棟半新不舊的唐樓停了下來。掬彤早已看見韋珊珊站在街頭一角等候他們。一件紫紅洋裙穿在身上，矮小的身軀卻四肢均衡，肌膚白裡透紅。見有座駕駛近身旁，便知是花車抵埗，忙忙招手叫住車內的掬彤，匆匆步上車來。

　　傅生一早便知道伴娘的底蘊。是宋羚的姨甥女，一位富貴人家的千金小姐。家裡開了一爿製衣廠，生就嬌嬌女一般的放任脾性。原來在廠裡上班打發時間，但自從愛上一位年紀較自己大上一截的失婚漢後，遭到家人極力反對，毅然離家，現在跟男友雙宿雙棲。她跟她那不婚的姨母關係親密，經宋大姐勸導後便到女服工會臨時上班。自從掬彤辭職之後，珊珊就取代了秘書一職。掬彤偶然跟她往來，知道她是位愛出鋒頭的俏姑娘，強調要義不容辭的當掬彤的女儐相。掬彤便樂得順水推舟，送對方一封大紅包和兩疋貴重衣料，直勸她當自己的伴娘最好不過。

　　「珊珊，妳該見過我老公。」掬彤問伴娘：「妳記得嗎？上次妳們在女服工會彩排愛國歌舞準備北上演出時，妳和牛一見過面。」

　　「掬彤，珊珊是千金之軀，裙下之臣無數，哪會記得我這位無名小卒呢？」傅生打趣道。

　　「才不是！」珊珊笑著答：「牛一哥，不，新郎倌。你高大威猛，一表人才，現在又是愛國百貨公司的高層，掬彤姐可以嫁給你，較我們這些在情海浮沉不定的女子不知要多幸福，真的羨煞旁人。還記得上次見到牛一哥時，你那翩翩風度，已經深深烙在本姑娘的心坎上，哪會不記得？」說畢，便哈哈哈的大笑起來。一張染紅的朱唇，露出雪白貝牙齒。又用塗上寇丹的纖纖玉手蓋住半邊嘴。原本的長髮梳起的一隻高髻，也輕輕搖蕩起來。一對 S 型的玉耳墜微微晃動，更顯得伴娘的嬌俏可人。

　　傅生坐在副司機座位，看見馬拉雞不時從倒後鏡望向車廂後座的兩位女子，尤其對珊珊多看兩眼，意欲跟她打招呼。傅生見狀，也就開口介紹。

　　「珊珊，我們今天的御用司機是陳大哥，諢名馬拉雞。我們該向他熱烈鼓掌，感激他的幫忙！預祝今天的馬騮戲功德圓滿，演出成功！」

「吥！姓傅的，甚麼馬騮戲？我下嫁你，是否叫你很委屈？」搊彤半罵半笑的道：「你說話再不檢點，小心我退婚。」

「老婆大人，妳大人不記小人過，饒了為夫這一趟！」傅生說畢，便自打嘴巴兩下。眾人見狀，就哄笑起來。

「搊彤姐，妳看我的伴娘衣裙造得漂亮不漂亮？」

「美極了，裁剪得恰到好處。看來是度身訂造的。」搊彤討好珊珊道。

「妳送我的兩段衣料，我拿了貴重的一段杭州真絲，請相熟的裁縫師特意設計，裁剪成今年最摩登的款式，希望不會令你們的婚禮太丟臉。」

「珊珊，其實妳穿甚麼都一樣好看，尤其白皙的膚色，甚麼顏色和款式都難不倒妳。」搊彤因為有求於對方，自然落力添油加醋的奉承珊珊，聽得坐在車廂前的傅生不禁竊笑。

「宋大姐今晚可會前來喝杯水酒？」搊彤問珊珊，「我的喜帖早已寄到女服工會，她理應收到。」誰料珊珊答：「姨母太忙了，今晚未能前來道賀。晚上她還有一個重要會議需要召開。對！她托我給搊彤姐的人情在這裡。」說畢，便從繡珠花手袋內掏出一張銀行禮券，遞到新娘子的手上。

搊彤謝過後，趁勢便問：「宋大姐近日忙些甚麼？有空的話，我該上工會探望她，順便和各同事敘敘舊。」

「我這位姨母，是如假包換的大忙人。」珊珊嬌聲嗲氣的道：「自從她當上婦聯副主席後，便部署下屆的競選活動，爭奪主席的頭銜，現在正積極拉票。下個月，她要前赴國內一星期，就是為了今年的『訪貧問苦』。搊彤姐，妳可記得嗎？六六年我們曾赴北京送寒衣，去年就辦了一個送藥救助腦膜炎兒童的義舉，今年則計劃到山區為貧農建屋，實在忙得不可開交。今次女服工會的一眾同事，都要跟隨姨母一起去吃苦。但我今年誓死不依從，一於避席，不再跟大夥兒前去山區扶貧了。」

傅生聽珊珊說起宋羚同志的愛國舉措，不禁油然生畏，一方面敬重對方的愛國情操，另一方面又敬而遠之。他知道，這位女子擁有一顆救國救民的心腸，比男兒漢的心腸還要熾熱。想起上次和葛農一起跟她和港九糧油商會的杜壑會長開會的情景，宋羚曾大談送糧送藥到內地的鴻圖大計，還建議泰華國貨鼎力支持，齊心救國，助苦濟貧，最終泰華雖然沒有義贈

藥物，卻捐獻了為數不少的白米、罐頭和乾糧，算是為祖國貧苦大眾出一分力。一念及此，不禁令他想起仍然囚禁於獄中的舊同事葛農來，不知他的《1394的告同胞獄中書》，是否仍在左報副刊上公開連載？

七十一

慈豐壇是掬彤春秋二祭跟父親過去叩拜亡母的佛堂。她母親身故之後，靈位就安放在這兒。佛堂位於荃灣，傅生每年有空都會陪同未婚妻一起前來。而這一趟，就是他首次以女婿身份前來為早逝的丈母娘上一炷香。

馬拉雞的福士座駕泊到大河道的街頭，珊珊因為這棟樓宇沒升降機，便和司機留守車廂，讓一對新人上樓拜祭。原來閎叔早已到達，並向亡妻上過安息香，稟明今天是他們的愛女出閣之日。兩父女特意安排在觀音誕舉行婚禮，用意便非比尋常。

小小的一間佛堂一分為二，一邊是淨室，另一邊是吃齋菜的廳堂。早晨的陽光從窗台直曬進來，曬到一列鏤著十八羅漢的磨砂玻璃窗上，光線反照到廳堂，令滿室絢麗光燦，燦燦生輝，就像萬花筒的錦繡圖形一般。

掬彤亡母的靈位供在裡間，閎叔一見他們便招手叫住一對新人。一位帶髮修行的尼姑早已端來兩杯香茶，畢恭畢敬的遞到新人手上，還問：

「三位施主，上香之後，是否需要吃齋菜？要的話，待我入內堂準備一下。」

「不必了，下次才有勞師父妳。」江父答：「今天是小女出閣之日，她跟老公一早過來拜祭我老婆。等一下，大夥兒還要前往港島大會堂婚姻註冊處登記，然後便舉行婚禮，晚上設宴款待親友們，行程排得滿滿的。」一面說，一面遞上一封紅包給尼姑。

尼姑千恩萬謝的接過手，不忘祝賀一對新人舉碗齊眉，兒孫滿堂。跟著便下去忙她的。

「為何不見你們的乾兒子？」閎叔開口問。

「這兩天，吉童留在他嫲嫲的身邊，後天我們才接回來。」兩人齊聲答。

話畢，三人便走到先人的靈位正式拜祭。

閔叔早已在他的亡妻靈前上過安息香，也預備了三副紙錢和香燭冥鏹在香案上，正待傳生向亡妻跪拜，等於要這位女婿正式向丈母娘行禮。

跪在蒲團上的傳生上了三炷煙，又向丈母娘合十拜了四拜。拜畢，便望著靈位上小小的一張先人遺像，覺得有點兒眼熟。但一時間，又想不出丈母娘像誰。啊，對，像一位女演員，一位粵語片年代的左派女演員。是梅綺嗎？對！那鳳眼和笑角更像。那位「中聯時代」的女演員，曾經在《啼笑姻緣》一片中同時分演沈鳳喜和何麗娜兩個腳色。其他電影，偶然也會擔當女主角，但永遠處於一線與二線女星之間的尷尬位置。由於許多朋友都認為掬彤的長相有點兒像《蘇絲黃的世界》的關南施，那混血兒的況味，原來也在梅綺臉上嗅得到。傳生這才恍然大悟，知道關南施和梅綺的氣質，是同一個源頭滲透出來的。

傳生拜畢先人，站起身來，覺得自己正式成為掬彤的另一半。看著新娘子手執安息香向亡母行了叩拜禮。又奠過三杯女兒紅，跟著敬上香燭，默然閉目禱告。兩片櫻桃小嘴還唸唸有詞，此情此景，不禁令他想起晚清的一部蘇白小說《海上花列傳》（*The Sing Song Girls of Shanghai*）。是黃翠鳳贖身之後委身於羅子富的那一節，是他唸高中時從一位國文科的上海老先生的補課堂上聽來的故事，說長三妓家黃翠鳳贖身之後，打算到兆富里自立門戶。開業那天，卻換上重孝縞服，鄭重地向先父母補行祭禮，稟明贖身之後便重新做人，以證「出於污泥而不染」的孝女之身。並視相伴而來的羅子富為其夫君，囑他跪拜，向她的先父母上香默禱。只可惜這位候補知縣竟不依從，等於否認自己是黃家女婿，而傳生，今天則異常亢奮，可以叩拜丈母娘後正式成為江家女婿。假如叫他再來叩拜丈母娘一次，傳生也會心甘情願的。

拜過先人後，傳生兩夫妻和閔叔便一起下樓，和伴娘珊珊乘車轉道過海，前往中環大會堂婚姻註冊處辦理手續。

大喜之日，蒯老師和鄭匡當然擔當男方的證婚人和伴郎。兩人一早抵達現場。鄭匡跟伴娘珊珊握手認識後，立時笑嘻嘻的對掬彤說：

暴流

「掬彤喲！妳有一位這麼漂亮的舊同事，為何不早點給我認識，好教我這位孤家寡人，可以有個美好企盼。」

珊珊聽罷，倒有點兒靦腆，臉上卻保持著矜持的小女人神態，一言不發的。

只聽掬彤橫著雙眼望住鄭匡，道：

「你不怕你的璐茜小姐打翻醋醒嗎？即使我一早介紹給你，你也休想『癩蛤蟆想吃天鵝肉』。」

眾人一聽，無不失笑。

未幾，一對新人便在法定的主禮官面前宣誓完婚。雙方一聲「我願意」後便交換婚戒，然後相擁而笑，輕吻對方的面頰，在一眾觀禮親友們的見證下，正式成為合法夫妻，結束一段「姘居」關係。從此，兩人便甘苦與共，禍福同當。相依相伴，直至老死。

禮成後，大夥兒搶著在一對新人面前送上祝福，跟著擁作一團的拍照留念。

今天鄭匡的身份除了擔任伴郎之外，同時充當攝影師。大會堂的旁邊設有一個不大不小的露天花園，四周中西合璧的庭園佈置。花草樹木，小橋流水，倒也恬雅幽靜。正中央還有一座雲石打造的池塘，池塘養著一朵朵暮春初夏的荷花。池水清晰，花香撲鼻。荷葉翩翩，藕色盈盈，是個不俗的結婚留影好去處，難怪一對對新人一窩蜂的走到池旁拍照留影。

其實，在鄭匡仍未給傅生和掬彤正式拍照之前，已經替今天的伴娘拍下不少倩影。這一天，珊珊難得在如此陽光普照天朗氣清的日子造像，自然盡情在攝影師的鎂光燈前擺出撩人的姿態，加上她得知操刀者乃一名電影導演，益發將姣好的身段刻意展露人前。說實話，除了矮小之外，韋珊珊不愧是個美人胚子，比起新郎倌身邊的新娘子，兩人的美態又各有千秋。但奈何傅生是註定愛一位像關南施一般的女子。別的美貌異性，即使掠過眼簾，都不過是過眼雲煙的虛幻尤物而已。

待珊珊盡情拍照之後，現在該輪到一對新人留影的時刻。傅生看著新娘子的嘴角深深微笑，便知她的心情多麼幸福。他也挽著愛妻的玉臂，在荷花池旁留下畢生最美的印記。陽光曬在他的面上，有點兒讓他睜不開眼

睛，是光線過於猛烈抑或甚麼令他雙眼刺痛。傅生閤上雙眼，下意識對準鏡頭，一時間，腦海卻閃出月前曾經看過的小莊和柔靜在瓊林照相館拍下來的那張婚紗照，是一張新娘子坐著新郎倌站著的照片。照片中的柔靜身穿繡花旗袍，手抱一束劍蘭，小莊則站在她的右邊，用左手輕壓妻子的玉肩，但笑容勉強，是他慣見的嚴肅表情。而今天，假如小莊的這張嚴肅表情可以出現在傅生的婚禮上，他當新郎倌，想必會感到更加幸福。只可惜，一年間，好友和誼妹的生離死別，為傅生今後的人生，抹上了一層淡淡的土灰色。

七十二

事實似乎是千真萬確的。

香港的市面恢復了正式運作。好一段日子，街頭沒再出現甚麼真假土製炸彈，反英抗暴的動亂也沒任何動靜。左派反對港英當局的宣傳言論也消聲匿跡，政府不再出現針對愛國同胞的打擊行動，市面一片風平浪靜及祥和太平的氣息，在在都瀰漫於社會的空氣之中。

自從左派解散了鬥爭會後，社會上下，均回復到暴動之前的和諧安定，治安及經濟恢復正常，外資重臨，樓市、金市和股市都漸趨升軌，市面的繁榮景象略見曙光。

表面上，港英政府似乎是今次動亂的勝利一方，但說到底，不過是慘痛的贏家，險勝而已。但險勝之後，似是當局痛定思痛的時候。政府深感高壓的殖民政策和手段，已經無法維持下去，願意跟華人社團進行溝通，開始注意中下階層市民的民生問題，對社會的不公平現象表示關注，針對性地對各行各業不合情理及有違公義的事件撥亂反正，制定出一些較為人性化的民生政策。一般市民，隱隱都感受到當局安撫民眾的德政。明顯的例子是，貪污腐敗及官僚主義的歪風收斂不少。上行下效，表露無遺。就連一般工商界的僱主們，亦開始意識到受僱員工的普通權益理應尊重。僱傭關係，開始邁向正確的方向而行。香港的勞資政策，便變得合情合理得

暴流

多。

　　但另一方面，國內的無產階級文化大革命正進行得如火如荼，紅衛兵串連搞事的運動席捲全國。全國各地的初高中學生幾乎變成「全民皆兵」。校園內外，互相爭鬥，到處均見胡作非為的事件。階級鬥爭，敵我對立，更成為無日無之的武鬥場面。但官方報章卻大事宣傳，都一面倒的渲染和強調運動的合法性。對所謂資本家、黑五類、反動派和反革命者等，均進行嚴厲批評，將紅衛兵的奪權鬥爭合理解釋，為這場世紀浩劫粉飾昇平。

　　晚飯之後，傅生坐在客廳小息，正在抽起飯後一根煙，掬彤則在房內替吉童溫習功課，半掩的房門，傳出她那沙喉嚨的講故事聲音。

　　傅生順手翻開從寫字樓帶回家的一本畫冊，翻了一翻，又擱了下來想心事。這本畫冊，是香港多個左派團體和組織新近合資出版的刊物，記錄了一年以來發生在本地的反英抗暴各項大事，題為《我們必勝，港英必敗》。兩天前，本地各個左派機構、工會、社團甚至學校均廣泛免費向公眾派發。泰華國貨的上下員工也人手一冊。不少數量，還擺放在櫃位前的當眼位置，供進出的顧客們免費索閱。

　　傅生提不起勁再看畫冊，便無聊地打開電視機。麗的映聲的黑白畫面正在播放一齣紀錄片，講的是去年六月十七日中國首枚氫彈在新疆羅布泊試驗場成功試爆的舊聞。畫面見一團巨型蘑菇雲團直衝半空，四周噴出萬股無比猛烈的煙圈，煙圈不斷向上翻滾，越滾越大，終於將大半個天空掩蓋染黑，直像世紀末噴出了最後的一道黑團，怒髮衝冠的衝向天際，恐怖得如同世界末日降臨似的。

　　大沙漠的核試驗靶場傳來巨響和人民的歡呼聲，這意味著中國往後幾年，約莫到七十年代初，便可自行研發及投產出氫彈裝備，甚至製造出核子設備，例如導彈等殺傷力巨大的戰爭武器，足以跟其他軍事大國如美國及蘇聯等一較高下，成為全球又一強大的軍備國家。

　　去年六月，正是此地反英抗暴的啟動期，國內文化大革命的熱浪方興未艾。際此運動席捲全國之時，大陸政府竟然成功試爆了首枚氫彈。但在國家糧食短缺，饑荒連年的當兒，研發氫彈的經費，又是從何而來的？

　　傅生心想，解放以來，除了往後幾年國家享有較為平和的日子外，跟

著的歲月，便是接二連三的各項運動，像大躍進、土地改革、三反五反、反右反資等大大小小的動盪，令國家出現翻天覆地的改變，壓根兒就是耗費國庫資源的人為災難，到如今的文革紅潮為禍更深，加上耕地失收，畜牧業停頓，不是偏遠山區的饑民處處可見，便是城市民眾勒緊褲頭的過日子，為的就是要將省下來的國庫用於防禦，做好防範外患的準備。但縱然國防重要，為何又要研製出這些好大喜功的核子武器而犧牲無數百姓果腹存活的權利呢？

他想起那齣《花兒朵朵向太陽》的紀錄片，最後的一組鏡頭，就是播放新疆羅布泊成功發射首枚氫彈的場面。發射過程歷時不過十數秒，但蘑菇形的龐然煙團在試爆場的上空則以慢鏡頭捕捉，播放速度，近乎定格，足足播出半分鐘之久。然後鏡頭一轉，轉到戰壕區的專線電話。專線電話直通至中南海西花廳正在辦公的周恩來身上。見周總理本能地以極度亢奮的語調高呼「毛主席萬歲」，跟著戰壕區這邊的聶榮臻元帥也朗聲叫出「毛主席萬歲」，然後畫面打出了「偉大的祖國成功邁出了軍事大國的重要一步」，背景立即播出《沒有共產黨就沒有新中國》的合唱歌曲，將高潮推至極致，意圖激發觀眾們狂熱的愛國情緒。最後收梢，紀錄片宣告「劇終」。

傅生關上電視機，不想重溫有關畫面，但聽妻子對他說：

「牛一，還不快睡？明早回鄉拜祭老爺，東西收拾齊全了嗎？」原來掬彤已半躺半臥的依在沙發另一邊，面容顯得很困倦。

「逗留不過幾天，哪有多少行裝要收拾？」傅生答，跟著走到電視機旁，將小夜燈熄掉。吉童在房間早已入睡，客廳顯得平靜。頭上一盞仿宮廷的吊燈幽幽地射出奶黃色的柔光，將客廳照得暖和。

「說真的，我有點怕！現在國內的時局那麼不穩定，還帶吉童一起回鄉，不會發生甚麼事？」

「別杞人憂天。又不是北上去見毛主席，不過是廣東省小小的一個番禺市。在秋海棠地圖上也找不到。要發生事故，也該發生在省城。」做丈夫的安慰愛妻。

「我想起兩年前跟女服工會的同事們一起上京『訪貧問苦送寒衣』，

暴流

開始時也擔心不已，好在最後完成任務，還意外地在首都各個名勝遊歷一番。要不，今天的江掬彤同志，可能已經變成紅衛兵的女頭目。」掬彤還懂得自嘲，說話變得輕鬆起來。

「江同志，別吹牛了！憑妳？連紅衛兵的黃毛丫頭也當不上。擦茅廁就差不多。」傅生笑著道，掬彤則作勢向他一巴掌的摑過來。

「好了！好了！江同志，好在妳還有心情說笑話，別多想，大家早點睡，明天走水路，在渡輪上還有一番折騰。對了！吉童是首次乘船回鄉，路途不算短，暈浪丸可有帶備？」

「早已備好。」掬彤答：「現在我只怕孩子童言無忌，甚麼禁語都會衝口而出，一個不留神，便會出亂子。明天你好好教他，就當教導一個啞孩子。不然，禍從口出，保不定大小三人，一去不返。」

「吉童懂甚麼？妳擔心的話，別帶他上路。」

「這次回去，是否需要帶點物資給你二嬸？你們兩年沒見面，我這個姪媳婦又是頭一遭跟她見面，兩手空空，總顯得不懂人情世故。」

「不打緊，我們帶吉童上路已經有點不方便，二嬸能諒解。不然，回到家鄉，便買現成物資送給她不就可以。」

閒話家常了一會，兩夫妻便回房休息。一宿無話，直至天明。

大清晨吃過早飯，收拾細軟，兩大一小的便乘的士往碼頭去。

由於回鄉的日子不過數天，三人的行李盡量輕便。身上替換的衣物就放在隨身的手提包內。倒是吉童的日常用品必須齊全。

掬彤因為上次北上有了經驗，特別包好了有備無患的各類藥物。今番回國，更學乖巧了許多，早前已經剪了個齊耳的短髮，將原本微曲的卷髮熨得平平無奇。衣著也趨向「同志化」，近乎女著的中山裝。兩套替換的服裝，全是灰白和深藍款式。外邊套上一件褐色冷背心，大大的燕子領向外翻起，很有大陸少婦的況味。

下了船，傅生找了個近船頭的位置坐下來，讓吉童坐到兩夫妻的中間。孩子頭一遭坐輪船，自然異常興奮，即時向大人問東問西，又問回鄉的目的是甚麼。

「是拜祭你的乾祖父。」掬彤答。

「誰是乾祖父？乾祖父在家裡等我們？」

「乾祖父已經過身，就像吉童的媽媽上了天堂一般。」掬彤摸摸孩子的小頭蓋，還道：「但別怕，吉童還有乾爸媽疼著，知道嗎？」一把將乾兒子擁入懷內，眼角似有點淚光。

這班航道，因為一早開行，乘客有限，加上平日，剩餘許多空置座位。但空座位卻堆滿大包小包的東西，都是乘客們回鄉送贈親友們的物資。傅生隔著船邊的玻璃窗望向外邊的滔滔海水，海水翻起一重重的白頭浪。白頭浪在晨光折射下，浪花隱隱透出亮光，令人一時感覺目眩。

傅生的煙癮即時發作，逕自走到船尾的鐵圍欄前抽煙。一面抽，一面看著腳下的海浪汩汩的往後湧退，帶出了成行成行夾雜著垃圾沙泥污水的泡沫。航行的馬達聲聒噪不止，震得人心驚膽顫。

七十三

渡輪經過橫瀾島，傅生見島上的戰前燈塔浮於白濛濛的霧氣中，海上的左邊出現了另一艘大輪船，離遠便看見「大來號」的字樣，是開往澳門的客輪，比他們搭乘的渡輪大上一倍。兩層高的客輪，上層甲板上遠遠站著幾名乘客正在吹海風，一些還在抽煙，露出悠然自得的神態。

兩艘渡輪的距離拉近之後，中間的水道泛起極大的白頭浪，滾滾海浪，令他們的小客輪變得顛簸，東擺西倒的搖晃不已。傅生的思潮益發恍惚，多年前回鄉探望老爹和為堂弟傅永奔喪的情景，一幕幕湧現腦海。

老爹是三、兩年前中風死於番禺的。他的離世，相信仍帶著一顆簡單的愛國之心，而堂弟傅永，現在對沙芠的恨意，大概仍長存於天國或者地獄嗎？

自從傅生略懂人事之後，他便依稀記得，老爹年青時大部份時間都在家鄉度過。二次大戰都沒離開過番禺一步。他唸書不多，國共對峙之時，曾經想過參加南方的八路軍，卻遭傅生的祖父母極力阻止，決定安排他跟叔父前赴香港，在親戚開設的銀號當小跑腿。大時大節，才回鄉探望雙親

暴流

一、兩趟，直至祖父母過身為止，才在香港結婚生子，努力工作，辛辛苦苦慳下一筆餘款，在慶春里買下一棟居所，算是安居樂業的活在香城。

雖說在港的生活安穩，但老爹的愛國情懷仍牢牢記在心田。看左報、讀政論、跟同事們爭辯時局。五六年更參與了雙十暴動的抗議活動，跟內弟崔葵雙雙捱過一整晚的被囚之苦。但這些痛苦，亦是老爹一生引以為傲的愛國情懷的表現，直至退休，剛趕上國家解放，便第一時間搬回家鄉，為的是要親眼目睹建設新中國的豐高偉業。

「牛一啊牛一！……」

一把沙喉嚨在叫著他的乳名，像極老爹再一次呼喚著他。

每次回鄉，老爹都會在村口碼頭等他下船。見他出現，便忙不迭叫著「牛一啊牛一」，然後替兒子扛起行李。但此情此景，不會再度出現，叫喊聲理應早已消失，但為何今次踏足家鄉，還會聽見老爹呼喚自己的乳名？

傅生回過頭來，剛才叫他的人，原來是他的妻子。掬彤的一把磁性聲線，一直像位男生。乍聽，就像老爹了。

掬彤從船艙露出頭來，是要探知傅生久站船頭的原因。他已站在船頭超過半句鐘。海風大，是時候回到船艙。

四個鐘頭的航行時間太漫長。好不容易，才抵達番禺市的渡輪碼頭，時間已接近黃昏，兩大一小的便乘出租小客車趕緊回家。

事前傅生曾經寫過一封信給二嬸，告訴她回鄉的到埠日期。臨行前，還打了一通長途電話到村公所，可惜沒能找上她，惟有按照原訂日程出發了。

到達祖居的家門，傅生已經備好鎖匙。門一開，將橫栓一閂，看見裡間，祖居內的傢俬佈置一概如故，雖舊，卻打掃得井井有條。他知道二嬸僱用的許大娘一向按時按候的進來搞衛生，因而有此整潔的起居環境。

吉童跟大人走進祖居，便蹦蹦跳跳的在大廳四下探視。又好奇的摸東摸西，興奮得嘻哈大笑。掬彤則將手攜的行李擱到雲石酸枝圓檯上，環視四周後便對傅生說：

「地方挺大，比我們的住處大上幾倍。」

「好在我們居住香港，祖居還沒被收歸國有，不然，回鄉也不容易。」傅生解釋道：「現在老爹的戶籍仍是貧下中農，未因他的身故而有所改變，要不，在這動亂時期，這個家，早已遭到紅衛兵抄沒，落得個上繳國家的命運。」

「對了！你們傅家的神主牌放在哪兒？」掬彤突然問傅生：「我要第一時間向傅門歷代祖先上一炷煙。本小姐現在已經是傅家的兒媳婦了。」

「江同志，人在新中國，別那麼迷信迂腐好不好？」傅生笑對妻子說：「現在國家實行破四舊，哪兒找到香燭紙錢來拜祭？」

「傅同志，給我名份姣（好）不姣（好）？在新中國，我再不是你的同志，該叫『愛人』了。」掬彤反擊道：「姣（好），讓我找一找，查個一清二楚，看看傅家是否徹底實行破四舊。」說畢，便走到神龕櫃前，從下格抽屜內果然發現一束褪色的線香。正要拿起洋火點上，突然聽到吉童大聲問：

「乾爸，這位伯伯是誰？」一隻小指頭，已經指著牆壁上的畫像。

傅生一望，原來偏堂上掛著一幅毛主席的彩色大頭照，是官方的統一格式，新簇簇貼在牆壁，上面的四邊角仍留有未乾透的漿糊跡。

「是我們的國家主席毛澤東。」掬彤向孩子解釋：「他是國家最高領導人，是東方的太陽，人民的大救星，就像神。吉童，你可不能胡亂觸碰它。更不可塗污畫像，要不，準會闖禍，知道不知道？」

吉童似懂非懂的點了點頭。傅生和掬彤便將幾件行李收拾停當，跟著帶吉童到隔鄰二嬸居住的地方，準備向老人家正式請安。

入黑時分，樹影婆娑，葉子迎風沙沙作響，夾著村口傳來的狗吠聲，時而又聽見幾下雞鳴和豬隻叫喊的聲音夾雜其中，令都市人聽來有點兒陌生。隔著籬笆，傅生見幾名從田地歸來的村民荷著耕種農具和耙子步入村口，幾名村童則往相反方向的魚塘嘻嘻哈哈的走過去，嘴角還吹起《地雷戰》的口哨聲。在落日遲遲的斜暉下，畫出一幅安逸的《農村歸家圖》。

傅生帶同妻子和乾兒子走到二嬸的家門，離遠便見大門新貼的一對門神畫像。兩旁則有一對新派紅字對聯糊在門板上，大大的寫著「愚公移山改江河，戰天鬥地建家鄉」十四個字。

暴流

傅生大力拍打門板，又敲了幾敲銅門環，裡面還是全無動靜。掬彤反而輕手一推，原來門是虛掩的。一打開，從裡間便透出淡淡的幾道燈光，燈光時明時暗的照了過來，見一名老婦正在堂前做粗活。傅生輕步走過去，見二嬸蹲在地上，正在從簍子內大把大把的糙米中挑揀砂石，一粒粒糙米仍未脫殼，粗大的放在她的手心。傅生少見二嬸戴上老花眼鏡在幹活，一對眼睛瞇成一線。見他歸來，便連忙將一大簍子的糙米擱到堂前的雲石圓檯上，又囑他和掬彤坐到大廳的紅木太帥椅，然後斟茶招呼他們。

　　「二嬸，這杯茶，該我孝敬妳！」掬彤對她說。又請她在上首坐下，跟著便和傅生一起跪下來，向她磕了三磕頭，然後兩夫妻分別敬上茶。

　　「得囉，得囉！起來再說，快起來！」老人家笑著分別接過兩杯茶，從燈芯絨褲的口袋掏出兩隻紅包，遞到他們的手上，跟著連聲道：「好了，開枝散葉，百子千孫，好好為傅家傳宗接代喲！」又問兩夫妻：「這孩子就是你們的乾兒子嗎？」

　　「對。」掬彤答，跟著教吉童叫了她一聲「二嬸婆」。孩子叫過後，也接過二嬸婆的一隻紅包。

　　「你們都坐下，二嬸有話跟你們說。」見她正襟危坐的坐在紅木椅子上，面露嚴肅的表情，兩夫妻便裝出洗耳恭聽的樣子。

　　「其實！你們結婚，理應首先回鄉辦喜事。你們該知道，現在同村兄弟和他們的家眷都在埋怨，覺得這樁婚事辦得太兒戲。說實話，他們的想法不無道理，時髦歸時髦，傳統就是傳統。你們不該這樣一聲不響的草草結合，一封信寄來通知一句便完事，尤其姪媳婦妳。別說二嬸恃老賣老，自從牛一的老爹走了之後，我就是他惟一的親人。男人不懂事，欠規矩，妳就應該從旁指正，做個賢內助才對。」

　　掬彤初次跟她相處，便給長輩如此訓斥。但又不好反駁對方，惟有坐著默不吭聲，臉罩冰霜的望住二嬸。

　　「牛一，我問你一句，」二嬸的矛頭再指向傅生，「你認了這個孩子作乾兒子，是不想生養嗎？」

　　「沒此事！二嬸，我跟掬彤商量好了，日後要生四名子女。妳放心，傅家總會後繼有人、開枝散葉的。」傅生笑著答。

「那才像話！要記住，傅永走了後，你就是傅家惟一的一點血脈，九代單傳的男丁。生產之後，不能不大事鋪張。若是男丁，更要回鄉大擺滿月酒。我一個獨居老人，家裡一個孩子都沒有，一個不留神，說走便走，日後能夠看見祖先有靈，讓你生個姪孫兒，就是我的晚福了，也教我死而瞑目了。」說畢，便嗚嗚咽咽的哭起來。又用衣袖擦了一擦眼角和鼻涕，跟著便伏在檯上縱聲大哭。傅生只見二嬸的兩隻肩膀一抽一緊的。燈光下，照得鬢髮上的頭油一片光澤。兩隻手肘，恰恰壓到雲石圓檯上刻著的一對蝙蝠。蝙蝠的造型栩栩如生，就像快要振翼高飛似的。

掬彤連忙趨前安慰。好不容易，才止住老人家的哭聲。傅生上前問她吃過晚飯了沒有，見對方一味搖頭，便勸她到村口的小飯店用膳。二嬸就勉為其難的跟他們一起出門。

七十四

這間名為「小魚滋味」的飯店，從前專做包辦筵席的買賣，馳名的菜色全是魚類。傅生上次品嘗，已經是堂弟傅永和沙芬結婚的那一天，亦是首次嘗到故鄉的「全魚宴」。十二道魚吃，包括泥鰍魚羹粥、石斑魚塊煲、大魚頭焗飯、鱘魚尾湯、鱸魚球米線、鱈魚崧炒麵和鯪魚腸蒸雞蛋等。吃畢，不禁令傅生頓覺番禺這個故鄉，不愧是名不虛傳的魚米之鄉。

小時候他討厭吃魚，嫌腥，多刺。老爹多次帶他回鄉探親時都大聲責罵：

「不吃魚，沒碘質，長大後，準會長出大頸泡。你要不要做一個大頸泡的孩子？難看死了的孩子？」

就這樣硬生生要他吃魚。久而久之，傅生開始習以為常。漸漸地，還領會到清蒸活魚是人間美食的大道理。

但現在這間飯店，風光已經不再，破破落落的做著生意，只供簡單的十來道小炒和糙米飯。但晚飯時段，來光顧的鄉親父老還很多，大夥兒要在門外稍候片刻，方能入座用膳。

傅生叫來幾道家常小菜，都是粗茶淡飯的菜色。最矜貴的兩道，就是

魚肉釀豆腐和欖角鹹魚粒，都是吉童吃不進口的食物。

他的二嬸婆胃口倒不錯，餸菜配著兩大碗糙米飯，二十分鐘便告吃光，還對他們說：「這是我這兩天最好的一頓了。」

「二嬸，為何不見許大娘過來助傭？有她幫妳，妳就不用親手做粗活。做飯、針黹、縫衣、洗衣裳等都有人幹。」傅生想起剛才老人家睞著雙眼挑揀糙米殼的一幕，不禁想起上幾趟見過的那位許大娘。

「別提她，人家病倒了，也不知可否回來再幹活？」

「是嗎？甚麼病？病得屬害嗎？」

「是氣出來的病。給她閨女活活氣病了！」二嬸喝了一口熱茶，繼續道：「她的閨女婉碧剛才畢業，原本從單位申請了一份教書工作。縣政府的批文也已發出，還通知了有關單位和幹部，下學期，可以到本村的小學任教。她的愛人，去年從首都回來，立時變成一個無所事事的紅衛兵。現在不再串連，卻天天嚷著上山下鄉，到黑龍江北大荒解放軍區的農場勞動，參與當地百姓的勞動工作。婉碧也嚷著追隨，毅然放棄小學教席，轉而申請到北大荒插隊去。這個上山下鄉的政策，今年才由黨中央正式下達至番禺，現在不少知青都一窩蜂的向單位申請『流放』，誓要到外省跟當地農民一起『三同』，即『同吃』、『同住』和『同勞動』，造成數以百計的番禺知青即將離鄉。情況持續的話，將會影響番禺的農業生產，離鄉別井的知青們便日益俱增。許大娘只得婉碧這個閨女，她一走，不知何年何月才歸來，許大娘的生活豈非更孤清？說不定還影響生計，能不教她氣出一身病？在床上病懨懨的度過了一星期。平日我在家裡何須操持家務，但這幾天，便要親力親為，吃不飽穿不暖的日子才告開始。牛一，你說，二嬸是否『臨老唔過得世』喇？」

傅生從飛機恤的口袋掏出一疊糧票、布票和肉票，塞到二嬸的手中，是他從泰華同事處用現金兌換回來的，足以應付老人家半年的生活使費，並親切的對二嬸說：「二嬸，今次回鄉，掬彤勸我別帶甚麼物資回來，給妳糧票、布票和肉票最實際。二嬸妳說，妳的姪媳婦對妳多好！」傅生將功勞全歸到妻子頭上，掬彤也就領情，配合著說：

「我的心意，二嬸妳就收下來。我跟牛一結婚，往後做錯事情的機會

還多，妳就看在牛一老爹的份上，原諒我們這些晚輩不懂禮數喲！」

老人家接過一疊兌換票，不禁眼泛淚光，漸漸便滿臉淚花，哽咽間，兩頰的皺紋更見明顯，老人斑便清晰可鑑。

「二嬸，快擦乾眼淚，我替妳和吉童拍張照片好不好？」掬彤突然說，從手袋取出上次牛一回鄉時用過的富士相機，便替老人家和孩子拍了兩張。傅生隨即叫夥計替他們合照一張「全家福」，算是一家團聚的紀念作。拍畢，便結賬回家。

鄉下的作息時間跟都市大不相同。晚上八點，外邊已經寂靜無聲，連雞啼犬叫豬嗷的聲音都聽不見，只傳來樹叢的蟲鳴和池塘的蛙叫聲，一聲聲拖得長而響，份外顯得鄉間晚來的淒清寂寞。

由於整天路途奔波，掬彤跟吉童早已在另一房間上床就寢，傅生則未有倦意，逕自走到老爹從前的房間收拾東西，察看一下可有紀念品可以帶回香港。

書桌上擺了一座小小的毛主席白磁像，可當文鎮一般的壓在紙張上。一管英雄牌墨水筆放在案頭，還有一疊外觀八成新的信箋，都是老爹生前慣用的文具。

傅生打開書桌的下格抽屜，裡面雜物眾多，拍紙簿和毛筆都有。又塞了一套舊版武俠小說，是梁羽生的整套《龍虎鬥京華》。從前傅生也曾讀過，但他不像老爹一般的著迷，翻過後便擱到一邊，現在重看這些書籍，就像恍如隔世似的。細看之後，才發現一疊舊信箋和信皮被壓在武俠小說之下，是老爹長居家鄉寫信時慣用的信紙。信紙的上方刻有毛澤東的頭像，兩邊一對大葵花，連信皮也是同一款式，是新中國常見的坊間信箋。上面的五星圖案早已泛黃，像油盡燈枯的褪了色澤。傅生拿在手上，一時間，便想起許多往事，都是老爹在家書上閒閒的話語，寫的不外乎祝福兒子身體安好生活如常的體己話。但那年頭，傅生忙於工作，加上蜜運，鮮有回老爹的信。大時大節，才偶然寫上一封。如今他恨自己，當年是否可以多做一些，稍稍安慰一下鄉間寂寞的老爹？但到今天，已經追悔莫及了。

他順手將信箋和信皮擱在書桌上，熄了燈，便回房間休息。

暴流

睡到凌晨三點，突然聽見吉童從房間傳來的哭聲。傅生驚醒過來，連忙跑去看個究竟。還未走進房間，已經聽見孩子向乾媽哭訴：

「我肚餓，乾媽，肚子很餓！」

「哪有不餓之理？晚飯只吃了一點點蒸水蛋和青菜，米飯一粒也沒下肚，現在喊餓了，活該！看你明天還挑三揀四的吃東西嗎？」

傅生坐到床頭逗吉童，道：

「小鬼頭，乾爸帶了好吃的東西上路，要吃的話，就擦乾眼淚，別哭。」

吉童瞪大一對銅鈴般的眼睛望住乾爸，瞳孔內的淚珠骨碌碌的在轉動。

傅生打開手提行李，從大紙袋內取出餅乾。是馬寶山曲奇餅乾，還有崩砂、合桃酥和茶葉蛋等乾糧，可以暫且為孩子充饑。他早猜到，香港的孩子吃不慣鄉下地方的食物，因而有備而來的。

掬彤到灶房燒水去，傅生則陪同吉童坐到梨花木的檯前吃乾糧；又給孩子說些鄉間的故事。孩子邊吃邊聽，好奇的問東問西。輾轉間，窗外已經漸漸透出一點日光。但縱然鄉下的清晨份外早到，窗外鄰舍的屋頂仍見一大片黑雲低低壓在半空，只偶然露出微微的魚肚白。

七十五

傅生穿上褐色飛機恤便要出門。四月剛至，外邊的暖陽帶著溫濕熱氣襲過來，陽光曬在黃泥地上，蒸起陣陣土氣，很有初夏燠悶的氣味。

他想起剛才掬彤對他說過，覺得當姪媳婦要懂得老人家的心事，因而留在家中，等一下，看看二嬸有甚麼事情可以幫忙，好歹幫她做頓午飯或者洗衣服。她囑咐傅生到菜市場買些食材，今晚就在家裡陪伴二嬸，好好的吃頓團圓飯。

傅生想起傅永的前妻沙芬跟二嬸的老掉了牙的婆媳關係。沙芬跟堂弟分開的一半原因，極可能就在於此。他慶幸自己今次帶同愛妻回鄉，不，愛人回鄉才對，證明「人夾人緣」的說法。掬彤對二嬸的一番心意，也許跟她早年喪母有關。現在有個這樣的親戚明擺在眼前，大概可以盡情發揮

她那久違了的孝女本色。

他沒有沿菜市場的小路走，而是往稻田和魚塘的方向而行。

想起昨天入境時曾經遭受的折騰，光是排隊、填表格、被搜查隨身行李等，就花去不少時間。由於他的身份是港澳同胞，過關時遭到海關同志問話調查的時間便花上半句鐘。帶來的東西課稅之後，又要逐一檢查，翻箱倒籠的細看。幸而他攜眷入境，省卻不少無謂的審問和質疑。身上帶著的過量糧票、肉票和布票，都不至於全數被充公。際此文革非常時期，也不知何年何月才能重返家鄉？趁此數天，便要好好了解一下番禺了。

前面是一望無際的稻田。沿著稻田中央的狹窄泥路前行，兩旁便見莊稼人正在種地，男男女女都在作業。近處的正在插秧，遠的則在播種，三三兩兩的粗壯黃牛，緩慢地拖著犁耙在田間耕作，遠遠便聽見撒野的牛聲在叫。縱然這兒有許多知青嚷著離鄉別井參加國家倡議的「上山下鄉」政策，農民們還是日出而作日入而息。活著，就是要吃飯、睡覺和拉矢。

走過大片桑基魚塘，井字形的魚塘一望無際。有漁民正在撒苗，一些還在拖網捕魚，一個個頭戴寬邊草笠蓋過整張面孔。陽光燦爛地曬到水面，映出粼粼的波光。一條條水光亮晶晶的浮現眼前，刺得傅生的雙眼有點兒赤痛。

傅生從小路再轉道而行，一條大道寬敞筆直的通往前方，是半泥石半柏油的新建馬路。傅生走了將近十分鐘，見沿途兩旁均種上矮矮的法國梧桐，漫步其中，倒有點兒身處異國之感。

走著走著，前面的人煙多起來，一棟棟都是破敗的舊式民居，隱隱看見屋頂上的煙囪微微冒出煙氣。傅生再走近一看，見幾處人家的門前均用竹篙豎起曝曬的生絲，便知這一帶是養蠶人家。從外面望進屋內，裡面黑洞洞空無一人。大人們可能種地去了，只有幾名村童在門前嬉戲，你追我逐的玩著。另有兩名年紀較小的蹲在地上堆泥人。陽光穿過門楣上的生絲瀉下來，恰恰曬到他們的小臉蛋，打出兩張網狀形的童真笑臉。

大概因為傅生的衣著「與眾不同」，一位年紀稍大的村童拉了一拉他的衣角，問道：

「同志叔叔，你打從哪兒來的？看你穿得多奇怪！」

暴流

傅生彎下腰板對他說：「同志叔叔是從香港來的。香港人的衣著就是這個模樣。」

　　當中有個小女孩大著膽子上前發問，身上的棉衣肩膀打了補丁，襟前還別著一枚不成比例的大毛章，紅彤彤的刺人眼睛。

　　「香港在哪兒？是在新中國嗎？」小女孩問。

　　「香港是番禺的鄰近地區，乘船不用半天就到。坐車子的話，幾小時便可到達。」

　　旁邊一個單眼皮的小女孩插嘴又問：「香港是個怎樣的地方？我也想去。同志叔叔，么妹能去嗎？」

　　「么妹不准去！我也不要去。」那村童扁著嘴巴對他的么妹道：「老師說過，香港是個壞地方，是英國鬼子管治的地方。我們是紅旗下被奶大的孩子，就要活在中國土地上，永不離開新中國！」

　　「小同志，爹媽不在家？只留下你們在這兒玩耍嗎？幹麼不用上學嗎？」傅生問。

　　「學校兩個月前已經停課，許多老師都走了。一些老師串連上北京，另外也有被編派到外省上山下鄉的。學校缺老師，我們留在家裡幫媽媽幹活，看守生絲。爹爹一早就種地去了。」

　　「你們有誰知道，哪兒是往菜市場的方向？」傅生問孩子。

　　兩個村童同時用指頭探向前方，說是番禺新建的菜市場。還說那邊有個村公所和派出所。

　　傅生跟幾位村童別過後，逕自向菜市場的大路走去。未幾，便見人煙鼎盛，買賣的市集和地攤展現眼前，車水馬龍的好不熱鬧。兩旁可見到從前大戶人家的古宅，一棟棟三、四層高的騎樓式樓房，就像省城的西關建築。卻一律重門深鎖，沒人進出，想來早已人去樓空了。

　　傅生再往前走，一間小小的戲院吸引住他的目光。門前聚集幾十名男女年青同志，有三、兩位蹲在地上咬甘蔗，另外幾位則倚著門旁抽煙，不時又打趣的互相咒罵，其中一位姑娘更罵著粗話，一口痰吐到地上，然後用帆布鞋的鞋底大力抹踩，抹出泥地上一道深深的痰漬。

　　傅生最不習慣在國內看見民眾的不衛生、不文明和不守規矩。見戲院

門前滿地果皮、瓜皮和竹蔗屑的歷歷可辨，不禁頓覺嘔心。但搖頭之餘，好奇心又告萌起，遂躡手躡腳的走進大堂，意欲看看裡面的劇照，了解一下放映的是甚麼電影。

這間名叫「共和劇場」的戲院，是日正在放映蘇聯名片《列寧在十月》。這齣電影，在香港從未公映過，傅生更覺好奇，只見戲院大堂光線昏暗，黑白劇照看不分明，只能辨出個大概，卻赫然發現下期預告的電影是《山鄉風雲》。此是南方樣板戲中最著名的一齣，如今搬上大銀幕，由廣州知名的粵劇藝伶小紅豆擔演。傅生覺得人生眾多巧合，怎麼會遇上這齣電影即將上畫？兩年前他在省城不就姻緣巧合地遇上沙芬有份參演的那齣京劇樣板戲嗎？還跟對方聚過一面。那次重聚，回憶就像陰魂不散的不時冒起。他對這位堂弟的過氣妻子，永遠有一份特殊感覺，那感覺一直埋藏心底，藏到最深最低的下層，但又不時似魍魎的浮現出來，傅生暗忖，這是冥冥中的孽障無法抵禦的引誘嗎？

看看腕錶，原來到了午飯時間，傅生想在附近的食店草草解決，然後買些新鮮菜肉便折返祖屋。

走出戲院，沒幾步的腳程便是村公所。村公所原來和派出所連在一起，是番禺的心臟地帶。馬路上沒汽車行駛，來來回回的自行車倒見許多。騎車的大都是穿著工人階級衣著的同志們，車來車往的好不熱鬧。

還未走近派出所，隔著馬路的正中央，看見一大群民眾蜂擁聚攏在建築物的兩旁，密密麻麻圍成三圈，黑壓壓的讀著告示板上的新聞。一些人還在邊讀邊唸。

告示板上的新聞大都是從《X民日報》、《X放日報》、《X崗山快報》和《X城晚報》等轉貼過來，一張張糊在兩邊牆壁上。

告示板的兩端還貼上幾張大字報，上書著「打倒鄧小平，鬥垮修正主義。人民不要右傾份子。人民不要內奸、叛徒和工賊」等字句。字句用紅漆楷書草草寫成。在晌午的陽光照耀下，就像用鮮血胡亂劃上似的。

傅生好奇的走到最前方，嘗試細讀幾張官方報紙的內文。除了昨晚出版的《X城晚報》刊登了當地幾則社區新聞外，其餘三張，上面都是嚴厲批評鄧小平的專文特寫。尤其《X放日報》的社論，更大字標題的寫著「揪

出第二號右傾路線的重犯,打倒復辟資本主義的公敵」。

　　這篇社論,盡是指責鄧小平是繼劉少奇之後「最、最、最、最右傾的壞份子」,需要徹底被批被審,將黨內這股最大的「走資本主義道路」當權派鬥垮鬥臭。褫奪他的所有黨內外職權,還要將這位叛徒兼內奸及工賊永遠開除出黨籍。徹底跟人民劃清界線,才能保得住國家和黨中央的堅碩堡壘。

　　鄧小平曾於三十年代初在中央蘇區從事過戰鬥工作,但與上級意見不合,因而被鬥下獄。今次在文革中再次被鬥,罪名是緊隨「劉少奇走資思想的死胡同,走資產階級反動路線的重大錯誤」。

　　傅生知道文革開始之時,劉少奇曾被視為中國的赫魯曉夫,說他是走修正主義的頭號人物,毛澤東便曾寫下《炮打司令部》的首張大字報,逼他靠邊站,重批劉主席走資派的罪名,最終將他拉下馬,劉少奇因而成為文革以來被判重刑的最高層領導人,跟著連他的夫人王光美也牽連在內,運動中,成為被批鬥對象,下獄受屈,苦不堪言。想不到今天輪到政治局常委和中央總書記鄧小平同樣被批判為走資派,日後的遭遇會否像劉少奇一樣就不得而知。事實上,大陸的七億人民,現時正處處受苦受難。上層統治者為求目的,不惜發動一場又一場階級動亂,造成一次又一次的慘劇頻生。更令人髮指的是,全國紅衛兵在國家高層煽動之下成為鬥爭武器,普羅大眾就是這場動亂的犧牲者。國家如同捲起了翻騰不休的滾滾巨浪,無情地吞噬著無數百姓的寶貴生命。而這場狂風暴雨的浩劫,不知還要經歷多少個艱苦年頭,流盡幾多滴眼淚,才能安然度過,回復太平安穩的日子?

　　讀新聞和大字報的民眾越來越多,大部份是年長的鄉親父老和勞動階層。幾名工人階級穿著的中年漢,在傅生的身後不斷議論。有人預言著鄧小平的下場,更有估算他的妻兒,有可能面臨如劉少奇一家的慘淡收場。

　　這次是傅生頭一遭在自己國家的土壤上深切感受到神州大地人民的思想實況。他需要找一個安靜的角落,沉澱一下自己這個生於香港的中國人微不足道的愛國情懷,抒發一下個人的一點哀思。

七十六

他走出了派出所和村公所的範圍，一條筆直的黃泥路長長的展現眼前。他認出這條長街，是小時候老爹帶他走過的。老爹說過，這條長街，從前是番禺的官道，是中舉儒生和考獲鄉試的文士們衣錦還鄉的必經之路，當地人俗稱「熟羅大街」。

據《天工開物》所載，廣東熟羅絲織原本是供官紳作夏服之用。這長街正寓意著「為官清廉，天地可鑑。勤政愛民，日月可昭」的文士志向，但如今長街已失去昔日的架勢，只剩黃蒼蒼的一條泥石路。傅生見幾位年青人正在一處破舊的樓梯底閒閒聚著，有男有女，或站或坐或蹲或跪，有說有笑的圍攏一起。眾人的腳下隨處可見一大堆煙蒂和垃圾，讓傅生經過時嗅到一陣陣濃濃異味。突然當中一位單眼皮的小伙子朗聲地叫：

「看，你們看，邪魔妖孽來了，牛鬼蛇神來了。看，快來看！」

傅生望向小伙子手指的方向，遠遠的街上傳來敲鑼打鼓的聲音，一大群似跳著春牛舞的民眾邊走邊唱，正往他們的方向而來。傅生認不清群眾的來意，只隱隱辨出湊熱鬧的民眾隨同大隊慢慢前進。響聲漸行漸近，歌聲舞影，更覺分明。直到巡遊隊伍清晰可見時，就發現是一群反動份子被押解示眾的行列。一共五人，有老有壯。當中兩名被脫光上衣的更是非常年青的漢子。傅生趨前觀看，這也是他頭一遭在中國土地上親眼目睹有人被批被鬥的場面。大隊前方，一幅大大的橫額高高懸起，上寫著「嚴懲邪魔妖孽，打倒牛鬼蛇神」。橫額隨風飄揚，颯颯震響。傅生對這場整治反動份子的批鬥情景，既感恐懼又覺新鮮，因而駐足，好奇地細看下去。

他一心想看看被批鬥的五名反動份子的長相，三位年長的都像普通老人。當中一位架著圓框眼鏡的，樣貌很有書卷氣，昂首闊步的走著，一點兒也沒有被批鬥成「犯人」的愧疚神色。傅生暗忖，大概是老一輩的知識份子，現代人口中的食古不化的老學究吧。五人當中，有一位低著頭的漢子有點兒眼熟，身材高挑，黃金比例的男士身形，身穿八成舊的中山裝卻顯得異常寒磣，讓傅生多看幾眼，可惜對方一直低頭，更被跳春牛舞的舞者手上舞動的紅絨布，不時掩去他的整張面孔，令傅生看不分明，直至紅

絨布剛好眼前略過，於電光火石間，讓傅生認出了對方的廬山真貌。啊！這位反動份子，不就是耀輪醫院的耿大夫嗎？就是那位醫治過傅生老爹腦溢血的耿晴嗎？為何他會被批為反動份子？當眾被鬥垮鬥臭，淪為番禺百姓口中的邪魔妖孽，牛鬼蛇神呢？內中究竟是何緣故？令這位原本眉清目秀的口吃大夫，落得如此不堪的悲慘下場？

就在此時，傅生和耿大夫的眼神竟無由來的四目交接。耿大夫卻沒有因為自己的反動身份而變得眼神閃縮，更直勾勾的望住傅生，恍似認出這位特殊穿著的香港客。此刻，傅生反而迴避了對方的那雙會說話的眼睛，竟至低下頭來。自卑之感，油然而生。

傅生一直低頭，腦海的思緒卻混亂一片。隊伍行列中突然傳出一把尖厲的少婦叫聲，一個箭步的衝向前方，攔住了跳春牛舞的幾位婦人。

「耿大夫，你好冤啊！好冤啊！為何會這樣？是天不公地不靈嗎？沒天理，為何那麼沒天理？」

幾名身穿糾察制服的同志和紅衛兵隨即上前攔阻。傅生一看，原來少婦懷中抱著一名男娃，男娃在慌亂間自是縱聲號哭。少婦終於顧不得巡遊隊伍，一面呼冤，一面走到另一邊，照顧正在嚎啕大哭的孩子。傅生將這一切看在眼內，待少婦安撫好懷中的男娃後便上前探問，一心想查明耿晴淪為反動份子的真正原因。其時巡遊隊伍已經走過熟羅大街，似向共和劇場的方向而去。敲鑼打鼓的樂聲只隱隱聽見，春牛舞的舞影更消失殆盡。

傅生一直留心少婦的一舉一動，見她依然含淚，正想追向漸行漸遠的大隊。只見她忽然腳下踏空，差點兒跌了一跤，幸而並未翻倒，懷中的男娃也給她緊緊抱住，沒半點兒閃失。傅生連忙趨前攙扶，忙問：

「還好嗎？少太太。孩子也好嗎？」

見少婦的一雙杏眼佈滿淚花，眼淚從眼角緩緩落下，口內喃喃自語，似是重複著剛才的「無天理，天公不長眼」的咒罵。

少婦站起身來，拍拍身上的灰塵，用一雙淚眼望著傅生這位香港客，回答道：

「沒事，還好。孩子也沒事。」

「妳是耿大夫的家眷嗎？耿大夫為何會被批鬥，落得如此的下場？」

傳生不忘追問對方，剛才這幕驚心動魄場面的真正原因，只聽少婦答。

「我是耿大夫照顧過的病人。他是好大夫，但為何好人沒有好報應？硬要被群眾批鬥，變成邪魔妖孽、牛鬼蛇神的黑五類？同志先生，您也認識耿大夫？看您的打扮，似乎並非本地人。」

「我是香港人，從前長居番禺的家父也是耿大夫的病人。家父兩年前曾經病倒，在耀輪醫院接受治療，腦溢血了一段日子。期間，耿大夫就是家父的主診醫生，一直悉心照顧他，直至他病故為止。」

「啊！原來大家都受過他的恩惠，可見耿晴是位好大夫。」

少婦說話的時候，傳生才發現她的棉衣肩膊縫上幾處補釘，跟原本藍色的棉衣不太搭調，變得相當礙眼。而襁褓中的男娃也衣著單薄，式樣破舊襤褸，看得出兩母子是貧苦人家。

「不瞞同志先生。我相信，在耀輪醫院治病之時，我比你的父親受到耿大夫的恩惠要多許多。」少婦抱緊正在懷中熟睡的男娃再次開腔，含淚的杏眼柔柔地望住親兒，「這孩子，實在可憐得很。原本他就不該出生到這個世界，奈何天意弄人，才不得不跟他的母親承受人世間的苦難。他是遺腹子，且不足月。我在他父親病逝之後，原本就想放棄這胎，孩子在腹中不到四個月便想服藥打掉。打胎藥也早已備好，想在孩子父親的尾七之時，打算一屍兩命的一死了之。誰料在家中才吞下藥物，便給房東太太揭發尋短。房東太太原本是過來追收欠下的兩期租金，眼見我吃下藥物迷迷糊糊，便急匆匆叫來衛生部的同志，十萬火急的將我送到耀輪。原本守夜的當值大夫是位婦科大夫，誰料當晚因事缺勤，改由腦神經內科的耿大夫前來搶救。他一見我懷有胎兒，就急召熟練的產院看護前來協助，好不容易，才將我這個徘徊鬼門關前的女人救活過來。事後我才得知，搶救時間竟花上五句鐘。洗胃灌腸、人工呼吸甚至電擊心房等都派上用場，才能挽回我和肚內孩子的性命。同志先生你說，這不是九死一生的奇蹟嗎？不但如此，我這呱呱落地的孩子因而遇上他的恩人。自此之後，耿大夫便不時上門慰問，直至我誕下男娃。知道我是新寡，孩兒又是遺腹子，就更加倍照顧，送錢送糧的無微不至，讓我們兩母子渡過難關，直至孩子今年半歲。但想不到，今天竟讓我們兩母子親眼目睹耿大夫被定性為反動份子，列入

暴流

牛鬼蛇神的黑五類，遭受巡遊示眾的重大恥辱，能不教我痛心疾首，悲憤異常？今天我和孩子不顧一切的前來呼冤，就是要世人知道，好人自有好報的這句話，壓根兒就是空談。如此世界，還有甚麼天理可言？嗚，嗚，嗚！真的天沒眼，沒天良。嗚，嗚，嗚！……」說到此時，少婦的哀鳴哭聲又像決堤般的叫起來。

待得少婦稍稍止住哭聲後，她懷內的男娃剛巧醒來，又是孩子饑餓的時候，嚎啕的嬰兒哭叫竟蓋過了母親的飲泣。

傅生見少婦躲到一棟西關舊建築的樓梯底，便知她要餵哺母乳，識趣地獨個兒走到距離十呎左右的街角暫且歇息，掏出香煙，便想狠狠抽兩根，好讓腦神經消化一下剛才所見所聞，但終究想不明白，像耿晴這麼年青有為的大夫，何以被打成牛鬼蛇神、豬狗不如的反動派？傅生真想窮追猛打，向少婦問個明白，究竟內裡的前因後果為何，才讓她罵出口中所謂「天沒眼，沒天理」的咒罵。

他偷眼望向少婦餵哺男娃的那個角落，見少婦捲下衣襟，還整了一整下襬，便知男娃已被餵飽，哭聲止了，似在母親懷中重新安睡，就走近少婦身邊，繼續追問縈繞腦海的種種疑竇，只聽少婦怨聲道：

「不就是串通海外關係的那頂大帽子，葬送了耿大夫的大好前程嗎？」

「此話何解？」傅生細問下去，覺得自己的眼眶快要冒出淚水，待適當的時候便會傾瀉，不受控制的流淌下來，跟著再對少婦說：「我覺得耿大夫遭逢此劫，的確是天怒人怨。雖說我跟他並非相熟，但眼見事情發生在一位大好年青大夫的身上，能不教我扼腕歎息？！」

「其實，要怪的，就是耿大夫有一位反越戰的未婚妻。倘若佟娟不是個知名度高的反越戰女鬥士，耿大夫一定能逃過此劫。」

聽少婦道出原因，傅生不覺好奇地久久望住對方，露出驚詫和疑惑的眼神。但聽少婦繼續說：

「佟娟原是耀輪醫院的兒科大夫，跟耿晴本是一對好同學，一起學醫，又被派到同一醫院服務民眾，因而感情深厚，一直被視為天生一對。兩人也早有婚約，打算在兩、三年後組織家庭。此事也告知了佟娟在花旗國的親人，婚事一直進行得相當順利。誰料佟娟的父母早已申請女兒赴美

生活，事情卻瞞住耿晴，直至佟娟的入籍申請獲批，縣政府和院方亦同時發出了通行證為止，耿晴才知情人移民的事不能逆轉。兩人原本也曾相約，待佟娟離國之後，便以正常手續申請耿晴赴美深造。但不知怎的，佟娟去了波士頓不足兩年，已經成為當地知名的反越戰份子。聲譽之隆，無人能及。加上她是惟一的華裔女性，更與美國著名的反越戰女演員珍芳達（Jane Seymour Fonda）同場合照，照片因而在當地各大報章刊登出來，風頭之勁，一時無兩。正因為佟娟的非凡名氣，經常被美國刊物引述出她的反越戰言論，知名度與日俱增，連我國的報刊也輾轉得悉。知道佟娟曾經是番禺某醫院的兒科大夫，事件因而一傳十、十傳百的鬧大，連耀輪醫院的上下員工均傳過不休。有搞事者更乘機炒作，尤其那些日常對耿大夫頗有微言和唱反調的同袍，一直視這位年青有為的口吃大夫為眼中釘，早想向他開刀，除去他的行醫職位，聯手鬥垮鬥臭他的前程。不斷抹黑他的海外關係，強調他跟佟娟保持往來，是個滿腦子資本主義思想的黑五類，牛鬼蛇神的典範。加上造反派在耿大夫的家中搜出一批他跟未婚妻的親筆通信，又在他的書架上尋獲多冊被禁的海外醫書，認定他是十惡不赦的壞份子。就這些指控，令耿晴成為丟進黃河也洗不清惡行的右派。凡此種種，都足以判定他是罪有應得的反動派，必須遊街示眾，以儆效尤。同志先生，你說，今天熟羅大街上發生的一切，不就是這位好心腸的年青大夫的悲慘下場嗎？試問如此結果，不就是人世間最沒天理和最沒天良的事嗎？嗚，嗚，嗚！豈有此理！為何會發生這種傷天害理慘無人道的事？嗚，嗚，嗚！……」少婦說畢，便頓足捶胸的哭將起來。

傅生聽罷整件事件的來龍去脈，一時間，腦海像充塞著各種臭氣，是對人性的厭惡與恐懼的臭氣，久久不能消散的臭氣。要消散這些惡臭，潔淨殆盡人性的污穢，看來非要歷經一段漫長歲月方能泯沒。

此刻，他只想找個遠遠的地方來安頓混亂的思潮，靜靜地回想細思，咀嚼消化剛才少婦所說的一切。

他離開了人群，往大街的反方向而去。前面有座山崗，只見山崗上有幾名小販，正在販賣雜貨和乾糧。傅生信步走過去，看看有甚麼現成食材可以買回家給掬彤做晚飯。行至小販們聚攏的較高位置，眼前的山崗又出

現了另一番景象。站在這兒，傳生可以望見番禺的一大片海灣，海灣上浮蕩著幾艘木帆船。當中兩艘較大的，在近岸之處正在游弋，聽得見陣陣船隻的摩托聲在哀哀叫鳴，然後緩緩地駛出大海。

頭上的大毒日猛烈地曬，海灣的近岸翻起了粼粼波光，一波波湧至山崗下的石灘，擊起了不大不小的白頭浪。

眼看腳下的白頭浪不停翻滾，傳生不禁想起家住的香江小島，那一場反英抗暴的動亂，近日似有消弭跡象。他在想，九百六十萬平方公里上的炎黃子孫，何年何月，才能過盡千帆，享受普通百姓一直渴求的太平日子呢？

（全書完）

跋

　　因著自己的無能，此書寫來便一步一腳印，一字一辛酸，遂口占兩闋，
歎生之無奈。

寒鴉數聲數月靜，春花幾點上枝頭。
日來晚去催人老，無語送走傷心辭。
隱聽西窗蟬時雨，乍見孤雲雁已飛。
晝夜何堪哀且樂，寒暑不計苦或甜。

一朝成書誰可記？十年辛苦枉自憐。
何日開卷成史冊？而今掩面已惘然。

——岸　溥
寫於六七暴動五十五周年

銘謝：承蒙「香港藝術發展局」慷慨資助，及多謝「紅出版」（青森文化編
　　　輯組）全人鼎力支持，作者本人與一眾參與出書者衷心感激！

暴流

香港六七暴動風物誌

Novel 134

作者：陳永健

設計：4res

編輯：青森文化編輯組

編輯協力：黃淑媛、譚俊立

出版：紅出版（青森文化）

地址：香港灣仔道 133 號卓凌中心 11 樓

出版計劃查詢電話：(852) 2540 7517

電郵：editor@red-publish.com

網址：http://www.red-publish.com

香港總經銷：聯合新零售（香港）有限公司

台灣總經銷：貿騰發賣股份有限公司

地址：新北市中和區立德街 136 號 6 樓

電話：(886) 2-8227-5988

網址：http://www.namode.com

出版日期：2023 年 8 月

ISBN：978-988-8822-55-3

上架建議：文學／中國文學／小說

定價：港幣 158 元正／新台幣 630 圓正